KB157913

북한문학의 심층적 이해

남한에서의 연구

북한문학의 심층적 이해

남한에서의 연구

김종회 편

국학자료원

■ 일러두기

1. 각 글의 말미에 처음 발표했던 지면과 연도를 밝혀두었다.
2. 인용문의 표기는 원전의 방식을 따랐으나 띄어쓰기는 현행 원칙을
따랐다.
3. 본문에서 사용한 약호는 다음과 같다.
　－ 장편소설, 책 : 『 』
　－ 논문, 평론, 시, 단편소설 : 「 」
　－ 신문, 잡지 : ≪ ≫
　－ 연극, 영화, 음악, 미술 작품 : < >
　－ 대화, 인용 : " "
　－ 강조, 소제목 : ' '

남북한 문화통합, 한민족 문화권 문학사의 조망

– 북한문학 연구자료총서 전4권을 발간하면서

격세지감이나 상전벽해란 말은, 과거 냉전 시대의 기억을 보유하고 있는 이들에게 오늘의 남북 관계를 설명할 때 어김없이 떠오르는 표현 방식이다. 이제 한반도와 관련된 모든 연구와 논의 체계에서 북한 문제를 도외시 하고서는 포괄적 설득력을 얻기 어렵게 되었다. 이를테면 북한이라고 하는 테마는 정치, 경제, 군사, 인적 교류 등 모든 분야에 있어 더 이상 '변수(變數)'가 아닌 '상수(常數)'의 지위에 이르렀다.

문학에 있어서도 마찬가지이다. 지금껏 우리 문학사는 북한문학을 별도로 설정된 하나의 장으로 다루어 오는 것이 고작이었으나, 이제는 남북한 문화통합의 전망이란 큰 그림 아래에서 시기별로 비교 대조하면서 그 공통점과 차이점을 찾아보려는 시도가 빈번해졌다. 북한문학에 있어서도 1980년대 이래 점진적인 궤도 수정이 이루어져서, 과거 그토록 비판하던 친일경력의 이광수나 최남선을 문예지에 수록하는가 하면, 남북 관계에 대해서도 이념적 색채를 강요하지 않는 작품들이 확대되는 등 다각적인 태도 변화를 이어오고 있다.

물론 남북한은 군사적 차원에서 아직도 휴전협정을 평화협정으로 변경하지 아니한 임시 휴전의 상태가 지속되고 있는 형편이며, 동해에 유람선이 오가는 동안 서해에 무력 충돌이 발생하는, 매우 불안정하고 아이러니컬한 상관관계에 있는 것이 사실이다. 우리와 유사한 사정에 있던 독일,

베트남, 예멘 등은 모두 통일을 이루었고 중국의 양안관계도 거의 무제한적인 교류와 내왕을 허용하고 있는데, 유독 우리 남북한은 여전히 이산된 가족들의 생사소식을 알 수 있는 엽서 한 장 주고받지 못한다.

이 극심한 대척적 상황, 한쪽에서는 인도적 차원에서 조건없는 경제적 지원이 이루어지고 다른 한쪽에서는 과거의 냉전적 관행을 완강한 그루터기로 끌어안고 있는 민감하고 다루기 어려운 상황을 넘어설 길은 여전히 멀고 험하기만 한 것인가? 바로 이 대목에서 우리는, 오랜 세월을 두고 축적된 민족적 삶의 원형이요 그것이 의식화된 실체로서 문학과 문화의 효용성을 내세울 수 있다.

남북간의 진정한 화해 협력, 그리고 합일된 민족의 미래를 도출하는 힘이 군사정권의 권력처럼 총구로부터 나올 것인가? 진정한 민족의 통합은 국토의 통합이 아니며, 정치나 경제와 같은 즉자적인 힘이 아니라 문학과 문화의 공통된 저변을 확보하는 일에서부터 시작하는 것이 마땅하다. 그러기에 '북한문학'인 것이다. 더욱이 북한에 있어서 문학은 인민 대중을 교양하는 수단이요 당의 정강정책을 인민의 현실 생활에 반영하는 훈련된 통로에 해당한다. 그러한 까닭으로 오늘의 북한문학은 단순히 문학으로 그치지 않으며, 남북 관계의 변화의 발전을 유도하고 측정하는 하나의 바로미터로 기능한다.

사정이 그러할 때 문학을 매개로 한 남북한 문화통합의 당위적 성격은, 귀납적으로는 그것이 양 체제의 통합이 완성되어야 한다는 사실의 징표인 동시에, 연역적으로는 여러 난관을 넘어 그 통합을 촉진하는 실제적 에너지가 된다는 사실의 예단이다. 이와같은 이유로 남북한의 문학과 문화를 비교 연구하고 문화이질화 현상의 구체적 실례를 적시(摘示)하여 구명하는 것은 매우 중요한 과제가 된다. 이러한 성격의 일, 곧 길이 없는 곳에 길을 내면서 가는 일은, 결코 말로만 하는 구두선(口頭禪)에 그쳐서는 진척이 없다.

이번에 상재하는 북한문학 연구자료총서 Ⅰ·Ⅱ·Ⅲ·Ⅳ권은, 바로 그와 같은 인식의 소산이며 문학을 통한 남북한 공통의 연구와 새로운 길의 전개에 대한 소망으로부터 말미암았다. 여기서 새로운 길이란, 앞서 언급한 바와 같이 남북한문학에 대한 전향적 인식의 연구를 포함하면서, 동시에 그 양자 간의 좁은 울타리를 넘어 세계에 펼쳐져 있는 한민족 문화권의 문학을 하나의 꿰미로 엮는 전방위적이고 전민족적인 연구에까지 이르는 학술적 미래를 지향한다. 이는 미주 한인문학, 일본 조선인문학, 중국 조선족문학, 중앙아시아 고려인문학 등 한민족 문학의 전체적인 구도 속에 놓이는 남북한문학의 좌표 모색을 뜻한다.

이 한민족 문화권의 논리와 그 의미망 가운데로, 해방 이래 한국문학과 궤(軌)를 달리해 올 수 밖에 없었던 북한문학을 초치하는 일은 여러 국면의 의미를 가진다. 실제적이고 물리적인 남북관계에 있어서도 그러하거니와, 더욱이 문학에 있어서 북한문학에 남북한 대결구도의 인식으로 접근해서는 양자 간 문학의 접점이나 문화통합의 전망을 마련하는 일이 거의 불가능하다. 우리는 지금까지 수도 없이 많은 구체적 경험을 통해 이를 보아 왔다. 그렇다면 어떤 방안이 있느냐는 반문이 당장 뒤따를 것이다. 그에 대한 대답으로 지금 논거한 한민족 문화권의 개념을 제시할 수 있을 터이다.

요약하여 말하자면 이 연구자료총서는 남북한 문화통합과 한민족 문학의 정돈된 연구, 곧 한민족 문화권 문학사의 기술을 전제하고, 그 전환적 사고와 의욕을 동반하고 있는 북한문학 자료의 선별과 집약이라 할 수 있겠다. 제Ⅰ권은 남한의 연구자들이 수행한 북한문학에 대한 연구의 대표적 성과들을, 그리고 제Ⅱ·Ⅲ·Ⅳ권은 북한문학사 시기 구분에 따른 북한문학 시·소설·비평의 대표적 작품들을 한데 모았다. 책마다 따로 선별된 작품을 통시적 흐름에 따라 잘 이해할 수 있도록 해설을 붙였다. 각기의 책에 수록될 수 있는 분량의 한계로 인하여, 더 많은 작품을 싣지 못한 것은 여전히 큰 아쉬움으로 남아 있다.

이 네 권의 연구자료총서가 발간되기까지 엮은이와 함께 애쓰고 수고한 많은 손길들이 있다. 여기 일일이 그 이름을 적지 못하지만, 차선일·권채린·이훈·양정애 선생을 비롯한 경희대학교 대학원의 현대문학 연구자들에게 마음으로부터 감사의 말씀을 드린다. 아울러 이처럼 좋은 모양의 책으로 꾸며준 국학자료원에도 깊이 감사드린다.

2012년 6월
엮은이 김종회

남한에서의 북한문학 연구

21세기에 들어서서도 남북 간에는 대립 및 긴장의 고조와 완화가 반복되면서, 상호간의 경색 국면이 좀처럼 궁극적인 해빙의 계기를 찾지 못하고 있는 추세다. 남북 관계는 줄곧 정치적 대립과 경제적 공존, 군사적 긴장과 문화적 소통 사이에서 아슬아슬한 외줄타기를 해온 것이 사실이지만, 2000년 6월과 2007년 8월 두 차례 열린 남북정상회담이 보여주듯 그 주조는 민족통합의 가능성에 대한 기대였다.

그런데 어렵게 온풍(溫風)을 조성한 남북 정세가 몇 차례 돌이키기 어려운 충돌로 말미암아 급격하게 냉각되어버린 것은 안타까운 일이 아닐 수 없다. 지난 남북 관계의 역사를 되돌아보면, 정치적 경직과 군사적 위기 상황으로 치달을 때마다 인도적 차원의 문화적 교류 및 협력이 평화적인 대화의 물꼬를 튼 경우가 적지 않았다.

비단 경색된 국면의 해소 또는 반전(反轉)의 계기를 찾기 위해서만이 아니라, 진정한 민족적 통합은 정신적 연대감과 문화적 동일성을 회복할 수 있는 합리적인 의사소통의 장이 마련될 때라야 가능하다. 정치적 화해와 제도적 결합만으로는 오랜 분단의 역사가 침전시킨 배타적 이질성을 극복하기 어렵기 때문이다. 문화적 차원에서 접촉과 결속의 기회를 확대함으로써 민족적 동질성과 연대감을 적극적으로 창출해 나갈 때 남북은 서로에 대한 간극을 극복할 수 있을 것이다.

북한문학 연구는 민족 동일성 회복을 위해 문화적 첨병 역할을 할 수 있는 소중한 분야이다. 남한에서 북한문학 연구가 본 궤도에 오른 것이 1990년대부터라고 할 때 이제 그 역사가 어느덧 20여 년에 이른다. 그동안 북한문학에 관한 자료와 논문들은 상당한 양이 축적되었다. 『북한문학의 심층적 이해』는 <북한문학 연구자료총서> 제1권으로서, 북한문학에 관한 남한 연구자들의 성과를 집약적으로 보여주는 21편의 글을 묶었다.

문예이론과 문학사에 대한 연구에서부터 시·소설·비평 등 각 문학 장르에 대한 고찰, 연극 및 가극 등 공연예술을 포함한 대중문화와 민속문화에 대한 조명, 나아가 남북 간 문화교류와 협력의 실상과 그 정책적 방안에 대한 강구에 이르기까지, 이 책은 북한의 문학 및 문화의 전모를 두루 살펴보고 그 체계를 파악할 수 있도록 그간 발표된 주요 논문들을 가려 뽑아 총 7장에 나누어 실었다.

제1장 '북한의 문예창작강령과 문예이론'은, 해방 이후부터 지금까지 북한 문예이론의 역사적 변천 과정과 그 특수성을 밝히는 글들을 모았다. 주지하다시피 북한 문예이론은 정치적 과제와 현안들에 민감하게 반응하는 특성을 보이는데, 여기 실린 글들은 최대한 객관적인 시각에서 체제 종속적인 북한문학의 특성을 설명하고 있다.

제2장 '북한문학사'는, 북한의 문학사에 반영된 한국 현대사와 문학사 기술에 내재되어 있는 인식론적 지평을 잘 짚어내고 있는 논문들을 실었다. 논자들은 정치 이데올로기에 경도된 북한문학사 기술의 문제점을 비판적인 시각에서 접근하고 있지만, 해방 이후 남과 북이 걸어온 길이 서로 어떻게 다르고 중첩되는지 비교할 수 있는 기회를 제공한다는 점에서 남다른 의미를 찾을 수 있을 것이다.

제3장 '북한 시'는, 주로 북한 시의 과거와 미래에 초점을 맞추어 그 지속과 변화의 과정을 대별해 볼 수 있는 글들을 나란히 두었다. 전후시기에 주목하여 북한 시의 기초적인 이념과 성격이 어떻게 형성되었지 살펴보는 한편, 통일 지향의 시대에 이념을 탈피한 북한 시의 미적 가능성을 점검하

고 있다.

제4장 '북한 소설'은, 북한 사회의 다채로운 실상을 반영하는 주요 소설 및 그 흐름을 개괄하는 논문들을 한자리에 모았다. 세 편의 글은 각기 다루고 있는 기간과 소재의 범위가 넓고 다양하여 전후부터 2000년대까지, 전쟁 문제와 비전향장기수, 여성 문제 등에 이르기까지 소설에 나타난 북한 사회의 변화 양상과 가치관의 변모를 작품 분석을 통해 살펴보고 있다.

제5장 '북한 비평'은, 수령과 당의 정책 변화에 따른 북한문학의 동향을 알려주고 현실에 대응하는 문학적 논리를 선명하게 보여주는 비평의 양상을 논구한 글들을 묶었다. 이들 연구는 무엇보다 비평의 실태를 파악할 수 있는 자료에 실증적으로 접근함으로써 북한 비평의 실체를 부각하는 데 기여하고 있다.

제6장 '북한 공연예술'은, 아직 남한 연구자들의 관심과 인식이 부족한 연극 및 민족가극 등 공연예술에 대한 역사적 개관과 특징을 다룬 글들을 실었다. 북한에서는 다른 어떤 장르보다 민족가극 등의 공연예술을 통해 당의 정책과 이데올로기를 선전하고 인민을 교육하였다는 점을 고려할 때, 이들 연구는 북한 문예의 특성을 보다 가깝게 이해하는 데 도움을 줄 것이다.

제7장 '북한 문화'는, 통일시대의 문화통합을 예비하여 이제까지 남북 간 문화교류의 정책과 방향을 진단하는 글들을 모았다. 남북 간 문화교류와 협력의 증진은 분단의 고착으로 이질화된 문화의 차이와 생활양식의 간격을 좁히는 길밖에 없다. 그러기 위해서는 응당 서로 다른 모양으로 굳어진 삶의 항목들을 자세히 들여다보고 그 차이를 포용해야 한다. 북한의 대중문화와 민속문화 등을 일목요연하게 소개해주는 글들은 남북한 생활양식과 문화적 차이의 이질성을 상쇄하는 데 도움을 줄 것이다.

이 책이 북한의 삶과 문학에 대한 이해를 높여 민족적 연대감과 문화통합의 가능성을 앞당기는 일에 기여할 수 있기를 바란다. 더불어 앞으로 남한에서의 북한문학 연구가 더욱 넓고 굳건한 토대에서 성장하여 통일문학사와 보다 포괄적인 한민족 문화권 문학사를 준비하는 밑거름이 될 수 있기를 기대한다.

| 차례 |

머리말

제1장 _____ 북한의 문예창작강령과 문예이론

김종회 『주체문학론』이후 북한문학의 방향성   17
김용직 북한의 문예정책과 창작지도이론에 관한 고찰   48
박수연 북한의 문예이론   84

제2장 _____ 북한문학사

김종회 북한문학에 반영된 한국 현대사 고찰   115
김재용 분단극복과 한국근대문학연구의 지평 확대
    ─ 북한의 근대문학사 인식 비판(3)   144
유문선 최근 북한 근대문학사 인식의 변화
    ─『현대조선문학선집』(1987~)의 '1920~30년대 시선'을 중심으로   160

제3장 _____ 북한 시

오성호 전후 복구건설기의 북한시 연구   193
남기혁 북한 전후시의 전통과 모더니티 연구   216
홍용희 통일시대를 향한 북한시의 미적 가능성   264

제4장 ＿＿＿＿ 북한 소설

유임하 전후 북한 소설의 양상   287
박태상 북한 소설『자유』연구   308
정순진 북한 여성 정체성의 소설적 형상화 – 2000년대 북한 소설을 중심으로   329

제5장 ＿＿＿＿ 북한 비평

오창은 '고난의 행군' 시기 북한문학평론 연구
     – 수령형상 창조・붉은기 사상・강성대국건설을 중심으로   353
신두원 해방 직후 북한의 문학비평 – 민족문학론과 리얼리즘론을 중심으로   377
김성수 사실주의 문예비평의 전개와 ≪문학신문≫ – 1950~1960년대 북한문학의 동향 410

제6장 ＿＿＿＿ 북한 공연예술

서연호 북한 연극의 실태와 원리에 관한 고찰   425
이영미 북한 민족가극 <춘향전>의 공연사적 위치와 특징   449
이춘길 북한 공연예술문화의 전개에 대한 사적 고찰   476

제7장 ＿＿＿＿ 북한 문화

이혜주 남북문화교류를 통한 문화공동체 형성 방안   515
최영표 남북 교류・협력의 실상과 의미   534
김동훈 북한의 대중문화와 민속문예학연구의 조명   558

겨울밤의 평양

북한의 시

| 차례 |

머리말

제1장 _____ 평화적 민주건설 시기(1945~1950)

沈三文 炭探夫 23 ┃ 宋順鎰 農村의 밤 24

李貞求 새 李節 27 ┃ 金常午 憎惡 29

金光燮 감자 現物稅 33 ┃ 金舞石 山鄕 39

康承翰 首陽山工에서 43 ┃ 趙鶴來 그는 강철이다 45

金春姬 우리는 이 길을 지킨다 47 ┃ 吳章煥 飛行機 위에서 51

李園友 나는 우리들의 총을 베었다 55

韓鳴泉 鍛造工의 노래 58 ┃ 洪淳哲 新年讚歌 63

金友哲 高地마다에 이름을 부침은 66

李地用 영예로운 이 소리 들으라 70 ┃ 白仁俊 그이를 모시고 84

李石丁 탄광지구 사택거리에서 87 ┃ 黃民 새로운 전투로 전진합니다 89

馬禹龍 사랑 93 ┃ 洪淳哲 山사람들의 밤이어! 96

安龍灣 江畔吟 102 ┃ 朴南秀 어서 오시라 107

李豪男 故鄕 110 ┃ 吳章煥 雪中의 都市 113

朴八陽 五·一의 노래 119 ┃ 吳章煥 모쓰크바의 五·一절 122

李園友 교대시간 130 ┃ 趙靈出 山으로 간 나의 아들아 134

제2장 _____ 조국해방전쟁 시기(1950~1953)

林和 平壤 141 ㅣ 朴八陽 五一節 144

李園友 우리 小隊長 148 ㅣ 정문향 나는 붕대를 풀었다 152

안막 서정시초 156 ㅣ 김상오 감사 162

조벽암 입대의 아침 165 ㅣ 리찬 높은 고지에 171

황하일 아들 178 ㅣ 리맥 한길을 걸어 185

김소민 안해의 맹세 190 ㅣ 박세영 문공단 환송의 밤 195

고 韓民 바다 200 ㅣ 백인준 출격을 앞두고 204

백인춘 봄밤 209 ㅣ 리용악 막아보라 아메리카어 212

김순석 들꽃은 펴도 216 ㅣ 리호남 어떤 마을을 지나며 220

민병균 아들과 아버지와 딸과 224 ㅣ 정서촌 그 청춘은 살아 있다 229

동승태 한 알의 씨앗이라도 236 ㅣ 홍순철 새 날의 노래 240

원진관 어머니를 달라 246 ㅣ 허진계 바다의 소녀 249

강립석 조선 어머니의 념원 252 ㅣ 조벽암 승리의 十월 255

리효운 로씨야의 대지에서 259 ㅣ 박종렬 입당 하는 날 263

동승태 기중기를 돌리며 266 ㅣ 박팔양 중국 인민 지원군 271

제3장 _____ 전후복구기(1953~1958)

허진계 다리를 건넌다 277 ┃ 전동우 아침은 부른다 281

인민군 김영철 평양 284 ┃ 민경국 도표판 앞에서 288

박팔양 위대하신 그분 291 ┃ 박문서 용접공의 노래 295

조령출 쓰딸린 거리에서 299 ┃ 허진계 친선의 노래 304

김병두 행복 308 ┃ 박세영 나는 쓰딸린 거리를 건설한다 312

민병균 두 수령 315 ┃ 민병균 레닌그라드여 318

리순영 언약 321 ┃ 김철 기뻐하노라 324

박산운 우리는 언제나 잊지 않네 327 ┃ 전동우 겨울밤의 평양 331

전초민 꽃씨 333 ┃ 박산운 이른 새벽에 부르는 노래 336

마우룡 노을이 퍼지는 새벽마다 339 ┃ 김병두 장수바위 앞에서 342

박우 나의 편지 344 ┃ 안룡만 붉은 별의 이야기 347

김우철 一〇월의 아침에 353 ┃ 박근 우등불 밝은 곳에서 356

김병두 선언 358 ┃ 전동우 그대에게 361

로민손 전별 364 ┃ 한윤호 모스크바─평양 367

리호일 평화의 불빛 속에 371 ┃ 정서촌 우리는 선언한다 375

박승 강화도가 보이는 벌에서 378 ┃ 김광섭 비단 382

한진석 불 385 ㅣ 김조규 포전 오락회 387

김조규 호수'가를 걸으며 389 ㅣ 김조규 섬 391

리맥 평양 393 ㅣ 정문향 상륙지점 396

리응태 다시 씨비리를! 399 ㅣ 리응태 생활의 흐름 402

신진순 몽고양 405 ㅣ 박승 한밤'중에 407

조령출 영원한 사랑아 410 ㅣ 김학연 푸른 숲이여! 413

박우 끊어진 고압선 415 ㅣ 서만일 당 회의 뒤에 417

제4장 _____ 천리마운동기(1958~1967)

조벽암 어머니 만나기 돌격대 423

안룡만 동백꽃 425 ㅣ 안막 쏘베트 대지우에서 428

김상오 렬사의 아버지 430 ㅣ 로재룡 새 집에 드는 날 433

리정구 3.1 회상 436

박세영 당신은 공산주의에로의 인도자 438

김광섭 백양나무 441 ㅣ 백석 축복 443

리효운 어머니의 마음 445 ㅣ 박종렬 나는 그려 보았네 448

김광섭 더 밀어 가리라 451 ㅣ 박종식 뜨락또르 운전사 454

김화견 하나의 마음, 하나의 눈 457 ┃ 정서촌 청산리에서 460

김광섭 천리마의 기세로 464 ┃ 안충모 청춘 466

상민 로력일 468 ┃ 정동찬 조합의 딸 470

안룡만 나는 당의 품에 자랐다 474 ┃ 백하 축로공들 478

김순석 들끓는 조국애 480 ┃ 리병철 탄부의 기쁨 483

박팔양 보천보 486 ┃ 최창섭 야금 기지에 대한 이야기 488

정문향 그대는 나에게 주고 있구나 493

리범수 그치지 않는 호각 소리 496 ┃ 강립석 한 농민과의 담화에서 499

한진식 그리움 502 ┃ 정서촌 조국 504

백인준 계급의 가수 506 ┃ 정화수 해산 없는 대회장에서 508

김병두 나는 전로공! 512 ┃ 박세영 새 파종기 515

김화견 락원이여! 518 ┃ 박세영 밤의 제강소 521

박호범 나이에 비해선 해 놓은 일이 더 많은 … 524

함영기 조국기행 (관서편) 527 ┃ 김병두 메아리 530

오영환 군복 입은 곳 532 ┃ 박호범 로동자의 노래 535

조벽암 누구의 아들이냐 538 ┃ 권태여 일번선으로! 541

전우민 어느 네거리 어느 골목에서 만나도 543 ┃ 박호범 별 많은 하늘 545

리선을 공장 신문을 받아 들 때마다 548 ┃ 방금숙 서울을 지나며 551

박세영 그대 천리마 시대에 바친 위훈은 554

송돈식 창밖엔 풍년눈 내리는데 557

리범수 병사들은 또다시 산을 넘는다 560

정동찬 조국을 수호하는 사람들에게 ··· 564 ┃ 백하 선고 567

김선지 경사로운 아침 570 ┃ 리호일 천리마의 선서 573

김화견 그이를 우러러, 그이를 따라 575

한진식 또다시 선거날이 온다 578 ┃ 양운한 영웅에 대한 시 582

제5장 _____ 주체 시기(1967~1980)

안창만 오늘도 뜨락또르 행렬이 떠나간다 587

김석추 그 계단을 딛고 오릅니다 591

김송담 보통 강, 행복의 흐름이여 595

김재윤 심장의 말 599 ┃ 윤두만 어머님의 위대한 사랑이여! 603

김송남 빛나라, 불멸의 자욱이여! 607

채영도 우리 시대의 이야기 612 ┃ 전병선 룡성이여! 615

최국산 받아 안는 행복이 크면 클수록 ··· 619

김응하 5월의 봄밤 622 ┃ 박세영 위대한 사랑의 창조물 625

리상진 삼지연 629 ı 안창만 3대혁명의 빛발이 흐른다 631

최준경 우리는 주체의 길을 간다 636 ı 정영호 영광의 상상봉 우에 640

김정호 위대한 사랑의 령마루에서 644 ı 배헌평 청산리의 버드나무 648

오필천 사랑의 법전 우에 651 ı 오필천 계급의 숨결을 안고 655

배헌평 은혜로운 당의 품이여 659 ı 리상건 동해선 천리 662

문재건 이 땅에 넘치는 기쁨의 노래 666

배헌평 단조공의 노래 670 ı 리일복 영원한 배움의 길 674

조룡관 사랑의 해비 678 ı 동기춘 위대한 사랑의 태제 681

김송남 탄생 686 ı 김윤철 한 줌의 흙, 한 치의 땅을 두고 689

정동찬 세계여 창문을 열라 693 ı 오필천 우리의 신념 698

김우협 불길 703 ı 오필천 높이 들자 자력갱생의 붉은 기치 708

서진명 농장의 여름밤에 714 ı 박세옥 백두산정 우에 716

김상오 공화국 기치 723 ı 유성옥 누리에 빛나는 언덕 727

송명근 기쁨 730 ı 황승명 미더운 사람 735

림호권 광주의 꽃 738 ı 김석주 당을 생각하는 마음 742

김희종 빛나는 전망을 안고 748 ı 김석주 당 752

강현세 풍산민요 756

제6장 _____ 현실주제문학 시기(1980~현재)

차영도 빛나라, 1980년대여 761 ㅣ 전계승 백두산의 산메비 766

황승명 아들 770 ㅣ 림종근 종소리 772

송찬웅 철산봉 774 ㅣ 오영환 해돋이 777

오영재 인간의 도덕 780 ㅣ 림유길 그리움에 사무쳐 783

김철 나는 책임진다 786 ㅣ 리정술 북변의 기적소리 790

리정술 청춘과 사랑 792 ㅣ 박정순 학교 가는 아들을 보며 795

리기택 교문 798 ㅣ 한정현 좋구나, 이런 밤은! 801

최병원 그가 어찌 알 수 있었으랴 804 ㅣ 서진명 기관사, 나의 목소리 807

리동후 땅의 소원 811 ㅣ 김기철 북바다소리 814

김웅하 어머님의 모습 816 ㅣ 김철 나를 알려거든 819

김은숙 나의 천만 리 823 ㅣ 리명근 뜨거운 손길 826

오재신 나의 하루, 나의 한 생 829 ㅣ 남필현 미나리 밭 832

리명근 뜨거운 말 835 ㅣ 박근원 우리 큰 집 뜨락 837

방종옥 농장원의 인사 840 ㅣ 김윤호 그 마음 고마워 843

최광일 이 길은 845 ㅣ 리동후 첫 출근길의 아침에 848

김봉운 내 조국의 나이 852 | 강성국 탄전의 저녁풍경 855

최창만 죄악의 력사를 고발한다 858 | 박세일 시인과 통일 862

리진철 맡기고 갑니다 865 | 리득규 어머니의 흰 머리를 빗어 드리며 868

김명익 례루못에 대한 시 871 | 문선건 50년 그해 여름 874

박근원 태양상 미소의 그 빛발 876 | 김정삼 대학 현판 앞에서 879

전승일 8. 15 폭풍을 불러오리라 882 | 홍철진 심장에 새겨진 모습 885

김선화 아무도 모를 겁니다 888 | 장명길 숲은 애국으로 푸르다 891

서봉제 보천보는 잠들지 않는다 894 | 리진협 벌의 공상 897

정성환 백두의 이깔단풍 900 | 박현철 그들은 11명이 아니였다 903

력사의 자취

북한의 소설

| 차례 |

머리말

제1장 _____ 1945~1950 '평화적 민주건설' 시기

이기영 개벽   17
최명익 마천령   49
한설야 개선   81
이춘진 안나   104
이태준 먼지   130

제2장 _____ 1950~1953 '조국해방전쟁' 시기

김남천 꿀   179
이북명 악마   192
황건 불타는 섬   211
박웅걸 상급 전화수   230
윤세중 구대원과 신대원   247

**제3장 _____ 1953~1967 '전후복구건설과 사회주의 기초건설을
위한 투쟁' 시기**

유항림 직맹반장   275
김형교 궤도   338
권정룡 애착   365

김북향 아버지와 아들   387

지봉문 채광공들   446

권정웅 백일홍   461

第4장 _____ 1967~1980 '주체사상화를 위한 투쟁' 시기

권정웅 력사의 자취   503

최학수 큰 심장   525

엄단웅 자기 위치 앞으로   551

리종렬 해빛을 안고 온 청년   571

백보흠 발걸음   618

남대현 광주의 새벽   648

第5장 _____ 1980~현재 '현실주제문학' 시기

조희건 번개잡이 비행선   669

정현철 희열   685

리태윤 사랑   705

강복례 직장장의 하루   741

한웅빈 '행운'에 대한 기대   764

김홍익 살아 계시다   787

한성호 억센 날개   818

김정희 버들꽃   852

김진경 행복의 조건   879

문학예술의 혁명적 전환

북한의 비평

| 차례 |

머리말

제1장 _____ 평화적 민주건설 시기(1945~1950)

윤세평 「신민족문화수립을 위하여」   19
북조선 문학예술총동맹 「시집 '응향'에 관한 결정서」   27
한 효 「고상한 리알리즘의 체득」   31
안 막 「민족예술과 민족문학건설의 고상한 수준을 위하여」   38

제2장 _____ 조국해방전쟁 시기(1950~1953)

한 효 「조선 문학에 있어서 사회주의 레알리즘의 발생조건과
                          그 발전에 있어서의 제 특징」   59
김남천 「김일성 장군의 령도 하에 장성 발전하는 조선민족문학예술」   82
엄호석 「로동 계급의 형상과 미학상의 몇 가지 문제」   105

제3장 _____ 전후복구기(1953~1958)

김명수 「우리 문학에 있어서의 전형과 갈등 문제」   141
안함광 「소설 문학의 발전상과 전형화상의 몇 가지 문제」   172
김명수 「흉악한 조국 반역의 문학」   204
김하명 「문학 유산 연구에 대한 의견」   238
김하명 「풍자문학과 사회주의적 사실주의」   248

제4장 _____ 천리마운동기(1958~1967)

김일성 「천리마 시대에 맞는 문학예술을 창조하자」 277
박종식 「시인과 개성」 292
로금석 「천리마 기수들의 전형창조와 작가의 시대적 감각」 325
엄호석 「천리마의 서정과 전투적 시 정신 (2회)」 348

제5장 _____ 주체 시기(1967~1980)

김정일 「문학예술작품창작에서 혁명적인 전환을 일으킬데 대하여」 393
장형준 「우리당의 혁명적 문예전통과 그 빛나는 계승발전」 418
김정일 「우리의 사회주의 현실이 요구하는 혁명적 문학 작품을
　　　　　　　　　　　더 많이 창작하자」 430
김태경 「위대한 수령님의 현명한 령도 밑에 찬란히 꽃핀
　　　　　　　　재일조선작가들의 자랑찬 문학성과」 442

제6장 _____ 현실주제문학 시기(1980~현재)

류　　만 「혁명적 수령관을 깊이 있게 구현하기 위한 형상의 몇 가지 문제」 461
류　　만 「90년대 인간성격창조문제에 대한 소감」 479
김성우 「풍만한 서정 속에 안겨오는 동지애의 심오한 철학」 493
김해월 「위대한 령도자의 형상창조와 작가의 새로운 창작적 지향」 513
류　　만 「서정시 「어머니」에서 새롭게 탐구된 서정세계를 두고」 529
김정철 「민족성과 우리 시, 생각되는 몇 가지」 539

제1장

북한의
문예창작강령과 문예이론

『주체문학론』 이후
북한문학의 방향성

김종회

1. 서론

2000년 6월에 개최된 남북정상회담 이후 남북 간의 다양한 인적·물적 교류가 진행되고 있지만, 아직도 우리 앞에 놓여 있는 분단의 상처와 흔적은 엄연한 현실로 존재한다. 또한 분단 현실에서 파생된 정치·경제·사회·문화적 여러 난관들이, 세계정세의 역동적 변화 속에서도 여전히 한반도 문제 해결의 현실적 걸림돌로 실재하고 있다. 하지만 민족 통합이라는 절체절명의 과제는 우리에게 20세기 한반도에서 벌어진 전쟁과 분단의 역사를 딛고, 21세기 한민족의 새로운 도약과 비상을 준비할 것을 엄중히 요구하고 있다.

탈냉전 세계화 시대에 전 지구적 질서는 이미 다기한 개인의 정체성이 민주적으로 혼재하는 정보화 사회로의 재편을 경험하고 있다. 하지만 한반도는 여전히 냉전의 그늘에 묶여 앞날을 예측하기 어려운 난제들이 현존하는 실정이다. 특히 남북의 폐쇄적 혹은 단발적 상호 교류는 한반도 문제의 점진적 해결을 더디게 진행시키고 있다. 이제 보다 적극적인 교류와 협력, 대화와 공존의 열린 자세가 절실한 때이다.

이 글에서는 현재까지 북한 문예이론의 지침서인『주체문학론』의 의미를 고찰하면서 담론적 차원에서 드러나는 미세한 균열의 징후를 포착하고자 한다. 그러한 균열의 징후가 조국통일, 청춘 남녀의 애정, 과학환상, 이농 문제 등을 다룬 1990년대 이후 북한 단편소설 속에서 어떻게 표현되고 있는지를 구체적으로 살펴보고자 한다. 또한 1994년 김일성의 사망 이후 유훈통치 시대를 포함하여 김정일 시대를 형상화한 시들을 선군 정치시대의 시와 반제반미사상의 시로 나누어 살펴보고자 한다. 이러한 고찰을 통해『주체문학론』이후의 북한문학의 방향성을 가늠해볼 수 있을 것이다.

2.『주체문학론』의 의미 고찰

2000년 남·북 정상의 만남 이후 경제 협력과 이산가족의 상봉 등 정부·민간 차원의 교류가 활발하게 논의되고 있는 지금, 표면적으로는 통일의 분위기가 무르익은 듯이 보인다. 일부 학계에서는 분단 시대가 가고 통일 시대가 오고 있다는 흥분을 감추지 않고 있다.1 그러나 문학의 경우 1992년 이후 지금까지 북한의 문예이론 지침인 김정일의『주체문학론』2은 북한 체제의 근본적인 변화 가능성을 보여주지는 못하고 있다. 따라서 우리의 독법은 담론적 차원에서의 근본적 변화가 아니라 담론의 이면에 내포되어 있는 미세한 균열의 징후를 포착하는 것을 필요로 한다.

해방 이후 북한의 문예학은 1967년을 기점으로 커다란 변화를 보인다. 1967년 이전까지는 마르크스─레닌주의의 유물론적 문예이론을 당의 공식적인 노선으로 채택하였다. 그러나 1967년을 기점으로 북한은 이전의 문예이론을 주체적으로 계승한 '주체문예이론'을 당의 공식 문예이론으로

---

1 강만길·김경원·홍윤기·백낙청,「좌담, 통일시대를 어떻게 살아갈 것인가」,≪창작과 비평≫, 2000년 가을호.
2 김정일,『주체문학론』, 조선로동당출판사, 1992.

삼는다.3 이후 지금까지 북한의 문학은 주체문예이론이라는 공식틀을 벗어나지 않고 있다. 따라서 북한문학에 대한 접근은 주체문예이론 자체를 비판·거부하기보다는 주체문예이론 내부의 미세한 균열의 징후를 감지하는 작업이 유효할 수 있을 것이다. 이러한 관점에서 많은 연구자들이 1980년대 북한문학에 주목하였다. 주체문예이론의 틀을 크게 벗어나지 않으면서 다소 유연한 시각을 견지한 작품들이 발표되었기 때문이다. 80년대 현실 주제의 북한 소설은 일상생활의 '숨은 영웅'을 형상화한다든지 애정 문제를 본격적으로 다루거나 북한 사회의 관료주의적 속성을 비판하였다. 이는 주체문예이론의 경직성을 내부적으로 반성하는 징표로 해석되기도 하였다.4

그러나 1980년대 후반의 동구 사회주의권의 붕괴에 뒤이은 북한 사회의 가뭄과 기근은 북한 체제를 근본적인 위기 상황으로 몰고 갔다. 국제적인 고립과 내부적 문제를 해결하기 위해 북한의 문학은 다시 보수적인 경향으로 후퇴하였다. 이에 1990년대 북한문학은 1980년대 문학의 유연성을 확장·발전시키지 못하고 과거의 주체문예이론을 강화하는 방향으로 나아간다. 그러나 이미 사회주의적 현실 문제를 나름대로 깊이 있게 형상화한 체험을 간직한 북한의 작가들이 주체문예이론의 당위적 명제 앞에 굴복하여 순순히 과거의 작품 경향으로 회귀하지는 않는 듯하다.

김정일의 『주체문학론』은 1980년대 문학의 유연성과 1990년대 문학의 경직성 사이의 이러한 딜레마를 반영한다. 『주체문학론』의 첫 장이

---

3 김정일, 「문학예술부문에서 당의 유일사상체계를 튼튼히 세울데 대하여」(1967.5.30)/「작가, 예술인들 속에서 당의 유일사상체계를 철저히 세울데 대하여」(1967.7.3)/「문학예술작품에 당의 유일사상을 구현하기 위한 사업을 실속있게 할데 대하여」(1967.8.16) 등 참조.

4 김재용은 1980년대 현실 주제의 북한 소설은 '북한 당대 현실내에서 제기되는 절실한 문제들을 폭넓게 다룬다는 점에서 그 이전의 소설과 다른 것은 물론이고 북한 사람들의 진지한 관심과 사랑의 대상이 되고 있다'고 지적한다(김재용, 「1980년대 북한 소설문학의 특징과 문제점」, 『북한문학의 역사적 이해』, 문학과 지성사, 1994, 271쪽 참조).

'시대와 문예관'이라는 점은 의미심장하다. '새 시대는 주체의 문예관을 요구한다'로 요약되는 이 장은 새롭게 조성된 정세에 대한 북한식의 대응 방안을 잘 보여준다. 이는 1990년대의 시대적 상황이 요구하는 절박한 과 제를 스스로 반영하는 것이다. 위기의 시대를 대응하는 북한식의 처방전 은 과거의 주체문예이론으로 재무장을 요구한다. 따라서 이 장을 이해하 는 핵심은 주체문예이론 내부의 미세한 균열(새롭게 조성된 시대 상황과 주체문예이론 사이의 불균형)을 포착하는 데에 있다. 변화된 시대에 능동 적으로 대처하려는 고육지책苦肉之策에서 나왔지만 이러한 균열은 북한문 학의 변화가능성을 보여주는 소중한 지표가 될 수 있다.

'주체적문예활동방법'이란 "문학예술 창작과 지도에서 나서는 모든 문 제를 주체적립장에서 우리 식으로 풀어나가는 것"을 말한다. 이러한 주체 성의 강조는 새롭게 조성된 정세를 돌파하는 데 있어서 '민족적 특성'을 강조하는 방향으로 나아간다. 세계적으로 고립된 스스로의 정치 체제를 유지·보존하기 위해서는 '조선민족제일주의정신'[5]을 발양시킬 필요가 있는 것이다. 하지만 이러한 요구도 그 자체의 당위성만을 강조한다고 해 서 이루어지는 것이 아니며, 우리가 주목하는 부분이 바로 여기이다. 김정 일은 "문학에서 어떤 인물을 전형으로 내세우려면 일반화의 요구와 함께 개성화의 요구"도 실현하여야 하며, "문학에서 사상성이 없으면 예술성이 없고 예술성이 없으면 사상성도 있을 수 없다"고 말하고 있다. 물론 일반 화의 요구나 사상성이 개성화의 요구나 예술성을 규정하는 일차적인 요소 라는 단서를 달고 있지만, 개성과 예술성의 중요성을 구체적으로 언급하 고 있다는 점은 의미심장하다. 보다 구체적으로 이 둘의 조화를 요구하는 방법이 이어서 논의되고 있기 때문이다.

① 문학의 묘사대상에는 자주성을 위한 인민대중의 투쟁뿐 아니라 생활의 모

---

5 김정일, 「조선민족제일주의정신을 높이 발양시키자」(1989.12.28), 조선로동당 중앙 위 책임일군들 앞에서 한 연설.

든 분야, 모든 령역이 다 포괄되며 한 작품 안에서도 생활분야가 국한되거나 한정되어 있지 않고 여러 갈래로 복잡하게 얽혀있다. 문학은 복잡한 인간생활을 그 본래의 모습 그대로 묘사하여야 생활을 다양하고 풍부하게 보여줄 수 있다.[6]

② 우리 시대 인간의 높은 혁명성과 뜨거운 인간성을 심오하게 그려내여 사람의 문화정서교양에 도움을 주자면 작품에서 딱딱한 정치적인 술어나 구호 같은 것을 라렬하지 말고 현실에 있는 산 사람의 사상과 감정, 생활을 구체적인 화폭으로 생동하게 그려야 한다.[7]

위의 인용문은 '자주성을 위한 인민대중의 투쟁'과 구체적인 현실의 다양한 감정을 있는 그대로 포착하여야 함을 강조하고 있다. 이는 '혁명성'과 '인간성' 혹은 정치적인 구호와 '산 사람의 사상과 감정, 생활'을 구체적인 화폭으로 생동하게 그려야 한다는 주장으로 변주된다. 예를 들어, "언어와 구성, 양상과 형태와 같은 일련의 형상수단과 형상수법을 다 동원하여야 내용을 충분히 살릴 수 있다"던가 "사람의 구체적인 성격과 생활에 파고들어야 하며 그 과정에 정치적 내용이 스스로 우러나오게 작품을 써야 한다" 등의 주장은 앞으로의 북한문학이 이념 중심에서 생활 중심적인 문학으로 나아갈 것이라는 징후를 보여준다. 철학적인 것과 형상적인 것의 통일을 보장하는 데에서 형상보다 결론을 앞세우지 않고 형상에 대한 결론을 독자에게 맡겨야 한다는 주장은 이러한 논의의 연장으로 이해된다.

이렇듯 '제1장 시대와 문예관'은 새롭게 조성된 시대에 대응하는 북한의 수세적 방어 전략을 보여준다. 위기의 시대를 과거의 주체사상에 대한 강조로 극복하려는 의도는 다소 무리한 시도로 보인다. 하지만 이러한 요구를 실현하려는 구체적 방법을 제시하는 부분에서 기존 문예이론의 경직성을 다소 탈피하고 있다는 점에서 긍정적으로 받아들여진다.

---

6 김정일, 앞의 책, 19쪽.

7 김정일, 앞의 책, 20쪽.

현실과 당위의 불균형을 극복하려는 시도는 '제6장 문학형태와 창작실천'에서 보다 구체적이고도 현실적으로 제기되고 있다. '제6장 문학형태와 창작실천'에서 김정일은 시, 소설, 아동문학, 극문학 등의 형식과 창작실천에 대해서 구체적으로 언급하고 있다. 시문학에서는 당의 정책적 요구와 서정성을 조화시키는 문제를 주로 논의하고 있다.

① 시문학의 서정성을 높이자면 시인의 개성적인 얼굴을 뚜렷이 드러내는 것이 필요하다. 시의 서정은 시인자신의 정서를 직접 표현하는 주정이다.[8]
② 시에서는 서정적주인공의 모습이 뚜렷하여야 하며 다른 사람이 대신할 수 없는 독특한 정서세계가 펼쳐져야 한다.[9]

그러나 '다른 사람이 대신할 수 없는 독특한 정서세계'와 당의 정책적 요구를 어떻게 조화시킬 것인가, 인간생활을 떠나 순수 자연을 찬미하는 시와 아름다운 자연을 통하여 거기에 비낀 인간세계를 깊이 있게 드러내는 작품을 어떻게 구분할 것인가의 문제는 여전히 미해결의 과제로 남는다. 이러한 구체적인 문제를 깊이 있게 천착할 때 북한의 시문학은 이념과 서정 사이의 간극을 어느 정도 좁힐 수 있을 것이다.

김정일은 소설 속에 형상화된 생활은 "시대와 사회의 본질이 반영된 전형적인 생활이며 작가의 발견이 깃든 새롭고 특색있는 생활"이라고 주장하면서, 도식은 "문학과 독자사이를 갈라놓은 장벽"이므로 작가는 "온갖 도식에서 벗어나 저마다 새로운 것을 들고나와야 한다"[10]고 함으로써 도식에서 벗어난 형상성의 문제를 제기한다.

그러나 이러한 장벽은 주체문예이론 자체의 도식성이 아니라 소설 창작 기법과 관련된 도식성이다. 이어 그는 '다주인공을 설정하는 수법', '주

---

8 김정일, 앞의 책, 228쪽.
9 김정일, 앞의 책, 229쪽.
10 김정일, 앞의 책, 244쪽.

인공을 감추어놓고 형상하는 수법', '부정적 인물을 중심에 놓고 형상'하는 수법, '인물의 심리를 기본으로 펼쳐나가면서 생활을 묘사하는 수법', '랑만주의 수법' 그리고 벽소설 같은 짧은 형식, 서한체, 일기체, 추리소설, 탐정소설, 실화소설, 환상소설, 의인화의 수법으로 엮어진 소설, 운문소설, 지능소설 등 다양한 기법과 형식을 소개하고 있다. 이러한 기법과 형식의 도식 배제가 곧바로 주체소설의 도식성을 극복하는 계기가 될 수는 없다. 하지만 다양한 기법과 형식의 실현이 주체소설의 내부에 조그마한 균열의 징후로 기능할 수는 있다. 이러한 징후에 대한 탐색과 발견이 소중한 이유도 바로 여기에 있다.

『주체문학론』에서 특히 주목하고 있는 영역은 아동문학이다. 아동들은 새시대를 이끌어갈 주역이기 때문이다. 이러한 아동문학에 대한 논의에서도 여지없이 내용과 기법 사이의 균열이 감지된다. 작가가 "아동문학을 우리 당의 정책과 우리나라 어린이의 특성에 맞는 우리식 문학으로 발전시켜야 한다"[11]고 강조함으로써 계몽적 담론과 민족적 특수성을 이야기하는 것은 기존의 관점과 차이가 없다고 볼 수 있다.

하지만 이러한 당위적 명제에 이어 김정일이 구체적인 기법 차원에서 아동문학의 형상화 문제를 언급하고 있는 것이 주목된다. 아동문학은 작품에 재미가 있어야 하며, 사상을 논리적으로 주입하려 하지 말고 흥미있는 형상 속에서 감성적으로 받아들이게 하여야 하고, 변화무쌍한 행동성과 강한 운동감이 느껴져야 한다는 것이다. 또한 되도록 쉬운 말과 표현을 써야 한다는 점을 강조한다. 이렇듯 "아동문학에서는 의인화된 수법과 환상, 과장, 상징을 비롯한 이미 있는 수법을 다양하게 리용하는 한편 새로운 형상 수법과 기교를 대담하게 창조하여야 한다"[12]는 인식은 기법적 새로움을 통해 이론적 당위와 형상성의 한계를 극복하려는 몸짓으로 읽을 수 있는 것이다. 이러한 당위와 형상 사이의 괴리는 '주체문예이론'의 미

---

11 김정일, 앞의 책, 254쪽.
12 김정일, 앞의 책, 256쪽.

래를 보여주는 징후로 기능할 수 있다.

김정일은 극문학, '텔레비죤문학', 평론문학 등 다양한 형태의 문학을 언급하면서 '그것을 발전하는 현실의 요구와 인민의 미감에 맞게 끊임없이 혁신해 나가는 것'이 중요하다고 강조한다. 이러한 표현은 그동안의 문학작품들이 '현실의 요구와 인민의 미감'을 도외시하거나 간과해 왔음을 역설적으로 파악하게 한다. 따라서 "우리는 력사적으로 이루어진 기성형태나 새로 창조하는 형태나 할 것 없이 모든 형태의 고유한 특성을 뚜렷이 살려 주체문학의 화원을 더욱 풍만하고 다채롭게 장식하여야 한다"[13]는 김정일의 강변은 오히려 기존의 '주체문학의 화원'이 왜소한 일면만을 지녀왔음을 실토하는 것이라고 할 수 있다.

이상으로 김정일의 『주체문학론』을 '주체문예이론' 내부의 미세한 균열에 초점을 맞추어 일별해 보았다. 『주체문학론』은 1960년대 후반에서 1970년대에 걸쳐 확립되어 1980년대 다소 유연하게 전개된 주체문예이론의 1990년대 판 중간결산이라 할 수 있다. 특히, 1980년대 북한문학은 전일화된 유일사상체계에 대한 반성으로 전개되었다는 점에서 주목을 요한다. 이에 『주체문학론』은 북한문학 내부의 '변화하고 있는 것'과 '변하지 않는 것' 사이의 미세한 긴장을 보여준다. 이는 당위와 욕망, 혁명과 일상, 이념과 기교, 내용과 형식 등 다양하게 변주되고 있다.

1994년 김일성의 갑작스런 사망과 이후 전개된 북한 체제의 경직된 모습은 대내외의 시련을 극복하기 위해 김정일 체제를 옹위하는 '선군 정치'를 앞세우게 된다. 문학 또한 2000년대에 이르러 "고난의 행군 시대에 태어난 새로운 문학", "개화, 발전하는 새로운 형태의 문학"인 '선군혁명문학'을 강조하면서 김일성 시대의 '혁명문학'과의 차별화를 시도하게 된다. 이러한 다양한 변화 양상 속에서 '현실'과 '절대정신' 사이의 줄타기로 요약할 수 있는 『주체문학론』은 '주체문예이론'의 자의식, 더 나아가 북한

---

13 김정일, 앞의 책, 267쪽.

체제의 자의식을 유추할 수 있는 각주의 역할을 한다. 자의식은 스스로에 대한 객관적 거리를 바탕으로 형성된다. '주체문예이론'의 자의식은 스스로를 타자화하는 아픔, 즉 타자(개방)를 통한 스스로의 위상 정립과 맞물려 있는 절체절명의 과제 속에서 형성될 것으로 보인다. 이러한 자의식의 징후는 『주체문학론』을 통해 암시적으로 드러난다. 예컨대 '기질'·'개성'(기법/형식)에 대한 강조는 '주체문예이론'의 이념성(내용)에 미세한 균열로 작용할 것이다. 이러한 흐름에 대한 지속적인 탐색은 북한문학 내부의 과제일 뿐만 아니라 통일문학을 준비하는 남한문학의 실질적 과제이기도 하다.

3. 『주체문학론』 이후 북한 단편소설의 주제론적 특성

1) 조국통일 주제 소설의 특성

1980년대 후반 이후 남한 사람의 방북 등 새로운 차원의 통일 방법의 가능성이 북한 사람들에 의해 검토 수용되면서, 분단과 통일 문제를 일종의 탈이데올로기적인[14] 차원내에서 접근하는 새로운 경향의 북한 소설들이 나오기 시작한다. 특히 1992년 김정일의 『주체문학론』에 이르러서는 그러한 통일운동의 새로운 경향을 언급하게 된다. 즉 "해외동포들의 조국 방문은 그 무엇으로써도 막을 수 없는 하나의 추세로 되고 있"으며, "조국을 방문한 해외동포들 가운데는 일제의 식민지통치와 미제의 민족분열책동으로 말미암아 수십 년 동안 서로 헤어져 생사조차 알지 못하였던 아들딸을 만난 부모도 있고 안해를 만난 남편도 있"고, "그들의 눈물겨운 상봉에 대한 감동적인 이야기는 참으로 극적인 것"이라며 상봉에 대한 이야기를 소설화할 것을 강조한다.[15]

---

14 김재용은 이러한 측면을 '심정적이고 인도적'이라고 규정한다(김재용, 앞의 책, 310쪽).
15 김정일, 앞의 책, 261쪽.

1996년 ≪조선문학≫에 발표된 주유훈의 「어머니 오시다」는 헤어진 아들과의 만남을 일생의 꿈으로 가진 황설규의 어머니와, 북한의 저명한 음악가로서 잃어버린 가족으로 인해 고통과 슬픔을 가진 아들 황설규의 극적인 상봉을 통해, 분단의 아픔과 조국통일의 필요성을 다룬 작품이다. 이 작품이 이데올로기로부터 거리를 확보하고 있는 것은 왜 가족이 헤어지게 되었는가라는 설정에서 확인할 수 있다. 즉 황설규가 남한을 떠나 북한에 거주하게 된 동기를 북한을 동경해서가 아니라 해방 이전 금강산 수학여행이라는 우연으로 인해 어쩔 수 없이 살게 되었다는 것으로 설정된 것이다. 또한 이산 이전의 행복한 가족의 삶과 이후의 고통스러운 삶을 동시에 회상하게 하는 바이올린과 활조이개는 황설규 일가 가족사의 탁월한 상징으로서 이데올로기 너머에 자리 잡고 있다. 분리되었던 바이올린과 활조이개를 결합해 황설규가 주체할 수 없는 떨림 속에 연주하는 곡은 모든 인간의 근원적인 노래라 할 동요이다. 동요 <푸른 하늘 은하수>가 상징하는 의미는 헤어짐 이전의 행복했던 가족의 삶 그 자체이며, 상봉을 통해 누리게 된 인간적 슬픔과 기쁨이다.

　　그러나 이 작품의 결말 부분은 새로운 조국 통일 주제 소설에 대해 북한 사회의 '오직 우리식대로 창작하자'의 경구가 어떻게 작용하는가를 확인하게 해준다. 상봉의 기쁨이라든가 이산가족의 인간적 슬픔과 고통 그 자체는 지엽적이라는 것, 미제의 식민지인 남한과의 분단이라는 전체적인 현실을 망각해서는 안 된다는 경고를 이 작품은 염두에 두고 있는 것이다. 따라서 이 작품은 1990년대 이후 나온 새로운 경향의 조국통일 주제 소설이 당의 공식적인 이데올로기와 어떻게 적절한 조율에 이르는가를 보여주는 범례적인 작품이다.

　　2000년 ≪조선문학≫에 발표된 김교섭의 「누이의 목소리」는 통일에 대한 염원이 자기희생을 매개로 실현될 수 있음을 강조하는 작품이다. 이 작품에서는 월북의 동기가 갑작스런 풍랑으로 인한 표류 때문에 어쩔 수 없었다는 식으로 설정된다. 또한 김우범의 과거사 서술에 이른바 미제와 괴뢰정권에 의해 고통 받는 남한 인민의 전형적 모습도 드러나지 않는다. 단지 분단으로 인해 누이와 만나지 못하는 인간적 슬픔이 주로 서술될 뿐이다.

그러나 생면부지의 김우범을 위해 자신의 다리뼈를 제공하는 김숙희의 자기희생에 내재해 있는 이데올로기는 의사로서의 직업윤리를 뛰어넘는 심리적 동인에 있다. 즉 누이와 어머니가 살고 있는 모국인 북한 땅에서 김우범이 죽거나 불구가 되는 사태는 '조선민족제일주의정신'의 핵심인 자존심과 긍지에 상처를 주는 사건이기에 어떻게 해서든지 막아야 하는 것이다. 자기 검열을 통해 김숙희가 자신의 다리뼈를 제공하기를 결심하는 과정에서 죽었지만 살아 있는 '수령'의 명령과 법('유훈')에 따라 김숙희는 자신을 희생하는 것이다. 김숙희의 이러한 자기희생은 『주체문학론』에서 '우리 문학에서 영원한 형상의 원천'이라고 규정한 '사회정치적 생명체'의 한 구현행위라 할 수 있다.16

통일과 수령을 위해 자신을 희생하는 김숙희는 전통적인 조국 통일 주제 소설에 나타난 인물형의 한 반복이며, '오직 우리식대로 창작하자'에서 제기된 경구를 충실히 재현하고 있는 인물인 것이다. 이런 점에서 이 작품은 최근에 발표된 작품임에도 불구하고 조국 통일 주제 소설의 공식적 이데올로기의 핵심을 충실히 재현하고 있는 전통적인 작품이다.

2) 청춘 남녀의 애정 관계를 다룬 소설의 특성

북한에서 청춘 남녀의 사랑은 동지애적 관계와 올곧은 신념에의 확인이 감정 교류에 우선한다. 북한 사회가 항일무장투쟁 이래로 고난과 시련에 맞서 조국과 민족을 보위해야 한다는 당위성을 전면에 내세우며, 신념으로 굳게 뭉쳐진 구호식의 사회이기 때문이다. 그러므로 북한 사회의 현실 반영태로서의 소설에서 자유주의적 감성이나 본능에 충실한 남녀 관계

---

16 김정일, 앞의 책, 118~119쪽.

는 찾아보기가 어렵다. 북한 소설에서 대부분의 남녀 간의 사랑은 서로에 대한 이성적理性的인 판단이 그 성패를 가늠한다. 그러므로 업무에 대한 성실성과 동료들에 대한 신뢰와 애정이 북한식 사랑법의 핵심 요소가 된다. 감정에의 충실성이나 본능적 이끌림은 부차적인 요소로 작용하며, 타자의 욕망을 욕망하는 욕망의 삼각형(지라르) 역시 배제된다. 오로지 맞대면한 상대방에 의해 자리가 배치되며 그 상대에 의해 사랑이 의미화 되기 마련인 것이다.

맹경심의 「첫 개발자들의 이야기」(≪청년문학≫, 2002.9)는 병으로 앓아누운 탄광 신문주필(액자 속 '나')로부터 탄광의 연혁을 서술하는 사업을 인계 받게 된 액자 바깥의 '나'가, 그의 구술을 받아 탄광 초창기 무렵 탄광노동자로서 첫 노력영웅이 된 「주먹」(김주형)과 제대군인 여병사의 '값진 사랑'에 대한 회고담을 기록한 액자형 소설이다. 대부분의 북한 단편소설이 그렇듯 인민을 교양하려는 계몽주의적 의도가 작품 면면에 묻어나는 이 작품은 청춘 남녀의 사랑이라는 외피를 둘러싸고 있으면서도, '전 세대의 고귀한 사랑과 희생을 오늘에 되살리자'는 계승적 주제의식을 앞세운 작품이다. 「주먹」이라는 탄광노동자와 제대군인 여병사가 탄광을 개척하며 보여준 숭고한 사랑을 형상화한 「첫 개발자들의 이야기」는 신념과 성실성에서 모범을 보여주는 양심적·긍정적 인물을 통해 헌신적 탄광노동과 동지적 연애라는 양날개 속에서도 균형 감각을 잃지 않는 사회주의적 인간형의 전형적 모습을 보여준다. 즉 외골수적 성실성의 남성과 당찬 여성의 맺어짐이라는 이상적 남녀 관계를 형상화하고 있는 것이다.

윤경찬의 「겨울의 시내물」(≪조선문학≫, 2002.10)은 이제는 70의 고령이 된 리학성이, '한국전쟁'에서의 부상으로 팔을 절단하고 폐 절제수술을 받은 부상자였던 자신과 담당간호원 옥심이의 사랑을 회감하며, 생활에 대한 사랑과 의지를 다지고, 조국에 필요한 존재가 되었음을 감사하는 형식으로 그려진 애정소설이다. 작품 말미에서 학성이 피력하는 '생활에 대한 사랑과 의지'와 '조국에 필요한 사람'이라는 두 구절은 이학성의 70

평생을 압축하는 말이 된다. 특히 비겁쟁이에서 괴짜로, 다시 김책공대 교수로 인생을 달려해온 70고령의 이학성은 불구적 시련을 극복한 숨은 영웅의 전형으로 작품 속에 형상화되었다고 볼 수 있다. 결국 이 작품은 의지적으로 유약한 신체적 불구의 남성과 헌신적이고 강인한 당찬 여성의 맺어짐을 통해 고난과 시련을 극복해온 개인의 과거사를 낭만적으로 조감하는 연정 소설이라고 할 수 있다.

홍남수의 「시작점에서」(≪청년문학≫, 2003.1)는 '불량청년'이었던 철진이 노동의 신성함을 깨달으며 각성된 노동자로 거듭나는 내용을 <길>, <생활의 흐름>, <래일은 더 아름답다> 등의 소제목으로 구성한 1인칭 고백체 소설이다. 북한 소설에서는 보기 드물게 철진은 '순수 소비자'이자 '사회의 근심거리'였으며, 주위로부터 '쓰지 못할 인간, 불량청년'이라는 평가를 들으며 살아온 자신의 삶을 회상한다. 북한 사회가 노동을 신성한 의무로 여기는 '통제된 공간'이라는 점을 감안한다면 비록 의식의 각성을 통해 새로운 인간형으로 철진이 거듭나기는 하지만, 북한에서 두 젊은이가 2년 동안 '순수 소비자'로서 '자유주의'적 행태를 일삼을 수 있었다는 사실은 북한 소설에서의 일탈적 변화의 조짐을 읽어낼 수 있게 한다. 이 작품은 북한 소설이 일반적으로 '고난과 시련, 미성숙 → 의식의 각성, 모범 → 어머니당을 향한 충성'의 도정을 거치며 결국 도식적·긍정적·화해적 결말에 어떻게 도달하게 되는지를 극명하게 보여준다. 이 작품은 좌충우돌하다가 의식의 각성을 보이는 남성과 가녀린 심성의 소유자로서 비주체적·수동적인 모습을 보이는 여성과의 맺어짐을 통해 청년의 의식적 각성이라는 주제를 그려낸 소설이라고 볼 수 있다.

북한 소설에서 드러나는 이성간의 교제는 철저히 일대일의 관계로 형상화된다. 현실적으로 인간의 감정 교류가 일대일의 쌍방향 관계에서만 비롯될 수는 없다는 점에서 북한 소설 속 연애 관계는 현실을 외면하는 편향을 보인다고 할 수 있다. 특히 윤리적·사회적·도덕적 규범과 관습에 얽매인 남녀 관계는 사회적 신념의 충실성에 기반한 동지적 애정만을 유일무이한 답안처럼 제시하고 있다는 점에서 문제적이다. 북한 소설 속 여성상을 종합해보면, 집단의 목표와 성취동기가 뚜렷한 과제를 앞에 둔 여성은 당차고 강인하게 불굴의 신념과 개척 정신을 소유한 주체적 모습으로 그려지기도 하지만, 남성 앞에서나 가족 앞에서는 한없이 여리고 부드러우며 가녀린 여성으로서 남성에 의해 끌려가는 수동적 여성상을 보여주기도 한다. 결국 '강한 부드러움'이라는 모성의 양면성을 극단적으로 양분화한 모습으로 여성들이 형상화된다는 것은 여성의 다기다양한 현실적 모습을 왜곡하는 방편이 될 수도 있다는 점에서 문제점을 드러낸다.

3) 과학환상소설의 특성

북한문학에서 과학기술을 소재로 다룬 작품들의 주인공은 대체로 당과 수령에 대한 충성심이 강하고 창조적인 지혜와 열정을 지닌 소유자들로서 긍정적 사고관을 보여준다.[17] 이들은 대의명분을 위해 과학기술을 사용하는 긍정적이고 낙천적인 인물형들로서 대중들에게 감화를 줄 수 있는 올바른 도덕과 윤리를 표방한다. 인민 대중의 사회적 관심을 과학 기술의 영역으로 돌려야 한다는 목적의식 아래 그동안 많은 과학소재 소설이 창작되어왔다. 그 중에서도 미래사회에 대한 상상력을 발휘한 과학환상소설은 새롭고 참신한 문예장르 중의 하나로 주목을 받아왔다.

이미 김정일은 자신의 시대를 열어갈 새로운 문예 장르로서 과학환상소설을 예시하면서 미래의 인재 육성이라는 방침 아래 과학소설이 필요함을 강조한 바 있다.[18] 기존의 주체문학이 지닌 도식성을 극복하고 인민 대중과 연계하는 새로운 주제를 필요로 하는 상황에서 과학환상소설이 훌륭한 길잡이가 될 수 있다는 판단을 내린 것이다. 북한문학에서 과학환상소설의 대표 작가로 손꼽히는 황정상은 『과학환상문학창작』[19]이라는 저서

---

17 김종회, 「해방 후 북한문학의 전개와 실증적 연구 방향」, 『북한문학의 이해』, 청동거울, 1999, 36~39쪽.
18 김정일, 앞의 책, 247쪽.

에서 인간의 윤리적 결단을 중심에 둔 과학환상소설의 중요성을 역설하였다. 그는 올바른 인간, 고귀하고 숭고한 과학자의 품성을 창작적인 측면에서 강조하면서 북한문학이 지향하는 '주체의 인간학'이 과학환상소설이라는 장르에서도 중요한 요소가 되고 있음을 밝힌다.

리금철의 「붉은 섬광」(≪조선문학≫, 2002.9)은 미제국주의를 날카롭게 비판하는 정치적 시각을 깔고 있는 과학환상소설이다. 소설의 이야기는 남태평양 아열대수역에 위치한 작은 섬나라인 아씨르의 수도에서 한밤중에 발생한 항구화재사건으로부터 시작된다. 이 소설에서 스토리의 흥미로움은 헬렌이 주어진 정황을 가지고 화재 사건의 진상을 밝혀가는 추리기법을 사용한 데서 나온다. 처음에 아씨르 섬의 화재 사건은 섬에 주둔한 미해병대의 전략물자인 연유통을 공격하려는 사람들의 음모처럼 보인다. 김학성을 비롯한 조선의 과학자들은 미군의 연유통 폭발사건과 모종의 관련이 있는 듯한 용의자로 등장하지만 이는 헬렌의 치밀한 증거 해석으로 인해 곧 실마리를 드러내게 된다. 자신의 공로를 자랑하지 않고 숨어 있으려는 김학성의 품성은 헬렌의 추리과정을 통해 차례로 밝혀지면서 더욱 고귀한 인성으로 돋보이는 효과를 갖는다. 더불어 이 소설에서 보여주는 미래적 상상력은 북한의 과학기술이 얼마나 선진적으로 발달할 것인가에 대한 낙관적인 전망으로 연결된다. 눈부신 과학기술을 선한 의도에서 사용할 줄 아는 정의로운 국가에 대한 믿음이야말로 북한의 과학환상소설에서 중요한 내용인 것이다.

리금철의 「붉은 섬광」이 북한 과학환상소설의 전형적인 특징을 보여주는 작품이라면 리철만의 「박사의 희망」(≪청년문학≫, 2002.8)은 사이보그와 인간이 공존하는 미래사회를 다소 음울하게 형상화했다는 점에서 좀 더 환상성을 강화한 작품이라고 할 수 있다. 「박사의 희망」이 보여주는 미래의 문명사회에 대한 상상력은 물질적 욕망이 인간의 존재근거까지도 파

---

19 황정상, 『과학환상문학창작』, 문학예술종합출판사, 1993.

괴할 위험이 있음을 경고한다. 이 작품에서도 갈등의 구조와 그 해소과정은 매우 분명하게 드러난다. 악의 세계는 존 슈믹쯔 박사로 대변되는 황금만능주의의 세계이며, 선의 세계는 공공의 이익을 위해 과학기술을 올바르게 사용하려는 김대혁이 표상하는 세계이다. 슈믹쯔가 철저히 이익을 추구하는 자본주의 사회체제의 한 특성을 상징한다면 김대혁은 기술과 이득을 모든 사람들에게 나누어주고 실행하는 이상적인 사회주의 체제의 특성을 상징한다.

「붉은 섬광」과 함께 「박사의 희망」이 보여주는 미래 문명세계는 다소 모호한 빛깔을 띠고 있다. '조국'에 대한 뜨거운 애정과 '김일성 종합대학'에 대한 찬양적 발언이 거듭 강조되긴 하지만 미래 사회가 어떤 정치체제를 갖춘 사회가 될지에 대해서는 선명한 투시도를 보여주지 않는다. 단지 이들 작품에서 미래의 문명세계는 인간의 자율적인 가치판단과 윤리의식이 더욱 중요하게 요구되는 것으로 그려진다. 공공의 선과 이익을 위해 자신의 개인적 이득은 포기할 수 있는 희생적이고 헌신적인 인간적 품성이 원칙적인 차원에서 강조될 따름인 것이다.

소재와 주제의 참신성을 개발한다는 점에서 과학환상소설은 북한문학의 지형도 속에서 새로운 가능성의 장르로 평가받고 있다. 물론 북한의 소설작품들이 처음부터 갖고 있는 도식적인 한계, 즉 선과 악의 구도로 형상화된 인물형은 과학환상소설 장르에서도 예외 없이 드러난다. 남성과 여성의 사랑 이야기가 공공의 선을 통해 더욱 굳건히 다져지는 감정으로 묘사되고 있는 것 역시 상투적인 설정으로 지적할 수 있다. 그것은 주체의 인간학이라는 강박적 개념에서 자유로울 수 없으면서 한편으로는 그것을 벗어나는 새로운 미래적 상상력을 끌어들여야 하는 과학환상소설의 이중적 부담을 보여주는 것이기도 하다. 결국 과학환상소설은 다양한 문학적 주제와 형식을 수용하면서 일상 속에서 좀 더 현실적인 인물들을 그려내려는 북한문학의 고민과 시도를 보여주는 미완의 장르로서 존재 의미를 지닌다고 할 수 있다.

4) 이농 문제를 다룬 소설의 특성

1990년대 이후 북한의 이농소설은 도시에 살고 있었거나, 기술직 · 사무직에 종사하던 사람이 농촌으로 이주하여 겪는 이야기를 다루고 있는 경우가 많다. 이는 토지에 뿌리를 둔 자가 땅과의 투쟁을 통해서 혁명 과업을 완수한다는 내용의 전통적인 농촌소설의 문법과는 거리가 있는 것이다. 꼭 이농소설이 아니라 하더라도 90년대 농촌소설에서 토착농민을 주인공으로 내세우는 경우는 흔하지 않다. 중심인물의 성격도 변화하여 인텔리 계층의 농촌 체험이 자주 등장한다. 전형적 인물이 반동 인물과 갈등을 겪고 그 과정에서 승리하는 구조보다는 아직 진정한 혁명가로 거듭나지 못한 중심인물이 영웅적인 주변인물에 의해 교화 혹은 감화되는 내용의 서사가 압도적이다. 이전의 농촌소설과는 확실히 다른 양상이지만 한편으로는 전후 복구기 및 사회주의 건설기의 '숨은 영웅' 찾기 전통을 잇고 있는 것으로도 판단된다. 우선 주목되는 것은 개인주의적인 인물형과 이타주의적인 인물형을 대립시켜 '우리의식'을 부각시키는 경향이다. 한 명의 '영웅'이 아닌 '나'를 망각한 '우리'가 하나의 사회주의적 전체를 구성할 수 있음이 강조된다.

김창림의 「옆집 사람」(≪청년문학≫, 2002.10)은 '기계화반'의 인정받는 선반공이었던 진석이 자신보다 뒤늦게 농장으로 이주한 '옆집사람(강호식 아바이)'과 겪는 갈등을 다룬 작품이다. 분배의 기준이 되는 두 집 사이의 울타리를 허락 없이 뽑아버렸다는 이유로 강아바이를 좋지 못한 눈초리로 보게 된 진석은 강아바이의 성실한 생활과 풋풋한 인정에 끌려 점차 처음의 선입관을 버리게 되지만 작업하고 있는 동료 일꾼들을 버려두고 '위의 손을 빌려' 일을 처리하려 했다는 이유로 강아바이에게 꾸중을 듣자 강아바이의 출신성분을 트집잡아 신랄한 공격을 하게 된다. 그러나 강아바이가 자신이 농촌출신임에도 불구하고 자식들은 모두 농촌을 외면하게 된 현실을 통탄하고 농촌에 자원하여 내려온 훌륭한 사람임을 알게 되자 곧 오해를 풀고 애초의 울타리를 손수 제거하고 "한평생 낫을 억세게 틀어 잡고 쌀로서 장군님을 받들" 의지를 다진다.

리승섭의 「삶의 위치」(≪청년문학≫, 2002.12)는 공간적 배경은 다르지만 인물 갈등의 구도 및 '우리의식'의 강조가 「옆집사람」과 유사하다. 발전소 건설현장의 취사원으로 돌격대 생활을 시작한 조학실은 자신이 배치 받은 장소에 실망하여 어떻게든 현장 영웅이 되기 위해 노력한다. 남자인데도 현장 경비나 서고 있는 오광삼이나 취사원 생활에 만족하는 친구 허정금은 그에게는 이해가 되지 않는 인물이다. 그러나 소설의 말미 언제가 홍수에 무너질 위기에 처하자 정금은 자신의 목숨을 바쳐 언제를 지키고, 학실은 그를 통해 '집단속에서 생활'하는 삶의 의미와 '영웅의 딸'이 되는 진정한 방법을 배우게 된다는 줄거리이다.

강혜옥의 「고향에 온 처녀」(≪청년문학≫, 2002.10)는 불도젤 운전수 범국의 시선으로 교대 운전수로 나선 나 어린 처녀 김채향의 영웅적 행위를 묘사하고 있는 작품이다. 범국은 차칸에서 음악이나 듣는 연약한 처녀 채향이 남자들도 힘들다는 불도젤을 운전할 수 있으리라 믿지 않는다. 그러나 점차 채향의 굳은 의지와 사나이다움을 발견하게 되고, 채향이 아픈 몸으로 밤새 벌을 뒤져 동천벌로 가는 지름길을 찾아낸 일을 계기로 고향 땅과 장군님을 모시는 새로운 감격을 뜨겁게 경험하게 된다는 내용이다. 기본구도는 앞의 것들과 같지만 상부의 지시에 무조건적으로 따르지 않는 한 인물의 '창조적 노력'이 강조되고 있다는 점과 80년대 이후로 자주 등장하기 시작한 '로맨스 모티프'가 양념처럼 섞여 있다는 점이 눈에 띈다.

도시처녀들의 농촌체험을 미화한 지인철의 「막내딸」(≪청년문학≫, 2002.11)과는 반대로 도시의 삶을 동경하는 농촌총각의 성장을 다룬 변영건의 「씨앗의 소원」(≪청년문학≫, 2002.8)도 있다. 미술대학시험에 떨어져 농장원으로 주저앉게 된 '나'는 화가에 대한 이상과 농부로서의 현실 사이에서 괴로워하는 꿈 많은 청년이다. 제대 군인 출신의 분조장은 그러한 '나'를 좋게 보지 않는다. 결국 '나'는 자신의 부르죠아적인 근성을 깊이 반성하고 한알의 씨앗을 살리는 전투에 적극 참여하여, 분조장의 눈물어린 지원을 받게 될 뿐만 아니라 생활과의 접촉을 통해 인간적 성장과 예술적 성장을 겸비한 예술가로 입문하게 된다. 여기서 흥미로운 것은 '땅'과 '씨앗'의 메타포가 동시에 등장하여 후자의 중요성이 강조되는 쪽으로 결론이 나고 있다는 점이다. 이는 최근 북한농촌소설의 일반적인 경향이기도 한 것으로, 북한문예학의 주된 관심이 식량 문제를 해결해줄 '씨앗'의 지킴과 함께 북한농촌문제의 '내부적 요인'을 극복할 '인간종자' 육성에 놓여 있음을 분명히 보여주는 대목이다.

비단 2000년대에 한정된 이야기는 아니지만, 최근의 북한소설을 거꾸로 읽어야 할 필요성이 여기에서 생긴다. '우리'와 '인텔리 의식'이 자주 등장하는 것은 북한농촌이 개인주의와 무사안일주의, 그리고 학벌 및 지역의식의 병폐에 시달리고 있다는 증거이다. 물론 '여성'과 '사랑'이 주요한 테마로 떠오르는 것은 '남녀평등'과 '자유연애'의 보편화가 진행되고 있는 추세를 반영하는 것으로도 볼 수 있을 것이다. 반면 '성 문제'가 하위갈등이나 화해의 모티브로 제시되는 데에 그치고 있다는 사실은 그것이 인민대중을 교화하기 위한 무의식적 기제나 이데올로기적 수단으로 활용되고 있다는 심증을 굳히게 한다.

4. 『주체문학론』 이후 북한시의 전개 양상

1) 『주체문학론』 간행 이후 북한시의 전반적 검토

1992년 김정일에 의해 간행된 『주체문학론』은 십여 년의 세월이 흐른 지금까지도 북한 시창작방법의 '길라잡이'로 기능하고 있다. 최근에도 북한의 시인들은 『주체문학론』을 기반으로, '추호의 동요 없이 혁명적 원칙성과 사상적 순결성을 확고히 고수해 나가며' <당과 운명을 같이하는 혁명가>의 역할을 충실히 수행하고 있는 것이다. 이 같은 사실은 북한의

'공식적인' 문예 월간지인 ≪조선문학≫을 통해서 단적으로 확인할 수 있다. 여기에 실려 있는 작품들은 대개가『주체문학론』에서 제기된 세부 조항들, 예를 들면 '문학은 마땅히 이 위대한 시대와 발걸음을 같이 하여야 하며 인민 대중의 자주 위업 수행에 적극 이바지하여야 한다' 혹은 '사회주의의 완전 승리와 조국의 자주적 통일'과 같은 기본 원칙들을 변함없이 고수하고 있다. 그런데 사실『주체문학론』에서 제시하는 '주체 사상'에 입각한 대중 선전 선동의 작품 유형은 따지고 보면 그리 새로운 것이 아니다. 지난 반세기 동안 북한시는 시기별, 현안별로 약간의 차이점을 노정하고 있을 뿐, 당과 인민과 수령을 중심으로 하는 '북조선 사회주의' 체제와 김일성 · 김정일 권력 유지를 위한 강력한 '도구', 또는 반제 반미의 사상적 '무기'로서 우선적으로 기능해왔기 때문이다. 따라서 김정일의『주체문학론』을 바탕으로 90년대 이후에 창작된 작품들은, 궁극적으로 북한문학의 오랜 '전통'인 체제 종속적 문학 담론의 연장선상에 놓여 있다고 할 수 있다.

한편『주체문학론』이 발표된 이후에도 북한의 주요 정책들은 체제 종속적인 북한 문예의 성격상 이 시기의 창작 방법론에 적극적으로 수용된다. 이 시기의 북한시들은『주체문학론』을 기반으로 붉은기 사상, 고난의 행군, 강성대국과 선군 정치 등, 순차적으로 제시되는 시대 정치사적 테제에 민감하게 반응하고 있는 것이다. 특히 90년대 후반부터는 '선군 정치'가 북한의 핵심정치이념으로 제기되는 까닭에 선군 정치의 시대정신을 형상화하는 작품들이 속출하고 있다. 아울러 북한문학의 오랜 주제인 반제 반미사상도, 국가적 위기 상황을 맞이한 이 시기 들어 한층 강화되어 나타나고 있음을 알 수 있다. 따라서『주체문학론』간행 이후 북한시의 성격과 동향을 궁극적으로 파악하고자 하는 이 장에서는 선군혁명문학과 반제 반미 사상의 문학적 구현 양상에 대하여 집중적으로 살펴보기로 한다.

2) 선군 정치시대의 시詩

선군 정치는 단적으로 말해서 군대를 중시하고 이를 통해 선대의 혁명 위업을 완성해 나가자는 북한식 통치 이데올로기를 의미한다. 북한은 1998년 5월 선군 정치를 공식적으로 표명[20]하는데 2004년 현재까지도 이에 입각한 통치 방식을 선택하고 있다. 북한이 이처럼 선군 정치를 적극적으로 표방하는 이유는 무엇보다도 경제 위기와 체제 모순의 한계를 '혁명적인 군인 정신'으로 극복하고자 하는 데 있다. 1998년 이후 북한은 식량난과 경제 위기에서 어느 정도 벗어나고 있기는 하나 국가 차원에서 근본적인 문제를 해결할 수는 없었다. 이에 따라 체제 붕괴의 국가적 위기를 사상 강화로 돌파하게 되는데, 이것이 바로 인민군대를 전위로 삼아 혁명적 동지 의식을 강조한 선군 정치로 제시되는 것이다. 현재 북한에서 '선군 정치는 만능의 정치 방식'[21]으로 인식된다.

고립과 압살 봉쇄의 쇠사슬을
우리 과연 무엇으로 끊었더냐
그처럼 어려운 <고난의 행군>을
무엇으로 이겨 냈더냐
그러면 말해 주리 선군혁명의 총대가
장군님 틀어 쥐신 백두산 총대가
그 총대에 받들려
내 조국은 강성대국으로 일떠서나니
제국주의 무리가 악을 쓰며 발악해도
총대로 승리하는 김정일 조선으로

---

20 북한에서 군대의 위상을 강조한 글은 1997년 「혁명적 군인 정신을 따라 배울데 대하여」에서 가장 먼저 발견된다. 김정일의 이 글은 혁명적 군인 정신을 북한의 당원과 인민들이 따라 배워야 할 투쟁 정신이며 '오늘의 난관을 뚫고 승리적으로 전진하기 위한 사상 정신적 양식'으로 밝히고 있다. 그러나 현단계 김정일의 핵심 정책이념으로 제시된 선군 정치의 공식화는 98년 이후로 보는 것이 적절하다.

21 ≪로동신문≫, 2003.1.3, 사설 6쪽.

새 세기에 더욱 빛을 뿌리나니

아, 장군님 높이 모셔
세상에 존엄 높은 백두산 총대여
김일성민족의 넋으로 추켜 든
무적필승의 총대가 우리에게 있어
혁명의 최후승리는 밝아 오리라!

－리동수, 「백두산 총대」 부분

　북한의 문예 정책이 당의 정책에 복속된다는 점을 감안하면 선군 정치가 공표 된 이후 적지 않은 북한문학 작품들이 선군 정치 이념을 표방하고 있음을 추측하기란 그리 어려운 일이 아니다. 정치적 이념과 미학적 실천을 동일시하는 북한문학의 특성상 현 체제 북한의 지도 이념으로 자리 잡은 선군 정치를 형상화하는 문학 작품은 이미 어느 정도 예견된 것이다. 현재 북한에서 선군 정치, 선군 혁명 사상을 "문학으로 뒷받침하는 것이 바로 선군 혁명 문학이다."[22] 선군 혁명 문학은 '총대'를 중시하는 선군 정치의 시대정신이 반영된 것으로서, "선군영장이신 우리 당과 인민의 위대한 령도자 김정일 동지에 대한 절대적인 숭배심을 간직하고 그이의 사상과 령도에 충실할 때", 또한 "위대한 장군님과 영원한 혁명동지로 될 때" "빛나는 성과를 담보할 수 있다."[23] 인용시는 이러한 선군 혁명 문학, 즉 '총대' 문학의 모범적 사례에 해당한다.

　인용시에서 우선적으로 주목해야 할 점은 '총대'라는 시어의 빈번한 사용이다. 이 시에서 총대는 작품 전체를 이끌어가는 핵심 단어이자 동시에 각각의 연을 연결하는 매개어로 기능한다. 이에 따라 위의 시는 총대의 시어를 중심으로 재구될 수 있는데 이를 내용 순으로 살펴보면, 1) 제국주의

---

22 노귀남, 「선군 혁명의 문학적 형상」, ≪문학과 창작≫, 2001.7.
23 「조국해방전쟁승리 50돐을 맞는 올해를 선군혁명문학의 성과로 빛내이자」, ≪조선문학≫, 2003.1, 6쪽.

자들의 '고립과 압살 봉쇄의 쇠사슬을' 끊은 것은 '선군 혁명의 총대'이고, 2) '장군님 틀어쥐신 백두산 총대'이며, 3) '세상에서 존엄 높은 백두산 총대'이다. 그리고 4) '그 총대에 받들려' '혁명의 최후 승리는 밝아'온다로 정리된다. 여기서 총대는 북한 혁명 역사상 최악의 시련기로 꼽히는 90년대 중 후반의 '고난의 행군' 기간을 비롯하여 현실의 모든 문제를 해결하는 '무적 필승'의 대상으로 인식되고 있다. 또한 이 시에서 그것은 북한 인민대중들에게 혁명의 '찬연한' 승리를 보장하는 '최후의' 수단이기도 하다. 이런 이유로 시적 화자는 '총대'의 중요성을 전 10연으로 구성된 이 시에서 반복적으로 강조하고 북한의 인민대중들에게 '혁명의 수뇌부'를 총대 정신으로 지켜 나가자고 격앙된 어조로 주장한다. 그렇다면 이 시의 화자가 그토록 신뢰하고 소중하게 받아들이는 총대란 무엇인가. 아울러 혁명의 최후 승리를 장담할 수 있는 근거로서의 총대 정신이란 무엇인가.

위의 시에서 '총대'란 작품 전반에 산재되어 있는 '군복', '총', '권총' 등의 시어들이 환기하는 의미와 마찬가지로 궁극적으로 군대를 지칭한다. 즉 총대란 김일성·김정일 부자의 '사상과 령도'에 따르는 인민군대를 말하며, 총대 정신이란 군대를 중시하고 이를 바탕으로 혁명적 동지의식을 발휘해 현 북한의 체제를 결사옹위하자는 굳은 결의에 다름 아니다. 결과적으로 이 시는 총대를 '총동원'하여 현재 북한에서 군대의 중요성을 새삼 확인하고 북한 인민대중들로 하여금 혁명적 군인 정신을 계승하기를 당부하고 있다. 이 점에서 이 시는 전형적인 '총대문학', 혹은 '선군혁명문학'이라고 할 수 있다.

군대를 우대하고 총대를 위주로 혁명의 과업을 완수해 나가려는 시적 주제 의식은 선군 혁명문학론의 두드러진 특징이다. 이런 의미에서 선군 혁명문학은 『주체문학론』 이후 북한 시에 나타난 새로운 유형이라 할 것이다. 그러나 위의 시에서 살펴보았듯이 김일성·김정일 부자에 대한 우상화 작업을 함께 수행하고 있다는 점에서, 한편으로 선군혁명문학은 이제까지 북한문학의 왜곡된 '전통'이라 할 수 있는 '수령 형상 문학'의 연장선에 놓여 있다고 할 수 있다. 이러한 사실은 이제까지 발표된 작품들의 면면을 통해서도 다양하게 확인된다. 가령, 「군복 입은 사랑이 나에게 있어」, 「초소여 나를 맞아다오」, 「총이여 너와 나」, 「병사의 인사」 등은 그 좋은 예에 해당한다. 이들 작품은 제목에서 암시되듯 '총대 문학'과의 연관성을 분명하게 드러내면서도, 동시에 당과 김일성 부자에 대한 맹목적인 충성심을 빼놓지 않고 기록하고 있다.

> 쌓이고 쌓인 그리움이
> 화산처럼 분출하는 땅
> 한없이 열렬한 그 뜨거움이
> 병사의 총창우에 담겨져 있어
> 더 밝아지고
> 더 억세여 지고
> 더 무거워진 나의 조국
>
> 기쁘게 받으십시오
> 총대로 안아 올린 아름다운 이 강산
> 총대로 가꾼 조국의 아름다운 모습
> 아버지가 집을 떠나 먼길을 갈 때
> 맏자식에게 집을 맡기듯이
> 병사의 어깨우에 맡긴 민의 집
> 백두산 총대우에 맡긴 사회주의 집
> 이 집을 지킨 자랑으로 하여
> 병사는 긍지로 가슴 부푼게 아닙니까
>
> — 박해출, 「병사의 인사」 부분

위의 시는 외국 방문을 마치고 돌아온 김정일을 맞는 한 병사의 감회를 적어놓은 작품이다. 총 8연으로 구성된 이 시에서 특히 주목을 요구하는 대목은 위의 인용 부분이다. 병사의 '쌓이고 쌓인 그리움'을 뒤로하고 김정일은 작년 연말 러시아와 중국을 방문하고 돌아온다. 인용시는 이런 김정일의 정치 일정을 '아버지가 집을 떠나 먼 길을 가'는 것에 비유하고 있다. 이 시의 화자가 김정일을 아버지에 비유하고 있다는 사실은 북한이 '김일성 민족'을 자처하고 있음을 염두에 둘 때, '수령 형상'이라는 북한문학의 특수한 성격을 고려할 때 그다지 특이할만한 현상은 아니다. 그런데 여기서 한 가지 흥미로운 점은 이 시에서 시적 화자로 등장하는 '병사'의 가계적 신분이 '맏자식'으로 상정되고 있다는 것이다. 이 점은 최근 북한에서 군대가 차지하는 위상을 분명하게 보여주는 중요한 단서로 작용한다. 선군 정치 시대의 김정일 체제에서 구심적 역할을 해나가야 할 대상이 군대임을 이 시는 새삼스럽게 확인 시켜주고 있는 것이다. "맏자식에게 집을 맡기듯이/병사의 어깨 우에 맡긴 인민의 집/백두산 총대 우에 맡긴 사회주의 집". 이 집은 다름 아닌 '선군 혁명 문학'이라는 명패를 단 21세기 북한문학의 현 주소이다.

3) 반제반미사상의 시적 구현 양상

김정일의 『주체문학론』 간행 이후 90년대 북한문학에 나타나는 또 하나의 주목할 만한 특징은 '미제'에 대한 적개심이 강하게 환기된다는 것이다. 사실 미국에 대한 북한의 적대적 태도는 그리 새로운 것은 아니다. 한국 전쟁 당시, 혹은 그 이전부터 북한은 미국을 남북한 '공공의 적'으로 규정하고 '미제 타도'를 주장해왔다. 북한의 입장에서 미제국주의야말로 분단을 야기한 실질적 장본인이며 사회주의 국가 건설에 있어 가장 큰 장애물로 인식되는 것이다. 이에 따라 북한 당국은 이미 오래 전부터 사회 내부적으로 인민들의 반미 사상을 고취시켜왔다. 지금까지 북한에서 '미제 타도'는 '북조선 인민 민주주의 공화국'의 역사와 그 맥을 같이한다고 해도 무방할 정도이다. 그렇다면 북한의 인민 대중들 사이에 이처럼 '미제'에 대한 '전통적' 경계심이 충분히 형성되어 있음에도 불구하고 90년대의 북한문학이 반제 반미사상을 새삼 강조하는 까닭은 무엇인가.

이러한 원인으로는 북한 당국의 전통적 적대감 외에도 이라크 전쟁 이후의 국제적 분위기 및 핵문제와 관련된 미국의 강경대응 방침 등 최근의 상황에서 그 원인을 찾을 수 있다. 현재 북한은 미국이 주도하는 국제 사회에서 핵무기와 같은 대량 살상 무기 보유국으로 지목되어 비난 여론에 직면하고 있다. 이로 인해 북한은 국제적으로 고립 상황에 처해 있으며, 국가적 위기감은 점차 고조되고 있다. 북한은 이 모든 사태를 여전히 미국을 비롯한 제국주의자들의 봉쇄 책동 탓으로 돌리고 있다. 이러한 현실에서 북한이 실질적으로 할 수 있는 일은 자주국방의 대외적 선전과 함께, 대내적으로는 반미사상을 재차 강화하는 것이다. 얼마 전까지 북한이 조심스럽게 핵 보유설을 흘리고 있었던 것도, 최근 미국을 '겨냥'한 혁명 구호들이 한층 강도를 높여 가는 것도 이러한 사정과 무관하지 않다. 이는 90년대 이후 북한의 급박한 현실을 집약적으로 반영하고 있는 것이다. 90년대 북한문학에 강도 높게 투사된 반제 · 반미의 주제의식은 다음의 시편들을 통해서 단적으로 확인할 수 있다.

① 오, 허나 무등산기슭에/연분홍 진달래를 피우기에는/여기에 슴배인 피 너무도 짙고/유보도가에 청춘들을 부르기엔/너무도 차가운 살풍이/이 땅우에 휘몰아 치거니// 보라 오늘도/나어린 두 소녀를/장갑차로 깔아 죽인/아메리카 식인종 들이/뻐젓이 활개치며/광주의 더운 피 식지 않은/이 땅을 우롱하고 있다

                                                                    ─ 리광선, 「5월이 부르는 노래」 부분

② 초불이 탄다/방울 방울 가슴 찢는 피눈물인듯/방울 방울 초물이 녹아 곡성을 터친다/신효순 심미선 꽃나이 열네살/그 혼을 불러 몸부림친다// 바다가 기슭이 있다면/초불의 바다는 그것을 모른다/어찌 더 참고 견디랴/어찌 더 이상 죽음으로 모욕을 참고 넘어서랴// 내 조국의 남녘아/네가 말해다오/살인자가 무죄로 되는 세상이/우리가 탯줄 묻은 이 땅이란 말이냐// 미국은 하늘도 아니다/미국은 하느님도 아니다/두 눈도 감겨 주지 못한 열네 살 꽃망울들/그 순진한 가슴을/장갑차의 무한궤도로 짓뭉갠/미국은 이 세상 악마이다// 악마는 죽어야 한다/원통하게 가버린 민족의 혼을 부르는/저 초불의 바다

가 하늘이다/이 준엄한 심판의 하늘 앞에서/미국놈들아/십자가에 못 박히라/아, 저 초불의 바다가 력사의 십자가다!

— 홍현양, 「초불의 바다」 부분

9연 50행의 장시 형태로 구성된 위의 ①시는 80년 5월 남한에서 발생한 광주항쟁을 중심 소재로 다루고 있다. 80년대 이후 북한시에는 남한의 반정권 투쟁을 찬양하고 고무하는 작품들이 자주 등장한다. 특히 ≪조선문학≫을 비롯한 북한 문예지의 매년 5월호에는 '5월 광주'의 역사적 사건을 형상화한 작품들이 집중적으로 소개되고 있다. 추측하건대, 남한의 정권과 관련된 비극적 사건들은 상대적으로 북한 체제의 우월성을 입증하는 좋은 단서로 활용될 수 있는 것이다. 2003년 ≪조선문학≫ 5월호에 게재된 이 시도 「5월이 부르는 노래」라는 제목에서 엿볼 수 있듯이, 광주항쟁을 소재로 하는 북한 '5월 시'의 연장선상에 있다고 할 수 있다. 그러나 「5월이 부르는 노래」는 기존 북한시의 유형과 약간 다른 면모를 보여준다. 이제까지 광주항쟁을 매개로 한 북한시가 전반적으로 남한 사회의 구조적 모순을 드러내는 데 치중하고 있었다면, 이 시의 경우 반제·반미 사상의 주제의식을 중점적으로 표출하고 있는 것이다. 이러한 사실은 시의 5연에서 '미군 장갑차 사건'과 연계하여 미국을 '아메리카 식인종'이라는 원색적인 비유로 묘사하는 대목에서도 단적으로 확인된다. 이는 종전 북한 '5월 시'의 경향과 변별되는 가장 특징적인 점이다.

불과 이 년 전 남한에서 발생한 '미군 장갑차 사건'은 ②의 시에서 보다 구체적으로 다루어진다. 인용한 시 「초불의 바다」는 이 사건의 여중생(신효순, 심미선) 희생자를 추모한 남한의 '촛불 시위'를 소재로 해서 쓴 작품이다. 이 시에서 시인은 '천만개'의 '초불'을 천만 개의 '분노한 심장'과 '민족의 혼을 부르는 불'로 형상화한다. 두 여중생의 죽음을 애도하는 남한의 촛불 행진에 시인은 정서적으로 동참하고 있는 것이다. 그러나 시 ①의 경우와 마찬가지로 이 시의 주제가 궁극적으로 지향하는 바는 반미 사상의 고양이다. 이 시에서 시인은 남한에서 진행된 '촛불 행진'에 민족적, 역사적 의미를 부여하면서도, 한편으로 이 사건이 미제국주의자들에 의해 자행되었다는 점을 놓치지 않고 있다. 그리하여 이 시에서 미국을 '살인자', '악마', '미국놈' 등의 과격하고 극단적인 시어로 표출한다. 이러한 사실은 『주체문학론』이후에도 여전히 북한시의 '시눈'이 어디를 향하고 있는지 분명하게 보여준다 하겠다.

5. 결론

체제의 통합은 다양한 이질성을 극복했을 때에야 비로소 가능하다. 하지만 이질성의 극복은 가만히 앉아서 정치적 해결을 기다려 얻을 수 있는 것이 아니다. 정신적 연대감과 문화적 동일성의 회복은 쌍방간의 합리적 의사소통 속에서 가능할 수 있다. 즉 남북 문화의 지속적인 교류와 다양한 접촉만이 서로에 대한 불신과 이질감을 극복할 수 있는 계기로 작용할 것이다. 따라서 민족 동질성 회복을 위해 문화적 첨병 역할을 할 수 있는 북한문학 연구는 그만큼 소중하다.

본고는 『주체문학론』과 그 이후의 북한 문예물을 집중적으로 검토하여, 구체적이고 실제적인 작품 분석을 병행하고자 하였다. 2장에서는 김정일의 『주체문학론』이 내포하고 있는 북한문학에서의 의미를 비판적으로 검토하고 있으며, 3장에서는 『주체문학론』이후 북한 단편소설의 주제론적 특성을 고찰하면서, 1990년대 이후 최근까지 ≪조선문학≫과 ≪청년문학≫ 등에 나타난 단편소설들을 중심으로, 조국통일문제, 청춘 남녀의 사랑, 과학환상, 이농문제 등을 소항목화하여 구체적인 작품 분석을 실질적으로 진행하였고, 4장에서는 『주체문학론』이후 북한시의 주제론적 특성을 고찰하면서, 선군 정치시대의 시, 반제반미사상의 시적 구현 양상 등에 대하여 비판적인 작품 분석을 진행하였다.

본고는 『주체문학론』에 나타난 담론 속에서 미세한 균열의 징후를 포착하고자 하였으며, 1990년대 고난의 행군 이후 선군 정치시대에 이르기까지 북한문학의 양상에 대하여 미시적 작품 분석을 구체적으로 진행하고자 하였다. 10여 년에 이르는 북한 체제의 내외적 변화(김일성 사망 전후, 2000년 남북 정상회담 등)만큼이나 다양하게 전개되었을 북한문학의 변화 양상을 몇몇 단편소설과 단편적인 시를 통해 일반화하려고 했다는 점에서 본고는 한계와 문제점을 지닌다고 할 수 있다. 이후 시기적으로 더욱 세목화하여 접근하는 보완 작업이 지속되어야 하리라고 본다.

『한국문학논총』 제39집, 2005

| 참고문헌 |

강만길 · 김경원 · 홍윤기 · 백낙청, 「좌담, 통일시대를 어떻게 살아갈 것인가」,
　　《창작과 비평》, 2000년 가을호.
고인환, 「『주체문학론』의 서술 체계와 특징」, 『북한문학의 이해 2』, 청동거울, 2002.
＿＿＿, 「『주체문학론』에 나타난 소설 창작방법론 비판」, 『북한문학의 이해 3』,
　　청동거울, 2004.
김병진, 「1990년대 이후 '조국통일주제' 소설의 변모 양상」, 『북한문학의 이해 3』,
　　청동거울, 2004.
김성수, 『통일의 문학, 비평의 논리』, 책세상, 2001.
김재용, 『북한문학의 역사적 이해』, 문학과 지성사, 1994.
＿＿＿, 『분단구조와 북한문학』, 소명출판, 2000.
김정일, 『주체문학론』, 조선로동당출판사, 1992.
＿＿＿, 「문학예술부문에서 당의 유일사상체계를 튼튼히 세울데 대하여」 1967.5.30.
＿＿＿, 「작가, 예술인들 속에서 당의 유일사상체계를 철저히 세울데 대하여」 1967.7.3.
＿＿＿, 「문학예술작품에 당의 유일사상을 구현하기 위한 사업을 실속있게 할데
　　대하여」 1967.8.16.
＿＿＿, 「조선민족제일주의정신을 높이 발양시키자」 1989.12.28.
김종회, 「해방 후 북한문학의 전개와 실증적 연구 방향」, 『북한문학의 이해』, 청
　　동거울, 1999.
＿＿＿, 「오늘의 북한문학, 어떻게 볼 것인가」, 『북한문학의 이해 2』, 청동거울, 2002.
＿＿＿, 「통일문화의 실천적 개념과 남북한 문화이질화의 극복 방안」, 『북한문학
　　의 이해 3』, 청동거울, 2004.
노귀남, 「선군 혁명의 문학적 형상」, 《문학과 창작》, 2001.7.
＿＿＿, 「체제 위기와 동행자문학」, 『북한문학의 이해 3』, 청동거울, 2004.
노희준, 「'종자'와 '씨앗'의 변증법」, 『북한문학의 이해 3』, 청동거울, 2004.
박태상, 『북한문학의 동향』, 깊은샘, 2002.
＿＿＿, 『북한문학의 현상』, 깊은샘, 1999.
백지연, 「과학환상소설과 미래적 상상력」, 『북한문학의 이해 3』, 청동거울, 2004.

성기조,『주체사상을 위한 혁명적 무기의 역할』, 신원문화사, 1989.

오태호,「북한식 사랑법을 찾아서」,『북한문학의 이해 3』, 청동거울, 2004.

이봉일,「200년대 북한문학의 전개 양상」,『북한문학의 이해 3』, 청동거울, 2004.

이성천,「『주체문학론』이후 북한 시의 행방」,『북한문학의 이해 3』, 청동거울, 2004.

홍용희,「통일시대를 향한 북한문학의 이해」,『북한문학의 이해 3』, 청동거울, 2004.

황정상,『과학환상문학창작』, 문학예술종합출판사, 1993.

월간지 ≪조선문학≫(1992년 이후)

월간지 ≪청년문학≫(1992년 이후)

북한의 문예정책과
창작지도이론에 관한 고찰

김용직

1. 약간의 전제

북한과 같은 사회주의국가에서는 문예에 대한 생각이 우리와는 근본적으로 다르다. 거기서는 문학·예술, 곧 창작 활동이 혁명의 수단 내지 도구로 규정된다. 본래 사회주의 체제하에서는 혁명을 조직, 지도하는 곳은 당이다. 그런 논리에 따라서 문예활동도 당이 지도, 감독한다. 당의 창작 활동 지도·감독은 먼저 기본 지침 곧 정책 요강으로 발표된다. 그러면 그것을 실제 활동에 적용하기 위한 구체적 방법이 뒤따라 제시된다. 이것이 곧 창작지도이론이다. 즉 북한에서는 모든 창작 활동이 당의 결정에 따른 문예정책에 의해 이루어진다. 그리고 그 시행 과정에서 창작지도이론이 제시되는 것이다. 이런 이유에서 북한문학의 이해를 위해서는 문예정책과 그 구체화인 창작지도이론이 반드시 검토될 필요가 있다.

이 작업은 8·15 해방 후부터 오늘에 이르는 북한문학을 기능적으로 이해, 파악하려는 데 목적이 있다. 그 중요한 가늠자로 북한의 문예정책과 창작지도이론을 살피려는 것이다. 또한 여기서는 가능한 한 북한의 문단 사정과 창작 과정의 실제를 검토 대상으로 삼고자 한다. 어떤 경우에도 정책이나 지도이론은 창작의 실제가 아니다. 전자는 성격상 논리적 추상화이며 당위론의 성격을 띨 수밖에 없다. 그에 반해서 실제 창작들은 추상적인 이론을 구체화하지 않고는 이루어지지 않는다. 양자 사이에는 불가피하게 격차가 생기게 마련이다. 그 사이에 일어나는 여러 문제점이 제대로 파악되어야 한다. 그것이 북한문학과 같이 체제의 지휘, 통제를 받는 문학을 이해, 파악하는 지름길을 이룰 것이다.

2. 북한문학의 초기 양상 — 이데올로기 문학의 테두리 굳히기

오늘의 북한문학은 물론 사회주의 문학이다. 그러나 처음부터 북한문학이 사회주의 일변도로 이루어진 것은 아니다. 8·15를 맞기까지 한반도의 문학과 문화운동 중심지는 서울이었다. 그 무렵까지 북쪽에서 문학운동 관계자가 있었다면 그 중심지는 평양이었다. 그런데 그들은 38선으로 국토가 분단되자 그들 나름의 문화단체를 구성하지 않을 수 없었다. 그런 필요에 의해서 8·15 후 서북지방에서는 자연발생적으로 문화인들이 모여 평양예술문화협회를 만들었다. 이 조직체의 주요구성원은 회장 최명익, 총무 김병기(화가), 문학부장 유항림, 미술부장 문학수, 음악부장 김동진, 연극부장 주영섭 등으로 나타난다.[1] 이런 인원구성으로 짐작되는 바와 같이 평양예술문화협회는 계급주의와는 무방한 순수문학인 내지 예술 관계 인사들의 모임이었다.

평양예술문화협회는 그 조직의 성격상 애초부터 사회주의 체제 구축을 기도한 소련 군정 당국과 이익이 상치되었다. 그리하여 발족 후 얼마 되지 않아서 직접, 간접으로 군정당국의 간섭, 규제를 받기 시작했다. 군정 당국의 입장에서 보면 그들의 정책 수행에 도움이 되는 예술, 문학조직이 필

---

1 이에 대한 자세한 것은 김용직,『해방기 한국 시문학사』, 민음사, 1989, 149~151쪽 참조.

요했던 것이다. 이런 상황의 요구에 따라 북쪽에서는 또 하나의 문예조직이 나타났다. 그것이 평남지구 프롤레타리아 예술동맹이다. 그 명칭으로도 드러나는 바와 같이 이 조직은 그 행동 지표 자체가 사회주의 문화·문학활동에 있었다. 그리하여 당연한 사태의 귀결로 소련 군정 당국은 이들을 비호, 조정했다. 그런데 이 조직 구성원의 질적 수준이 문제였다.

참고로 밝히면 평남프로예맹의 주역은 고일환, 남궁만, 이석진, 이덕성 등이었다. 이들 가운데 8·15 이전 우리 문화계에 이름이 알려진 것은 남궁만 정도에 그쳤다. 소련 군정 당국은 이런 평남예맹의 인력 내지 인원의 질적 수준이 불만이 아닐 수 없었다. 그리하여 배후 조종을 통해 평양문화예술협회를 해체한 다음 그것을 프로예맹에 통폐합하도록 획책했다.[2] 그 결과 평양문화예술협회가 해체되고 북쪽의 문예조직으로는 평남프로예맹만이 존재하게 되었다. 비슷한 무렵에 북쪽에는 평양음악동맹(1945년 11월 18일 발족), 연극동맹(1945년 12월 24일 발족), 평남지구문학동맹(1945년 11월 28일 발족) 등이 발족, 가동 중에 있었다. 소군정 당국은 이들을 통폐합해서 1946년 3월 25일 북조선예술동맹을 발족시킨다. 문예창작활동조직인 문학동맹이 여기에 포함되었음을 물론이다. 북조선예술동맹이 발족하기까지 북쪽의 문예정책, 창작지도이론은 완만한 곡선을 그으면서 변모했다. 우선 소련 군정 당국의 정책적 입장은 평양예술문화협회가 해체될 때 드러난다. 프로예맹쪽으로 흡수, 통합을 명령하기 전 군정당국은 평양문화협회에 대해 문예활동의 성격을 시달한다. 이때 소련군을 대표하여 지도원 격으로 나타난 것이 주세프중위였다. 그는 문학부원을 모아놓은 자리에서 8·15 직후의 북쪽이 허용하는 문학활동의 성격을 "조선은 현재 자산성 민주주의 단계에 있다. 그러므로 소련과 같이 단숨에 사회주의 사회에 이를 수 없으니 브루조아혁명 완수를 위하여 투쟁할 것"[3]이라고 규정했다. 여기서 자산성 민주주의 단계, 부르조아혁명 등의

2 오영진, 『소군정하의 북한』, 국민사상지도원, 1952, 193~197쪽.
3 위의 책, 206쪽.

용어는 말할 것도 없이 계급사관에 의거한 것이다. 결국 이때부터 군정 당국이 북한의 문학, 예술 활동 방향을 사회주의 노선에 따라서 지도, 관정할 것임을 그렇게 표명한 셈이다.

다음 북조선예술동맹의 발족과 함께 북쪽의 문학·예술에 대한 지도, 통제가 더욱 가속화된다. 이때부터 공산당의 조직, 통제가 예술동맹을 통해 이루어지는 것이다. 이 조직 기구는 그 발족부터가 공산당의 선전·선동부장인 김창만에 의해 이루어졌다. 그는 조직 부서의 결정과 그 책임자 선정 및 행동강령 작성에도 적극적으로 개입했다. 이와 함께 그 지역성 때문에 약세를 면치 못한 문화 인력도 대폭 보강되었다. 이미 밝힌 바와 같이 8·15에 이르기까지 한반도 내의 문학과 문화 활동 중심지는 서울이었다. 그리하여 38선으로 분단된 직후 북쪽에는 아주 제한된 숫자의 문학·예술인 밖에 남아있지 않았다.

그러던 것이 분단이 빚어낸 국내정세가 북쪽의 문화인력 보강에 유리한 여건으로 작용했다. 우선 8·15와 함께 남한에 진주한 미군들은 자유 민주주의 체제를 비호했다. 그런데 지난날 카프계에 속한 시인, 작가들은 그에 대해 배제, 공격하는 입장을 취했다. 미군정 당국은 치안유지를 위해 그들 규제, 억압하는 입장을 취한 것이다. 이에 불만을 품는 다수의 시인, 작가, 예술인들이 38선을 넘어 북쪽 활동에 합류했다. 그들이 곧 박팔양, 박세영, 한효, 윤기정 등이다. 또한 함경도의 한설야와 송영, 철원 쪽에 피신 중이었던 이기영도 한때 서울에 머물다가 곧 이북으로 복귀했다.[4] 그들은 그 무렵 이미 남쪽의 문학가 동맹을 실질적으로 장악한 임화, 김남천 등의 일방적인 노선 독주가 불만이었다. 뿐만 아니라 소련군 비호하에서 시도된 북쪽의 사회주의 체제 건설 구호 역시 강한 매력으로 작용한 듯 보인다.[5] 여기에 출신지가 북쪽인 평론가 안막, 안함광, 시인 장기제, 백석, 김조규, 안용순, 이찬, 김우철, 민병균과 소설가 김사량, 최명익, 이북명 등이

---

4 이에 대해서는 김용직, 앞의 책, 152쪽 참조.
5 권영민, 『해방 직후의 민족문학운동 연구』, 서울대 출판부, 1986, 31~32쪽.

가세했다. 그리하여 어느 정도 남쪽 문단에 대비될 만한 문단이 형성되기에 이른 것이다.

북조선예술동맹의 발족은 인력과 행동지침 수립에도 결정적인 구실을 했다. 8·15 직후 북한전역에 산재한 문화인의 숫자는 통틀어 100여 명 내외였을 것으로 추산된다. 그러니까 예술동맹 발족 당시에는 그 맹원으로 가입할 수 있는 인원수 역시 그 선에 그친 셈이다. 그런데 예술동맹이 발족하면서 그 인원수가 기하급수적으로 불어나기 시작했다. 문화예술단체임에 틀림이 없는 이 조직체는 기성 문화인이 한 사람도 없는 시·군과 공장, 직장 등에 차례로 지부·지회를 만들었다. 그리하여 1946년 후반기에 이르자 그 회원수가 13,500명에 이르게 되었다.6 또한 예술동맹 이전의 창작 활동은 다분히 자율적인 상태에서 이루어졌다. 그것이 예술동맹 이전의 창작 활동은 다분히 자율적인 상태에서 이루어졌다. 그것이 예술동맹의 발족과 함께 구체적인 행동강령을 갖게 된 것이다. 6개항으로 이루어진 그 행동강령은 다음과 같다.

(1) 진보적 민주주의에 입각한 民族文學藝術의 수립
(2) 朝鮮藝術運動의 전국적 통일조직의 촉성
(3) 日帝的, 封建的, 民族反逆的, 팟쇼적 및 反民主主義的 반동예술의 세력과 그 관념의 소탕
(4) 人民大衆의 文學的, 창조적 예술적 개발을 위한 계몽운동의 전개
(5) 民族文化遺産의 정당한 비판과 계승
(6) 우리의 民族藝術文化와 소련예술문화를 비롯한 국제문화의 교류7

이런 강령에서 특히 주목되는 것이 민족문학과 민족문화에 대한 부분이다. 본래 계급사관은 국제주의의 성향이 강하다. 뿐만 아니라 그 종주국

---

6 『조선해방연보』, 문무인서관, 1946, 401쪽.
7 안함광, 「해방 후 조선문학의 발전과 조선로동당의 향도적 역할」, 『해방 후 10년간의 조선문학』, 조선작가동맹출판사, 1955, 10쪽.

에 해당되는 것이 소련이다. 그런 감각에 의거하는 경우 6항과 같은 행동강령은 당연히 나오기 마련이다. 또한 계급주의의 전제는 무산대중이다. 그것을 인민이라고 하는 경우 혁명을 선동하고 조직해야 할 대상은 바로 인민이다. 그런 경지에서 인민대중의 선동, 교양을 내세운 것도 예술동맹의 강령으로서는 당연한 일이다. 뿐만 아니라 계급혁명은 적대세력의 가차 없는 제거로 이루어진다. 그것이 차질 없이 이루어지기 위해서는 작가들의 안팎에 존재하는 반계급, 비진보적인 요소가 제거되어야 한다. 고로 여기에 예술동맹 강령이 되풀이해서 진보적 민주주의를 표방하고 그 적대경향을 제거, 배격한 이유가 있다. 그러나 계급주의는 종족 또는 민족의식을 토대로 하지 않는다. 이미 지적된 것처럼 그것은 일종의 국제주의인 것이다. 그럼에도 예술동맹의 강령에는 되풀이해서 민족적일 것이 요구되어 있다.

북조선예술동맹의 이런 강령에 대해서는 한 가지 해석이 가능하다. 일제 치하에서 우리 문학과 예술은 거듭된 규제, 핍박을 받았다. 그리하여 8·15를 맞이했을 때 그 힘이 현저하게 위축되어 있었다. 이런 상태를 기능적으로 회복하지 않고는 사회주의예술이 요구하는 바 인민을 위한 창작활동이 제대로 이루어질 수 없었다. 그런 견지에서 예술동맹의 강령이 거듭 민족을 강조한 것인지 모른다.[8] 다른 또 하나의 이유는 김일성 중심의 북쪽 정치여건이 작용한 결과일 수도 있다. 이미 밝힌 바와 같이 8·15 직후 북한문화계와 문단의 위상은 미미했다. 문단의 중심은 서울에 있었다. 임화, 김남천 중심의 조선문학가동맹이 이른바 진보적 민족문학운동의 총본영인 점도 엄연한 사실이었다.[9] 이들 엄연한 사실을 뒤집어버리지 않고는 북

---

8 8·15 직후 상당수의 카프계 작가들이 임화, 김남천 등과의 주도권 싸움에서 밀려난 사정은 권영민, 앞의 책, '평양문단과 월북문인' 항에 자세히 밝혀져 있다.

9 이런 사정은 한설야의 「예술운동의 본질적 발전과 방향에 대하여」, 『현대문학비평자료집 – 1(이북편)』(태학사, 1993)에서 단적으로 드러난다. 여기서 한설야는 "서울퇴향주의는 이를테면 이조나 일제의 문화적 구관과 구내의 시민문화를 그대로 인용하고 답습하고 계승하자는 가장 무서운 반동적인 사상과 그 어디서든지 일맥상통하는 흐

조선예술동맹의 주도권 장악이 불가능했다. 그런데 남쪽문학가동맹을 제압할 수 있는 길이 꼭 하나 있었다. 그것이 비전향, 항일저항이라는 가늠자였다. 임화나 김남천 등은 8·15에 이르기까지 한국문단을 대표하는 작가들이었다. 일제는 그 이용가치 때문에 그들을 전향시켜 이용했다. 그러나 북쪽에 남은 작가들은 상대적으로 문단적 위치가 떨어졌다. 그리하여 대일협력의 계수 역시 임화, 김남천 등에 비해 떨어졌던 것이다.[10] 이것은 민족으로 대치시키면 북조선예술동맹의 강령이 될 수 있었다.

더욱이나 예술동맹의 민족 표방은 김일성 계열의 정치적 이익과도 부합되었다. 본래 북한과 같은 계급주의 사회에서는 주도권 장악의 가늠자가 되는 것이 투쟁 경력이며 당조직에서 차지하는 위치다. 그런데 김일성은 한 번도 조선공산당에서 책임자인 적이 없었던 사람이다. 그의 활동경력은 한반도가 아닌 중국의 동북부지방과 한중 국경 등 지방에서 이루어졌다. 뿐만 아니라 그의 투쟁 역사 또한 그랬다. 널리 알려진 대로 한반도에서 계급주의투쟁이 시작된 것은 1920년대 초두부터다. 그런데 김일성이 빨치산 활동을 중심으로 한 항일저항 투쟁에 들어선 시기는 그로부터 10여 년 후다. 김일성과 그 일파로 본다면 이것을 일시에 뒤집는 길이 있었다. 그것이 항일 저항, 겨레와 나라를 위해 투쟁한 그 열도다. 이런 사실을 행동 강령과 같은 추상적 말로 바꾸면 애국주의가 되고 민족이 될 것이다. 북조선 예술동맹이 사회주의 예술단체로서는 이례적으로 민족을 강조한 까닭은 여기에도 있는 양 생각된다.

이상과 같은 문예정책의 방향에 입각해서 8·15 후 북한의 비평들은 그 창작 활동의 테두리를 잡기에 골몰했다. 이때 활약한 사람들이 한효, 안

름을 가지고 있는 것이다."(25쪽)라고 했다.

10 이것은 이른바 1차 월북문인들이 모두 비전향자로 구성되었다는 뜻은 아니다. 임화, 김남천에 대해 불만을 품은 한설야, 박세영, 한효 등도 일제말기에는 모두 전향을 했고 국책문학활동을 했다. 이에 대해 자세한 것은 임종국,『친일문학론』, 평화출판사, 1966 참조.

막, 안함광, 한식 등 전문비평가와 함께 이기영, 한설야 등 소설가, 이찬, 이정구, 민병균 등의 시인이다. 또한 8·15 후, 새롭게 북한평단에 등장한 윤세평과 엄호석도 있었다. 이들에 의해 이루어진 창작이론은 대충 두 가지의 특징적 단면을 지닌다. 그 하나가 지극히 원론적이며 초보적인 논리를 편 점이다.

구체적으로 안함광은 그의 「민족문화론」에서 우익보수주의와 함께 극좌적 편향을 아울러 배제, 비판했다. 그에 따르면 우익보수주의자들은 봉건왕조의 꿈을 버리지 못하는 지배계층의 문화와 그들에게 핍박당한 나머지 한을 품고 산 피지배계층의 문화로 대변된다는 것이다. 안함광에 따르면 보수적인 민족문화는 조선왕조의 지배 이데올로기가 된 유교 내지 유학적인 문화다. 이것은 반계급, 반인민적인 것이기 때문에 배제되어야 한다.11 또한 피지배계층에 의해 전승된 문화라고 해도 전자와 같은 것은 지양, 극복되어야 한다. 이런 경향을 지닌 작품들이 <아리랑>이라든가 <영변가>, <넋두리> 등이다. 이들을 조선적 정조를 지닌 것이라고 보는 것은 오해다. 그것은 센티멘탈리즘에 지나지 않는 것으로 민족문화의 본령일 수 없다는 것이다.12

이와 함께 안함광은 극좌 편향주의에 대해서도 비판의 화살을 돌렸다. 그에 따르면 우리 문화가 한갓되게 외국 것을 모방하기에 급급해 버리는 경우 문화와 문학의 중요한 자산인 개성이 망각된다는 것이다. 또한 사회주의 노선이 경직된 국제주의가 아님을 스탈린의 말 인용으로 입증하고저 했다. "민족예술이란 사회주의적 내용을 민족적 형식으로 표현한 것이다"13 이와 아울러 안함광은 국민문화의 개념 역시 배제되어야 할 과제로 보았다. 그는 국민문화가 민족지상주의의 산물로 그 구체적 형태화가 일본군부와 나치들의 팟쇼주의 문화관을 낳게 했다는 것이다. 이런 논리 다

---

11 안함광, 「민족문화론」, 『현대문학비평자료집-1』, 12~13쪽.

12 위의 책, 10~11쪽.

13 위의 책, 14쪽.

음에 그는 바람직한 민족문화를 근로대중을 토대로 한 문화라고 못 박았다. 여기서 근로대중이란 말할 것도 없이 사회주의 혁명의 기본계층인 노동자 농민을 가리킨다. 안함광은 민족문화와 민족문학의 내용이 그들에 입각해야 할 것이라고 규정했다. 그와 함께 형식에 있어서는 민족적인 것이 진정한 의미의 민족문학이며 민족문화라고 보았다. 사회주의 노선에서는 문학이 대중을 선동, 조직하는 무기로 규정될 수밖에 없었다. 그리고 그런 기능에 충실하기 위해서는 민족적 표현, 민족적 형식과 형태가 요구된 것이다. 우익 보수주의는 문학의 계급적 도구론에 찬동하지 않는다. 그리고 극좌 편향주의는 민족적인 것의 이용이라는 우회적 책략에 맹목이다. 안함광은 이런 원칙에 따라 그의 비평을 기초한 것이다. 따라서 그의 글은 지극히 초보적이라고 할 수밖에 없는 경우다.

이와 비슷한 답변이 이기영의 글에서도 검출된다. 1946년 여름에 나온 『해방기념 평론집』에 이기영은 창작방법론에 대한 글을 썼다. 본래 이기영은 창작활동을 주로 했고 평론은 거의 하지 않았다. 일제치하에서 그가 쓴 평론은 사회주의적 사실주의에 관한 것이 대표적이다.[14] 이 무렵 프로문학은 그 방법론 문제에 허덕이고 있었다. 이기영은 이에 대해서 창작자의 생각을 피력한 셈이다. 이와 꼭 같은 이야기가 1946년의 글에도 가능하다. 북쪽에서는 제도적으로 사회주의 문학 활동이 보장되어 있었다. 그러나 막상 그런 사태가 닥치자 기능적인 계급문학 활동이 어떻게 이루어질 수 있는가가 문제되지 않을 수 없었다. 이때 이기영이 쓴 글은 그 해답편으로 제출된 셈이다. 그의 글에서 이기영은 8 · 15와 함께 북쪽이 요구하게 된 문학예술이 '인민예술'이라고 못 박았다.[15] 그리고는 그 차질 없는 전개를 위해서 (1) 올바른 세계관이 수립될 것과 (2) 예술의 특수성과 사상성에 대한 인식, (3) 내용, 형식의 통일, (4) 비평의 변증법적 통일, (5) 창작기술의 문제 등이 인식될 필요가 있다고 주장했다. 여기서 말하는 세계관이

---

14 김윤식, 『한국문예비평사연구』, 한얼문고, 1973, 107쪽.
15 이기영, 「창작방법상에 대한 기본적 제문제」, 『현대문학비평자료집 - 1』, 35쪽.

56 북한문학의 심층적 이해 | 남한에서의 연구

란 말할 것도 없이 유물변증법에 입각한 것이다. 본래 유물사관에 의하면 사상, 관념, 정신을 결정하는 것은 물질적 기초, 곧 경제적 여건이다. 그러나 문학, 예술의 경우에는 이런 유물론의 공식이 들어맞지 않는다. 그런 단순 논리로서는 희랍시대에 창작된 일리어드와 오딧세이가 근대 독일의 공장 노동자에게 읽히는 이유가 설명될 길이 없었다. 여기에 사회주의 예술론에서 특수성, 사상성이 논의되어야 할 필연성이 있다. 따라서 이기영의 이에 대한 언급은 계급문학론의 기본공리에 의거한 것일 뿐이다.

또한 사회주의 예술론은 이 무렵까지 사상과 형식 내지 형식 내용을 일체로 보는 구조론이 형성되지 않았다. (3)은 그런 단계가 낳은 북쪽문학론의 한 부산물이다. 문학론이 아직 구조론에 이르지 못했기 때문에 항상 계급문학론에서는 창작을 변증법적 통일체로 볼 것이 요구되었다. (4)는 이에 대한 배려가 작용한 결과다. 다음 이 글에서 가장 주목되는 것이 (5)다. 사회주의 문학론은 그 성격상 생활 또는 노동현장에서 터득한 체험을 강조한다. 그들은 생산현장과 무관한 예술적 기법을 부르조아 성향으로 간주하여 전연 배제한다. 이 경우 문제되는 것이 생산현장에서 얻어낸 체험이 어떻게 과거의 명작을 낳은 자각들의 기법이나 기술보다 훌륭한 것일 수 있는가 하는 점이다. 이에 대해서 일찍 사회주의 예술론은 제 나름의 논리를 펴지 못했다. 이기영의 이 글 역시 그 예외는 아니다. 이 글의 결론에서 그는 문제의 핵심을 회피하여 다음과 같이 적었다.

> 그러나 아무리 비평가가 창작방법을 천언만언 할지라도 구체적 창작방법은 오직 자기 자신이 해결할 수밖에 없는 것이다. 조선 아악에는 악보로써 능히 표현할 수 없는 것이 있다 한다. 그것은 오직 그 악사가 '손'의 신기로서만 터득할 수 있다는 것이다.[16]

여기서 우리가 기억해야 할 것이 일찍 이기영이 사회주의적 사실주

---

16 앞의 책, 46쪽.

에 대한 글을 쓴 점이다. 사회주의적 사실주의는 두루 알려진 것처럼 유물변증법적 창작이론의 해결판으로 제기된 것이다. 거기에는 미학 내지 기법에 대한 배려가 내포되어 있었다. 그럼에도 이기영은 위의 글에서 그것을 전혀 망각한 상태의 결론을 내렸다. 악악의 성패를 결정하는 것이 '악사의 손'이라는 논리는 문학, 예술=개연적 재능론이지 도무지 창작방법론이 아니다. 여기서도 우리는 이 글의 소박성과 초보적인 논증태도를 읽게 된다.

3. 반인민·반사회주의, 순수 퇴폐주의 배제·비판

시발기에서부터 얼마동안 북쪽의 창작이론은 지극히 저미한 상태에 머물러 있었다. 특히 문예정책의 기능적 실행을 위한 여러 개념 정립과 그 효과적 해석에 있어서 그러했다. 앞에서 이미 살핀 바와 같이 북쪽 문예이론은 이 무렵에 창작의 구조성을 제대로 인식하지 못했다. 또한 그들에게는 가장 득의의 작품일 수 있는 민족문학, 민족적 양식도 제대로 정의, 해석하지 못했다. 어느 시기까지 그들은 카프 단계의 창작 인식에 머문 셈이다. 그러나 이런 가운데도 꼭 하나 이례적으로 활기를 띤 국면이 나타나기는 했다. 그것이 반인민·반계급적 창작활동의 적출과 그 비판, 공격이었다. 또한 그 다른 명칭인 보수, 봉건, 순수 퇴폐주의 경향에 대한 비판, 공격 역시 가차 없이 가해졌다.

북쪽에서 이루어진 당파성, 인민성 비평은 대충 두 가지 유형으로 나타났다. 그 하나는 그들이 적대세력으로 규정한 남쪽을 비판, 공격한 경우다. 그들은 계급문학이 형성된 신경향파 이후의 문학에 역사적 의의를 부여하는 반면, 그 반대 입장을 취한 문학에 대해서는 "퇴폐적인 회고주의와 유미주의"[17]라고 규정했다. 그리고는 남한의 문학을 그 연장선상에 놓인

---

17 윤세평, 「신조선 민족문화 소론」, 『현대문학비평자료집 - 1』, 205쪽.

것으로 못 박았다. 그리하여 이상의 「날개」가 정신분열자의 몫이 되고, 김동인의 「광염 소나타」는 변태적 음악가를 등장시킨 괴기 취향의 결과로 떨어졌다.[18] 북쪽의, 남쪽 문학에 대한 공격을 8·15 후의 것으로는 김영랑에게 집중된다. ≪신천지≫에 발표한 「한줌 흙」에서 그는 미제의 남조선 강점과 그에 반대해서 싸우는 인민의 현실을 외면했다고 공격받았다. 김영랑이 여기서 노래한 "원망도 않고 산다"라든가 "아무려나 한줌 흙이 되는구나"가 식민지 예속화 정책을 외면한 퇴폐, 염세의 보기라는 것이다.[19]

이 무렵 북쪽 창작비평이 보여준 또 하나의 단면이 그곳에서 활동하는 작가들을 다룬 자아비판 형태의 비평이다. 그 구체적 보기가 되는 것이 시집 『凝香』 사건과 함께 『문장독본』, 『관서시인집』에 대한 것이다. 이 가운데서 『응향』은 원산문학가동맹에서 낸 시집이며 『관서시인집』은 평양에서 발간된 것이다. 또한 『문장강화』는 이태준이 일제 때 낸 책의 증보판으로 함흥에서 출간되었다. 이 가운데서 『문장독본』은 계급의식이 제대로 반영되지 않은 채, 문장기법만을 다룬 내용이 문제 되었다.

또한 『관서시인집』과 『응향』에 대한 비판, 공격도 주목될 일이었다. 우선 『관서시인집』은 해방특집호로 발간된 것이다. 그럼에도 불구하고 북쪽의 민주건설과는 거리를 가진 작품이 이 시집에 실렸다는 것이다. 이때 문제된 작품이 황순원의 「푸른 하늘이」, 양명문의 「바람」 등이다. 이때 비판, 공격의 칼을 휘두른 것이 안막과 백인준 등이다. 그들에 따르면 황순원은 "북조선 민주전선의 우렁찬 행진을 도피하여 홀로 경제의 뒷골목 뒷고장 낡은 여인을 찾아" 갔다는 것이다. 안막은 이 시를 "북조선의 위대한 현실에 대하여 악의의 노골적인 비방"이라고 규정했다.[20] 또한 양명문

---

18 한효, 「민족문학에 대하여」, 『현대문학비평자료집 - 1』, 393쪽.

19 위의 책, 397쪽.

20 안막, 「민족문학과 민족예술 건설의 고상한 수준을 위하여」, 『현대문학비평자료집 - 1』, 246쪽.

에 대해서는 "무사상의 작품을 쓴 자이며 형식주의자"여서 투쟁 대상이 되지 않을 수 없다고 했다. 이때 황순원은 북쪽의 정책 노선을 견디지 못해 38선을 넘었다. 그러나 양명문은 철저한 비판의 도마 위에 올라 평남도 인민위원회의 문학계장직을 박탈당했다.[21]

시집 『응향』에 대한 북쪽의 비판, 공격은 위의 경우보다 훨씬 더 강도 높이 이루어졌다. 이미 제시된 바와 같이 이 시집은 원산문학가동맹에서 발간한 시화집이다. 이것은 이 시집이 북한당국의 정책 노선에 맞서려는 뜻이 없었음을 뜻한다. 또한 이 시집에 작품을 발표한 시인 모두가 무사상과 퇴폐적 경향을 지녔던 것도 아니다. 구체적으로 이 시집에 작품을 낸 시인에는 원산지역 공산당 간부인 서창훈과 소련군 현역장교인 한국인 정률이 포함되어 있다.[22] 그러나 이 무렵 북한의 땅을 창작 활동에서 이데올로기의 경각심을 높일 필요를 느끼고 있었다. 그를 위해서는 비판의 도마 위에 올릴 속죄양이 필요했다. 그 표적 가운데 가장 좋은 것으로 『응향』이 택해졌다. 참고로 살피면 이 시집에 수록된 중요 작품은 강홍운 「파편집」, 구상 「길」, 「밤」, 서창훈 「해방의 노래」, 「산상에서」, 「늦은 봄」, 이종민 「三·一 운동」, 박동수 「눈」 등이다. 이 가운데서 비판의 도마 위에 오른 것이 강홍운, 구상, 박동수 등의 것이다.

> 언덕에 타는 삽 끝에 묻혀나온 어린 싹
> 그 넋이 애처러워 가슴아파 하였소.
>
> — 강홍운, 「파편상」[23]

> 이름모를 적로 우에
> 보행의 기술도
> 통곡도

21 이기봉, 『북의 문학과 예술인』, 사회사상연구소, 1986, 197~198쪽.
22 위의 책, 180쪽.
23 ≪문학≫(3)(1947.4), 77쪽에서 재인용.

폐인하고 (……)
지혜의 열매로
동량받는 입설의
식기를 권함은
예양이 아니고
노정이 변방에 이르면
만개를 생식하는
짐승이 된다.

- 구상, 「길」[24]

이들 작품은 백인준에 의해서 "복잡하면서 비상한 속도로 건설되어 가
는 조선현실에 대한 인식부족"에서 온 것이라고 비판되었다. 그 결과 반시
대, 반인민적 길로 떨어졌다는 것이다.[25] 이런 비판과 함께 시집 『응향』은
판매금지 처분을 당했다. 동시에 퇴폐적, 감상적, 무사상적 작품을 쓴 것
으로 규정된 시인들이 조직에서 추방된 것은 물론 그들이 소속한 원산문
학가동맹에 대해서도 그 연대책임을 지게 한다. 이때 내려진 북쪽의 조치
는 다음과 같다.

> 『응향』의 집필자는 거의 모두 원산문학동맹의 중심인물이다. 더욱 『응향』
> 에 수록된 작품의 하나나 둘이 이상 지적한 바와 같은 경향을 가진 것이 아니고
> 여러 사람들이 거의 동상동몽인 데에 문제의 중요성이 있다. 즉 원산문학동맹
> 이 이러한 이단적인 유파를 조직으로 형성하면서 있는 것을 추단할 수 있는 것
> 이다. 이것은 내로는 북조선예술운동을 좀먹는 것이며 외로는 아직 문화적으로
> 약체인 인민대중에게 악기류를 유포하는 것이 된다. 이에 관하여 북조선문학예
> 술총동맹중앙상임위원회는 조선 예술운동의 건전한 발전과 또는 예술작품의
> 제고를 위하여 다음과 같이 결정한다.

---

24 앞의 책, 78쪽.

25 시집, 「응향에 관한 결정서」, ≪문학≫(3), 71~72쪽.

一. 북조선문학예술총동맹이 산하 문학예술단체의 운동이론과 문학예술행동 에 관한 구체적 지도와 예술영역에서의 반동세력에 대한 검토와 그와의 투 쟁정신이 부족하였음을 자기비판하는 동시 북조선문학운동 내부에 잔존한 모든 반동적 경향을 청산하고 속히 사상적 통일 위에 바른 노선을 세울 것 이다.

二. 원산문학동맹이 이상에 지적한 바와 같은 과오를 범한 데 대하여 그 직접 지도의 책임을 가진 원산예술연맹이 또한 이러한 과오를 가능케하는 사상 적, 정치적, 예술적 약점을 가지고 있음을 지적하는 동시에 동연맹은 속히 이 시정을 위한 이론적 · 사상적 · 조직적 투쟁 사업을 전개할 것이다.

三. 북조선문학예술총동맹은 즉시 『응향』의 발매를 금지시킬 것.

四. 북조선문학예술동맹은 이 문제의 비판과 시정을 위해 검열원을 파견하는 동시에 북조선문학동맹에 다음과 같은 과업을 위임한다.

(가) 현지에 검열원을 파견하여 시집 『응향』이 편집, 발행되기까지의 경위를 상세히 조사할 것.

(나) 시집 『응향』의 편집자와 작가들과의 연합회의를 개최하고 작품의 검토, 비판과 작자들의 자기비판을 가지게 할 것.

(다) 원산문학동맹의 사상검토와 비판을 행한 후 책임자 또는 간부의 경질과 그 동맹을 바른 궤도에 세울 적당한 방법을 강구할 것.

(라) 이때까지 원산문학동맹에서 발간한 출판물은 북조선예술동맹에 보내지 않은 것을 조사하여 그 내용을 검토할 것.

(마) 시집 『응향』의 원고검열 전말을 조사할 것[26]

이와 같은 『응향』 비판의 결과는 북쪽 문단을 충격과 긴장의 도가니로 몰아넣었다. 그 이전까지 북쪽의 시인, 작가는 사회주의 체제 하의 문학 활동을 상당히 여유롭게 생각했다. 그들은 북쪽이 인정하는 조직에 가담하기만 하는 것으로 어느 정도 창작활동의 자유가 보장되는 양 믿었다. 그러나 『관서시인집』에 이은 『응향』 사건으로 그런 생각의 안이함이 여지없이 드러났다. 그리하여 과업문학 이외의 어떤 작품도 허용하지 않는 것이 북쪽의 문예정책이며 창작지도방침임이 명백해졌다.

---

26 ≪문학≫(3), 73~74쪽.

한편 이때 북쪽의 정책결정에는 종주국 소련의 선행 사례가 작용했다. 그것이 잡지 『별』과 『레닌그라드』에 내려진 소련공산당 중앙위원회의 결정서다. 『별』과 『레닌그라드』는 소련 작가동맹 레닌그라드 지부에서 발행한 잡지였다. 그리고 이들 두 잡지에는 소설가 조시젠코와 여류시인 아흐마또바가 관계했다. 그런데 그들의 작품 성향이 문제였다. 소련공산당의 판단에 따르면 이들 두 작가의 작품은 "부패한 무사상성과 저급하고 정치에 대한 무관심을 전파"했으며 염세관과 퇴폐사상에 젖은 나머지 "인민들을 옳게 교육"하는 임무를 떠나 해독을 끼쳤다는 것이다.[27] 그리하여 이들 두 작가의 작품이 폐기처분당하고 작가동맹에서 추방된 것은 물론이며 그 지도, 감독 임무를 소홀히 한 작가동맹 위원장 치호노프까지가 견책을 당했다. 『응향』에 대한 북쪽 문예담당자의 결정이 소련의 이런 사례에 힘입은 사실은 그들 문학사가 명시하고 있는 바이다. 즉 해방 후 10년간의 북쪽문학을 정리한 글에서 안함광은 다음과 같이 적었다.

> 문학의 무사상성, 정치적 무관심성을 주장하는 일체의 반동문학과의 투쟁을 계속하면서 조선문학가들은 1946년의 전련맹 공산당 중앙위원회의 결정서들, 즉 <잡지 『별』과 『레닌그라드』에 관하여> (……)와 기타 일련의 문헌들이 보여준 소베트 문학의 경험에서 많은 것을 배웠으며 항도적인 고무와 충동을 받았다.[28]

이것은 이 무렵의 북쪽문예정책과 창작이론의 성격을 단적으로 드러낸다. 즉 이 무렵 북쪽의 문예정책은 다분히 소련 것을 반사적으로 수용해서 적용한 경우였다. 그러나 그 성격이 소련방의 것 복사판이었음에도 불구하고 『응향』에 대한 비판은 안팎으로 큰 충격을 일으켰다. 이때부터 북쪽의 문단 전체가 경직된 사회주의 과업체제로 들어간 사실은 이미 밝힌 바

---

27 「잡지 『별』과 『레닌그라드』에 관한 1946년 8월 14일부 소련공산당 중앙위원회의 결정서」, 《문학》(3), 30~32쪽.
28 『해방후 10년간의 조선문학』, 20쪽.

와 같다. 또한 남쪽에서도 이 결정은 상당한 반향을 일으켰다.

우파 민족진영 쪽에서는 북쪽의 결정에 대해 강한 공격을 가했다. 그 가운데 한 사람이 김동리다. 그는 문학이 인간의 근본 속성을 발판으로 해야한다고 전제했다. 그런데 인간 자신은 자주 회의에 쌓이며 염세, 비탄에 잠길 수 있다는 것이다. 그것을 다룬 작품은 따라서 그 자체가 죄악시될 수는 없다. 그럼에도 불구하고 인간의 속성에 의거했다고 하여 북쪽 당국은 『응향』의 시인들에게 추방령을 내렸다. 이것은 "나치스건 네로건 진시황이건 막론하고 어떠한 시대의 어떠한 폭정 하에서도 있을 수 없다"고 규정한 것이 김동리다.[29] 이와 아울러 또 하나의 반응은 남쪽의 문학가동맹을 통해 나타났다. 표면상 이들은 북쪽의 『응향』 비판은 전폭적으로 지지하는 입장을 취했다. 그리하여 그 기관지인 ≪문학≫ 3호에는 북조선문학예술총동맹의 결정서를 전문 수록했다. 또한 백인준의 글도 전문이 게재되었다. 그 이전까지 사회주의 창작활동의 주도권이 남쪽 문학가동맹 측에 있었음은 이미 밝힌 대로다. 그런데 이런 남쪽주도 현상이 『응향』 사건을 계기로 바뀌게 된 것이다. 이후 창작지도이론에서 주도권을 잡게 된 것은 북쪽이다. 이렇게 보면 이 사건은 한반도 내의 계급문학운동에서 강한 작용을 한 경우였다.

4. 6 · 25동란과 남로당계 숙청

1940년대 말까지 북쪽의 문예정책은 대체로 과업의 성실한 수행을 요구하는 선에서 머물러 있었다. 이때의 과업이란 사회주의화과정에서 빚어진 여러 가지 정책수행이었다. 그러니까 북쪽의 창작활동은 그런 요구에 부흥하는 길을 걸으면 그만이었던 것이다. 그러나 이런 사태는 6 · 25동란과 함께 일변했다. 1950년 여름에 한반도 전체가 전란의 도가니가 되었다.

---

29 김동리, 「문학과 자유를 수호함」, 『문학과 인간』, 자민문화사, 1948, 139~140쪽.

이 동란의 초두에 북쪽은 그들 의도대로 손쉽게 남쪽을 석권할 수 있는 것처럼 보였다. 남침을 위해 그들은 상당한 준비를 했고 무력을 기른 터였다. 그리하여 전쟁 초기에 북쪽 군대는 재빨리 수도 서울을 빼앗았다. 그러나 그 후 이 내전은 UN군의 개입으로 국제전이 되어버렸다. 특히 매우 강력한 전쟁수행능력을 가진 미군이 개입하자 전세는 역전했다. 그리하여 한때 북한은 그 수뇌부까지 국경선으로 내몰렸다. 이런 서슬 속에서 북쪽의 작가들에게 요구된 것이 전쟁수행의 최선봉이 되라는 과제였다. 그것이 구체적으로 형태화된 것이 1951년 6월 30일자로 발표된 「우리 문학예술의 몇 가지 문제에 대하여」이다. 김일성이 담화 형식으로 발표한 이 글에서는 6·25동란은 "미제 침략자들을 반대하는 해방전쟁"으로 규정되었다. 그런 전제 아래서 작가들에게 과해진 임무는 다음과 같다.

> 이때 우리 작가 예술가에게는 매우 중대한 임무가 부과되어 있습니다. 우리의 작가, 예술가들은 인간정신의 기사로서 자기들의 작품에 우리 인민의 숭고한 애국심과 견결한 투지와 종국적 승리에 대한 확고한 신심을 뚜렷이 표현해야 하며 자기들의 작품이 싸우는 우리 인민의 강력한 무기로 되게 하며 그들을 최후의 승리로 고무하는 거대한 힘으로 되게 하여야 합니다.[30]

이에 이르기까지 북쪽의 당이 창작 활동의 구체적 방법을 지시하지는 않았다. 그런데 이때는 사정이 그와 달랐다. 이때는 위와 같은 창작활동의 대전제와 함께 실제 작품을 만드는 원칙까지가 제시되었다. 그것을 요약해보면 (1) 인민군대의 영웅적 묘사, 단 이때의 영웅성은 개인적인 것이 아니라 대중적이며 전형적인 것이어야 한다. (2) 추상성을 배제하고 구체적 현실을 보여줄 것 (3) 적에 대한 증오심 강조, 애국심 고취, 특히 "미제국주의자들과 이승만매국연도들의 추악한 모습" 폭로 (4) 모든 창작을 인민에서 시작하여 인민으로 돌아가게 할 것 (5) 소련을 위시한 여러 인민민주주

---

30 『조선문학사』(1946~1958), 145쪽에서 재인용.

의 국가와의 유대관계 강화와 민족문화노선의 지향 등이다.[31]

여기서 (4)와 (5)는 일찍부터 북쪽이 요구한 인민성이라든가 국제주의에 관계된다. 그런 점에서 원론적인 것일 뿐이다. 그러나 (1)에서부터 (3)은 사정이 다르다. (1)은 전형이론이 포함된 6·25동란의 창작지침이다. 또한 (2)는 사회주의적 사실주의이론을 강조한 것이다. 여기서 특히 주목되는 것이 (3)인데, 여기서는 증오, 타도의 대상을 구체적으로 미제와 이승만 매국도당이라고 규정해놓았다. 이것으로 전쟁을 수행 중인 북쪽 당의 문예정책이 아주 명백하게 드러난 셈이다. 한 마디로 전쟁 수행을 위해 전선의 병사들에게 영웅심 전투 의욕을 고취하라고 요구한 것이 이때의 창작이론의 골자였다. 그와 아울러 적개심을 최대한 부채질하라고도 지시하고 있다. 이런 상황에서 북쪽에서는 권력 장악을 위한 숙청극이 시작되었다. 무모하게 시작한 6·25동란은 북쪽 인민들에게 막대한 희생만을 안겨주었다. 그 엄청난 손실을 호도하고 전쟁 책임을 떠넘기기 위해서 김일성에게는 희생양이 필요했다. 그 도마 위에 오른 것이 남로당이다. 그 무렵까지 남로당계는 투쟁경력이 역력한 투사들을 가장 많이 보유하고 있어서 김일성 계에게는 적지 않게 두려운 존재였던 것이다. 이들을 숙청하면서 북쪽 당은 성스러운 조국전쟁의 전열을 교란하기 위해 인민에게 염전사상을 전파했을 뿐만 아니라 미제의 고용간첩으로 공화국의 기밀을 적에게 팔아먹고 공화국의 전복을 획책했다고 몰아붙였다. 이 숙청극으로 남로당의 최고 지도자인 박헌영, 이승화 등이 구금, 투옥되어 형장의 이슬로 사라졌다. 또한 임화, 김남천이 극형에 처해졌고, 이원조도 옥사했다. 이어 이태준과 그 밖의 월북문인들 다수가 추방, 숙청의 희생양이 된 것이다.

남로당계 숙청은 물론 정치적인 이해, 갈등에서 야기된 것이다. 그러나 이때 이루어진 작가들의 추방, 단죄는 창작이론을 통해 이루어졌다. 그 본보기로 도마 위에 오른 것이 임화, 김남천 등이다. 이때 비판, 공격의 선봉

---

31 앞의 책, 141~150쪽.

에 선 것은 북로당계의 문예정책 집행자인 한설야와 함께 엄호석이었다. 한설야는 전쟁이 한창 진행 중인 1953년 가을의 한 보고에서 임화, 이원조, 김남천, 이태준 등의 이름을 거명하면서 그들을 통틀어 "파괴 종파 도당"들이며 "제국주의 침략자들에 대한 굴종과 투항을 권고"한 자들이라고 몰아붙였다.[32] 또한 이런 창작규제론의 해설판 내지 축약판을 쓴 것이 엄호석이다. 그에 따르면 임화는 최서해, 이상화 등의 아름다운 사실주의 문학 전통을 왜곡시켜 자연주의로 규정한 범죄자다. 그리고 김남천, 이태준, 박찬막 등은 사회주의 건설의 긍정적 수용을 의도적으로 거부한 자들이다. 이들은 의도적으로 감상주의와 비관주의를 전파하여 싸우는 인민의 전의를 상실토록 작용했다는 것이다.[33]

엄호석이 이때 비판의 도마 위에 올린 것이 김남천의 「꿀」과 임화의 전시시집 『너 어디에 있느냐』이다. 먼저 김남천의 「꿀」은 6·25동란에 참가한 인민군 전찰병이 주인공이다. 그는 한 전투에서 부상하고 낙오병이 되어 깊은 산 속에서 홀로 남는다. 그 산속에서 그는 어느 할머니의 간호를 받는다. 할머니가 갈무리고 있던 꿀을 대접받고 체력이 회복되어 다시 전선에 복귀했다는 것이다. 엄호석은 이 작품을 "파렴치"하게도 용감하고 씩씩하여 슬픔을 모르는 전사들의 모습을 왜곡시켰다고 공격했다.[34] 그에 따르면 인민군은 부상당한 전우를 방치할 정도로 비인간적인 군대가 아니라는 것이다. 물론 수많은 전투를 거듭하는 가운데 한두 개의 예외가 생길 수는 있다. 그러나 예외를 이끌어내어 작품을 만드는 것은 부르주아 미학을 바탕으로 하는 자연주의 경향이다. 사회주의적 사실주의는 그런 예외를 배제하고 전형을 그려야 한다. 그럼에도 「꿀」은 그 반대이며 패배주의를 전파했다는 것이다.

엄호석의 김남천 비판은 명백히 공격을 위한 공격이었다. 그 줄거리 소

---

32 한설야, 「전국작가예술가대회에서의 보고」, 『현대문학비평자료집』, 25쪽.
33 엄호석, 「노동계급의 형상과 미학상의 몇가지 문제」, 『현대문학비평자료집-3』, 56~64쪽.
34 엄호석, 「조국해방전쟁시기의 우리문학」, 『해방후 10년간의 조선문학』, 197~198쪽.

개로 짐작되는 바와 같이 「꿀」은 인민군 정찰병의 전투의욕을 그리는데 목적을 둔 소설이다. 거기 등장하는 노파는 후방의 한 늙은이까지가 전사를 철저하게 간호, 지원하는 보기로 쓰여진 것이다. 그럼에도 이 작품이 반사회주의적인 것이며 패배주의를 의도했다는 것은 말이 안된다. 그럼에도 이와 같은 논리가 임화의 경우에도 그대로 적용되었다.

> 임화는 특히 전쟁시기 그것도 조선인에게 있어서 가장 곤난을 조성한 일시적 후퇴시기를 틈타서 우리 인민들에게 전쟁의 참화에 낙담하며 전쟁의 시달림에 싫증을 느끼고 전쟁을 더 계속할 의욕을 버리도록 고무하기 위하여 가장 비관적인 감정과 절망의 목소리로 전쟁 현실을 노래하였다.[35]

이런 판정에 이어 엄호석이 구체적인 보기로 든 것이 임화의 시 「너 어느 곳에 있느냐」, 「흰 눈을 붉게 물들인 나의 피 우에」, 「바람이여 전하라」 등이다. 엄호석은 이들 작품이 "전쟁현실을 비관적으로 노래"했고 "영탄과 한숨"으로 시종한 것이라고 못박았다. "전쟁에서 시달린 늙은 부모들의 흰 머리와 슬픈 얼굴을 인민들에게 느끼게 하였으며 그것으로 싸우는 인민들이 되도록 깊은 한숨과 함께 손에 쥔 무기를 땅바닥에 놓을 것을 어리석게도 기대"했다는 것이다.[36] 일방적인 이런 임화공격 이전에 엄호석은 또 하나의 전쟁문학론을 썼다. 그런데 거기서는 바로 여기 나오는 작품 가운데 하나인 「흰눈을 붉게 물들인 나의 피우에」에 대해서 "새로운 것의 발전과 그것의 쟁취를 위한 창조력과 혁명적 정열로 충만"된 작품이라고 평가했다.[37] 그의 이런 긍정적 평가가 남로당계 숙청의 회오리와 함께 180도 다른 목소리로 나타난 것이다. 이에 우리는 해당 작품을 검토해볼 필요를 느낀다. 엄호석에 의해 호되게 비판된 「흰 눈을 붉게 물들인 나의 피우

35 앞의 책, 198쪽.
36 위의 책, 198쪽.
37 엄호석, 「조국해방전쟁 시기의 우리문학」, 『현대문학비평자료집 – 2』, 205쪽.

에」는 그 부제가 '1950년 12월 25일 황해도 신계부근 602고지 전투에서 전화점을 몸으로 막아 전사한 김창권 동무를 위하여'로 되어 있다. 그러니까 이 작품은 그 제작 동기에 있어서 싸우는 인민군대의 영웅스러운 모습을 그릴 것이라는 원칙에 십분 부응한 경우였다. 이 작품에는 화자가 된 김창권 전사가 다음과 같이 말한 부분이 포함되어 있다.

> 죽엄을 두려워하지 말아야 한다.
> 나는 인민의 아들이다.
> 시각을 지체하지 말아야 한다.
> 나는 전투 명령을 받은
> 조선인민군대의 영예로운 병사다.
> 불의 뜨거움을 믿는
> 원쑤들에게 조선청년의 가슴이
> 석벽보다 두려움을 알게 하라.
> 강철의 굳음을 믿는
> 원쑤들에게 조선청년의 결심이
> 강철보다 굳음을 알게 하라.
>
> 원쑤의 죽엄과 패망 가운데서
> 우리의 복수와 승리 가운데서
> 미국의 강도배로 하여금
>
> 불굴한 조선인민의
> 한 아들이
> 죽엄을 겁내지 않고
> 돌진하는 발길엔
> 불도 석벽도 강철도
> 한낱 티끌
> 천리의 걸음도
> 눈앞에 지척임을
> 사무쳐 느끼게 하라.[38]

임화의 이런 말들에서 우리가 느낄 불만이 있다면 그것은 너무 직선적으로 전투의 결의가 토로된 점일 것이다. 그것으로 시가 요구하는바 정서의 함양이 모자란다는 이야기는 가능하다. 그러나 그것이 감상주의를 전파하여 투쟁의욕을 말소하려고 획책했다는 말은 성립되지 않을 것이다. 이에 우리가 내릴 수 있는 판단도 명백해진다. 즉 한설야나 엄호석의 글로 집약된 북쪽 당의 임화, 김남천에 대한 비판은 전혀 정당한 논거를 갖지 못한 것이다. 그럼에도 북쪽 문학사는 이들을 "자연주의적이며 퇴폐적인 문학예술작품을 통하여 반동부르조아사상, 패배주의, 염전사상 등을 전파"한 자들이라고 단죄했다. 그렇다면 이 시기의 북쪽창작지도이론이 문제될 수밖에 없다. 임화나 김남천의 작품은 명백히 북쪽 당의 전쟁수행요구에 부응한 것이었다. 이 시기에 임화나 김남천의 것과 꼭 같은 작품을 쓴 북쪽의 다른 시인 작가들은 묵과되거나 오히려 상찬되기까지 했다. 그렇다면 임화와 김남천이 단죄된 것은 정치적인 이유에서였다. 즉 그들은 한설야나 엄호석, 백인준, 조기천 등과 같이 북로당계가 아니라 남로당계였다. 그러니까 남로당계 숙청의 회오리에 휩쓸려 그들의 문학까지 전면 부정된 것이다. 여기서 우리는 하나의 결론을 얻을 수 있다. 즉 이 시기의 북쪽 창작이론은 작품의 실제에 기반을 둔 것이 아니었다. 그러기 전에 그것은 일방적으로 북로당계의 전략에 의해 기초된 것이다. 이것이 이 시기 창작지도이론 내지 비평의 가장 특징적 단면이다.

5. 주체 문예사상, 종자의 이론과 그 한계

6 · 25동란으로 북쪽은 문자 그대로 초토가 되었다. 이런 실정 때문에 휴전협정이 된 후 곧 북쪽당과 정권은 모든 역량을 전후복구를 위해 기울이지 않을 수 없었다. 처음 그것은 1954년에서부터 1956년에 이르는 전후

---

38 임화, 『너 어느 곳에 있느냐』, 문화전선사, 1951.

복구건설로 어느 정도 달성되었다. 이 바탕 위에서 북쪽은 1957년에서 1961년에 걸친 인민경제 5개년 계획을 실시하고자 시도했다. 그러나 이 계획을 밑받침할 경제원조는 소련을 위시한 여러 동구권 국가에서 얻어내지 못했다. 이에 북한 당국은 최대한 증산과 절약을 시도하게 되었다. 이 것은 예비자원을 최대한으로 절약하면서 생산성은 극대화시키려는 의도에서 이루어진 것이다. 생산성 극대화를 위해서는 돌격대식 작업이 요구되었다. 그런데 북쪽의 이런 의도에 십분 부합하는 사례가 나타났다. 그것이 1959년 3월 강산 제강소에서 발기된 천리마 작업반 운동이다. 이 운동의 발기, 조직자는 진응원이었다. 그는 이것으로 노력경쟁 체제를 도입하여 북쪽이 요구한 생산성 배가 운동을 성공적으로 수행했다. 당이 이 좋은 보기를 이용하지 않을 리가 없었다. 그리하여 공장뿐만 아니라 기업체, 농장, 학교 등 전분야에 천리마운동이 전개되었다. 그리고 1970년대에 접어들기까지 천리마운동시대가 계속된 것이다.[39]

천리마운동이 시작되면서 그에 곁들인 문예정책도 발표되었다. 1960년 11월 27일 김일성이 작가, 작곡가, 영화부문 일꾼들과의 간담회 자리에서 발표한 담화가 그것이다. 이때 그는 북쪽의 문학, 예술이 <천리마의 기세>로 달려야 할 것이라고 전제한 다음, 세부에 걸쳐 대충 네 가지 원칙을 제시했다. (1) 문학예술은 천리마 시대 사람들의 보람찬 생활, 영웅적 투쟁 모습을 그릴 것 (2) 인민들에게 생활과 투쟁방식을 가르칠 것, 또한 과거보다 현재에 충실한 작품을 쓸 것 (3) 새것과 낡은 것의 투쟁을 반영하여 사회주의 제도의 우월성을 부각시킬 것 (4) 영화는 향락주의, 퇴폐적 연애를 배제하고 영웅적으로 투쟁하는 청년남녀들의 고상하고 아름다운 사랑을 내세울 것 등이 그것이다.[40]

---

39 1970년대에 접어들면서 천리마운동의 한계가 드러나기 시작했다. 그러나 북쪽 당은 1976년도부터 3대혁명붉은기쟁취운동이라는 것을 벌려 또 하나의 경쟁체제를 도입했다. 그리하여 천리마운동은 60년대 전반과 70년대 전반기에 이르는 15년간으로 그쳤다.

이런 북쪽 당의 정책방향은 물론 창작이론으로도 나타났다. 그 구체적인 보기가 되는 것이 천세봉의 「천리마 시대와 소설문학」과 강성만의 「천리마 기수 전형창조에서 제기되는 몇가지 문제」다. 천세봉의 글은 크게 세 항목으로 이루어져 있다. 첫째, 천리마운동을 성공적으로 작품화할 수 있기 위해서는 작가가 천리마의 기수가 되어야 한다. 그런데 일부 작품은 천리마운동을 소재로 하는 데 그쳤다는 것이다. 그 보기로 들려진 것이 김현구의 「바다의 포수꾼」, 김상오 「다리 위에서」, 이근영 「추석날」, 이서영의 「노정에서」 등이다. 천세봉은 이들 작품이 피상적으로 천리마운동을 다룬 채 "천리마 시대에 상응하는 인간들의 정신세계의 높이에 이르지 못하고 있다"고 못박았다.[41] 그러면서 그 극복책으로 작가 자신이 <천리마 분과 운동>에 기수로 참가하여 천리마 정신을 터득할 필요가 있다고 단정했다. 이것은 노동현장에 작가가 직접 참가할 것을 주장한 경우다.

다음 실제 창작에서 천세봉은 천리마운동을 인간의 문제라고 보았다. 그에 따르면 천리마운동은 단순한 노동의 문제가 아니라 창조적 노력이며 혁명의 길이다. 그것이 차질 없이 이루어지기 위해서는 인간의 성격 및 인간관계가 확립되어야 한다.[42] 이에 성공한 작품으로 천세봉은 윤세평이 쓴 「용광로는 숨쉰다」를 들었다. 이와 아울러 한설야와 이기영의 이름도 들었다. 특히 이기영의 「땅」이 전형적 환경과 전형적 성격을 창조하는데 성공한 경우로 꼽혀 있다. 이것은 엥겔스의 명제를 확인한 경우다. 이 시기에는 아직도 유물변증법적 역사 철학의 국제판 이론이 이용된 것이다.

세 번째 천세봉은 실화 창작을 강조한다. 여기서 실화란 투쟁현장, 노동현장에서 일어난 여러 체험을 보고형식으로 쓴 양식을 말한다. 이 시기에 김일성은 그 교양, 선동상의 의의에 착안하여 실화창작이 필요하다고 주

---

40 『문학예술사전』, 과학백과출판사, 812~813쪽.
41 천세봉, 「천리마시대와 소설문학」, 『현대문학비평자료집 - 5』, 364쪽.
42 위의 책, 367쪽.

장했다. 그리하여 이갑기의 「수력 건설자」 이영규의 「자매」 등이 발표되었다는 것이다. 그러나 천세봉은 이들이 충분하게 성공하지 못했다고 보았다. 그 이유로 실화 주인공들의 정신을 살려내지 못하고 추상적인 이야기를 펼친다든가 소재들을 나열한 데 그쳤기 때문이라고 보았다.[43]

천세봉의 평론을 통해서 천리마운동에 호응한 북쪽 창작지도 이론의 성격이 그 테두리를 드러냈다. 즉 그 기본적인 틀은 맑스·엥겔스식 국제주의판을 이용한 것이다. 그 위에 천리마운동이 요구하는바 생산성 제고의 주체 문제가 부가되어 있다. 그 주체는 물론 북쪽이 요구한바 투철한 공산주의적 교양을 지닌 인간이다. 그것을 기능적으로 작품화하라는 것이 이 시기의 북쪽 창작지도이념 골자다.

다음 「천리마 기수 전형 창조에서 생기는 몇가지 문제」는 그 내용이 창작 전반에 대한 것이 아니었다. 실제 여기서 거론된 작품들은 연극 「붉은 선동원」, 「꽃은 계속된다」, 「박길송 청년돌격대」 들이다. 그럼에도 천리마 시기의 북쪽문예이론을 살피려는 경우 이 글은 매우 중요하다. 우선 여기 거론된 작품들이 모두가 천리마 작업장에 바탕을 둔 것이다. 또한 이 시기의 북쪽문학에 대한 당 문예정책이 그대로 여기에 담겨있기도 한 것이다.

여기서도 문학, 예술이 천리마운동의 지상목표인 생산성 제고에 100프로 부응해야 할 것이라는 생각이 전제가 되었다. 그러면서 작품이 그에 기능적으로 대체할 수 있는 길로 원형, 사실성, 진실, 전망 또는 낙관주의적 창작방법에 의거한 심리적 효과와 성공을 문제삼았다. 여기서 원형이란 실제하는 인간과 그 생활을 말한다. 넓은 의미의 제재와 일치하는 개념이다. 강성만은 원형이라도 낭만주의작가, 자연주의작가, 사실주의작가 등에 따라 그 처리방법이 다르다고 보았다. 낭만주의작가는 거의 임의로 원형을 다룬다. 그러나 사실주의 작가는 그것을 매우 충실하게 반영하고자 한다는 것이다.[44] 그러나 사회체제에 따라 원형이 자유롭게 제시될 수 있

---

43 앞의 책, 369쪽.
44 강성만, 「천리마 기수 전형창조에서 제기되는 몇 가지 문제」, 『현대문학비평자료

는 경우와 그렇지 못한 경우가 있다. 여기서는 북쪽이 후자의 경우라고 규정되었다.

여기서 다시 계급문학의 기본전제가 문제로 대두한다. 맑스식인 해석대로라면 문학은 계급적 모순, 사회적 모순을 가차 없이 폭로, 비판해야 한다. 그리고 북쪽과 같은 사회주의 체제에서도 사회적 모순, 계급적 모순은 얼마든지 있다. 그럼에도 이때에는 모든 모순들이 적발, 폭로될 수는 없다. 그런 경우 천리마운동이 제대로 전개될 수 없을 뿐 아니라 사회주의의 성공적인 선동, 선전자가 되어야 한다는 북쪽의 문예활동 원칙 자체가 전도되어 버린다. 이것을 입체 할 수 있는 것이 사실과 진실의 개념이다. 여기서 사실이란 단순하게 실재한 일을 가리킨다. 그러나 진실이란 사회주의적 전망에 의해 보다 좋은 내일을 열기 위해 있어야 할 방향을 가리키는 일에 관계된다. 여기서 강성만은 김일성의 현장지도 실례를 이끌어보았다.

> 김일성 동지는 미제 침략자들에 의하여 처참하게 학살된 주민들을 보여주는 한 기록영화를 관람하시고 다음과 같이 지적하였다.
> "이것은 사실이다. 그러나 진실은 아니다. 미제국주의자들의 이러한 만행에도 불구하고 조선인민의 승리 속에 전진하고 있는 것이 오늘의 우리의 진실이다……. 이 진실을 보여야 하며 그것을 그려야 한다. 이것이 가장 중요한 일이다."
> 김일성 동지의 이 교시는 '원형의 문학'에서 사실성과 진실성의 상호관계문제를 밝힘에 있어서 가장 중요한 지침으로 된다.[45]

여기서 명백해지는 바와 같이 사회주의문학에서 진실이란 그들이 지향하는 사회건설에 기능적으로 작용할 수 있는 의식으로 재해석된 사실이다. 이런 관점에서 강성만은 성공한 작품으로 「붉은 선동원」을, 그리고 실패한 작품으로 「두메 산골에 꽃이 핀다」를 보기로 들었다. 강성만에 따르

집 - 5』, 459쪽.
45 앞의 책, 461쪽.

면 전자는 주인공 이선자를 "시대에 드높은 정신"으로 형상화하는 데 성공했다는 것이다. 이에 반해서 「두메 산골에 꽃이 핀다」에서는 "관리 부위원장의 낡은 견해와 행동"을 생활 이상으로 확대해 버렸다고 된다.

여기에 이르면 천리마시대에 처한 북쪽문학의 성패는 역사적 전망에 입각한 진실성 확보 여부로 결정된다. 이러한 이 말에는 돌이킬 수 없는 함정이 가로놓인다. 역사적 전망의 다른 말은 이데올로기이다. 따라서 역사적 전망과 그에 수반되는 진실성의 개념은 결국 이데올로기의 경도에 따라 작품이 성패가 결정될 수 있다고 보는 것이다. 강성만은 이런 난점을 인식하고 있었던 것 같다. 그리하여 그는 다음 자리에서 "낙관주의에 근거한"이란 단서를 붙이긴 했지만 군중, 관람자, 독자들에게 비치는 작품의 심리적 효과를 이야기하지 않을 수 없었다. 여기서 그는 연극 <꽃은 계속된다>가 성공한 이유를 작중 인물이 일으킨 "새것과 낡은 것의 첨예한 투쟁" 거기서 빚어진 "주인공의 발전"이 관객들을 흥분시켰고 "극의 발전에 공감"을 일으켰기 때문이라고 보았다.[46]

강성만의 평론에 대해서 우리는 적어도 두 가지 한계를 지적하지 않을 수 없다. 그가 진실성을 확보하기 위해 긍정적 인간을 그려야 한다는 주장에는 일단 수긍이 간다. 그러나 이것이 갈등의 제시와 그를 통한 모순의 극복이라는 해결책 제시는 또 하나의 논리적 비약을 범하는 일이다. 이때 모순의 극복이라는 과제 여부가 여전히 이데올로기의 테두리에 맴도는 것이기 때문이다. 다음 강성만은 결과적으로 작품의 성패가 군중을 감동케 하는 정도로 결정되는 양 말했다. 이것은 범박하게 보아도 원인과 결과를 혼동해 버리는 일이다. 어떤 경우에도 창작이론이 제구실을 하기 위해서는 사상이나 이념, 철학의 문제를 기술이나 기법의 형태로 바꾸어 제시해 주어야 한다. 강성만으로 대표되는 천리마시기의 북쪽문예이론에는 이 가장 중요한 측면이 잘 검출되지 않는다.

---

46 앞의 책, 471쪽.

천리마운동과 그에 이은 3대혁명 붉은기 쟁취 운동을 거친 다음 북쪽의 문예정책에는 또 하나의 전기가 몰아닥쳤다. 이 시기에 이르기까지 북쪽은 정치, 경제적으로 적지 않은 난관들에 처했다. 우선 50년대 후반 소련에서 김일성 계의 든든한 발판이 되어준 스탈린이 사망했다. 그와 함께 소련에서 스탈린 격하운동이 일어났다. 그 결과 동구위성국들에서도 개인숭배 타파라는 정치구호가 나타나게 되었다. 그 여파가 북쪽에도 몰아닥쳤다. 그리하여 1960년대 초두에는 연안파와 소련파들에 의해 거듭 김일성 비판이 시도된 바 있다. 이때의 사태는 김일성 일파에 의해 추방, 숙청으로 수습되기는 했다. 그러나 거기서 빚어진 부작용을 수습하는 기능 하나밖에 없었다. 그것이 반대파를 모조리 제거한 다음 한층 경직되게 김일성 우상화를 시도하는 길이었다.

다음 이 시기에는 국제적으로도 북쪽 권력장악자들에게는 난감한 일들이 일어났다. 이 무렵부터 소련과 동구권 여러 나라는 제국의 경제문제, 사회문제에도 갖가지 난제를 안게 되었다. 그리하여 이른바 사회주의 형제국인 북쪽을 돌볼 겨를이 없었다. 뿐만 아니라 좀 더 큰 두통거리가 바로 북쪽과 국경을 접한 중국과 소련 사이에서 일어났다. 두 나라 사이에 우수리강 지역의 국경분쟁이 일어난 것이다. 이때의 국경분쟁은 중, 소 양국군이 탱크와 중화기까지를 동원할 정도로 가열된 상태였다. 이것은 그 이전까지 북쪽이 구두선처럼 외친 국제사회주의혁명노선의 강철 같은 단결구호가 허구임을 백일하에 드러낸 것이다.

이런 국내, 국제 정세는 북쪽의 집권자들에게 선택을 강요했다. 그 하나가 국제사회주의의 흐름에 따라 개방 노선을 택하는 것이었고, 다른 하나가 완전히 나라의 문을 닫으면서 북쪽 나름대로 살아가는 독자 노선 고수였다. 전자를 택하는 경우 김일성 정권은 서서히 몰락할 수밖에 없었다. 이에 북쪽은 후자의 길을 택하지 않을 수 없었다. 북쪽의 모든 정책 노선 채택이 그렇듯 이때에도 독자 노선을 표방, 선언한 것은 김일성이다. 그는 노동당 6차 당전원회의에서 <우리 당의 주체사상과 공화국 정부의 대내외

정책 및 몇가지 문제에 대하여>를 기조연설로 발표했다. 거기에서 그는 주체사상을 규정해서 다음과 같이 말했다.

> 주체사상이란 한마디로 혁명과 건설의 주인은 인민대중이며 혁명과 건설을 주동하는 힘도 인민대중에게 있다는 사실입니다. 다시 말하면 자기 운명의 주인은 자기 자신이며 자기 운명을 개척하는 힘도 자기 자신에게 있다는 사상입니다.[47]

이때 김일성은 주체사상과 맑스레닌주의와의 관계도 밝혀놓았다. 그에 따르면 주체사상은 "자기 나라의 혁명과 건설에 대한 주인"이 되는 것 "남에 대한 의존심을 버리고 자기 머리로 사고하여 자기 힘을 믿고 자력 갱생의 혁명정신"을 견지하는 것을 뜻했다. 또한 맑스주의와의 관계를 "우리 당의 혁명 사상, 당의 유일사상의 진수를 이루는 것은 맑스레닌주의적인 주체사상이며 우리 당의 유일사상체계는 주체의 사상체계"라고 밝혔다.[48] 여기서 주의해야 할 것이 유일주체사상의 성격이다. 이미 지적한 바와 같이 이것은 맑스레닌주의의 독자노선판이며 북쪽식 개작판이다. 이때 김일성은 조선민족에게는 조선민족 나름의 역사, 전통, 사회사정이 있다고 못 박았다. 그런 토대에 입각한 북쪽의 혁명과 건설은 마땅히 그나름의 독자적 방식과 이념에 의해 시도되어야 한다는 것이다. 그렇다면 그런 행동방식, 이념, 올바르고 그름을 판단케하는 가늠자 구실은 무엇이 하는가. 사회주의 체제의 행동원칙상 그것을 결정하는 것은 당이다. 그리고 이때 북쪽은 이미 김일성이 유일지배를 구축한 상태에서 당이 운영되고 있었다. 그렇다면 여기서 유일주체사상의 가늠자가 되는 것은 바로 김일성이었다. 북쪽에서는 그가 항일무장투쟁의 올바른 조직, 집행자였고 모든 행동 노선, 역사파악의 힘을 가진 당중앙이었기 때문이다.

---

47 『문학예술사전』, 774쪽에서 재인용.

48 위의 책, 775쪽에서 재인용.

그 초기에 북쪽의 유일주체사상은 독자 노선 채택을 선언한 것으로 매우 엉성했다. 그것이 문화 활동이나 창작 활동에 실질적으로 작용하여 힘이 되기 위해서는 후속 작업이 필요했다. 1970년대에 접어들면서 북쪽에서는 이런 과제 해결을 위한 시도가 차례로 나타났다. 1971년도에 나온 『혁명의 위대한 수령 김일성 동지의 주체적 문예사상』이 그 가운데 하나다. 이 책은 모두 일곱 장으로 이루어져 있다. 그 제목을 통해 파악되는 바 제1장과 2장, 4장 등은 주체문예사상에 대한 원론적 해설이다. 여기서는 주체문예사상이 사회주의 창작방법의 원칙에 입각했다는 것이 장황하게 설명되었다. 또한 마지막인 7장에서는 이 문예사상이 당의 철저한 지휘, 감독 아래서만 그 차질없는 집행이 가능하다고 결론지어져 있다. 그렇다면 이 책의 중요 내용이 되어야 할 주체문예사상의 본질이 3장과 5장, 6장을 통해 밝혀져 있어야 한다. 그런데 제3장은 민족 또는 전통의 개념에 대한 설명으로 충당되었다. 그리고 제5장은 대중동원의 방식이 밝혀졌으며 제6장은 작가의 의식, 정신의 부분인데, 여기서는 다시 주체사상의 차질없는 파악, 집행이 요구되고 있을 뿐이다.[49] 단적으로 말해 이 책에는 논지를 분명하게 한 논리적 명쾌성이 결여되어 있다. 그 대신 주체사상은 주체사상이니까 무조건 따라야 한다는 식의 동어반복상태가 계속되고 있는 것이다.

다만 여기서 주목되고 있는 것이 하나 있기는 하다. 그것이 제5장에서 논의된 대중예술 운동에 대한 요구다. 이 개념은 사회의 "모든 성원들이 다 참가하고 즐기는 군중예술" 제작, 발표와 향유를 뜻한다. 그 구체적 형태를 "사회의 모든 구성원들이 누구나 글도 짓고 그림도 그리며 노래도 부르고 춤도 출 줄 알게 하며 일터에서만 아니라 가정에서도 노래 소리, 악기 소리가 울려 나오게 한다는 것"이라고 밝혔다.

주체문예이론의 정책화와 함께 북쪽의 문학, 문단에는 두 가지 변화가

---

49 이에 대한 구체적 언급은 이미 김대행, 『북한의 시가문학』, 문학과비평사, 1988, 36~38쪽을 통해 이루어졌다.

야기되었다. 그 하나가 양식 면에서 전문성이 강한 시나 소설, 희곡 등의 제작 발표가 현저하게 감소된 일이다. 그 대신 활발하게 이루어진 것이 가요의 노랫말이라든가 군중이 참가하여 방송과 낭창이 가능한 운문과 줄글이 다수 나타났다, 이때부터 평론에서도 현대판 노동요나 거리에서 떠도는 이야기, 우스갯소리 등이 채록되어 거론, 평가되기 시작했다.

이와 아울러 또 하나의 뚜렷한 현상으로 나타난 것이 집체창작활동의 출현이다. 그 이전까지는 북쪽에서도 창작 활동의 주류는 작가가 개인적인 발상에서 쓴 작품을 발표하는 것으로 이루어졌다. 그런데 이 시기부터 한 작품을 여러 사람들이 공동참여로 만들어내는 집체작품이 나타나기 시작한 것이다. 이때 제작자의 이름은 개인이 아니라 백두산 창작단, 4·15작가단 등으로 기명되었다. 이것은 아마도 개인 창작이 빚어낼지 모르는 난점을 극복하려는데 그 목적이 있었던 것 같다. 개인 창작은 그 성격상 본래 개성이나 전문성이 앞장선다. 개성, 전문성은 빈번하게 당이나 행정부가 결정한 창작지도 방침과 충돌을 일으킬 것이다. 그 결과 작가 자신이 아깝다고 생각될 여러 작품이 시정될 수가 있다. 당이나 행정부의 입장에서도 그때마다 그 당사자를 비판, 견책해야 한다. 이런 결함을 극복하기 위해서 생각된 것이 집체작이었던 셈이다.

유일 주체문예사상은 그 실행 시간이 경과되면서 그에 상응하는 이론적 확충이 필요했다. 이런 필요에 의해서 제출된 것 가운데 가장 주목되어야 할 것이 '종자의 이론'이다. 이 문예지도이론은 김정일에 의해 제창되었다. 그 이전에 김정일은 당의 선전, 선동분야 일을 맡았다. 그 과정에서 그는 주체문예사상의 이론적 집약 개념을 수집하고저 뜻한 듯하다. 그 결과 나타난 것이 '종자의 이론'인데 그것을 그는 다음과 같이 밝혔다.

> 문학예술에서 종자란 작품의 핵으로서 작가가 말하는 기본문제가 있고 형상의 요소들이 뿌리내릴 바탕이 있는 생활의 사상적 알맹이다.[50]

50 『문학예술사전』, 769쪽.

이런 김정일의 발언은 거칠고 짧막하게 <종자>를 정의한 정도로 그쳤다. 이것을 구체화하여 제대로 된 창작이론으로 확충시키는 일이 북쪽문학 일꾼들에게 맡겨진 셈이다. 물론 북쪽의 문예이론가가 비평가들은 이와 같은 상부의 요구를 거스르지 않고 잘 이행했다. 그 구체적 보기가 되는 것들이 『우리당의 문예정책』(사회과학출판사, 1973), 『주체사상에 기초한 문예이론』(사회과학출판사, 1975) 등이다. 이 가운데 『주체사상에 기초한 문예이론』은 제7장이 바로 종자의 이론에 대한 설명으로 충당되어 있다. 그리고 다음 해에 바로 종자이론을 중심으로 엮어진 『문예창작방법론』이 나오기에 이르렀다.

『문예창작방법론』은 크게 3부로 이루어진 책이다. 그 첫째 부분이 총론에 해당되는 1부 문학예술작품의 종자다. 그리고 2부가 종자와 창작의 실제에서 생기는 문제를 밝히려고 한 「종자의 예술적 가공과 형상창조」이며 이어 「종자의 예술적 가공과 구성조직」이 제3부로 되어 있다. 우선 제1부에서 이 책은 '종자란 무엇인가'라는 물음을 던진다. 그리고 이에 대한 해답으로 제시되고 있는 김정일의 말이다. 그렇다면 이 책은 종자의 개념을 새롭게 해석, 파악한 것이 아니라 김정일의 것을 그대로 답습한 것으로 대치한 셈이다. 그러면서 이 책은 문예창작의 요소들을 소재, 주제, 사상 등이라고 잡았다. 그렇다면 이들 요소에 종자가 어떤 작용을 하는가를 밝히는 것으로 이 책의 성패가 결정될 수 있었다.

제2부에서 『문예창작방법론』은 종자와 예술적 기법, 곧 형상화방법 사이의 상관관계를 밝히려고 시도했다. 그 항목을 이루고 있는 것이 (1) 성격창조 (2) 생활묘사 (3) 환경묘사 (4) 세부묘사 (5) 양상 등이다.[51] 또한 3부는 종자의 예술적 가공과 구성 조직으로 되어 있다. 거기에는 ① 인간관계 ② 예술적 갈등 ③ 이야기 줄거리 등의 문제가 언급되었다.[52]

이와 같은 내용으로 된 『문예창작방법론』을 보면서 우리는 '종자의 이

---

51 김정웅, 『문예창작방법론』, 사회과학출판사, 1976; 도서출판 대동 복쇄, 1990.
52 위의 책, 231쪽, 이하.

론'에 대해 근본적 의문을 제기하지 않을 수 없다. 이미 되풀이 지적된 바와 같이 김정일의 문예이론은 주체사상에 의한 창작 활동을 근본 골자로 제시된 것이다. 그럼에도 이 책을 통해서 보는 한 그런 단면은 전혀 검출되지 않는다. 제목제시로 이미 드러난 바와 같이『문예창작방법론』에서는 2부와 3부가「종자의 예술적 가공」으로 되어 있다. 북쪽이 말하는 예술적 가공이란 창작방법을 뜻한다. 그렇다면 김정일이나 북쪽문예비평가들이 떠벌려온 것과는 관계없이 '종자의 이론'에는 애초에 방법론 내지 기법에 대한 개념이 포함되지 않았다는 이야기가 성립된다. 더욱 솔직히 지적하면 종자의 이론은 주체사상으로 무장하라는 문예정책 시달서에 다른 명사 하나를 추가시켰을 뿐이다. 뿐만 아니라 그것은 창작지도 지침으로는 매우 부적절하게 은유형태로 이루어졌다. 그렇다면 그 보완 극복을 위해 북쪽 문예비평가들은 기능적인 대처를 했는가.

『문예창작방법론』을 통해서 파악되는 한 북쪽의 문예비평가들은 위에서 제기되는 문제에 대해서도 무능력했다. 그 단적인 보기가 되는 것이 '종자'와 다른 문학적 요소 사이의 상관관계를 밝히려고 한 부분이다.『문예창작방법론』은「종자와 주제」항목에서 '종자'와 '주제'의 차이를 밝히려고 시도했다. 앞에서 이미 드러난 바와 같이 '종자'는 작품의 핵이며 작가가 말하는 기본문제가 있고 형상의 요소들이 뿌리내릴 바탕이 있는 사상적 알맹이다. 이북에서 사상이란 주제의 선행 개념 내지 상위개념이다. 그렇다면 분명히 이것은 주제 이하의 개념일 수는 없는 것이다. 그럼에도 『문예창작방법론』은 이런 사실에 아주 맹목인 채 종자와 주제의 상관관계를 말했다.

『문예창작방법론』은 종자와 주제의 상관관계를 밝히기 위해서 몇 개 작품을 보기로 들었다. 그 보기의 하나로 든 작품 가운데 하나가「한 자위단원의 운명」이다. 이 작품은 이른바 항일빨치산투쟁에서 그 취재가 이루어진 것이다. 그 주인공인 갑룡은 일제가 항일 빨치산 활동을 봉쇄하기 위해서 만든 자위대의 대원이 된다. 일제는 자위대원을 저희 마음대로 혹사하고 때로는 비위에 거슬리면 거침없이 구타한다. 갑룡도 물론 그런 일제가 밉다. 그러나 그에게는 나이가 많아서 봉양을 해야 될 아버지가 있다. 그가 도망친 다음 일제가 아버지에게 가할 핍박, 학대가 두렵다. 그리하여 그는 내키지 않은 채 일제의 종살이를 하는 것이다.

그러나 이런 갑룡에게 엄청난 충격을 안겨주는 사건이 발생한다. 그의 아버지가 작업 중 쓰러지자 그것을 본 중대장 사사끼가 노인을 군화로 짓이겨 치사케 한 것이다. 이에 격분한 갑룡은 감연히 일어나 일제의 총을 빼앗고 치안대를 탈주한다. 그리하여 항일무장투쟁의 대오에 참가한다는 것이다. 이런 이 작품을 북쪽 문학사는 "불교의 고전적 명작"이라고 대서특필해왔다. 그 내용이 빨치산 활동에 바탕을 두었기 때문일 것이다. 그런데 『문예창작방법론』의 저자인 김정웅은 이 작품의 종자와 주제를 다음과 같이 구분해서 제시했다.

> 종자: 자위단에는 들어도 죽고 안들어도 죽는다.
> 주제: 일제의 식민지 통치 밑에서 조선민중이 나아갈 참된 길은 어디에 있는
>   가 하는 문제[53]

여기 나타난 대로라면 「한 자위대원의 운명」에서 종자는 주제의 하위 개념 내지 종속개념일 뿐이다. 같은 자리에서 제시된 다른 작품의 해석에는 꼭같은 결과가 나온다. 즉 「꽃파는 처녀」에서 '종자'는 "설움과 효성의 꽃바구니가 투쟁과 혁명의 꽃바구니가 된다."인데 대해 '주제'는 "나라잃고 수난당한 민족의 운명에 관한 문제"라고 되어 있다. 김정웅의 이런 해석의 테두리 안에서는 '종자'가 창작 메모의 부분적인 형태일 뿐이다. 그에 대해서 주제는 당당하게 「꽃파는 처녀」의 한 구조적 요소일 수가 있다.

여기서 우리는 김정웅이 『문예창작방법론』을 쓴 의도, 목적을 문제삼지 않을 수 없게 된다. 그 서문에서부터 분명하게 그는 "문예이론에서 가

---

53 앞의 책, 40쪽.

장 중요하고 핵심적인 지위를 차지하는 것은 종자"라고 전제했다. 또한 "이로부터 종자를 똑바로 쥐고 예술적으로 잘 가공한 데 대한 이론의 전반적인 내용을 체계적으로 서술한 목적으로 이 책을 쓰게 되었다"고 밝혔다.[54] 사정이 이럼에도 「한 자위대원의 운명」의 종자가, "자위대에는 들어가도 죽고 들어가지 않아도 죽는다"라면 이야기가 어떻게 돌아가는 것인지. 이것은 아무리 대범하게 셈 쳐도 종자가 주제나 사상 이하의 수준에 그치는 것이 된다. 그렇다면 김정웅은 결과적으로 '종자의 이론'을 확충, 신장시켜서 문예창작이론으로 탈바꿈시킨 것이 아니라 그 격하를 부채질한 것이 된다. 북쪽의 문예창작이 주체사상을 내걸면서 시도한 방향전환에 대해서는 앞에서 우리가 그 대강을 살폈다. 그런 상황 속에서 북쪽의 당과 정책담당자들은 어느 때보다도 높은 목소리로 창작 활동의 방향전환을 요구했다. 그쪽 문예이론가와 비평가들도 그런 요구에 십이 분 응하고 싶었을 것이다. 그럼에도 실제 그 집약판에 해당되는 '종자의 이론'의 경우에는 전혀 반대현상이 야기되었다. 더욱 문제인 것은 북쪽의 정책담당자나 창작지도이론을 말하는 사람들 가운데 그 누구도 이런 사태를 문제로 인식, 파악하려고 든 낌새가 보이지 않고 있는 점이다. 이것은 북쪽의 창작지도 이론과 그것으로 엮어지는 문예정책이 매우 저미한 차원에서 그치고 있음을 가리킨다.

『관악어문연구』 19권 1호, 1994

---

54 앞의 책, 4~5쪽.

북한의
문예이론

박수연

1. 북한문예 접근의 전제

"문학은 사람들을 사상미학적으로 교양하는 사회적 의식의 한 형태로써 언어를 기본수단으로 하여 생활을 형상적으로 반영한다. 문학은 추상적인 론리로써가 아니라 구체적인 예술적 형상을 통하여 사회생활과 인간을 종합적으로 반영한다."[1]

"문학은 말의 어떤 속성 - 함축성, 감정 유발성, 인식, 창조성, 음악성 등등 - 을 적극적으로 개발한 형태이다.…… 문학은 독특한 언어구조에서 존재하며 각 독자는 이 구조가 가진 잠재적 가치를 현실화하지만 그 작품 자체에 완전히 도달하는 것은 아니다."[2]

글의 서두에 북한과 남한의 문학에 대한 기본입장[3]을 인용문을 통해 살

---

1 사회과학원 문학연구소편, 『문학예술사전』, 과학・백과사전출판사, 1972, 364쪽(이하 『문학예술사전』).
2 이상섭, 『문학비평용어사전』, 민음사, 1980, 77~78쪽.
3 물론 남한의 모든 문학이론이 이상섭과 같은 문학관에 전적으로 동의하지 않는다는 점은 자명하다. 인용문은 지배적 관점의 과도한 단순화일 뿐이다. 그러나 이상섭과 같

펴보는 이유가 있다. 한 시대, 한 나라의 역사에 있어서 어떤 사상事象의 개념적 정리는 당대의 지배적 관념을 대변한다. 따라서 위의 인용문에서 파악할 수 있는 남한과 북한의 문학에 대한 지배적 관점은 그 판단의 옳고 그름을 떠나서 볼 때도 일단 상당한 편차를 보여준다.

이 글이 남북의 문학관을 비교하기 위해 쓰여지는 것은 아니다. 그러기에는 필자가 접한 남북의 문학 서적의 양이 너무 얄팍하며 그것조차도 분석해내기에는 역부족임을 밝히지 않을 수 없다. 그러므로 이 글은 북한의 문학에 대한 기초적 이론의 소개로 한정된다. 북한 문예이론의 가치판단은 잠정적으로 유보된 상태에서―그것은 아마도 글의 서술 과정에서 암암리에 드러나겠지만―글이 진행될 터이지만 일단 전제되어야할 것이 있을 성싶다. 그 전제를 위해 위의 인용문이 보여주는 남북 문학관의 편차는 중요하다.

최근 이루어지고 있는 북한 일차자료의 괄목할 만한 소개는 우선 그동안의 지배세력의 일방통행적 북한관을 과감히 넘어선다는 데 의의가 있다고 보인다.4 그동안 지배세력에 의해 자행된 북한에 대한 왜곡은 남북의 이질화를 결과시키고 그 부수물로 분단고착을 가져오려 했던 반민족적 행위였음이 이미 널리 인식되고 있다. 그 폐해는 이루 말할 수 없이 크다. 넓게 레드콤플렉스, 반공의식이라 불리는 그것들은 아직도 우리들 의식의

은 관점이 다기화된 여러 형태는 부르조아적 세계관에 의해 단련된 지배계급의 공통된 이익을 내재시키고 있다. 이런 자본주의 문학관의 반대편에, 피착취계급의 원망을 대변하는 문학과 문학관이 존재한다. 그렇기 때문에 '문학발전의 역사는 인민대중의 리해관계를 반영하는 진보적 문학과 착취계급의 리해관계를 반영하는 반동적 문학의 투쟁의 력사'라는 북한측의 주장이 설득력 있게 들리는지도 모른다.

4 그런 의의의 이면에는 또한 자본주의의 상업논리가 교묘하게 작용할 수 있다. 가령 <불멸의 역사> 시리즈의 무분별한 시판은 아직 북한의 수령관에 익숙치 못한 대중들―계급 교양마저 채 갖추어지지 않은 대중들에게는 자칫 혐오감을 줄 소지마저 있다. 그런 점을 감안하지 않는 북한자료의 소개는 상업주의라는 비판을 일면 면하기 어려울 것이다. 그것의 극복 대안은 자본주의적인 자유경쟁 유통구조를 적절히 통제할 수 있는 경제체제에서 나오는 것이 아닐까?

한구석에서 끔찍한 발톱을 내밀고 있다. 순진할 만큼 단순한 관 주도의 북한 왜곡은 웃어넘길 수 있다 하더라도 교묘하고 치밀한 부르조아 이데올로그들의 논리는 지금도 그 위력이 맹렬하다.[5] 부르조아 이데올로그들은 사회주의 분석의 틀을 논리적으로 작성하여 북한 접근의 기본 잣대로 사용하고 있다. 저간에 있어왔던 그들의 논리틀을 살펴보자.[6]

첫째는 전체주의totalitarianism 이론이다. 2차대전의 종결과 함께 시작된 냉전체제는 3세계 민족해방운동의 고양과 사회주의 진영의 확대에 대한 자기방어 논리를 필요로 하게 되었다. 그 선두 주자가 프리드리히C.F. Friedrich, 아렌트H. Arendt, 비트포겔K. A. Wittfogel이다. 프리드리히에 의하면 전체주의는 일당독재와 이데올로그의 장악, 정보·무력의 독점, 비밀경찰, 중앙집권적 통제경제를 지닌다. 이러한 특성으로서의 전체주의는 민주주의와는 모순되는 사회주의, 공산주의의 본질이라고 프리드리히는 역설한다. 이 논리는 대체로 공산당 분석으로부터 사회주의 분석의 틀을 구한다. 그러나 프리드리히를 선두로 한 전체주의 시각 하의 이데올로그들은 민주주의(=시민적 자본주의)를 절대적인 가치체계로 설정해 놓고 사회주의를 이에 대립되는 절대악으로 양분하는 단순논리 위에 서 있는데, 역설적이게도 소위 자유세계의 파쇼국가에서 나타나는 속성들을 체계화하여 논증하고 있다. 이들은 자본주의 자유세계의 그러한 속성에 대한 설명을 권위주의authoritarianism라는 변명으로 대치한다.

둘째는 수렴이론이다. 수렴이론은 소련공산당 20차 당대회(1956)[7] 이

---

5 이데올로그들이 직접 관여하지는 않겠지만 그들의 영향을 받고 있음에 틀림없는 요즈음의 신문기사를 보면 그 사실이 명확히 드러난다. 가령 '개혁정책'을 일컬어 '사회주의 포기선언'이라 떠들어대는 머릿기사들.

6 이하의 내용은 송두율의 글에서 크게 도움을 받았다. 송두율, 「북한사회를 어떻게 볼 것인가」, ≪사회와 사상≫, 한길사, 1988.12.

7 이 당대회는 소위 중소대립의 시발점을 이룬다. 생산력설과 계급투쟁설, 과도기론, 프롤레타리아 독재론 등의 논쟁이 중국과 소련의 사회주의 건설·발전논쟁의 핵심이다. 물론 그 논쟁이 벌어지게 된 배경에는 스탈린 사후의 사회주의 진영의 독자노선화

후의 평화공존론을 바탕으로 제기된다. 흐루시쵸프의 탈스탈린 선언은 전체주의적 분석논리의 자체수정을 가져오게 되었다. 이에 따라 산업사회에 이르면 정치적 이데올로기는 점차 퇴색되고 두 체제는 서로 접근 내지 수렴convergence 될 것이라는 사회주의 이론이 대두하게 된다. 소로킨P. Sorokin, 틴버건J. Tinbergen, 벨D. Bell 등이 그러한 이론가이다. 이들은 양체제의 공존을 전제한 상대주의적, 기능주의적 접근 방식을 토대로 주로 경제, 과학 및 기술을 중시하면서 자본주의와 사회주의 간의 체제비교를 분석의 중점적 과제로 삼았다. 그러나 수렴이론도 사회주의가 자체 이념을 포기하지 않는다는 사실과 신 냉전체제의 등장을 설명하지는 못했다. 또한 이 이론은 결국 전체주의 이론과 마찬가지로 사회주의를 밖으로부터, 즉 시민적 민주주의나 자본주의의 척도로 분석해 내려 하는 것이었다. 전체주의 이론과 수렴이론의 이데올로기적 함의, 선험론적 입장의 오류와 한계를 극복하고 진정한 역사전망을 내포할 수 있는 유일한 길은 세계의 주체가 내재시키고 있는 사상으로의 확고한 자기정립[8]이다. 왜 인류의 역사는 법칙

경향이 있다. 이 논쟁의 역사적 경과는 북한의 자주노선과 결부된다는 점에서 상당히 중요하다. 이에 대해서는 편집부편, 『중소대립과 북한』, 나라사랑, 1988과 高瀬淨, 이남현 역, 『북한경제입문』, 청년사, 1988, 27~45쪽, 191~220쪽 참조.

8 사상을 확고하게 정립한다는 말이 최근 광범위하게 유포된 NLI의 논리 - 라고하면 아마 그들은 웃을지도 모르겠지만 - 를 정당화하기 위한 것은 아니다. NLI에서 말하듯이 사상은 이론의 어떠한 모순이 있더라도 순결하게 정립될 수 있는 것이 아니다. 사상, 이론, 방법(곧 주체사상의 3대 구성요소)은 변증법적이다. 그런데 식반론자들은 사상과 이론을 분리한 후 사상만을 절대화 시킨다.

여기에서 사상, 이론, 방법이 분리되는 역사적 맥락을 살펴 볼 필요가 있을 것 같다. 사상, 이론, 방법을 분리하는 것이 식반론에만 고유하게 나타나는 것은 아니다. 엥겔스는 『오이겐 듀링씨의 과학혁명』, 즉 『반듀링론』에서 철학(사상), 정치경제학(이론), 사회주의(방법)의 분리를 통해 듀링의 사회주의 학설을 통렬히 반박한다. 이것은 레닌의 『칼 마르크스주의의 세 개의 원천과 세 개의 구성요소』로 이어진다. 『마르크스주의의⋯⋯』는 세 항목으로 나뉘어 철학적 유물론, 정치경제학, 사회주의의 순서로 서술되고 『칼 마르크스』와 『마르크스』는 글 가운데 철학적 유물론 - 변증법 - 유물사관 계급투쟁, 마르크스의 경제학설 - 가치 - 잉여가치, 사회주의분석이 시도된다. 그

성을 가지는가, 그 법칙성의 귀결은 어느 체제를 드러내는가 등등에 대한 과학적 이해야말로 있는 그대로의 사회주의 사회를 볼 수 있게 해준다. 그에 따른 사회주의에의 접근방법은 내재적 방법이다. 사회주의 사회는 어떠한 논리를 자기 체제의 과정과 산물로서 가지고 있는가, 그 체제의 성과는 무엇이며 모순—비적대적인 모순—은 무엇인가.

이 글은 이러한 내재적 접근에 기초하여 진행된다. 너무 돌아왔지만 위의 인용문이 드러내는 문학관의 차이점을 다시 한 번 살펴보아야겠다. 북한은 문학이 인간의 사회적 생활을 바람직하게 유도해야 한다고 말한다. 그리고 문학은 그러한 생활의 반영이다. 그러나 남한은 문학이 자체적으로 존재하며 독자와 관계하기는 하지만 완전히 합치될 수 없다고 말한다. 그동안 시행되었던 북한문예의 소개는 전체주의 사회로서의 북한—최근에는 수렴이론적 논리도 드러난다—이라는 기본 시각하에 남한의 문학관으로 비판되었던 것이었다. 그것의 문제점을 더 이상 얘기할 필요는 없을 것 같다. 이 글이 전제하고 있는 이러한 점들은 북한을 바라보는 새로운 시각의 정립까지 나가기 위한 것들은 아니다. 마땅히 새로운 방법론으로까지 나아가야 하겠지만 그러기에는 필자의 능력이 태부족이고 여기에서

리고 이것은 프롤레타리아 계급투쟁 전술과 프롤레타리아 독재의 문제로 수렴된다. 스탈린은 이러한 철학, 정치경제학, 사회주의⇒변혁론의 분석틀을 원용하여 『레닌주의의 기초』를 작성한다. 스탈린은 이렇게 분류된 것이 결코 절대적인 것이 아니라 상호 연관되는 것임을 마르크스의 초기 사상과 후기 사상을 분리시키려는 시도가 잘못된 것이라고 지적하는 문구에서 드러낸다. 그는 글의 순서를 레닌주의의 역사적 근원(사상, 세계관), 방법, 이론, 프로독재, 농민문제, 민족문제, 전략과 전술, 당, 일의 스타일로 진행시키는데 여기에서 비로소 이론, 방법의 구체화가 나타난다. 방법은 또한 변혁론으로 수렴된다. 한편 『변증법적 · 역사적 유물론』은 사상의 문제를 언급한다. 그러나 이러한 분류로서의 사상, 이론, 방법이 절대적 독자성을 이루는 것은 아니다. 그런데 마르크스주의의 세 구성요소에 대한 신비화는 곧 그것의 독자적 절대화로 귀결되며 NLI의 논리체계가 그러한 함정에 포획되고 그것이 교조주의이며 현실의 풍부함을 몰각한 관념주의이다. 그들은 신학적 도그마만 있으면 되는 것이다. 그러나 부연하건대 사상이 모든 일에 전제되어야 하는 이유는 이론과 방법의 규정 요인으로서 세계관이 나서게 되기 때문이다.

는 북한의 문예이론에 대한 개괄적 소개를 위주로 하기로 한다.

2. 북한의 문예상황과 이론

1) 북한 문예사업의 방향

"우리의 문학예술은 절대적 혁명의 이익과 당의 노선을 떠나서는 안되며 착취계급의 취미와 비위에 맞는 요소를 허용하여서도 안됩니다. 오직 당의 노선과 정책에 철저하게 의거한 혁명적 문학예술만이 진정으로 인민대중의 사랑을 받을 수 있으며 근로대중을 공산주의적 혁명정신으로 교양하는 당의 힘있는 무기로 될 수 있습니다."[9]

김일성의 말에서 알 수 있는 것은 북한의 문예가 조선 노동당의 정책과 긴밀히 연관되어 있다는 것이다. 이것은 정치와 문예와의 긴밀성을 확실히 해주는 대목이다. 여기에서 기존 제도권의 (악의에 찬) 이해를 수정할 필요가 있다.[10] 당의 획일적 통제라는 식의 비판을 재고해 보아야 할 필요는 우선 북한이 규정하고 있는 '당'과 통제의 개념에서 비롯된다.

북한은 당을 인민의 향도적 력량이며 조선혁명의 참모부[11]로 규정한다. 이것은 노동계급의 당이 노동계급과 인민대중의 이익을 대표하고 사회주의, 공산주의 위업을 실현하기 위하여 투쟁하는 가장 선진적인 당이라는 마르크스―레닌주의적 인식과 궤를 같이 한다. 이러한 당의 통제는 당이 행정사업을 가로맡아 하는 것이 아니라 모든 사업에 대한 당원대중의 통제와 당 위원회들의 집체적 령도를 강화[12]한다는 의미이다.

---

9 「천리마시대에 맞는 문학예술을 창조하자」, 『문학예술사전』, 1960, 197쪽에서 재인용.

10 당과 문학의 관계에 대해서는 레닌, 이길주 역, 『레닌의 문학예술론』, 논장, 1988, 50~56쪽; 이한화 편역, 『러시아 프로문학운동론 Ⅰ』, 화다, 1988, 174~239쪽 참조.

11 『문학예술사전』, 270쪽.

12 편집부편, 『북한 '조선로동당'대회 주요문헌집』(이하 당대회), 돌베개, 1988, 246쪽.

따라서 북한의 혁명사업의 당적 지도는 그 혁명사업을 집체적 역량으로 이끌어 나가기 위한 것이게 된다. 문학예술에 대한 당적 지도체계의 확립은 1946년 3월의 「20개조 정강」[13]에서 단초를 보인다.

이러한 정치와 문예와의 긴밀한 연관은 한 사회의 기본 계급들의 모순이 정치적으로 표현되며 문학은 그것의 반영인 형상적 사유라는 인식에 기초해 있다. 즉 계급사회에서의 문학은 계급성을 띨 수밖에 없으며 그러한 적대적 사회의 무계급사회로의 전이를 위해 투쟁하는 참모부로서의 당에 문학예술은 복속되는 것이다.

2) 북한 헌법에서의 정의

김일성은 제5차 조선로동당 대회 사업총화 보고에서 사회주의, 공산주의로의 발전에 있어서 거쳐야 할 두 요새, 즉 사상적 요새와 물질적 요새를 지적한다.

> "사회주의 제도를 튼튼히 하며 사회주의의 완전한 승리를 이룩하기 위하여서는 공산주의로 가는 길에서 반드시 점령하여야 할 두 요새인 물질적 요새와 사상적 요새를 점령하기 위한 투쟁을 계속 힘있게 벌려야 합니다.
> 우리는 기술혁명을 더 높은 단계에로 전진시켜 생산력을 끊임없이 발전시키며 문화건설을 다그쳐 사회주의적 민족문화를 더욱 개화·발전시키며 사상혁명을 앞세워 온 사회의 혁명화, 로동 계급화를 힘있게 밀고 나가야 하겠읍니다."[14]

이것은 북한이 인민정권의 초창기부터 사회주의 정권의 현재에 이르기까지 관철하여 주장하고 있는 혁명사업의 기본방법이다. 당 내에 있어서

---

13 이 정강에는 "17) 민족문화, 과학 및 예술을 적극적으로 발전시키며 극장, 도서관, 라디오, 방송국 및 영화관의 수요를 확대"할 것과 "19) 과학과 예술에 종사하는 인사들의 사업을 장려하며 그들에게 방조를 줄 것" 등이 언급되어 있다. 김한오, 「북한 '조선 노동당' 문예정책의 전개 과정」, ≪한신≫, 1988 봄호에서 재인용.

14 당대회, 292쪽.

사상적 통일과 정치적 각성을 높이기 위한 사업[15]이나 모든 활동에서 관료주의, 사무실적 사업방법을 근절하고 정치사업을 선행시키며 항상 사물을 정치적으로 관찰하고 분석[16]해야 한다는 주장, 사회주의적 공업화를 실현하고 인민경제의 모든 부문을 현대적 기술로 장비하여 전체 인민의 물질문화 생활수준을 결정적으로 제고함으로써 사회주의의 높은 봉우리를 점령해야 한다는 것이 그렇다. 둘 중에서 우위에 서는 것이 사상이다.

> "혁명운동은 의식적인 운동인 것만큼 혁명투쟁과 건설사업에서는 언제나 사람들의 사상을 기본으로 틀어쥐고 나가야 합니다. 사람들의 사상을 기본으로 틀어쥐고 나간다는 것은 사상적 요인에 결정적 의의를 부여하고 사상의식의 역할을 높여 모든 것을 풀어 나간다는 것입니다."[17]

이것은 사회주의 건설이 단순한 경제적 투쟁이 아니라 문화적, 사상적 투쟁이라는 것을 말하는 것이다. 이것과의 관련 하에 사회주의 교육운동—여기에서 문학예술의 역할은 극대화 된다 —이 제기되는 바 전체 군중을 교양·개조하는 사업, 즉 사람들의 의식의 영역에서까지 자본주의를 종국적으로 청산하며, 혁명정신, 노동을 사랑하는 정신, 집단주의 정신, 사회주의적 애국주의와 프롤레타리아, 국제주의 정신[18]으로 교양하는 사업을 벌여나간다. 이러한 내용의 기조 정책을 드러내는 것이 헌법이다.

북한의 사회주의 헌법[19]은 ① 사회주의적 민족문화를 발전시키고(35

---

15 앞의 책, 23쪽.

16 위의 책, 247쪽.

17 김정일, 「주체사상에 대하여」, 하수도저, 『김일성사상 비판』, 백두, 1988, 306쪽. 이러한 관점에 대한 비판을 인용 논문을 수록한 책과 ≪사회와 사상≫, 1988년 12월; ≪역사비평≫, 1988 가을호 참고.

18 당대회, 251~252쪽.

19 이정식·스칼라피노, 한홍구 역, 『한국공산주의운동사 3』, 돌베개, 1988, 871~872쪽 참조.

조), 문화혁명을 철저히 수행한다(36조), ② 제국주의의 문화 침투와 복고주의를 반대하고(37조) 민족적 형식에 사회주의적 내용을 담은 혁명적인 문화예술을 발전시킨다(45조), ③ 공산주의적 새 인간을 키우기 위한 사회주의 교육의 원리와 의무교육, 취학 전 교육을 실시한다(39조)고 명시하고 있다. 이것은 북한이 그들의 혁명적 전통 위에서 현재의 역사적 과제를 수행하기 위한 기본 틀이다. 인민공화국 헌법에서는 문화 정책에 있어서의 특별한 언급이 없었으나 72년의 사회주의 헌법에는 위에 명시한 사항들이 포함되었다.

위에서 서술한 사항들은 실제 북한의 문예이론을 이해하기 위한 전제 조건들이다. 이하에서는 구체적 문예이론을 살펴보기로 하자.

3) 사회주의적 사실주의론

사회주의적 사실주의는 민족적 형식에 사회주의적 내용을 담는 것을 원칙으로 하는 혁명적 문학예술의 창작방법으로 규정된다.[20] 그렇다면 민족적 형식이란 무엇인가? 문학예술사전에 의하면 민족적 형식은 민족의 독자성과 특수성을 반영한 문화형식을 지칭한다. 문화에는 계급투쟁의 요소가 내포되어 있다. 따라서 민족문화유산 가운데 중요한 것은 인민들에 의하여 창조, 발전되어 온 것들과 그들의 생활감정을 반영한 것들이며 민족문화의 발전에 긍정적으로 이바지한 것들이다. 이것을 비판적으로 계승, 발전시키는 것은 새로운 사회주의적 민족문화를 발전시키는 데 중요한 의의를 가지고 있다.[21]

---

20 『문학예술사전』, 497쪽.

21 위의 책, 385쪽.
　홍기삼은 북한 문예의 민족형식론을 다음과 같이 범주화 한다. ① 민족형식론에서 말하는 주체성은 곧 정치적 자주성. ② 민족의 개념은 곧 인민의 범주. ③ 조선 사람이 좋아하고 조선 사람의 구미에 맞는 형식. ④ 민족적 특성. ⑤ 한민족의 문화적 특성. ⑥ 인민적이고 진보적인 문화유산의 성취. ⑦ 당성, 노동계급성, 역사주의(사적유물론)의 원칙. ⑧ 형식과 내용의 유기적인 결합. 홍기삼,『북한의 문예이론』, 평민사,

실상 사회주의적 사실주의는 사회주의 나라들의 미학지침에 있어서 근본적인 역할을 수행하여 왔다. 혁명 이후의 러시아에서 프롤레트쿨트와 라프를 위시하여 주장되었던 창작방법론으로서의 변증법적 유물론은 혁명의 성공적 전개와 함께 새로운 현실적 배경이 등장하면서 비판적으로 극복되고 사회주의 리얼리즘론이 등장한다.[22]

스탈린은 "내용은 무산계급적이고 형식은 민족적이다. —이것이 곧 사회주의가 전 인류의 공동문화로 보무 당당하게 매진하고 있는 것이다. 무산계급 문화는 결코 민족문화를 폐기하는 것이 아니고 오히려 내용을 부여하고 있다. 다른 한편으로 민족문화는 무산계급 문화를 폐기하지 않고 형식을 부여해 준다"[23]고 사회주의 리얼리즘을 규정한다. 그의 이러한 주장은 사회주의 나라 미학이론가들에게 대폭 수용된다.

그런데 왜 북한에서는 사회주의적 사실주의가 김일성의 독창적 이론이라고 주장되는가? 기기에는 모든 사회주의 나라가 가지고 있는 민족적 특수성의 문제가 포함되어 있다. 민족적 형식의 제기가 그렇다. 사회주의적 사실주의라는 원칙하에 매개 민족의 고유한 독자성은 문예물의 개성으로 나타난다. 김일성 역시 그러한 민족적 개성 부분을 언급한다. 곧이어 나오겠지만 북한 고유의 사회주의 이론인 주체사상과 한민족의 특수성이 그들의 사회주의적 사실주의에 반영되는 것이다.

그러나 그러한 민족적 형식의 주장이 프롤레타리아 국제주의를 배척하는 것은 아니다. 프롤레타리아 국제주의를 배척하는 민족주의는 부르조아 민족주의이며 그러한 문학예술은 민족 부르조아 문학예술이다. 레닌은 다음과 같이 말했다.

1981, 34~35쪽 참조.

22 사회주의 리얼리즘의 역사적 배경과 구체적 진행에 대해서는 이한화, 앞의 책과 홀거 지이겔, 정재경역, 『소비에트 문학이론(1917~1940)』, 연구사, 1988 참조.

23 스탈린, 「동방민족대학의 정치적 임무」, 『스탈린 전집』; 진계범, 『사회주의예술론』, 일월서각, 1985, 141쪽에서 재인용.

"……우리들은 각각의 민족문화 가운데서 민주주의적 요소와 사회주의적 요소(민족문화 유산 중에서 인민의 문화, 인민의 사상, 정서를 반영하는 문화 : 필자 주)만을 섭취한다. 그것도 오로지, 그리고 무조건적으로 각각의 민족부르조아 문화, 부르조아 민족주의에 대항하여 섭취한다."[24]

　　위와 같은 입장이야 말로 혁명적이며 계급적인 입장이다.

　　이러한 사회주의 리얼리즘은 19세기의 비판적 리얼리즘의 전통을 계승하여 정당한 역사전망을 대중에게 설득, 선전, 선동하는 단계로까지 나아간다. 선전은 여러 가지의 이론이나 상황 · 사상을 소수의 인간에게 지속적으로 교양하는 것－북한에서 말하는 '인간개조사업'[25]－을 지칭한다. 선동은 하나의 상황이나 논리를 이용하여 다수의 대중을 즉각적 행동으로 유도하는 것이다. 선동이 데마고기로 전락되지 않기 위해서는 물론 올바른 역사전망, 세계관에 입각해 있어야 한다. 이러한 개념의 미학적 이해를 위해 좀 길지만 메춰의 글을 보자.

　　"<설득, 선전, 선동(Didaktik, Propaganda, Agitation)>－이들 범주들은 단호하게 유물론적 · 변증법적 문학이론과 예술이론의 기본 개념으로서 옹호되어야 한다. 그들은 정당한 미적 형식들이 상응하는 바의 정당한 미적 범주들이다. <선전>과 <선동>은 특정 사회적 집단의 이익을 관철하기 위한 목적으로 이용되는 예술적－문학에서는 어쩌면 <수사적인>－수단의 의식적인 도입이라는 기법과 관계하고 있다. 특히 문학적 수단을 어떤 이론적 · 세계관적 체계의 전달－일반적인 유포 혹은 대중화－이라는 목적으로 도입하는 형식들은 <설득적>이라고 불려진다."[26]

---

24 『레닌전집』제20권, 소연방과학아카데미편, 편집부 역, 『미학의 기초』, 논장, 1988, 260쪽에서 재인용.

25 김정일, 앞의 글, 298쪽 참조.

26 토마스 메춰, 「반영이론으로서의 미학」, 루카치 외, 이춘길 역, 『리얼리즘미학의 기초이론』, 한길사, 1985, 140쪽. 그 외에 문학예술의 선전선동에 있어서 그것의 철학적 의미, 원칙과 원리, 매체, 사례 등에 대해서는 민문연 편, 『전망과 건설』, 동녘, 1988, 157~164쪽; 이원균, 「선전과 문학」, 『문학의 시대 4』, 인동, 1988, 27~49쪽 참조.

문학예술은 명백히 역사적 전망의 선전기능, 교육기능을 담당한다. 그것이 자본제적 조건 아래서의 해방을 희구하는 문학예술이 담당하는 몫이다.

이러한 사회주의 리얼리즘은 당성, 계급성(노동계급성), 인민성을 포괄하고 있다.

4) 당성, 계급성(노동계급성), 인민성

① 당성

당성의 원칙은 레닌의 「당조직과 당문학」에서부터 나타난다. 애초에 엥겔스로부터 연유되는 이 개념의 사적 맥락을 짚어 볼 필요가 있을 것 같다.

엥겔스는 당성 대신 경향성이란 말을 사용한다. 그는 예술을 예술가의 정치적 의도에 의해서 보다는 작품에 내재한 사회적 의미에 더 비중을 두어 — 소위 '지킹켄 논쟁' 참고 — 평가한다. 작품의 객관적 내용은 예술가 자신이 표명한 소망에 상반될 수도 있고 그의 계급성분을 초월할 수도 있다고 엥겔스는 말한다. 그러나 레닌은 소극적 의미의 경향성 대신 적극적이며 능동적인 당성을 주장한다. 비타협적인 정치적 경향성을 보여주는 작품에 대한 선호도는 쯔다노프를 거쳐 스탈린 식의 사회주의 리얼리즘 교리로 발전한다. 한편 레닌과 엥겔스의 양극단을 조화하려 했던 사람이 루카치였다. 그의 이론은 역사적 총체성론[27]이다.

그러나 당성과 경향성은 서로 가장 밀접히 결합되어 있고 다른 한편으로 성장, 전화해 간다. 엥겔스나 마르크스가 당성이라는 말을 사용하지는 않지만 그들의 저작 속에는 프롤레타리아 혁명운동에 예술적 노력을 결집하는 과제가 제기되어 있다. 엥겔스가 마가렛 하크니스에게 보낸 편지에는 두 가지 주목해야만 할 것이 있다. 하나는 제모순과 노동자계급의 투쟁을 묘사한다는 것이며, 다른 하나는 혁명적인 사회주의 문학의 발전을 고려하면서 그것에 고도의 예술성을 요구한다는 점이다.[28] 우리는 이것을

---

27 마틴 제이, 황재우 역, 『변증법적 상상력』, 돌베개, 269~270쪽 참조.

소위 엥겔스의(레닌에 비한) 소극성, 유연성이라 한다. 이러한 마르크스, 엥겔스의 문학론을 계승·발전시켜 레닌은「당조직과 당문학」에서 문학예술의 당성을 요구한다. '문학은 프롤레타리아트의 공동대의의 일부분이 되어야 하며, 전 노동계급의 정치의식화된 전소 전위에 의해 가동되는 <톱니바퀴와 나사>가 되어야만 한다. 문학은 조직적, 계획적, 통일적인 사회민주당 작업의 구성요소가(강조점－레닌)[29]됨으로써 당성을 획득하게 된다. 당대 문학예술의 실천적 임무와 함께 제기된 당문학은 이후 러시아 문학론의 정통교리로서 존재하게 된다. 소련의 공식적 관점으로는「당조직과 당문학」은 사회주의 혁명과 공산주의 건설의 전시기에 걸쳐 기본적으로 관철되어져야 하는 의의를 지닌다. 따라서 이 문헌이 1905년이라는 시기에 한해서만 의미가 있다고 말하는 수정주의자들의 그릇된 의도는 타기되어야 한다.

마르크스, 엥겔스, 레닌의 문학예술의 당성원칙은 북한에서 변용되어 적용된다. 김일성은 '당성이란 당에 대한 끊임없는 충실성'이고 '맑스－레닌주의 세계관에 기초한 높은 계급적 각성'이며 '당과 혁명을 보위하며 당정책을 관철하기 위하여서는 물·불을 가리지 않고 투쟁하는 백절불굴의 혁명정신'이라고 규정한다.[30]

문학예술에서의 당성에 대한 규정은 다음과 같다.

"사회주의적 사실주의 문학예술에서 당성을 훌륭히 구현하는 문제는 수령에 대한 충실성을 구현하는 문제와 밀접히 통일되어있으며 수령에 대한 충실성을 통하여 당성은 가장 철저하게 구현된다. 위대한 수령 김일성 동지의 주체적 문예사상을 구현하여 당중앙은 수령님에 대한 충실성은 곧 당성, 노동계급성, 인민성의 최고의 표현이라고 가르쳤다."[31]

---

28 소연방과학아카데미, 앞의 책, 245~246쪽 참조.

29 레닌, 이길주 역, 앞의 책, 52쪽.

30 김일성 저작선집 3권, 159쪽;『문학예술사전』, 196쪽 참조.

31『주체사상에 기초한 문예이론』, 73쪽; 홍기삼,『북한의 문예론』, 평민사, 1981, 37쪽

인용문은 당과 노동계급, 인민의 3일치를 명확히 보여준다. 특기한 점은 수령이다. 북한에서는 수령을 '혁명과 건설에서 절대적 지위를 차지하고 결정적 역할을 수행하는 당과 혁명의 탁월한 영도자'로 정의한다. 이것은 계급사회에서의 정치적 지도자론과는 다르다. 요컨대 사회주의에서의 새로운 지도자 이론인 것이다. 다시 말해 혁명과 건설의 지도자인 수령은 민주집중제에 입각하여 혁명을 보위할 당과 인민대중의 핵심으로 존재하는 것이다.32 이러한 수령의 올바른 지도를 받아 당노선이 결정되고 문학예술이 그것에 철저하게 복무할 때 혁명과 건설에서의 당성의 원칙이 견지된다.

② 계급성(노동계급성)

계급사회에서의 모든 사상, 문화예술은 어느 한 계급에게 궁극적으로 귀속된다. 사적소유로 귀착되는 물적토대가 파기되지 않는 이상, 가장 선진적 계급인 프롤레타리아가 자신의 혁명적 세계관에 입각해서 타 계급을 해방시키고 자신에게 작용하는 구속력을 타파하지 않는 이상 계급사회는 폐절되지 않는다. 그러한 가장 선진적이며 혁명적이고 도덕적인 노동계급의 입장에서 세계를 바라보는 것이 곧 노동계급성이다. 그러나 그것이 노동계급의 편협한 이기주의를 의미하는 것은 아니다. '문학예술의 경우 뛰어난 문학작품이 단지 계급적 이해만을 충실히 반영하는 것은 아니다. 뛰어난 작품은 문예활동가가 속하고 있는 계급적 이해를 통하여 다른 계급과의 관계, 아울러 객관적 세계의 구조와 상황을 역사적 총체성으로 드러내지 않으면 안된다. 그러한 문예의 역사적 정당성을 추호의 흐트러짐 없이 지켜줄 수 있는 것이 노동자 계급의 세계관, 곧 당파성으로서의 노동계급성이다. 그러므로써 노동계급에 의한 궁극적 인간해방이 실현된다.

에서 재인용.

32 이 점이 개인숭배라 비판받는 부분이다. 이에 대해서는 김남식, 「당·수령·대중조직」, 《사회와 사상》, 1988년 12월, 155~156쪽; 김정일, 앞의 글 참조.

그렇다면 사회주의 혁명이 성공한 나라에서는 계급이 없어지는가? 그리하여 노동자 계급의 당파성은 공문구가 되어 버리는 것이 아닌가?

이는 중소대립의 이론적 근원이었던 과도기 문제와 관련되어 해명되어져야 하겠지만[33] 여기에서는 북한의 과도기론만을 간략히 살핀다.

과도기의 근본적 특징은 사회주의를 건설하기 위해 자본주의적 제요소와 격렬하게 계급투쟁을 벌인다는 점이다. 문제는 어디까지를 과도기로 설정하느냐이다. 북한은 그 기간을 혁명건설사업으로부터 사회주의의 완전 승리시기로 잡는다. 이 시기는 노농의 계급적 차이가 폐절되고, 전인민적 소유만 유일적으로 지배하며 사회주의 공업화와 농업기술혁명이 아주 높은 단계이다.

과도기가 끝나면 프롤레타리아 독재가 없어지는가? 북한은 프롤레타리아 독재의 시기를 협의의 공산주의 사회 건설 시기까지 잡고 있다. 여기에 북한의 계속혁명론이 등장한다.[34] 따라서 북한의 노동계급성의 주장은 중국, 소련과는 질적으로 상이한 차원으로 진행되는 것이다.

이런 논리하에 문학예술사전에서 주장되는 문예물의 노동계급성을 보자.

---

33 이에 대해서는 高瀬淨, 앞의 책 같은 부분과 『중소대립과 북한』 참조.

34 조진경, 『민족자주화운동론 II』, 백산서당, 1988, 223~226쪽 참조. 같은 책에 나오는 그림을 보면 다음과 같다.

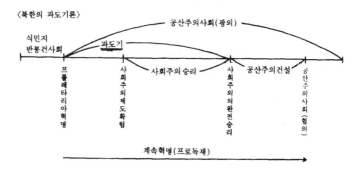

〈북한의 과도기론〉

"오직 맑스 - 레닌주의 세계관으로 무장한 작가, 예술인들에 의하여 창조된 사회주의적 문학예술만이 로동계급의 계급적 리해관계를 가장 철저하게 대변하며 착취계급을 때려부시고 인민대중을 계급적 착취와 민족적 억압으로 부터 해방하는 혁명위업에 적극적으로 복무하는 계급투쟁의 무기로(서)······사회주의적 문학예술은 로동계급을 비롯한 전체 인민대중의 계급적 리해관계를 완전하고도 철저하게 반영하며 온갖 계급적 차이를 완전히 없애고 로동계급의 세계사적 사명을 완수하기 위한 혁명투쟁에 복무하는 계급적이며 당적인 문학예술이다."

그러면 고대 그리이스로부터 현대에 이르기까지 노동계급의 이해관계를 통하지 않으면서도 위대한 문예물로 취급되는 것은 어떻게 설명되는가?

그러한 예술품은 당대의 인민성을 대변한다. 다만 그것의 사상적 표출에 시대적 제약성이 따를 뿐이다. 현재 노동계급성을 요구하는 논리가 과거의 위대한 문학작품은 그것이 노동계급성을 반영하지 않기 때문에 타기되어야 한다는 말을 성립시키지는 않는다. 따라서 구체적 역사적 제조건을 계급성이 표현되는 문예물과 결부시켜 생각할 필요가 있다.[35] 그렇지 않으면 형식논리적 속류 마르크스주의 문예이론에 함몰된다.

③ 인민성

앞에 서술한 당성과 계급성은 지금 논의될 인민성의 현재적 본질이다. 즉 당성과 계급성은 인류에게 역사의 객관적 법칙성이 과학적으로 인식되고 그에 따라 노동자계급의 세계관과 노동자 정당이 생겨난 이후 시대의 인민성의 현실화된 형태이다.

인민성은 각 시대의 생산하고 투쟁하는 세력의 사상과 정서를 일컫는다. 그것은 역사적 · 사회적 기반에서 살펴져야 한다. 각각의 시대가 착취계급과 피착취계급으로 이원화된다는 사실은 곧 사상과 정서의 이원화를

---

35 소연방과학아카데미편, 앞의 책, 229쪽 참조.

가져온다는 것이다. 그 속에서 진정으로 진보적인 계급은 이데올로기적 · 물적 제약을 넘어서서 미래의 바람직한 사회를 꿈꾼다. 그 꿈은 역사를 위해 생산하고 투쟁하는 인간들의 사상과 정서를 규정짓는다. 그러나 그 사상과 정서가 당대에 주어진 역사적 · 사회적 제관계의 총체를 초월하여—현실 이탈하여—성립되지는 않는다. 인간은 현실적 인간이며 현실 속에서의 모순만을 발견하기 때문이다. 각각의 시대에 가장 진보적인 계급이 그들의 문학예술에 인민성을 투영시킬 때 항상 시대적 제약이 따르게 되는 것은 그 때문이다. 전술한 바지만 고대 그리이스의 예술작품에서 현재적 의미의 인민성을 기대할 수는 없다. 인민성은 언제나 역사적 사회적 맥락에서 살펴져야 한다. 매개 시대마다 생산하고 투쟁하는 세력으로서의 진보적 계급이 표현하는 인민성은 당대에 달성된 사회적 의식의 최고 수준을 보여준다. 그들이야말로 현재의 삶에 기초하여 앞으로 나아가려는 인류 역사의 시발점에 서 있다. 그 인민성이 표현되는 방법은 두 가지이다.[36] 하나는 집단적 생산 역량으로서의 기층세력 대중에 의해 창조되는 예술작품 즉, 인민적 창조이다. 이것은 인민에 의해 끊임없이 계속되어 온 역사적 축적물이다. 집단적 · 인민적 창조로서의 이러한 예술품은 인류의 동년기童年期를 반영하는 동시에 그것의 역사적 발전물인 미래의 공동체 사회를, 그러한 사회의 진지한 이념을 담지하고 있다. 다른 하나는 매개 시대의 진보적 개인에 의해 인민성이 발현되는 경우이다. 사회의 발전에 따라 인민이 예술로부터 분리되어야만 하는 시대가 도래한 이후 전문화된 예술가의 숙달된 기법에 의한 예술은 종종 지배계급만의 전유물로 전락되었다. 이러한 예술은 사회구조의 왜곡에 의해 존재한다. 그러나 중요한 것은 전문예술가의 숙달된 예술이 인민적 지향으로 매개되는 작품일 경우, 다만 그것이 시대적 굴절에 의해 인민과 분리되어진 것일 경우 집단적 창조예술과 등가의 위치에 놓여 져야 한다는 점이다. '모든 개인적인 예술적

---

36 앞의 책, 219쪽 참조.

지향이 전반적·인민적 미적 이상의 굴절에 다름 아닐 때, 전인민적 현상'[37]으로 된다는 사실은 자명하다. 또한 그러나 전문화된 예술가의 예술적 지향이 인민으로 향해 있지 않고 자기 만족적 탐미주의, 비역사적 형식주의에 함몰되고 말 때, 그리하여 종국에는 지배계급의 이데올로기에 포획되는 사상을 전파하게 될 때 '어떠한 개인의 예술적 자질도 전인민적 의의를 지닌 미적 가치의 창조를 가져오지 못할 것이다.'[38]

그러므로 문제는 예술이 인민대중에게 접근할 수 있느냐 그렇지 못하느냐이다. 이 문제도 시대적 제약과 긴밀히 관련된다. 예술과 인민이 어느 정도나 광범위하게 접촉할 수 있는가 하는 것은 당대의 생산력과 관계있다. 생산력에 따른 생산관계의 변화[39]로써 전인민이 자유롭게 예술과 접촉하게 될 때 예술이 구현할 수 있는 인민성의 깊이와 폭은 더욱 확대된다. 더불어 필히 제기되는 것이겠거니와 예술이 근거하고 있는 인민의 사상과 정서, 의지는 예술작품의 인민성을 규정한다. 이에 대해 레닌은 말한다.

> "중요한 것은 예술에 대한 우리의 의견이 아니다. 예술이 몇 백만의 총주민 중 수백 또는 수천에게만 다가간다는 사실도 중요한 게 아니다. 예술은 인민의 것이다. 그것은 광범한 근로자 대중의 저변으로 깊이 뿌리내리지 않으면 안된다. 예술은 대중에게 이해받고, 대중에게 사랑받지 않으면 안된다. 예술은 이들 대중의 사상, 감정, 의지를 결합하고, 그것들을 높여 나가야만 한다. 예술은 대중들 속에서 예술가를 일으켜 세우고, 그들을 발전시켜 나가야만 한다."[40]

북한에서 규정하는 문학예술의 인민성도 같은 범주에서 파악할 수 있다. 문학예술작품에 반영된 인민대중의 이해관계와 사상감정 및 지향[41]이

---

37 앞의 책, 208쪽 참조.

38 위의 책, 209쪽 참조.

39 이것은 단순한 생산력설의 옹호가 아니다. 생산력과 생산관계의 상호성에 대해서는 편집부편, 『세계철학사Ⅲ』, 녹두, 1985, 85~114쪽.

40 소연방과학아카데미편, 앞의 책, 218쪽에서 재인용.

곧 인민성이며, 현실생활에 의의 있는 문제들을 작품에 반영하는 데서, 그 시대 인민의 선진적 이상에 비추어 진실하게 묘사하는 데서 인민성은 표현된다.[42] 김일성은 예술작품이 인민대중에게 이해될 수 있는 것, 인민대중을 위한 것이어야 하며 그들이 나아갈 역사적 방향을 찾는 데서 인민성이 구현됨을 말한다.[43] 그러나 그것이 예술가의 선진적 논리로써만 이루어지는 것은 아니다. 예술의 진정한 인민성은 예술가가 근로대중의 삶 속으로 직접 들어가서 그들의 생활을 이해할 때에만 비로소 성취된다. 이것은 북한이 창작의 기본방법으로 삼고 있는 것으로서 전술한 바에 있어서의 집단적 창조─그것의 북한적 변용─와 맥락을 같이 하는 군중예술, 집체창작과도 관계된다.

5) 주체문예이론

여기에서 주체사상의 성립시기[44]를 논할 필요는 없을 것 같다. 다만 왜 북한에서 주체사상이 전 사회를 이끄는 유일한 지도원리로 되었는가 하는 점을 국내외적 배경과 결부시켜 간략히 살펴보기로 한다. 왜냐하면 주체사상이 북한의 유일적 지도원리인 이상 그것의 성립배경과 그 내용을 파악해야만 같은 사회의 반영물인 문학예술에 대해서도 현상적 파악이라는 편파성 없이 바라볼 수 있겠기 때문이다.

북한의 주장에 의하면 주체사상은 1930년 카륜회의에서 김일성이 '조선혁명의진로'라는 문건으로 천명되었다고 한다.[45] 당시 조선의 민족해방운동은 종파주의자들의[46] 영향에 의해 질곡에 처해 있었던 바 그 한계를

41 『문학예술사전』, 1203쪽.

42 앞의 책, 같은 곳.

43 위의 책, 같은 곳.

44 주체사상의 성립시점에 대해서는 1930년 성립설과 1950년대 후반 성립설이 현재 남한에 제출되어 있다.

45 김범찬, 「주체사상의 역사적 형성과정」, ≪사회와 사상≫, 1988년 12월, 121쪽 참조.

극복하고 1930년대 이후의 민족해방운동을 올바르게 추진한 세력이 김일성을 중심으로 한 '새세대의 견실한 공산주의자들'이었으며 그때 주체사상이 제기되었다는 것이다. 그러나 주체사상의 체계화가 보다 심화되는 시기는 1950년대 중반이라고 보아 무리가 없을 듯하다. 1955년 12월 28일 김일성은 당 선전선동원들에게 행한 연설 <사상 사업에서 교조주의와 형식주의를 퇴치하고 주체를 확립할 데 대하여>[47]에서 스탈린 사망 이후 사회주의 진영에 공통적 경향이었던 독자노선을 공식화한다. 이 시기는 북한이 세계 사회주의 진영의 독자노선 경향 속에서 사회주의 혁명을 성공시키기 위해 소련과 중국의 영향력을 거세해야 할 필요성이 대두되는 때였다.[48] 또한 남한에서의 강력한 군사파쇼정권 등장, 한일기본조약 체결, 65년 베트남전 확전 등의 객관적 요인이 북한의 유일체계화에 상승요인으로 작용한다.

이러한 사적 배경[49]으로서의 주체사상은 전 사회의 지도원리로 확고히 자리 잡는다. 그것은 철학원리(사상), 사회역사원리(이론), 지도원리(방법)의 세 구성부분으로 이루어져 있다.[50]

전일적 체계로서의 사회지도원리인 주체사상은 문학예술에서도 마찬가지이다. 사대주의와 교조주의, 형식주의를 퇴치하고 민족의 특성에 맞는 문예를 확립하기 위해서는 주체사상의 방법에 입각해서 문예물이 창작

---

46 당시 민족해방운동으로서의 공산주의 활동에 있어서 종파주의의 영향에 대해서는 이재화, 『한국근대민족해방운동사Ⅰ』, 백산서당, 275~278쪽 참조.

47 동아일보, 『원자료로 본 북한』(자료집), 1988.

48 이 시기 이후 중소와의 과도기논쟁, 반종파투쟁, 자력갱생노선의 확립 등은 1960년대 후반까지 이어진다. 그리하여 1972년 사회주의 헌법에 '조선민주주의인민공화국은 맑스−레닌주의를 우리나라 현실에 창조적으로 적용한 조선로동당의 주체사상을 자기 활동의 지도적 지침으로 삼는다.(5조)'고 명시된다. 이에 대해서는 스칼라피노・이정식, 앞의 책, 630~659쪽, 868쪽; 高瀬淨, 앞의 책, 199~220쪽 참조.

49 물론 마르크스−레닌주의의 창조적 적용이라는 북한의 주장이 무시될 수는 없다. 사회주의 혁명의 성공은 당연히 독자적인 사상체계의 확립을 시급히 요청한다.

50 김정일, 앞의 글 참조, 이 논문은 '주체사상의 고전적 명제'라 일컬어진다.

되어야 한다. 김일성은「사상사업에서 교조주의와……」에서 민족적 전통의 발굴과 문학예술사의 복원을 강력히 요구하며 구체적으로 카프와 박연암, 정다산까지 언급한다. 주체문예이론은 '혁명과 건설에서 나서는 모든 문제를 자기 인민의 이익과 자기 나라의 실정에 맞게 자체의 힘으로 풀어나갈 데 대한 주체사상의 요구를 구현하여 자기 나라 인민과 자기 나라 혁명을 위하여 복무하는 인민적이며 혁명적인 문학예술을 발전시켜 나갈 방도[51]가 된다. 이것은 자기 자신의 운명은 인간 스스로이며 혁명과 건설의 주인이 인민대중이라는 주체사상의 기본 내용과 같은 맥락이다.

이에따라 북한의 문예는 민족적 정통성의 발굴을 실현하기 위해 항일혁명 시기의 동만의 무장투쟁을 주요종자로 활용한다.

주체문예이론은 문학예술에 당의 사상·정책 노선을 구현하기 위한 것으로서 그들의 수령관과 결부하여 이해하여야 한다. 주체사상에 입각한 창작활동은 형상사유로서의 문학예술을 통해 전사회의 지도원리인 수령의 혁명사상과 당정책을 생활화폭으로 그려 내는 것이다. 즉 항일혁명투쟁과 관련된 김일성의 행적을 형상화해야 하는 것이다. 이것과 관련하여 카프의 문예활동은 비판적 대상, 무시의 대상―카프에 대한 태도는 북한 문예이론의 사회주의 리얼리즘 시기와 주체문예이론 시기에 있어 큰 차이를 보여준다―이 된다. 그것은 카프가 사대주의적, 교조주의적 행위에 머물렀음과 동시에 반제민족통일전선에 있어서 좌경적 오류를 저질렀다는 사실을 고려하여 구명되어져야 하겠지만 한편으로는 북한이 혁명 전통의 정통성으로 삼고 있는 동만의 유격 투쟁이라는 사실史實과 관계있는 것으로 생각된다.

이리하여 '계승해야 할 유일한 전통은 맑스―레닌주의의 기반 밑에 근로인민의 이익을 옹호하여 투쟁한 항일 유격대의 혁명전통'[52]이 나서게 된다.

김일성은 제6차 당대회 보고를 통해 주체문예이론의 성과를 다음과 같이 말한다.

51『주체사상에 기초한 문예이론』, 7쪽; 홍기삼, 앞의 글, 45쪽에서 재인용.
52『김일성 저작선집』 2권, 72쪽; 홍기삼, 앞의 글, 46쪽에서 재인용.

"우리 당의 주체적인 문예사상과 독창적인 문예방침이 빛나게 구현되어…… 사상 예술성이 높은 문학예술작품들이 수많이 창작 되었습니다. 오늘 우리의 문학예술은 당원들과 근로자들을 혁명적으로 교양하며 그들을 창조적 로동과 새생활 창조에로 힘있게 고무하는 생활의 교과서, 투쟁의 무기로서의 사명을 훌륭히 수행하고 있습니다."[53]

이러한 김일성의 보고는 주체문예이론의 지향점과 그것이 획득한 현실적 의미를 명확히 설명한다.

3. 북한 문예이론의 몇 가지 개념

1) 종자론

북한 문예이론의 대부분이 창작방법론인 점에 비추어 종자론은 그들의 미학원리의 기초를 이룬다는 사실 때문에 중요하다. 실상 종자론은 문학예술에서 끊임없이 논쟁되는 내용—형식의 문제를 포함하고 있다. 내용형식논쟁은 원칙적 견해상 내용에 선차적 규정성이 있으면서 형식과 상호 변증법적 관계를 이룬다는 식의 결말을 맺고는 하지만 종자론은 내용의 본질적 측면을 드러낸다는 점에서 의미 깊다.

북한의 종자에 대한 규정을 보면 종자란 '헐하게 말해서 작품의 기본 핵'[54]이며 '작품의 가치를 규정하는 데서 근본문제'로 되는 것을 말한다. 따라서 작가에게는 종자 선택의 옳고 그름에 따라서 가치 있는 작품을 생산하느냐 가치 없는 작품을 생산하느냐가 결정된다. 이것은 혁명투쟁과 건설의 상황에 처해 있는 나라에서 문학예술로 역사에 복무할 때 어떤 종자를 택해야 하는가를 설명한다. 종자는 소재와 주제, 사상을 합하여 지칭하는 것으로서 이 세 가지는 마땅히 유기적 관련 속에서 이해되어야 함에

---

53 당대회, 363쪽.
54 『문학예술사전』, 769쪽.

도 불구하고 지금까지는 분리된 채 일부 작가에 의한 통합만 시도되어졌을 뿐이다. 이것이 분리될 경우 소재주의나 주제주의─정치편향─ 등의 오류를 범하는 것은 자명하다. 그러므로 종자의 올바른 선택에 의해서만 혁명투쟁과 건설의 예술적 형상화가 보장된다. '그러므로 작품에는 반드시 창작가가 개성적으로, 독창적으로 발견하고 심어 놓은 자기의 종자가 있어야 하며 거기서 아름다운 형상의 꽃이 만발하도록 하여야 한다.[55]

종자론의 요체는 ① 소재, 주제, 사상의 통일 ② 사상적 알맹이의 규정성 ─'문학창작의 어느 한 개별적인 범주에 대한 사상이 아니라 소재의 선택과 구상으로부터 작품의 얽음새와 구성, 성격창조와 양상 등 창작의 전과정에 전일적으로 작용하는 근본 고리에 대한 사상이며 작품의 사상예술적 질을 규정하는 결정적 요인을 밝혀주는 기초에 관한 사상'[56]─이다. 이에따라 현재의 혁명건설 과정에서 당정책의 구현을 위한 사회정치적 문제에 해답을 주는 작품이 창작의 목적으로 된다.

북한은 종자론에 의해 비로소 ① 작가, 예술인들이 목적지향성과 사상미학적 준비가 완료되고 사회주의적 문예를 위한 이론적 무기가 성취되었으며, ② 사상성과 예술성의 옳은 결합을 가져와 좌우경적 편향이 극복되었고, ③ 주체적 문예사상의 승리와 마르크스─레닌주의 이론 발전에서 획기를 거두었다고 말한다.[57]

2) 속도전 이론

속도전도 주체문예이론의 창작원칙이다. 종자를 선택하면 속도를 내어 창작을 해야 작품의 질이 상승된다는 것을 내용으로 하는 속도전 이론은 일종의 창작방법론이다. 문학예술의 창작에 높은 속도가 요구되는 이유는

---

55 앞의 책, 769쪽.
56 위의 책, 770쪽.
57 앞의 책, 771쪽 참조.

아직까지 현실이 혁명투쟁의 시대이며 그렇기 때문에 오직 혁명의 완수를 위한 임무가 작가에게 제기된다는 정세관에 기초한다. 주어진 임무는 높은 속도 아래 잡사상이 틈입할 여유를 주지 않고 문예사업에 임하므로써 완수된다는 것이다. 한편 그것은 철학상의 양질전화의 법칙과도 관계있다. 단기간에 많은 양의 작품을 생산하여 질적 수준을 제고시킨다는 논리가 그렇다. '창작에서의 속도와 질간의 호상관계를 과학적으로 분석한 데 기초하여 속도전을 하여야 작품의 질이 높아지고 또 작품의 높은 사상예술적 질을 보장하려면 속도전을 벌려야 한다'[58]는 것이다. 이에 의해 작가 예술인의 창조성과 적극성이 발양되며 그것이 곧 혁명적 실천과정이고 사회주의 사회가 실현되는 새로운 역사적 시대의 요구를 반영할 수 있게 된다.[59]

창작방법으로서의 속도전 이론은 비단 문예물에만 국한 되는 것이 아니라 조국혁명 건설사업의 전 분야에 걸쳐 요구된다. 사회주의 건설의 주체시대적 반영이 문예물에서의 속도전 이론인 것이다. 그러므로 속도전을 말할 때는 언제나 종자문제를 거론해야 하며 그것은 고도의 조직성과 규율성을 요구한다. 공산주의적 도덕성으로서의 집단주의, 즉 집체적 지혜에 의한 창작이 그 실례이다.[60]

3) 기타 이론

종자론과 속도전의 논리 이외에 몇 가지 더 살펴보아야 할 것들이 있다.[61] 이것은 마르크스−레닌주의 문예이론에서 항상 언급되는 것으로서 역시 북한 문예의 미학적 기초를 이룬다.

첫째 전형화의 원리 곧 갈등이론이다. 전형화는 보편성과 특수성의 인식에 의해 나타난다. 문학작품의 인물은 그 자신의 특수한 상황 속에서(구

---

58 앞의 책, 534쪽.
59 홍기삼, 앞의 책, 53~54쪽.
60 『문학예술사전』, 535쪽 참조.
61 이하 제시되는 항목은 홍기삼, 앞의 책에 의한 분류임.

체성 속에서) 당대의 보편적 의미를 획득해야 한다. 역사에 속한 개인이 그의 삶을 통해 역사발전의 합법칙성을 보여줘야 하고 보여줄 수 있다는 것은 전형화의 기초가 된다.

다음은 통속예술론이다. 이것은 문학예술의 인민성과 관계한다. 문학 예술이 인민과 분리되면 그 미학적·역사적 가치가 획득될 수 없다는 것은 전술한 바이고, 그에 따라 인민이 쉽게 이해할 수 있고 그들의 사상과 정서를 반영하는 문예물이 생산되어 대중 교양의 목적을 성취해야 한다는 것이 통속예술론이다.

한편 공동체 사회에 대한 이념적 지향으로서의 군중예술론(집체창작론)이 있다. 집체창작론은 북한 문예에 있어 종자론, 속도전 이론 등과 함께 핵심적으로 다루어야 할 주제이다. 집체창작이 지향하는 바는 공산주의 사회에서는 모든 인간이 제 분야에서 전문가일 수 있다[62]는 『독일이데올로기』에서의 마르크스의 말, 인간은 누구나 가슴에 라파엘을 품고 있다는 그의 말에서 드러난다. 계급사회 이래의 분업이 가져온 인간의 소외, 파편화는 그런 현상을 가능케 했던 분업 자체를 폐지함으로써만 극복 가능하다. 분업의 폐지는 곧 대공업제도 이래 절대화된 사유재산제의 폐절이다. 이 단계에서는 인간의 노동이 개별적으로 고립되지 않고, 그의 노동을 통해 자기활동으로서의 상호교류를 가져온다. 이것의 예술에서의 실현이 집체창작이다. 종래의 전문 문학예술인이 개인의 이름으로 수행했던 예술창작은 이 단계에 와서는 한 집단의, 전 인민의 이름으로 수행된다.

4. 몇 가지 남는 문제들

이상에서 북한 문예의 몇 가지 개념과 체계에 대해 살펴보았다. 사회주의적 사실주의의 주요 구성요소와 주체문예이론의 성립, 종자론, 속도전

---

62 K. 마르크스, 박재희 역, 『독일이데올로기』, 청년사, 1988, 64쪽 참조.

이론 등은 북한의 문예를 이해하기 위해 필히 짚어봐야 할 것들이다. 이 글은 그러한 사항들의 일반적 소개에만 한정되었다. 더구나 전형화, 통속 예술, 군중예술 등에 대해서는 주마간산격의 언급이었다.

무엇보다도 필자의 의견이 전면에 제시되지 않은 이유는 북한에 대한 판단을 하기에는 너무 거대한 분단의 흔적이 있다는 점이다. 그것이야말 로 우리가 처한 구체적 현실이다. 어떤 가치판단도 섣불리 할 수 없는 상 태. 그것이 말 그대로 사상의 문제일 뿐이라면, 그러나 사상을 올바르게 유 지하기 위한 현실적 과정은 결코 추상성만을 바라지는 않는다. 거기에 요 체가 있다. 지금 진행되고 있는 북한 논의는 고도로 추상화된 수준이다. 일 견 그동안 자행된 지배세력의 정보통제를 극복하는 계기로서의 추상이지 만 또 다른 한편으로는 시대적 제약에 의해 구체성을 확보하지 못한 채 진 행되는 논리이다. 그 점이 이 글의 한계이며 그 책임은 전적으로 지배세력 에게 있다. 그리고 그러한 질곡을 극복할 수 있는 주체는 바로 우리이다.

이 글의 집필 의도는 전술한 사실의 확인 이외에 아무것도 아니다. 북한 의 문예이론을 살핀다는 것은 이념적 가치 판단의 영역을 잠시 유보시켜 놓고 말한다면—그럴 수 있다면—단순히 분단된 조국 저편의 한 부분을 이해한다는 데 의미가 있는 것이 아니라 애초에 조국이 하나였음을 확인 하는 데 의미가 있다. 그런 논리의 맥락에서 볼 때 이 글이 다루어야 했을 것은 북한의 문학예술이 남한의 그것과 어떠한 공통성을 가지고 있는가, 어떠한 민족적 전통 위에 있는가 하는 점이어야 했다. 그리고 그것이야말 로 전문적 연구자가 앞으로 이루어내야 할 몫이다. 물론 그러한 작업의 기 초로서 전제되어야 할 것은 역사의 법칙성에 근거하는 객관성이다.

이 글은 전제되어야 할 법칙성으로서의 객관성을 북한의 문예가 어떻 게 획득하는가에 대해서도 살펴봐야 했으나 불발이 되었다. 그것은 북한 문예의 구체적 창작 과정, 즉 그들의 문예가 인민성을 획득하고 구현하기 위해 창작 방법으로 택하고 있는 구체적 과정을 고찰하는 것으로 잠정적 이나마 드러날 것이다. 북한 문예의 체험론에 대한 연구가 그것이다. 또한 해방 직후 당파성을 강력히 주장했던 「조선프롤레타리아문학동맹」진영의 북한에서의 활동, 문예총의 역사와 편제 등에 대해서도 언급하지 못한 것이 이 글의 한계이다. 그것은 보다 풍부화된 북한문학사 기술記述 속에 있으리라 믿는다.

북한 문예이론을 살펴본 이 글은 리프쉬쓰의 다음 말을 인용하며 맺어야 할 것 같다.

> "마르크스의 이론에 따르면 공산주의는 문화와 예술의 성장을 위한 조건들을 창출해 낸다. 이것에 비하면 노예들의 민주주의가 특권적 소수에게 제공하는 제한된 기회같은 것은 초라하게 보일 수밖에 없다. <예술은 죽었다.!><예술 만세!>야말로 마르크스 미학의 유일한 슬로건이다."[63]

『보운』제18집, 1989

---

63 M. 리프쉬쓰, 이용대 역, 『마르크스의 예술철학』, 화다, 1988, 119쪽.

| 참고문헌 |

사회과학원 문학연구소편, 『문학예술사전』, 과학 · 백과사전 출판사, 1972.
이상섭, 『문학비평용어사전』, 민음사, 1980.
편집부편, 『중소대립과 북한』, 나라사랑, 1988.

高瀨淨저, 이남현 역, 『북한경제입문』, 청년사, 1988.
레닌, 이길주 역, 『레닌의 문학예술론』, 논장, 1988.
이한화 편역, 『러시아 프로문학운동론 I』, 화다, 1988.
편집부 편, 「북한 '조선로동당'문예정책의 전개과정」, ≪한신≫, 1988 봄.
공하수도, 『김일성사상 비판』, 백두, 1988.
이정식 · 스칼라피노, 한홍구 역, 『한국공산주의 운동사3』, 돌베개, 1988.
진계법, 『사회주의예술론』, 일월서각, 1985.
소연방과학아카데미편, 편집부 역, 『미학의 기초 II』, 논장, 1988.
루카치 外, 이춘길 역, 『리얼리즘미학의 기초이론』, 한길사, 1985.
인민문연 편, 『전망과 건설』, 동녘, 1988.
이원균, 「선전과 문학」, 『문학의 시대4』, 인동, 1988.
마틴 제이, 황재우 역, 『변증법적 상상력』, 돌베개, 1981.
홍기삼, 『북한의 문예이론 II』, 백산서당, 1988.
동아일보사 편, 『원자료로 본 북한』, 1988.
편집부 편, ≪사회와 사상≫, 한길사, 1988.12.

제2장

북한문학사

북한문학에 반영된
한국 현대사 고찰

김종회

1. 서론

오늘날 한반도를 배경으로 하는 모든 학문 연구는, 어떤 방식으로든 북한에 관한 부분을 배제할 수 없는 형편에 이르렀다. 이를테면 북한 연구는 이제 변수變數가 아니라 상수常數의 지위에 도달해 있다. 문학 연구에 있어서도 북한문학은 이미 동시대의 주요한 화두가 되었고, 북한을 간과하고서 민족문학 전반을 조명하기 어려울 뿐 아니라 추후 통합된 남북한문학사의 기술과 남북한 문화통합의 전망을 위해서도 불가결의 요인이 되었다. 따라서 북한문학에 반영된 한국 현대사의 여러 역사적 사건들을 검색하고 또 남북한문학의 경계와 그 접점의 의미를 해석하며 이를 비교론적으로 연구하는 것은, 매우 의미 있는 일이라 할 수 있다.

그동안 다방면에 걸친 남북 간 교류의 활성화, 그리고 북한 자료의 개방과 더불어 북한 및 북한문학에 대한 연구는 많은 진척을 보였고 질적 양적 성장을 이룬 것이 사실이다. 그러나 북한에 대한 연구라는 것이 대개 북한을 중심으로 연구하는 데 그치는 것은 남북 관계의 변화와 민족통합의 가능성을 내다보는 학문적 효용성에 있어서도 아쉬운 점이 많은 대목이다.

북한문학 연구에 있어서도 사정은 마찬가지이며, 지금까지 남과 북을 같은 연구대상으로 두고 그 상호간의 영향관계나 비교론을 연구 결과로 수확한 사례는 아주 드문 형편이다.

이 연구는 이와 같은 시대적 학문적 요구를 반영하면서 그 성과를 한 단계 앞당기는 선도적 역할을 수행하는 데 목표를 둔다. 그동안 연구자가 진행해 온 다각적인 북한문학 연구나 『북한문학의 이해』1・2・3・4권[1]의 출간 등 축적된 경험과 실적이 이 연구의 충실한 기반이 될 수 있을 것으로 본다. 이러한 연구 결과의 연장선상에서 북한문학에 반영된 한국 현대사를 고찰하는 일은, 해방 이래 분단체제의 성립과 심화, 그리고 변화・반성기를 거쳐 온 남북관계의 가장 예민한 핵심 부위를 살펴보는 것과 다르지 않다. 이 분야에 대한 체계적 연구는 60년이 넘은 남북 분단의 역사 속에서 남과 북의 정신사가 어떻게 서로 다른 길을 걸어 왔으며, 그 다르다는 사실의 구체적 세부가 무엇인지 증명할 수 있는 길을 밝히는 것이기도 하다.

그러므로 이 연구는 한반도에서 있었던 역사적 사건들에 대해 남북 간의 서로 다른 시각을 확인하며 남북관계의 실상을 파악하게 하는 장점이 있다. 그리고 그것을 내포적 측면에서 바라보고 문학의 표현방식을 통해 고찰함으로써, 그 현실적 사건들이 어떻게 북한 인민의 정신적 영역으로 도입되고 수용되었는가를 확인할 수 있는 이득이 있다. 또한 이를 통해 앞으로 도래할 남북한 문화교류의 접점과 문화통합의 전망을 제시할 수 있는 이론적 기초를 다질 수 있을 것이다. 이와 같은 접근법은 단순히 문학분야 연구의 새 지평을 개척한다는 의의 외에도, 향후 여러 유형의 남북관계 현장에 긴요한 참고자료이면서 동시에 그와 관련된 기층적 인식을 확립하는 데도 도움이 되리라 본다.

---

1 『북한문학의 이해』1・2・3・4권은 모두 김종회 편, 청동거울 발행으로 각기 1999・2002・2004・2007년에 출간되었다. 1권은 북한문학사의 흐름, 2권은 실제적인 작가 및 작품론, 3권은 주체문학론, 4권은 남북한문학의 상관성을 주된 내용으로 하고 있다.

이 연구에서는 먼저 북한문학의 성격과 방향성, 특히 1967년 주체문학론 이후의 이념적 방향과 작품의 실상을 점검하여 연구 주제의 범주 및 문학사적 위치를 공고히 하려 한다. 이어서 북한문학에 있어서의 해방공간과 제주 4·3사건을 비롯한 '남조선 해방 서사', 북한문학에 반영된 6·25동란, 4·19의거 등의 역사적 사건에 대해 서술할 것이다. 그 이후 5·16군사쿠데타와 유신체제, 5·18광주민주화운동, 6·15남북공동선언 등이 어떻게 문학적으로 형상화되어 있으며 그 근본적 창작 심리의 바탕이 무엇인지 살펴보는 일은 향후의 지속적인 과제로 연구하려 한다.

그리고 북한문학에 있어서 고전의 발굴, 홍명희의『임꺽정』및 박태원의『갑오농민전쟁』등 대작, 정지용·백석 등의 시, '구인회' 작가들의 소설, 박노해 등 남한 체제에 대한 저항의 시, 근래 북한문학의 베스트셀러인 홍석중의『황진이』, 방북자와 비전향 장기수에 관한 문학 등을 전체적으로 살펴보는 일들 또한, 앞의 연구에 이어 남북한문학의 현실적 상황 및 환경 조건과 대조하면서 보다 총체적인 시각의 연구가 필요하다고 본다. 이러한 남북한문학의 경계와 상관성에 관한 연구를 통해 남북한문학 비교 연구의 새로운 모델을 설정해 볼 수 있을 것이다.

2. 북한문학의 성격과 방향성

2000년 6월에 개최된 남북정상회담 이후 남북 간의 다양한 인적·물적 교류가 진행되고 있지만, 아직도 우리 앞에 놓여 있는 분단의 상처와 흔적은 엄연한 현실로 존재한다. 또한 분단 현실에서 파생된 정치·경제·사회·문화적 여러 난관들이, 세계정세의 발 빠른 변화 속에서도 여전히 한반도 문제 해결의 현실적 걸림돌로 실재하고 있다. 하지만 민족 통합이라는 지상 과제는 우리에게 20세기 한반도에서 벌어진 전쟁과 분단의 역사를 딛고, 21세기 한민족의 새로운 시대적 삶의 모형 전개를 당위적으로 요구하고 있다.

현재까지 북한 문예이론의 지침서인『주체문학론』2을 면밀히 고찰해 보면, 그 담론적 차원에서 드러나는 미세한 균열의 징후를 포착할 수 있다. 그러한 균열의 징후는 조국통일, 청춘 남녀의 애정, 과학 환상, 이농 문제 등을 다룬 1990년대 이후 북한 단편소설 속에서 구체적으로 표현되고 있다. 또한 1994년 김일성의 사망 이후 유훈통치 시대를 포함하여 김정일 시대를 형상화한 시들도 선군 정치시대의 시와 반제반미사상의 시로 나누어 살펴볼 때 그러한 경향을 찾아볼 수 있다. 이러한 고찰을 통해『주체문학론』이후 북한문학의 방향성을 가늠해볼 수 있을 것이다.

역사를 거슬러 올라가 보면, 해방 이후 북한의 문예학은 1967년을 기점으로 커다란 변화를 보인다. 1967년 이전까지는 마르크스－레닌주의의 유물론적 문예이론을 당의 공식적인 노선으로 채택하였다. 그러나 1967년을 기점으로 북한은 이전의 문예이론을 주체적으로 계승한 '주체문예이론'을 당의 공식 문예이론으로 삼는다.3 이후 지금까지 북한의 문학은 주체문예이론이라는 공식적인 틀을 벗어나지 않고 있다. 따라서 북한문학에 대한 접근은 주체문예이론 자체를 비판·거부하기보다는 주체문예이론 내부의 미세한 균열의 징후를 감지하는 작업이 보다 효율적일 수 있을 것이다. 이러한 관점에서 많은 연구자들이 1980년대 북한문학에 주목하였다. 주체문예이론의 틀을 크게 벗어나지 않으면서 다소 유연한 시각을 견지한 작품들이 발표되었기 때문이다. 1980년대 '현실주제'의 북한 소설은 일상생활의 '숨은 영웅'을 형상화한다든지 애정 문제를 본격적으로 다루거나 북한 사회의 관료주의적 속성을 비판하였다. 이는 주체문예이론의

---

2 김정일,『주체문학론』, 조선로동당출판사, 1992.

3 김정일,「문학예술부문에서 당의 유일사상체계를 튼튼히 세울데 대하여」(1967.5.30);「작가, 예술인들 속에서 당의 유일사상체계를 철저히 세울데 대하여」(1967.7.3);「문학예술작품에 당의 유일사상을 구현하기 위한 사업을 실속있게 할데 대하여」(1967.8.16) 등 참조.

경직성을 내부적으로 반성하는 징표로 해석되기도 한다.[4]

그러나 1980년대 후반의 동구 사회주의권의 붕괴에 뒤이은 북한 사회의 가뭄과 기근은 북한 체제를 근본적인 위기 상황으로 몰고 갔다. 국제적인 고립과 내부적 문제를 해결하기 위해 북한의 문학은 다시 보수적인 경향으로 선회하였다. 이에 1990년대 북한문학은 1980년대 문학의 유연성을 확장·발전시키지 못하고 과거의 주체문예이론을 강화하는 방향으로 나아간다. 그러나 이미 사회주의적 현실 문제를 나름대로 깊이 있게 형상화한 체험을 간직한 북한의 작가들이, 주체문예이론의 당위적 명제 앞에 굴복하여 전적으로 과거의 작품 경향으로 회귀하기는 어려운 일이다.

김정일의 『주체문학론』은 1980년대 문학의 유연성과 1990년대 문학의 경직성 사이의 이러한 딜레마를 반영한다. 『주체문학론』의 첫 장이 '시대와 문예관'이라는 점은 의미심장하다. '새 시대는 주체의 문예관을 요구한다'로 요약되는 이 장은, 새롭게 조성된 정세에 대한 북한식의 대응 방안을 잘 보여준다. 이는 1990년대의 시대적 상황이 요구하는 절박한 과제를 스스로 반영하는 것이다. 위기의 시대에 대응하는 북한식의 처방전은 과거의 주체문예이론으로 재무장을 요구한다. 따라서 이 장을 이해하는 핵심은, 주체문예이론 내부의 미세한 균열, 곧 새롭게 조성된 시대 상황과 주체문예이론 사이의 불균형을 포착하는 데에 있다. 변화한 시대에 능동적으로 대처하려는 고육지책苦肉之策에서 나왔지만 이러한 균열은 북한문학의 변화가능성을 보여주는 소중한 지표가 될 수 있다.

'주체적문예활동방법'이란 "문학예술 창작과 지도에서 나서는 모든 문제를 주체적 립장에서 우리 식으로 풀어나가는 것"을 말한다. 이러한 주체성의 강조는 새롭게 조성된 정세를 돌파하는 데 있어서 '민족적 특성'을

---

4 김재용은 1980년대 현실 주제의 북한 소설은 '북한 당대 현실내에서 제기되는 절실한 문제들을 폭넓게 다룬다는 점에서 그 이전의 소설과 다른 것은 물론이고 북한 사람들의 진지한 관심과 사랑의 대상이 되고 있다'고 지적한다(김재용, 「1980년대 북한 소설 문학의 특징과 문제점」, 『북한문학의 역사적 이해』, 문학과 지성사, 1994, 271쪽 참조).

강조하는 방향으로 나아간다. 세계적으로 고립된 스스로의 정치 체제를 유지 · 보존하기 위해서는 '조선민족제일주의정신'[5]을 발양할 필요가 있는 것이다. 하지만 이러한 요구도 그 자체의 당위성만을 강조한다고 해서 이루어지는 것이 아니다. 김정일은 "문학에서 어떤 인물을 전형으로 내세우려면 일반화의 요구와 함께 개성화의 요구도 실현"하여야 하며, "문학에서 사상성이 없으면 예술성이 없고 예술성이 없으면 사상성도 있을 수 없다"고 말하고 있다. 물론 일반화의 요구나 사상성이 개성화의 요구나 예술성을 규정하는 일차적인 요소라는 단서를 달고 있지만, 개성과 예술성의 중요성을 구체적으로 언급하고 있다는 점은 매우 중요하다. 보다 구체적으로 이 둘의 조화를 요구하는 방법이 이어서 논의되고 있기 때문이다.

① 문학의 묘사대상에는 자주성을 위한 인민대중의 투쟁뿐아니라 생활의 모든 분야, 모든 령역이 다 포괄되며 한 작품안에서도 생활분야가 국한되거나 한정되여있지 않고 여러 갈래로 복잡하게 얽혀 있다. 문학은 복잡한 인간생활을 그 본래의 모습 그대로 묘사하여야 생활을 다양하고 풍부하게 보여 줄 수 있다.[6]
② 우리 시대 인간의 높은 혁명성과 뜨거운 인간성을 심오하게 그려내여 사람의 문화정서교양에 도움을 주자면 작품에서 딱딱한 정치적인 술어나 구호 같은것을 라렬하지 말고 현실에 있는 산 사람의 사상과 감정, 생활을 구체적인 화폭으로 생동하게 그려야 한다.[7]

위의 인용문은 '자주성을 위한 인민대중의 투쟁'과 구체적인 현실의 다양한 감정을 있는 그대로 포착하여야 함을 강조하고 있다. 이는 '혁명성'과 '인간성' 혹은 정치적인 구호와 '산 사람의 사상과 감정, 생활'을 구체

5 김정일, 「조선민족제일주의정신을 높이 발양시키자」(1989.12.28), 조선로동당 중앙위 책임일군들 앞에서 한 연설.
6 김정일, 앞의 책, 19쪽.
7 김정일, 위의 책, 20쪽.

적인 화폭으로 생동하게 그려야 한다는 주장으로 변주된다. 예를 들어, "언어와 구성, 양상과 형태와 같은 일련의 형상수단과 형상수법을 다 동원하여야 내용을 충분히 살릴 수 있다"라든가 "사람의 구체적인 성격과 생활에 파고들어야 하며 그 과정에 정치적 내용이 스스로 우러나오게 작품을 써야 한다" 등의 주장은 앞으로의 북한문학이 이념 중심에서 생활 중심적인 문학으로 나아갈 것이라는 예시를 보여준다. 철학적인 것과 형상적인 것의 통일을 보장하는 데에서 형상보다 결론을 앞세우지 않고 형상에 대한 결론을 독자에게 맡겨야 한다는 주장은 이러한 논의의 연장으로 이해된다.

김정일의 『주체문학론』을 '주체문예이론' 내부의 미세한 균열에 초점을 맞추어 일별해 볼 때, 이 저술은 1960년대 후반에서 1970년대에 걸쳐 확립되어 1980년대 다소 유연하게 전개된 주체문예이론의 1990년대 판 중간결산이라 할 수 있다. 특히, 1980년대 북한문학은 전일화된 유일사상 체계에 대한 반성으로 전개되었다는 점에서 주목을 요한다. 『주체문학론』은 북한문학 내부의 '변화하고 있는 것'과 '변하지 않는 것' 사이의 미세한 긴장을 보여준다. 이는 당위와 욕망, 혁명과 일상, 이념과 기교, 내용과 형식 등 여러 모습으로 다양하게 변주되고 있다.

1994년 김일성의 갑작스런 사망과 이후 전개된 북한 체제의 경직된 상황은 대내외의 시련을 극복하기 위해 김정일 체제를 옹위하는 '선군 정치'를 앞세우게 한다. 문학 또한 2000년대에 이르러 "고난의 행군 시대에 태어난 새로운 문학", "개화, 발전하는 새로운 형태의 문학"인 '선군혁명문학'을 강조하면서 김일성 시대의 '혁명문학'과의 차별화를 시도하게 된다. 이러한 다양한 변화 양상 속에서 '현실'과 '절대정신' 사이의 줄타기로 요약할 수 있는 『주체문학론』은, '주체문예이론'의 자의식, 더 나아가 북한 체제의 자의식을 유추할 수 있는 각주의 역할을 한다. 자의식은 스스로에 대한 객관적 거리를 바탕으로 형성된다. '주체문예이론'의 자의식은 스스로를 타자화하는 아픔, 즉 타자로의 개방을 통한 스스로의 위상 정립과 맞물려 있는 절대적 과제 속에서 형성될 것으로 보인다.

이러한 흐름에 대한 지속적인 탐색은 북한문학 내부의 과제일 뿐만 아니라 통일문학을 준비하는 남한문학의 실질적 과제이기도 하다. 1980년대 이후 북한문학의 사회주의 현실주제를 반영한 변화가 감지되기 시작한이래 오늘까지의 여러 유형의 변화는, 남북한문학의 비교 연구나 북한문학에 반영된 남한 현실에 대한 연구를 수행하는 데 있어 그 근본적 바탕을확인하게 하는 일이다. 이러한 변화의 의미가 먼저 구명되지 않고서는, 양자 간의 상호 교류 또는 그 가능성을 균형성 있게 바라보기가 어렵기 때문이다.

3. 한국현대사와 북한문학에의 반영 양상

1) 북한문학의 해방공간과 '남조선 해방서사'

일제강점기로부터 해방이 된 후 한반도, 특히 남한사회는 사상 유례없는 혼란의 와중으로 빠져들게 된다. 뿐만 아니라 전체 인구 중 70% 이상에 이르는 빈농과 영세소작농[8]이 주식을 생산해야 하는 열악한 상황에 있었으므로, 그 혼란은 더욱 가중되었다. 좌우익의 분별없고 극심한 이념 대립에 우선적인 원인이 있었다 하겠지만, 36년간에 걸친 일제의 수탈로 빈사 상태에 이른 국가 경제력으로 인하여 식민 잔재의 청산이라는 과제를피안의 불처럼 바라볼 수밖에 없었다.

1946년 철도·인쇄 노동자들을 중심으로 한 총파업과 그 이후 폭력의난무, 남로당에 의한 '2·7구국투쟁'과 '5·10선거반대투쟁' 그리고 1948년 '여순반란사건' 이후 지리산을 비롯한 좌익 파르티잔 형성 등으로 민족분열의 역사과정이 진행된다. 이 시기 좌익의 무력 투쟁은 "투쟁을 위한

---

8 황한식, 「미군정하 농업과 토지개혁 정책」, 『해방전후사의 인식 2』, 한길사, 1985, 297쪽.

투쟁이지 정치 목적을 달성하기 위한 투쟁으로 보기 어렵다"9는 지적을 받고 있다.

이러한 남한에서의 형편과는 달리 북한에서는 사회주의 정치 체제의 기반이 큰 저항 없이 확립되고, 1946년 2월 '무상몰수 무상분배에 의한 토지개혁'이 실시되었다. 동시에 북한은 남한을 두고 북한과 같은 사회주의 국가 건설을 실행해야 할 대상으로 상정하고 이에 대한 투쟁 역량을 강화해 나가기 시작했다.

이와 관련하여 남한 내의 투쟁을 선도하거나 그 구체적 실천의 모습을 보여주기 위한 작품들이 생산되었는데 이태준의 「첫 전투」, 박태민의 「제2전구」, 리동규의 「그 전날 밤」, 김영석의 「격랑」, 김사량의 「남쪽에서 온 편지」, 남궁만의 「하의도」, 송영의 「금산군수」, 함세덕의 「산사람들」, 리갑기의 「료원」, 유항림의 「개」 등이 이에 해당한다.10

해방 후 남한에서는 '조선문학건설본부'와 '프롤레타리아 예술동맹'이 서로 맞서 민족문학 논쟁을 유발하고 여러 경과 과정을 거치게 되지만, 결국 이 양자는 하나로 결합하여 '조선문학가동맹'을 형성한다. 북한에서는 1946년 3월 '북조선예술총연맹'이 결성되고 계급적 관점에 의한 문학관을 확립하여, 문학의 사회적 역할을 민족과제와 계급과제 등으로 확산시키게 된다. 이와 같은 문학단체들의 성립과 사회적 활동은 문학작품에 있어 그 미학적 가치보다는 이념적 당위성을 앞세우는 시대적 성향을 배태하고 그것의 공동체적 연대를 중시하게 한다.

남한에서의 이러한 문학적 이합집산과 방향성의 모색 또는 유도가 이루어질 때, 북한은 비교적 안정적으로 그 정치 체제의 기초를 확고히 하는 문학활동을 전개하고, 동시에 이 무렵부터 문학을 인민 계도의 주요한 수

---

9 김남식, 「1948~50년 남한내 빨치산 활동의 양상과 성격」, 『해방전후사의 재인식 4』, 한길사, 1989, 239쪽.

10 신진숙, 「'남조선 해방서사'에 나타난 인민적 영웅과 국가 형성의 이상」, 『북한문학의 이해 4』, 청동거울, 2007, 70쪽.

단으로 활용하기 시작한다. 1945년부터 6·25 이전까지의 기간을 '평화적 민주건설 시기'라 호명하며, 문학은 '사회주의 건설을 위한 창조적 로력'에 복무하는 것이 된다. 따라서 문학은 철저히 목적론적 경향을 띠게 되고, 그것을 설계하는 '당의 령도'는 점차 문학의 지상명제로 자리잡는다.

이 경우 문학에 나타나는 바 사회주의 체제 확립을 위한 영웅적 활동, 그리고 남한을 해방시키려는 인민들의 투쟁적 노력을 그린 '남조선 해방서사'는 당대 북한문학의 주요한 내용을 이룬다. 이러한 대 남한 이념적 투쟁으로서의 문학은 사회주의 문학의 목적론을 대변하는 '혁명적 낭만주의'의 경향을 드러내게 되며, 같은 시기 북한의 문예이론이 내세운 '고상한 사실주의'와 맞물려 북한문학의 특정한 성격을 실현한다. 이 경우 문학 내부의 등장인물은 사회주의 체제에 대한 강한 확신과 긍정적 인식을 바탕으로 모범적인 사회주의 인물의 전형을 이룬다. 부분적으로 김영석의 「격랑」 등 작품 내용에 있어 이질적인 성격을 보여주는 경우도 없지 않으나, 이 시기 전반적인 북한문학의 외형은 인민적 영웅을 창출하고 그를 역할 모델로 하는 것 이상을 넘어서지 않는다.

궁극적으로 해방공간에 있어서 북한 정권의 지도노선을 추종하는 문학으로서 '남조선 해방서사'는, 새로운 사회주의 국가라는 절대적 명제를 그 목표로 한다. 이 목표를 달성하기 위하여 남한의 정치·사회·문화의 모든 절목과 내용은 파괴와 멸절의 길을 걸어도 상관없다는, 냉엄한 현실주의가 그 기저에 깔려 있다. 더 나아가 남한을 원조하고 있는 '미제국주의' 또한 그와 조금도 다르지 않은 적대세력일 수밖에 없다. 문학이 자기성찰의 안목을 버리고 대상에 대한 맹목적 증오만을 증대한다면, 일찍이 괴테가 『에커만과의 대화』에서 언급한 바와 같이 "이데올로기라는 모자를 귀밑까지 눌러 쓴 형국"이 되는 것이다.

그렇다고 해서 남한과 미국에 대한 적대적 감정을 표방하고 그 파괴를 선동하는 목적론적 문학이, 그와 유사한 자기체계의 문제를 환기할 수 있느냐 하면 이는 당초부터 무망한 터이다. 그러므로 이 시기의 북한문학은 스스로 여러 가지 단처들을 노출시킨다. 북한을 예정된 '유토피아의 땅'으로 설정하고 그에 반대되는 정치 체제를 서술하는 일방적 유형의 작품들은, 문학적 갈등 구조나 인물의 생동감 그리고 전파력 있는 주제의 설정에 미치기 어렵다.

북한문학의 이러한 출발, 해방공간에서부터 보이기 시작한 단순하고 때로는 치졸한 이분법적 원색 사고는, 이후 1980년대 분단 시대에 대한 변화와 반성이 시작되기 전까지는 거의 변화 없이 그대로 지속된다. 그동안 1960년대 중반, 보다 정확히 말해 1967년 '조선노동당 제4기 15차 전원대회'에서 주체사상과 주체문학이 확립되기까지, 사회주의 원론에 입각한 일련의 노력들이 없지 않았으나 그 효과는 미미했다. 1980년 이후 '주체문학론'의 한결같은 대세 속에 부수적인 '사회주의 현실주제 문학론'이 등장하긴 했어도, 여전히 당성 · 인민성 · 노동계급성에 입각한, 그리고 당성이 가장 우위를 보이고 있는 북한문학의 경직된 고정성은 그 면모를 달리하지 않고 있다.

2) 북한문학에 나타난 6 · 25동란

한국사의 공식 기록에서 '6 · 25동란'이라고 명명되던 용어 개념은 이제 그 지위를 점차 상실해 가고 있다. 기본적으로 '난亂'은 체계적 정통성이 있는 국가 또는 집단과 그렇지 않은 상대방 사이에서 발생한 쟁투를 말하고, '전戰'은 그것이 자격이 동등한 양자 사이에서 발생한 경우를 두고 말한다. 그런데 이 용어 개념의 원칙성에 대한 인식이 흐려지고, 특히 국제화 시대의 여러 소통구조가 활성화되면서 '한국전쟁The Korean War'이라는 영어식 표기법이 역수입되어 사회과학계를 중심으로 세력을 얻게 되자 어느덧 이 용어가 자연스러운 대체현상을 보이는 지점에 이른 것이다.

그런데 정작 중요한 것은, 이러한 용어 자체의 사용 사례나 빈도를 따지는 일이 아니고 그 용어 사용 양상의 변화가 언표하는 바 6월 전쟁에 대한 성격 규정문제이다. 다시 말하자면 북한을 한반도 내에 있어서 '대한민국'

과 동등한 자격을 갖춘 합법적 정치 체제로 인정하느냐, 그렇지 않으면 '유엔이 인정한 한반도의 유일한 합법 정부'라는 명분을 고수하여 북한 체제를 일시적인 개별 집단으로 간주하느냐 하는 문제인 것이다. 미상불 이 인식의 모양새에 따라, 북한을 그냥 '북한'이라고 부를 것인지 '조선민주주의인민공화국'이라고 호명해도 괜찮을 것인지의 판단이 맞물리는 형국이 된다.

남과 북이 서로 전혀 다른 경로를 통해 각기의 6월 전쟁에 대한 인식과 그 문학적 생산을 전개해 갈 수밖에 없었던 것은 현실적 상황 논리에 비추어 당연한 귀결이었고, 그리하여 전쟁 시기의 종군문학, 전쟁 종료 이후의 전후문학, 그리고 양자의 정치 체제가 독자적으로 안정되어 가면서 생산한 분단문학·이산문학·실향문학과 통일시대 지향의 문학에 이르기까지 판이한 문학적 산출을 집적해 가게 되었던 것이다. 특히 북한은 조국해방이라는 정치적 이념을, 남한은 자유민주주의 체제의 수호라는 이념을 관철시키고자 모든 자원을 총동원하였던 것이 한국전쟁[11]이고 보면, 그에 대한 문학적 반응과 해석도 각자의 정치적 이념에 종속될 수밖에 없는 운명이었다 하겠다.

전쟁에 대한 문학의 구체적 반응에 있어서도, 남한의 경우에는 전쟁 그 자체의 비인도성과 잔인성, 분단의 고착화 및 실향민 문제 및 그로 인한 사회 구조적 변동, 전후 사회의 비인간적인 환경과 그에 따른 삶의 양식 등[12]의 시각으로 대별해 볼 수 있다. 실제로 작품의 문면을 두루 살펴보면, 전쟁 체험으로 환기된 현실의 문제적 상황은 일상적 질서의 갑작스러운 파열로 폭로되는 낯설고 공포스러운 '극한상황'의 세계[13]로 나타난다. 요컨대 전쟁을 중심 소재로 한 남한의 문학은, 주로 전쟁 그 자체의 성격과 그로 인한 인간사의 상관성을 다루는 데 주된 목표가 있다 할 것이다.

---

11 신명덕,『한국전쟁과 종군작가』, 국학자료원, 2002, 7쪽.
12 유학영,『1950년대 한국 전쟁·전후소설 연구』, 북폴리오, 2004, 224쪽.
13 이부순,『한국 전후소설과 전도적 상상력』, 새미, 2005, 17쪽.

물론 1960년대 최인훈의『광장』이 보여준 이데올로기적 접근이나 1980년대 이후 전쟁의 본질에 대한 총체적 시각을 확보하려 한 김원일의『불의 제전』및 조정래의『태백산맥』등을 두고 말하자면 논의의 형태가 달라질 터이지만, 아직 전쟁 상황으로부터 객관적 시간의 거리가 확보되지 못하고 전쟁에 대한 직접적인 반응을 보일 수밖에 없었던 작품들의 경우에는 여기에서의 논의가 유효하게 적용될 수밖에 없다.

6월 전쟁을 다룬 북한의 문학은 그 분량이 여러 장르에 걸쳐 방대할 뿐 아니라, 전쟁 시기를 지나서도 항일 빨치산 투쟁의 문학적 형상화와 함께 지속적으로 창작의 소재가 되어 왔다. 전쟁 시기에 문학의 효용성을 극대화하려고 한 종군문학이나 전후복구건설을 위한 문학의 '투쟁'에 해당하는 작품들은, 북한의 사회주의 국가 체제 성립 도정에 주요한 모범을 형성하면서 동시에 다음 세대에 대한 교양의 수단으로서도 유효했다. 여기에서는 전쟁 시기의 북한문학 작품들을 시문학을 중심으로 살펴보게 될 것이고, 자료의 주된 출처는『조선문학사』제11권(조국해방전쟁 시기)으로 하게 될 것이다.

북한의 대표적 문학사인『조선문학사』는 제11권 제1장 '위대한 수령 김일성동지께서 조국해방 전쟁시기 영웅적 문학예술을 창조함에 대한 방침 제시'에서 그 '로선' 및 '령도'에 대한 내용과 그 시기 문학의 '발전' 및 '특성'에 대한 개괄적 내용을 서술한 다음, 제2장 '시문학', 제3장 '산문문학', 제4장 '극 및 영화문학'을 차례로 싣고 있다.[14] 그런가 하면『조선문학개관』은 제2권에서 '위대한 조국해방전쟁시기(1950.6~1953.7) 문학'이란 항목에서 역시 '시문학', '산문문학', '극문학, 영화문학'으로 나누어 이에 대한 서술을 순차적으로 실었다.[15]

시문학에서『조선문학사』가 가장 먼저 주목한 것은, 전쟁 시기에 10대의 김정일이 직접지어 '10대의 어리신 나이에 경애하는 수령 김일성동지

---

14 김선려 · 리근실 · 정명옥,『조선문학사』11, 사회과학출판사, 1994.
15 박종원 · 류만,『조선문학개관』Ⅱ, 사회과학출판사, 1986, 139~175쪽.

의 위대성과 숭고한 풍모를 감명 깊게 형상한 불후의 고전적 명작 「조국의 품」(1952)과 「축복의 노래」(1953) 등의 작품이다.

> 어둡던 강산에 봄을 주시고
> 조선을 빛내신 아버지 장군님
> 저 멀리 하늘가 포연이 서리면
> 인민은 안녕을 축복합니다
>
> 나라의 운명을 한몸에 지니신
> 아버지 장군님 인민의 수령님
> 준엄한 전선길 안녕하심은
> 온 나라 가정의 행복입니다
>
> 미제를 쳐부신 영웅의 땅에
> 락원을 펼치실 아버지 장군님
> 찬란한 조선의 미래를 위해
> 인민은 안녕을 축복합니다

― 「축복의 노래」

김정일의 「조국의 품」이 '서정성'이 강한 송가가사라면, 「축복의 노래」는 북한문학사의 표현으로 '정론성'이 강한 송가가사이다. '포연'이나 '준엄한 전선길'이나 '미제'가 등장하고 '인민'과 '나라'와 '락원'이 절대적 가치로 상정되면, 거기에 영도자로서 '아버지 장군님'의 역할이 불변의 고정성을 표방하는 구조이다. 그런데 이 시를 김정일이 10대의 어린 나이에 썼다는 것은, 그 탁월한 영명함과 인민의 수범이 되는 충성심을 강조하기 위한 의미 구조를 형성한다.

다음으로는 '김일성동지에 대한 충성의 연가'인데, 그 '탁월하고 세련된 령도와 영광찬란한 혁명업적' 및 '령도의 현명성과 고매한 덕성'에 대한 칭송이 중심 주제를 이루고 있다. 김일성을 두고 '한 밤에도 솟는 전설의 태양'(백인준, 「크나큰 그 이름 불러」, 1952)이라고 부르거나, 지난날 머슴살이로 겨우 살아오던 시적 화자가 '영광스런 김일성원수님의 전사'가 된 것(박세영, 「수령님은 우리를 승리에로 부르셨네」, 1953)을 노래하는 시들은, 김일성의 영도와 전쟁의 승리 및 조국의 미래가 하나의 꿰미로 엮어져 있다는 사실을 반증하려는 시적 지향성을 가진다.

> ─ 자, 동무들, 말해보오!
> 무엇이 괴로운가? 부족한건 무엇인가?
> 그이께서는 우리들의 손을 이끌어
> 어깨만이 아니라 가슴속까지 두드려주신다
> 함께 따라온 군관이 세계를 연신 보며
> 가시자고 다음 길 아뢰는데
> ─ 이 동무들 요구를 다 들어줘야지…
> 어서 품은 소원들을 말해보라 하신다
>
> ─ 「경애하는 수령」

「경애하는 수령」(김우철, 1952)은, '후방전선을 돌아보시는 그 바쁘신 길'에도 '한 영예군인학교를 찾으시여 그들과 허물없이 지내시며 크나큰 온정과 사랑을 기울여 주시는' 김일성의 '인민적 풍모와 숭고한 덕성'을 노래한, 곧 김일성의 인간적 면모를 부각시킨 시다. 북한의 문예당국자들도 인민들을 감동시키는 시의 힘이, '그이는 우리의 태양 조선 인민의 수령 김일성 장군'(차덕화, 「수령」, 1952)과 같은 경탄 구호조의 묘사와는 전혀 다른, 소박한 인간미의 표현에서 더 절실할 수 있음을 인식하였을 것이다.

『조선문학사』는 특히, '평화적민주건설시기 위대한 수령 김일성동지의 불멸의 업적을 만대에 길이 전하는 영원한 백두의 메아리'를 창작한, 장편 서사시 「백두산」의 시인 조기천을 하나의 절로 독립시켜 다루면서 그 창작의 내용과 특성을 서술하고 있다. 그의 전쟁 시기 시인 「조선은 싸운다」(1951)를 중점적으로 분석하면서, '위대한 수령을 중심으로 일심단결된 조선의 영웅적 기상을 격조높이 노래한 우수한 시작품들을 수많이 창작하여 전쟁승리에 이바지'하였다는 평가를 내놓는다.

그런가 하면 '전선과 후방에서 높이 발휘된 대중적 영웅주의에 대한 시적 형상'이나 '인민군 전투원들의 상징의 노래' 등이 각기의 주제만 조금씩 다를 뿐 그 묘사나 서술의 내용에 있어서는 대체로 유사한 모습으로 이 시기 북한 시를 보여주고 있고, '미제의 침략적 본성에 대한 준렬한 단죄와 규탄의 시형상'과 '전투적이며 낭만적인 노래―전시가요'도 주요한 분석 및 평가의 대상으로 제시되어 있다. 특히 여기서 전시의 '대중적 영웅주의'는 30여 년 후 1980년대에 이르러 '사회주의 현실주제 문학'의 도입과 '숨은 영웅'의 창조에 비교해 볼 때, 대중 동원력이 필요한 위기의 시대에 확대된 인민성으로서의 대중성 확보가 과제로 부상하는 사회주의 체제의 속성 한 단면을 보여준다 하겠다.

『조선문학개관』에 서술된 '시문학' 부분은, 그 전체 분량이나 예거 및 분석된 작품의 수에 있어 『조선문학사』와 비교할 수 없는 정도이지만, 그 시기 시문학의 전체적 면모를 작품과 함께 개괄적으로 설명하고 있어 전모를 한 눈에 파악할 수 있도록 하는 장점이 있다.

3) 북한문학에 나타난 마산의거와 4월혁명

마산의거에서 4월 혁명에 이르는 한국 현대사의 극명한 시기에 대한 연구는 크게 두 가지 경향을 가지고 있다. 하나는 이를 서구의 고전적인 시민혁명, 곧 부르조아 민주주의혁명으로 보는 견해이고, 다른 하나는 그것을 한국근대민중운동사의 흐름 속에서 파악하고자 하는 견해이다.[16] 김성식, 최문환, 차기벽 등의 해석이 전자에 속한다면, 강만길, 박현채 등의 해석은 후자에 속한다.

전자의 해석에 의하면, 4월 혁명은 한 역사적 시기에 소임을 다한 '완결

---

16 김일영, 「4 · 19혁명의 정치사적 의미」, 이종오 외, 『1950년대 한국사회와 4 · 19혁명』, 태암, 1991, 151쪽.

된 혁명'이 될 수 있다. 마치 근대 프랑스의 부르조아 민주주의혁명이 봉건 전제군주제를 붕괴시키고 시민계급, 부르조아 계급의 세력을 구축할 수 있었던 것처럼, 절대군주에 비견되는 이승만 정권을 퇴진시키고 부르조아 정치권력인 장면 정권을 등장시켰기 때문이다. 다만 아직 한국 사회에서 사회세력화 하지 못한 시민계급 대신에 자각이 앞선 학생운동권이 주축이 되었던 것이며, 이러한 현실을 두고 최문환은 '옆으로부터의 혁명'이란 표현을 사용했다.[17]

후자의 해석에 의하면, 한국 근대사를 민중운동사의 측면에서 바라보면서 민주주의운동에서 민족통일운동까지 나아간 것에 의의를 두거나,[18] 1950년대 한국 사회구조의 모순에 주목하면서 민주주의와 민족해방의 실현을 위한 민중혁명이라고 평가하고 있다.[19] 이 양자는 시각의 토대에 있어 부분적 차이가 있으나 같은 관점으로 4월 혁명을 보고 있으며, 그 관점의 시선이 미치는 범주가 민족해방이나 민족통일의 문제에까지 이르고 있으므로, 당연히 '미완의 혁명'이란 결론에 도달할 수밖에 없다. 뒤이은 장면 정권의 붕괴 및 5·16 군사쿠테타의 발발과 그 반민중성은 이를 미완의 역사적 사건으로 보는 해석이 설득력을 강화하도록 하는 증빙이 되었다.

그 외에도 4월 혁명의 배경이 되는 이승만 정권의 부정적 성격에 대해 미국의 악역을 강력하게 비판하는 논문[20]이 있는가 하면, 4월 혁명의 결과로 출범한 제2공화국의 장면 민주당 정권이 결코 '무임승차'한 경우가 아니라고 주장하는 논문[21]도 있다. 따라서 그에 대한 역사적 평가는 아직도 여러 측면에서 심도 있게 검토해야할 필요가 있고, 특히 그 의미를 민족 전체의 차원으로 확대하거나 남북 통합문제와 결부할 때는 더욱더 그러하다 하겠다.

---

17 최문환, 「4·19혁명의 사회사적 성격」, ≪사상계≫, 1960.7.
18 강만길, 「4월혁명의 민족사적 맥락」, 강만길 외, 『4월혁명론』, 한길사, 1983, 14쪽.
19 박현채, 「4월민주혁명과 민족사의 방향」, 앞의 책, 46쪽.
20 박세길, 「4월혁명」, 『다시 쓰는 한국 현대사2』, 돌베개, 1995, 73~297쪽.
21 이용원, 「'4월혁명'의 공간에서」, 『제2공화국과 장면』, 범우사, 1999, 112~116쪽.

그런데, 4월 혁명이 '완결된 혁명'이건 '미완의 혁명'이건 또 국내외 문제와 관련된 역사적 평가가 어떠하건 간에 이를 정치·사회사적 논리로 검증하지 않고 문학과 그 상상력의 발현이라는 형식에 탑재할 경우에는, 여기서 살펴볼 바와 같은 학술적 의미 규정이 위력을 발휘하기 보다는 당대의 사건 현장에서 진행된 구체적 현실에 대한 인식과 그에 대응하는 발화자들의 내면적 심상이 더 큰 영향력을 발생시킬 수밖에 없다. 물론 문학 작품에 대한 평가와 판단에 객관적 사실관계가 기반이 되어야 마땅하지만, 문학 그 자체의 의의와 가치를 검색하고자 할 때는 사건의 실상에 대해 민중, 시민들이 보인 현장의 감성적 반응을 더 주목해야 할 터이다.

1960년 한반도의 남쪽 마산에서 시발된 3·15마산의거와 4·19 4월 혁명은, 북한 지도자와 문예정책 당국에서 볼 때 자신의 체제가 더 정통성이 있고 우월하다는 선전선동의 기회이자 작품의 소재로서 더없이 좋은 재료가 되었다. 이들은 즉각 ≪조선문학≫ 등 주력 문예물을 통해 이러한 사상적 판단을 반영하고 작품으로 제작된 것을 수록하였다.

1960년대 초반의 북한문학은 소위 1950년대의 '전후복구건설과 사회주의 기초건설을 위한 투쟁시기'를 거쳐 천리마운동을 문학에 반영하며 수령형상문학을 본격화하는 시기이다. 1967년 '조선노동당 제4기 15차 전원대회'를 분기점으로 주체사상과 주체문학이 형성되기까지, 북한 사회가 점차 사회주의적으로, 그리고 김일성 체제 중심으로 안정되어가고 있었다. 그런만큼 분단 체제는 더욱 그 골이 깊어져 남한에 대한 부정과 비난이 강화되고, 그렇게 하는 것이 정권의 안정에 탄력을 더하는 상황이었다. 따라서 3·15의거나 4·19혁명과 같은 남한 내부의 격변을 북한이 대내외적 선전선동에 적극 활용한다는 것은 당연한 결과였다.

이러한 경향은 분단이래 북한문학사 전반에 걸쳐 시도되는 것이었으며, 그것은 시·소설·평론 등 장르의 구분이 없이 행해졌으되, 특히 마산의거와 4월 혁명이 일어난 후인 1960년대에 그 빈도와 분량이 집중되었다. 남한에서의 사건 발생 1주년이 된 1961년 ≪조선문학≫ 4월호에는 김

철의 시 「4월은 북을 울린다」와 정론이란 장르로 구분된 윤세중의 글 「4
월」과 김운룡의 글 「또 다시 사월은 왔다」가 실려 있다.

> 오오, 4월
> 용맹스러운 투쟁의 계절 –
> 4월은 북을 울린다
> 우뢰를 친다
> 마산과 대구 서울과 부산을
> 남조선 모든 도시와 마을들을
> 불의 날개
> 폭풍의 날개 밑에 휩싸 안고
> 온 겨레를 싸움으로 부른다…
> 일어 나라
> 일어 나라
> 일어 나라 동포야!
> 판가리 싸움으로
> 나가자 형제들아![22]
>
> – 김철, 「4월은 북을 울린다」 부분

북한의 주요한 시인인 김철의 이 시를 보면 남한 민중의 투쟁을 정당화
하고 영웅시하며 계속적인 투쟁의 전개를 부추기면서, 미국과 이승만·
장면 등 남한의 정치인을 함께 싸잡아 비난하고 있다. 동시에 남한 각 지
역 도시들의 인민, 곧 시민이 다시 일어나 반미 반정부 투쟁을 벌일 것을
촉구한다. 정치적 지향성과 미리 확정된 창작 방향이 있는 그대로 드러나
는, 북한식 목적시의 대표적인 사례에 해당한다. '정론'이란 이름으로 발
표된 윤세중과 김운룡의 글 또한, 그 형식만 다를 뿐 내용에는 하등의 차
이가 없다.

윤세중의 「4월」과 김운룡의 「또 다시 사월은 왔다」 등 두 편의 '정론'에

---

22 김철, 「4월은 북을 울린다」, ≪조선문학≫, 1961.4, 75~76쪽.

서 부분적으로 목도할 수 있는 바, 이들 곧 북한의 문학은 남한의 정권 담당자와 미국에 대해 투쟁할 것을 지속적인 선전선동으로 요구하고 있다. 그리고 그것이 한반도 내에 머무는 것이 아니라 '세계를 격동시키던 영웅적 기세'에 이르렀다고 평가하면서, 남한에 '진정한 자유의 봄'이 깃들게 하자고 주장한다. 그러나 이들은 학생들의 무고한 희생에 대한 애도보다는 그것의 결과를 더 확대하여 해석하고, 그 결과에 의해 세워진 장면 정권에 대해서는 조금의 긍정적 인식도 없으며, 그 '진정한 자유의 봄'이 북한에서는 어떤 형편에 있는지 한가닥의 자기검증도 없다. 몇 해를 더하여 1964년이나 1965년이 되어도 이러한 문학적 태도는 촌보도 변화하지 않는다.

> 항쟁의 영웅들 흘린 피
> 헛되이 짓밟고 인민을 속이는
> 군사 파쑈 악당들을 향해
> 노한 파도마냥 웨치며 나아가는
> 내 고향의 누나들아,
>
> 그대들 꽃다운 몸이
> 그대로 투쟁의 도화선이 되여
> 남녘 땅 형제들과 함께
> 타올라라, 싸움의 불길로![23]
>
> — 안룡만, 「마산포 제사공 누이에게」 부분
>
> 지금 내 깊은 산중에 누웠어도
> 흰 머리 수건 해풍에 날리며
> 내 혈육과 이웃들이 기다리는
> 가야 할 그 해변이 눈 앞에 보이고…
> 도하장의 모래를 밟을 때마다
> 양키의 구둣발에 무참히 쓰러지는

---

23 안룡만, 「마산포 제사공 누이에게」, ≪조선문학≫, 1964.3, 56~57쪽.

피 흐르는 백사장이 나를 부르거니
밝으라, 훈련의 아침이여!
울려라, 진군의 나팔소리여![24]

— 리범수, 「마산의 모래」 부분

안룡만의 시 「마산포 제사공 누이에게」는 섬유공장 노동자인 '누나'들의 쟁의 행위를 정치적 목적으로 유도하고 있으며 그 '누이'들로 하여금 '군사 파쑈 악당'들을 대적하도록 충동하고 있다. 이는 사태의 진면목에 대한 왜곡이자 부당한 방식의 투쟁 요구이다. 그런가 하면 리범수의 시 「마산의 모래」는, 훈련 중 모래밭에 천막을 치고 자신의 고향 마산의 모래를 그리워하는 인민군 지휘자의 감상을 담았다. 인민군대가 중부 이남으로 밀고 내려 왔을 때 일시적으로라도 점령하지 못했던 마산의 모래를 그리워한다는, 다분히 정치적인 의식을 담았다. 시의 머리맡에 '서정시'라는 장르 구분이 되어 있으니 북한의 서정시가 어떤 서사적 방식을 답습하고 있는지 잘 드러나고 있다.

이처럼 북한문학, 곧 북한의 시와 산문에 나타난 마산의거와 4월 혁명의 형상은, 그 역사적 사건 자체로서의 의의와 가치를 밝혀 보려 한다거나 억울하게 희생된 청년 학생들과 그 가족에 대해 인도주의적 애도를 표현한다거나 하는 문학 본유의 기능이 전혀 나타나지 않는다. 남한의 정치 지도자들 및 그 배후 세력으로서의 미국에 대한 강력한 적대감과 남한 '인민'들에 대한 선전선동, 또 그에 대비한 북한체제의 우월성을 암시하는 데 확고한 목적의식을 두고 있는 것이다.

그러므로 북한문학에 나타난 이러한 문학적 결과를 살펴본다는 것은, 지금까지 이어지고 있는 남북 분단 시대의 비극적 상황을 다시 확인하는 일이며, 동시에 '의거'와 '혁명'이 갖는 한민족 역사 위에서의 입지가 어떠한가를 입체적으로 검증하는 일이 된다. 민족사적 단위의 과제로 생각하

---

24 리범수, 「마산의 모래」, ≪조선문학≫, 1965.5, 37쪽.

면, 이들 남과 북에서 수행된 역사적 사건에 대한 의미 규정뿐만 아니라 기존에 제기된 평가의 방식과 내용에 있어서도 이제 새로운 연구가 필요하다 하겠다. 이는 또한 남북 간 국토의 통합에 선행되어야 하는, 문화적 인식의 진정한 통합을 향해 나가는 발걸음의 시작이기도 할 것이다.

4. 남북한문학의 비교론적 연구

지금까지 논거한 바와 같이, 북한문학에 반영된 한국현대사 소재의 작품들을 두루 살펴보면, 분단 이래의 현실 상황에 대한 남북한 서로간의 현격한 시각 차이와 그것이 각기 문학장르에 반영된 모습을 볼 수 있다. 이 가깝고도 먼 거리의 문제를 해소하는 것은, 비단 남북한문학의 괴리를 메우고 간극을 좁혀 나가는 일에 그치지 않고 민족적 문화통합과 화해로운 통일의 길목을 확장하는 뜻깊은 일에 해당된다.

미상불 한반도의 남과 북 두 체제는 반세기를 넘긴 오랜 대립적 역사 과정의 관성과 서로 다른 목표로 인하여, 그 본질적 관계 개선이 극도로 어려운 형편에 있다. 이 양자는 그간 상대를 '주적主敵'으로 인식하고 이를 체제 유지의 기반으로 활용한 역사를 갖고 있으며, 지금도 여전히 서로 다른 전체적 목표와 그에 연계되어 있는 사회 체제를 넘어서기 어려운 현실에 처해 있다.

뿐만 아니라 한반도의 지정학적 위치가 국제 정세 및 국제적 이해관계와 밀접한 관련성을 갖는 만큼, 남북 양자가 주체적으로 하나의 방향을 합의하고 결정하는 것 자체가 불가능한 상황이다. 이러한 측면은 정치·군사적 문제와 같은 배타성과 고착성을 갖는 분야는 물론, 경제·사회적 문제와 같은 근시성과 한계성을 갖는 분야에 있어서도 마찬가지로 그러할 수밖에 없다.

그래서 남북 간의 문화적 상관성과 교류 문제, 곧 '문화통합' 문제가 하나의 대안이자 거의 유일한 출구로 논의될 수 있다. 민족적 삶의 원형을 이루는 전통적 정서에 수많은 공통점이 있고, 정치 · 경제 문제처럼 직접적인 갈등 유발의 가능성이 미소하며, 보다 장기적인 시각으로는 문화를 통해, 아니 문화적 교류의 발전과 성숙만이 진정한 남북 통합의 가능성이라고 할 수 있는 만큼, 이제는 남북 간의 문화통합이라는 과제를 본격적으로 연구하고 실천할 시기에 이른 것이다.

사정이 그러할 때 남북한 문화통합의 당위적 성격은, 귀납적으로는 그것이 양 체제의 통합이 완성되어간다는 사실의 징표인 동시에, 연역적으로는 여러 난관을 넘어 그 통합을 촉진하는 실제적 에너지가 된다는 사실의 예단으로 나타난다. 이러한 이유로 인하여 남북한 문화를 서로 비교 연구하고 문화 이질화 현상의 구체적 실례를 적시摘示하여 구명하는 것은 매우 중요한 과제가 된다. 이러한 성격의 일, 곧 길이 없는 곳에 길을 내면서 가는 일은, 결코 말로만 하는 구두선口頭禪에 그쳐서는 진척이 없다.

먼저 남북한 문화이질화에 대한 정확한 이해와 상황 분석이 필요하다. 그 현황에 대한 체계적인 진단과 분석, 문화통합 항목별로 접근 및 성사 가능한 추진 방안의 모색, 남북 공동연구의 가능성 타진과 협력 체계 수립, 민족 고유의 전통과 양식 또는 언어와 습관 등에서 공동체적 공통성 추출 등 여러 방향과 여러 단계의 실천적 노력이 수반되어야 한다. 이러한 항목들의 현상적 실제, 변화의 실태 등에 대한 객관적 연구가 이루어져야 한다.

그리고 그와 같은 연구 성과를 바탕으로 하여 실천 가능한 통일문화 운동의 항목 개발과 적극적 추진이 필요하다. 정치 · 군사 문제를 그 밑바탕에서 떠받치고 있는 정치문화 · 군사문화, 경제 · 사회 문제를 그 밑바탕에서 떠받치고 있는 경제의식 · 사회의식이, 남북 간에 서로 어떻게 이질화되었고 그 이질성을 극복하고 민족적 통합의 길로 나아갈 방안이 무엇인가를 연구하는 것이 먼저이다.

그리고 그 다음에는 이를 하나의 국민운동 수준으로 승격시키고 동시에 이를 추진해 나갈 방안과 방향성을 확보해야 한다. 그만한 각오와 의욕이 없이는 어려운 문제이기 때문이다. 그 운동 또한 과거 새마을운동의 전례에서 교훈을 얻은 바와 같이 정권적 차원이 아니라 민족적 차원에서 분명한 대의大義 아래 추진되어야 마땅하다. 여기에 정부와 민간 기구가 서로 연합하여, 공동 노력의 결실을 지향해 나가야 할 것이다.

이상에서 살펴본 바 남북한 문화의 통합적 전망을 논리적으로 수렴하고 구체적으로 논의해 나가기 위해, 가장 우선적으로 살펴보아야 할 것이 북한문학이다. 일제의 강점으로부터 해방된 이후의 북한문학은 그 문학적 논의의 내부에 자기 체계와 시기 구분을 설명하는 일정한 시스템을 확립하고 있다. 평화적 민주건설 시기, 김일성 사망 후의 조국해방전쟁 시기, 전후문학 및 천리마 문학 시기, 유일주체사상 시기, 김일성 · 김정일 통치 시기, 김일성 사망 후의 김정일 통치 시기 등이 그것이다. 그 중에서도 유일주체사상 시기는, 1967년 조선노동당 제4기 15차 전원대회를 기점으로 주체사상과 주체문학의 논리를 확립하고 수령형상문학을 최우선 과제로 하여 이를 1970년대 말까지 변동 없이 유지한 기간이다.

이 사상적 체계와 그것의 반영은 모든 문화 및 문학장르에 걸쳐 강력한 지배 이데올로기로 기능했으며, 1980년대 들어 주체문학론에 부수하는 현실주제문학론의 등장 이전까지는 경미한 변화나 반성적 성찰의 기미를 찾아보기 어려웠다. 인민들이 살아가는 삶의 현장에서 그 실상과 관심사항을 반영하는 현실주제문학론의 새로운 변화는, 우선 교양 수단인 문학으로부터 멀리 떨어진 인민들의 흥미를 유발할 것을 도모하는 일방, 동구 사회주의권의 몰락이나 공산주의의 패퇴에 따른 위기의식을 표현하고 있다. 물론 여기에는 변해야 살 수 있다는 인식과 '우리식 사회주의'의 딜레마가 꼬리표처럼 뒤따라 다닌다.

1994년 김일성의 사망이 일시적 경직 현상을 초래한 바 있으나, 변화의 흐름을 지속시키는 보이지 않는 힘이 장강의 뒷물결처럼 벌써 부지불식간의 대세로 되어가고 있음을 부인할 수 없는 터이다. 기실 이것은 남북 간의 어떤 회담이 성공적으로 이루어지고 어떤 교류가 실행되었는가 하는 사실보다 훨씬 더 잠재적인 영향력을 가진다. 정치나 경제 문제는 뒷걸음질을 칠 수 있으나, 문화나 문학은 그렇지 않다. 그것은 일찍이 노드럽 프라이가 간파했듯이 인간의 삶을 다음에서 다음으로 형성하고 또 해체하는 힘이어서, 어떤 경우에도 있었던 궤적을 무화시킬 수 없다.

이 소중하고 값비싼 불씨, 남북한문학의 교호와 통합의 전망에 관한 의식을 잘 살려내고 잘 가꾸어 나가야 할 책임이 이 시대 문학인들의 어깨에 있다. 남북 간의 상호 교차하는 삶을 과거의 가상공간에서 현실공간으로 전화한 작품들, 림종상의 「쇠찌르레기」, 리종렬의 「산제비」, 김원일의 「환멸을 찾아서」, 이문열의 「아우와의 만남」 등을 새로운 감격으로 읽는 자리들을 만들어 볼 필요가 있다. 남북한문학사의 시대구분을 비교하며 공통된 인식의 접점을 찾아보기, 남북문화 및 문학연구의 사실관계 확인과 접근 시도, 문화현상과 외세의 문화제국주의에 대한 공동체적 대응력의 개발 협력 등 비대치적 과제부터 함께 수행해나갈 길을 찾아보아야 한다.

그런 연후에 구체적 연구로서 우상적 지배자와 문학성, 친일문학과 항일문학의 주류, 북한문학사의 기술방식과 변화양상, 북한문학에 수용된 친일 · 재남 작가들과 그 사유 등 남북한 통합문학사의 과제들을 실질적으로 예비할 수 있을 것이다. 여기에 문학인 자신의 수범적 노력은 물론, 정부와 문화당국이 적극적으로 후원하여, 북한문학의 연구와 수용이 도저한 하나의 물결을 형성해야 마땅하다. 북한문학에 대한 건실한 인지력과 균형 있는 안목, 이에 관한 실천력 있는 장기적 투자를 통해 민족사적 통합의 미래가 발양될 수 있을 때, 우리는 비로소 이를 위해 경각심을 갖고 노력하는 문학을 '국적 있는 문학'이라 이름 할 수 있겠다.

5. 결론

이 논문에서는 북한문학에 반영된 한국현대사의 주요 사건들이 어떤 형상으로, 어떤 가치 판단 아래 수용되어 있는가를 구명하는 문제를 다루었다. 이를 위하여 먼저 북한문학의 주력인 '주체문학'에 나타난 바 자체적 성격의 구조 및 방향성을 검토해 본 다음, 북한문학에 반영된 한국현대사의 구체적 실체를 추적하고 분석해 보았다. 그리고 이러한 역사적 사건들에 대한 해석과 평가의 문제를 두고, 남북한문학의 비교론적 연구 가능성을 탐색하는 순서로 서술하였다.

한국현대사의 주요 사건 가운데 해방공간에 있어서의 '남조선 해방서사'를 먼저 살펴보고, 이어서 북한문학에 나타난 6·25동란과 마산의거 및 4월 혁명을 다루었다. 이 논문의 분량 상 함께 다루지 못한 5·18광주민주화운동 그리고 남북한 화해무드를 형성한 6·15남북공동선언 등의 사건들에 대해서는 다음 글을 기약하기로 한다. 그 외의 남북한 간에 상호 관련성을 갖는 홍명희의 『임꺽정』이나 박태원의 『갑오농민전쟁』 등 대작에 관한 논의도 역시 다음으로 미룰 수밖에 없다.

오늘날의 북한은 핵무기 문제 등으로 세계 유일의 초강대국 미국과 벼랑 끝 단판 승부를 연출하는 절체절명의 자리에 이르러 있다. 동시에 심각한 식량 부족으로 자국민 일부가 아사餓死 지경에 이른 상황으로 인하여 엄혹한 내외적 비난에 직면해 있다. 이를테면 이 정치 체제 및 집단의 경우에는, 상식을 넘어선 위험성과 돌출적 행위가 가능할 수도 있다는 의미이다.

우리 민족은 일찍이 6·25동란의 참상을 통해 민족상잔의 전쟁 상황이 얼마나 엄청난 인적 희생과 물적 대가를 치러야 하며 그 상처의 극복에 얼마나 오랜 세월이 소요되는가를 생생하게 목도했다. 그러기에 남북한문학 및 문화의 통합과 그로 인해 탄력을 받을 수 있는 화해 협력의 길은, 크게는 민족 전체의 생존권 문제와 상관이 있고, 작게는 민족 내부에 있는 각자 개인이 균형성 있는 역사적 안목 아래 그 개별적 삶을 소중히 가꾸어 가고자 하는 인간적 권리문제와 상관이 있다 할 것이다.

『한국문학논총』 제49집, 2008

| 참고문헌 |

<기본자료>

김정일, 「문학예술부문에서 당의 유일사상체계를 튼튼히 세울데 대하여」(1967.5.30).

＿＿＿＿, 「작가, 예술인들 속에서 당의 유일사상체계를 철저히 세울데 대하여」(1967.7.3).

＿＿＿＿, 「문학예술작품에 당의 유일사상을 구현하기 위한 사업을 실속있게 할 데
　　　　대하여」(1967.8.16).

＿＿＿＿, 「조선민족제일주의정신을 높이 발양시키자」(1989.12.28).

＿＿＿＿, 『주체문학론』, 조선로동당출판사, 1992.

<논문 및 단행본>

강만길, 「4월혁명의 민족사적 맥락」, 강만길 외, 『4월혁명론』, 한길사, 1983.

김남식, 「1948～50년 남한내 빨치산 활동의 양상과 성격」, 『해방전후사의 재인
　　　　식 4』, 한길사, 1989.

김선려·리근실·정명옥, 『조선문학사』11, 사회과학출판사, 1994.

김일영, 「4·19혁명의 정치사적 의미」, 이종오 외, 『1950년대 한국사회와 4·19
　　　　혁명』, 태암, 1991.

김재용, 「1980년대 북한 소설 문학의 특징과 문제점」, 『북한문학의 역사적 이해』,
　　　　문학과 지성사, 1994.

김　철, 「4월은 북을 울린다」, ≪조선문학≫, 1961.4.

리범수, 「마산의 모래」, ≪조선문학≫, 1965.5.

박세길, 「4월혁명」, 『다시 쓰는 한국 현대사2』, 돌베개, 1995.

박종원·류만, 『조선문학개관』Ⅱ, 사회과학출판사, 1986.

박현채, 「4월민주혁명과 민족사의 방향」, 강만길 외, 『4월혁명론』, 한길사, 1983.

신명덕, 『한국전쟁과 종군작가』, 국학자료원, 2002.

신진숙, 「'남조선 해방서사'에 나타난 인민적 영웅과 국가 형성의 이상」, 『북한문
　　　　학의 이해 4』, 청동거울, 2007.

안룡만, 「마산포 제사공 누이에게」, ≪조선문학≫, 1964.3.

유학영, 『1950년대 한국 전쟁·전후소설 연구』, 북폴리오, 2004.

이부순,『한국 전후소설과 전도적 상상력』, 새미, 2005.

이용원, 「'4월혁명'의 공간에서」,『제2공화국과 장면』, 범우사, 1999.

최문환, 「4·19혁명의 사회사적 성격」, ≪사상계≫, 1960.7.

황한식, 「미군정하 농업과 토지개혁 정책」,『해방전후사의 인식 2』, 한길사, 1985.

분단극복과
한국근대문학연구의 지평 확대
— 북한의 근대문학사 인식 비판(3)[1]

김재용

1. 통일문학사의 개념

통일문학사란 말을 손쉽게 쓰고 있지만 그 구체적 함의를 따져보면 두 가지 의미로 해석할 수 있다. 넓은 의미로서의 통일문학사란 남북이 분단을 극복하고 통일을 성취한 과정에서 같은 시각을 갖고 이전의 문학사를 정리하는 것을 말한다. 여기서 말하는 '같은 시각'이란 제한된 의미에서 같다는 말이지 획일적인 것을 말하지는 않는다. 현재 남한 안에서도 문학사를 바라보고 서술하는 시각이 문학사가의 방법론에 따라 크게 다른 것이 현실인 만큼 통일된 이후라 하더라도 그러한 시각상의 다양성은 나올

---

1 북한의 사회과학 연구소가 8 · 15 이후 세 번째로 쓴 최근의 문학사(1991년 제3권을 출판한 이후 현재 계속하여 발간하고 있음) 중에서 19세기말 이후의 문학에 대한 것만을 대상으로 그 의미와 문제점을 지적한 필자의 일련의 논문 중의 하나이다. 논문의 1과 2는 8 · 15 이전을 대상으로 한 것이고 3인 이 논문은 8 · 15 이후에 관한 것이다. 현재 8 · 15 이후의 부분은 다 출간되지 않았고 부분만(필자가 확인한 것으로는 10권, 11권 그리고 14권이다) 나와 있기 때문에 이 글 역시 이것에 국한하여 논의될 수밖에 없음을 밝혀둔다.

수밖에 없고 또한 그것이 보장되어야 한다. 그런 점에서 여기서 말하는 같은 시각이란 이러한 다양성을 무시한 획일적인 것을 말하기보다는 오늘날 남북에서 볼 수 있는 냉전체제하의 적대적 이데올로기가 빚어낸 상이성이 지양된 상태를 말하는 것이다. 이러한 통일문학사란 전근대 우리 문학을 체계화하는 것은 물론이고 근대 이후의 문학 그리고 분단 이후의 남북의 문학을 통괄하는 것임은 말할 필요도 없다.

좁은 의미의 통일문학사란 넓은 의미의 통일문학사와 그 다루는 범위나 대상에서 기본적으로 차이를 가진다. 좁은 의미의 통일문학사 역시 현재 남북이 갖고 있는 이러한 상이한 이데올로기를 극복하고 같은 시각에서 우리문학의 역사를 쓰되 그 다루는 대상이 분단 이후의 남북의 문학에 국한된다. 현재 남북의 문학사의 시각은 근대 문학 이전의 문학을 서술하는 데에도 일정한 차이를 보여주고 있다. 그러나 그것은 근대 이후의 문학을 서술하는 것에 비한다면 사소한 차이라 할 수 있을 것이다. 근대 이후의 문학을 서술할 때에는 어떤 한 작가에 대해 상이한 해석 정도가 아니라 한쪽에서 다루어지는 작가가 다른 쪽에서는 아예 다루어지지 않는 경우가 빈번하기 때문이다. 물론 전근대 우리 문학을 서술할 때에도 그런 경우가 전혀 없는 것은 아니지만 근대 이후의 문학에 비하면 그것은 퍽 적다.

그런데 근대 이후의 문학이 전근대문학에 비해 상당한 차이를 노정하고 있지만 이 역시 8·15 이후의 문학에 비하면 비교할 바가 되지 못한다. 8·15 이후의 문학에 대해서는 남쪽은 남쪽대로 북쪽은 북쪽대로 자신의 문학만을 대상으로 하여 문학사를 쓰고 있는 것이 오늘날의 현실이다. 그렇기 때문에 근대 이후의 문학에 대한 서술이 다르다 하더라도 이것에 비할 바가 되지 못한다. 그런 점에서 좁은 의미의 통일문학사란 바로 분단 이후의 남북의 문학을 어떻게 한 자리에 놓고 통일적으로 볼 수 있는가를 해결한 문학사이다. 그런 점에서 통일문학사란 넓은 의미와 좁은 의미의 두 가지로 나누어 이야기하는 것이 논의에 있어 불필요한 오해를 덜 수 있을 것이다.

2. 한국근대문학사로서의 통일문학사

통일문학사는 한국근대문학사이다. 이 말은 얼핏 보면 동어반복으로까지 들려 별로 주장하는 바가 없는 말처럼 보일지 모르지만 여기에는 다음과 같은 생각이 깔려 있다. 북한문학이 근대를 극복한 근대 이후의 문학이 아니라 단지 근대문학의 또 다른 변형태라는 점이다. 북한에서 널리 이야기되고 있는 것처럼 북한문학은 근대문학을 넘어서 현대문학이라고 스스로 규정하고 있다. 이때의 '현대'는 '근대'와는 물론 다르며 '동시대'와도 관계가 없고 역사적 시기 구분에 근거한 것이다. 그것은 '근대세계'라는 역사적 시기를 넘어선 그리하여 근대적 제과제를 극복한 시기라는 점이다. 그런 면에서 '현대'라는 말을 쓰지만 이것은 현실과 맞지 않다. 북한 사회는 근대의 제과제 속에 놓여 있는 것이지 그것을 넘어선 새로운 삶의 현실에 다다른 것이 아니다. 그런 점에서 북한의 문학은 근대문학의 연장일 뿐이며 따라서 북한문학을 포함한 통일문학사는 당연히 한국근대문학사의 영역에 들어올 수밖에 없다.

이러한 시각에서 볼 때 관건을 이루는 대목은 8·15 이전부터 활동을 해오다 분단 이후 북에서 작품 활동을 한 작가들이다. 일제하부터 작가활동을 한 사람들 중에서 8·15 이후 이북에서 활동한 작가들의 수는 매우 많고 그들 중 많은 작가들은 일제하 우리문학에서 빼놓을 수 없는 사람들이다. 그런데 이상하게도 이들에 대한 연구는 8·15 이전에 그쳐 이북에서의 활동은 제외되어 있다. 우리에게 가장 시급한 문제는 바로 이러한 작가에 대한 전면적 복원이다. 이러한 기초 작업을 위해서는 우선 이들 작가의 작품에 대한 기초적 연구이다. 이들 작가들이 이북에서 창작한 작품을 전체적으로 볼 수 있을 때에만 그 작가에 대한 연구가 가능할 것이다. 그런데 우리가 현재 갖고 있는 이들 작가의 작품은 매우 빈약하다. 이 상태에서 이들 작가에 대한 연구가 제대로 되어질 수 없는 것은 물론이고 오도하기 십상이다. 그런 점에서 이 점에 많은 역량을 투여하여야 할 것이다.

이들이야말로 북한문학이 한국근대문학사의 일환으로서 쓰여져야 할 이유를 가장 극명하게 보여주고 있는 작가이다. 이들은 근대 속에서 근대의 극복을 위해 분투하였고 비록 북한의 현실에서도 이러한 노력은 결코 단절되지 않았다. 물론 작가들에 따라 다양한 편차를 보이기는 하지만 크게 볼 때 이러한 점은 공통적으로 발견할 수 있다. 이들이 오히려 당황했던 것은 비서구 주변부로서의 우리의 근대에 대한 탐구가 근대 이후의 새로운 시대를 표방하는 당의 지침하에서 억압될 수밖에 없었던 현실이다. 이들은 이러한 긴장 속에서 북한의 삶을 탐구하였기에 북한문학이 한국근대문학사의 일부가 될 수밖에 없음을 잘 보여주고 있다.

이들 작가에 대한 연구는 비단 이북에서의 문학에 대한 연구뿐만 아니라 일제하에서의 그들의 문학에 대한 새로운 해석을 가능하게 해주어 남북한의 통일문학사 뿐만 아니라 8 · 15 이전의 한국근대문학사에 대한 재해석마저 가능하게 해주는 측면이 있다. 최명익의 경우, 일제하 그의 작품만을 볼 경우와 8 · 15 이후 이북에서의 작품을 보고 난 후 다시 일제하 문학을 보는 경우 그 작품의 해석은 물론이고 작가 최명익에 대한 전반적인 평가가 달라질 수 있다. 일제하의 문학만 본다면 그를 쉽게 모더니스트라고 부를 수 있을지 몰라도 8 · 15 이후 이북에서의 작품까지 특히 해방 직후에 쓴 일련의 작품들을 보면 단순히 그렇게 보기 어려운 것이다. 이런 점들을 고려할 때 이들 작가들이 이북에서 남겼던 작품에 대한 연구는 비단 북한의 문학사를 서술하는 데 중요할 뿐만 아니라 해방 이전의 문학사에 대한 연구에서도 중요한 비중을 차지함을 알 수 있다. 이 점 역시 한국근대문학사와 통일문학사의 관계를 극명하게 보여주는 것이라 할 수 있으며, 한국근대문학사로서의 통일문학사의 기술에서 이들 작가들이 얼마나 중요한 지점을 차지하고 있는가 하는 것을 다시 한 번 확인시켜주는 대목이라 할 수 있다.

이와 더불어 깊이 검토해 보아야 할 작가군은 8 · 15 이후 북한에서 작품 활동을 시작한 작가들이다. 8 · 15 이전부터 활동을 했던 재월북 작가에 비해 이들은 우리들에게 대단히 낯선 존재들이다. 그렇기 때문에 이들은 북한문학 자체를 검토하는 자리에서도 아예 대상에 떠오르지 못한다. 그런데 이들 작가에 대한 제대로 된 작가론 없이 북한문학사를 쓰고 통일문학사를 쓴다는 것은 거의 불가능한 일에 가깝다.

그러면 이들을 어떤 측면에서 접근해야만 한국근대문학사로서의 통일문학사에 다가갈 수 있는가? 삶의 구체적 현실로부터 유리된 채 당 정책을 문학으로 번역하는 일에만 종사하는 작가들을 제외하고 북한의 현실에 뿌리를 단단히 내리고 작품 활동을 한 작가들의 작품에는 '근대세계'의 제반 문제들과 이를 극복하려는 지향이 깊숙이 자리 잡고 있다. 앞서도 말한 바와 같이 북한의 사회와 그 속에서의 삶이 근대를 극복한 것이 아니고 그 변형태에 불과한 것인데 그러한 현실에서 살면서 인간해방의 지향을 갖는 작가들의 경우 작품 속에서 근대성의 문제의식이 드러나지 않을 수 없는 것이다. 국가주의적 위계질서에서 겪을 수밖에 없는 관료주의의 문제라든가, 급속한 공업화에서의 농촌문제라든가, 가부장적 사회에서의 여성문제라든가 등등 근대세계의 제반 문제들에 대한 천착이 이들 작품 속에 녹아있는 것이다. 한국근대문학사로서의 통일문학사의 시각을 제대로 견지하면서 이들을 검토할 때 여기에 들어올 수 있는 작가와 그렇지 못한 작가들의 구별이 뚜렷해지는 것이다.

통일문학사란 것이 단순히 남북의 문학을 합하는 기계적 결합의 문제가 아니라 일정한 시각 즉 한국근대문학사의 맥락에서 탐구되어야 할 성질의 것임을 명확하게 알 수 있다. 이런 점들에 유의하면서 가장 최근에 나온 북한의 문학사의 서술 시각과 그 문제점을 검토하여 보자.

3. 북한문학사의 8 · 15 이후 문학 서술의 변화와 그 문제점

1) 숙청 작가의 부분적 해금과 새로운 배제

남한에서 북한문학을 연구하거나 통일문학사를 서술하려고 할 때 가장 많이 참조하는 것이 북한문학사에서 북한의 문학을 기술하는 부분이다. 북한의 문학 중에서 어떤 작가와 작품이 중요한가를 분간하기 어려울 때 북한의 문학사에서 중요하게 거론하고 있는 작가와 작품을 일차적인 참고로 삼는다. 필자가 볼 때 남한에서 북한문학을 연구하고 나아가 남북한문학사를 기술하려고 마음을 먹는 대부분의 연구자들이 흔히 이러한 방법을 사용하고 있다.

그런데 이러한 접근법은 매우 위험하기 짝이 없는 일일 뿐 아니라 통일문학사 서술에 걸림돌이 되고 있다. 왜냐하면 북한문학사에는 거론된 작품들은 일단 북한에서 나온 작품 중에서 일정한 시각을 거쳐 걸러져 나온 것들이고 그 과정에서 많은 작가와 작품이 배제되었으며 또한 많은 작가들이 그 작품의 성취와는 무관하게 편입되어 있기 때문이다. 앞서 누누이 말한 바와 같이 통일문학사로서의 한국근대문학사란 것이 단순히 그동안 남북한에서 중요하게 평가되어온 작품들을 기계적으로 결합시키는 것이 아니고 근대성의 입장에서 남북한의 문학을 새롭게 평가하는 과정이라 할 때 거기에는 북한에서 나온 작품에 대한 새로운 평가가 필수적이다. 기존의 북한문학사에서 갖고 있는 문학사적 지평이란 것은 매우 문제가 많기 때문에 이러한 것에 대한 철저한 비판 없이 편의적으로 이미 '공인된' 작가와 작품들을 위주로 검토하는 것은 심각한 문제를 야기한다.

북한의 문학사에서 배제되고 있는 작가들의 경우 그 가장 주된 이유가 정치적 문제이다. 임화와 이태준의 경우처럼 남로당과 직접적 간접적 연관을 맺었다는 이유로 하여 문제된 경우를 비롯하여 1950년대 중반의 '8월 종파사건' 관련자, 1967년 주체문학의 반대자에 이르기까지 이 모든 경우에 가장 핵심적인 문제는 정치적 이유이다. 1950년대의 문학사와 1970년대의 문학사는 이러한 배제가 가장 극심하게 드러난 경우에 해당한다. 특히 1970년대의 문학사는 주체문학이 성립된 직후에 나온 관계로 이러한 작가들을 배제한 가장 극단적인 경우라 할 수 있다.

그런데 이러한 북한문학사의 경우 최근에 와서 현저한 변화를 보여주고 있다. 1990년대의 문학사에서는 광범위하게 작가들을 복원시키고 있다. 가장 대표적인 경우가 1962년에 숙청된 한설야이다. 한설야는 북한문학사 서술에서 빼놓을 수 없을 만큼 중요한 작가이지만 그가 당시 항일혁명문학에 비해 카프문학의 정통성을 강하게 주장하였고 이것이 당의 문예정책 특히 문학유산 정책과 맞지 않았기 때문에 그가 일제하 문학과 8·15 이후 북한문학에서 갖고 있는 무시할 수 없는 위치에도 불구하고 제외시켰던 것이다. 한설야가 빠진 문학사란 것이 북한의 관점에서 얼마나 큰 결손인가를 잘 알고 있음에도 불구하고 그렇게 했던 것은 북한의 문학유산정책이 얼마나 정치와 밀접하게 연관되어 있는가 하는 것을 잘 보여주는 사례라 할 수 있다.

한설야 이외에 최근 이 문학사에서 복권된 작가들 중 중요한 작가들을 들면 박팔양, 안함광, 민병균, 백석, 최석두, 김사량 등이다. 보기에 따라서는 별 대수로운 일이 아니라고 할 지 모르지만 북한의 문학과 문학사를 쭉 검토해온 필자로서는 이것이 결코 가벼운 변화가 아니라고 생각한다. 바로 이 점이 1950년대와 1970년대의 문학사에 비해 1990년대의 문학사가 갖는 커다란 변화의 내용이라 할 수 있는데 이는 1980년대 이후의 북한문학의 전반적 변화와 떼어놓고 보기 어렵다. 한설야에 대한 언급이 비단 1990년대에 들어와 이루어진 것이 아니고 이미 1980년대 중반부터 간헐적으로 있어 왔던 점은 이를 시사한다.

그러면 어떤 기준에 의하여 이런 작가들은 복권되었고 나머지 작가들은 여전히 금지되고 있는가 하는 것을 알기 위해서는 해금된 이들 작가들이 북한에서 어떤 이유로 그렇게 되었는가 하는 점을 살펴보아야 한다. 최근에 해금된 작가들을 분류하면 크게 두 부류로 나눌 수 있다. 첫째는 한설야를 비롯한 민병균, 백석 등의 계열이고 다른 하나는 박팔양을 비롯한 안함광 등의 계열이다. 첫째 계열에 드는 작가들이 북한에서 금지된 것은 1962년 말 무렵이다. 이 시기에 한설야를 비롯하여 시인 민병균, 백석, 비평가 윤세평 등이 비판을 받고 사라지게 되는데 그 중 가장 중심적인 인물은 한설야이다. 이들이 비판을 받은 이유는 항일혁명문학을 과소평가하고 일제하 카프문학을 적극적으로 평가한 데 있었다. 당시 북한의 지배 주체들은 1959년 이후 항일혁명운동을 혁명전통을 삼는 캠페인을 대대적으로 벌이면서 이것과 연관하여 항일혁명문학을 가장 중심적인 문학유산으로 삼으려고 갖은 노력을 다 기울였다. 그런데 이것에 가장 큰 장애가 되었던 것은 한설야를 비롯한 일련의 문학가들이다. 이들은 카프문학의 전통을 중요하게 평가하면서 당시 당의 문학유산정책을 비판하고 이것과 연관하여 다양한 형태의 글을 발표하였다. 이들 작가들의 이런 움직임에 불만이었던 당의 문예 정책가들이 이들을 '복고주의자'로 몰아 비판하였다. 그렇기 때문에 이들에 대한 금지를 푼다는 것은 이 문제에 대해 북한이 유연한 태도를 보이기 시작한다는 것을 의미한다.

둘째 계열에 속하는 작가들인 박팔양, 안함광, 신고송 등은 1967년 5월 주체문학이 공식화되면서 이에 호응하지 않았기 때문에 금지되었다. 제4기 15차 전원회의를 계기로 하여 북한의 지도 이념이 주체사상으로 전일화되고 이에 따라 모든 분야에서 주체사상과 배치되는 것은 허용되지 않게 되었다. 문학의 경우에도 마찬가지여서 주체문학 이외에 다른 것은 허용되지 않았고 모든 문학가들은 이의 순응을 요구받았다. 그런데 박팔양과 안함광을 비롯한 일련의 작가들은 여기에 반대하였거나 혹은 동참하지 않았기 때문에 이후 사라져 버리게 된 것이다.

그런데 당시 가장 핵심적인 쟁점은 바로 항일혁명문학이다. 주체문학의 입장에서 문학유산을 바라볼 때 가장 중심된 것이 항일혁명문학이다. 그렇기 때문에 주체사상과 주체문학으로 전일화되어가고 있을 때 문학유산의 측면에서는 이 항일혁명문학을 정통으로 볼 것인가 그렇지 않을 것인가의 문제가 핵심 사안이 되었다. 물론 여기에 개인숭배의 문제도 개입되어 있음은 말할 필요도 없다. 항일혁명문학을 인정한다는 것은 개인숭배와 떼어놓고 생각하기 어려운 것이 당시의 정황이었기 때문이다. 그렇기 때문에 이들에 대한 금지 역시 직접적으로나 간접적으로 과거의 문학

유산으로서의 항일혁명문학에 대한 평가와 연관되어 있다.

　이렇게 본다면 최근에 와서 북한의 문학사에서 복권되고 있는 작가들의 경우 모두 이 항일혁명문학과 카프문학과 같이 일제하 문학유산의 문제와 관련되어 있다고 할 수 있을 것이다. 1990년대의 문학사에서도 여전히 복권되지 못하고 있는 작가들은 이러한 문학유산과는 무관한 순전히 정치적 이유임을 알 수 있다. 임화와 이태준에 대한 언급이 여전히 없고, 한효와 홍순철에 대한 언급을 전혀 찾을 수 없는 것은 이들이 숙청된 배경에는 문학유산을 포함한 문학적 문제가 아닌 문학외적인 것임을 알 수 있다.

　그러면 왜 최근에 들어 북한문학사에서 문학유산의 문제에 대해서 이토록 예민하게 반응하면서 이들 작가들을 복권시키고 있는가? 필자가 보기에 그 가장 주된 이유는 그렇게 풍부하지 않은 북한의 근대문학 유산에서 그나마 이들 카프문학과 같은 과거의 문학적 유산과 이와 직접 간접적으로 연관을 맺고 있는 이들 작가들을 배제했을 때 제기될 수밖에 없는 문학사의 빈곤을 우려했던 것이 아닌가 한다. 이를 잘 엿볼 수 있는 대목이 1992년에 나온 김정일의 『주체문학론』이다. 이 책의 문학유산을 다루는 부분에서 그동안 항일혁명문학을 높이 평가하려는 의도로 인하여 카프문학을 연구하지 않고 평가하지 않은 것은 잘못이라고 하면서 카프문학과 같은 민족문학의 유산을 적극적으로 평가하라고 하는 대목은 최근 이들 작가들이 복권되는 배경을 잘 엿보게 해준다. 또한 이 책에서는 그동안 '반동적'인 것으로 평가되어 도외시되었던 많은 문학예술 유산을 공정하게 처리할 것을 주문하는 대목이 나오는데 이 역시 최근의 이러한 복권이 문학유산의 빈곤화에 대한 우려에서 시작되었음을 말해 주는 것이라 할 수 있다.

　카프문학을 비롯하여 과거의 민족문학 유산을 적극적으로 평가하라고 하는 마당에 이 문제와 관련하여 문제가 되었던 작가들을 굳이 묶어 두어야 할 필요성이 없었을 것이고 따라서 이것과 직접 간접으로 연루되었던 사건들을 재검토하였고 이 과정에서 1962년의 한설야를 비롯한 일련의 작가와 1967년의 박팔양을 비롯한 일련의 작가들을 복권시켰던 것으로 보인다. 물론 이들 작가들의 지향과 현재 북한의 문학유산에 대한 당의 정책이 일치하는 것은 아니다. 현재 북한의 문학유산에 대한 당의 정책은 어디까지나 항일혁명문학을 가장 중심된 전통으로 보고 이외에 다른 것들을 포용하려는 것이기 때문에 예의 문학가들이 항일혁명문학을 인정하지 않거나 과소평가했던 태도와는 상당히 어긋날 수밖에 없다. 이런 내부적 문제점이 있음에도 불구하고 굳이 이들을 복권시키고 있는 데에는 바로 문학유산의 빈곤화에 대한 우려와 더불어 남한에 대한 대타의식이 작용하고 있다.

남한의 경우 1970년대 말 재월북작가에 대한 해금이 공식적으로 검토된 후 1980년대 중반에 이르러 이들 작가에 대한 연구가 기하급수적으로 늘어났고 1988년에는 공식적으로 해금되기에 이르렀다. 이러한 사정으로 인하여 그동안 남한에서 취급되지 않았던 작가들이 광범위하게 연구되었고 카프문학 역시 예외가 아니었다. 이런 남한의 사정을 보면서 이런 식으로 나가다가 민족문학의 유산계승에 있어 남한에 비해 현저하게 떨어지게 됨을 강하게 우려했던 것이 아닌가 추측된다. 북한에 살고 있는 정지용의 셋째 아들이 최근 북한의 한 신문에 기고한 글에서 북한이 민족문학의 유산을 돌보지 않고 버린다고 남한에서 비난을 하는데 이는 자기 아버지에 대한 당의 배려를 보더라도 맞지 않는다고 열을 내서 주장하는 대목은 이를 간접적으로 확인시켜주고 있다.

이러한 복합적인 이유로 하여 최근의 북한문학사는 많은 작가들을 복권시키고 있지만 여전히 많은 작가들이 배제되어 있다. 특히 이들 작가들 중 일부는 한국근대문학사에서 매우 중요한 위치를 점하고 있기에 이들을 배제한 채 한국근대문학사를 쓴다는 것은 생각할 수 없는 일이다. 이러한 제약에도 불구하고 최근에 보여주는 변화는 북한의 연구자들의 근대성 이해가 이전과는 다른 새로운 모색으로 이어지고 있음을 보여준다는 점에서 긍정적으로 볼 수 있다.

2) 매몰된 문제작

북한문학사를 비판하면서 한국근대문학사로서의 통일문학사를 쓰는데 있어 숙청된 작가의 문제보다 더욱 중요한 것은 매몰된 문제작이다. 북한에서 숙청되지 않고 활동하는 작가들이 남긴 성과작들이 북한문학사의 관점 때문에 매몰되어 있다. 물론 묻혀 있다고 해서 다 좋은 작품이라고 할 수는 없지만 그 작품의 성과에도 불구하고 정치적 문학적 관점 때문에 언급되지 않는 경우가 많다. 그런데 이런 작품들은 당시에 출판된 작품들을 낱낱이 읽어내지 않으면 찾아내기 어렵다. 이들 매몰된 문제작의 경우 그 접근의 지도가 전혀 없기 때문에 북한문학 전반을 통독하면서 장악하지 않는 한 쉽게 눈에 들어오지 않는다. 그렇지만 북한문학사를 넘어서서 한국근대문학사로서의 통일문학사를 세우기 위해서는 이 작업을 피할 수 없기 때문에 엄청난 품을 들여서라도 해야 할 일이다.

여기에도 크게 두 가지로 나누어 볼 수 있다. 하나는 북한에서 매우 중요한 작가로 평가받고 있는 경우이고, 다른 하나는 북한에서 거의 언급되지 않거나 다루어진다 하더라도 크게 취급되지 않는 경우의 작가들이다.

우선 전자의 경우부터 보자. 천세봉은 북한에서 가장 높이 평가받고 있는 작가 중의 한 사람이다. 일제 시대에 등장하여 작가활동을 한 경우를 빼면 8·15 이후 등장한 소설가 중에서 가장 높이 평가를 받는 작가이다. 8·15 이후 1967년 주체문학이 등장한 이전까지의 그의 소설작들을 검토하여보면 그 부분적 문제점에도 불구하고 북한의 가장 우수한 작가 중의 한 사람임에는 틀림없다. 그런데 이상한 것은 이 시기 그의 작품 중 가장 성취가 뛰어난 작품이라고 할 수 있는 것이 북한에서는 언급되지 않는다. 1965년에 나온 『안개 흐르는 새 언덕』은 8·15 이후 그가 쓴 작품 중에서 가장 탁월한 작품임에도 불구하고 문학사 어디에도 취급되지 않고 있다. 이것은 다른 이유가 아니라 김일성의 문학관에 이 작품이 맞지 않기 때문에 빚어진 일이다. 이 과정에 대한 자세한 것은 이미 다른 글에서 밝힌 바 있기 때문에 자세하게 언급하지는 않겠지만 중요한 것은 이런 이유로 하여 문학사에서 언급되지 않고 있다는 점이다.

한국근대문학사로서의 통일문학사를 쓸 때 8·15 이후 북한의 부분에서 작가 천세봉은 비중 있게 다루어져야 할 작가이고, 『안개 흐르는 새언덕』은 매우 중요하게 언급되어야 할 작품이다. 그런 점에 비추어 볼 때 이 작품이 북한에서 제대로 평가받지 못하고 만 것은 매우 불행한 일이며 이는 앞으로 극복되어야 할 것으로 판단된다.

매몰된 문제작의 경우 위에서처럼 '유명한' 작가보다는 그렇지 못한 경우가 훨씬 심각하다. 여기에서는 이를 집중적으로 다루는 자리가 아니기 때문에 간단한 예를 두 개 드는 것으로 대신하겠다. 첫째는 박효준의 『전야에 봄이 온다』(1957)이고 둘째는 조중곤의 『나의 길』(1957)이다. 박효준의 『전야에 봄이 온다』는 1954년에 분계선 근처의 마을에서 전쟁에서 남편을 잃은 과부들을 중심으로 하여 협동조합을 결성해 나가는 과정을 그린 작품이다. 전후의 협동조합을 배경으로 한 북한소설들과 현저하게 다른 특징을 갖고 있는데 이는 이상화된 긍정적 주인공이 나오지 않는다는 점에서 우선 그러하다.

중심적 주인공 남순을 비롯하여 끝임, 옥실, 춘도, 분녀 등의 여러 여성 인물들이 나오는데 그 중에서 특히 끝임과 옥실의 성격은 매우 흥미롭게 그려져 있다. 끝임은 아주 조신한 성격이기에 남편을 잃고 시동생을 키워 그가 아이를 낳으면 그 아이를 양자로 삼아 평생을 살 것이라고 하는 봉건적 관념의 잔재 속에서 살고 있던 인물이라 다른 남자에 대해 관심을 기울이지 않을 뿐 아니라 옥실이가 남자 문제로 고민할 때 그 자신은 앞으로 재혼하지 않겠다고 이야기할 정도로 그 나름대로 당찬 성격을 보여주는 인물이다. 그런데 결국 이 마을에 들어온 제대군인 출신의 익수의 끈질긴 접근에 자신의 다짐과 어긋나게 결혼하고 만다. 옥실은 남편을 잃은 후 예전에 자기를 좋아하였던 친정 동네의 옛 애인인 영달과 함께 어울리면서 지내다가 그 속을 알아보고 결국 실망하여 두 번 다시 재혼 같은 것은 꿈꾸지 않겠다고 맹세한다. 이외에도 많은 전쟁미망인들이 욕망과 현실의 갈등 속에서 모대기는 모습을 여실하게 그려내고 있다.

 이 작품은 전쟁미망인들의 재혼 문제를 다룸으로써 단순히 전쟁으로 인한 폐허를 재건하는 것을 그린다든가, 혹은 협동조합을 건설하는 데 초점을 맞추는 이 시기 북한의 여타 생산소설과는 달리 전후의 현실에서 인간들이 겪는 삶의 내면을 솔직하게 그려내고 특히 가부장적 유제가 강한 북한에서의 여성 문제를 보여주고 있어 단연 이채를 발한다. 또한 이 시기 북한의 소설들이 대부분 따르고 있는 이상화된 긍정적 주인공의 삶을 주축으로 하기보다는 여러 가지 문제로 인하여 내부적으로 심한 고민과 갈등에 사로잡혀 있는 인물을 선택함으로써 처음부터 혁명적 낭만주의의 위험으로부터 벗어나 있다. 이러한 것으로 하여 이 작품은 평면적 생산소설과 긍정적 주인공의 혁명적 낭만주의로 점철된 북한문학 내에서 돋보이는 작품이다. 그런데 이 작품은 발간된 후 북한문학사에서 전혀 언급되고 있지 않다. 박효준을 언급하는 경우 이 작품보다 훨씬 떨어지는, 그것도 장편이 아닌 단편을 다루면서도 이 작품에 대해서는 말하지 않는다. 필자가 보기에 이 작품은 주체문학 성립 이전의 1960년대 북한문학 중 성과작 중의 하나라고 생각하며 한국근대문학사에서 꼭 다루어져야 할 것이다.

 이와 비슷한 경우로 조중곤의 『나의 길』을 들 수 있다. 이 작품은 분단 현실을 다룬 북한 작품 중에서 이채를 발하는 작품이다. 이 작품의 주인공 영진은 해방 후 남한에 살면서 경찰들에 의해 끝없이 시달린다. 빨치산과 내통이 있는 것이 아니냐는 추궁을 비롯하여 자신과 자신의 가족에게 심한 비인간적 대우를 하는 경찰에 대해 불만을 느끼면서 경찰로부터의 시달림을 피할 수 있는 것이 군대라는 것을 알고 거기에 지원한다. 군대에 입대하여 군생활을 하면서 장교와 사병 사이의 심한 격차와 비인간적 대우에 불만을 다시 느끼지만 경찰의 시달림을 받지 않아도 된다는 데 일단 위안을 느끼면서 군대생활을 하다가 전쟁을 맞는다. 전쟁 중에 부상을 당하여 인민군의 포로가 되어 일단 병원에서 치료를 받고난 후 강동의 포로수용소로 옮겨 그곳에서 포로생활을 한다. 이 과정에서 전쟁을 다시 보기 시작한다. 전쟁이 끝난 후 남한으로 송환되어 갈등 속에서 하사관 생활을 계속한다.

이 작품 역시 이 시기에 나온 북한의 작품들과 현저하게 차이를 갖고 있다. 남한의 현실을 다루면서 분단 현실을 다루는 이른바 조국통일주제의 작품들이 대부분 반미구국투쟁을 촉구한답시고 남한에서 용감하게 싸우는 전사들의 삶을 다루고 있는 것과는 달리, 이 작품에서는 당시의 남북한의 현실의 차이에 대해 분명한 인식을 하지 못하고 헤맬 뿐만 아니라 차츰 인식을 하기 시작하지만 자기의 가족과 여러 가지 조건 등으로 인하여 끝없이 주저하는 그런 인물을 그리고 있다는 점이다.

이 시기에 나온 '조국통일주제의 작품'들이 남한에서의 투쟁을 그리고 있고 따라서 작품의 배경 역시 남한에 한정되는 반면, 이 작품에서는 남한과 북한을 동시에 다루고 있다는 점이 특이하다. 그런 점에서 이보다 후에 나온 남한의 최인훈의 『광장』과 상통하는 측면을 갖고 있다. 남한을 무대로 하는 작품들은 기본적으로 '민주기지론'에 입각하여 북은 의심할 여지없이 선한 것이고 남은 악한 것이라는 보기 때문에 남북을 같이 다루는 경우는 거의 없고 대부분 남한만을 다루게 되는 것을 생각할 때 이는 북한 내에서 기존의 통념을 깬 것이다. 이러한 점을 더욱 강화하기 위하여 작가는 3인칭 시점보다는 1인칭 시점을 택한다. 3인칭을 택할 경우 자칫 작가의 가치평가가 두드러지게 전면화 되어 작중의 주인공의 내면이 여실하게 드러나지 않을 수 있는 점을 피하기 위하여 1인칭의 시점을 선택한 것이다. 1인칭의 시점을 선택하였기 때문에 주인공이 스스로 자신의 생각을 토로하게 할 수 있게 되어 변화해나가고 있는 인물의 내면적 사고의 과정을 충분히 엿볼 수 있게 해주고 있다. 물론 이 경우에도 작중 인물의 생각을 토로하는 가운데 작가의 판단이 꽤 깊숙이 들어와 있는 대목도 많이 있기는 하지만 1인칭 시점이라는 조건 때문에 상당히 차단될 수밖에 없다. 그런 점에서 매우 적절한 형식을 선택한 것으로 보인다. 이 작품은 당시 북한의 '조국통일주제의 작품'과는 다른 매우 흥미로운 것으로 이 시기 북한 내부에서 일기 시작하는 분단문제에 대한 새로운 인식의 분위기를 잘 보여주는 것이라 할 수 있다. 그런 점에서 이 작품 역시 남북한의 분단현실에 대한 자기의식을 근간으로 국민국가 건설에 실패한 우리 자신의 근대에 대한 또 다른 접근이라 할 수 있을 것이다.

이들 작품들은 기존의 북한문학사의 문제의식에서는 빠질 수밖에 없는 것이지만 한국근대문학사로서의 통일문학사에서는 중요하게 다루어질 수 있는 작품이다. 이러한 것에 속하는 작품들은 이외에도 많이 있다. 그렇기 때문에 통일문학사란 말에 현혹되어 추상적인 발언을 하는 것보다 북한에서 나온 이러한 문학에 대한 정밀한 천착이 더욱 긴요한 것이 현재 한국근대문학연구의 실정이다.

4. 비서구 주변부의 자기인식과 근대문학연구의 지평확대

북한의 문학사가 갖고 있는 문제점을 제대로 파악하는 것은 한국근대문학사로서의 통일문학사를 위해서는 필수적인 작업이다. 그런데 북한문학사를 전복시키면서 재구성할 때 근대성의 관점 못지않게 중요한 것은 앞서도 이야기한 바 있지만 세계문학사적 지평이다. 그것은 비서구 주변부로서의 우리 근대에 대한 지기인식을 갖는 것과 통한다.

한국근대문학 연구자는 다음 두 가지의 유혹에서 자유롭지 못하다고 생각한다. 하나는 너무나 익숙한 서구 근대화론이다. 한국근대문학연구사에서 다양한 변주를 거치면서 성장해왔고 오늘날에도 여전히 무시할 수 없는 위력을 떨치는 이것은 최근 국가 사회주의 붕괴 이후에 새로운 간판을 걸고 나오고 있다. 이는 유럽에서 시작된 근대 세계체제에 편입되어 있는 우리 근대의 현실을 간과하지 않는다는 점에서 매우 중요한 시사점을 주지만 근대의 불균등 발전을 간과하고 있다는 점 그리고 근대 세계체제의 상부구조인 국가 간 체계를 제대로 읽지 못하고 있다는 점에서 한국근대문학사로서의 통일문학사를 세계문학사적 전망 속에서 보려고 할 때 별로 도움이 되지 않는다.

다른 하나는 비서구의 특수성을 일방적으로 강조하면서 차이의 정치학을 극대화시키는 전략이다. 이는 서구중심주의가 지배해 온 한국근대문학 연구의 학문적 풍토에 대한 강한 거부감을 그 출발로 삼고 있다는 점에서 취할 바가 없는 것은 아니지만 이것은 대부분 '거꾸로 선 오리엔탈리즘'에서 크게 벗어나지 못하고 있다. 최근 우리 주변에서 심심치 않게 보게 되는 동아시아론에 입각한 우리문학의 연구는 그 대표적인 것이라 할 수 있다. 이것이 기존의 '근대초극론'과는 다르다 할지라도 새로운 동아시아중심주의를 낳게 된다는 점에서 마찬가지이다. 얼핏 보면 대단히 매력적인 것으로 보이는 이러한 접근법이 세계문학사 속에서 한국근대문학의 위상을 제대로 자리매김해 줄 것으로 기대되기는 어렵고 그런 점에서 통일문학사의 기초로서도 대단히 부실하다고 생각한다.

한국근대문학사로서의 통일문학사의 작업이 단순히 우리 문학에 그치는 것이 아니고 세계사적 전망위에서 이루어져야 한다고 했을 때 가장 우선적으로 극복되어야 할 것은 이상의 두 가지 점이 아닌가 생각한다. 이와는 다르게 비서구 주변부로서의 우리 근대에 대한 인식을 갖고 접근하고자 하는 예를, 비록 통일문학사의 과제와 연결되지 못한 채 논의되었기는 하지만, 제3세계문학론에서 찾아볼 수 있다. 이러한 태도는 기존의 서구중심주의나 특수성론을 넘어서서 통일적으로 보려고 했다는 점에서 나아간 바 있으나, 탈냉전 이후의 세계 현실이 보여주고 있는 것처럼, 현실과의 정합성이 없다. 그런 점에서 비서구 주변부로서의 근대에 대한 자기인식을 견지한 채 손쉬운 유혹을 극복하면서 한국근대문학사로서의 통일문학사의 시각을 하나씩 다듬어 나갈 때 비로소 우리 근대문학 연구의 지평은 한층 확대되고 심화될 수 있을 것이다.

『현대문학이론연구』 제8호, 1997

최근 북한
근대문학사 인식의 변화
—『현대조선문학선집』(1987~)의 '1920~30년대 시선'을 중심으로

유문선

1. 머리말 –『현대조선문학선집』 발간의 의의

1987년 5월 출간된『현대문학선집 1 - 계몽기 소설집(1)』이래 북한은
『현대조선문학선집』(이하『선집』으로 약하여 부름)이라는 새로운 '현대
문학전집'을 간행하고 있다. 제1권 앞머리에 실린 '편찬위원회' 명의의 간
행사에도 밝혀져 있듯이『선집』은 "1900년대 계몽기문학으로부터 시작"
하고 있으며 "소설, 시문학뿐 아니라 희곡 · 영화문학 · 가극대본 · 평론 ·
예술적 산문 · 아동문학 등 다양한 문학 종류들로 구성되며 그 규모는 100
권 정도"로 계획되어 있다. 매년 2~4권씩 꾸준히 출간되고 있는[1]『선집』
은 2006년 말 현재 책수로는 모두 39책(제38권이 빠져 있다), 권수로는 제
40권인『1930년대 아동문학작품집』(2)까지 나왔으며 2007년 제45권인
『장편소설 무영탑』(현진건)이 발행된 것까지 확인되고 있다. 한 권의 부

---

[1]『선집』의 간행 상황은 북한의 경제적 형편을 반영하고 있기도 하다. 1987년 이후 95
년까지 대략 두어 권씩 간행되던『선집』은 '고난의 행군'이 정점에 달했던 1996~97
년 두 해 동안은 한 권도 나오지 않았고, 1998~2002년간에는 매년 한 권씩만 발행되
었다. 2003년 세 권이 간행되면서 이후 연간 3~4권씩 간행되고 있다.

피는 적은 것은 200쪽이 안 되는 것도 있고 두터운 것은 500쪽이 넘기도 하지만 대체적으로는 300~400쪽 내외 정도이다.

북한의 '현대문학전집' 간행은 이번이 처음은 아니지만 대단히 오랜만의 일이다. 현재 확인할 수 있는 것으로 이전에 '현대문학전집'이 간행된 것은 1957~61년간의 『현대조선문학선집』이 유일한 것 같다. 당초 30권으로 기획되었던 이 『현대조선문학선집』은 실제로는 16권으로 완결되었다.2 따라서 1987년 이래 『선집』은 '신판' 현대문학전집인 셈이다. 한 세대를 격할 만큼의 오랜 시간이 흐른 다음 새롭게 나왔다는 사실 자체가 먼저 우리의 관심과 호기심을 불러일으킨다. 더구나 두 전집 사이에 주체사상의 정립과 확산이라는 정치사회적 계기, 그리고 몇 차례에 걸친 국가적 차원의 문학사서 발간으로 현상되는 문학사 연구의 진전과 변모라는 문예학적 계기가 개입하고 있다는 사실을 염두에 둔다면 이 『선집』을 살펴볼 충분한 이유가 있다고 하겠다.

또한 『선집』은 그 방대한 규모로도 우리의 눈길을 끈다. 규모의 방대함은 앞서 말했듯 두 가지 측면에서 드러나는데, 그 하나는 '문학'으로 묶을 수 있는 다양한 종류의 글들을 모두 대상으로 하고 있다는 구성의 확장이고 또 다른 하나는 총 100권 정도에 이르리라는 분량의 확장이다. 특히 후자의 측면은 1957~61년간 『조선현대문학선집』을 압도하고 있는 모습이다. 예단컨대 양적 증대가 십중팔구 질적 변화를 수반하리라는 점을 생각한다면 그 속을 들여다 보는 일은 실로 궁금한 일이 아닐 수 없다.

아울러 북한의 문학 '전집'이 남한의 경우와 달리, 교양과 흥미를 위해 읽는 '읽을거리'만에 그치지 않는다는 사실도 주목해야 할 것이다. 물론 한권 당 10,000부씩 간행된3 『선집』은 일차적으로 북한 주민의 문학적 읽

---

2 김성수, 「북한 학계의 우리 문학사 연구 개관」, 『북한의 우리 문학사 인식』, 민족문학사연구소, 창작과비평사, 1991, 415쪽; 오오무라 마스오, 「북한의 문학선집 출판 현황」, ≪한길문학≫, 1999년 6월, 280쪽. 오오무라 교수의 논문에는 1957~61년간 『현대조선문학선집』의 서목이 실려 있다.

을거리 구실을 하게 될 것이다. 그러나 후술할 본 '전집'의 특징들을 미루어 본다면 이 책은 교육과 연구를 위한 자료집의 성격도 갖고 있는 것으로 판단된다. 그렇다고 한다면『선집』은 조선로동당의 문예정책과 밀접하게 관련된 문학사 인식의 구도와 내용을 점치는 훌륭한 시상 화석이 될 것이고, 북한문학 교육 · 연구의 내용과 방법을 그려볼 수 있는 적실한 시추공이 될 것이다. 나아가서는 북한 사회의 특질의 일면을 구명하는 단서도 될 수 있을 것이다. 그 점에서『선집』의 검토는 매우 필요하고 또한 시급한 작업이 될 것이다.

이같은 중요성에도 불구하고, 본 연구자의 과문함 때문인지는 모르겠으나 이『선집』을 검토한 사례는 보이지 않는다.[4] 북한의 문학 연구 특히 문학사 연구를 다룬 업적들이 다수 있기는 하였지만 모두가 다 문학사서를 대상으로 한 연구들이었다. 그리고 최근의 1991~2000년판『조선문학사』(전15권)를 탐색의 대상으로 삼은 것은 그나마도 많지 않았다. 이러한 상황에서 이 글은 출발한다. 다만, 이 글은 앞의 문제의식을 온전히 다 담아내지는 못한다. 한편으로는 글쓰는 이의 역량 부족 때문에, 또 한편으로

---

3 2001년 간행분까지만 해당한다. 2002년 제24권『혁명시가집』은 갑자기 3,000부로 줄었고 이는 다음 해에도 유지된다. 2004년 1월 15일 간행된 제31권『상록수』에 와서는 다시 2,000부로 줄었고, 5일 뒤 발행된 제27권『1930년대 시선 2』부터는 아예 부수 표시가 보이지 않는다. 발행 부수의 이 같은 감소가 무엇을 의미하는지는 아직 알 수 없다. 한편 북한 출판물의 성격 및 구조, 실태에 대해서는 남석순, 「북한출판 연구 ─출판 구조와 실태 분석을 중심으로」,『한국출판학연구』제42집, 2000.12 참조.

4 아마도『선집』이 완간되지 않았다는 것도 한 이유일 터인데, 그러나 제40권『1930년대 아동문학 작품집 2』의 발간으로, 남북이 공유할 수 있는 시기, 즉 근대문학 출발기로부터 일제 강점기까지를 대상으로 한 부분은 몇 권을 제외하고는 거의 다 간행이 된 것이 아닌가 싶다. 제40권이 나오고 제45권에『장편소설 무영탑』이 나오고 있는 것으로 보아서는 아마도 일제 강점기까지를 대략 45권 내외로 마무리지을 것 같다. 그리고 제45권까지 중 현재 미간행된 부분에는 1930년대의 장편소설 몇 편과 희곡집, 그리고 혁명 문학집(?) 정도가 들어가지 않을까 한다. 지금까지 간행된 부분은 '부록'의『현대 조선문학선집』서목을 참조할 것.

는 좀 더 정밀한 탐사를 위해서 대상 영역을 1920~1930년대의 '근대시' 영역으로 한정하고자 한다.

2. 『선집』의 편목과 문학사 – 시사 영역의 확장

앞에서 『선집』의 양적 증대가 질적 변화를 불러오리라는 예단을 던져 보았던 바 있는데, 실제 『선집』은 수록 작가 · 작품 수와 구성 편목에서 놀라울 정도의 확장을 보여주고 있다. 결론을 미리 끌어 말해보자면 『선집』은 종래 우리가 갖고 있던 북한의 문학사 구도에 대한 인식을 '전복'시킬 정도의 유연한 구성을 취하고 있다. '친일'작가 '리인직'의 신소설 『귀의 성』과 『치악산』으로 제1권의 내용을 거의 채우고 있다는 사실이 아마도 가장 상징적이라고 할 수 있을 터인데, 그 외에도 소설에서는 최찬식 · 이광수 · 전영택 · 김동인 · 염상섭 · 박종화 · 유진오 · 김동리 등 대단히 낯선(우리의 일반적인 북한 인식틀 내에서 그렇다는 것이다) 얼굴들의 작품이 뒤를 이어 실려 있다. 실로 믿기지 않는 지경인데, 이를 두고 『선집』의 기획과 간행에 깊이 참여했음에 틀림없을 한 학자는, 비록 시 갈래에 한정되어 있기는 하지만, 다음과 같이 말하고 있다.

> 그러나 아직까지 문학사가들과 이 부분 전문가들이 진보적인 시가 유산을 귀중히 여기고 하나라도 새로 발굴 정리하기 위한 피나는 노력을 기울이지 못한 결과 우수한 시가 유산들이 적지 않게 묻혀 있었다. (…중략…)
> 이번에 『1920년대 시선』(1), (2), (3)권을 편집하는 과정을 통하여 무려 350여 명이나 되는 이미 알려진 시인들과 유명무명의 군소 시인들이 쓴 3,500편이 넘는 시작품들을 발굴하게 되었다.[5]
> 지난날 편집했던 시선집에 비겨보면 놀라울 정도로 많은 시인들과 시작품

---

5 실제로 간행된 『1920년대 시선』 세 권에 약 90인의 작품 900여 편이 실린 사실을 생각한다면 상당한 정련 과정을 통하여 『선집』의 편목이 최종 확정되었음을 짐작해볼 수 있다.

들이 새로 정리된 것으로 된다. (…중략…)

이 선집[『선집』제13권 -『1920년대 시선』(1)]에 실린 시인들 가운데서 신채호를 제외하고는 모두 다 지난날 우리 문단이나 문학사들에서 론의 밖에 있었거나 취급되지 않은 작가들이며 따라서 그들의 작품 역시 전혀 출판 보급되지 않고 있던 작품들로서 이번에 처음으로 편집된 것들이다.

우리는 이번 『1920년대 시선집』들을 통하여 우리의 문학 유산이 얼마나 우수하고 풍부하며 이 과정을 통하여 우리나라 문학 발전 력사를 더욱 풍부하고 새롭게 정리 체계화할 수 있게 된 것이 얼마나 유익하고 보람있는 일인가 하는 것을 깨우치게 된다.[6]

이 감격과 긍지의 좀 더 상세한 양상을 이 글이 대상으로 삼고 있는 '근대시' 영역에서 살펴보도록 하자. 『선집』중에서 '근대시' 작품을 담고 있는 책은 모두 6권이다. 그 서목을 들어보면 아래와 같다.

> 『현대조선문학선집 13-1920년대 시선(1)』, 류희정 편찬, 문예출판사, 1991.12.30 간행, 407쪽.
> 『현대조선문학선집 14-1920년대 시선(2)』, 류희정 편찬, 문예출판사, 1992.5.30, 291쪽.
> 『현대조선문학선집 15-1920년대 시선(3)』, 류희정 편찬, 문예출판사, 1992.12.30, 515쪽.
> 『현대조선문학선집 26-1930년대 시선(1)』, 류희정 편찬, 문학예술출판사, 2004.3.5, 363쪽.
> 『현대조선문학선집 27-1930년대 시선(2)』, 류희정 편찬, 문학예술출판사, 2004.1.20, 335쪽.
> 『현대조선문학선집 28-1930년대 시선(3)』, 류희정 편찬, 문학예술출판사, 2004.3.30, 404쪽.

---

6 리동수, 「1920년대 시문학 사조와 다채로운 시 형상」, 『선집』제13권, 12~13쪽. 그러나 이 진술에는 약간의 오류가 담겨 있다. 『선집』제13권에 수록된 시인들 중 신채호 말고도 한룡운·김형원·강영균 등은 이전의 문학사서에서도 볼 수 있었던 면면들이다.

이 여섯 권에 어떤 시인들의 작품이 실려 있는가를 우선 알아보고자 하는데, 그 수록 상황이 갖는 의미를 온전히 따지고 살피기 위해서는 이를 남북한의 문학전집류 간행과 문학사 연구의 맥락에 놓아볼 필요가 있어 보인다. 이를 위해서 북한의 경우에는, 문학사적 시각을 엿볼 수 있는 자료로 국가 수준에서 간행된 문학전집·문학사서 다섯 종을 골랐다. 먼저 상술한 1957~61년간의『현대조선문학선집』(이를 '북57'이라 줄여 부르기로 한다). 그리고 1959년에 간행된『조선문학통사』('북59'), 1977~81년간의『조선문학사』('북77'), 1986년에 나온『조선문학개관』('북86'), 마지막으로 1991~2000년간의『조선문학사』('북91') 등이다.7 남한의 경우에는 대규모 월북문인 해금(1988.7.19)이 있었던 1988년을 경계로 그 전후에서 내용이 가장 풍부하고 대표성이 있다고 판단되는 두 개의 시선집을 대상으로 삼았다. 그 하나는『신한국문학전집』(어문각, 1970, 전50권) 중의『시선집』네 권과『시조선집』한 권이다. 이 '시선집'은 1988년 해금 이전에 나온 전집 중에서는 수록 시인과 시작품의 양적인 면에서 가장 풍요롭다. 그리고 냉전 의식이 기승을 부리던 시절 남한의 '정통' 문인이었던 조연현이 중심이 되어 만든 것이기도 하다. 다른 하나는 해금 후에 편집되어 포괄적 구성을 취하고 있는『한국현대대표시선』(민영·최원식·최두석 편, 창작과비평사, 1990~93, 전3권)의 제1권(1920~40년대)이다. 이 선집은, 양적인 풍요로움의 측면을 제한다면 여러 면에서 앞의 '시선집'과 대조적이라 할 만하다. 이들은 각각 '남70', '남90'으로 표시하기로 한다. 그리고『선집』을 기준으로 하여 시인 수록 상황을 아래에 표로 정리하여 보았다. 'ㅇ'표가 있는 경우 해당 시인이 해당 책에 수록되어 있다는 뜻이다.8

---

7 약칭에 쓰인 숫자는 발간 연도를 근거로 한 것이다. 여러 해에 걸쳐 간행된 책의 경우는 처음 간행된 권의 간행 연도를 기준으로 삼았다.

8 '북57'의 수록 상황은 실제 책을 확인할 수 없어서 오오무라, 앞의 글을 근거로 삼았다.

수록권명	시인명	작품수	쪽수	북91	북86	북77	북59	북57	남70	남90
13 20년대 (1)	신채호	15	21	○	○	○				
	한룡운#[9]	41	43	○	○	.			○	○
	주요한	31	43	○					○	○
	리광수	16	17						○	
	김형원	27	50	○		○			○	
	김동환	30	77[10]	○					○	○
	오상순	5	16						○	○
	김동명	9	11						○	○
	변영노	11	7						○	○
	리일	12	15							
	리장희	5	6						○	○
	백기만	7	11						○	
	류도순	12	16							
	강영균	7	5	○	○	○				
	변종호	3	5							
	그 외 14인[11]	21	32	○[12]						
	소계			29인 252편						
14 20년대 (2)	김소월	156[13]	158	○	○		○	○	○	○
	김억	46	39	○	○				○	○
	김명순	13	22							
	홍사용	5	9						○	○
	로자영	21	26							
	소계			5인 241편						

---

9 '#'표는 해당 시인이 『선집』 1930년대 부분(제26~28권)에도 수록되었다는 표시이다.

10 서사시 「국경의 밤」을 전재한 결과이다.

11 김선량·현성·로초생·정경목 등 14인의 시 작품이 1~2편씩 실려 있다.

12 『선집』 제13권에 실린 군소 시인 중 로초생·월양·월파생·한사배·권파 등이 '북91'에서 논의되고 있다.

13 「시혼」 등 산문이 2편 포함되어 있다.

수록권명	시인명	작품수	쪽수	북91	북86	북77	북59	북57	남70	남90
15 20년대 (3)	리상화#	33	38	○	○	○	○	○	○	○
	조명희#	29	25	○		○		○		
	박팔양#	30	33	○			○			○
	김창술#	39	43	○	○	○	○	○		
	류완희#	20	19	○	○	○	○	○		
	박세영#	17	25	○	○	○	○	○		○
	박아지#	17	19	○	○	○		○		
	리호	10	8							
	조운#	29	20	○	○	○		○		○
	송순일#	18	18	○	○	○		○		
	김해강#	35	61	○						
	김주원	4	4					○[14]		
	정지용#	21	18	○					○	○
	량주동	12	15	○					○	
	리은상#	18	17	○					○	
	심훈	5	4	○						○
	남궁벽	2	2						○	
	리병기	8	7						○	○
	류운향	7	5							
	정로풍	6	5							

---

14 오오무라, 앞의 글에 보면 제2권에 '이주원'이 실려 있다. '김주원'과 동일인이 아닌가
  한다.

수록권명	시인명	작품수	쪽수	북91	북86	북77	북59	북57	남70	남90
15 20년대 (3)	류창선#	3	3	○						
	진우촌	4	4							
	권구현#	5	4							
	엄흥섭	4	3							
	신석정#	3	3						○	○
	한정동	6	6							
	김삼술	3	3							
	류재형	4	5							
	량우정	2	3							
	손풍산	3	4							
	그 외 26인[15]	35	47	○[16]						
	소계	56인 432편								
26 30년대 (1)	한룡운*[17]	29	21	○	○				○	○
	림학수	26	23	○						○
	정지용*	22	24	○					○	○
	박팔양*	20	19	○			○	○		○
	리홉	14	13	○						
	리설주	16	11	○						
	민병균	11	13	○	○					
	김상훈	9	9						○	○
	박아지*	11	14	○	○	○		○		
	오장환	11	7	○						○
	허리복	13	21							
	김진세	9	7							
	류완희*	6	17	○	○	○	○	○		

---

15 김랑운・최화숙・정룡산#・전맹・적포탄 등 26인의 시 작품이 1~3편씩 실려 있다.

16 『선집』제15권에 실린 군소 시인 중 전맹・적포탄・최화숙의 작품이 '북91'에서 논

수록권명	시인명	작품수	쪽수	북91	북86	북77	북59	북57	남70	남90
26 30년대 (1)	리정구	11	19							
	한죽송	10	8	○						
	리상화*	3	3	○	○	○	○	○	○	○
	조명희*	4	5	○		○		○		
	오일도	8	6	○					○	○
	박종식	3	3							
	김해강*	2	5	○						
	조운*	13	5	○	○	○		○		○
	김동석	12	8							
	정호승	5	8	○						
	리병옥18	6	7		○	○				
	신진순	3	4							
	장만영	7	5						○	○
	정인보	2	5						○	
	김달진	5	4	○					○	
	박남수	5	3						○	○
	박두진	5	5						○	○
	서정주	4	3						○	○
	윤태웅	3	2							
	주수원	5	5							
	조지훈	3	3						○	○

의되고 있다.

17 '*' 표는 20년대 부분(제13~15권)에도 수록되었던 시인이라는 표시이다.

18 '리병각'(李秉珏)의 잘못이다.

수록권명	시인명	작품수	쪽수	북91	북86	북77	북59	북57	남70	남90
26 30년대 (1)	천청송	3	4			○				
	박산운	3	2							○
	박문서	3	3							○
	김봉인	2	2							
	리은상*	3	2	○					○	
	김창술*	2	3	○	○	○	○	○		
	조남영	3	3							
	소계	41인 335편								
27 30년대 (2)	박세영*	48[19]	67	○	○	○	○	○		○
	리찬	32	46	○	○	○				○
	권환	27	30	○	○	○	○	○		○
	양운한	18	36	○	○					
	윤곤강	20	22						○	○
	김영랑	9	8						○	○
	박룡철	5	4						○	○
	백석	5	4	○						○
	김광균	6	7						○	○
	김람인	4	4	○						
	신석정*	19	15	○					○	○
	류치환	8	8						○	○
	김상용	11	10	○					○	○
	류창선*	1	2	○						
	김대봉	11	9							
	리대용	5	5							

19 이 중 22편은 오장환의 작품이 잘못 들어가 있다.

수록권명	시인명	작품수	쪽수	북91	북86	북77	북59	북57	남70	남90
27 30년대 (2)	김기림	10	7						○	○
	리희승	12	15						○	
	리륙사	13	11						○	○
	강경애	3	3	○	○					
	소계	20인 267편								
28 30년대 (3)	김조규	15	15		○					
	안룡만	7	17	○	○		○			○
	리원우	8	14		○					
	송순일*	27	26	○	○	○		○		
	박로아	15	17	○						
	김광섭	7	5						○	○
	마명	5	3							
	김태오	7	6	○						
	로천명	11	9	○					○	○
	김종한	9	6							○
	리계원	7	10							
	김우철	3	4	○	○					
	김소엽	2	4		○					
	전무길	5	9							
	림린	6	3							
	김용호	5	4	○					○	○
	리용악	15	15	○	○					○
	조벽암	26	30							○
	조령출	12	12	○						
	늘샘	7	4							
	정룡산*	3	5	○						
	리고려	3	3							
	함효영	3	3	○						
	조연현	4	4							

수록권명	시인명	작품수	쪽수	북91	북86	북77	북59	북57	남70	남90
28 30년대 (3)	신석초	3	3						○	○
	리무극	4	2							
	그 외 72인[20]	90	102	○[21]						
	윤동주	61	41	○					○	○
	소계	99인 370편								

이상의 수록 상황표를 총괄하면 아래와 같이 정리할 수 있다.

구 분	시인수	작품수	북91	북86	북77	북59	북57	남70	남90
군소 시인[22] 포함	232인	1,897편	62	24	15	8	12	44	49
군소 시인 제외	123인	1,755편	50						

위 수록 상황에서 우리는 다음과 같은 몇 가지 특징적인 사실을 읽어 낼 수 있다.

첫째, 북한의 우리 근대시사 인식의 골격은 50년대 말에 이르러 김소월·리상화·조명희·박팔양·김창술·류완희·박세영·박아지·권환·송순일·조운 등을 중심으로 구축된다. 김소월과 송순일, 조운을 제하면 모

---

20 송완순·량우정*·권구현*·안회남·백철·피천득 등 72인의 시 작품이 1~2편 씩 실려 있다.

21 『선집』 제28권에 실린 군소 시인 중 서창제·김정환·박영호·방인희 등이 '북91'에서 논의되고 있다.

22 위 표들에서 제13·15·28권의 말미에 각각 '그 외 ○인'으로 정리되고 있는 '군소 시인'은 시선집에서 독자적인 편목을 갖지 못한 시인들이다. 아주 드물게 3편이 실린 경우도 있지만 대부분은 1인당 1편씩의 작품이 실려 있다. 모두 112인 – 146편의 작품이 수록되어 있지만, 제15권에서 군소 시인으로 처리되었던 정룡상은 제28권에서는 독자적인 편목을 갖고 있고, 제28권에서 군소 시인으로 들어가 있는 량우정·권구현은 제15권에서는 독자적인 편목을 갖고 있었다. 따라서 이들을 제외하고 계산하면 군소 시인과 그 작품 수는 109인 – 142편이 된다.

두 카프에서 활동하였던 프롤레타리아 시인들이다. 이들은 이후의 문학사에서도 대체로 늘 근대시사의 주축을 형성하고 향후 문학사 인식의 발전은 이들을 중심에 놓고 그 주변부의 층을 두텁게 해나가는 방식으로 전개된다. 좀 더 자세히 보자면, '북77'에 이르러 신채호·김형원·강영균·리병각·천청송·리찬·강경애 등이 추가되었고, '북86'에서는 다시 한용운·김억·민병균·양운한·김조규·리원우·김우철·김소엽·리용악 등이 더 들어오게 된다. 그리고 마침내 『선집』에 와서는, 독자적인 편목을 갖지 못한 군소 시인 109인을 제하더라도 123인, 1,755편의 작품으로 '한국 근대시사'를 정리하기에까지 이른다. 이는 '남70', '남90'이 보여주는 약 50인에 비하면 두 배가 넘는 수치이다. '북86'에 오도록 북한의 문학사가 감당하였던 근대시인 수가 불과 30인이 되지 못하였던 것을 생각한다면 실로 엄청난 확충이 아닐 수 없다. 요컨대 북한의 우리 근대시사 인식 구도는 카프시인을 중심에 놓은 점차적인 확장과 『선집』에서의 비약적인 확대라는 양상을 내보이는 바, 이는 『선집』이 갖고 있는 의의를 무엇보다 잘 보여주는 것이라 하겠다.

둘째, 이른바 군소 시인들을 문학사 속으로 끌어들이고 있다. 여섯 권의 시선집 중에서 세 차례에 걸쳐 모두 109명의 군소 시인들을 위한 지면을 권말에 마련해 놓고 그들의 작품 총 142편을 수록하고 있다. 적지 않은 수가 아호나 필명으로만 이름을 남기고 있는 이들 군소 시인들이 독자적인 편목을 갖는 시인들에 비해 한 급수 아래의 자리에 놓이는 것만은 사실일 것이다. 그러나 그렇다고 하여 '마지못해 끼워 맞춘 부록'과도 같은 수준은 아니다. 그것은 이들 중 10여 인의 작품이 '북91'에서 다루어지고 있다는 사실에서도 알 수 있다. 요컨대 작품 수나 일반적인 수준에서는 처지지만 작품이 갖는 '나름대로의' 가치는 충분히 인정하겠다는 것이 군소 시인들을 바라보는 일반적인 시각이다. 이는 일차적으로 문학 연구에서도 인민성을 견지한다는 북한문학예술론의 원칙에서 비롯한 현상일 것이고, 동시에 『선집』 편찬에 문학사적 시각이 깊이 배어들고 있기 때문일 것이다.

즉 문학사의 '온전한 재구성을 위해서 필요하다면 그 작가적 성가聲價와는 무관하게 해당 작품을 싣겠다는 것이다.[23] 이는 머리말에서 언급했던,『선집』이 교육과 연구의 자료집 성격을 띠고 있기도 하다는 점을 새삼 드러내주는 대목이기도 하다.

셋째, 활동 시기가 널리 걸쳐 있는 시인들의 경우 어느 한 쪽에 몰지 않고 분할 배치해 놓았다. 즉 한룡운 · 정지용 등 17명의 시인들을 1920년대와 30년대 모두에 배치해 놓은 것이다. 이는 문학사적 시각에 따른 편제라는『선집』의 구성 원칙이 어느 정도까지 관철되고 있는가를 잘 보여주는 대목으로,[24] 바로 앞서 말한 교육과 연구의 자료집으로서의 선집의 성격을 다시 한 번 증빙하는 것이라 할 수 있다.

3. 문학사 – 시사 확장의 결과와『선집』의 '선택과 배제'의 논리

『선집』에서 일어난 문학사─시사의 비약적인 확충 속에서 우선 눈에 띄는 것은 종래 명백한 배제 혹은 무시의 대상이었던 주요한 · 이광수 · 김동환 · 오상순 · 김동명 · 변영로 · 이장희 · 홍사용 · 정지용 · 양주동 · 이은상 · 심훈 · 이병기 · 신석정 · 임학수 · 오장환 · 오일도 · 장만영 · 정인보 · 김달진 · 박남수 · 박두진 · 서정주 · 조지훈 · 윤곤강 · 김영랑 · 박용철 · 백석 · 김광균 · 유치환 · 김상용 · 김기림 · 이육사 · 김광섭 · 노천명 · 김종한 · 김용호 · 조벽암 · 신석초 · 윤동주 등 실로 숱한 시인들이 대거 문학사─시사詩史 속으로 편입되고 있다는 사실이다. 그 결과, 이 부분에서만큼은 근래 남한에서 구축된 문학사의 골격과 거의 차이가 없는

---

23 이른바 군소 작가 혹은 무명작가의 작품을 문학사 서술에 대폭 끌어들임으로써 문학사 진술의 폭과 체계를 넓히고 다듬는 한편 인민성 원칙의 발로를 강화하는 경향은 이미 '북77'에서 대대적으로 시작되었고 이후로도 견지되고 있다.

24 분할 배치는 때로 아주 '준엄'하여서 각주 22)에서 말했듯 세 명의 시인은 다른 시기에서는 군소 시인으로 처리되는 등 '격'까지 바뀌고 있다.

문학사적 틀이 형성되었다. 이는 문학사 인식이 필연적으로 조우할 수밖에 없게 되는 '선택과 배제'의 원리가 『선집』에 이르러 대단히 유연하게 작동하기 시작했다는 뜻이 된다. 그 계기에 대해서는 후술하기로 하고 우선은 『선집』의 선택과 배제의 원리가 빚어내고 있는 몇 가지 양상들을 더 살펴보기로 하자.

먼저 선택과 배제의 원리가 유연화되면서 『선집』에 이름을 올리고 그럼으로써 북한이 구축한 문학사—시사 속으로 편입되었다고 하더라도 시인별로 그 위상에는 차이가 있는 것으로 보인다. 거칠게 말해서 새로운 문학사 인식 속에 확실하게 자리를 잡았는가 그렇지 못한가의 구별이 있다는 것이다. 이 지점에서 우리는 『선집』 속에 해당 시인의 작품이 얼마나 실렸는가, 그리고 『선집』과 때를 같이 하여 발간된 문학사서인 '북91'에도 더불어 기술이 되었는가라는 사항을 같이 눈여겨보게 된다. 이 두 가지를 겹쳐보면 양자 사이에 상당한 상관관계가 있다는 사실이 드러나는데,[25] 이를 근거로 하여 판단해보면 앞의 시인들 중 주요한·김동환·정지용·양주동·이은상·심훈·임학수·오장환·오일도·백석·김상용·노천명·김용호·윤동주 등은 안정적인 새 자리를 확보한 것으로 보인다. 그 외는 아직 문학사에는 이름자를 올리지 못하고 있다.

또한 『선집』의 작품 편제는 남한의 문학사—시사가 제외하고 있는 상당수의 시인들을 수록하고 있다는 점에서도 특징적이다. 우선 앞의 표를 근거로 거명해보면 다음과 같다. 신채호·리일·류도순·강영균·변종호·김명순·로자영·조명희·김창술·류완희·리호·송순일·김해강·김주원·류운향·정로풍·류창선·진우촌·권구현·엄홍섭·한정동·김삼술·류재형·량우정·손풍산·리흡·리설주·민병균·박아지·허

---

25 이 점에서 윤곤강·조벽암·이육사는 예외적이다. 이들은 『선집』에 각각 20편, 26편, 13편의 시 작품을 올리고 있으면서도 '북91'에서는 거론되지 않고 있다. 시인들의 시적 성향으로 미루어 보건대 다소 이해할 수 없는 현상으로 조만간 문학사에 편입되리라 예상된다.

리복 · 김진세 · 리정구 · 한죽송 · 박종식 · 김동석 · 정호승 · 리병각 · 신진순 · 윤태웅 · 주수원 · 천청송 · 김봉인 · 조남영 · 양운한 · 김람인 · 김대봉 · 리대용 · 강경애 · 김조규 · 리원우 · 박로아 · 마명 · 김태오 · 리계원 · 김우철 · 김소엽 · 전무길 · 림린 · 조령출 · 늘샘 · 정룡산 · 리고려 · 함효영 · 조연현 · 리무극 등이다. 60여 명에 달하는 이들의 존재로 이제는, 적어도 표면적으로는, 도리어 남한의 문학사—시사가 북한보다 협소한 모습을 보이고 있기도 하다. 여기에 무려 100여 인에 이르는 군소 시인들까지 합치면 그 정도가 더 심화된다고 할 것이다. 이들 중에는 남한의 문학 연구사가 한 번도 거명하지 않은 사람들도 제법 있는데, 남쪽의 문학 선집이나 문학사서가 이들을 외면하고 있는 데는 대략 세 가지 경우를 생각해볼 수 있다. 첫째는 주로 프롤레타리아 시인이나 그와 유사한 경향의 시인들로, 강한 이데올로기 지향을 시적 형상화가 제대로 받쳐주지 못한다고 판단되는 경우이다. 김창술 · 류완희 · 김해강 등이 이에 속한다 할 것이다. 다음으로는 그 주된 문학활동이 소설이나, 극, 평론 등 다른 문학 갈래에서 이루어지고 있어 시사 부분에서는 상대적으로 가볍게 처리되고 있는 경우이다. 신채호 · 조명희 · 진우촌 · 엄흥섭 · 강경애 · 김우철 · 김소엽 · 조연현 등이 이에 속한다고 볼 수 있다. 끝으로 시적 수준이나 작품의 본격적 생산 정도가 미미하다고 판단되는 시인들로 위에 거명된 사람 중 상당수가 이에 속한다. 어느 경우에 해당하든 『선집』이 이들을 문학사—시사 구도 속으로 끌어들일 수 있었던 것은 이들의 진보성과 현실 연관성을, 경우에 따라서는 강변에 가까울 정도로 강조함으로써 가능했던 일이다.26

---

26 그 좋은 예로 21편의 시가 실려 있는 노자영을 들 수 있을 것이다. 남쪽에서는 소녀취향의 감상적 시 작품을 양산한 시인 정도로만 기억하고 있는 그를 두고 『선집』은, "감상적인 련정의 시들이 이 시인에게서 기본을 이루고 있는데 그러한 감상주의로 하여 그의 시는 당시의 현실과 인민들의 사상 감정을 진실하게 노래할 수 없었으며 시대 정신과는 거리가 먼 것으로 하여 인민들에게 친숙하지 못하였다"고 한계를 명표하게 짚으면서도 동시에 "당시 우리 인민이 겪은 민족적 설음과 불행, 향토애를 일

위 두 가지 사실의 혼재, 즉 한쪽에서는 변영로 · 홍사용 · 신석정 등과 같은 시인의 문학사에의 등재 '결정'을 유보하면서 다른 한쪽에서는 무명의 아마추어급 시인들을 대거 편입시키고 있는, 얼핏 보기에는 모순되어 보이는 이 현상의 이면에는 일관된 동인이 작동한 것으로 생각된다. 그것은 문학사─시사의 좌우 배분 및 주류 획정의 정치적인 균형 감각이다. 종래 배제되어 왔던 '비주류적' · '비현실주의적' 작가들을 '재'평가하여 문학사 속으로 끌어는 들이되 전면적인 흡인과 재편은 유보하고 동시에 '주류적' 시 경향으로 묶어세울 수 있는 다수의 작가들을 발굴 재배치함으로써, 프롤레타리아 시를 정점에 놓는 전통적인 인식 구도를 유지 · 강화하고 있는 것이다. 여기에 '자료집'으로서의 『선집』의 성격 등도 부수적인 계기로 첨부할 수 있을 것이다. 어쨌든 이들 시인들을 두고 남북은 '옥석'을 좀 더 정밀히 가리는 작업에 임할 필요가 있어 보인다. 『선집』의 새로운 '선택'의 현상을 두고 남북이 모두 작품을 재독하고 재평가의 길로 나아간다면 생산적인 결과를 얻게 될 것이다. 한편 선택과 배제의 원리가 유연해지면서 『선집』이 대규모한 확장을 이루었다고 했지만 그것이 모든 부면을 덮고 있지는 않다. 보통 남한의 문학사─시사에 거명되고 있는 시인 중 『선집』이 담아내지 않고/못하고 있는 사람들이 여전히 있다는 말이다. '남70'을 기준으로 하면, 황석우 · 박종화 · 이하윤 · 박목월 · 이상 · 장서언 · 이한직 등이고, '남90'을 기준으로 하면 김기진 · 임화 · 이상 · 박목월 · 함형수 · 여상현 · 이한직 · 허민 정도이다. 『선집』이 채 포괄하지 않고/못하고 있는 이들은 크게 세 부류로 나누어 생각해볼 수 있다.

첫 번째는 정치적 이유로 배제된 경우이다. 김기진과 임화를 들 수 있을 것이다. 소설 부분에서 김남천과 이태준이 배제되고 있는 것도 같은 맥락인 것으로 추정된다. 신경향파 문학 일반과 시에서 김기진이 차지하는 위

정하게나마 반영한 작품들이 없지 않"으며 "시인이 미흡하게나마 당시의 암담한 현실을 외면할 수 없었으며 현실적 기분을 일정하게나마 반영하는 데 무관심하지 않았다"고 평가한다. 류만, 「『1920년대 시선』(2)에 대하여」, 『선집』 제14권, 34~35쪽.

치, 그리고 프롤레타리아 시와 우리 근대 비평에서 점하는 임화의 절대적인 위상을 생각한다면[27] 이들을 제외한 문학사―시사는 어느 경우에도 온전하다고 할 수 없을 것이다. 물론 북한의 체제적 정체성 문제가 즉각적인 난점으로 부각되겠지만 슬기를 다한 광정이 필요한 대목이 아닐 수 없다.

둘째, 북한의 문예론적 견지에서 용납할 수 없어 배제한 경우로 이상이 이에 해당할 것이다. 북한에서 이상이 어떤 평가를 받고 있는가는 1995~2004년간 『조선대백과사전』(전31권)의 '이상' 항목에 여실히 드러나 있다. 이 사전은 가장 최근의 북한의 백과사전으로서 사상 등의 영역에서도 마찬가지로 일어난 유연화의 특징을 내보이고 있고 문학 관계에서는 1986년 이후 변화된 문학사 인식을 담고 있는 책이다.[28] 그럼에도 이 책에서조차도 이상은 아래와 같이 더할 나위 없는 혹평을 받고 있다.

> 그는 처음에 시를 쓰기 시작하였는데 그의 시들은 다 리해하기 어려운 것들이였다. 그 대표적인 작품이 『오감도』(『조감도』를 고의로 이렇게 틀리게 쓴 것이다)인데 그 괴상한 제목부터 론의가 많았을 뿐 아니라 형식과 내용 자체가 너무나 괴이하고 리해하기 어려운 것으로 하여 당시 독자들로부터 미친 놈의 잠꼬대라는 비난과 항의를 받았다. 초현실주의적인 자의식의 추구는 단편소설들인 『날개』(1936년), 『종생기』(1937년) 등 작품들에서 심하게 나타났다. 그는 1930년대 중엽에 세계적으로 류행되던 자의식의 문학을 표방해 나선 작가로서 시나 소설이나 할 것 없이 그의 작품 세계는 생활의 진실을 떠나고 정상적인 사고의 한계를 벗어난 기형적인 것으로 특징지어진다.[29]

그러나 이상은, 남한에서는 가장 많이 연구되고 논의된 시인―작가이다. 이 격차 역시 좁혀야 할 것이겠지만, 도대체 이상은 왜 그렇게 심한 비난을 받고 있는 것일까? 우리는 여기서 이상이 모더니즘의 극점을 달린 작

---

27 임화의 경우는 1930년대 후반과 해방 직후의 시 활동도 문제적이다.
28 1986년 이후의 문학사 인시 변화에 대해서는 다음 절에서 서술하겠다.
29 『조선대백과사전』 제8권, 백과사전출판사, 1999, 203쪽.

가라는 사실, 그리고 통칭 모더니즘 작가로 평해지는 박태원 · 최명익 · 허준 등이 『선집』과 '북91'에서 무시되고 있다는 사실을 떠올리게 된다.[30] 북한 문예이론에서 과연 모더니즘은 어떤 것일까? 근년에 나온 문학사전의 '모더니즘' 항목 풀이를 보면 다음과 같다.

> 현대 부르죠아 퇴폐주의 문학예술 사조와 류파들을 통털어 이르는 말. 이른바 <현대주의>라는 뜻으로서 부르죠아 반동 문학예술인들이 사실주의 문학예술을 반대하고 저들의 썩어빠진 형식주의 문학예술을 <현대적인 것>으로 자처한 데서 나온 것이다. 모더니즘은 19세기말~20세기 프랑스 · 영국을 비롯한 서구 라파 나라들의 반동 시인들과 평론가들, 예술인들을 중심으로 형성되었던 상징주의 · 주지주의 · 표현주의 · 초현실주의 · 인상주의 · 다다이즘 · 구성주의 · 미래주의 · 추상파 등 잡다한 부르죠아 퇴폐주의 문학예술 사조와 류파들의 현대적인 변종이다. 모더니즘 문학예술의 특징과 반동성은 문학예술의 사상적 내용과 인식 교양적 기능을 부정하고 신비주의와 극단의 리기주의를 설교하며 죽음과 공포, 고독과 절망, 허무와 방탕 등을 찬미하고 이른바 언어의 <공간성> · <회화성>의 미명 하에 허식적인 <아름다움>만을 추구하면서 문학예술의 형식 자체를 기형화하고 파괴하는 데 있다. 영국의 엘리오트, 프랑스의 발레리, 미국의 에즈라 파운드 등은 모더니즘문학예술의 대표적인 인물들이다.[31]

이데올로기적인 공세적 언술을 제하면 대체로 수긍할 수 있는 진술이다. 그런데 구체적인 문학사 기술에 들어가면 다소 혼란스러워진다. '북91'에서 1930년대 후반의 문학을 개관하는 곳에서는 다음과 같은 진술이 보인다.

---

30 단, 박태원은 제37권 『1930년대 수필집』에 수필 2편이 실려 있다. 최명익의 경우는 '북91'의 제9권인 『조선문학사』 제9권, 1995, 219쪽에 단편 소설 「비오는 길」이 거명만 되어 있다.

31 사회과학원 주체문학연구소 편, 『문학예술사전』 상권, 과학백과사전종합출판사, 1988, 706쪽.

일제의 탄압이 강화되는 속에서 다른 한편에서는 순수문학적인 양상이 복잡한 양상을 띠고 나타나기 시작하였다. (…중략…) 순수문학적 경향이 점차 나타나면서 이 시기 순수문학을 표방해 나선 일련의 류파들이 생겨났다. (…중략…) 잡지 『시문학』과 『문예월간』이 순수시문학 운동을 일으켜 나가는 데서 중심이었다면 소설에서의 순수문학 운동은 주로 <9인회>가 중심이 되어 벌어졌다. (…중략…) 그들은 당시 널리 퍼지고 있던 자연주의·감상주의·형식주의 등 부르죠아 문학사조에 편승하여 무사상적이며 퇴폐적인 작품들을 적지 않게 창작하였다. 이와 함께 1934년을 전후하여 시인 편석촌에 의한 모더니즘 시 운동과 최재서에 의한 주지파 문학의 소개와 도입 등은 이 시기 순수문학 운동의 일단을 말해주고 있다.[32]

북한에서 말하는 '순수문학'이 '광의의 예술지상주의적 문학'과 동의어라는 점을 이해한다면[33] 위 인용문의 혼란은 다소 감쇄되지만, 그럼에도 위에서 '모더니즘' 관련 용어들의 사용은 여전히 착종적이다. 그렇다면 일급 모더니스트 시인이라는 평가를 다는 데 이의가 거의 없을 정지용에 대해서 북한문학사는 어떻게 기술하고 있을까?

1920년대 중엽에 시단에 등장한 그는 1941년 시집 『백록담』을 낼 때까지 시를 썼으며 이 과정에 그의 시 창작은 대체로 1930년을 전후하여 일련의 변화를 보여주었다. 시 문학의 진보성과 민족성을 두고 말할 때 다분히 20년대에 창작된 그의 시들이 여기에 해당된다고 말할 수 있다.(…중략…)

그러나 정지용은 1930년대에 들어서면서 점차 형식주의적이며 기교주의적인 경향으로 기울어졌으며 순수문학을 표방해 나선 <구인회>의 동인으로서 그의 시는 사실주의적 경향으로부터 더욱 멀어져갔다.[34]

정지용의 시적 변모를 두고 보자면 온당한 기술이라고는 볼 수 없지만, 어쨌든 모더니즘이라는 말은 한마디도 없이 다만 '순수문학'이라고만 치

---

32 류만, 『조선문학사』 제9권, 과학백과사전종합출판사, 1995, 20~21쪽.
33 위 『문학예술사전』의 '예술지상주의' 항목 풀이 참조.
34 『조선문학사』 제9권, 79~82쪽.

부하고 있을 뿐이다.[35] 그리고 『선집』에는 우리가 흔히 모더니즘 시인이라 분류하고 있는 김기림과 김광균 등의 작품도 실려 있다.

이상에서 미루어 보건대 북한의 근대문학사—시사 인식에서 '모더니즘'은 지극히 협소한 수준("편석촌의 모더니즘 시 운동"[36])으로 이해되면서, 사실상 무의미한 개념으로 화하고 있는 것으로 보인다. 1930년대에 '프롤레타리아 문학을 비롯한 진보적 문학'(방법으로는 사실주의)의 대립항으로는 '순수문학'이 상정되어 있는 것 같다(물론 '순수문학'적 경향의 시인과 작가들이라 하여 전면 배척되지는 않는다. 어떤이들은 '유의미한' 것으로서, 혹은 유의미하게 해석되어 문학사—시사의 한 항목으로 채택된다). 따라서 이상 · 박태원 · 최명익 등이 모더니스트라 하여 문학사의 자리를 얻지 못한 것은 아니라는 말이 된다. 그렇다면 북한의 문학 연구는 이상의 시와 소설에서, 박태원의 초기작에서, 최명익의 「심문」 등에서 '퇴폐' 혹은 '기형'을 읽어냈다는 말일까? 아마도 그런 것 같다.[37] 그렇다면 모더니즘은 남북 공동의 작업을 기다리고 있는 또 하나의 과제라 할 수 있을 것이다.

한편 남한의 문학사—시사 속에는 있지만 『선집』이 담아내지 않고/못하고 있는 세 번째 경우가 있다. 앞서 거론한 시인 중 나머지 시인들이 이에 속하는 것으로 생각된다.[38] 아직 논의의 영역에 들어오지 못했거나 판단보류이거나 굳이 논의할 가지가 없다고 판단된 경우일 것이다. 그러나

---

35 『선집』 제15권에는 「압천」, 「카페 · 프란스」, 「슬픈 인상화」 등 모더니즘 풍이 약여한 시편들도 실려 있다. 그리고 이 책의 해제 「<카프> 시문학의 출발점에서」(리동수 집필)에서 「카페 · 프란스」를 평하면서도 "형식적이며 예술지상주의적인 경향", "추상적인 상징과 외래어의 란발 등으로 난해한 인상"이라고만 지적하고 있을 뿐이다.

36 '김기림'이 아니라 '편석촌'이라 쓰고 있는 대목도 유의해보아야 할 것이다.

37 그렇다면 이미 최명익의 「비오는 길」이 제목만이기는 하지만 거론되고 있듯이, 박태원과 최명익도 조만간 북한의 문학사 속으로 편입될지 모른다.

38 단, 박목월은 제40권 『1930년대 아동문학 작품집』 2에 본명인 '박영종'이란 이름으로 「삼우러삼질날」 외 다섯 편의 시가 실려 있다.

황석우 · 박종화 · 이하윤 · 박목월 · 함형수 · 장서언 · 이한직 · 여상현 · 허민 등의 이름자와 현재 『선집』에 들어가 있는 숱한 낯선 시인들, 그리고 군소시인들과의 문학사적 가치 평가의 형평성을 생각한다면 군이 배제의 영역에 남겨 두어야 할 이유가 전혀 없다고 해야 할 것이다. 아울러 선집이 내보이고 있는 선택과 배제의 원리와 그 적용을 생각해볼 때 여기서 좀 더 차근히 따져보아야 할 문제가 하나 더 있다. 그것은 이제까지 검토해온 시인의 문제 못지않게 작품의 문제 또한 중요하다는 것이다. 곧 '누가' 들어가고 빠졌는가를 살피는 것과 함께 '무엇'이 들어가고 빠졌는가 역시 주목해야 한다. 가령 「언덕에 바로 누워」, 「돌담에 속삭이는 해발」, 「내 마음을 아실 이」, 「4행시 8편」, 「거문고」, 「가야금」, 「독을 차고」, 「끝없는 강물이 흐르네」, 「모란이 피기까지는」 등이 선정된 김영랑의 경우나 「자화상」, 「추천사」, 「국화 옆에서」, 「봄」 등이 들어간 서정주의 경우는 그런대로 무난한 작품 선택이라 할 만하다. 그러나 「녀승」, 「산지」, 「주막」, 「삼천포」, 「노루」 등을 올려놓은 백석 편에 대해서는 「여우난곬족」, 「고야古夜」 등과 「나와 나타샤와 흰 당나귀」, 「북방에서」, 「남신의주 유동 박시봉방」 등의 계열이 빠져 있는 것이 아쉽다. 나아가 김광섭 편에 「나의 새」, 「서천월」, 「해수」, 「청춘」, 「개성」, 「꽃지고 그늘지는 날」, 「마음」 등이 올라가 있는 것에 대해서는 의문을 품을 수밖에 없다.

『선집』의 작품 선정에 원칙이 있는 것은 분명하다. 될 수 있으면 진보적이고 현실연관적인 작품을 선정한다는 것이다. 그러나 그 결과 시인의 얼굴을 반만 보여준다거나 혹은 전혀 다른 모습을 보여준다면 시인의 온전한 이해, 나아가서는 문학사—시사의 실체적인 양상을 가로막는 일이 될 것이다. 예컨대 「어포魚脯」, 「고전」, 「성씨보」 등을 빼고 오장환을 말하는 것이 제대로 된 것이기 어렵고, 「난초」, 「수선화」, 「별」을 제하고 이병기 시조를 읽는 것은 우리 근대 시조의 한 맥을 놓치는 것이 될 것이다. 작품의 선정을 심미안 혹은 편집 원칙에만 맡겨 놓을 수 없는 이유가 여기에 있다.

4. 『선집』의 산출 배경 – 1986년경 문학사 인식의 변화와 『조선문학사』 및 『주체문학론』

한편 『선집』의 '근대시' 관련 6책이 보여주고 있는, 이상과 같이 놀라울 정도의 새로운 양상은 어디에서 연유한 것인가? 글쓴이는 다른 기회에 북한의 문학사 기술을 검토하면서 북한에서의 문학사 기술 양상이 1986년경에 획기적으로 변모하기 시작하였음을 검출할 수 있었다.[39] 1986년을 경계로 그 이전과 이후의 문학사적 구성과 진술을 완전히 다르다고 해도 좋을 정도의 변모 양상을 보여주는데, 이 때의 '다름'이란 물론 문학사—시사 영역의 확장과 작가 · 작품 평가의 유연한 태도 변화를 가리키는 것이다. 이 변화의 결과적 양상을 우리는 지금 『선집』을 통하여 보고 있는 것인데, 이 변화 양상이 국부적인 데 그치지 않고 전면적으로 관철되고 있음은 이후 간행된 문학사서 · 문학 연구서 · 문학 논문 · 문학사전 등의 문학 관련 논저뿐만 아니라 일반 사전 · 백과사전 등에서도 확인할 수 있다. 다만 아쉬운 것은, 이 변화의 저변에 깔려 있는 내적인 배경과 의도 혹은 은밀한 사정 등은 아직 알 수 없다는 것이다. 비교적 객관적인 위치에서 다양한 정보를 접할 수 있는 제3국의 학자조차도 이를 다음과 같이 토로하고 있다.

새로운 선집을 낸 문예출판사 사장은 "일제 시기의 문학에 대해서도 민족적 량심을 지킨 작가들의 작품을 폭넓게 담기로 하였습니다"고 말하고 있다. 『조선신보』, 1988.7.18.
이 원칙에 의하면 초기의 이광수나 한용운도 높이 평가되어야 마땅하다. 사실, 1986년 8월, 북경대학에서 제2차 조선학 국제 토론회가 열렸을 때 사회과학원 문학연구소 김하명 소장은 변절 이전의 이광수를 우리들도 평가한다고 말했다. (…중략…)

---

39 유문선, 「북한에서의 만해 한용운 문학 연구」, ≪어문연구≫ 제130호, 한국어문교육연구회, 2006.6.

문학계에서 어떤 토론이 있었는지는 모른다. 북한은 결과만을 공개한다. 중국도 마찬가지이지만 문학을 포함해서 내부 참고자료 내부 – 출판물이 있다. 그것은 500부 정도의 부수이고, 그것을 소재로 해서 내부적이면서도 전문적인 토론을 한다. 그 토론 내용은 그 나라의 일반사람도 모른다. 하물며 외국 사람은 더구나 알 리가 없다. 결과만이 주어진다. 우리는 (…중략…) 어떤 내부적인 토론이 있었는가를 추측할 뿐이다.[40]

북한문학 연구자에 대한 좀 더 밀착된 접촉과 탐사만이 이를 해결할 수 있으리라고 판단되지만, 1986년경의 변화는 단지 '추측'에 그치는 것이 아니라 미약하나마 그 흔적을 남기고 있다. 북한 사회에서 공식적으로 일어나는 일을 해마다 정리 · 수합하고 있는 연감의 1987년판(그러니까 담고 있는 사실들은 모두 1986년의 것이다)의 '사회과학 – 문학예술 연구 분야'를 보면 다음과 같은 구절이 눈에 띈다.

또한 우리나라 문학 발전의 력사를 주체의 방법론에 기초하여 새롭게 체계화하기 위한 학계적인 연구 사업이 활발히 진행되였다. 무엇보다도 문학사 서술의 기초 공정으로 되는 자료의 발굴 수집이 힘있게 추진되고 사회주의 문학예술에서의 로동계급의 형상에 관한 문제, 우리나라 비판적 사실주의 문학의 발생 발전과 특색에 관한 문제, 조선 신화와 후세 문학 발전과의 관계에 대한 연구가 심화되여 『조선고전문학작품선집』과 원시 시대로부터 오늘에 이르는 조선문학 발전의 력사를 개괄한 『조선문학 개관』(상 · 하)이 나오게 되였다.[41]

1986년에 문학사의 새로운 체계화와 서술을 위한 대대적인 작업에 시동이 걸렸음을 위 진술은 잘 보여준다. 그리고 그 간략한 1차 보고서가 『조선문학개관』(1986.11＝'북86')이었던 셈이다. 『조선문학개관』은 1988년 12월 남한에서 영인 간행되어 그 유연한(특히나 직전의 문학사였던 『조선문학사』(1977~81, 전5권＝'북77')의 극도의 경직성과 대비되어) 문

40 오오무라 마스오, 앞의 글, 286~287쪽.
41 『조선중앙년감(1987)』(조선중앙통신사, 1987), 271쪽.

학사적 시각으로 많은 주목과 관심을 끌었던 바 있다. 요컨대, '1986년의 집중적인 논의→ 1차 보고서로서의『조선문학개관』→『선집』을 비롯한 본격적 성과 산출'의 길을 걸어간 것이다.[42]

한편『선집』제1권이 간행되고나서 4년 후인 1991년 6일 북한은 전15권으로 이루어진 새로운『조선문학사』(='북91')를 발간하기 시작한다. 마지막으로 제7권 '19세기말~1925년'분이 간행되면서(2000년) 완간된 이『조선문학사』는 제2절의 표에서 보았듯, 그 바로 전에 나온『조선문학개관』보다도 훨씬 더 진전된 '확장'과 '유연성'을 보여주고 있다. 그리고 정밀한 관련양상의 검토는 앞으로 해결해야 할 또 다른 과제이기도 하지만 지금껏 거칠게나마 살펴본 바대로, 이 새로운『조선문학사』는『선집』과 긴밀한 상관관계를 맺고 있다. 문학사적 논의의 결과가 한쪽에서는 문학작품의 정전화로서의『선집』으로, 다른 한쪽에서는 문학사적 기술로서의『조선문학사』로 나타난 것이다.[43]

그리고『선집』과 1991년판『조선문학사』의 한 중간에, 혹은 양자 모두 위에『주체문학론』이 놓인다. 1992년 김정일 명의로 발간된 이 저서는 말

---

42 이 구도를 좀 더 섬세히 그려 보자면 1986년의 논의와『조선문학개관』사이에『조선 근대 및 해방전 현대소설사 연구』(은종섭, 전2권, 김일성종합대학출판사, 1986.7)를 넣어야 할 것이다. 500부밖에 간행되지 않은 이 탁월한 저서는 이후 문학사의 새로운 변화의 골격과 세부 사항을 거의 그대로 다 담고 있다. 그렇다면 위 구도는 '논의→개인적 시도→1차 보고서→본격적 성과 산출'로 정밀화할 수 있을 것인데, 어쩌면 은종섭의 저서는 '논의'의 준비 자료로 작성되었던 것인지도 모른다.

43 개략적인 검토에 따르자면『선집』과『조선문학사』는 작가와 작품선정, 작품논의 등에서 서로 아주 닮은 꼴을 하고 있다. 물론『선집』과『조선문학사』사이에 격차와 상치가 존재할 가능성은 얼마든지 있다. 예컨대 1995년 6월 간행된『조선문학사』제9권에서 논의되고 있는 「오늘 새벽에도 영호를 보내며」(1)(2)(3)(빈고영, 1933, 36쪽), 「일하는 농민」(김탄, 1932, 38쪽), 「나는 로동자」(박대흠, 1931, 39쪽), 「취군의 노래」(43쪽) 등의 시 작품은, 2004년에 간행된『1930년대 시선』어디에도 수록되어 있지 않다. 이처럼 이 두 짝의 그림이 얼마나 정합적인가 하는 것은 흡사 '틀린 그림 찾기'만큼의 집중과 노력을 요하는 문제라 할 것이다(이는 별개의 논문에서 탐색될 예정이다).

하자면 1975년에 나온 『주체사상에 기초한 문예리론』의 1990년대 업그레이드판이라고도 할 수 있다. 『선집』에 대한 『주체문학론』의 관계와 위상은 다음에서 잘 볼 수 있다.

> 20세기 초엽의 우리나라 문학 작품을 더 많이 찾아내고 옳게 평가하여야 한다.
> 위대한 수령님께서는 일찍이 우리나라에는 1910년대와 1920년대의 문학예술 작품이 얼마 없다고 하시면서 그 당시와 작품을 적극 찾아내야 한다고 교시하시였다. 수령님의 교시를 관철하는 과정에 20세기 초엽의 문학예술 작품을 적지 않게 찾아내여 문학사와 예술사에서도 취급하고 필요한 것은 출판하기도 하였지만 아직 시작에 불과하다. 우리는 일제의 식민지 민족문화 말살 정책으로 말미암아 인멸되였거나 파묻혀 있는 문학 작품을 더 많이 찾아내야 하며 작가와 작품을 우리나라 문학사와 예술사 발전의 견지에서 정확히 평가하여야 한다.
> 우리는 이러한 립장으로부터 출발하여 오래 전에 리해조와 같은 작가뿐 아니라 20세기 초에 신소설을 개척하는 데서 선구자적 역할을 한 작가 리인직을 문학사에서 취급하며 그의 작품을 조선문학선집에도 넣도록 하였다.[44]

한편 모두 7개장으로 이루어진 『주체문학론』에서, 식민지 시대 문학에 대한 역사적 탐구라는 관점에서 가장 흥미로운 곳은 제2장 '유산과 전통', 그중에서도 제3절 '민족 문학예술 유산을 주체적 립장에서 바로 평가하여야 한다'이다. 여기에서 김정일은 카프 문학을 기본적으로 사회주의 사실주의 문학으로 보아야 한다는 새로운 평가를 비롯해서, 이인직·이광수·최남선 등 개인의 행적이 문제되는 작가에 대한 긍정적인 문학사적 평가 지침을 주었고, 아울러 신채호·한룡운·김억·김소월·정지용·심훈·이효석·방정환·문호월[45]·라운규 등을 문학예술사가 응당히 포괄해야

---

44 김정일, 『주체문학론』, 조선로동당출판사, 1992, 33쪽.
45 文湖月(1905~1949), 대중가요 작곡가. 경북 김천 출생. "노들강변 봄버들, 휘휘 늘어진 가지에다……"로 시작하는 <노들강변>(작사, 신불출, 노래 박부용, 1934)으로 유명하다. 그는 일본 엔카풍의 영향을 받지 않고 한국적인 민요풍의 가요를 작곡했다고 평가되며 <노들강변>은 이른바 신민요의 정착에 획기적인 구실을 한 작품으

할 것이라는 방침을 천명하고 있다. 1991년판『조선문학사』는 이 같은 방침을 응당히 전면적으로 관철하고 있는바,[46]『주체문학론』과『조선문학사』의 이같은 내용은『조선문학사』(및『선집』)에서 나타난 문학사의 확장과 유연화가 되돌이킬 수 없는 불가역적 추세 위에 놓여 있다는 사실, 그리고 그 변화가 당의 문예정책의 변화라는 근본적인 성격을 띠고 있다는 사실을 말해주고 있다.

5. 맺음말

이처럼 긍정적이고 전향적인 의의를 갖고 있는『선집』은 다른 한편으로는 어처구니없을 정도의 부정적 면모를 드러내고 있다. 한 시인의 작품 수가 많을 때는 몇 십여 편에 이르는(김소월 같은 경우는 무려 156편임) '전집'을 편찬하면서 작품의 정본definitive edition을 꼼꼼히 만들어내지 못했다/않았다는 사실이 그것이다. 본문비평의 부재가 빚을 수 있는 온갖 경우를 다 드러내고 있는『선집』의 이같은 측면은 그것이 이룬 성취만큼이나 깊은 그늘을 드리우고 있어서 안타깝기까지 하다. 이에 대한 추가적인 별도의 논고를 약속하면서 지금까지의 논의를 정리해보면 다음과 같다.

1987년부터 간행되기 시작한『현대조선문학선집』은 무엇보다도 그 방대한 규모로 눈길을 끄는데, 이 글에서는 1920~1930년대 시선집을 중심으로『선집』이 수록 작가 · 작품 수와 구성 편목에서 놀라울 정도의 확장을 보여주고 있다는 사실을 볼 수 있었다. 독자적인 편목을 갖지 못한 군소 시인 109인을 제하더라도 123인, 1,750여 편의 작품으로 '한국 근대시사'를 정리하기에 이른 것이다. 그 이전의 북한문학사가 불과 30인이 되지 못하는 시인으로 근대시사를 구축하였던 점을 생각한다면 실로 엄청난 확

로 인정된다.

46 그중 상당 부분은 이미 '북86'에서 실현된 것이다.

충이다. 이 과정에서 종래 명백한 배제 혹은 무시의 대상이었던 주요한 등
숱한 시인들이 대거 문학사―시사 속으로 들어오게 된다. 한편『선집』의
편제 속에는 남한의 문학사―시사가 논외로 하고 있는 상당수 시인들을
수록하고 있는데, 여러 면에서 문제가 있는 이들의 수록은『선집』이 갖고
있는 문학사의 좌우 배분 및 주류 획정의 정치적인 균형 감각을 보여준다
하겠다.『선집』은 그러나 여전히 배제하고 있는 시인들을 남겨두고 있는
데 김기진·임화와 같이 정치적 이유로 배제된 경우, 이상과 같이 문예론
적 견지에서 용납되지 않는 경우, 그리고 아직 논의되지 않은 경우 등이
있다. 한편 '누가' 들어갔느냐 못지않게 '어느' 작품이 들어갔느냐 하는 점
에서『선집』은 다소의 아쉬움을 주는 경우가 종종 있다. 그런데『선집』이
이처럼 놀라울 정도의 변화를 보여줄 수 있었던 직접적인 계기와 동인은
아직 알지 못한다. 그러나 그것이 1986년경의 새로운 연구와 자료 발굴 수
집에서 비롯하였음은 분명하다. 이 같은 작업은『선집』과 아울러 새로운
1991년판『조선문학사』의 저술로도 이어지는데 이『조선문학사』는『선
집』과 밀접한 상관관계를 갖고 있다. 그리고 이 양자 위에 존재하는『주체
문학론』은『선집』이 보여주고 있는 문학사의 확장과 유연화가 불가역적
이고도 근본적인 변화의 추세를 타고 있다는 사실을 보여준다.

　『선집』은 남북 학자들이 자리를 함께 하여 논의할 수 있는 공동 지대의
폭이 비약적으로 확충되었으며 몇 개의 난제를 넘어서면 공통의 문학사적
유산을 향유하고 정리하는 작업이 가능하리라는 기대와 설렘을 던져 준
다. 그 논의와 작업의 물꼬를 이루고 싶은 마음이지만 변화의 양상을 좀
더 꼼꼼히 살피지 못한 점, 변화의 계기를 좀 더 밝혀내지 못한 점 등은 아
쉬움으로 남는다.

『민족문학사연구』제35호, 2007

| 참고문헌 |

『현대조선문학선집 13 - 1920년대 시선(1)』, 류희정 편찬, 문예출판사, 1991.

『현대조선문학선집 14 - 1920년대 시선(2)』, 류희정 편찬, 문예출판사, 1992.

『현대조선문학선집 15 - 1920년대 시선(3)』, 류희정 편찬, 문예출판사, 1992.

『현대조선문학선집 26 - 1930년대 시선(1)』, 류희정 편찬, 문학예술출판사, 2004.

『현대조선문학선집 27 - 1930년대 시선(2)』, 류희정 편찬, 문학예술출판사, 2004.

『현대조선문학선집 28 - 1930년대 시선(3)』, 류희정 편찬, 문학예술출판사, 2004.

김정일, 『주체문학론』, 조선로동당출판사, 1992.

류만·리동수, 『조선문학사』 제7권, 과학백과사전종합출판사, 2000.

류만, 『조선문학사』 제9권, 과학백과사전종합출판사, 1996.

과학원 언어문학연구소 문학연구실, 『조선문학통사』 전2권, 과학원출판사, 1959.

사회과학원 문학연구소 외, 『조선문학사』 전5권, 과학백과사전출판사, 1977~81.

정홍교·박종원·류만, 『조선문학개관』 전2권, 사회과학출판사, 1986.

사회과학원 주체문학연구소 편, 『문학예술사전』 전3권, 과학백과사전종합출판사,
        1988~93.

『조선대백과사전』 전31권, 백과사전출판사, 1995~2004.

『조선중앙년감(1987)』, 조선중앙통신사, 1987.

『신한국문학전집』, 어문각, 1970.

민영·최원식·최두석 편, 『한국현대 대표시선』 1, 창작과비평사, 1990.

김성수, 『통일의 문학 비평의 논리』, 책세상, 2001.

김재용, 『북한문학의 역사적 이해』, 문학과지성사, 1994.

김종회 편, 『북한문학의 이해』 1~3, 청동거울, 1999~2004.

김중하 편, 『북한문학 연구의 현황과 과제』, 국학자료원, 2005.

남석순, 「북한출판 연구 - 출판 구조와 실태 분석을 중심으로」, 『한국출판학연구』
        제42집, 2000.12.

민족문학사연구소, 『북한의 우리 문학사 인식』, 창작과비평사, 1991.

박태상, 『북한문학의 현상』, 깊은샘, 1999.

오오무라 마스오, 「북한의 문학선집 출판 현황」, ≪한길문학≫ 1999년 6월호.

유문선, 「북한에서의 만해 한용운 문학 연구」, 『어문연구』 제34권 제2호(통권 제130호), 2006.6.

이병천 편, 『북한 학계의 한국 근대사 논쟁』, 창작과비평사, 1989.

제3장

북한 시

전후 복구건설기의
북한시 연구

오성호

1. 머리말

역설적이지만 전후 복구건설기의 북한 시는 그 물질적 기반의 황폐함에도 불구하고 의외로 풍요로운 성과를 보여준다.[1] 그뿐 아니라 시가 표현하고 있는 체제에 대한 믿음이나 공동체적 결속감 또한 이후 시기의 그것에 비해 한층 깊은 진정성을 지니고 있다고 보인다. 이런 현상은 아마도 함께 힘든 전쟁을 치러냈다는 데서 오는 유대감, 비교적 순조롭게 전후복구에 성공했다는 데서 오는 자신감 등이 복합된 결과일 것이다. 그런 의미에서 이 시기의 시와 관련하여 "시인들의 창작적 관심이 현실에서 벌어지고 있는 사회경제적 변혁과 창조적 로동을 반영하는 데 돌려지면서⋯ 시문학의 주제 사상적 내용과 예술적 형상에서 다양한 개성화가 실현된 것"[2]이라고 한 류만의 평가는 충분히 수긍할 만하다.

---

1 1956년과 7년을 전후하여 『안룡만 시선집』(1956), 『박석정시선집』(1956), 『조령출시선집』(1957), 『벽암시선』(1957), 『리용악시선집』(1957) 등 식민지 시절부터 활동해온 시인들의 개인시집이 다수 출간된 것은 그 한 예이다. 전쟁 중 사망한 최석두의 『새벽길』(1957)이 재간된 것도 특기할 만하다.

북한 시가 전후 복구건설 과정에서 부여 받은 역할은 말할 것도 없이 인민들을 전후 복구건설에 고무, 추동하는 것이었다.[3] 하지만 복구건설은 단순히 전쟁 전의 생산력을 회복하는 데 그치지 않고 생산관계 전반의 사회주의적 개조, 즉 사회주의 공업화와 농업의 집단화를 통한 사회주의 사회 건설을 의미하는 것이었으므로, 작가, 시인들에게는 당연히 인민들을 사회주의적으로 교양하는 임무가 주어졌다. 북한 정권 출발기부터 작가, 시인들에게 부여되었던 '인간 정신의 기사技士'란 칭호가 시사하듯 인간은 자율적 주체가 아니라 조작 가능한 대상으로 간주되었고, 시인들에게는 사회주의 사회의 건설을 위해 인민들을 교양하고 그들의 대중적 영웅주의를 고무시키는 역할이 주어진 것이다.

전후 북한문학의 구호가 되다시피 한 '낡은 것과 새것의 투쟁'이 의미하는 것은 바로 생산관계의 사회주의적 개조를 위한 전진을 둘러싸고 일어날 수밖에 없는 갈등, 즉 구태의연하게 과거에 머물러 있으려는 세력과 새로운 생산관계의 건설을 위해 전진하는 세력과의 싸움이었다. 물론 무엇이 낡은 것이고 무엇이 새로운 것인가는 북한이 당면한 정치, 사회적 과

---

2 류만,『현대조선시문학』, 조선작가동맹출판사, 1988, 27쪽.

3 1953년 9월에 소집된 전국 작가예술가대회에서는 공업화를 위한 헌신, 대중적 영웅주의의 앙양, 인민을 고상한 도덕성으로 교양할 것, 고전계승, 신인 육성 사업 등을 전후 문학예술의 방향으로 제시했다.「전국 작가예술가 대회 결정서」(≪조선문학≫, 1953. 10). 그리고 1953년 10월 20일에 열린 조선작가동맹 중앙위원회 제3차 상무위원회에서는 다음 여섯 가지 사항을 담은 결정서를 채택했다. 첫째, 국가적 요구에 적극 호응하는 "고상한 도덕적 품성을 구현한 새로운 전형의 창조"에 전력할 것, 둘째, 작가들의 현지 파견 사업을 강화할 것, 셋째, 풍자문학의 발전을 위해 노력할 것, 넷째, 자연주의, 형식주의, 꼬쓰모뽈리찌즘과의 투쟁을 날카롭게 전개할 것, 다섯째, 정진과 관련된 김일성 원수의 방송연설과 조선로동당 제6차 전원회의 문헌을 심오하게 연구하는 한편 쏘베트 작가들의 성과와 체험을 학습할 것, 여섯째, 문학 창작 사업에서 나타난 제반 결함을 극복하고 창작의 수준을 제고하기 위해 본 결정 사항에 대해 토의하고 대책을 강구할 것, 이는 결국 인민들의 광범위하고 철저한 동원을 위한 문학의 책임을 강조한 것이었다.「조선작가동맹 중앙위원회 제3차 상무위원회에서」(≪조선문학≫, 1953.11)

제에 따라 다르게 규정될 수 있었다. 하지만 북한 내부의 단결과 일사불란한 동원 체제를 위협할 수 있는 모든 것은 낡은 것이고, 사회주의 길을 향해 매진해 가는 모든 것은 새로운 것이라는 점에는 변화가 있을 수 없었다. 그런 의미에서 '낡은 것'의 청산과 새 것의 승리라는 구호는 전후 복구건설에 필요한 전면적인 동원 체제의 구축을 위한 배제와 동화의 노력을 압축적으로 표현한 것이라고 할 수 있다.

2. 복구건설과 북한 시의 과제

북한은 줄곧 6 · 25가 미 제국주의에 승리한 전쟁임을 강조했지만, 전쟁의 상처는 깊고 참혹한 것이었다. 정전협정이 체결된 직후 김일성이 "모든 것을 민주기지 강화를 위한 전후 인민경제 복구 발전을 위하여" 바칠 것을 호소한 것은 이런 사정 때문이었다. 사회주의 우방국들의 지원이 없었던 것은 아니지만,4 전후 복구건설은 문자 그대로 잿더미 위에서 맨손으로 이루어져야 했고, 정전과 함께 시작된 냉전에서의 승리를 위해서는 전쟁 시기와 다를 바 없는 가혹한 동원체제의 유지가 불가피했던 것이다.

북한이 남조선 해방을 위한 민주기지가 되어야 한다는 생각은 국토완정론의 연장선상에 놓인 것이었다. 전쟁의 승리는 도덕의 승리로 간주되었거니와,5 그것은 북한이 좀 더 순수하고 강력한 도덕의 공동체를 구축했음을 의미하는 것이었다.6 북한이 남조선을 해방하기 위한 민주기지가 되

---

4 윤세평, 「전후 복구건설기의 조선문학」, 『해방 후 10년간의 조선문학』, 조선작가동맹출판사, 1955, 276~277쪽.

5 한설야는 조선전쟁에서 미제의 패배가 군사, 정치적인 것일 뿐 아니라 도덕적인 것임을 강조했다. 「전국 작가예술가대회에서 진술한 한설야 위원장의 보고」(≪조선문학≫, 1953.10).

6 근대의 전쟁은 공동체 의식 형성의 중요한 계기였다. 이에 대해서는 막스 베버, 「근대성의 종교적 기원」, 『탈주술화 과정과 근대』, 나남출판, 2002, 241~243쪽.

어야 한다는 것은 이런 생각의 소산이었다. 하지만 아무리 동질화된 사회라고 해도 복구건설의 순조로운 진행과 효율적인 동원을 가로막는 장애 요인은 얼마든지 존재할 수 있었고 따라서 민주기지의 강화를 위해서는 이런 장애 요인들과의 투쟁이 불가피했다. 이 투쟁은 '새 것과 낡은 것의 투쟁'으로 규정되었거니와, 그것은 결국 북한 사회를 도덕적으로 정화하기 위한 지속적인 배제와 동화를 의미했고[7] 사회주의는 이 투쟁의 승리로서 주어질 것이었다.

정치 분야에서 '낡은 것'이란 이른바 종파를 가리키는 말이었다. 따라서 반종파투쟁이란 결국 새로운 사회로의 진전을 가로막는 '낡은 것'을 제거하는 과정을 가리키는 말이었다. 반종파투쟁이 정치 분야에 국한되었던 것은 아니다. 종파의 본질은 부르주아적 경향, 혹은 대국大國의 눈치를 보는 사대주의적인 태도로 치부되었거니와, 이런 해독은 비단 정치에 국한된 것이 아니라 인민들의 생활과 의식 속에 은밀하게 파고들었으니 이를 척결하는 것은 문학에 주어진 과제였다. 문학은 인민들의 내면에 자리 잡은 '낡은 것'들을 척결하는 한편, 새로운 사회로 나아가려는 인민들의 의지와 열망을 북돋워야 했던 것이다.

평론가들은 현실 속에서 이루어내야 할 과제와 문학적 성과 사이의 거리를 지적하면서 문학의 성과를 칭찬하는 일방 미흡한 점을 지적하고 다그쳤다.[8] 현실을 앞질러 가면서 인민들을 이끌어야 할 문학이 거꾸로 현실을 따라가기에 급급하며, 그 결과 살아 있는 현실, 살아있는 인물 형상을 그리기보다 도식주의나 공식주의, 혹은 기록주의의 함정에 빠지곤 한다는

---

7 전쟁으로 인한 인구 이동, 그리고 전후의 지속적인 배제(종파투쟁)와 동화 작업의 결과로 북한 사회에는 내부적 변화를 추동할 만한 실질적인 사회세력이 더 이상 존재하지 않게 되었다고 할 수 있다.

8 시인들의 경우도 창작의 부족한 점에 대한 자기비판을 소홀히 하지 않았다. 일 예로 리정구는 독자의 편지를 토대로 서정시의 문제점으로 개성이 없다, 서정이 적다, 주제가 다채롭지 못하다는 점을 지적했다(리정구, 「최근 우리 시문학 상에 제기되는 몇 가지 문제」, ≪조선문학≫, 1954.9).

것이다. 이에 따라 평론가들은 사회주의 사회의 건설을 향해 매진하는 전형적인 형상의 창조, '공민적 빠뽀스'의 표현을 시인들에게 주문하고[9] 이를 위해서는 시인들의 사상을 강화하고 시인들 스스로 변전하는 현실 가운데로 뛰어 들어야 한다는 점을 되풀이해서 강조했다.[10]

시인들의 당성이 강조되고, 혁명적 로만찌까,[11] 그리고 공민적 빠뽀스가 강력하게 요구되었던 것은, 전후 복구건설이 단순히 전쟁 이전의 생산력 수준을 회복하는 데 그치는 것이 아니라 사회주의 사회를 건설하는 것이어야 했기 때문이다. 인민대중의 혁명적 열의와 동원을 통해 물질적 토대의 제약을 뛰어넘어 사회주의 사회를 건설할 수 있다는 정치 우선의 발전관[12]에 기초한 이 복구건설의 노선은 사상의 선도자인 시인들에게 철저한 사상 무장을 요구했다. 시인들은 "생활에서 새로운 것을 탐구하는 대담성, 생활을 전진시키는 새로운 것은 '발전'에서 표현되며 시대의 특징을 자신의 개성적 감정으로 느낄 줄 아는 적극적 태도"를 가져야 한다는 것이다.[13]

---

9 엄호석, 「시대와 서정시인」, ≪조선문학≫, 1957.7.

10 실제로 많은 작가, 시인들이 복구건설의 현장에 '항구적으로' 투입되었다. 이에 대해서는 윤세평, 앞의 글, 281쪽을 참고할 것.

11 1953년에 열린 전국 작가예술가대회에서 한설야는 말렌코프와 쯔다노프의 이론에 기대어 당성과 '혁명적 로맨티시즘'과 '혁명적 로만찌까'를 강조했다. 한설야, 앞의 글, 18~131쪽. 이와 함께 리정구도 말렌코프를 인용하면서 당성의 중요성을 강조했다. 리정구, 「최근 우리 시문학상에 제기되는 몇 가지 문제」(≪조선문학≫, 1954.9). 혁명적 로만찌까를 강조한 예로는 리정구, 「우리 시 문학의 제문제」(≪조선문학≫, 1955.7) 등을 들 수 있다.

12 이종석, 『조선로동당연구』, 역사비평사, 1995, 261~266쪽. 이 노선은 전형적인 스탈린적 발전 노선으로, 스탈린 사후에 등장한 말렌코프 행정부의 소비재 중시 정책의 영향을 받은 소련계 한인들과 연안파 인사들은 전후의 피폐한 인민들의 소비생활을 이유로 들어 격렬하게 반발했다. 이 당내의 갈등은 1956년까지 지속되면서 8월 종파사건으로 이어졌다.

13 엄호석, 「시대와 서정시인」, ≪조선문학≫, 1957.7.

전후의 열악한 사정에도 불구하고 다수의 작가, 시인들에게 사회주의 우방국을 방문할 수 있는 기회를 제공한 것도 이와 관련해서 이해할 수 있다.[14] 사회주의 우방국을 방문한 시인들의 시는 한결같이 사회주의 체제의 우수성, 특히 콜호즈 같은 집단농장이 달성한 놀라운 생산력의 증대, 그리고 사회주의 체제 하에서 사는 사람들의 건강함과 정신적 아름다움을 찬양했다. 그것은 북한에서 이루어져가고 있는 생산관계의 사회주의적 개조에 대한 인민들의 신뢰와 기대를 고양시키기 위한 것이었다.

3. 낡은 것과 새 것의 투쟁

스탈린 사후에 열린 소련의 제20차 전당대회(1956)에서 스탈린 시대의 개인숭배 비판이 제기된 것과 관련하여 북한에서도 일시적이긴 했지만 수령 개인 대신 당의 집체적인 지도가 강조되었다.[15] 물론 그렇다고 해서 김

---

14 엄호석은 사회주의 우방을 방문한 경험을 그린 시로 박팔양의 「소련방문시초」, 이찬의 「모스크바에 대하여」 등 (이상 ≪조선문학≫, 1957.6), 그리고 한명천의 「체코슬로바키아 방문시초」(≪조선문학≫, 1957.5) 등을 들었다. 엄호석, 「시대와 서정시인」(≪조선문학≫, 1957.7). 이밖에 정문향의 「쓰딸린 거리에서」나 리효운의 「로씨야의 대지에서」(이상 ≪조선문학≫, 1953.11), 박세영의 「몽고방문시초」(≪조선문학≫, 1955.11)나 김순석의 『찌플리스의 등잔불』(조선작가동맹출판사, 1955), 조령출의 「독일에서」(≪조선문학≫, 1955.9) 등의 예로 미루어 보면 작가, 시인들의 사회주의 우방국 방문은 전쟁 직후부터 상당히 광범위하게 이루어졌음을 알 수 있다. 한편 김순석의 「서정시에 대한 담화」(≪조선문학≫, 1954.8)는 필자 김순석과 민병균이 1954년 6월 소련 작가동맹 시문학 부장 쉬빠쵸브와 만나 서정시에 관해 나눈 대담을 기록한 것으로, 이런 예는 작가, 시인들의 사회주의 우방국 방문이 선진 소비에트 작가들의 체험을 학습하라는 조선작가동맹 중앙위원회 제3차 상무위원회의 결정과 깊은 관련이 있음을 말해 준다.

15 서동만, 앞의 책, 529~537쪽, 1956년 초에 열린 소련의 20차 전당대회의 가장 중요한 이슈는 스탈린시대의 개인숭배풍조에 대한 비판, 평화공존론, 사회주의 이행경로의 다양성에 대한 인정 등이었지만, 한설야는 제2차 조선작가대회의 보고에서 이를 '독단주의'의 종식이라는 한마디 말로 요약했다. 신형기·오성호, 『북한문학사』, 평

일성이 작품 속에서 완전히 자취를 감춘 것은 아니다. 그는 여전히 모든 것의 중심이었다. 특히 수령은 전쟁이 한창 진행되고 있는 시기부터 "끝없는 승리와 다함없는 행복을 위해"(전초민, 「평화의 집」, 『서정시선집』, 조선작가동맹출판사, 1955) 전후 복구건설의 구상을 마련했을 뿐 아니라, 현재의 잿더미 속에서 위대한 미래의 싹을 기르는 존재로 그려졌다. 이처럼 사회주의 미래를 앞당기기 위해 밤새워 고심하는 수령의 존재는, 김철의 「새벽의 노래」(≪조선문학≫, 1956.1) 같은 시에서 볼 수 있는 것처럼, 흔히 밤새도록 불이 꺼지지 않는 "당 중앙의 창문"으로 표상되었다. 이 '당 중앙의 창문'에서 새어나오는 불빛은 역사의 길을 밝혀줄 뿐 아니라 장차 이루어질 모든 기적의 원천으로 간주되었다. 사회주의 건설을 위한 공산주의적 계급교양사업은 수령이 제시한 이 '새 것'―사회주의 건설의 당위를 강조하는 데서 시작되었다.

하지만 '당 중앙의 창문'에서 흘러나온 불빛이 비치지 않는 곳에서 인민들을 이끈 것은 다름 아닌 당 일꾼이었다. 그들이야말로 수령과 당의 품속에서 새롭게 태어난 신인간, 새 시대의 전형이었기 때문이다. 따라서 당과 수령의 명령 아래 인민들을 선도하는 당 일꾼들의 '고상한' 풍모를 그리는 것 역시 시에 주어진 중요한 과제 중의 하나였다. 당 일꾼이 된다는 것은 항일 혁명의 전통을 이어받는 것을 의미했다. 김일성의 항일혁명은 이미 당의 기원으로 격상되고 있었기 때문이다.[16] "장백산 험난한 준령을 타고 넘어/왜적을 무찔러 이긴/피 끓는 혁명 전통/배우고 따르고, 이어온/로동당원"(리맥, 「나는 로동당원이다」)이 되는 것은 "장백의 산봉에 불타 올라/김일성 빨찌산들이 태우는/우등불, 우등불……혁명의 횃불/당의 혈

민사, 2000, 177~181쪽.

16 이는 전쟁 전에는 주로 군부에 포진하고 있던 '만주파'가 전후에는 당의 요직까지 차지하게 된 것과 무관하지 않다(와다 하루끼, 『북조선―유격대 국가에서 정규군 국가로』, 돌베개, 2002, 112~131쪽). 그리고 그것은 해방 직후부터 항일혁명의 기억을 둘러싸고 벌어진 투쟁에서 최종적으로 김일성이 승리했음을 의미한다.

통을 이어"(안룡만, 「어머니 – 당의 노래」)받는 것과 동일한 의미를 지니게 된 것이다. 또 당은 "고열 끓어오르는 용광로처럼/나를 달궈 나를 뚜들겨/백전백승의 당의 아들로 키워주었"(김북원, 「나는 당의 가수다」, ≪조선문학≫, 1956.3)다고 한 김북원의 시에서 볼 수 있는 것처럼 당은 평범한 인간을 영웅으로 주조해내는 용광로, 도덕적 갱생의 계기였다.

따라서 당의 부름을 받은 당원은 마땅히 모든 일에서 자발적으로 희생하고 헌신함으로써 인민들에게 잠재된 혁명적 열정을 이끌어내는 선도적인 역할을 수행해야 했다. 이는 당원들의 형상이 이미 결정된 틀에서 벗어날 수 없었음을 의미한다. 당원은 누구나 당의 명령에 자발적으로 복종하는 혁명적 열의와 순결성과 양심을 지닌 인물로 그려졌다. 그들은 당의 명령에 따르고 당과 결부됨으로써만 비로소 삶의 보람을 느낄 수 있으며 사람답게 살고 죽을 수 있는 그런 존재, 신인간의 완성된 형상이자 새로운 것의 전형이었다.

그러나 이런 사상의 선도자들 이면에는 여전히 구태의연한 사고와 생활습관, 이른바 부르주아적 잔재에서 벗어나지 못한 사람들도 여전히 존재했다. 사상의 힘을 신뢰하지 못하고, 낡은 이론과 도식에 얽매여 생산력의 발달에 조응한 생산관계의 개조라는 도식에 집착하거나 대국의 눈치만 살피는 사대주의자들은 모두 '낡은 것'의 범주에 속한다. 이들은 '종파분자'들처럼 정치 부문에서만 존재하는 것이 아니라 인민들의 생활과 의식 속에 은밀하게 잠복해서 사회주의 건설을 위한 인민들의 혁명적 열의에 찬물을 끼얹는 존재였다.

이런 부정적인 요소의 존재 때문에 복구건설이 아무 장애 없이 순조롭게 이루어진 듯이 그리는 피상적인 '만세식' 형상화는 용납될 수 없었다.[17] 이런 경향은 이른바 '무갈등론'의 영향 때문이기도 했지만 현실과 안이하게 타협한 결과이기도 했다. 따라서 평론가들은 소련의 예를 들어 애써 무

---

17 박근, 「서정시에서 갈등과 성격」, ≪조선문학≫, 1956.6.

갈등론의 오류를 비판하고[18] '치열한 계급투쟁' 속에서 진행되고 있는 복구건설을 제대로 그리기 위해서는 부정적인 인물 및 요소들과 투쟁하는 모습을 그려야 한다고 주장했다.[19] 복구건설 과정에서 피할 수 없는 계급투쟁, 그리고 인민들의 생활과 의식 속에 잠복해 있는 낡은 것을 적발, 폭로하고, 야유하기 위한 방법으로 풍자가 강조된 것은 그 때문이다.[20] 특히 중간 간부들의 무사안일과 타성, 그리고 인민 대중 위에 군림하려는 관료주의와 형식주의적 행태는 풍자의 중요한 대상이었다.[21] 그들은 비판과 자기반성을 통해 새로 태어나야 할 존재였기 때문이다.

김우철의 「결론」(≪조선문학≫, 1956.2)은 "성과가 있으면 모든 것이 자기의 공"임을 내세우고 과오는 모두 "실무에 어린 중간 간부의 탓"으로 돌릴 뿐 아니라 부하에 대한 추궁과 "추상같은 결론"으로 다른 사람들 위에 군림하려드는 권위적인 공장 간부를 그렸다. 정준기는 서류 만능주의와

---

18 김명수, 「서정시에 있어서의 전형성·성격·쓰찔」, ≪조선문학≫, 1955.10. 김명수는 소련에서의 논의에 기대어 '무갈등론의 악영향'이 서정시를 침식하고 있다고 비판하면서 갈등이 있는 서정시야말로 "투쟁의 시, 난관을 극복하는 시, 전위적인 투쟁의 시, 당적인 시"라고 주장했다. 이에 비해 엄호석은 이런 견해가 갈등에 대한 비속 사회학적 견해, 그리고 장르의 특성에 대한 무고려에서 비롯된 것이라고 비판했다. 엄호석, 「문학평론에 있어서의 미학적인 것과 비속 사회학적인 것」, ≪조선문학≫, 1955.12. 이에 대해 김명수는 다시 「문학에서 '미학적인 것'을 바로 찾기 위하여」(≪조선문학≫, 1957.3)이란 글로 반비판함으로써 점차 사회주의 리얼리즘이론의 본질과 관련된 본격적인 논쟁으로 옮겨갈 조짐을 보여준다.

19 특히 1955년경부터 시작된 개인상공업의 사회주의적 개조와 관련하여 전개된 '반탐오·반낭비' 운동을 그 예로 들 수 있다. 이에 대해서는 서동만, 앞의 책, 637~644쪽.

20 이런 생각은 「조선작가동맹 중앙위원회 제3차 상무위원회에서」(≪조선문학≫, 1953.1) 같은 보고문에서 확인할 수 있다. 이와 함께 김하명, 「풍자문학의 발전을 위하여」, ≪조선문학≫, 1954.4도 좋은 참고가 된다.

21 김북원은 "쓰찔의 다양성, 주제의 다양성"을 강조하면서 그 예로 정준기의 「큰 사람에 대한 이야기」, 김우철의 「결론」, 김영철의 「한 뿌리에서 태여난 두 얼굴」 등의 풍자시를 언급하고 있다. 김북원, 「시문학의 보다 높은 앙양을 위하여」, 『제2차 조선작가대회문헌집』, 120쪽.

부도덕한 탐욕에 사로잡혀 있지만 공식석상에서는 "나라 재산 한 푼이라도 손을 대는 것은/엄중한 범죄"라고 부르짖는 이중적인 모습을 보여주는 공사장 간부를 풍자했다(「그의 목덜미를 짚으라」, ≪조선문학≫, 1955. 9). 또한 박석정은 「토론만 하는 사람」(『박석정시선집』, 조선작가동맹출판사, 1956)에서 늘 번지르르한 말만 앞세우지만 실천과는 거리가 먼 광산의 중간간부 최 부장을 통렬히 비판했다. 박석정은 이처럼 겉과 속이 다른 인사가 생활의 도처에 숨어 있음을 강조했다. 그래서 그는 시의 말미에 "동무들 웃지 말아요/잠깐 눈 감고 생각해 보시오/자비(자아비판—인용자)를 몇 번이나 되풀이했으며/그리고 주위를 살펴 보아서/혹시야 토론꾼이 없는가를!"이라며 엄정한 감시와 자아비판을 요구했다.

풍자시가 그려낸 이런 부정적인 인물 형상들은 모두 새로운 것의 실현을 방해하는 낡은 인물들이었다. 하지만 그들은 다른 인민들의 각성과 분발을 촉구하는 반면교사反面教師일 수 있었다. 풍자시는 앞의 예에서 보듯 이런 반면교사의 형상을 제시함으로써 인민들에게 자신의 내면에 이런 낡은 사상적 잔재가 남아있지 않은지 반성하고 자기비판할 것을 요구했다. 인민들에 대한 공산주의 계급교양강화는 끝없는 '비판과 자기비판'22을 통해서만 이루어질 수 있는 것이었거니와, 이는 독자에게 자신뿐만 아니라 생활 주변을 부단히 감시하고 비판하라는 요구나 다를 바 없었던 것이다. 그런 의미에서 풍자는 인민들을 도덕적으로 정화하는 방법이기도 했다고 할 수 있다.

4. 복구건설의 성과와 통일의 열망

복구건설은 혹독한 내핍과 무제한의 동원을 요구하는 것이었지만, 그것은 흔히 그랬던 것처럼 "밑으로부터의 자발적인 발의, 위로부터의 수용,

---

22 이종석, 앞의 책, 267쪽.

전국적 확산이라는 형식"23을 빌어서 진행되었다. 따라서 전후의 북한시가 우선적으로 그려내야 할 것은, 복구건설에 나선 노동자와 농민들의 창조적 노동과 그 성과, 그리고 사회주의 건설을 위해 희생하고 헌신하는 인민들의 살아있는 전형적 형상이었다.24

하지만 실제 창작에서 개성화와 일반화의 통일로서의 전형화를 이루어내는 것은 결코 쉽지 않은 일이었다. 전형화의 요구는 흔히 현실의 평균치를 제시하거나 시대정신의 메가폰 노릇을 하는 서정적 주인공을 찍어내려는 유혹을 낳았다. '구호시'에 대한 우려, 혹은 "생활 자료의 지리한 외부적 나열과 만인 공지의 '일반적' 사상의 반복과 결합"25에 대한 우려는 공연한 것이 아니었던 것이다. 하지만 이미 그려야 할 것이 명백하게 규정되어 있는 상황에서는 창조적인 형상화를 위한 진지한 고민보다 과업의 수행을 위한 손쉽고 안이한 타협의 유혹에 빠지기가 쉬웠다. 결과적으로 '수사학적 다변'과 '선언적 웅변조'는 당의 요구에 강박되어 있는 북한 시인들이 빠져들기 쉬운 함정이었다. 이 함정을 극복하기 위한 처방은 변전하는 현실 속에 뛰어들어 인민들과 함께 호흡하라는 것이었다.

이에 따라 시인들은 직접 복구건설의 현장에 뛰어들었고 복구건설을 위해 헌신하는 다양한 인민들의 모습을 그려냈다. 인민들의 자발적 헌신을 이끌어낸 가장 큰 동기는 전쟁의 기억과 적에 대한 분노였다. 노동자들은 "한 장의 벽돌에도 한줌의 흙에도/쓰러진 전우의 뜻을 잇고/폐허된 거리의 울분을 심어/앞장서 가리라"(박석정, 「초소에서 우리는 왔다」, 『승리자들』, 조선작가동맹출판사, 1954)라고 외쳤다. 이처럼 적에 대한 복수의 일념으로 복구건설에 매진하는 노동자나 농민의 형상은 전후 북한시에

---

23 박명림, 『한국전쟁의 발발과 기원』, 나남출판사, 1996, 308쪽.

24 류만은 "생산관계의 사회주의적 개조를 위한 창조적 노동의 메아리를 적극 표현한" 것이 복구건설기 시의 특징이라고 지적했다. 류만, 『현대조선시문학』, 조선작가동맹출판사, 1988, 22쪽.

25 엄호석, 앞의 글.

서 숱하게 반복되었다. 김귀련은 희천 기계제작소에서 열린 '시인의 밤'을 회상하면서 노동자들이 보여준 거대한 생산의 활력이 '원쑤'에의 증오에서 비롯된 것임을 밝혔다. "증오를 불러/더는 용서할 수 없는/미국 강도의 만행을 웨쳤을 때/그들의 숨결도 가빠/두 주먹에 분노를 쥐"고 증산의 결의를 다졌다는 것이다(「공장구락부」, 1957, 『격류 속에서』, 조선작가동맹출판사, 1957). 복구건설의 성공은, 침략자들에게 조선인들의 강인함을 보여줌으로써 정신적, 도덕적으로 승리하는 방법일 수 있었던 것이다.

이런 진술들은 결국 전쟁이 가져온 공동체적 유대감과 결속력, 그리고 적에 대한 분노와 증오가 복구건설의 중요한 동력이었음을 말해 준다. 북한에서 오늘날까지도 여전히 전쟁의 기억이 되풀이해서 상기되고 있는 것도 전쟁의 기억이 악랄하고 무자비한 적에 의해 고통 받는 '우리'의 존재를 일깨우고 그 적을 물리친 영웅적 자기상像을 만들어냄으로써 '우리'에 대한 헌신을 이끌어내기 때문이거니와,26 시는 계속해서 '우리'를 영웅으로 고양시킨 정신과 의지─사상의 힘을 노래했다. 전쟁기간 동안 평범한 사람들을 영웅으로 일으켜 세운 대중적 영웅주의는, 이제 공장과 농촌의 복구건설에서 새로운 기적을 만들어내기 위해 또 다시 발휘되어야 했던 것이다.27 이 영웅주의는 당과 수령이 제시한 찬란한 미래상에 대한 인민들의 '자발적인 동의'를 통해서 더욱 강화되었다.

---

26 한설야가 전국 작가예술가 대회에서 전쟁을 다룬 장편소설과 서사시를 더 많이 창작할 것을 요구한 것은 이 때문이었다고 할 수 있다. 전후시기에 나온 대표적인 서사시로는 민병균, 『조선의 노래』(조선작가동맹출판사, 1955), 김학연, 『소년 빨치산 서강렴』(1953: 금성청년출판사, 1978), 홍순철, 『어머니』(조선작가동맹출판사, 1954) 등을 들 수 있다.

27 전인민의 전쟁 체험, 특히 군대라는 조직을 통해 근대적인 규율권력을 몸에 익힌 제대병은 대단히 중요한 의미를 지닌다. 그들은 생산현장과 농촌을 조직하고 규율화하는 매개고리의 역할을 함으로써 이후 북한 사회에 군사적 색채가 짙게 드리우게 만드는 역할을 했다고 할 수 있기 때문이다. 이에 대해서는 서동만, 『북한 사회주의 체제 성립사』, 선인, 2005, 597~600쪽을 참고할 것.

인민들의 헌신과 희생을 통해서 전쟁의 승리는 순조롭게 전후 복구건설의 승리로 이월되었다. 한설야 등으로부터 극찬을 받았던 정문향의 「새들은 숲으로 간다」(『승리의 길에서』, 조선작가동맹출판사, 1955)가 보여준 것은 복구건설의 '위대한' 성과였다.[28] 이 시는 적의 포격과 폭격으로 숲이 불타 버려 제철소의 용광로 철탑에 둥지를 틀었던 새들이 용광로가 재건된 뒤 원래 살던 숲으로 되돌아가는 모습을 그렸다. "다시 일어선 열풍로의/훈훈한 방부제 냄새/녹 쓸었던 철관에/다시 흐르는 증기 소리ㅡ/모든 것을 다시 추켜세운 구내 우로/새들이 난다./그 모진 싸움 속에서도 가슴 드놀지 않던/제철공들의 무쇠의 가슴을 치며, 가슴을 흔들며ㅡ" 숲으로 돌아가는 새들의 날개짓은 단순히 파괴된 제철소의 복구를 보여 주는 데 그치는 것이 아니라, 자연과 인간의 동시적 해방을 가능하게 하는 사회주의의 승리를 암시하는 것이었다.

하지만 북한이 지향한 사회주의 건설은 모든 물적, 인적 자원을 최대한 생산 부문에 집중 투자하여 단기간에 급속히 생산력을 확대하는, 전형적인 외연적 발전의 길이었다. 이런 생산력주의는 다른 사회주의국가에서도 비슷하게 나타난 현상이지만 서둘러서 전화戰禍에서 벗어나야 했던 북한의 경우는 한층 두드러졌다. 시는 거듭해서 인민들에게 무한한 희생과 헌신을 요구했다. 북한 시가 그려낸 수많은 생산의 영웅들은 이처럼 자발적으로 동원에 응한 인민들의 모습이었거니와 이런 형상들은 대중적 영웅주의를 확산시킴으로써 주의적 동원 체제를 강화하는 데 기여했다.

전후 복구건설기의 성과는 남한에 대한 통일의 열망에 다시금 불을 당겼다. 전쟁의 잿더미에서 완전히 벗어났다는 자신감은 상대적으로 궁핍과 혼란에 허덕이던 남한을 또 다시 해방되어야 할 곳으로 보도록 했다. 남한은 여전히 미제의 앞잡이들이 닥치는 대로 약탈하고 체포와 고문이 일상화된 곳이었다. 그래서 상민은 이승만의 사사오입 개헌을 풍자한 데 이어

---

28 「전후 조선문학의 현상태와 전망ㅡ제2차 전국작가예술가대회에서 진술한 한설야 위원장의 보고」, 『제2차 작가대회 문헌집』, 조선작가동맹출판사, 1956.

(「황태자전하」, 『젊은 나날』, 조선작가동맹출판사, 1958), 남한 땅을 "살육의 땅 항거의 거리!"(「파주는 남조선」)로 규정하면서 남한 해방의 열망 또한 복구건설을 이끈 동력 중의 하나였음을 말했다(「전류에 실어 보내고 싶은 노래」).

분단의 비극과 통일에 대한 열망을 읊은 시 가운데 가장 주목되는 것은 조벽암의 「서운한 종점」(1956, 『대지의 서정』, 조선작가동맹출판사, 1957)이다. 그는 분단으로 인해 끊어진 철로 때문에 남행길이 막힌 '서정적 주인공'을 내세워 통일에의 열망을 진술하게 노래했다. 서정적 주인공의 발길이 멎은 '서운한 종점'은, 그러나 끝이 아니라 통일의 미래를 위한 출발점으로 파악된다.

> 여기가 오늘의 종점이란다.
> 꿈에서 깨어난 사람처럼
> 나는 또 짐을 내려야 하나?
>
> 한발자국이라도
> 더 가까워진 이곳이
> 무척 반갑기는 하다마는
>
> 다시 천근 추에 매어 달린 듯
> 흠에 돌처럼 우뚝 서
> 남쪽 하늘을 바라본다
>   — 조벽암, 「서운한 종점」(『대지의 서정』, 조선작가동맹출판사, 1956)

천리마 시대에 들어서서 일부 평론가로부터 비판을 받기도 하지만, 발표 당시 이 작품은 "개성화와 일반화를 통하여 자기의 감정을 대변"하였기에 독자들로 하여금 시인이 제시한 사상과 감정, 인물과 사건을 자신의 체험에 비추어 보도록 하는 데 성공하였다는 평가를 받았다.[29] 조벽암은 이

---

29 김순석, 「시의 새로운 전진과 목표」, ≪조선문학≫, 1958.1.

밖에도 「삼각산이 보인다」, 「가로막힌 림진각」, 「확성기 소리 울려가는 남녘」(이상 『대지의 서정』) 등 통일에 대한 열망을 담은 시들을 다수 발표했지만, 그것은 김일성이 강조한 '민주기지 강화론'의 연장선상에 놓인 것이라고 할 수 있다. 남한에 대한 도덕적 우월감, 그리고 복구건설의 성과로 인한 남한에 대해 물질적, 제도적 우위를 확보했다는 자의식이 이런 통일에의 열망을 가능케 한 것이다. 결국 국토완정의 꿈은 여전히 재연再燃하고 있었던 것이다.

5. 협동경리의 성과와 자연개조의 경험

생산관계의 사회주의적 개조와 관련하여 제일 먼저 강조되었던 것은 농촌경리의 협동화였다. "쌀은 사회주의다"라는 구호가 말해 주듯 농업생산력 증대는 급박하고도 절실한 문제였기 때문이다. 관개시설의 확충을 위한 자연 개조가 급속하게 추진된 것도 같은 맥락에서였다. 이 두 문제는 긴밀한 연관 속에서 추진되었거니와, 전후 농업의 비약적인 생산력 증가는 협동경리와 자연 개조의 산물이었다고 해도 지나치지 않다. 농촌의 집단화는 먼저 경리 형태를 바꾸는 방식으로 진행되었다.[30] 농민들의 반발도 반발이지만, 비용의 문제나 경작지의 구조 문제 때문에 농업의 기계화는 쉽지 않았기 때문이다.

농업 경리의 형태를 바꾸고 협동조합을 꾸리기 위해서는 농민들의 소소유자적 특성을 전면적으로 개변해야 했다. 농업집단화 작업이 농민들의 반발을 고려, 소유관계 자체의 변화보다는 우선 노동력과 축력 등을 합리적으로 조직화하는 것을 목표로 추진된 것은 이 때문이다. 하지만 농촌 경

---

30 김일성이 농촌의 집단화 문제를 처음 거론한 것은 1953년 8월 5~8일에 걸쳐 열린 당중앙위원회 제6차 전원회의에서였다. 이후 집단화 방침이 결정된 것은 대략 같은 해 12월말쯤이었고 집단화가 완료된 것은 1958년 초였다. 서동만, 앞의 책, 658~764쪽을 참고할 것.

리의 사회주의적 개조가 아무 갈등 없이 진행된 것은 아니다.[31] 따라서 협동경리를 둘러싼 갈등은 시가 다루어야 할 중요한 과제 중의 하나였다.[32] 하지만 이 문제를 다룬 시는 그다지 많지 않으며, 설사 다룬 경우에도 갈등의 정도는 그다지 심각하지 않은 것으로 그려졌다.[33]

이는 시의 장르적 성격 때문일 수도 있지만, 현실 자체가 협동경리를 불가피하게 만든 측면도 있었기 때문이라고 할 수 있다. 전쟁으로 인한 엄청난 인력손실(사망, 부상, 월남 등)과 축력畜力의 감소로 인해 심각한 노동력 부족에 시달리고 있던 상황에서 단기간에 농업생산력을 증대시키기 위해서는 협동경리가 유리할 수 있었던 것이다. 협동경리를 둘러싼 갈등의 주체가 대부분 노인이나 부녀자들로 설정된 데서도 나타나지만, 이들의 힘만으로 노동집약적인 농업 노동을 감당하기는 어려웠기 때문이다. 따라서 개인경리에 익숙한 농민, 특히 노동력을 쉽게 확보할 수 없었던 빈농들로서는 협동경리가 가져온 생산력 증대의 효과를 외면할 수 없었다.[34]

협동경리를 다룬 시 역시 낡은 것에 대한 새것의 승리라는 구도로 그려졌다. 즉, 구태의연한 개인경리에 집착하던 농민이 협동경리의 우수성을 목격하고 자발적으로 협동경리에 동참하게 되는 것이다. 허진계의 「모닥불」(『영광의 한길』, 조선작가동맹출판사, 1955)에 등장하는 노인은 "사물엔 저마다/주인이 있게 마련인데…"라는 낡은 생각을 버리지 못한 채 논

---

31 농촌집단화 과정에 대한 부농들의 반발에 대해서는 서동만, 앞의 책, 700~705쪽.

32 김명수는, "농촌에서 진행되는 온갖 형태의 계급투쟁의 모습을 약화시키지 말자"면서 부농들의 착취자 근성 폭로, 소생산자적 개인주의 심리 적발, 협동조합 운영에서의 좌우경적 오류─특히 출세주의, 관료주의적 일꾼에 대한 가차 없는 비판을 요구했다(김명수, 「농촌생활과 문학의 진실」, ≪조선문학≫, 1955.3).

33 농촌 경리를 노래한 시들의 "쩨마와 쓰찔이 다양하지 못하다"는 평가는 이런 맥락에서 음미해 볼 만하다. 윤세평, 앞의 글, 318쪽.

34 농업 생산력의 증대가 이루어진 것은 분명하지만, 그 정확한 추세를 파악하기는 어렵다. 북한의 특성상 농업생산과 관련된 통계수치는 흔히 부풀려지거나 은폐되었기 때문이다. 서동만, 앞의 책, 720~745쪽.

두렁을 헐어 땅을 합치는 협동경리를 비아냥거린다. 하지만 추수 때에 이르자 그는 협동경리로 인한 생산력 증대를 보면서 "내 혼자 힘껏 다루어도/곁집들의 조합 곡식보다/푸지지 못한 형편에/어찌 더야 홀로서 일하리…"라며 자신의 단견을 밤 새워 후회하고 조합에 가입할 것을 결심한다. 결국 '모닥불'은 새것에 대한 불신과 낡은 것에 대한 집착을 불사르는 사상의 불길을 상징하는 것이었다.

김북원은 협동경리와 관련하여 「운전벌에서」, 「분배의 날」, 「그는 이렇게 회답을 쓴다」, 「기러기야」 등 네 편의 작품을 ≪조선문학≫(1955.3)에 발표했다. 이 중 군에 간 아들에게 쓰는 편지 형식으로 된 「그는 이렇게 회답을 쓴다」의 서정적 주인공은 자신이 조합에 들기로 결심을 하게 되는 과정을 담담하게 이야기한다. 그는 협동경리의 기술적 우수성에 탄복하고, "흥겨운 노래 속에 한종일 김"을 매는 협업 노동에 관심을 갖기도 하며, 협동 경리로 인한 풍성한 수확을 부러워하기도 한다. 하지만 여전히 '개인 경리'에의 집착 때문에 망설이던 그는 "이러단 내사 외톨로 안 남으랴./외톨로 남는 때, 여름철 바쁜 때./품앗이들 들 사람 있을까보냐./딴 세상 사는 듯 섞이지 못할 것을…"이라며 조합에 참가하기로 했음을 고백한다. 공동체로부터 배제될지도 모른다는 공포가 협동경리에 참가하도록 만든 요인일 수 있었던 것이다. 이밖에 박산운은 아직 협동경리가 요구하는 생활의 윤리를 체득하지 못한 채 겉돌기만 하던 덕보가 조합 농민들의 비판과 견인을 통해 변모하는 모습을 그렸다(「논두렁회의」, ≪조선문학≫, 1955.9).

농업의 협동화가 가져온 생산력의 증대를 바탕으로 해서 사회주의 낙원의 꿈을 그린 시들도 다수 쓰여졌다. 특히 협동농장 건설의 현장에서 동지적 애정을 일구어 가는 젊은 남녀의 모습은 사회주의 미래의 꿈을 구체화시키는 흔한 방법이었다. 하지만 남녀 간의 사랑에 대한 형상화도 시대정신과 '공민적 빠뽀스'와 결합되지 않으면 부화한 것으로 치부되었다.[35]

---

35 김명수와 엄호석은 남녀간의 사랑을 다룬 이순영의 「노을」과 안막의 「무지개」에 대한 평가와 관련해서도 날카롭게 대립각을 세웠다. 김명수는 이순영의 서정시가 구태

가장 사적이고 내밀한 남녀 간의 사랑 문제 역시 '공민적'인 감정과 결부되지 않는 한 가치 없는 것으로 여겨진 것이다. 민병균은 이런 요구들을 어느 정도 충족시키면서 뜨락또르 운전사와 조합 처녀의 사랑을 그렸다. 그들의 사랑은 단지 정욕에 휘둘린 것이 아니라 "눈앞에 황금나락 펼쳐지고/붉은 산들이 흰 양의 떼로 변하고/알곡과 과실과 담배와 목화를 실은 화물차/조합길 메게 달리고 달리"는 사회주의 건설을 위한 동지적 결합으로 그려진 것이다(민병균, 「나의 새 고향」, 『민병균시선집』, 조선작가동맹출판사, 1958).

자연개조의 성과도 시의 중요한 소재였다. 자연환경을 개조함으로써 부족한 토지를 확대하거나 수리시설을 확장하고, 토지의 생산력을 확대하는 것은 사회주의건설과 관련하여 사활적 의미를 지니는 일이었다. 그것은 체제의 우월성을 대내외적으로 과시하는 기념비적인 성격을 지닌 거대한 역사役事였다. 하지만 충분한 장비가 없이 진행된 이 역사는 인민들에게 엄청난 희생과 헌신을 요구했다. 따라서 이 역사는 북한 주민들이 자신들의 능력과 의지를 시험하고 입증하는 무대였다고 할 수 있다. 민병균은 혹한기임에도 불구하고 맨몸으로 십 리의 굽은 강을 직선화하는 공사에 동원된 청년 노동자들이 "그 옛날 수령께서 싸우신/장백의 겨울을 생각하면/언 땅 우에 누워 바라보는/조국의 별들은 아름답기만 했다"(「청년천의 노래 1」, 『민병균시선집』, 조선작가동맹출판사, 1958)며 노동의 열의를 불태우는 모습을 그렸다. 김일성의 항일무장투쟁 경험, 항일유격대가 보여준 사상과 의지의 힘은 점차 모든 인민이 본받아야 할 가치로 격상되고

의연하고 말초적인 사랑을 노래했다고 비판했는데(김명수, 「서정시에 있어서의 전형성, 성격, 쓰찔」, ≪조선문학≫, 1955.10) 이에 대해 엄호석은 사랑을 그린 서정시가 "우리 시대 사람들의 정신적 내부 세계의 미와 도덕적 숭고성을 천명할 수 있는 모찌브로 되는 감정"을 그렸다면서 이순영의 시를 옹호했다(엄호석, 「문학평론에 있어서의 미학적인 것과 비속 사회학적인 것」, ≪조선문학≫, 1957.2). 이들의 논쟁에는 이후 한효(「아름다운 것과 미학적 태도」, ≪조선문학≫, 1957.6)까지 가세함으로써 본격적인 논쟁으로 발전되어 간다.

있었던 것이다.

이밖에도 대동강과 청천강의 물줄기를 잇는 대 역사役事를 소재로 농민들의 창조성과 헌신성을 그린 대표적인 예로 이용악의 연작시 「평남관개시초」(『이용악시선집』, 조선작가동맹출판사, 1957)를 들 수 있다. 이용악이 그린 것은, 거대하게 집약된 노동의 힘으로 개조된 자연의 모습과 자신들이 이룩한 기적을 통해 스스로의 위대한 힘을 자각하고 다가올 풍요로운 미래에 대한 꿈으로 가슴 설레는 농민들의 모습이었다. 연풍저수지에서 떠난 물을 맞이하기 위해 언제 위에 앉아 밤을 새는 칠보 영감(「덕치마을에서」 1, 2)의 형상, 혹은 노동돌격대로 관개공사에 앞장섰던 남녀가 수로에 흘러넘치는 물을 보며 사랑을 다지는 모습(「두 강물을 한 곬으로」), 생전 흐르는 물을 볼 수 없는 산골짜기에서 나서 자란 황소가 수로에 넘치는 물을 보고 무서워하는 꼴을 보며 흐뭇하게 웃음 짓는 농민의 모습(「물냄새가 좋아선가」)들이 그러한 예에 해당된다. 그것은 전후 복구 건설과 자연개조의 기적을 보여주는 '전형적인' 현실이자 형상들이었다.

이 시기의 자연개조의 경험을 그린 대표적인 시인으로는 아무래도 김순석을 들지 않을 수 없다. 특히 1957년에 간행된 김순석의 『황금의 땅』(조선작가동맹출판사)에 실린 서정시들은 이 시기의 북한 서정시를 대표하는 것이라고 할 만하다.[36] 그 가운데서도 특히 주목되는 것은 농촌경리의 사회주의적 개조와 기계화가 가져온 성과를 그린 「마지막 오솔길」이다.

---

36 김순석은 후기에서 시집 『황금의 땅』이 자신의 고향 어랑천에서 전개된 "농촌의 사회주의적 개조를 위한 전투적 생활 속에 참여함으로써 영웅의 땅이 황금의 땅으로 전변"(김순석, 『황금의 땅』, 조선작가동맹출판사, 1957, 후기)되는 것을 직접 지켜본 체험에 기초해서 씌어졌다고 밝혔다. 발간 당시 이 시집에 대한 평가는 상당히 높았지만(김재용, 「북한 시와 서정시의 운명」, 『분단구조와 북한문학』, 소명출판, 2000) 천리마 시대가 시작된 1950년대 말에 이르면 윤세평 등에 의해 부르죠아 사상 잔재를 보인 것으로 호된 비판을 받게 된다. 윤세평, 「시문학에서 부르죠아 사상 잔재를 반대하여」, ≪문학신문≫, 1959.1.4(김재용 외 편, 『현대문학비평자료집』 4, 태학사, 1993, 63~67쪽).

잘 가거라 마지막 오솔길
네 우에 오래 서렸던 한숨 같이
두 줄기 끝없는 달구지 자국도
자국에 자라 우거진 즌새 풀숭구리도

허술하고 초라하고 인적기 없어
눈에도 띠우지 않은
고향의 좁은 오솔길
마지막으로 오래 나를 걸쿠어 달라,

맨발에 밟히던 흙내음새
꼴단을 비여 지고 소를 몰며
같이 비에도 젖었던 사이,
같이 해에도 말렸던 사이,

해 뜨기 전 이슬 무렵엔
머슴의 처지가 하도 애처로워서
너는 풀잎에 나는 두 눈에
같이 눈물도 흘렸던 사이,

우리 피차에 무슨 좋은 일 있었던가
너는 덤불에 묻혀 나는 가난에 묻혀
기름 치지 않은 달구지 소리처럼
어린 날의 지꽂은 세월은 구을러 왔지…
넓은 길은 깔린다…
전선줄이 노래하며 뻗는다
뜨락똘의 가벼운 동음…
땅을 흔든다, 가슴을 흔든다.

잘 가거라 마지막 오솔길
천 년 너와 함께 있자던 가난도 슬픔도,
삐꺽이던 달구지 소리도,

영원히 영원히…

　　　　　ー김순석, 「마지막 오솔길」(『황금의 나라』, 조선작가동맹출판사, 1957)

이 시가 말한 것은 자연개조와 협동경리로 인해 급격히 변해가는 농촌의 모습이다. '뜨락똘'이 인력과 축력을 대신하고, 비좁은 농로가 '뜨락똘'이 다닐 수 있는 넓은 길로 변해 가는 모습, 그것은 전후 복구건설의 성공을 상징하는 것이라고 할 수 있다. 김순석은 덤불에 덮여 있는지조차 알수 없던 오솔길이 뜨락똘과 널찍한 농로에 밀려 과거가 되어버린 것처럼 농노나 다를 바 없는 존재로 살아왔던 자신의 과거 또한 영원히 가버렸음을 말하고 있다. 농촌 근대화란 말로 요약할 수 있을 변화 앞에서 그는 점차 사라져가는 오솔길을 걸으며, 가난과 굴종의 삶이 이제 영원히 사라져가고 있음을 말하고 있는 것이다. 따라서 그가 이제 곧 사라져버릴 '오솔길'을 걸어가면서 과거를 반추하는 것은 굴종과 가난으로 점철된 과거와의 단호한 결별과 행복한 사회주의 미래의 도래를 자축하는 의식儀式이라고 할 수 있다.

6. 마무리

이상에서 살펴 본 것처럼 전후 복구건설기의 북한시는 전후 복구건설기의 북한 시가, 그 창작 기반과 물적 기초의 열악함에도 불구하고 뚜렷한 성취를 보여준다. 그것은 전쟁으로 인해 강화된 공동체적 결속력과 유대감, 전후 복구건설의 순조로운 진행에 따른 자신감, 그리고 제2차 조선작가대회를 계기로 한 창작의 활성화 등 때문이라고 할 수 있다.[37] 물론 평론가들의 입장에서 볼 때 창작의 성과가 항상 만족스러웠던 것은 아니다. 평

---

37 김순석, 앞의 글, 김순석은 이 대회 이후 "추상적인 개념과 공허한 외침, 관료적인 강요"가 그림자를 감추기 시작했으며 "제2차 작가대회 이후의 일 년간은 우리의 시문학을 더욱 풍요롭게, 더욱 다양하게, 더욱 힘있게 한 한해였다"고 주장했다.

론가들은 계속해서 도식주의와 기록주의의 폐해를 지적하는 한편, 이를 극복하기 위해서 시인들에게 현실에 뛰어들어 발전하는 현실을 내부 깊이 체험함으로써 창작의 질을 제고하라는 주문을 내놓았다. 시인들은 이같은 지적과 요구를 의식하면서 그 나름으로 창작의 질을 높이기 위해 노력했다. 복구건설기의 시가 보여주는 성취는 그 결과였다.

이 시기의 북한 시는 복구건설의 놀라운 성과와 함께 자연개조의 위엄, 그리고 사회주의 건설의 자신감을 강하게 내비쳤다. 이 모든 것은 전쟁 기간부터 복구건설의 비전을 가다듬은 수령의 인도와 인민들의 자발적인 희생과 헌신이 결합한 결과로 그려졌다. 전쟁기간 내내 강조되었던 대중적 영웅주의는 이 시기에도 여전히 강조되었던 것이다. 냉전 체제 아래서의 체제 경쟁에서 승리하기 위해서는 총동원체제가 불가피했기 때문이다. 이 동원 체제의 유지를 위해서 무엇보다 강조되었던 것은 사상의 선도성이었거니와 그것은 낡은 것과 새것의 투쟁을 통해서 구현되어야 했다.

낡은 것과의 투쟁은 여러 수준에서 이루어졌지만, 그 핵심은 내부적인 단결을 위해 이질적인 요소를 배제하는 것이었다. 전쟁으로 인해 고도의 동질성을 획득하기는 했지만, 여전히 내부의 단결을 저해하는 요소들이 존재했기 때문이다. 특히 인민들의 생활과 의식 속에 은밀하게 스며든 부르주아 잔재는 시급히 정산되어야 할 낡은 것이었다. 풍자가 '낡은 것'과의 투쟁을 그리는 중요한 방법이었다. 하지만 궁극적으로 풍자가 겨냥한 것은 인민들의 내면이었다. 그것은 단지 '낡은 것'을 비판하고 야유하는 데 그친 것이 아니라, 자기 내면에서 낡은 것이 없는지를 반성하고 비판함으로써 스스로를 정화하라고 인민들을 몰아세우는 방법이었던 것이다. 하지만 공민적 빠뽀스에 의한 엄정한 자기 검열은 인민들의 내부를 텅 빈 것으로 만들었다.

『배달말』 제39집, 2006

| 참고문헌 |

김상봉, 『도덕교육의 파시즘』, 도서출판 길, 2005.

김재용, 『분단구조와 북한문학』, 소명출판, 2000.

김재용 외 편, 『현대문학비평자료집』 3・4, 태학사, 1993.

류만, 『현대조선시문학』, 조선작가동맹출판사, 1988.

막스 베버, 『탈주술화 과정과 근대』, 나남출판, 2002.

박명림, 『한국전쟁의 발발과 기원』, 나남출판사, 1996.

서동만, 『북한 사회주의 체제 성립사』, 선인, 2005.

신형기・오성호, 『북한문학사』, 평민사, 2000.

와다 하루끼, 『북조선 ─ 유격대 국가에서 정규군 국가로』, 돌베개, 2002.

이종석, 『조선로동당연구』, 역사비평사, 1995.

『제2차 조선작가대회 문헌집』, 조선작가동맹출판사, 1956.

『해방 후 10년간의 조선문학』, 조선작가동맹출판사, 1955.

북한 전후시의
전통과 모더니티 연구

남기혁

1. 들어가는 말— 북한시의 지속과 변화의 원리

8 · 15 해방과 더불어 시작된 남북의 분단과 이데올로기 대립이 이제 반세기를 훌쩍 넘어버렸다. 하지만 민족의 동질성 회복을 통한 민족 통일의 실현은 여전히 요원해 보이는 것이 현실이다. 분단과 전쟁에 직접 간여했던 세대들 대신에 이를 경험하지 못한 세대들이 역사의 전면으로 나서고 있는 현실 속에서, 남과 북이 공유할 수 있는 민족적 경험과 역사적 체험의 영역은 점점 좁아지고 있다. 그리고 남북한 간에 이질성이 심화됨에 따라 단일 민족과 자기 동일적 전통이라는 신화는 위협을 받게 되었다. 이제 '민족'이라는 상상의 공동체가 공유하고 있다고 믿었던 전통이 과연 남과 북을 하나의 정치적 · 문화적 · 이데올로기적 공동체로 재통합하는 데 결정적인 역할을 할 수 있을 것인가에 대해 심각한 의문이 생겨나고 있는 것도 부인할 수 없다. 남과 북이 모두 표면적으로 통일의 당위성을 내세우고 있지만, 내면적으로는 이질정(차이)의 문제를 실체화하고 그것을 빌미로 현재의 체제를 유지 존속하려는 —적어도 민족 재통합의 방향을 자기 체제의 주도 아래 두려는— 의도를 숨기지 않고 있는 실정이다.

남북 간의 정치적·문화적·이데올로기적 이질성의 문제는 문학(시)의 영역에서도 확인할 수 있다. 문학(시)이 시대 현실의 반영이라는 단순한 공리를 상기하지 않더라도, 50년 이상 서로 다른 역사적 경험·정치적 원칙·문화 정책 위에서 구축된 남북 문학이 이질화되는 것은 불가피한 일이었다. 남북 문학(시)의 이질성이 생겨난 시기는 남북 문학이 분화된 지점까지 거슬러 올라간다. 해방 후 남과 북에는 상이한 정치적 이념을 표방한 문학 단체들이 생겨나면서 문학의 시대적 과제와 창작 방법 등을 둘러싸고 상이한 문학 노선이 생겨났다. 남한의 경우 소위 '문협정통파'를 중심으로 민족문학론이 제창되었고, 남로당 계열을 중심으로 인민민주주의 민족문학론이 제창되는 등 민족 문학 건설의 방향과 이념적 지형도에 있어서 숱한 혼란이 있었다. 이후 남로당 계열 문인들(조선문학가동맹)의 월북 이후 대체로 민족주의 진영 주도로 민족 문학의 건설이 모색되었다. 반면에 북한의 경우 구 카프계를 중심으로 서울중심주의를 거부하고 평양중심주의[1]를 내세우며 새로운 문학 단체를 결성하였으며, 다양한 조직상의 변화에도 불구하고 기본적인 문학 노선과 이념 지형도는 단일한 편이었다.

북한의 문인들은 북조선예술총연맹(1946.3), 북조선문학예술총동맹(1946.10) 등으로 문인 조직을 재편성하면서 당시 북한 사회에서 전반적으로 전개되던 토지 개혁 및 주요 산업 시설의 국유화 등 제반 '민주개혁' 프로그램에 적극적으로 동조하였다. 제반 민주개혁을 적극 옹호하고 사회주의 사회에 대한 낙관적인 전망을 노래한 민주건설기(1945~1950)에 있어서, 북한문학은 당에 대한 문학의 종속, 혹은 정치 우위 노선을 드러내었다. 이러한 노선은 문예에 있어서의 당성·계급성·인민성 원칙으로 정식화되었고 창작방법으로서 사회주의 리얼리즘(또는 '고상한 리얼리즘')을 제창하는 것으로 이어졌다. 한편 민주건설기에 북한문학을 주도했던 문인

---

1 해방기에 있어서 남과 북의 문학단체의 변화 과정과 민족 문학 건설논쟁에 대해서는 김재용, 「8·15 직후의 민족문학론」, 『북한문학의 역사적이해』, 문학과지성사, 1994 참조.

세력들은 계급문학과 민족문학의 관계 설정을 고심하면서, '진보적 민주주의 민족문학'의 건설을 주장하였다. 진보적 민주주의 민족문학은 혁명계급으로서의 노동계급의 주도하에 제 인민들이 북조선에서 전개된 제반 민주개혁, 즉 봉건 및 식민잔재의 청산, 부르주아 잔재 청산[2]을 촉진하고, 민족 문화 유산의 정당한 비판과 계승 및 선진 국제문화(소련을 포함한 사회주의 문화)와의 교류 등을 통해 내용에 있어서 진보적 민주주의, 형식에 있어서 민족적 형식을 통한 진보적 리얼리즘 문학의 건설을 그 중심 내용으로 하고 있다.[3]

표면적으로는 민족 문학의 건설을 주장하였지만 민주 건설기의 북한문학은 '민족 문학의 건설'보다 '계급문학의 건설'에 무게중심이 쏠려 있었다. 이러한 노선은 프롤레타리아 계급의 문화를 부정하고 해당 정세 하에서 우리 문학의 나아갈 방향을 근대적 의미의 민족 문학의 건설로 보았던 남로당계열 문인들의 문학 건설노선과 뚜렷하게 구별된다. 민주건설기의 북한의 문학 창작, 특히 시 창작에서 찾을 수 있는 가장 전형적인 특징은 공민적 빠포스(파토스 · pathos)의 중시, 미래에 대한 낙관주의(유토피아주의 혹은 혁명적 낭만성)와 프롤레타리아 계급 의식 등이다. 이는 해방기 북한 사회에서 전개되던 광범한 민주개혁 조치들, 특히 계급투쟁에서의 노동계급의 주도성 문제와 연결되어 있었다.

한편 낡은 계급 · 제도 · 질서에 대한 새로운 계급 · 제도 · 질서의 필연적인 승리를 노래하는 경향이 민주건설기 북한시의 기본적인 성격을 이루

---

2 문예에 있어서의 부르조아 잔재청산 문제는 반동예술의 세력과 그 관념의 소탕과 관련된다. '응향'사건이 대표적인 예이며, 이러한 흐름은 1953년 임화 이원조 등 남로당 계열의 문인 숙청 등으로 이어지고, 북한의 정권이 위기에 봉착할 때마다 유사한 사건이 일어나게 된다.

3 안함광, 「민족문학론」 및 「민족문학재론」, 『민족과 문화』, 문화전선사, 1947; 안막, 「조선문학과 예술의 기본 임무」, ≪문화전선≫, 1946.7; 김재용, 「8 · 15 직후의 민족문학론」, 『북한문학의 역사적 이해』, 문학과 지성사, 1994; 권영민, 「해방공간의 민족문학론과 그 이념적 실체」, 『한국 민족문학론 연구』, 민음사, 1988.

게 되었다. 현재 진행 중인 민주개혁은 과거의 봉건적·식민지적 잔재에 대한 현재의 사회주의 건설기(평화적 건설기)의 우월성을 확신하는 현실적 근거가 되었고, 이것이 보다 발전된 사회(도래할 공산주의 사회)에 대한 낙관적 전망 및 민주기지론[4]의 토대가 되었다. '과거적인 것'은 '낡은 것'과 동일시되면서 부정과 타기의 대상으로 간주되었고, 도래한 현재와 도래할 미래의 현실은 긍정과 예찬의 대상이 되었다. 이러한 사실은 그들이 민족 문화 유산에 대해 이야기할 때, 과거의 진보적 문학 전통(특히 1920년대 비판적 사실주의 및 카프의 사회주의 리얼리즘 문학 전통) 이상을 이야기하지 않거나, 민족적 문학 전통의 계승보다 선진 사회주의 국가인 소련 문화(학)의 섭취[5]에 더 큰 관심을 기울인 데서도 확인된다.

민족보다 계급을, 과거보다 현재를, 현재보다 미래를 우위에 두는 근대적[6] 사유 방식 및 문학적 형상화 방식은 기본적으로 조국 해방 전쟁시기 (1950~1953)와 전후 복구 및 사회주의 건설기(1953~1958)까지 그대로 유지되거나, 보다 심화 확대되었다. 다만 전쟁의 현실을 반영하여 전쟁영웅에 대한 찬양·지도자로서의 김일성에 대한 예찬 등 긍정적 주인공의 새로운 전형들이 추가되었을 뿐, 북한문학(시)에 있어서 사회주의적 근대성의 추구는 확대 심화되었다.

본고는 북한 시문학의 건설기에 형성된, 그리고 오늘날까지 북한 시문

---

4 북한문학에 있어서 민주기지론의 변천 과정에 대해서는 김재용, 「민주기지론과 북한 문학의 시원」, 『분단구조와 분단문학』, 소명출판, 2000 참조.

5 민주건설기의 북한시, 더 나아가 천리마 대고조기 이전의 북한시에서 선진 사회주의 국가로서의 소련은 '해방군'의 이미지로서, 그리고 조선 인민에 대한 참된 우정과 프롤레타리아 국제주의 정신에 기초하여 조선의 재건을 돕는 원조자로서 그려지고 있다. 이러한 프롤레타리아 국제주의는 애국주의와 함께 전후 북한 사회가 프롤레타리아의 계급적 이익을 다른 무엇보다 우선시하고 있음을 보여주는 것이다. 이 당시 국제주의는 제국주의의 이익을 옹호하는 세계주의와, 애국주의는 국수주의나 민족주의와 대립되는 개념이었다.

6 좁은 의미에 있어서 '근대'는 자본주의, 부르조아 민주주의, 국민 국가 등의 문제와 관련된다. 하지만 본고에서는 '근대'가 확장된 의미 규정에 연결되어야 한다고 본다.

학을 관류하고 있는 근대성의 원리가 전후 사회주의 건설기의 시문학에서 어떻게 심화 확대되고 있으며, 이후 생산 관계의 사회주의적 개조의 완성과 보다 높은 사회주의 · 공산주의 사회를 향한 진군이 공식적으로 표명(1958.8)된 천리마 대고조기를 거치면서 주체 문예이론(1967년 이후)에 이르기까지 어떻게 변화하는가7를 추적하고자 한다.

북한 사회는 기본적으로 국가주의적 사회주의 체제를 강화하면서 중공업 위주의 사회주의 공업화(산업화) 정책을 통해 급속하게 근대 사회의 면모를 갖추게 되었다. 전자는 봉건적 · 부르조아적 · 식민지적 특권 계급과의 계급 투쟁을 통해 계급 대립의 청산과 근대적 정체성政體性을 확립하는 문제와 관련된 것이다. 그리고 후자는 이를 뒷받침할 수 있는 경제적 토대(생산력)를 발전시키기 위한 산업주의의 문제와 관련된 것이다.

프롤레타리아 독재의 사회주의 정체성과 사회주의적 공업화 정책은 사실 부르조아 민주주의의 정체성과 자본주의적 산업화정책과 쌍생아일 정도로 닮아있다.8 기존의 계급관계 · 사회제도 · 관습 및 이데올로기의 혁신, 생산력의 비약적 발전을 완수하려는 북한 사회의 공식적(단일 음성적) 이데올로기는 근대의 극복을 내세웠으면서도 끝내 근대주의의 또 다른 얼굴을 하고 있었다. 이러한 사실은 근대의 결여태로 시작한 사회주의 건설의 필연적인 귀결이었다. 따라서 북한문학이 근대주의의 이면에서 과거적 전통(특히 문학유산)을 어떻게 다루고 있는가, 과거적 전통의 위상이 시대에 따라 어떻게 변화하는가 등은 관심의 대상이 아닐 수 없다. 이 문제를 1953년에서 1967년에 이르는 북한의 전후시와 시론을 통해 살펴보는 것

7 이 변화는 '계급적인 것'의 우위성에서 '민족적인 것'의 우위성으로 변화하는 과정이다. 대체로 천리마 대고조기를 거치면서 북한문학에서는 민족 및 전통 담론이 활성화되고, 민족문학유산 및 인민적 전통의 창조적 계승을 통한 서정시 창작의 방향전환에 대한 인식이 확산된다.
8 둘은 기본적으로 인간의 이성에 대한 신뢰, 역사의 진보에 대한 믿음, 반(反)전통주의와 진보사관 등에 있어서, 또는 자연에 대한 인간의 관계, 생산력의 발전에 대한 맹목적 숭배 등에 있어서 동일하다.

이 본고의 과제이다.9

2. 사회주의 건설의 이상과 전후 북한시의 모더니티 지향성

1) 시대의 빠포스 — 전후 복구와 사회주의적 공업화 노선의 시적 형상화

'조국해방 전쟁기'(1950~1953)의 북한시에서 나타나는 가장 중요한 특징 중의 하나는 애국주의에 대한 강조이다. 전쟁의 원흉에 대한 배타적 입장을 명확히 하고 내부의 결속을 다지기 위한 애국주의가 북한의 전쟁 시에서 가장 중요한 이데올로기로 작용하고 있는 것이다. 구체적으로 북한의 전쟁시에는 조국해방전쟁 과정에서 보여준 인민군의 영웅적인 투쟁에 대한 찬양, 적에 대한 적개심과 승리에 대한 확신, 전쟁의 지도자인 김일성의 예찬 등의 주제 도식이 반복적으로 나타난다.

애국주의는 남한의 전쟁시와는 달리 북한의 전쟁시에서만 나타나는 독특한 죽음의식—사실은 가장 근대적인 죽음의식—을 통해 확인할 수 있다.10 북한의 전쟁시에는 전쟁 그 자체의 합목적성에 대한 국가주의적 시각만이 그대로 반영되어 있다. 전쟁으로 인한 민중의 상처와 고난을 노래하는 시가 없었던 것은 아니지만, 그런 경우에도 예외 없이 당과 국가의 공식적 이데올로기가 개입하고 있다. 개체(전쟁영웅)의 죽음은 공동체를 위한 영웅적 행위로 찬양되었고, 전쟁은 반제국주의 투쟁으로서 민족 해방 운동 및

---

9 북한시의 전통성과 근대성에 관한 연구는 남북한 시에 나타난 이질성과 동질성을 동시에 점검하는 데 밑바탕이 될 수 있을 것이다. 본고의 작업은 같은 시기 남한의 시문학과 북한의 시문학간의 비교 연구 및 분단극복을 위한 시적 실천의 방향 모색을 위한 예비 작업의 성격을 지닌다는 점을 미리 밝혀두고자 한다.

10 한국전쟁은 국제적인 냉전체제와 이데올로기 대립, 민족내부의 계급 모순 등이 중층적으로 작용한 근대(현대) 전쟁이다. 따라서 남한의 전후시가 전쟁을 통해서 근대의 역행적 귀결을 발견하고, 전쟁(근대)에 대한 반성적·부정적 사유를 전개한 것은 문학사적으로 의미가 있는 일이었다.

남조선 혁명을 위한 계급투쟁으로서 그리고 무엇보다도 미제의 침략으로
인해 생겨난 위기를 극복하기 위한 민족적 투쟁으로서 받아들여졌다.

> 무엇이 이런 인민을
> 정복한다더냐!
> 한번 해방과 자유를
> 맞은 인민을!
> 어찌 솟아오른 태양을
> 떨어뜨릴 수 있다더냐!
> (중략)
> 오늘은 피에 주린 미제침략자들이
> 이 나라 하늘을 썰고있다만
> 여기에서 여기에서
> 놈들은 무덤을 찾으리라
> 오늘은 이 나라의 거리들이
> 불속에 묻히였다만
> 불속에서 재속에서
> 황홀한 새로운 거리들이
> 흰빛고층건물을 받들고
> 푸른 하늘에 솟아오르리―
> 오늘은 공습싸이렌에
> 어린애들이 바서지듯 운다만
> 래일이면 평화의 기적이
> 이 땅의 부강을 노래하리!
>
> ― 조기천, 「불타는 거리에서」(1950) 중에서

　대부분의 전쟁문학이 그렇듯이 북한의 전쟁시 역시 목적문학, 도구문
학적 성격이 강하다. 특히 당의 정책과 노선을 대중들에게 선전선동하기
위해 쓰여지는 시인만큼 전쟁을 경험하는 개인(시인)의 내밀한 체험이나
정신적 외상의 흔적을 발견하기는 어렵다. 당과 수령의 단일음성이 직접

화법의 방식으로 전달되는 가운데, 북한의 전후시는 선명한 '적'과 '동지'의 이항 대립을 통해 의미구조가 구현된다. 조기천의「불타는 거리에서」는 북한의 전쟁시가 지닌 이러한 특성을 가장 전형적으로 보여주는 작품이다. 이 작품에서 조기천은 '이 나라'와 '미제침략자'를 대립시키는 가운데, '이 나라'의 '인민'들이 이룩한 해방과 자유를 억압하고 번영된 도시를 파괴하는 적들에 대한 적개심을 직접적으로 드러내면서, 다른 한편으로는 미제 침략자의 파괴행위에도 불구하고 그 파괴된 빈 자리에서 '평화'와 '부강'의 사회주의 조국이 건설될 미래에 대한 강한 기대와 확신을 노래하고 있다.

그렇다면 한국전쟁(혹은 조국해방전쟁)이 북한 사회에 미친 영향과 의미는 무엇일까? 사회주의의 건설이라는 관점에서 볼 때, 한국 전쟁은 북한 사회에서 서로 모순이 되는 이중적 의미를 함의하고 있다. 우선 부정적인 측면에서 보면, 민주건설기에 이루어진 경제 성장의 토대들이 전쟁을 통해 거의 완전하게 파괴되어 사회주의 건설 과정에 치명적인 악영향이 미쳤다. 반면 긍정적인 측면에서 보면, 전쟁 과정에 이루어진 광범한 인구이동, 이데올로기 선전과 대중의 전쟁 체험 등을 통해 북한 사회가 보다 근대화(사회주의화)된 사회 체제로 나아갈 수 있는 토대가 마련되었다. 민주건설기의 북한 사회에 잔재하고 있던 반半 봉건적·부르조아 세력이 거의 완벽하게 일소되어, 피를 흘리는 계급투쟁의 소용돌이를 거치지 않고도 쉽게 사회주의적 생산관계로 나아갈 수 있었기 때문이다. 뿐만 아니라 전후 복구기에 이루어진 선진 사회주의 국가의 경제원조 및 전장에서 산업현장으로 복귀한 노동계급의 희생적인 노동이 결합되면서 생산력의 비약적 발전이 이루어졌다.[11]

의식의 측면에서도 수령의 영도성, 평양중심주의에 대한 확고한 믿음이 형성되면서 김일성 단일 지도 체제가 구축될 수 있는 정치적 토대가 마

---

11 이에 대해서는 한국사편집위원회,『한국사 21－ 북한의 사회와 정치』, 한길사, 1994 참조.

련되었다. 전쟁이 끝날 무렵 시작된 남로당 숙청 및 이어지는 일련의 반종파 투쟁의 과정은 김일성 체제가 북한의 유일 지배 체제로 자리잡아가는 과정이었다.

북한문학에서 '전후복구와 사회주의건설기'로 불리는 1953~1958년의 시기는 다시 두 시기로 나눌 수 있다. 즉 전쟁에 의해 파괴된 산업시설을 복구하고 중공업 위주로 생산력의 발전을 도모하는 한편 농촌의 협동화·기계화를 재촉하여 낡은 생산력을 비약적으로 발전시키고 농업 부문의 생산관계를 사회주의적 생산 관계로 한 걸음 다가서게 하는 '전후복구'단계와, 전후복구를 바탕으로 3개년 경제계획을 추진하면서 사회주의적 공업화와 농촌의 협동경리를 통해 사회주의 경제의 비약적인 발전 그리고 공산주의 사회의 도래에 대한 밝은 전망에 도달하는 '사회주의 건설기'의 단계로 나누어 볼 수 있다. 특히 사회주의 건설기의 단계는 소련을 포함한 사회주의권의 경제원조 및 군사원조를 바탕으로 일국 사회주의 경제 건설의 토대를 구축하면서 스탈린 사후 전개된 국제 수정주의의 물결 속에서 북한 사회가 경제·정치·군사 등에서 점차 주체의 노선을 준비해 가는 단계이기도 하다.

사회 제 분야에서 이루어지는 사회주의적 근대화 노선은 전후 복구 및 사회주의 건설기의 북한시에 그대로 반영되었다. 우선 사회주의 경제의 생산력과 생산관계를 찬양 고무하는 시가 많이 창작되었다. 특히 사회주의 공업화의 우월성에 대한 찬양, 기계 및 자연 개조에 대한 찬양, 노력 영웅에 대한 찬양, 조중·조소 친선에 기반한 프롤레타리아 국제주의의 찬양 등이 이 시기 북한시의 중요한 테마 도식을 이루고 있다. 우선 전후 복구와 관련된 시를 살펴보면, 정문향의 「새들은 숲으로 간다」(1955), 박명도의 「파편」(1955) 등이 주목되는 작품들이다.

얼마만이냐! 원쑤의 포화에
불에 탄 바다가의 숲에서

습기찬 용광로의 부서진 철탑에 의지하여
싸움속에 살아온 새들아!

다시 일어선 열풍로의
훈훈한 방부제냄새
녹쓸었던 철판에
다시 흐르는 증기소리—

아, 모든 것을 다시 추켜세운 구내우로 새들은 난다
그 모진 싸움속에서도 가슴 드놀지 않던
제철공들의 무쇠의 가슴을 치며, 가슴을 흔들며—

우리 이 자리를 지켜
오늘을 맞는것처럼
평화로운 조국의 하늘가에—

어디로 가도 기쁘고 즐거운 바다와 산과 들,
그리움에 찬 보금자리를 다시 찾아 새들은 숲으로 간다.
제철공들의 그 무쇠의 가슴을 흔들며

— 정문향, 「새들은 숲으로 간다」(1954) 중에서

　　정문향의 「새들은 숲으로 간다」는 전후 복구기의 북한시를 대표할 만
한 수작이다. 이 작품에서 시인은 적('원쑤')에 대한 분노와 적개심을 가슴
속에 간직하면서, 전쟁이 끝나고 찾아온 평화의 수호와 파괴된 산업 시설
의 재건에 대한 강한 의지, 전쟁터에서 살아남아 이제 일터로 복귀한 선진
노동자들의 강인한 의지와 조국애를 노래하고 있다. 특히 전쟁 기간 동안
에 멈춰 섰던 '용광로의 부서진 철탑에 의지하여' 살아온 새들이 용광로의
가동과 함께 자신들의 보금자리였던 '숲'으로 돌아간다는 시적 상상력을
활용하여 전후 복구와 새로운 사회 건설에 대한 낙관적 전망을 드러내고
있다. 특히 이 작품은 전후 복구 사업의 중심에 놓인 산업 시설의 재건, 특

히 중공업 시설의 재건 문제를 다루고 있어서, 전후 북한 지도부가 내세운 사회주의 공업화 노선의 선전과도 밀접한 관련을 맺고 있는 것으로 보인다.

사회주의 공업화의 우월성에 대한 찬양은 당의 정책과 지도 노선을 따른 결과이다. 이러한 정책과 노선이 근대 지향적 사유와 뗄 수 없는 관계에 놓인다고 보는 것은 사회주의 공업화가 산업주의의 또 다른 모습에 해당되기 때문이다. 산업주의란 자연에 무차별적인 착취에 기반해서 성립된다. 이미 자연의 일부라고 할 수 있는 인간이 스스로를 자연의 대립적 존재로 설정하고, 그 자연을 인간의 자기 유지를 위해 정복해야할 대상으로 여기는 계몽적 사유방식이 자리 잡고 있는 것이다.

전후 복구기의 북한시가 노동 행위 및 노동자의 영웅적 건설 행위에 대해서 묘사할 때, 자연에 대한 근대적(계몽적) 사유방식은 보다 노골적으로 드러난다. 자연은 개조의 대상으로 간주되며, 그것을 보다 효율적 · 합리적으로 통제할 수 있는 기계[12]에 대한 물신적 숭배가 북한 전후시의 도처에서 발견된다. 물론 농촌의 현실을 목가적 자연 묘사와 함께 그려낸 시들이 유행하기도 했지만 목가적 현실조차도 농촌의 사회주의적 근대화에 의해 가능해진 것으로 간주되어왔다. 특히 천리마 대고조기로 접어들면서 농촌에서 벌어지는 대규모의 자연개조 사업에 대한 예찬이 중요한 시적 경향으로 자리 잡게 된 것은 주목할 만한 일이다.

설령 인간의 자연개조와 직접 관련되지 않더라도 자연 그 자체에 대한 묘사는 엄격하게 금지되었다. 예를 들어 북한의 전후 비평에서 당의 공식주의 노선을 대변하고 있던 엄호석은 한 평론에서 자연을 자연 그 자체로 노래한다는 것은 '자연으로 돌아가라'라는 자연 귀속과 생활 도피이며 사실주의로부터의 자연주의에로의 전락이 아닐 수 없다는 주장을 피력한 바

---

12 북한의 전후시에서는 기계에 대한 묘사, 혹은 생산 공정에 대한 묘사로 생산 현장과 노동 현실의 묘사를 대신하려는 경향이 있었다. 이에 대한 당대의 비판으로는 이정구, 「최근 우리 시문학 상에 제기되는 몇 가지 문제」, ≪조선문학≫, 1954.9; 이선영 외 편, 『현대문학 비평 자료집』(이하 『자료집』 3), 261~269쪽 참조.

있다. 이러한 주장에서 알 수 있는 바와 같이 북한의 전후시에 나타난 자연관은 전통적인 자연관과 매우 동떨어진 것이었다. 엄호석에 의하면 서정시의 주인공은 항상 선진적 현대인이어야 하고, 그런 만큼 자연을 묘사할 때조차도 공민적 빠포스를 분리할 수 없다는 것이다. 자연은 항상 인간화된 자연으로 표현되며 또 되어야 하는 것이다.[13]

전후 복구기의 북한시는 전쟁의 폐허를 딛고 사회주의 공업화를 위한 경제 건설을 강력하게 추진하던 전쟁 직후의 북한 현실을 주로 프롤레타리아 계급의 입장에서 그려내고 있다. 이러한 시적 경향으로 인해 북한의 전후시에는 긍정적 주인공으로서의 노력 영웅에 대한 묘사가 많이 나타난다. 노력 영웅은 공동체를 위한 희생정신, 미래에 도래할 공산주의적 이상사회에 대한 낙관적 믿음, 현실의 고난을 극복할 수 있는 불요불굴의 정신 등으로 무장한 이상적 인간형(공산주의적 인간형)[14]이라고 할 수 있다. 그런데 시적 주인공이 공산주의적 인간의 전형으로 등장하면서 북한의 전후시에는 이상과 현실의 불일치 문제가 생겨나게 되었다. 당대의 북한 사회가 완전한 무갈등 사회에 도달한 것이 아님에도 불구하고 도래할 미래의 현실을 실제의 현실인 양 표현해야 했기 때문에 북한의 전후시는 필연적으로 도식주의의 병폐에 봉착하게 된 것이다.

미래에 있을 공산주의적 유토피아는 부재하는 현실이다. 하지만 북한 전후시인들은 미래적 유토피아를 실제의 현실로 간주하거나 손쉽게 달성될 수 있는 가능태인 양 여겼다. 이러한 주관적 전망은 혁명적 낭만주의의 폐해라고 볼 수 있다. 그것은 결국 현실 속에 내재하는 모순과 갈등은 은

---

13 엄호석, 「시대와 서정시인」, 1957.7.(『자료집』4, 288~289쪽) 참조.
14 공산주의자의 전형에 대한 요구는 북한의 전후시가 프롤레타리아 계급성과 당성을 중시한 데서 필연적으로 발생한 것이다. 이 당시에는 구 카프계의 주도로 말렌코프의 전형론(당성과 계급성을 중시하는 이론)이 도입된 바 있는데, 이것이 전후 북한 문예정책에 반영되어 선명한 이념성의 문학적 형상화에 대한 요구로 이어졌다. 또한 이는 전후 북한시의 시적 주인공을 공산주의적 인간형으로 단일화하는 배경이 되었다.

폐하고 이념의 도식 하에 현실을 재단하여 획일적인 판단과 의식만을 독
자에게 강요하는 결과를 낳게 되었다.[15]

전후 복구기의 북한시에서 프롤레타리아 계급성 · 당성에 대한 요구[16]
는 역사의 진보로서의 사회주의 및 공산주의의 도래에 대한 시대적 전망
을 전달하기 위한 것이었다. 이렇게 새로운 계급의 정치적 이익을 강조하
다보니, 북한시는 자연스럽게 프롤레타리아 국제주의에 연결되었다.

> 로씨야 땅은 얼마나 넓던지
> 가는 곳 따라 초목도 다르고
> 제각기 다른 말로 이야기하는
> 온갖 민족들이 흥겹게 살더라.
>
> 로씨야 땅은 얼마나 넓던지
> 한쪽 땅 끝에서 해가 떠서
> 한쪽 땅 끝으로 해가 지는데
> 해는 언제나 로씨야 하늘에 있더라.
>
> — 박팔양, 「로씨야 땅은 얼마나 넓던지」(1959) 중에서

북한시에서 선진 사회주의 국가로서의 소련과 중국에 대한 예찬은 한
국전쟁 이전에부터 폭넓게 등장하였다. 특히 이들 국가들이 전쟁의 조력
자로서 인식되면서, 북한의 전후시에서 중국과 소련에 대한 연대와 친선
을 강조한 작품들이 많이 창작되었다. 가령 홍순철의 시집『영광을 그대
들에게』나 시「모스크바」, 위에 인용한 박팔양의「로씨야 땅은 얼마나 넓

---

15 북한이 전후 문학을 극복하는 과정에서 도식주의—그리고 도식주의의 반작용으로서
의 기록주의(자연주의)—에 대한 비판이 중요한 문제로 부각되었던 것은 이런 맥락에
서 이해할 수 있는 일이다.

16 이러한 요구는 구카프계 출신의 비평가들에 의해 주로 제기되었다. 안함광,「문학의
사상성과 예술성」,『문학론』, 1952(『자료집』 2, 384~389쪽) 참조. 한효,「자연주의를
반대하는 투쟁에 있어서의 조선문학」, ≪문학예술≫, 1953.1~4(『자료집』, 478쪽) 참조.

던지」(1959) 등이 주목되는 작품들이다.17 박팔양의 작품은 단순히 소련의 넓은 국토나 부강함에 대한 예찬에 그치는 것이 아니라, 다양한 민족들이 갈등과 대립 없이 조화롭게 살아가는 사회주의 국가의 이상에 대한 예찬으로 볼 수 있다. 소위 주체의 노선이 확정되기 이전까지는 전후의 북한시가 편협한 민족주의나 국수주의에 함몰되지 않고 보편주의(혹은 근대성)를 향해 열려 있음을 보여주는 것이다.

2) 농업의 협동화와 자연의 개조를 통한 목가적 이상향 건설

전후 복구기의 북한시에서는 농촌사회에서 벌어지고 있는 협동화, 기계화에 대한 예찬이 새로운 주제 도식을 형성하고 있다. 전후 북한사회에서 사회주의의 단계로의 진입이 가장 늦은 부분은 농업(농촌) 부분이었다. 해방 직후 단행된 토지개혁이 농민의 토지 소유라는, 여전히 자본주의적 소유 관념에서 해방되지 못한 미완성의 혁명이었기 때문이다. 북한은 이를 극복하기 위해 점차적으로 농촌 협동화를 시행하고 궁극적으로 협동경리를 실행하는 단계에 이르게 된다. 따라서 농업의 사회주의화 과정에 대한 예찬과 농업의 사회주의화를 가능하게 했던 당과 국가에 대한 예찬이 북한 전후시에서 뚜렷한 경향으로 자리 잡게 된다. 민병권 「나의 새고향」(1955), 김북원의 「열두 삼천리벌의 새노래」·「춘경이야기」, 정서촌 「등불」, 정문향의 「첫수확」 등이 대표적인 작품들이다. 가령 김북원의 「춘경이야기」를 보면

봄은 솟아오는 아침해를 안은
조합원 이들에게 먼저 왔더라
살얼음 헤쳐 객토를 나르며
이해의 풍작을 마음한 이들에게

---

17 1950년대 북한의 전후시에서 국제친선을 테마로 한 작품들에 대해서는 안함광, 『조선문학사』, 연변교육출판사, 1999, 527~533쪽 참조.

협동경리의 자랑을 안고
꽃바람 불어오는 언덕너머로
고마운 임경소 뜨락또르 맞이하여
맘속의 봄을 벌판에 노래하는 이들에게
(중략)
뜨락또르는 좋더라 깊이 갈아
땅이 잘 풀려 좋더라
뜨락또르는 좋더라, 많이 갈아
조합원 우리 일손이 남아 좋더라

— 김북원, 「춘경이야기」 중에서

에서 알 수 있는 바와 같이, 전후 복구와 사회주의 건설기에 있어서 북한의 농촌 사회에서 벌어지고 있는 광범위한 개혁 조치 특히 농촌 협동화와 협동 경리에 대한 자부심, 새로운 생산 수단(기계)의 도입에 따른 생산력의 증대에 대한 예찬 등이 직접적으로 드러나 있다.

북한은 한국 전쟁이 초래한 토지의 황폐화와 농업 생산 기반의 전면적인 파괴, 그리고 노동력의 부족 등 농촌 사회가 직면한 제반 문제를 극복할 수 있는 방안으로 농업의 협동화와 협동경리를 추진하였다. 이것은 사회주의의 완수라는 관점에서 보아도 필연적인 것이었다. 농업의 협동화는 집단 노동에 대한 예찬, 농업노동의 기계화에 대한 예찬, 농업 생산력의 비약적 발전과 이에 따른 생활의 발전에 대한 예찬 등 새로운 주제 도식이 북한의 전후시에 등장하는 중요한 요인이 된다. 이러한 과정에서 농업의 생산력을 비약적으로 발전시키기 위한 제반 자연 개조 운동이 시적 소재로 등장하게 되는데, 대표적인 것이 대규모의 관개시설 공사를 다룬 시들이다. 특히 이용악의 「평남관개시초」(1956)는 저간의 사정을 가장 수준 높게 형상화한 작품이며 이외에도 민병권의 「나의 새고향」, 김상오의 「흔적」·「기양관개시초」 등이 같은 계열의 주제 도식을 보여주고 있다.

물이 온다 바람을 몰고
세차게 흘러온 두 강물이
마주쳐 감싸돌며 대하를 이루는 위대한 순간
찬연한 빛이 중천에 퍼지고

물보다 먼저 환호를 울리며
서로 껴안는 로동자, 농민들 속에
처녀와 총각도 무심결에 얼싸안았다.
(중략)
물쿠는 더위도 몰아치는 눈보라도
공사의 속도를 늦추게는 못했거니
두 강물을 흐르게 한
오늘의 감격을 무엇에 비기랴

— 이용악, 「두 강물을 한곬으로」(1956) 중에서

사회주의적 관점에서 볼 때 전후 북한사회가 진행시킨 농업 혁명은 가히 혁명적인 것이었다. 짧은 시간에 피폐한 농촌경제를 복구하고 사회주의 공업화의 토대로서 농업 생산력을 비약적으로 발전시킨 것은 부정할 수 없는 사실이다. 이러한 농업 혁명의 중심에 놓인 것이 대규모 관개 사업이다. 위에 인용된 「두 강물을 한곬으로」라는 작품에서 시인은 자연의 개조를 통해 농업 생산력의 한계를 뛰어 넘으려는 북한 인민의 노력과 일의 성취에 대한 감격을 낭만적인 어조로 노래하고 있다. 이 과정에서 노동자와 농민의 협동과 연대를 강조하고 있는 점 역시 당대 북한 사회의 계급적 현실을 반영한 것으로 보인다.

그러나 전후 북한 농촌 사회가 완전한 사회주의적 이상에 도달한 것은 아니었다. 모든 현실적(계급적) 갈등이 사라지고 높은 생산력을 달성한, 그리고 집단 노동과 분배에 아무런 갈등이 없는 이상 사회란 미래에 도달할 이상 사회의 모습이지 실제의 현실과는 완벽하게 일치되는 것이 아니기 때문이다. 그럼에도 불구하고 시대의 사정을 비판적으로 성찰하는 작품을 발견하기 어려운 것이 사실이다. '생활의 진실'보다는 '관념화된 사상'을 앞세우는 전후 북한시의 도식주의적 경향이 그대로 드러나고 있는 것이다. 농촌의 현실을 다루고 있는 북한의 전후시가 대체로 농촌을 목가적 이상향(유토피아주의)으로 그리고 있는 것은 이런 맥락 때문인 것이다. 가령 정서촌의 「녕변아가씨」나 「룡월고개」, 안룡만의 「낙원산수도」(1964)가 대표적인 작품들이다.

그러나 이러한 공식주의 혹은 단일 음성성의 이면에서 전후 북한 농촌 사회가 직면한 모순된 상황을 우회적으로 드러내고자 한 노력을 찾아본다면 김순석의 작품들이 대표적인 경우라고 할 수 있다. 그의 작품들은 강한 서정성과 언어미를 바탕으로 북한의 농촌 사회가 직면한 변화를 낙관적이고 미래지향적인 관점에서 그려내고 있다. 하지만 그는 근대화 과정에서 '사라져가는 것' 혹은 '사라질 수밖에 없는 것'의 운명을 회고적인 어조로 드러내고 있다. 이러한 시적 실천의 밑바탕에는 현실 속에서 이루어지고 있는 광범위한 농업 개조에 대한 비판적 인식이 전제되어 있는 것이다. 이는 그의 시가 당대 북한의 농촌 사회에서 전개되던 사회주의적 근대화의 역행적 귀결을 의식하고 있음을 보여주는 것이다.

사회주의적 근대화는 농촌에서의 억압적(수탈적) 생산 관계를 청산하고 낙후된 생산력을 비약적으로 발전시키는 데 기여했지만, 전통적인 농촌 공동체의 급격한 해체를 가져온 것도 사실이다. 농촌의 근대화·기계화·집단노동화가 전통적 질서의 해체를 초래하였고, 근대화의 필연적 전제 사항이라고 할 수 있는 자연의 타자화로 인해 인간과 자연이 서로 유기적으로 통합되어 조화로운 삶을 살아가는 고향은 더 이상 마음속에 그릴 수 없게 되었다. 김순석의 시에서 이러한 상황은 과거적 이상향에 대한 낭만적인 회상(복고주의)을 낳게 된다.

> 잘 가거라 마지막 오솔길
> 네 우에 오래 서렸던 한숨 같이

두 줄기 끝없는 달구지 자국도
자국에 자라 우거진 즌새 풀숭구리도

허술하고 초라하고 인적기 없어
눈에도 띠우지 않은
고향의 좁은 오솔길
마지막으로 오래 나를 걸쿠어 달라.

맨발에 밟히던 흙내음새
꼴단을 비여 지고 소를 몰며
같이 비에도 젖었던 사이,
같이 해에도 말렸던 사이,

해 뜨기 전 이슬 무렵엔
머슴의 처지가 하도 애처로워서
너는 풀잎에 나는 두 눈에
같이 눈물도 흘렸던 사이.

우리 피차에 무슨 좋은 일 있었던가
너는 덤불에 묻혀 나는 가난에 묻혀
기름 치지 않은 달구지 소리처럼
어린 날의 지꽃은 세월은 구을러 갔지

넓은 길은 깔린다
전선줄이 노래하며 뻗는다
뜨락똘의 가벼운 동음
땅을 흔든다. 가슴을 흔든다.
잘 가거라 마지막 오솔길
천년 너와 함께 있자던 가난도 슬픔도,
삐걱이던 달구지 소리도.
영원히 영원히

— 김순석, 「마지막 오솔길」(1957) 전문

    북한의 전후시에서 김순석의 시가 돋보이는 이유는 무엇보다 그의 시가 사회주의적 공업화(산업화)가 초래한 농촌 현실 변화의 이중적 의미를 동시에 포착했다는 점에서 찾을 수 있다. 물론 전후 북한의 평단에서는 그의 시를 '복고주의적'인 것이라고 혹평하였지만, 이러한 평가가 전적으로 온당한 것은 아니다. 위에 인용한 작품에서 김순석은 '넓은 길'과 '뜨락똘(트랙터)'로 상징되는 사회주의적 근대화가 농촌 사회에서 기여한 해방적 측면, 즉 가난과 슬픔의 극복을 정당하게 평가하고 있다. 하지만 이러한 평가의 이면에서 그는 사회주의적 근대화가 야기한 억압적인 측면, 즉 인간이 맨발로 걸어 다니며 자연과 하나가 될 수 있었던 고향의 좁은 오솔길이 이제 사회주의적 근대화에 의해 사라지고 있는 것에 대한 아쉬운 감정을 드러내고 있다.

    이러한 사실은 김순석이 사회주의적 근대화가 야기한 역설적 상황, 즉 유기체적 자연의 상실에 따른 인간-인간 · 인간-자연의 전통적 · 공동체적 관계의 상실을 비판적으로 인식하고 있음을 보여주는 것이다. 특히 그의 시에는 "기계라는 새로운 문명적 대상 앞에서 느끼는 낯설음과 공포"[18]가 드러나 있는데, 이는 그의 시가 당의 공식적 이데올로기나 당대의 주류적 시 창작으로부터 상당히 거리를 두고 있음을 보여주는 것이다. 시적 주인공의 눈이 미래를 향해 열려진 것은 부정할 수 없지만, 그의 시는 전통적 농촌공동체에도 눈을 돌림으로써 북한의 전후시가 보여준 맹목적 미래지향성과 무분별한 낙관주의에 제동을 걸고 있는 것으로 보인다.

    그러나 사회주의적 이념에서 볼 때, 과거(전통) 사회의 유기체적 질서란 부정과 타기의 대상이 되어야 한다. 인간과 자연이 합일되는 유기체적 질서란 그것을 가로막는 농촌 현실에 대한 광범위한 사회주의적 개조를 통해 도달해야 할 미래의 이상으로 제시되어야 하지, 잃어버린 과거에 대한 그리움으로 형상화될 성질의 것은 아니다. 잃어버린 고향에 대한 그리움

---

18 이 점에 대해서는 김재용의 「북한 사회와 서정시의 운명」, 『분단구조와 북한문학』, 소명출판, 2000, 219쪽 참조.

이 자칫 복고주의나 낭만적 반자본주의로 기운다면 그것은 사회주의 이념의 퇴조를 의미하는 것이다. 또한 이는 명백히 사회주의 문학의 원칙인 '당성'에서 일탈하는 결과를 낳는다.

이러한 문제점들로 인해 김순석의 시는 당대 북한 비평가들에 의해 큰 논란거리가 되었다. 대체로 그의 시가 지니고 있는 정치적 일탈 행위를 비판하고 있는 당대 비평가들의 주장은, 적어도 사회주의적 문예의 관점에서 본다면, 단순히 도식주의에 빠진 것이라고 폄훼될 수 없는 문학적 진실을 담고 있는 것이 사실이다.19 과거 농촌 사회에 잔존하고 있는 '억압적인 것'을 노래하지 않고 단지 그것을 좋았던 시절이라고 그리는 것은 과거를 이상화(신화화)하는 것에 지나지 않는다. 또한 현실 해방과 미래적 유토피아 수립을 위한 비판적 참조물로서 과거(전통)가 중요한 기능을 담당할 수 있는 가능성을 반감시킬 위험이 있다.

1950년대 말 북한 비평계가 김순석의 시에 대해 계급적 입장을 몰각한 것이라고 비판하면서 시인의 자기비판을 요구했던 것은 그 당시의 현실을 고려한다면 당연한 귀결이 아닐 수 없다. 그것은 사회주의 문학의 이념적 폐쇄성을 보여주는 것이지만, 동시에 근대 사회에서 서정시가 처한 운명이기도 하다. 당의 단일음성이 지배할 때 농촌의 현실에 대한 파악은 필연적으로 도식화의 운명을 밟아나갈 수밖에 없었다. 근대화 과정 속에 있는

---

19 김순석의 시가 지닌 가장 주된 특성은 강화된 서정성과 높은 형상성이다. 이러한 이유로 김순석의 시는 전후 북한시가 봉착한 도식주의 및 기록주의의 병폐를 극복한 것이라고 평가된다. 실제로 전후 북한 문예비평에서도 도식주의 비판의 논거로 김순석의 시가 인용되면서 논란을 불러 일으켰다. 이에 대해서는 윤세평, 「시문학에서의 부르조아 사상 잔재를 반대하며」, ≪문학신문≫, 1959(『자료집』 5, 63~67쪽), 박세영, 「시문학의 전투적 기치를 높이자」, ≪문학신문≫, 1959.2(『자료집』 5, 76~79쪽) 참조. 문학의 논리라는 관점에서 보면 김순석의 시와 그를 옹호한 비평가들의 논리는 정당한 것이지만, 정치의 논리라는 관점에서 보면 사정은 달라진다. 광범위한 농촌 개혁 프로그램을 사회주의 건설의 공과로 생각하는 마당에서, 특히 천리마 시대로 접어들면서 사상 및 기술 혁명이 주창되는 과정에서 김순석의 시가 복고주의라 비판되는 것은 북한문학의 내적 논리라는 관점에서 불가피한 것이었다.

농촌 현실에 대한 비판 특히 과거의 이상화를 통해 농촌 현실을 조망하는 것은 이념적 견지에서 보면 도저히 용납될 수 없는 것이다.

3) '낡은 것'과 '새 것'의 갈등, 그리고 '새 것'의 승리

전후 복구기의 북한시에 나타난 주제 도식, 즉 사회주의적 공업화 및 이에 관련된 공산주의적 전형의 묘사·농촌에서 벌어지고 있는 사회주의적 개조사업·목가적 현실 파악 등은, 북한의 전후시가 얼마나 사회주의적 근대 지향성에 노출되어 있었는가를 역설적으로 보여준다. 이러한 근대지향성은 전후 북한의 문예가 당의 지배를 피할 수 없었고, 더군다나 계급 문학을 제창하는 구카프계(카프 비해소파)에 의해 문단이 주도되었던 사실과 무관할 수 없다.

이들의 현실 인식은 근본적으로 마르크스－레닌주의의 원칙에서 한치도 벗어나지 않는다. 변증법적 유물론과 사적 유물론을 세계 인식의 절대적인 방법으로 내세우는 마르크스－레닌주의적 관점에서 볼 때, 인간의 역사란 계급적 억압 체계를 극복하고 공산주의적 무갈등 사회를 향해 진보하는 과정으로 파악된다. 따라서 역사의 진보를 비가역적인 것으로 보고, 절대적인 악으로서의 과거(전통)와 절대적인 선으로서의 미래(사회주의적 근대, 더 나아가 공산주의적 유토피아)를 대립시킨 가운데 과거적인 것에 대한 투쟁을 통해 미래를 향해 나아가는 도정(투쟁)으로서 현재를 위치시키는 역사의식 혹은 시간의식이 전후 북한시를 추동하는 이념적 원칙으로 자리 잡게 된 것이다.

여기서 북한의 전후시를 지배하는 진보론적 역사관이 만들어낸 과거의 이미지를 자세히 살펴보기로 하자. 북한의 전후시에서도 과거는 현재를 형성하는 원천으로 인식되는 경우가 있다. 하지만 그것은 대체로 사회주의 건설을 위한 제반 투쟁의 역사에 국한된다. 북한의 전후시에서 다루어지는 과거는 항일 무장 투쟁기나 조국 해방 전쟁기가 거의 유일하다.[20] 계급투쟁과 민족해방투쟁의 영웅적 행위를 그리는 과정에서 과거는 위대하고 절대적인 것으로 간주된다. 홍순철의 「어머니」(1954), 민병균의 「조선의 노래」(1955), 김학연의 「소년 빨치산 서강렴」, 서만일의 「폭풍을 뚫고」 등의 장편 서사시가 쓰여진 것은 이러한 맥락에서 가능했다.

이 경우 절대적 과거의 시간들은 미래의 유토피아(아직 실현되지 않은 것) 사회를 선취하고 있는 것으로 간주된다. 당연히 과거에 내재한 여타의 부정적인 요소들은 타기해야 할 것으로 인식된다. 근대의 결여태로 출발한 북한의 사회주의화 과정을 고려한다면, 북한의 시인들이 과거(전통)에 내재한 반半봉건적·반半 자본제적·식민지적 생산관계와 낙후된 생산력을 필연적으로 극복해야 할 대상으로 여기는 것은 당연한 일이다. 이와 함께 낡은 생산관계와 낙후된 생산력을 극복하고 있는 전후(현재)의 현실은 그 자체가 노동계급의 투쟁의 산물이며 보다 나은 공산주의적 이상 사회의 모습을 선취한 것이라는 생각이 북한의 전후시戰後詩를 지배하게 된다.

시간의 가치론적 위계화는 근대 사회에서 발견되는 전형적인 시간 비전이다. 전후 북한시에서 시간의 가치론적 위계화 문제는 사회 제 영역, 즉 계급관계와 생산력, 생산기술, 자연 개조와 농업 현실의 개혁 등을 형상화하는 데 있어서 두루 나타나고 있다. 북한 전후시의 이러한 시간 비전은, '낡은 것과 새 것의 갈등'을 형상화하되 새 것의 필연적인 승리를 제시해야 한다는 원칙으로 이어진다. 또 다른 의미의 도식주의가 성립되는 것이다.[21] 물론 이것은 혁명적 낭만성의 이름으로 정당화되는 도식주의화에

---

20 물론 전체 작품 비중에서 항일 혁명가를 노래한 시, 더 나아가 김일성에 대해 노래한 시의 비중은 상당히 낮은 형편이다. 이러한 주제도식이 보다 왕성하게 창작되는 것은 1960년대 이후의 일이다.

21 서정시에서 갈등을 도입하려는 움직임은 주로 무갈등 이론이 야기한 서정시의 도식화 경향을 극복하고, 스찔과 주제의 다양화를 도모하려는 견지에서 나왔다. 김명수에 의해 제기된 이 논의는 문학적 관점에서 정당한 문제 제기였지만, 이후 당성과 계급성으로부터의 일탈이라는 비판에 직면하게 된다. 그만큼 전후의 북한시는 경직되어 있었던 것이다. 자세한 논의는 김명수, 「서정시에 있어서의 전형성·성격·스찔」,

비해서는 발전된 것이라고 할 수 있다. 목하 진행 중인 사회주의화 과정에 내재한 모순과 갈등을 은폐하고, 현실을 이상태(무갈등의 상태)인 양 그리는 작업은 사회주의의 완전한 실현을 위해서도 경계해야 할 일이다.

하지만 도식주의 비판에 대한 반비판이 제기되면서, 당성과 계급성의 원칙이 다시 한 번 강조되었다. 그리고 문학의 갈등을 '낡은 것'과 '새 것'의 갈등(적대적 모순)으로 설정하는 것이 아니라, '새로운 것'과 '더 새로운 것의 갈등'(비적대적 모순)으로 설정하는 경우도 발생하였다. 이 경우 작품 내에서 문학적 갈등은 손쉽게 극복되고 만다.[22] 가령 북한 전후시에서 등장하는 시적 갈등 중에 생산 현상 내에서 권위주의적이고 기회주의적인 관리자(관료)와 선진의식 및 기술로 무장한 하급자 간의 갈등이 있다. 박석정의 시「토론만 하는 사람」(1956), 김우철의「결론」(1956), 유항림의「직맹반장」, 조벽암의「거울 하나씩을 걸라」등 소위 '교훈적 풍자시' 계열에 속하는 작품이 여기에 해당된다. 하지만 이 경우에도 생활 속의 부정적 인물들은 당장 제거할 대상이 아니라 끝없는 비판과 자기비판을 통해 교정하고 바르게 견인해야 할 대상으로 취급된다. 그럴 경우 작품의 갈등은 '찻잔 속의 태풍'에 그치고 만다.

전후 북한시에서 나타나는 시간의 가치론적 위계화, 맹목적 근대지향성, 유토피아주의는 소위 천리마 시대에 들어서면서 보다 급진적인 양상을 보이게 된다. 1950년대 후반의 북한 사회는 전후 복구와 사회주의 기초 건설 과정에서 축적된 혁명 역량의 강화를 바탕으로, 완전한 사회주의 사회의 건설을 제창하고 이를 힘있게 추진할 수 있는 동력을 광범위한 군중 동원노선을 통해 획득하려고 했다. 이미 타 사회주의 국가의 원조가 끊기

《조선문학》, 1955.10(『자료집』 3, 462~463쪽); 김명수, 「문학예술의 특수성과 전형 문제」, 《조선문학》, 1956.9(『자료집』 4, 31쪽) 참조.
22 이에 대해서는 신형기·오성호, 『북한문학사』, 평민사, 2000, 187~188쪽; 김재용, 「전후북한의 도식주의 비판」, 『분단구조와 분단문학』, 소명출판, 2000, 56~61쪽 참조.

고, 중국과 소련에서 벌어진 다양한 사태로 인해 일국 사회주의 경제체제
의 건설이 시급한 과제로 부각되었던 당대의 현실을 고려한다면, 대중의
노동을 동원하기 위한 사상 및 의식의 개혁이 필연적인 것이었고, 이것이
'천리마'운동[23]으로 연결된 것이다.

> 나!
> 높이 태양의 글발을 쳐들고
> 미래에로 달리는 전초병
> 너의 옛 전설의 속도조차
> 성차지 않다
>
> 내 또 한손으로
> 네우에 채찍을 쳐드노니
> 날으라, 말아
> 날으라,
> 옛 전설이 아닌
> 오늘의
> 내일의
> 로동당시대의 속도로!
> 쉬임없이
> 쉬임벗이
> 거기,

---

[23] 북한에서 천리마운동이 공식적으로 제기된 것은 1956년 8월의 종파사건 이후이다. 천리마운동은 사상 투쟁과 경제 건설을 위한 전면적 대중 운동이라 할 수 있다. 이 천리마운동은 북한 사회에서 김일성 단일 지도 체제가 성립되는 분기점이 되었다. 또한 김일성이 이끈 항일 무장투쟁의 전통은 공산주의적 미래를 선취한 유일하고 확고 부동한 전통이라는 생각이 자리잡게 된다. 사대주의에 대한 비판과 주체 노선의 확립이라는 틀이 천리마운동과 함께 이루어지게 되면서, 이것이 확대 심화되어, 1967년 이후 주체의 시대, 주체 문예의 시대가 예비되는 것이다. 이에 대해서는 신형기·오성호, 『북한문학사』, 평민사, 181쪽 참조. 한편 북한의 현대사에서 천리마운동이 갖은 의미에 대한 연구로는 한길사에서 펴낸 『한국사』 21·22, 1994 참조.

새 태양의 나라
<공산주의역>까지!

— 김상오, 「평양시초」(1960) 중에서

그대는 한홉의 미숫가루로
온 땅우에 황금의 파도를 불러일켰으며
한자루의 총으로
불패의 무력을 전투에로 묶어세운
위대한 수령님을 모신 나라

그 힘 번개와 우뢰와도 같다
심장으로 심장을 울리며
시간에서 시간을 불러일키며
세기를 뛰어넘는 혁명의 나래여!

그 어떤 힘과 속도로도
재일수 없는 천리마의 시대
그것은 계산할수 없다
그것은 당의 사상이며
오늘에서 래일로 가는
우리의 나래이기 때문에……

— 정문향, 「시대에 대한 생각」(1963) 중에서

　　김상오의 「평양시초」와 정문향의 「시대에 대한 생각」은 모두 천리마시대가 만들어낸 속도의 이미지를 강조하고 있다. 전자의 경우는 전설 속의 천리마가 지닌 속도를 훨씬 뛰어넘는 '로동당시대의 속도'를 강조하고 있으며, 후자의 경우는 '그 어떤 힘과 속도로도/재일 수 없는 천리마의 시대'를 강조하고 있다. 이러한 속도는 미래(혹은 '래일')를 향한 것이며, 동시에 '당의 사상'으로 간주된다.

　　그렇다면 과연 '천리마'란 무엇인가? 사상과 기술혁명을 통해 증산增産

을 도모하고, 군중 노선과 김일성 단일 지도체제를 견지하는 것이 천리마 운동의 핵심이다. '천리마'는 북한 사회가 지향하고 있던 사회주의적 근대화에 대한 대중적 상징 조작에 해당된다. 현실의 역경에 구속되지 않고 도래할 이상 사회의 건설을 보다 급격하게 이루기 위한 심리적 조급함, 혹은 교묘한 대중 조작의 이데올로기가 '천리마'라는 신화를 필요로 한 것[24]이다. 천리마라는 존재는 '속도'의 이미지를 가지고 있다. 천리마를 새로운 것에 대한 무한 갈망의 또 다른 이름이며, 역사의 진보를 보다 급격하게 현실화하고자 하는 의지의 표현이다. 실제로 천리마 시기의 북한시에서 속도에 대한 예찬, 특히 성과의 초과 달성에 대한 예찬, 더 나아가 천리마 시대가 낳은 새 영웅(성과를 초과 달성한 노력 영웅)들에 대한 예찬 등은 시적 주제로서 빈번하게 등장하고 있다. 그리고 속도의 맹목은 필연적으로 현실에 내재한 다양한 모순과 갈등의 은폐로 이어지게 된다.

3. 민족 문화 유산의 재발견과 민족적 형식의 문제

1) 사회주의 완성기의 시대 현실과 민족 및 전통 담론의 복귀

시간의 가치론적 위계화는 문학 유산의 수용 문제에서도 확인된다. 일반적으로 과거의 문학적 유산은 현재의 문학을 형성해 온 원천이며, 더 나아가서 민족의 보편적인 문학적 질서로서 역사의식을 갖고 계승해야 할 이상으로 간주된다. 하지만 시간의 가치론적 위계화, 특히 프롤레타리아 계급의 당파적 이익이라는 관점에서 과거의 문학 전통을 대할 때, 그것은 일방적으로 부정하고 타기해야 할 대상으로 여겨지는 것이다.

---

24 김일성과 그가 이끈 항일 빨치산이 견결한 공산주의자의 전형으로서, 천리마 기수들이 본받고 따라야할 영감의 원천으로 간주된 것은 천리마운동의 향방을 짐작케 하는 것이다. 항일 유격대식으로 살고 투쟁해야 한다는 요구가 바로 그것이다. 이에 대해서는 신형기·오성호, 위의 책, 221쪽 참조.

구카프계(카프 비해소파)가 주도하던 북한의 전후시에서 후대의 문학인들이 계승할 수 있는 전통은 매우 제한적이었다. 대체로 카프의 문학적 전통(사회주의적 사실주의 전통) 및 좀 더 거슬러 올라가 조선 후기 실학파 문학에서 발견되는 애국주의 및 반봉건 사상이 손꼽힐 정도이다. 문학적 전통이란 고정 불변하는 것은 아니며, 언제나 후대의 가치 지향에 의해서 재평가되고 재창조될 수 있다. 전통의 재창조 과정에서 특정한 전통은 타기되고, 또 다른 전통은 비판적으로 섭취되면서 새로운 문학 창작의 원천으로 자리 잡게 되는 것이다. 다만 북한의 전후시에서 전통을 선별화하고 활성화하는 유일무이한 원칙, 그것은 계급성과 당성의 원리였다.

북한의 전후시는 전후 복구기의 사회주의적 근대화 과정에서 당과 국가의 정책적 요구를 충실하게 반영하였다. 하지만 현실에 대한 관찰과 분석, 대안적 현실에 대한 묘사 등에 있어서 북한의 문학인들은 타자의 목소리를 수용하지 않았다. 때문에 그들의 문학에서 작품의 주제나 형상화 방법에 있어서나 도식성과 획일성은 피할 수는 없는 것이었다. 1950년대 후반에 들어서면서 그 당시 소련에서 논의되고 있던 사회주의 리얼리즘이 광범위하게 도입되고, 이의 자극을 받아 도식주의를 극복해야 한다는 논의가 왕성하게 전개되었던 것[25]은 이러한 맥락에서 이해될 수 있다.

서정시의 경우 도식주의의 극복 문제는 서정시 내부에 다양한 시적 갈등을 도입하고, 서정성과 형상성을 제고하며, 새로운 스찔과 장르의 도입 · 전통 시가의 현실 묘사 원리와 민족적 운율 등을 수용할 것에 대한 요구로 이어졌다.[26] 이러한 과정에서 자연스럽게 전통 문학 · 시가의 미학적 원리 · 형상화 방법 등을 비판적으로 계승해야 한다는 논의가 등장하게 된다. 특

---

25 김재용, 「전후 문학의 도식주의 비판」, 『분단구조와 북한문학』, 소명출판, 2000 참조.
26 김명수, 「서정시에 있어서의 전형성 · 성격 · 쓰찔」, 《조선문학》, 1955.10(『자료집』 3, 462~463쪽); 김명수, 「문학예술의 특수성과 전형 문제」, 《조선문학》, 1956.9(『자료집』 4, 31쪽); 김북원, 「시문학의 보다 높은 앙양을 위하여」, 『제2차 조선 작가대회 문헌집』, 조선작가동맹출판사, 1956(『자료집』 4, 85~100쪽).

히 서정시의 다양성을 도모하기 위해, 전통 시가의 형식적·미적 원리를 창조적으로 수용해야 한다는 논의가 있었고, 새로운 정형시의 창안이 필요하다는 제안27도 있었다.

전통의 재발견, 민족적 담론의 복귀라고 할 수 있는 이 새로운 경향은 1950년대 중반 이후 광범위하게 전개된 고전 연구,28 특히 우리 민족의 혁명적 문예 전통에 대한 학문적 연구에 촉발된 것으로 볼 수 있다. 많은 국문학자들이 서정시 창작에 있어서 전통적 시 양식의 제반 특성, 특히 혁명적 원칙이 관철되어 있는 비판적 사실주의 문학의 원칙을 비판적으로 계승하여 현대 서정시 창작의 원칙으로 삼을 것을 요구한 것이 이를 증명해 준다. 그리고 이는 1950년대 말에서 1960년대 초의 민족적 특성 논쟁을 거치면서 보다 이론적 심화 과정을 거치게 되었다.

애초에 민족적 특성 논의는 북한 전후문학이 봉착한 도식주의를 비판하고 형상성을 제고하기 위한 방안으로서 논의되었다. 그리고 시가 문학의 경우에는 고전 시가 유산 계승, 민족적 운율 및 생활 묘사 원칙의 창조적 계승이라는 과제로 모아졌다. 한편 사회주의적 내용에 민족적 형식의 결합이라는 사회주의 리얼리즘의 원칙을 원론적 수준에서 반복하던 민족적 특성 논의29는 이후 북한문학이 처한 현실과 결합하면서 새로운 방향으로 전개되었다. 그것은 단순히 형상성의 제고라는 문제를 넘어 담론의

27 새로운 정형시의 창안에 있어서 전통적인 시가의 운율과 고전적 시문학의 비판적 계승은 필수적인 일일 것이다. 특히 이 문제가 북한의 전후시에 나타난 산문화 경향을 극복하기 위한 방안으로 제시된 것도 눈여겨볼 대목이다. 이에 대해서는 조령출, 「시 형식의 다양성」, ≪조선문학≫, 1956.7(『자료집』3, 413쪽) 참조.
28 이에 대해서는 고정옥, 「해방 후 15년간의 조선문예학」, ≪조선어문≫ 1960년 5집(『자료집』5, 8~185쪽) 참조. 특히 이 글에는 임화의 이식문학에 대한 비판이 실려 있어 주목된다. 그에 의하면 이식문학론은 민족적 전통에 대한 허무주의이며, 해외문학파의 코스모뽈리찌즘에 영합한 것(163쪽)이기에 반동적이라는 것이다. 한편 이 글에는 전후 남한에서 전개된 전통론에 대한 비판(164쪽)도 포함되어 있다.
29 북한 문예비평에서의 민족적 특성 논쟁에 관한 자료는 권승긍·정우택(편), 『우리문학의 민족형식과 민족적 특성』, 연구사, 1990 참조.

무게 중심이 계급담론에서 민족담론으로 넘어가는 급격한 노선 전환이 이루어졌다는 점에서 확인된다.[30]

민족적 형식의 문제가 단순히 문학적 형식으로서의 민족 형식이 아니라, 내용과 형식 모두에 있어서 민족적인 특성의 발현이라는 문제와 연결된다는 인식에 도달하면서, 민족적 특성에 관한 논의는 민족의 자주성과 창발성에 대한 관심으로 전환되었다. 이 지점에서 계급성 대신에 인민성(대중성)문제가 부각되며, 민족 문화 유산에 대한 마르크스주의적 관점이 희석되어 '조선적인 것'에 관심을 돌리는 자민족 중심주의가 노출되기 시작한다. 이는 1967년에 제창된 주체 문예이론을 통해 보다 심화 확대되어 간다.

2) 인민성의 원리와 혁명적 시가 유산의 계승에 관한 논의

'민족적 특성' 문제의 정치적 함의는 결국 인민성의 문제에 연결된다. 이는 이 시기 서정시의 창작 원리가 전환된 것에서도 확인할 수 있다. 물론 전통 시가詩歌 유산의 형식적 원리를 창조적으로 계승한다는 것은 이미 1950년대에도 논의된 것이어서 새로울 것은 없다. 하지만 1950년대의 북한 서정시 창작에서 전통적 시가 유산이 실제적으로 활발하게 활용된 것은 아니다. 조운이나 한설야 등을 통해 시조時調가 창작되기도 하였지만, 북한의 시가詩歌 문학 전체에 비추어 볼 때 그것은 미미한 것이었다. 이것은 시조라는 양식이 지닌 계급적 특수성에서 기인하는 것이기도 하지만,

---

30 물론 민주건설기(1945~1950)에 있어서 '민족문학' 노선과 '계급문학' 노선 간의 갈등이 전혀 없었던 것은 아니다. 일례로 당시 당의 선전부장이었던 김창만은 당의 공식노선을 민족문화로 결정했다. 그후 국제적으로 냉전체제가 경직되어 한반도도 이에 편입됨에 따라, 프롤레타리아 국제주의에 입각한 사회주의적 민족문학의 이념이 공식화된다. 프롤레타리아 국제주의는 민족적인 것ㆍ조선적인 것을 계급적인 것의 하위 범주로 두는데, 이러한 노선이 전후 복구 건설기를 거쳐, 1955년 김일성의 담화 「주체를 세울 데 대하여…」 이후 민족 주체 노선이 제시될 때까지 북한문학의 기본 노선이 되고 있다.

사실 북한 서정시에서 자리 잡고 있던 급격한 전통단절 및 맹목적 근대 지향에서도 확인되는 것이다. 가령 일부의 논자들이 민족적 운율의 현대적 계승을 요구할 때 많은 시인들이 자유시에 대해 집착하는 모습[31]을 보이고 있는 것도 이러한 맥락에서 이해할 수 있다. 그러니까 계급성—당성의 원칙을 고수하는 입장에서 보면 전통 계승이니 민족적 특성이니 하는 것은 구호 이상의 의미, 특히 시 창작 방법상의 실제적인 의의를 지닐 수 없는 것이다.

하지만 군중 동원 노선으로서의 인민성—당성의 원리가 자리 잡게 되면서 전통 시가 유산은 현대시 창작의 실천적 원리로서 자리 잡게 된다. 이는 서정시의 민족적 특성을 확보하는 문제와 연결되어 있다. 그렇다면 서정시의 경우 민족적 특성은 어떻게 구현되는가?

방연승에 의하면[32] 서정시의 현실 반영은 종국적으로 서정적 주인공의 성격을 통해 실현되는 것이기 때문에, 서정적 주인공의 사상적 지향과 생활 감정이 '시대정신'과 민족적 정서를 체현해야만 서정시에 민족적 특성이 발현될 수 있다. 여기서 '시대정신'이란 천리마 정신을 가리키며, 민족적 정서란 사회역사적 환경과 자연 · 지리적 조건에 의해 형성된 민족의 고유한 정서를 가리킨다. 민족적 정서와 관련지어 당대의 논자들이 예를 든 것을 구체적으로 살펴보면, 여기에는 천리마 사대의 요구가 깊숙이 개입되어 있음을 알 수 있다.

그렇기 때문에 문학예술의 민족적 특성을 인민성의 범위 밖에서 론의하거나 찾는다면 그것은 벌써 잘못된 것이다. (중략) 우리는 이로부터 우리 조선 인민의 사회계급적 기초를 벗어날 수 없는 그런 민족적 바탕에 튼튼히 서서 생활

---

31 새로운 정형시의 창안을 둘러싼 논의에 대해서는 아래의 글들을 참조할 수 있다. 조령출, 앞의 책, 411쪽; 김명수, 「서정시에 있어서의 전형성 · 성격 · 스찔」, ≪조선문학≫, 1955.10(『자료집』 3, 471쪽).

32 방연승, 「서정시의 민족적 특성」, ≪청년문학≫, 1965.4(박기훈 편, 『사실주의 서정시 강좌』, 도서출판 이웃, 1992, 119~141쪽) 참조.

을 미학적으로 파악할 수 있는 인민적 감각과 정신적 지반을 지녀야 한다는 것을 다시금 강조하지 않을 수 없다.

　서정시의 민족적 특성을 구현하기 위하여 다음으로 말해야 할 것은 서정적 주인공의 성격과 주정과 관련된 민족적 정서 문제인 것이다. (중략) 조선 인민의 미감에 맞는 민족적 정서란 결코 고정불변의 것이 아니다. 시대와 인민의 변화발전 및 그에 따르는 인민들의 미감의 변화에 따라서 발전하는 것이다.

　과거의 우리 인민들은 모진 고난 속에서도 고통을 뚫고 나아가는 낙천적인 것과 밝고 기운찬 것과 맑고 생생한 것을 즐겨했던 것이다. 우리 시대에 이르러 조선 인민은 난관을 뚫고 나가는 낙천적인 생활환경이 더욱 전투적이고 혁명적인 성격을 띠게 되었다. 혁명적 폭풍우의 시대에 사는 우리 인민은 공산주의 리상을 실현하기 위하여 힘차게 나아가는 불패의 대오로 전투적이며 랑만적이고 혁명적인 것을 즐기고 있다.[33]

　이 글에서 방연승은 조선사람의 정서적 반응과 사상 감정과 미감에 맞는 민족적 시가 즉 시적 장르와 구조, 시적 언어와 수법, 시적 운율 등 시가의 제반 민족적인 형식을 계승 발전시킬 것을 요구하고 있다. 시창작 원리로서 문학 유산에 대한 연구와 실제 창작에의 적용을 강력하게 요구하고 있는 것이다. 이 과정에서 인민 속에 내재한 민족적 품성과 시대정신을 결합할 것, 인민적 미감과 정서를 중시할 것 등 문예의 인민성 원칙이 자리 잡고 있는 것은 주목할 만하다.

　1960년대 북한의 문예비평에서, 특히 주체의 문예이론에서 인민성의 원칙이란 결국 인민의 언어생활, 정서와 사상에 맞는 전통 시가의 특정 요소들을 계승 발전시킨다는 것으로 모아진다. 시 창작의 경우 인민성의 원칙은 인민의 어감에 맞는 입말, 인민의 미감과 사상에 맞는 생활 묘사수법(사실주의),[34] 전통적 운율의 현대적 적용(특히 혁명 시가 문학이 지니고 있는 운동성과 운율의 문제를 서로 연결지어 생각할 필요가 있음), 서정성

---

33 위의 책, 123~124쪽.
34 전통시가의 서정적 묘사 방법에 대한 관심은 정문향, 「서정적 묘사수법의 다양성과 그 형식적 유형들에 대한 고찰」, ≪시문학≫, 1963.2(『자료집』 6, 67~77쪽) 참조.

의 문제 등으로 이어진다. 여기에 덧붙여 구전민요 · 참요讖謠[35]를 포함한 다양한 인민적 시가양식 및 항일 빨치산 시기의 혁명 시가 문학의 형식적 원리의 비판적 계승의 문제가 덧붙여질 수 있을 것이다.

북한의 전후시에서 새롭게 등장한 전통 논의, 민족적 특성에 대한 논의는 사실 같은 시기 남한에서 이루어진 전통 계승 논의와 상당한 부분이 닮아 있다. 남한의 경우 전쟁이 초래한 모더니티의 위기를 극복하기 위한 방안으로서, 혹은 탈근대의 문학적 비전을 확보하기 위한 방안으로서 전통의 문제에 주목한 바 있다.[36] 혹자는 전통으로의 급격한 회귀를 통해 근대성의 위기를 피해가려고 했고, 혹자는 전통 단절론 혹은 전통 부정론에 의거하면서 세계사적 고뇌를 문학 속에 담아내려고 했다. 전통을 둘러싼 갈등이 전통에 대한 개념 규정의 불명확성과 전통 계승 원칙의 상이성에 기

---

35 특히 구전 문학 및 인민 창작의 수집 정리가 필요하다는 주장이 제기되었는데, 이는 인민에 대한 공산주의적 교양사업과 밀접한 관련이 있는 것으로 보인다. 이에 대해서는 고정옥, 「해방 후 15년간의 조선문예학」, ≪조선어문≫, 1960년 5집(『자료집』 5, 183쪽) 참조.
이 글에서 고정옥은 문학 유산 계승 사업은 공산주의 교양에 있어서도 중요한 의의를 가지는 바 공산주의 교양은 과거와 현재의 민주주의적인 것과 아름다운 모든 것의 계승을 전제로 하기 때문이다. 그러나 미래를 건설하기 위해서는 먼 과거보다도, 과거도 그 속에 계승되어 있는 현재를 낳기 위해서 그 직접적인 전제로 된 시대가 더욱 유력한 바탕이 될 것이 자명하다고 밝히고 있다. 이러한 견해는 일견 정통 맑시즘적 견해인 것처럼 보인다. 하지만 이 글에서 '현재를 낳기 위해서 그 직접적인 전제로 된 시대'란 결국 김일성의 항일 빨치산투쟁 시기를 가리킨다. 이는 주체 문예 이론의 문학 유산관이 정립되는 과정을 보여주고 있는 것이다.
한편 풍자시 · 정론시의 전통을 계승할 것에 대한 요구, 시조의 계승 문제에 관한 논의 등이 고전 시가의 계승과 관련해 주목되는 부분이다. 이에 대해서는 김순석, 「시의 새로운 전진과 목표」(『자료집』 4, 346쪽), 엄호석, 「생활체험과 창작 빠뽀스」(『자료집』 4, 475쪽)과 같은 평론을 참조할 수 있다.
36 남한의 1950년대 전통 논의에 대해서는 남기혁, 「1950년대 시의 전통지향성 연구」, 서울대 대학원 문학박사 학위논문, 1998의 제2장 참조.

인하는 것은 사실이지만, 전통계승의 논의가 민족 문학의 건설이라는 과제와 연결된다는 점을 민감하게 포착하고 현실부정의 원리로서 문학적 전통을 현대적 계승에 대한 요구로 귀결된 것이 남한문학의 실정이라고 할 수 있다. 이 경우 전통의 선별화와 활성화의 주체가 과거적 자아가 아니라 현재적 자아라는 점, 현재를 부정하고 미래를 선취한 비판적 자아라는 점도 함께 주목된다. 이러한 외적인 유사성에도 불구하고 전통 논의의 맥락은 남북한이 서로 다른 것이 사실이다.

1950년대 말~1960년대 초 북한 사회에서 이루어진 전통 논의, 혹은 민족적 유산의 계승 논의나 민족적 특성 논쟁 등은 당시 북한 사회가 처한 이중적 상황과 밀접한 관련이 있다. 일련의 공업화 정책의 성공과 사회주의 사회 도래에 대한 전망은 북한의 인민들과 당에 상당한 자부심과 자신감을 갖다 주었다. 하지만 다른 한편에서 당시 세계정세의 변화로 인해 북한 사회의 체제 동요가 시급한 해결 과제로 급부상하게 되었다. 북한의 지도부는 이러한 모순된 상황 속에서 현실을 타개하기 위해 일국 사회주의의 건설이라는 원대한 이상을 제시하게 된다. 소위 주체의 노선을 예비하는 지점이라고 하겠다.

문제는 기존의 사회주의적 개혁 성과를 성공적으로 발전시키고, 주체의 노선을 견지하기 위해서는 광범위한 인적 · 물적 동원이 필수적이었다는 점이다. 이를 위해 북한에서는 계급성−당성의 원칙에서 인민성−당성(수령의 영도성)의 원칙으로 전환하게 된다.[37] 무게의 중심이 프롤레타리

---

37 이 시기 북한 사회에서 프롤레타리아 계급성보다 인민성을 주로 언급한 것은 계급적 원칙을 포기하기 위한 것은 아니다. 오히려 북한 사회가 천리마운동과정에서 더 이상 계급갈등을 의식하지 않아도 될 정도로, 프롤레타리아 계급의 주도성이 확보되었다는 자신감이 밑바탕에 깔린 것으로 보아야 적절하다. 다만 '당성'의 함의가 김일성주의로 바뀌어가고 있는 점은 주목할 만한 일이다. 그러니까 '조선적인 것, 민족적인 것에 대한 강조'와 인민성−당성(김일성주의)은 서로 동전의 양면을 이루는 것이고, 이 노선이 강화되면 될수록 전통 · 민족 담론은 몰근대 · 반전통주의로 귀결될 수밖에 없었다.

아 계급성에서 인민성으로 옮겨오게 된 것이다. 이러한 변화는 북한 사회가 이룩한 사회주의적 개혁 조치에 대한 자신감, 특히 계급 투쟁의 완수에 대한 자신감이 반영된 것으로 볼 수 있지만, 동시에 광범위한 군중 동원을 위해 선택할 수밖에 없었던 조급성이 노출된 것이다.

4. 창조된 전통 — '우리 것'에 대한 집착과 항일 혁명 문예 전통

1) 절대적 과거로서의 항일 무장 투쟁의 전통

시가에 있어서 민족적 특성의 발현, 그리고 전통적 시가 형식의 창조적 계승에 대한 요구 등 1960년대 전후 북한 시문학이 제기하고 있는 전통·민족 담론의 양상은 1950년대 사회주의 건설기의 도식적 문학에 대한 반성이며 북한 시문학의 성숙 과정을 반영한 것이라고 할 수 있다. 이제 문제는 후대의 문학이 계승해야 할 전대 문학 유산의 실체가 무엇인가를 확인하는 일이다. 1950년대 계급성 일변도의 문학(시) 창작 노선에서 전통 시가 유산의 창조적 계승이라는 문제는 구호 차원 이상의 의미를 지니는 것은 아니었다. 이제 후대의 역사의식과 가치 지향을 통해 전통을 선별화하는 작업이 문제가 될 터인데, 새롭게 인민성의 원칙에 입각할 경우 계승할 수 있는 문학(시)적 전통은 달라질 수밖에 없을 것이다. 가령 유일한 혁명 문예 전통으로서의 카프 문학에 대한 재평가 문제가 제기된다. 1960년대 북한문학에서 카프의 유일무이성이라는 원칙은 여지없이 무너진다.

북한의 문학사 기술을 살펴보면 이미 1950년대 중반을 넘어서면서 카프문학의 전통과 항일 빨치산의 혁명적 문예전통이 동등한 자격으로 문학사에서 다루어지고 있음을 알 수 있다. 그러다가 문예의 인민적 원칙이 강조되면서 항일 빨치산의 지도에 의해 카프 문학이 성립되었다는 견해가 제시되었고, 이후 북한문예 정책이 주체의 문예이론을 넘어 오면서 점차 카프 문학의 문학적 평가는 사라지게 된다. 그 대신 항일 빨치산의 혁명

문예전통이 후대 문학이 계승해야 할 유일무이한 문예전통으로 자리 잡게되는 것이다.[38] 이와 비례하여 조선 후기 실학파의 문학적 공과에 대한 폄하 작업이 전개되었고, 그 반대로 반제·반봉건 투쟁에 나섰던 인민들의광범위한 투쟁을 담은 인민적 문예 형식에 대한 가치 평가가 새롭게 대두되고 있다.

문학사에 대한 인식의 전환은 실제의 시 창작에도 그대로 반영될 수밖에 없었다. 대체로 인민적 문예형식(장르, 스찔, 조어법, 운율, 구전 가요)에 대한 강조, 민족적 특성이 발현된 서정적 주인공의 형상화에 대한 요구, 특히 인민들의 고상한 애국주의에 대한 찬양 등이 시적 과제로 부각되고 있다. 문학적 전통에 대한 평가와 함께 같은 시기에 소련과 중국 등 선진 사회주의 국가에 문학에 대한 언급이 사라지고 있는 점도 주목된다. 이는 국제 수정주의의 물결 속에서, 그리고 중국과 소련의 분쟁 과정 중에서북한이 소위 자주·자위·자립의 노선, 즉 주체의 노선을 밟아 나가는 것과 엄밀하게 대응된다. 프롤레타리아 국제주의의 노선으로부터 조선주의노선으로의 급격한 선회는 혁명 문예의 유일무이한 전통으로서의 항일 혁명 문예 전통을 창안하기 위해 불가피한 측면이 있었던 것으로 보인다.

1960년을 전후한 북한시의 창작 노선의 변화는 시적 주제 도식에도 많은 영향을 주었다. 이상적 공산주의자의 전형으로서의 항일빨치산을 형상화하는 문제, 그리고 그 지도자로서의 수령의 형상을 그려내는 문제가 서정시 창작에 부과된 과제[39]라고 할 수 있다. 특히 공산주의자의 전형을 조선 사람다운 면모로 창조[40]해야 한다는 주장은 인상적인 부분이다. 또한

---

38 1950년대 중반까지 카프의 사회주의적 사실주의 전통이 공산당의 지도 없이 자생적으로 생겨난 계급문학임이라고 인정했으나, 1960년대에 접어들면서 카프는 항일문예전통의 지도하에 성립된 것으로 격하되었으며, 1967년 주체의 시대에 접어들어서는 카프의 존재 자체가 언급이 되지 않고 있다.

39 박세영, 「시문학의 전투적 기치를 높이자」, 『자료집』 5, 82쪽; 엄호석, 「중요한 것은 무엇인가」, 『자료집』 5, 88쪽.

40 엄호석, 「중요한 것은 무엇인가」, 『자료집』, 88쪽.

1960년대 북한 서정시 창작에서는 시간의 가치론적 위계화에 변화가 생긴다. 반제국주의 투쟁이 격화될수록 과거의 반제국주의 투쟁의 경험은 현대 북한시가 계승해야할 유일무이한 경험으로 자리 잡게 된다. 이에 따라 북한 정권의 기원으로서의 항일혁명투쟁은 상이한 가치평가를 허용할 수 없게 되었고, 그런 만큼 과거(기원)의 이상화와 절대화라는 문제가 생겨나게 되었다. 이제 혁명투쟁의 과거는 현재를 구성하는 원천이자, 미래의 공산주의 사회를 선취한 절대적 기원으로서 신비화·정당화된다. 전통의 창안과 새로운 신화 창조의 시 쓰기로 나아가게 되는 것이다.

2) 또 다른 반전통·몰근대주의의 성립

항일혁명투쟁이 북한을 성립시킨 절대적 기원으로 평가되고, 그 지도자로서 김일성의 신화적 존재성을 부각시키는 작업이 진행되는 것에 비례하여 항일 혁명 문예 전통을 문예의 유일한 전통으로 확립하고자 하는 움직임이 생겨났다. 또한 항일 문예전통에 연결되지 않은 여타의 과거적 전통은 부정과 타기의 대상이 되었다.[41] 이는 주체의 문예 이론으로 올수록 점점 강화되는 노선이기도 하다.

그런데 유일무이한 전통으로서의 항일 혁명 문예의 전통은 북한 사회가 처한 근대지향성의 위기를 비판할 수 있는 현실부정의 담론으로 기능하기보다는 현실의 모순을 은폐하고 광범위한 대중조작을 통해 위기의 실체를 조작하려는 현실 정당화의 담론으로 기능하게 되었다. 인민의 자발성과 창조성을 중시한다는 원칙의 이면에서, 그러한 자발성과 창조성의 유일한 원천으로서의 수령에 대한 강조가 놓이게 되었기 때문이다. 그리고 그 결과로서 북한 서정시는 근대비판의 원동력을 점차 상실하게 되는

---

41 한설야, 안함광 등의 제거는 이런 맥락에서 이해할 수 있다. 카프의 제거는 북한문학이 기본적으로 견지하고 있던 근대지향성의 역사적 근거를 부정하는 것으로 볼 수 있다. 소위 주체의 문예이론에서 견지되고 있는 몰근대·반근대·반전통의 독특한 노선이 예비되고 있는 것이다.

것이다. 특히 분단과 이데올로기 대립 및 사회주의적 생산력의 정체停滯, 국제적인 고립 등 1960년대 중후반 북한 사회가 처한 제반 사회 위기를 은폐하고, 현재의 지배 체제를 유지 존속시키겠다는 전체주의적·국가주의적 사유체계가 자리 잡고 있는 점은 문제로 지적될 수 있다.

근대성을 비판하는 계기로서의 전통, 전통을 비판하는 계기로서의 근대성 이 양자의 축이 변증법적으로 작용할 때 민족·전통 담론은 생산성과 역사성을 간직할 수 있을 것이다. 적어도 주체의 문학으로 향하고 있던 1960년대 북한 서정시에서 전통과 근대성 담론의 비판적 기능은 자신의 생명력을 완전하게 상실하고 체제의 노선으로 변질되고 만다.

1960년대 북한문학이 강조하고 있는 민족적 특성 논쟁은 김일성에 의해 제기된 민족 문학 유산 계승의 원칙과 밀접하게 관련되어 있다. 주체의 문예이론에서 견지되고 있는 민족 문학 계승의 원칙은 민족허무주의와 자민족 중심주의(혹은 복고주의)에 대한 비판을 두 축으로 삼고 있다. 이는 민족 문화 유산의 처리에 관한 김일성의 연설에서 직접적으로 확인된다.

> 우리는 민족 문화 유산에 대하여 허무주의적으로 대적할 것이 아니라 자라나는 새세대들에게 그것을 계급적립장에서 똑바로 알려주어야 하며 민족 문화 유산 가운데서 진보적이며 인민적인 것을 비판적으로 계승 발전시켜 나가야 합니다.[42]
>
> 로동계급의 새로운 문화는 결코 빈터 우에서 생겨날 수 없습니다. 사회주의적 민족문화는 지난날의 문화가운데서 진보적이며 인민적인 것을 계승하여 새 생활의 요구에 맞게 발전시키는 기초 우에서만 성과적으로 건설될 수 있습니다. 사회의적 민족문화건설에서 우리 당이 견지하고 있는 일관된 방침은 우리나라 문화의 고유한 민족적 형식을 살리면서 거기에 사회주의적 내용을 옳게 결합시키는 것입니다.[43]
>
> 우리는 민족 문화 유산을 계승 발전시키는 데서 허무주의를 반대하는 것과

---

42 김일성, 「민족문화유산계승에 나서는 몇 가지 문제에 대하여」, 『김일성저작집』 23, 25쪽.
43 위의 책, 27쪽.

함께 지난 날의 것을 덮어놓고 다 그대로 살리려는 복고주의적 경향도 철저히 반대하여야 합니다.[44]

우리는 민족 문화 유산을 평가하고 처리하는 데서 옛날 것은 다 글렀다고 하면서 그것을 무턱대고 업수이 여기는 경향도 반대하여야 하며 민족적인 것을 살핀다고 하면서 옛날 것을 지나치게 평가하거나 현대판으로 만드는 경향도 철저히 경계해야 합니다. 우리가 만일 옛날 것을 인정하지 않고 모조리 내버리는 방향으로 나간다면 민족 허무주의에 빠지게 될 것이며 옛날 것을 절대화하거나 필요 이상으로 내세우는 경향과 타협한다면 복고주의에 빠지며 혁명적 원칙을 잃어버리게 될 것입니다. 우리는 미족 유산 가운데서 뒤떨어지고 반동적인 것은 버리고 진보적이며 인민적인 것은 오늘의 사회주의 현실에 맞게 비판적으로 계승 발전시켜야 하겠습니다.[45]

주체 문예 이론의 이념적 핵심에 연결되어 있는 이러한 문학 유산 계승 논의는 표면적으로는 전통지향적 욕망을 보여주는 것 같지만, 내면적으로는 극단적인 전통 단절론에 해당된다.[46] 전통의 활성화가 전통의 창안 및 날조로 이어지고 있기 때문이다. 물론 이는 북한 사회의 내적인 요구와 필연성을 반영한 것이기에, 불가피한 측면이 있는 것은 사실이다. 하지만 민족 문학의 전통과 근대적 유산을 지나치게 북한의 '현재'적 필요성(기준)에 의해 재단한 후 임의적으로 재구성하고 창안(날조)[47]한다면 그것은 전통의 극단적인 단절로 이어질 수밖에 없다.[48] 여기에는 전통의 날조를 통

---

44 앞의 책, 30쪽.

45 김일성, <조선노동당 제5차대회 중아위원회 보고연설>, 1970.11.2 참조.

46 김윤식, 『북한문학사론』, 새미, 1995, 24~26쪽 참조. 김윤식 교수는 주체 문예 이론이 표면적으로는 민족허무주의를 부정하고 '우리 것'을 중심 사상으로 내세우고 있지만, '우리 것'의 실제적인 함의가 우리의 문학 유산·전통이 아니라 항일혁명문학의 전통이라는 점에서, 북한의 전통계승론은 민족문화유산 부정론에 가깝다는 논의를 전개하고 있다.

47 '창출된 전통'(Invented tradition)에 대해서는 E. 홉스봄, 「전통의 창출」, 최석영 역, 『전통의 창조와 날조』, 서경문화사, 1995 참조.

해 북한 사회의 기원으로서의 항일 무장 투쟁을 이상화하고 신비화하여 현재의 사회 체제를 유지·존속시키겠다는 전체주의적, 국수주의적 발상이 담겨 있다. 근대성을 비판하는 계기로서의 전통, 전통을 비판하는 계기로서의 근대성의 원리 모두 제대로 작동하지 못하게 된 것이다.

특히 주체시대에 계승할 혁명 전통으로서 항일 빨치산의 무력 해방 운동만이 거론되고 있는 것은 1960년대 중후반 북한 사회의 전통론이 나아갈 향방을 가늠케 해주는 대목이다. 이를 기준으로 계승할 전통의 선별화가 완성된 이후, 북한문학에서 기존의 진보적 혁명문학의 전통, 카프문학의 전통은 관심의 대상에서 사라지게 된다. 민족의 주체성, 자주성, 자립성에 대한 극단적인 강조는 민족의 고유성, 민족적 특질에 대한 집착을 낳게 하며, 이것이 인민성의 원리와 결합하여 인민의 고상한 애국주의, 인민의 자주성과 창발성에 대한 강조를 낳게 되는 것이다.

이러한 논리는 주체의 문예이론에서 당 중심, 수령 중심의 사상관으로 이어지는데, 이 지점에 오면 근대의 비판 회로로서의 전통의 기능은 완전히 상실하게 된다. 단지 항일혁명문예전통을 강조하고 항일 빨치산의 기원, 과거를 이상화하는 것, 특히 수령의 위대성을 설파하는 것이 문예(시)의 목적이 제한되는 상황이 벌어지는 것이다. 주체의 문예이론은 민족적 형상과 특성, 인민의 혁명전통 등을 강조하고 있음에도 불구하고 역사와 전통의 자의적 해석으로 귀결되었는데, 이러한 반反 전통주의가 실제로는 1960년대 북한문학에서 이미 배태되고 있었던 것이다. 이제 북한시에는 김일성을 중심으로 한 새로운 전통의 창안Invented Tradition이 시 창작의 중

---

48 주체의 문예이론에서는 문학예술 형태의 개조 변혁을 위한 투쟁에 있어서 '주체의 원칙', '당성·로동계급성·인민성의 원칙', '현대성의 원칙'을 확립해야 한다고 말하고 있다. 여기서 '현대성의 원칙'이란 자주시대의 요구와 인민대중의 미감을 유일한 척도로 하여 낡은 문학예술형태를 개조 변혁하는 것을 말한다. 따라서 자유주의 진영에서 말하는 현대성, 혹은 현대적인 형식, 퇴폐적 형식주의적 예술형태와는 구별되는 것이다. 이에 대해서는 정성무, 『시대와 문학예술형태』, 사회과학출판사, 1987, 89~126쪽 참조.

요한 과제로 부각되게 된다. 이 과정에서 표면적으로는 '우리 것'[49]과 '인민성'에 대한 관심을 기울이게 되고, 애국주의적 품격을 지닌 혹은 민족적 특성(성격)을 지닌 시적 주인공 등을 창조할 것에 대한 요구가 나타난다. 하지만 그것은 일종의 '위장' 이상의 의미를 획득하기 어렵다. 단지 인민의 사상 교양과 대중 동원의 수단으로서 민족적 특성이 논의될 뿐 그것은 실제적인 민족 · 전통과는 별개의 것이 되었다. 유일무이할 혁명전통으로서의 김일성 항일 빨치산 운동이 시대의 공식적 이데올로기가 되어, 대중이 전범으로서 따라야 할 이상적 전통이 되고 말았기 때문이다. 가령 이시영은 「혁명 전통주제와 서정적 일반화」(≪조선문학≫, 1965.4)라는 평론에서 다음과 같이 주장하고 있다.

시인은 현대성의 견지에서 혁명 전통의 심오한 시적 의미를 탐구하면서 혁명 전통의 사상적 심도를 시적으로 천명하려고 노력한다. 그래야 시의 사상적 심도를 보장할 수 있다. 가령 당에 대한 사상, 계속 혁명에 대한 사상, 자력 갱생의 혁명 정신, 불요 불굴의 투지, 자기 희생정신과 영웅성의 주제, 인민의 행복과 조국의 자유 독립에 대한 열망, 제국주의자들에 대한 비타협적 투쟁정신, 식민지 및 예속국가 인민들의 민족해방 투쟁에 대한 국제적 연대성의 감정 등은 오늘 우리 인민들의 구체적인 생활감정으로서 우리 시문학의 현대성의 중요 내

---

49 우리 것, 혹은 조선적인 것에 대한 강조는 북한문학이 주체의 문예이론을 전후로 내세운 새로운 미학적 원리라고 할 수 있다. 다만 조선적인 특수성의 문제를 고유성에 대한 집착으로 귀결짓지 않는 것은 북한문학이 계급 문학의 이념적 자장에 의해 추동되고 있다는 사실과 무관하지 않다. 고유성을 이념적 순결성과 동일시하는 국수주의적 사유방식이야말로, 계급 문학의 타도 대상이 되기 때문이다. 문학의 건강성이란 견지에서 볼 때, 조선적인 것과 계급적인 것의 결합은 북한문학의 문학다움의 최저선을 견지할 수 있게 한 동인이 되었다. 북한문학에서 '조선적인 것'에 대한 강조는 조선적인 것의 우월성을 배타적으로 주장하기 위한 것이라기보다는 인민의 의식을 결속시키고 그들의 자주성과 창발성을 최대한 이끌어내기 위한 것이기 때문이다. 인민성의 원리가 인민의 혁명 전통 속에 자리 잡고 있는 애국주의를 불러일으키고, 조국(국가)과 민족이라는 상상의 공동체를 민족 통일과 반제투쟁의 현실적 토대로 삼은 이데올로기를 만들어 낸 것이다.

용을 이룬다. 그런데 이러한 현대성의 주제, 시대적 감정은 항일 혁명 투쟁 투사들의 생활 현장에서 그대로 생동한 모범으로 표현되었다. 그렇기 때문에 항일 혁명 투사들의 생활 감정은 이미 과거에 속한 것이 아니라 우리 인민들의 시대적 감정에 그대로 계승되고 있는 것이다. 그러기에 우리 시인들은 자기의 서정시에서 항일 혁명 투사들의 감정과 오늘 우리 인민의 감정을 하나의 융합된 통일체로 체험하며 노래해야 하는 것이다. 아니 인민의 감정 자체가 그대로 그 두 감정의 융합인 것이다.[50]

이 지점에서 민족적 특성에 대한 논의는 민족적인 것과 계급적인 것의 관계를 어떻게 설정할 것인가라는 초기의 건강한 문제의식에서 벗어나, 김일성에 대한 개인숭배와 이를 정당화하기 위한 '민족적인 것의 절대화'[51]로 그 성격이 변질된다. 더 문제가 되는 것은 북한의 문학인들에게 있어서 타자의 시선을 의식하는 비판적인 눈, 혹은 자기 검열 장치가 부재하였다─혹은 작동하지 못하였다─는 점이다. 그들은 타자의 시선을 체제 외부로 축출함으로써 단일 음성성만을 강화하였다. 이것은 미제국주의 및 근대화의 속도를 경쟁하던 남한 체제와의 대립 속에서 낙후한 북한 사회가 지금까지 존속할 수 있었던 힘의 원천이 된 것이 사실이다. 하지만 그것은 역설적으로 오늘날 북한 사회가 처한 위기의 진원지라고 말할 수도 있는 것이다.

---

50 『자료집』 6, 346~347쪽.

51 김재용은 주체의 문예이론에 나타나는 민족의 탈역사화 및 민족적인 심리와 기질의 강조에 대해 부정적인 태도를 보이고 있다. 왜냐하면 이 경우 민족적인 것과 계급적인 것의 상호 관계가 모호해지고, 이에 따라 민주주의의 약화 및 자민족 중심주의가 노출되기 때문이다. 이에 대해서는 김재용, 『분단구조와 분단문학』, 소명출판, 2000, 90~91쪽 참조.

5. 맺음말

전통과 모더니티의 길항 작용은 근대 문학 혹은 근대시가 처할 수밖에 없는 운명이다. 근대시란 '전통 그 자체에 반대하는 전통'을 유일한 전통으로 간주한다고 하지만, 이러한 역설은 근대시가 전통에 대한 자기 나름대로의 개념 규정과 대타 의식 하에서 전개된다는 것을 의미한다. 그러니까 '전통'이 없다면 '모더니티'도 없는 것이다. 끊임없이 '전통'의 표상을 만들어내고, 전통과 대립되는 의미에서 혹은 전통을 계기로서 내포하는 차원에서 '모더니티'를 추구하는 것이 근대시의 운명인 것이다.

'전통'이란 선험적으로 주어진 것, 혹은 과거와 현재 속에 고정불변으로 실재하는 것은 아니다. 그것은 시대의 필요에 의해 얼마든지 새롭게 발견되고 재창조되고 변형될 수 있는 것이다. 이런 맥락에서 전통이란 늘 수용하는 사람(후손)의 몫이라고 할 수 있다. '무엇'이 전통에 해당하는가, 혹은 '무엇'을 전통으로서 계승해야 하는가는 단순히 과거적 유산의 사실성에 의해 판단되는 것은 아니라는 말이다. 후대의 가치지향과 문화의향, 혹은 시대적 필요에 의해 전통의 내용과 형식은 재구성되는 것이다. 소위 전통의 선별Selektion과 활성화Aktualisierung를 통해, 일부의 전통은 폐기되기도 하고 일부의 전통은 유지·보존(긍정적 계승)되거나 재창조화(부정적 계승)될 수 있는 것이다. 즉 문학사에서 전통이란 늘 '창조된 전통'the Invented Tradition을 가리키는 것이다.

전통의 재창조 과정에서 문화 담당자의 가치지향의 실체를 명확히 해둘 필요가 여기에 있다. 전후 남한문학에서 전통의 계승은 대체로 문화보수주의의 진영, 혹은 민족주의 진영에 의해 주도되었다. 그런 만큼 전후 남한의 전통주의 문학은 과거지향성反近代性에 경도되어 있었던 것이 사실이다. 이에 비해 전후 북한문학에 있어서 전통이란 사회주의 건설이라는 근대적 계몽의 기획과 사회주의적 사상성을 표현하고 실천할 수 있는 문학 조직의 원리로서 이해되었다. 북한의 전후 문학에 나타난 전통지향성은 민족적 경험의 구체성을 포착하고, 민족적 언어의 구심적 질서를 회복하기 위한 노력으로 이해될 수 있다. 따라서 그것의 목표는 과거가 아니라 현재와 미래를 향해 열려 있게 된다.

하지만 주체 문예 이론이나 이에 입각한 시 창작에 있어서 전통의 의미는 심각하게 왜곡 · 변질되고 말았다. 근대의 결여태로 시작하였음에도 근대의 초극을 내세우고 있는 북한의 전후 문학의 입장에서 보면, '전통의 재창조'라는 문제는 애초부터 자기모순을 배태할 수밖에 없었다. 그들이 전후에 내세운 일련의 사회주의적 공업화 정책과 이에 의거한 제반 개혁 조치들, 특히 농촌의 협동화 과정은 북한 사회가 얼마나 근대지향성에 의해 지배되고 있었는가를 잘 보여준다.

1950년대의 북한시가 민족 · 전통 담론보다는 계급 담론에 의해 좌우되고, 시적 기법이나 형상화 원리에 있어서 '전통적인 것'과 '조선적인 것'에 큰 관심을 두지 않았던 것은 문학적으로나 사상적으로 건전한 것이었다. 적어도 그것은 정통 맑시즘의 틀을 유지하고 있었기에 가능한 것이었다. 그러나 천리마 대고조기를 거쳐 소위 주체의 시대에 접어들면서, 그리고 주체 문예 이론이 점차 정립되면서 북한의 문학(시)은 전통적인 것, 조선적인 것을 강조하게 된다.

본고에서는 이러한 전통 · 민족 담론의 복귀가 천리마운동에 필요한 군중동원노선과 밀접하게 관련이 있으며, 이것이 미학적 원리로서의 인민성의 원리에 대한 강조에 연결된다고 보았다. 문학(시) 창작에 있어서 소위 인민의 미감과 정서에 맞는 것을 중시하는 것이다. 표면적으로 보면 사회주의 리얼리즘의 미학적 원리를 지키고 있는 것이지만 그 속내를 들여다보면 심각한 문제가 자리 잡고 있음을 알 수 있다. 인민의 미감과 정서에 대한 중시는 '우리 것'에 대한 지나친 집착으로 이어지고, 이것은 자민족중심주의 혹은 문화적 보수주의의 프로그램에 연결될 가능성을 간직하고 있는 것이다.

특히 당대 북한 사회의 지배층이었던 김일성 집단의 유일 절대 권력이 강화되는 과정에서, 그들의 역사적 기원으로서 항일 무장 투쟁의 전통을 유일한 혁명 전통으로 간주하고, 이것의 문학적 형상화를 문예 창작의 유일하고 절대적인 목적으로 내세운 것이 주체 문예 이론의 전통 · 민족 담론이 담고 있는 이론적 핵심에 해당된다. 그것은 좋은 의미에 있어서의 '전통의 재창조'와는 무관하며, 존재하지 않은 전통을 유일무이한 전통으로 실체화하는 신화(허구)에 지나지 않는다. 관官 주도의 전통 부흥 운동이 대부분 그러한 것처럼 ─이는 같은 시기 남한의 경우에도 부분적으로 발견된다─ 주체 문예이론에 있어서의 전통 · 민족 담론은 문화적 보편성과는 무관한 자리에서, 단지 지배 계층의 문화적 · 정치적 헤게모니 장악을 위한 수단으로 전락하고 말았다.

북한의 전후시, 특히 1960년대 이후의 북한시는 '전통'을 내세우고 있지만 실제로는 전통의 실체가 존재하지 않는다. 꾸며진 전통 혹은 급조된 전통을 우리의 보편적인 전통으로 받아들일 수 없다는 것은 남과 북의 문화적 · 정치적 · 이데올로기적 차이와는 무관한 것이다. 현실적으로 존재하지 않는 단지 문헌의 기록 속에서만 찾아볼 수 있는 '신라정신'을 전통의 실체인 양 여겼던 동시대 남한문학의 전통론(혹은 전통주의적 시창작)이 문화적 보수주의의 혐의를 벗어 던질 수 없었던 것처럼, 북한의 문학이 내세운 전통론이라는 것도 문화적 보수주의의 혐의를 벗어 던질 수 없었다. 양자의 경우 모두 전통의 현실부정적 · 비판적 계기를 포착하지 못했기 때문이다. 이러한 전통 · 민족 담론은 모더니티의 위기를 정면으로 문제 삼기보다 그것을 은폐 · 방조하는 데 일조한다는 점에서 한계를 내포하고 있다.

『한국현대문학연구』제11집, 2002

| 참고문헌 |

1. 북한문학 기본 자료

『해방후 서정시선집』, 문예출판사, 1979.

김철학 편,『북한의 대표적 서정시』, 도서출판 한빛, 1996.

『근대현대문학사』, 김일성종합대학출판사, 1991.

『문학예술사전』, 과학·백과사전출판사, 과학원 언어문학연구소 문학연구실,
　　　『조선문학통사』상·하, 과학원출판사, 1959.5·1959.11, 인동출판사, 1998.

김춘택,『조선문학사』1·2, 김일성종합대학출판사, 1982, 천지, 1989(1권).

김하명 외,『조선문학사』, 과학·백과사전출판사, 1981.

리동수,『북한의 비판적 사실주의 문학연구』, 살림터, 1992.

박기훈 역,『사실주의 서정시 강좌』, 도서출판 이웃, 1992.

박종원·류만,『조선문학개관 Ⅱ』, 사회과학출판사, 1986.

박종원·최탁호·류만,『조선문학사』, 열사람, 1988.

사회과학원 문학연구소,『문학의 문예이론』, 인동, 1989.

사회과학원 문학연구소,『조선문학사』(1926~1945), 과학백과사전출판사, 1978.

사회과학원 문학연구소,『조선문학사』(1945~1958), 과학백과사전출판사, 1978.

사회과학원 문학연구소,『조선문학사』(1959~1975), 과학백과사전출판사, 1978.

사회과학출판사,『문예론문집』5, 1990.

사회과학출판사,『사회주의문화건설리론』, 1985.

안함광,『조선문학사』, 연변교육출판사(영인본: 한국문화사), 1999.

이선영 외,『현대문학비평자료집: 이북편』1~6, 태학사, 1993.

정성무,『시대와 문학예술형태』, 사회과학출판사, 1987.

정홍교·박종원·류만,『조선문학개관』Ⅰ·Ⅱ, 사회과학출판사, 1986.11, 인
　　　동출판사, 1988.

한중모·정성무,『주체의 문예리론 연구』, 사회과학출판사, 1983.

『주체사상에 기초한 문예이론』, 사회과학출판사, 1975.

류만,『현대조선시문학연구 - 해방후편』, 사회과학출판사, 1988.

장정춘, 『조선현대시와 운율문제』, 문예출판사, 1989.

2. 남한에서의 연구 자료

고영근, 『북한의 말과 글』, 을유문화사, 1989.

_____, 『북한의 언어문화』, 서울대학교 출판부, 1999.

권영민 외, 『북한의 문학』, 을유문화사, 1989.

권영민 편, 『월북문인연구』, 문학사상사, 1989.

권영민, 「문학사의 총체성 회복과 월북 문인」, ≪문학사상≫, 1988.6.

_____, 「북한에서의 근대문학연구」, ≪문학사상≫, 1989.6.

_____, 「민족공동체 문화의 확립을 위한 방안」, ≪문학사상≫, 1992.4.

_____, 「분단문학으로서의 북한문학의 성격: 분단, 통일, 문학」, ≪세계문학≫, 1990.
12.

_____, 『한국민족문학론연구』, 민음사, 1988.

김대행, 「북한의 문학사 연구, 어디까지 왔는가」, ≪문학과 비평≫, 1990년 가을.

_____, 『북한의 시가문학』, 이대 한국문화연구소, 1985(문학과 비평사, 1990).

김성수, 「1950년대 북한문학비평의 전개과정」, 『한국전후문학연구』, 성균관대출
판부, 1993.

_____, 「북한문예이론의 역사적 변모과정 고찰」, 『북한 및 통일연구논문집』 2,
통일원, 1994.

김승환, 「해방공간의 북한문학 — 문화적 민주기지 건설론을 중심으로」, ≪한국학
보≫ 63집, 1991년 여름호.

_____, 「해방직후 북조선 노동당의 문예정책과 초기 김일성주의 문학운동」, 『개
신어문연구』 8집, 1991.

김영철, 「북한문학사 기술의 제문제」, 『한국현대시의 좌표』, 건국대학교 출판부, 2000.

김용직, 「이데올로기와 창작활동 — 북한의 문예이론」, ≪동서문학≫, 1991.1.

_____, 「북한의 문예정책과 창작지도 이론에 관한 고찰」, 『관악어문연구』, 1994.

김윤식, 「북한문학을 어떻게 대할 것인가」, ≪문학과 사회≫ 5호, 1989.2.

_____, 「문학」, 『북한개론』, 을유문화사, 1990.

_____,「북한의 문학이론」, ≪문예중앙≫, 1988년 가을.

_____,『북한문학사론』, 새미, 1996.

김재용,『북한문학의 역사적 이해』, 문학과지성사, 1994.

_____,『분단구조와 북한문학』, 소명출판, 2000.

김재홍,「광복 50년 북한 시의 지속과 변화」,『한국 현대문학 50년』, 민음사, 1995.

_____,「광복 50년 남북한 시의 한 검토」,『한국현대시사의 쟁점』, 시와시학사, 1991.

김종회 편,『북한문학의 이해』, 청동거울, 1999.

남기혁,「1950년대 시의 전통지향성 연구」, 서울대대학원, 1998.

_____,「북한시의 고유어 지향성과 언어미」, ≪현대시학≫, 2000.11.

민족문학사연구소,『민족문학사 연구』, 창작과비평사, 1994.

_____,『북한의 우리문학사인식』, 창작과비평사, 1991.

박상천,「해방 후 북한의 문학」1·2, ≪현대시≫, 1990.1~2.

박태상,『북한문학의 현상』, 깊은샘, 1999.

신형기·오성호,『북한문학사』, 평민사, 2000.

심경훈,「주체적 문예이론과 서정시론」, ≪예술과 비평≫, 1991년 봄.

안함광,『조선문학사』(1990~?), 교육도서출판사, 1956.

윤재근·박상천,「북한의 현대문학 2」, 고려원, 1990.

이기봉,『북의 문학과 예술인』, 고려원, 1990.

이명재 편,『북한문학의 이념과 실체』, 국학자료원, 1998.

이명재 편,『북한문학사전』, 국학자료원, 1995.

이은봉,『시와 리얼리즘』, 공동체, 1993.

이재인,『북한문학의 이해』, 열린길, 1995.

이재인·김헌선·권태효,『현대작가작품론』, 미리내, 1994.

이종석,『현대북한의 이해』, 역사비평사, 1995.

이형기·박상호,『북한의 현대문학』, 고려원, 1990.

정우택·권순긍 편,『우리 문학의 민족형식과 민족적 특성』, 연구사, 1990.

정효구,『시를 통해 본 북한사회』, 국토통일원, 1989.

최동호 편,『남북한 현대문학사』, 나남출판, 1999.4.

하정일,「해방기 민족문학론 연구」, 연세대 박사, 1992.

한형구, 「1950년대의 한국시」, 『1950년대 문학연구』(문학사와비평연구회 편),
　　　예하출판사, 1991.
홍용희, 「1950년대 남북한 시의 비교 연구」, 경희대 석사학위 논문, 1993.
한국사편집위원회, 『한국사』 21 · 22, 한길사, 1994.

통일시대를 향한
북한시의 미적 가능성

홍용희

1. 분단 시대와 민족통합의 길

분단시대는 통일시대에 대한 지향성을 당위적 전제로 한다. 마치 손상된 생물체가 소생과 복원을 위해 자기 조직화 운동을 활발하게 진행하는 것처럼, 분단된 민족이 화해와 통일을 갈망하는 것은 온전한 민족적 삶의 구현을 위한 당위적 조건이 된다. 거시적인 관점에서 민족사를 조망할 때, 분단시대는 궁극적으로 유기적인 민족적 통합을 향한 복원과정으로서의 한시적인 의미를 지닌다. 우리 현대 문학사의 중심축을 이루는 분단문학의 주제의식이 궁극적으로 분단 극복 내지 민족통일의 길로 열려 있는 것은 분단이란 용어가 지닌 숙명적인 속성인 것이다.

그럼에도 불구하고, 한반도의 분단체제가 이미 반세기를 넘어섰다. 해방 직후 좌·우 이데올로기를 명분으로 고착화되기 시작한 육중한 분단의 장벽이 지금까지도 그 위력을 과시하고 있다. 남한의 민족통일 정책은 시대적 상황에 따라 거듭 수정·변화해 왔다. 남한 통일 정책의 변화 국면은 한국전쟁을 마디절로 하여 그 이전은 상당히 호전적이었던 반면 그 이후는 상호 체제 인정에 바탕을 둔 점진적인 통일론을 제기하고 있다. 통일

문제가 위정자에 의해 분단체제를 공고화시키는 방편으로 이용된 경우도 적지 않았던 것이 사실이지만 그러나 기본적으로는 자주적이고 평화적인 민족적 통합을 위해 나아가고 있었던 양상을 보인다.

이승만 대통령에 의해 1949년 반공체제강화에 관심을 기울이면서 북진 통일론이 개진되기도 하였으나 휴전과 함께 점차 후퇴한다. 1960년대에 이르면 5 · 16쿠테타 세력의 혁명공약 제5항에서 "민족적 숙원인 국토통일을 위하여 공산주의와 대결할 수 있는 실력배양에 전력을 기울인다."고 밝히고 있듯이, '반공체제의 재정비 강화'와 '국토통일을 위한 실력배양'이 통일의 기본방향으로 제시된다. 이러한 국토통일을 위한 실력배양론은 1970년 '8 · 15 평화통일구상선언'에서 "어느 체제가 국민을 더 잘 살게 할 수 있으며, 더 잘 살 수 있는 여건을 가진 사회인가를 입증하는 개발과 건설과 창조의 경쟁에 나설 것"이라는 촉구로 이어지기도 한다. 이것은 기본적으로 북한 사회의 공산 정권을 사실상 인정하고 이를 바탕으로 남북 간의 평화통일의 여건을 모색하겠다는 인식을 전제로 한다.

남북한 당국간의 최초의 공식 합의문은 잘 알려진 바대로 자주, 평화, 민족 대단결에 대한 합의를 도출한 1972년 7월 4일에 있었던 '7 · 4남북 공동성명'이다. '7 · 4남북 공동성명'의 합의문은 남한의 10월 유신의 발표를 이유로 북측에 의해 유명무실화되고 말았으나 남한의 통일정책의 기본 방침으로서 지속적으로 작용한다. 1982년 1월 22일 제시한 '민족화합 민주통일방안', 1989년 9월 11일의 '한민족공동체 통일방안' 등은 모두 '7 · 4남북 공동성명서'의 자주적이고 평화적인 통일 정책의 취지를 기본바탕으로 하고 있음을 알 수 있다. 특히 '한민족공동체 통일방안'은 남북의 공존공영과 민족의 동질화, 민족공동생활권의 형성 등을 추구하는 과도적 통일체제인 '남북연합'을 제시하고 있다는 점에서 주목된다.

남북한의 통일 정책의 결정체가 2000년 6월 남북정상회담을 통한 6 · 15선언이라는 사실을 부정할 사람은 아무도 없을 것이다. 6 · 15남북공동선언의 핵심 내용 역시 남북한이 당장 제도적 · 법적 통일을 실현하는 것이 아니라 서로 현 체제를 인정하고 평화적으로 공존하면서 교류협력을 통해 점진적 · 단계적으로 사실상의 통일을 실현해 나가는 데 합의한 것이다. '한민족공동체 통일방안'의 과도적 통일체제로서의 '남북연합'이 계승되고 있음을 볼 수 있다.

한편, 북한의 통일 정책은 조선 노동당 규약 전문에서 나오듯이 "온 사회의 주체사상화와 공산주의사회" 건설을 기본 방침으로 한다. 북한의 통일 방안을 시대 순으로 개관하면 해방 직후는 '하나의 조선' 논리에 입각하여 북한 사회의 '민주기지론'에 의한 무력적화통일이었다. 1950년 한국전쟁의 발발은 그 구체적인 실천적 감행에 해당한다. 1960년대에 접어들면 북한 사회는 연방제를 제의한다. 1960년 8월 14일 8 · 15 해방 15주년 기념 연설에서 제안한 연방제의 내용은 "당분간 남북 조선의 현제 정치제도를 그대로 두고 조선민주주의인민공화국 정부의 독자적인 활동을 보존하면서 동시에 두 정부의 대표들로 구성되는 최고민족위원회를 조직하여 주로 남북 조선의 경제 · 문화발전을 통일적으로 조절하는 방법으로 실시하자"[1]는 것이었다. 이와 같은 연방제에 대한 방침은 약간의 변용을 거치면서 1990년대 들어오면 1민족, 1국가, 2제도, 2정부에 기초한 연방제로 나타난다.

그리하여, 2000년 남북정상회담의 '6 · 15민족공동선언'에서 "통일을 위한 남측의 연합제안과 북측의 낮은 단계의 연방제안의 상호공통성이 있다고 인정하고 앞으로 이 방향에서 통일을 지향시켜 나가기로 하였다"는 합의를 도출할 수 있었다. 즉, 남북한의 통일정책은 공통적으로 현 단계에 대해 상호 이질성을 극복하고 민족적 동질성과 연대의식을 확장하는 과도기로 규정한다.

이 점은 통일시대를 향한 문학적 도정에도 동일하게 적용해 볼 수 있다. 통일시대를 열어가기 위한 문학적 논의는 남 · 북한문학의 이질성 · 대립

---

1 ≪로동신문≫, 1960.8.15.

성의 요소에 대한 강조보다 동질성 · 유사성의 요소를 재발견하고 인식하는 유화적인 자세가 요구된다. 이것이 남북한의 진정한 민족적 통합을 이루어내는 연합제안의 충실한 문학적 실천에 해당할 것이다.

그렇다면 냉엄한 분단체제의 경계선을 허물고 민족 연합의 길을 열어갈 수 있는 방안은 무엇일까. 다시 말해, 반세기에 가까운 민족 분단의 역사가 침전시킨 이질성의 켜를 극복할 수 있는 틈새는 어디에 있을까. 이 글은 이러한 문제의식에서 출발하여 민족적 연대 의식과 공감대를 불러일으키는 북한의 탈이념적인 서정시편을 중심으로 살펴보고자 한다. 민족적 친연성과 연대의식을 확장하는 시적 형질은 남 · 북한의 심층 세계를 공통적으로 관류하는 민족적 정서에서 발견될 수 있을 것이기 때문이다.

2. 자주시대의 문학론과 미적 가능성

북한에서 문학예술이 당의 정책을 반영 · 생산 · 교양하는 지배담론 기제로서의 지향성을 분명히 드러낸 것은 북조선예술총동맹(1946.3.5)이 결성된 이후 첫 번째로 시달된 문예지침, '건국사상운동'(1946.4.25)에서부터이다. 건국사상운동에서 김일성은 문학이 모범적인 인물 유형을 창조하여 대중들을 교양할 것을 교시한다. 이후 제기된 '응향'사건(1946.12. 20), '고상한 리얼리즘'(1947.1.1), '반종파 척결'(1953) 등은 모두 북한에서 문학이란 당의 지배 정책과 일원론적인 연속성을 지님을 선명하게 보여준다. 북한에서 1967년이 되면 주체적인 사회주의적 문학예술의 본성과 특질, 창조 원리, 창조자 등을 체계적으로 정립한 『주체문예이론』이 간행된다. 이책의 서장의 제목은 "위대한 수령 김일성 동지께서 창시하신 독창적인 문예리론은 영생불멸의 주체사상을 구현하고 있는 가장 혁명적이며 과학적인 문예리론"[2]이라고 적시되어 있다. "영생불멸"이란 말이 시사하는 것처

---

2 김일성, 『주체문예이론』, 사회과학출판사, 1967.

럼 북한이 주체사상에 입각한 사회주의 혁명과 건설을 포기하지 않는 한 주체문예이론은 종교적인 신념의 범주에 속한다.

그럼에도 불구하고, 1992년에 김정일이 간행한 『주체문학론』[3]에는 적지 않은 변화가 감지된다. 이 책의 기본적인 저술 동기는 "문학이 시대와 인민 앞에 지닌 영예로운 사명을 다하려면 자주의 길로 나아가는 인민대중의 지향과 요구에 맞게 근본적인 변혁을 일으켜야 한다."(1쪽)는 데에 있다. 여기에서 "자주의 길"은 1990년대 북한이 표방하는 "자주의 시대"를 가리킨다.[4] 1990년대를 전후로 세계질서가 이념적 대결과 반목에서 상호 협력과 경쟁의 경제 공동체로 급속히 재편되면서 체제 붕괴의 위기를 맞이한 북한은 먼저 "우리식대로 살자"(1990)는 폐쇄적인 민족적 자주성을 강조하게 된다. 해외 유학생들을 귀환시키고(1992), 평양 역포구역에 동명왕릉을 복원하고(1993), 단군왕릉을 개건(1994)하면서 이와 연계하여 김일성과 김정일로 이어지는 민족주의의 신화를 창조한 것도 1990년대 자주성의 시대의 산물이다.

이와 같은 폐쇄적인 민족주의와 자주성의 원리는 사회의 내부적 통합을 위한 허구적인 지배이데올로기로서의 문제점을 내재하고 있지만 그러나 역설적으로 민족 문화 유산에 대한 적극적인 발굴과 평가의 능동적인 계기로 작용하기도 한다. "자주성을 실현하기 위한 투쟁이 민족 국가를 단위로 하여 그 어느 때보다 세차게 벌어지고 있는 오늘", "민족문화 유산"을 발굴하고 재평가하는 것은 "민족적 자존심과 민족 제일주의의 중요한 표현"(57쪽)이라는 논리를 낳기 때문이다. 이러한 문면에서 『주체문학론』[5]의 2장 '유산과 전통'은 단연 주목을 끈다. 특히 2장의 3절 '민족문학예술유산을 주체적립장에서 바로 평가하여야 한다'는 부분에서는 실학파 문학, 민요 및 시조 형식, 궁중 예술 등의 고전문학과 함께 계몽기 문학,

---

3 김정일, 『주체문학론』, 조선노동당출판사, 1992.
4 졸고, 「북한의 서정시와 민족적 친화성」, ≪시안≫, 1998 창간호 참조.
5 김정일, 『주체문학론』, 사회과학출판사, 1992.

'카프'문학, 일제시기 진보적인 문학을 포괄하는 근현대문학사의 공정한 평가의 필요성을 역설하고 있다. 특히 계몽기와 일제시기 진보적인 작품의 작가로 이인직, 이광수, 최남선, 신채호, 한룡운, 김억, 김소월, 정지용, 심훈 리효석, 방정환, 문호월, 라운규 등을 직접 거명하고 적극적인 평가의 필요성을 개진하고 있다. 이러한 입장은 설령 "작가의 출신과 사회생활 경위가 복잡하다 하여도 우리나라 문학예술 발전과 인민의 문화정서 생활에 이바지한 좋은 작품을 썼다면 그 작가와 작품을 아끼고 대담하게 내세워 주어야 한다."(83쪽)는 문예 미학에 대한 열린 시각을 토대로 한다. 문학 작품에 대한 평가 기준의 무게 중심을 종전의 작품 외적 요소에서 작품 내적 요소로 이동시키고 있는 것이다. 이러한 새로운 변화는 자주 시대와 민족주의(조선민족 제일주의)를 강조하면 할수록 우수한 유산과 전통을 적극적으로 발굴하고 조명해야하기 때문인 것으로 보인다.

이러한 김정일의 『주체문학론』의 논지는 1990년대 들어 15권에 걸쳐 간행된 『조선문학사』에서 구체적으로 실현된다. 특히 1920년대 후반기에서 1940년대까지의 문학사를 다룬 『조선문학사 9』[6]에서 이 점은 두드러지는 바, 1967년 주체문예이론이 정립된 이후 거세되었던 카프문학은 물론 진보적인 민족주의 문학에 대한 다채롭고 섬세한 논의가 개진되고 있다. 한용운, 양주동, 박로아, 김달진, 심훈, 정지용, 백석, 김태오, 리용악, 윤동주 등의 시인들의 작품세계를 대폭 수용하여 예시하고 긍정적으로 논의 평가하고 있다. 이점은 북한문학사에서 작품의 질적 고양을 불러일으키는 중요한 계기로서 작용할 수 있다고 판단된다. 북한의 문학 독자들이 예술적 완성도가 높은 작품을 직접 읽고 감상하게 됨으로써 지금까지의 '사상적 무기로서' 창작된 생경하고 도식적인 작품에 대한 비판적 안목을 가질 수 있게 될 것으로 보이기 때문이다. 물론 아직 문예 창작의 현장에서 이러한 시적 가능성의 구체적인 성과가 나타나고 있지는 않다. 그 주된

---

6 류만, 『조선문학사 9』, 조선노동당출판사, 1995.

이유는 반세기가 넘는 타성적인 세월의 관성을 극복하기에는 좀 더 많은 시간이 필요하다는 점과 김정일 시대가 아직 현실적으로 다양한 문학적 유형을 포괄할 수 있는 안정기에 접어들지 못했다는 점에서 찾을 수 있을 것이다. 그러나 북한의『주체문학론』에서 제기한 과거의 민족문화예술에 대한 공정한 평가는 궁극적으로 현재와 미래의 문예 창작의 질적 고양을 가져오는 중요한 추동력으로 작용할 수 있을 것이다.

3. 북한의 서정시와 민족적 친연성

(1) 탈이데올로기적인 서정시의 특징적 양상

1990년대 이후 북한 시의 주류를 형성하는 시편은 대체로 김일성－김정일 우상화 및 김일성 가계 예찬, 김일성 사망에 대한 추모, 당에 대한 찬양 등의 기존의 시 세계의 지속과 함께 '고난의 행군', '붉은기 사상', '강성대국론', '선군 정치' 등의 김정일 시대의 시대정신이 새롭게 부각되고 있다. 이들 시편들은 대부분이 지배 이데올로기가 응집된 매우 선동적이고 경색된 시어로 형상화된 특징을 지닌다. 1990년대 북한 시 역시 김일성－김정일을 정점으로 하는 교조주의적 사회체제의 지배 이념을 반영하고 재생산하여 사회의 정신 습속으로 내면화시키는 공식적인 담론기제로서의 역할을 수행하고 있는 것이다. 그러나 숨은 영웅의 형상화, 노동의 신성성 고취, 민족통일의 염원, 자연풍경에 대한 찬탄 등의 일부 시편들에서는 탈이념적인 순정한 삶의 언어세계를 만날 수 있다. 북한에서 이와 같은 기존의 관행화된 혁명적 낭만주의의 도식성과 변별되는 서정시편은 해방 이후부터 문학사의 주변부에서 면면히 이어왔으나, 지금까지 뚜렷한 자기 위상을 확보해내지는 못하고 있는 실정이다.

북한문학은 지배이데올로기의 대중적 교양의 수단이라는 본령을 효과적으로 감당하기 위해서라도 교조적인 상투성과 도식성으로부터 벗어나는 것이 요구된다. 그래서 김정일은 간헐적으로 1972년 <문학예술창작에서 혁명적인 전환을 일으킬 데 대하여>를 비롯하여 1974년 <우리의 사회주의 현실이 요구하는 혁명적 문학 작품을 더 많이 창작하자>, 1980년 <1980년 문학예술이 나아가야할 길에 대하여> 등에서 작가들의 창작의 개성과 예술적 형상화의 함양을 힘주어 강조해왔다. 그러나 작가의 개성적 특성에 대한 강조가 "주체적인 창작체계와 창작 원칙"의 철저한 구현이라는 전제 속에서 개진됨으로써 정작 구체적인 실효성을 얻지는 못하고 있는 것이다.

그러나 여기에서는 비교적 탈이데올로기적인 서정시편에 주목하기로 한다. 통일문학은 남·북한문학의 공통된 민족적 원형질의 요소와 점이 지대를 찾는 일에서부터 시작되기 때문이다. 북한 서정시의 언어 세계는 대체로, 다원적이고 상대적인 의미의 다의성으로 열려 있지 못하고 지시어적인 차원의 의미의 단의성으로 수렴되는 면모를 보인다. 다시 말해 북한 시의 언어세계는 언어의 내적 대화성과 독자들의 응답적 이해의 길이 차단되어 있는 것이다. 북한에 탈이념적인 서정시를 창작하는 전담 시인이 있는 것이 아니라, 기본적으로 권력적인 지배이데올로기를 반영하고 재생산하는 작품의 창작에 동참하면서 몇 편의 순수 서정시를 발표하는 정도이다. 따라서 북한 서정시의 경직된 언술 체계는 이미 시인들에게 관성화된, 작품을 통하여 단일한 사고체계의 규범 속에 독자들의 의식을 종속화 시키고자 하는 권력의지와 연관된 것으로 보인다.

북한의 서정시에서 우리들에게 민족적 연대의식과 공감대를 가장 깊이 느끼게 하는 유형은 분단 극복과 통일 염원을 다룬 작품이다.

민족 분단은 남·북한의 비극적인 삶의 운명을 강요한 가장 직접적이고 공통적인 문제적 상황인 것이다.

잡초 무성한 관산나루언덕
분계선이 가로 건너간곳에

후두둑후두둑
떨어지는 감알
(중략)
저렇게도 탐스러운 감알을 고여 놓은
잔치상 받고
림진강 건너 파주로 시집갔다는
이 마을 처녀들
감알처럼 빨갛던 그 얼굴들에
지금은 주름살이 퍼그나 깊어 졌으리
(중략)
이 가슴을 친다
이 땅을 친다
주인을 부르며 통일을 부르며
후두둑 후두둑 아, 떨어지는 감알

─ 전병구, 「떨어지는 감알」 일부

"분계선이 가로 건너간 곳에" 감나무는 예전부터 한결같이 서 있지만, 그 나무의 감알을 "고여 놓은 잔치상 받고" 림진강 건너 시집갔다는 마을 처녀들은 볼 길이 없다. "감나무"만이 남아서 돌아오지 않는 주인을 기다리는 형국이다. 그래서 "후두둑 후두둑" 떨어지는 감알의 소리는 "주인을 부르며 통일을 부르"는 안타깝고 애잔한 소리로 들린다. 감나무에 얽힌 과거의 곡진한 추억을 통해 인위적으로 만든 군사분계선의 비극상을 명징하게 표현하고 있다. 한편, 다음 시편은 남녘의 어머니에 대한 절실한 그리움을 통해 분단의 비극성을 고조시키고 있다.

참으로/그날이 와서 통일이 와서/문득 어머니를 만날 수 있다면//아아, 너무도 억이 막혀/수수십년 새겨온 그 말들을 다 잊고/가슴 터지고 심장이 터지는 소리/다만 엄마 ─ 허고 울릴게다//장에 갔던 어머니 늦으만 와도/엎어질 듯 달려가 안기던 목소리/하루만 떨어졌다 만나도/마냥 응석을 부리던 목소리//세밤 자고 오마고/외가에 간 어머니건만/까맣게 기다리던 그 세밤이/천번만번 지나도록 못오신 어머니/칠순도 다 넘은 백발이련만/상기도 내머리 속엔/아주까리 기름이 반드럽던/가리마 반듯한 그 까만 머리뿐/어머니 어머니/어머니를 만나 기전엔 더 먹을수 없는 이 나이옵고/이 아들을 보기전엔/차마 눈을 감을 수 없는 어머니려니//…//어머니와 이제 만난다면/나이도 세월도 다 잊고/헤여질 때의 그 나이로 되돌아가/어머니 치마폭에 안기리다
         − 리종덕, 「참으로 어머니를 문득 만난다면」(≪조선문학≫, 1991.6)에서

    통일에 대한 열망이 어머니에 대한 간절한 그리움의 정서를 통해 깊은 호소력을 얻고 있다. 특히 유년기에 어머니를 향해 "엎어질 듯 달려가 안기"고 "마냥 응석을 부리던" 모습에 대한 회상은 누구에게나 간곡한 어머니에 대한 보편적인 원체험을 환기시킨다. 그래서 분단 극복과 통일에 대한 열망은 논리이전의 생리적 차원에서의 깊은 정서적 공감을 얻게 된다. 이산가족의 혈육의 대한 그리움은 어느새 분단이데올로기를 훌쩍 뛰어넘어 민족통일의 연대의식을 형성해내고 있다. 이것은 또한 혈육에 대한 그리움이 분단이데올로기의 억압적인 허구성을 명징하게 반사시키고 있다고도 할 수 있다.
    한편, 1990년대 이후 북한의 통일 시편에는 기념시의 양식을 통해 통일에 대한 간절한 염원을 상당히 섬세하고 밀도 높게 형상화한 작품들이 있어 주목된다.

  ① "다시는/남남처럼 마주설 수 없는 우리/이제 다시/서로 다른 국호를 달고 승부를 겨뤄야 한다면//겨레여, 차라리/우리는 통일을 바란적 없다고 하자/세계 앞에서 더는/하나의 혈육이 둘로 갈라 졌다고/눈물의 하소연도 하지 말자"
         − 장혜명, 「박수를 치자」에서

  ② "이 길로 우리 모두 함께 가고 싶다/평양 랭면 맛에 서울 깍두기 맛도 보며/동서 팔방 내 나라 삼천리 이 땅/ (중략) /가다가 향기 짙은 강계 산꿀도 맛보고/목마르면 호남 샘물 표주박에 떠마셔 보며/가다가 밤이 되면 정방산이나/춘향도령 지금도 있는 듯한 ≪남원땅≫에서 쉬고/ (중략) /그들과 더불어 진

도 아리랑을 들으며 울어도 보고/그들과 더불어 봉산탈춤 보며 웃어도 보며"
— 리호근, 「함께 가고 싶다」에서

　"≪코리아 유일팀≫ 축구 경기를 보며"라는 부제가 붙은 시 ①은 남·북한 축구 단일팀 구성에 대한 벅찬 감격과 더불어 대결과 반목으로 점철된 분단의 역사에 대한 원망이 절실하게 그려지고 있다. 화자가 새삼 "통일의 원쑤"들에 대한 적개심을 표출하는 것 역시 지금까지 "서로 다른 국호를 달고 승부를 겨"루어 왔던 분단체제에 대한 부정 의식이 강한 표출이다.

　"범민족 대회장을 나서며"라는 부제가 붙은 시 ②는 "평양 랭면, 서울 깍두기, 강계 산꿀, 호남 샘물, 진도 아리랑, 봉산탈춤" 등의 남·북한의 민속 예술과 풍물 그리고 국토에 대한 애정을 통해 민족 공동체의식을 확인하고 나아가 통일의 당위성을 절박하게 노래하고 있다. 전국에 흩어져 있는 전통적인 풍속과 민요들은 어느 특정 지역의 전유물이 아니라 남·북한 모두가 공유해온 민족적 삶의 근원성을 이루는 요소들이다. 따라서 이러한 소재들은 남·북한의 이질성을 극복하고 민족적 연대 의식을 불러 일으키는 가장 직접적인 대상들이다. 북한에서 통일 염원 시의 창작은 1990년대에 들어 더욱 활발하게 창작된다. 당시 문익환, 임수경 등의 남한 인사의 방북은 북한 사회에서 통일의 열기를 더욱 고양시키는 촉매가 되었을 것이다. 실제로 방북 인사에 대한 북한의 관심은 매우 높았으며 문학 작품에서도 중요한 소재로 빈번하게 등장한다. 그러나 정작 2000년대 이후에는 통일시편을 거의 찾아볼 수 없다. 그것은 아마 '6·15민족공동선언'의 구체적인 평가와 실천이 아직 여러 국내외 정세와 뒤얽히면서 현실적으로 유보되고 있는 상황과 연관되는 것으로 보인다. 오늘날 북한 사회가 절박하게 처해있는 대외적 개방과 내부적 통합이라는 모순명제를 어떻게 헤쳐 나가느냐에 따라 북한 통일시편의 향방과 빈도도 결정될 것이다.

　다음으로 가로막힌 분단의 장벽에 대한 안타까움과 북녘 땅에 대한 향수를 응축적으로 환기시키는 북한의 중요 서정시편으로 아름다운 자연 풍경에 대한 찬탄의 시를 들 수 있다. 백두산, 금강산, 묘향산, 약산 등의 웅혼한 풍모와 빼어난 절경에 대한 묘사는 우리들의 지워져 가는 기억과 상상 속의 풍경을 선명하게 되살려 준다는 점에서 관심을 환기시킨다.

> ① 너만이 백두산에 호수를 이루었구나/너만이 이 땅에서 가장 높고 신성한 곳/해솟고 별 돋는 하늘가에 출렁이느냐//백두의 해돋이가 시작될 때/환희에 넘쳐 뛰노는 네 물방울/태양을 우러러 무엇을 속삭이느냐/새별이 첫불을 켜들 때 진주처럼 빛을 뿜는 네 물결/별빛 우러러 또 무엇을 속삭이느냐
> — 한원희, 「천지의 물」(1992.8)에서

> ② 천하절경 높이 솟은 바위 모두가/마음이 있어/하많은 이야기를 안고 들먹이는 듯//아쉬워라/차마 발걸음 떼기가/비로봉의 폭포소리// (중략) // 아 금강산아/너와 이틀밤 사흘낮/시간은 짧아 날은 꿈속처럼 흘렀어도/내 두고두고 쌓인 정/너에게 빼앗겨서/너를 떠나자하니/한가슴에 들어낮네/조선의 금강/아름다운 내조국의 자랑이//이 땅에 태여나 삶을 누리는/조선사람 된 끝없는 자랑이
> — 리정택, 「금강산을 떠나며」(1991.8)에서

북한의 자연의 풍경을 다룬 시편들은 대체적으로 직서적인 어조를 통한 소박하고 단조로운 묘사의 범주에서 크게 벗어나지 않는다. 북한 시인들은 당에서 결정한 문예지침에 따라 수동적으로 창작활동을 수행하는 관성에 의해 정작 탈이념적인 소재의 창작 행위에서도 뚜렷한 예술적 독창성과 유현한 사고의 깊이를 드러내지 못하는 것으로 보인다.

시 ①의 배경은 백두산 천지이다. 우리 민족의 성소에 해당하는 백두산의 신비로움과 경이가 정제된 비장미를 통해 묘사되고 있다. "이 땅에서 가장 높고 신성한 곳/해 솟고 별 돋는 하늘가에 출렁"인다는 묘사는 백두산 천지의 웅혼함과 더불어 신성성을 잘 드러내고 있다. 다만, 백두산 천지에 대한 시인의 주관적 내면의식이 좀 더 섬세하게 응축되지 못한 점이 아쉽게 느껴진다. 시 ②는 금강산의 아름다움을 실감 있게 표현하고 있다. "천하절경 높이 솟은 바위 모두가/마음이 있어/하많은 이야기"를 나누는

것 같다는 진술에서 서경의 서정적 치환의 모습을 보여준다. 그러나 개인의 내면적 서정이 좀 더 깊고 면밀하게 확산시키지 못하고 "아름다운 내 조국의 자랑"이라는 일반론으로 환원됨으로써 평면적 층위에 머물고 만다.

이상의 시편들은 지나치게 단순하고 평면적인 묘사에 그치는 아쉬움을 주지만, 그러나 멀고 아득하게만 느껴졌던 북녘의 산하를 우리들의 눈앞에 성큼 다가서게 하고 있다는 점에서 남·북한 간의 미족 공동체의식을 배가시키는 중요한 의미를 지닌다.

다음으로는 전통적인 민속 행사와 지역 특산물을 중심 소재로 한 북한 시편들을 살펴보기로 한다. 특히 설날, 한가위, 단오 등과 같은 명절을 소재로 한 작품은 민족적 정체성의 확인과 더불어 북한에서 계승하고 있는 전통 풍속의 실태를 엿볼 수 있다는 점에서도 흥미를 느낀다.

① 하늘의 은방울이 맑게 울리니/북소리, 웃음 속에 하늘 땅이 묻히겠네/둥근 단오떡 손에 든채/동네방네 아이들 다 달려오고/저기 씨름터의 누런 송아지도/제 좋아 껑충 뛰노라네

　　　　　　　　　　　　　　　　　　　　　　　　　– 백의선, 「5월 단오」(1990.5)에서

② 대동강에 잠긴 보름달을 건져온듯/시누런 놋쟁반에 들여온 국수//내고향 사람들의 후한 인심인양/듬뿍 놓인 고기꾸미 골고루 섞어가며//쭉쭉 들이키던 그 맛이란 참…//그래서 내 그이야길 했더니/동부들도 저만끔 그 이야기/글쎄 옥류관 국수 이야기

　　　　　　　　　　　　　　　　　　　　　　　– 박세일, 「옥류관 국수맛」(1990.7)에서

시 ①의 "단오떡", "씨름판", "송아지" 등의 시적 소재가 질박한 향토적 정서를 환기시킨다. 5월 단오의 농경사회의 전통적인 행사가 북한사회에서 온전히 계승되고 있는 모습을 확인할 수 있다. ②시에서 놋쟁반에 들여온 국수에 대한 "대동강에 잠긴 보름달을 건져 온듯"으로 비유함으로써 옥류관의 독특한 국수맛을 시각적으로 실감있게 묘사하고 있다. 또한 "듬

뿍 놓인 고기꾸미 골고루 섞어가며" 등의 표현이 옥류관 국수의 풍성한 미각을 현장감 있게 드러내고 있다. 분단의 역사가 반세기에 이르렀으나 남·북한의 고유한 민속행사와 먹거리의 기호는 큰 변화 없이 지속되고 있다는 점에서 민족적 연대의식을 새삼 환기시킨다.

이상에서 살펴보듯 북한시의 형식원리는 대체로 전통적인 민요 형식에 가까운 반복적인 나열과 각운의 효과를 살리는 기법이 두드러지고 있다. 북한 시는 비교적 서술형에 가까운 내용 전개를 형식미의 예술적 의장을 통해 보완하고 있는 것이다. 실제로 대부분의 북한서정시들이 단성적인 지시적 언어로 구서되어 있기 때문에 시적 의미의 상징적인 다양성과 깊이를 획득하지 못한다. 따라서 시의 위의를 갖추기 위한 방법은 언어의 형식미에 대한 추구로 집중될 수밖에 없게 된다. 북한이 서정시의 창작에서 언어의 미감을 살리는 어조와 전통 시가의 운율에 깊은 천착을 보이는 것은 이러한 문면에서 이해된다.

(2) 민족적 전통양식과 계승

이미 앞 장에서도 강조한 바처럼, 북한의 문예 작품은 인민들에게 당의 혁명위업을 쉽게 설명하고 선동하는 역할을 가장 우선적으로 감당해야 한다. 그래서 북한의 시는 매우 정론적이고 서사 지향적인 경향을 띤다. 대부분의 북한 시들이 서사적—서정시로서의 장대한 형식을 띠는 배경이 여기에 있다. 이와 같이 시적 형식미와 정서적 감응이 결여된 북한 시에 대한 비판적 논의가 근자에 날카롭게 제기되고 있어서 주목된다. 그 육성을 직접 들어보면 다음과 같다.

> 우리는 고전시가의 류창한 운률과 함께 간결성과 섬세성, 온갖 형상적 묘기들을 또한 따라 배워야 할 것입니다. (중략) 단 4줄의 민요와 단 3줄의 시조에 하나의 아름답고 선명한 화폭이 어려오고 서정적 주인공의 성격과 지향, 나아가서 당대 현실까지 드러나 있지 않습니까. 이런 형상적 묘기들을 자기 창작에

도입해야 하겠는데 너나없이 우리 시들엔 역설이 많고 이런 저런 사료들이 인입되어 읽을 맛도 없고 외우기도 힘듭니다. (중략) 아무리 문장을 잘 다루는 재사라도 사료인입에 3~4련은 소비해야 할 것이고 앞 뒤로 감정 조직을 하려면 또 몇련, 그러고 나면 시인은 아직 제 할 소리를 못하고 있는 데 시는 10련을 넘어섭니다. 솔직히 사료 작업이야 체험단계의 공정이 아닙니까. (중략) 외국사람들도 오묘한 그 시구에 현혹되어 수첩에 배껴주기를 갈망하는 황진이나 력대 가인들의 우수한 시조들을 문학사 속에만 소장시켜 두지 말고 자기의 작품들에 적극 살려 우리 시대, 선군시대에 그보다 못지않은 시조가 있소 하고 세계에 소리치게 될 때 그이상의 애국애족이 어디에 있으며 또 그 이상의 민족성 구현이 어디 있겠습니까. 이렇게 될 때 자기 작품과 함께 애국자로서의 시인의 생애도 남게 될 것입니다. [7]

북한 문예지에 발표되는 절대 다수의 평론이 김정일에 대한 무한한 충성심과 선군시대 "총대서정"의 선명성 경쟁으로 치닫고 있는 상황에서 평안북도 작가동맹 소속 시인 김정철의 위와 같은 시적 미의식에 관한 지적은 매우 참신하고 모험적인 목소리로 들린다. 북한 시의 문제점에 대해 "읽을 맛도 없고 외우기고 힘"들며 "체험단계의 공정"에 해당하는 "사료작업"의 "인입"으로 인해 지나치게 길어지고 있음을 솔직하게 지적하고 있다. 그리고 여기에서 더 나아가 그 극복의 방안으로 민요와 시조의 절제된 형식미와 내밀한 서정시학의 계승을 제시하고 있다. 김정철은 이러한 자신의 시론을 직접 창작을 통해 시범적으로 실현해 보인다.

하늘나라 계수나무 동산에서/이해도 잊지 않고 우릴 찾아 왔구나/정월도 보름달 내 집 추녀아래/싱글벙글 웃으며 들어서는 둥근 달/≪잘 있었오 친구들, 내 왔소≫ // (…) //보름날에 일찍 자면 눈썹이 센다고/들판에 얼음판에 오구작작 저 사람들/천하를 비치는 너의 그 거울 속에/이 밤도 고조선의 쥐불이 타고 있다/이 밤도 고구려의 그 팽이가 돌고 있다//달 같은 님을 보자 님 같은 달을 보자/울 넘어 담 넘어 널 뛰던 녀인네들/너는 오늘도 그네들의 정을 담아/저 하늘

---

7 김정철, 「민족성과 우리시, 생각되는 몇가지」, ≪조선문학≫, 2003.7.

에 휘영청 밝은 초롱불을 켜 들었는가//어찌 보면 이 해의 보름달은/우리 군대
그 걸음에 발맞추자 둥둥/온 나라를 부르는 선국의 쇠북인가/발차의 푸른 등이
그 앞에 켜진/통일의 렬차의 둥그런 쇠바퀸가
– 김정철, 「보름달이 왔소」(2003.1) 일부

민족 풍속인 정월 대보름의 전통적인 정서를 4.4조의 친숙한 음보를 통
해 소박하게 노래하고 있다. 특히 "이 밤도 고조선의 쥐불이 타고 있다/이
밤도 고구려의 그 팽이가 돌고 있다"는 표현은 유구한 우리 민족 전통의
살아있는 역사를 역동적으로 일깨우는 효과를 얻고 있다. 이러한 민족적
전통의 남성적 역동성의 시상은 순박한 여인의 그리움의 정감을 거쳐 다
시 현재적 창조의 힘으로 전승되고 있다. "선군의 쇠북" 소리와 "통일 렬
차의 둥그런 쇠바퀴"의 추동력이 그것이다. 시적 화자는 고대에서부터 이
어져온 대보름날 보름달의 그윽한 정서를 전통적인 시가의 미의식을 통해
"읽을 맛"과 "외우기도" 쉬운 언어로 노래하고 있다. 물론 시적 표현과 정
감이 지나치게 소박하면서 관습적 사상의 범주를 벗어나지 못하는 정형성
이 노정되고 있지만 북한 시에서 전통적인 시적 미의식의 현재적 계승을
의도적으로 실행하고 있는 작품이란 점에서 높이 평가된다.

김정철 시인의 이와 같은 전통적인 형식미와 민족 정서의 현재적 계승
은 이외에도 「분홍저고리 내 누님네들」, 「밝은 달아」 등의 작품을 통해
구체적으로 시도되고 있다. 김정철의 이러한 시 창작의 시도에 대한 북한
의 평가를 직접 들어보면 다음과 같다.

시문학부문에서 민족적인 정서를 취급한 서정시들을 더 많이 창작하는 것
은 우리 인민을 민족 자주정신으로 교양하는 데서 자못 중요한 자리를 차지한
다. 이와 관련하여 지난해 ≪조선문학≫ 잡지에 발표된 서정시 ≪보름달이 왔
소≫, ≪분홍저고리 내 누님네들≫(김정철 작)은 좋은 싹을 보이고 있는 것으
로 독자들의 관심을 자아낸다.[8]

---

8 김덕선, 「민족의 향취, 참신한 맛」, ≪조선문학≫, 2004.2.

북한의 평론가 김덕선은 민족적 전통시의 창작에 대해 자주정신의 교양이라는 차원에서 매우 긍정적으로 평가하고 있다. 이러한 정황은 앞 장에서 제기한 1992년 간행된『주체문학론』이 내세운 자주시대의 문예관이 폐쇄적인 민족주의의 산물임에도 불구하고 우수한 민족적 전통의 자산을 적극적으로 발굴하고 평가할 수 있는 상황을 마련함으로써 결과적으로 생경하고 상투화 된 북한문학 자체의 변화의 계기성을 추동할 수 있을 것이라는 예상이 현실화되고 있는 장면으로 파악된다. 특히 김덕신이 위의 평론에서 "달"을 소재로 한 시적 계보로서 구전가요, 「정읍사」를 비롯하여 박인로 「달을 바라보며」, 김소월 「달맞이」, 김철 「금야만에 달이 뜬다」 등을 열거하고 있는 대목은 이러한 가능성을 거듭 증명한다고 할 것이다.

또한 이와 같은 전통시가의 형식미와 정서를 계승한 문학작품의 확대는 북한문학의 질적 고양과 아울러 통일 시학의 정립이라는 측면에서도 매우 중요하다. 이질화의 극단을 치달아 온 남북한의 진정한 화해와 통합의 모색은 민족적 동질성과 연대의식의 확장에서부터 가능할 수 있기 때문이다.

특히 통일에 대한 염원이 가족에 대한 그리움을 매개로 할 때 민족적 친화성은 더욱 증폭된다. 다음 시편은 남녘의 어머니에 대한 절실한 그리움을 통해 분단의 비극성을 고조시키고 있다.

> 외로이 홀로 서 있는 그 모습/어쩐지 내겐 생각되누나/이 아들을 기다려 기다려/긴긴세월 애태우며 살아오셨을/남녘의 내 어머니처럼//포연이 하늘을 뒤덮던 그밤/나루가의 버드나무밑에서 /북으로 떠나는 내 어깨우에/작은 보따리 메워주며/손저어 바래주던 어머니// (중략) //아,한생을 기다리시며/이 아들을 기다리시며/운명하면서도 눈감지 못했다는/어머니
> ― 신지락, 「어머니의 모습 ―림진강 나루가에 한그루 버드나무가 있다―」(1995.3)

나루가의 버드나무와 아들을 간절히 그리워하다 돌아가신 어머니의 애절한 모습이 서로 내밀하게 대응되면서 동일시되고 있다. 출렁이는 버드

나무 가지와 잎새가 어머니의 아들에 대한 가슴 아픈 그리움의 이미지와 절묘하게 조응되고 있다. 여기에서 어머니의 아들에 대한 그리움의 열도는 곧 바로 통일의 희원으로 연결된다. 전반적인 시적 정황이 동어 반복을 통한 감정의 과잉을 노정시키고 있지만, 분단으로 인한 이산가족의 통한이 매개됨으로써 감동의 진폭이 확산되고 있다. 이산가족의 육친에 대한 그리움은 그 자체가 이미 감정적인 통어의 대상 밖에 있기 때문이다.

한편, 1990년대 이후 북한의 통일 시편에는 기념시의 양식을 통해 통일에 대한 간절한 염원을 상당히 섬세하고 밀도 높게 형상화한 작품들이 있어 주목된다. 장혜명, 「박수를 치자 — 코리아 유일팀 축구경기를 보며」, 리호근, 「함께 가고 싶다」 등은 각각 남·북한 축구 단일팀 구성에 대한 벅찬 감격과 '범민족대회장'에서의 민족적 연대감을 감격적으로 노래하고 있다.

북한에서 통일 염원 시의 창작은 1990년대에 들어 더욱 활발하게 창작된다. 당시 문익환, 임수경 등의 남한 인사의 방북은 북한 사회에서 통일의 열기를 더욱 고양시키는 촉매가 되었을 것이다. 실제로 방북 인사에 대한 북한의 관심은 매우 높았으며 문학작품에서도 중요한 소재로 빈번하게 등장한다. 그러나 정작 2000년대 이후에는 통일시편을 거의 찾아볼 수 없다. 그것은 아마 '6·15민족공동선언'의 구체적인 평가와 실천이 아직 여러 국내외 정세와 뒤얽히면서 현실적으로 유보되고 있는 상황과 연관되는 것으로 보인다. 오늘날 북한 사회가 절박하게 처해있는 대외적 개방과 내부적 통합이라는 모순 명제를 어떻게 헤쳐 나가느냐에 따라 북한의 통일시편의 향방과 빈도도 결정될 것이다.

한편, 이천 년대 들어서면서 북한 시단에는 시적 형식미와 정서적 감응이 결여된 북한 시에 대한 비판적 논의가 날카롭게 제기되고 있어서 주목된다. 그 육성을 직접 들어보면 다음과 같다. "외국사람들도 오묘한 그 시구에 현혹되어 수첩에 베껴주기를 갈망하는 황진이나 력대 가인들의 우수한 시조들을 문학사 속에만 소장시켜 두지 말고 자기의 작품들에 적극 살려 우리 시대, 선군시대에도 그보다 못지않은 시조가 있소하고 세계에 소리치게 될 때 그 이상의 애국애족이 어디에 있으며 또 그 이상의 민족성 구현이 어디 있겠습니까. 이렇게 될 때 자기 작품과 함께 애국자로서의 시인의 생애도 남게 될 것입니다."[9]

북한 문예지에 발표되는 절대 다수의 평론이 김정일에 대한 무한한 충성심과 선군시대 "총대서정"의 선명성 경쟁으로 치닫고 있는 상황에서 평안북도 작가동맹 소속 시인 김정철의 위와 같은 시적 미의식에 관한 지적은 매우 참신하고 모험적인 목소리로 들린다. 김정철은 이러한 자신의 시론을 직접 창작을 통해 시범적으로 실현해 보인다. 「보름달이 왔소」 일부(2003.1), 「분홍저고리 내 누님네들」, 「밝은 달아」 등이 그 대표적인 작품이다.

이와 같은 전통 시가의 형식미와 정서를 계승한 문학작품의 확대는 북한문학의 질적 고양과 아울러 통일 시학의 정립이라는 측면에서도 매우 중요하다. 이질화의 극단을 치달아 온 남북한의 진정한 화해와 통합의 모색은 민족적 전통의 동질성과 연대의식의 확장에서부터 가능할 수 있기 때문이다.

4. 결론: 예언자적 신념과 통일시학의 정립

이상에서 살펴보듯, 북한의 탈이데올로기적인 서정시편에는 비교적 민족적 동질성과 연대의식을 환기시키는 원형심상이 주조음으로 작용하고 있음을 알 수 있다. 남·북한의 삶의 방식과 시적 위상의 큰 격차에도 불구하고 이들 작품들은 남한의 독자들에게도 높은 감응력을 확보하는 특징을 지닌다는 점에서 매우 중요한 의미를 지닌다. 따라서 이러한 서정 시편은 남·북한의 민족적 동질감과 연대의식을 우리들의 일상적 삶 속으로 내면화시키는 역할을 가장 효과적으로 수행할 수 있을 것이다. 특히 근자

---

9 김정철, 「민족성과 우리 시, 생각되는 몇가지」, ≪조선문학≫, 2003.7.

에 북한 시단의 자체 내에서 제기된 전통시가의 창조적 계승에 대한 논의와 창작 실제는 이러한 문면에서 매우 고무적인 의미를 지닌다.

또한 이러한 서정시편에 관한 탐색은 남한의 연합제안과 북한의 낮은 단계의 연방제안에 상응하는 시적 추구에 직접 해당된다는 점에서 새삼 중요한 의미를 지닌다. 그렇다면, 우리에게 진정한 민족통합의 그날은 과연 오고 있는 것인가.

> "무엇하러 여기 왔는가.//잠 못 이룬 밤 지새우고 /아침 대동강 강물은/어제였고/오늘이고/또 내일의 푸른 물결이리라.//때가 이렇게 오고 있다./변화의 때가 그 누구도/가로 막을 수 없는 길로 오고 있다.//변화야말로 진리이다."
>
> — 고은, 「대동강 앞에서」(2000.6.14)

> 우리 맞고 보내온 날과 날 중에/온겨레가 환희속에 맞은 6 · 15/분렬의 고통을 기어이 가실/우리 민족 의지비낀 통일 6 · 15//(중략)//통일의 리정표 세워놨으니/통일축포 울릴 날도 멀지 않았네/민족의 밝은 태양 우러러보며/길이길이 노래하자 통일 6 · 15
>
> — 곽명철, 「통일 6 · 15」(2004.6)

위의 시편들은 모두 2000년 6 · 15민족공동선언을 배경으로 한 남한과 북한의 통일시편이다. 남한과 북한의 시인 고은과 곽명철은 각각 "때가 이렇게 오고 있"음을, "통일축포 울릴날도 멀지 않"았음을 예언자적 통찰의 언어로 노래하고 있다. 이러한 정황은 우리에게 민족적 연대 의식을 확장할 수 있는 통일시학의 적극적인 탐색과 영역 확대를 요구한다. 완전한 민족 통합의 그날을 앞당기기 위해서 우리는 먼저 정치적 차원 이전의 생활 문화와 감각의 차원에서 "남북한 연합제안과 낮은 단계의 연방제안"의 과정을 충실히 수행해 내어야 하기 때문이다.

『한국문학논총』 제39집, 2005

제4장

북한 소설

전후
북한 소설의 양상

유임하

1. 서론

전후 북한소설의 이해는 "전후 복구 건설과 사회주의 기초 건설"[1]이라는 명제에서 시작된다고 할 수 있다. 이 시기의 문학은 1953년 휴전과 함께 전쟁으로 폐허가 된 사회경제적 토대의 재구축이 가장 문제시되었던 시기였고, 전후책임론이 부상하면서 북한 체제의 위기 국면이 조성되던 시기였다는 점을 감안해야 하는 것이다. 또한 전후 북한사회는 정권 수립 초기에서부터 시도되어온 사회주의적 근대 기획의 과도기적 성격을 벗어나 명실상부한 사회주의적 체제로 이행해야 하는 과제를 안고 있었다. 그 중에서도 농업 부문의 협동화 문제는 전후경제의 복구가 성공적으로 마무리되면서 사회주의 경제 개혁의 핵심적인 사안으로 부상하기에 이른다. 토지개혁의 실시와 함께 사회주의 체제의 지지세력으로 등장했던 자작농 중심의 농업기반이 전쟁으로 인해 거의 폐허로 변하면서 자작농의 40% 이상이 빈농으로 전락하고[2] 이를 타개하기 위해서 농업생산력의 급속한

---

1 박종원·류만, 『조선문학개관(하)』, 온누리, 1988, 171쪽.
2 김성보, 『남북한 경제구조의 기원과 변천』, 역사비평사, 2000, 270쪽.

재편이 요구되었던 상황에서 제기된 사안이 농업협동화 문제였다.

이러한 시대적 과제 속에서 전후 북한소설은 전후 경제 복구 현실을 소재로 삼아 대중적인 영웅상을 형상화하는 한편, 사회주의적 경제체제로의 이행과정에서 잔존해 있던 자본주의적 요소를 척결하는 면면을 적극적으로 그려내게 된다. 또한 전후 북한소설은 1950년대 후반에 이르러 김일성 유일체제의 등장과 당대 현실에 바탕을 둔 새로운 사회주의 미학의 출현과 함께 "도시와 농촌에서의 생산관계의 사회주의적 개조를 위한 장엄한 혁명적 현실과 인민들의 창조적 노력투쟁, 그들의 보람찬 생활과 풍부한 정신세계"3에 바탕을 둔 예술관을 제기하기 시작한다.4 북한사회가 휴전과 함께 정권수립기의 '민주개혁'의 시기를 벗어나, 사회주의 집단경제 시스템을 뿌리내리기 위해 자발적인 추진력을 구비한 것도 바로 이 시기였던 셈이다.

이러한 전후 북한소설의 양상은 전후 책임을 둘러싼 체제의 위기를 사회경제적 토대의 재구축을 통해 극복하려는 움직임과 무관하지 않다.5 곧, 전후 북한문학 역시 전쟁으로 파괴된 경제복구와 사회주의 체제의 확립에 부응하고 김일성 유일체제의 확립에 따라 강조된 '생활감정'에 근거한 새로운 예술관의 창출을 요구받고 있었다. "전후 사회주의 기초 건설시기의 소설문학은 미제 침략자들과 앞잡이들의 새 전쟁 도발 책동이 노골화되는 첨예한 정세와 당원들과 근로자들 속에서 교양을 강화하여야 할 혁명 발전의 합법칙적 요구에 따라 조국해방전쟁시기 인민군용사들과 인민들의 영웅적 투쟁을 형상하며 계급적 및 민족적 원수들을 반대하는 계급투쟁을 반영하는"6 것이었다는 북한문학사의 기술 내용은 이러한 정치적 맥락과

---

3 박종원·류만, 같은 책, 171쪽.

4 이에 관해서는 김재용, 「북한문학계의 '반종파투쟁'과 카프 및 항일혁명문학」, ≪역사비평≫, 1992 봄 참고.

5 이 점에 대해서는 서동만, 「1950년대 북한의 정치 갈등과 이데올로기 상황」, 역사문제연구소 편, 『1950년대 남북한의 선택과 굴절』, 역사비평사, 1998 참조.

무관하지 않음을 보여준다. 정치권력의 상층부에서 경제의 하부 단위에 이르는 긴장과 굴곡이 전후 북한소설의 면면에 용해되어 있는 것이다.

전후 북한체제의 격동을 고려해야 함에도 불구하고, 이 시기의 북한소설이 가진 공식적인 면모는 이중의 독해를 요구한다. 서사의 표층을 이루는 담론의 공식에서 은폐된 갈등과 굴절의 의미들을 찾아야 하는 것이다. 이 글이 주목하고자 하는 것도 바로 공식성 외에 반영된 작중 현실에 가려진 갈등과 서사구조의 특질과 같은 소설의 양상이다. 즉, 북한 소설은 정치적 맥락과 연계된 부분에서 주된 특징과 흐름을 추출해낼 수도 있으나 당위적 이념이나 인물의 신념이 가진 공식적 차원보다 반영된 현실을 구조화시킨 서사적 특징을 해명해야 한다고 보는 것이 이 글의 기본적인 입장이다. 그러나 당대 북한사회에 대한 이해가 충분하지 못한 필자로서는 당대의 북한소설이 가진 양상을 해명하는 것조차 그리 간단하지 않아 보인다. 따라서 이 글에서는 논의의 범위를 좁혀 단편을 중심으로 전후 경제 복구와 여성상, 농업협동화에 따른 반발과 긴장, 새로운 예술관의 모색 등을 살펴보고자 한다.

2. 전후경제 복구와 영웅적 여성상

전후 북한사회의 당면한 현실적 과제는 전후 북한소설에 그대로 반영된다고 해도 과언이 아니다. 그 테마나 소재가 전쟁으로 파괴된 경제 복구에 그 초점을 맞추고 있기 때문이다. 1953년 휴전과 함께 북한사회는 전후 경제의 복구에 박차를 가한다. 전 산업 분야에서 전쟁의 피해가 엄청났으나 소련과 중국의 막대한 원조 속에 중공업 위주의 발전 정책이 시행되었다. 1953년 8월에 개최된 조선노동당 6차 당 중앙위원회 전원회의에서는 '중공업 우선, 경공과 농업의 급속 발전'을 기본 노선으로 정하여 1단계에

---

6 박종원 · 류만, 앞의 책, 173~174쪽.

서는 6개월~1년 안에 전후 복구 건설을 위한 준비와 정리사업을 완료하고, 제2단계로 3개년 계획을 실시하여 경제를 전쟁전인 1949년 수준으로 회복시키고 제3단계에서는 제1차 5개년 계획으로 사회주의 공업화의 기초를 다지는 것으로 결정되었다. 노선에 대한 강력한 반발에도 불구하고 1954년에서 1955년 경제 복구의 단계가 성공적으로 마무리되자 김일성 체제는 1956년부터 '중공업 우선과 경공업 및 농업의 병행발전'의 시책에 박차를 가하게 된다.

이 기간 동안의 활력을 다룬 작품이 변희근의 『빛나는 전망』(1954)과 유향림의 『직맹반장』(1954)이다.7 이들 작품에서 발견되는 특징은 인민대중의 자발적인 참여에 따라 경제를 전쟁 이전으로 복구하는 데 그치지 않고 중·소의 원조에서 벗어나 경제의 자립기반을 수립한다는 시대 분위기를 적극적으로 반영했다는 점이다. 또한, 파괴된 경제 복구에 참여하는 대중적인 영웅상과, 새로운 의식을 가진 인물로 여성을 등장시키고 있다는 점일 것이다. 이러한 사정은 남성들의 전선 투입으로 인해 후방의 노동력을 보충하는 사정과 연계된 것임에도 불구하고 북한사회의 일상을 살펴 볼 수 있는 단서의 하나이다.

변희근의 『빛나는 전망』은 여성 용접공의 열성과 경제 복구현장에서의 솔선수범을 부각시킨 작품이다. 전쟁으로 입대한 남편을 대신해서 '혜숙'은 폭격으로 파괴된 비료공장의 가스탱크를 다시 만드는 용접공으로 나선다. 그녀는 전쟁이 끝난 후에도 공장 일을 그만두지 않으려 한다. 그녀는 제대하여 돌아올 남편과 재회하여 단란했던 생활의 재건을 꿈꾸면서도 "원쑤들에 대한 증오의 감정"과 "성스러운 일에 대한 자랑의 감정"(257쪽)으로 경제복구 사업에 동참하려는 의지를 피력하고 있다. 이같은 '혜숙'의 인물상은 가스탱크 건설을 목표일자에 달성해야 하는 상황에서도 약혼 때문에 공장일을 작파해버린 영희와 대조를 이룬다. '전후경제 복구'의 당위적

---

7 이 글에서 인용하는 텍스트는 『조선단편집(2)』(문예출판사, 1978)이다. 이하 인용은 쪽수만 기재함.

현실에 대한 혜숙의 행동과 영희의 상반된 거취는 이념적 실천과 일상적 감정이 충돌하는 모습으로 나타난다. 영희의 모습은 사회구성원들이 가진 일상으로의 복귀와 안정 회구의 심리를 파편적으로 드러내고 있다. 이같은 균열은 '이념과 현실/생활과 일상 사이'를 오가는 개인의 갈등이기도 하다. 영희의 경우에는 내적 갈등보다도 개인의 행복을 우선시하는 의식이 자리 잡고 있다면, 혜숙은 이념과 현실적 요청에 적극적으로 부응하고자 하는 것이다. 더구나 혜숙은 제대 후 귀환한 남편에게 작업장의 과업을 달성할 때까지 별거도 마다하지 않겠다는 결의를 내비친다. 남편 윤호는 혜숙의 결의에 서운해 하며 작업장을 그만두고 자신이 배치 받은 작업장으로 함께 이사하기를 강권한다. 그러나, 혜숙은 남편을 설득하며 자신의 과업을 충실히 수행하기를 포기하지 않는다.

혜숙이 영희를 타일러 작업장에 다시 출근하게 만드는 한편, 남편을 이해시켜 자신의 과업을 달성해 나가는 과정에는 일상의 가치보다 '전후 경제의 복구' 또는 '사회주의 건설'에 매진해야 한다는 당위의 이념이 작동하고 있다. 최아바이의 권고는 정치적 이념이 작동하는 작업장의 현실 하나를 보여준다.

> "지금의 혜숙인 그전 날의 혜숙이가 아닐세. 자네두 더 혜숙이를 위해주어야 하네⋯⋯ 그것두 그전처럼 낡은 방법으루가 아니라 새 방법으루 말일세. 곱게 옷단장이나 시켜 집에 가두어두는 거야 그게 무슨 위해 주는 거겠나."(295쪽)

위의 대목은 혜숙이 공장에서 차지하는 적지 않은 역할, 그녀의 작업에 대한 열성을 부각시켜 작업반장 최아바이가 남편을 설득하는 장면이다. 이 대목은 일상의 안정을 바라는 남편에게 맡겨진 시대적 과업과 동참을 우회적으로 역설하는 사회적 요청이라고 말할 수 있다. 최아바이의 이러한 설득은 혜숙이 영희에게 설득하는 구조와 동일한 것이지만, 남편 윤호에게 변화된 여성의 지위를 강조한다는 점에서 이채롭다. 이러한 권고는 윤호 가족에 대한 배려를 넘어선 현실의 요구, 국가사회주의의 의무를 환기하는 전언에 가깝다.

따라서 혜숙–영희, 혜숙–남편 윤호 사이에서 일어나고 있는 갈등은 전후 북한사회가 당면한 구체적인 일상의 단면 하나를 적출해낸 것이라 해도 무방할 정도이다. 또한 이 갈등은 '전후경제의 복구'라는 현실적 요구 앞에 자발적인 참여와 회피를 극명하게 대비시킴으로써 전후경제 복구의 대의가 일상의 가치를 유보하게 만드는 담론의 구조를 형성한다.

혜숙의 삶에 주목해 보면, 평범한 주부에서 주도적인 노동자로 변모하는 과정이 나타나고 있다. 혜숙은 전쟁 전에는 평범한 가정 주부였으나 전쟁의 와중에 공장을 지키면서 후방의 산업전사로 거듭난다. 그녀는 소학교밖에 다니지 못한 자신의 지식을 넓히기 위해 나이 어린 소년에게까지 물어가며 지식을 습득하기 위해 부단히 노력한다. 더욱이 그녀는 이러한 지식 습득을 통해서 과학적이고 합리적인 사고에 눈뜨고 용접기능공 시험에 응시하려는 목표를 가지게 된다(261쪽).

혜숙의 변모에는 전쟁 이후 북한 여성들에게 부여된 배움의 기회, 지식 습득을 통한 사회적 능력의 제고라는, 사회주의적 계도에 적극적으로 부응하는 대중적 영웅에 가까운 인간상 하나가 발견된다. 혜숙의 배움은 글자배우기와 부녀동맹을 통한 토론, 신문 구독을 통한 자기개발이라는 전형적인 모습을 가지고 있다. '사회주의적 근대'를 학습하는 이미지는 북한 정권 수립기 이래로 소설을 통해서 유포되어온 매우 낯익은 형상이다. 또한 이러한 학습자의 모습에는 사회주의적 근대 기획의 일단을 일상에 내면화하는 구체상이 담겨 있다. 대중의 자발적인 의식 계발은 이른바 주체가 사회주의 건설에 필요한 실천, 도덕적 자질, 과학적 지식을 자발적으로 획득하는 모습이라고 해도 과언이 아니다.

그러나, 내면 성장과 함께 병행되는 혜숙의 사회참여는 전후경제 복구의 절실한 현실을 반영한 것이다. "복구건설도 우리에겐 전쟁"(269쪽)이라는 표현에서도 잘 알 수 있듯이, 전후경제 복구는 전파全破된 북한 경제

상황에서는 생존과 직결된 문제였던 것이다. 이러한 경제 복구의 대의가 일상적 개인에게 내면화되는 과정이 바로 영희에게 공장으로 복귀할 것을 종용하는 모습으로 나타나고 있는 것이다. 혜숙은 약혼자와의 달콤한 신접살림의 기대 때문에 작업에서 손을 놓아버린 영희에게 전몰자의 유훈을 상기시킨다. 그녀는 영희에게 야간작업 도중에 미군기의 기총소사를 받고 동료의 품안에서 죽어가면서도 '공장을 지켜달라'는 동료 한순이의 유언을 상기시킨다. 유훈을 상기함으로써 영희는 결혼하기 전까지 공장에 복귀하겠다는 마음을 갖게 된다. 영희를 설득하는 혜숙의 모습은 자발적인 열성을 가지고 전후 경제에 참여한 여성상인 것이다. 그녀는 용접공사의 진척이 "농촌에서 그토록 애타게 기다리는 화학비료를 그만큼 빨리 보내게 된다는 것"(271쪽)을 알고 제대한 남편을 따라 공장을 그만두고 생활 속으로 복귀하지 않고, "나는 지난날처럼 살지 않겠어. 더 값있게, 보람있게 살겠어."(271쪽)라는 결의를 가지고 남편을 설득하는 한편 작업현장에서 생산목표를 달성하기 위해 매진한다.

이처럼, 변희근의 『빛나는 전망』은 전후경제 복구에 참여하는 현장 속의 여성상을 통해서 일상과 대의 사이의 갈등을 소재로 삼아 여성의 자발적인 사회적 참여와 성장한 의식상을 보여주고 있는 것이다. 여성의 사회 참여와 작업 현장 속의 대중적인 영웅적 여성상은 유항림의 『직맹반장』에서도 반복적으로 그려지고 있다.

『직맹반장』은 석회공장에 파견된 여성 당원 최영희의 생산성 제고를 위한 분투과정을 제재로 삼은 작품이다. 열악한 작업 환경, 저하된 직장의 사기, 비효율적인 관리체제를 일신하는 여성 주인공의 노력과 결실을 담고 있는 이 작품 역시 제재상으로는 『빛나는 전망』의 구도와 그리 멀지 않은 거리에 있다. 그러나 『빛나는 전망』이 전후경제 복구와 일상적 감정의 대립을 구조로 취하고 있다면, 이 작품에서는 타파되어야 할 사회적 현실의 부정적 축도로서 작업 현장이 포착되고 있다. '전국에서 가장 낙후한 산업현장'이라는 공간 설정에서도 알 수 있듯이, 잡담을 탓하는 남자 직공장의 여성들에 대한 편견, 높은 결근율 등은 사회적 낙후성에 대한 비판과 그 극복과정을 초점화시키고 있다. 비생산적인 작업반을 독려하여 생산목표를 초과달성하기까지 여성 당원 최영희가 치르는 투쟁은 개인에 한정되는 것이 아니라 사회 전반에 걸쳐 있는 낙후성과의 싸움이라는 의미를 가지고 있다.

최영희는 근면과 열성으로 작업반원을 하나하나 감화시킬 뿐만 아니라 선거를 거쳐 직맹반장의 소임을 맡은 후 작업반원들과 함께 열성을 다해 생산목표를 초과하고자 한다. 그녀가 임무 수행 과정에서 부딪치는 난관과 비협조, 허무주의와 소극성은 작업장의 흐트러진 규율과 작업반원들의 타성으로 나타나는 전후경제 재건의 장애와 맞닿아 있다. 최영희가 결근율을 줄이고 출퇴근의 규율을 세우는 과정에서 이전의 작업장에서보다 갑절의 어려움을 느끼지만 "당이 준 임무"(312쪽)의 신성한 과업을 떠올린다. 이같은 내면은 일반 대중의 처지가 아니라 당원으로서 불굴의 투지로 무장하고 인민대중을 견인하는 전위의 역할을 충실히 수행하고 있음을 보여준다. 그것은 솔선수범을 통해서 사회적 견인차로서 수칙을 스스로 만들어 실천하는 과정에서 당위적인 가치를 만들어나가는 이념분자의 전형적인 면모를 보여준다. 당연히, 최영희의 내면에는 김일성의 교시와 당원으로서의 자각으로 충만하여 일상적 고뇌나 번민이 끼어들 여지는 별로 없어 보인다. 개인적 번민이나 일상적 고뇌를 대신하는 것은 나태와 타성과 부정적인 작업반의 내적 외적 현실이다. 그녀는 "어떻게 하면 전후복구 건설에서도 조선사람의 본때를 보여줄 수 있겠는가" 하는 의지와 "지혜와 정열"과 "충성심"(314쪽)으로 작업장의 어려움을 돌파하는 행동가의 면모를 유감없이 발휘한다.

그러나 최영희의 가려진 일상에는 그녀의 삶을 지켜주는 앞을 못 보는 친정어머니가 있다. 눈먼 노모와 의지하며 살아가는 그녀의 일상은 폐허가 된 현실과 절망의 깊이를 반영하는 구체적인 실상이라고 해도 좋을 듯하다. 게다가, 전쟁통에 죽은 남편을 회상하며 어린 딸을 무릎에 앉히고 눈물을 머금는 그녀의 모습에서는 이데올로기적 실천이나 수범을 보여야 하는 당원의 행동방식과는 별개로 전후 북한 여성이 겪는 피폐한 일상의 어두움과 무력감을 반영하고 있다. 전후 북한사회의 온갖 간난艱難—남편의 전사, 전쟁고아를 입양해서 양육하는 일을 비롯한 가장의 역할—이 배면을 이루고 있으나, 작품에서 전개되는 서사에서 개인의 일상적인 모습은 작업반의 어느 누구도 모르는 은폐된 사연으로만 축소될 뿐이다. 전후 경제 복구라는 현실 속에서 일상의 무거운 그림자는 국가주의 앞에 배경화되고 마는 것이다.

국가주의는 그녀를 자각한 삶으로 이끄는 계몽의 서사를 부각시킨다. 그녀는 남편에게서 글읽기를 배우면서 생활을 배운다는 새로운 즐거움을 느끼고, 뒤늦은 공부를 강조하던 남편의 목소리는 김일성의 영도에 대한 감읍으로 이어진다. 사회주의적 인간상에는 도덕적 품성과 사회적 요구에 진취적으로 적응해 나가는 면모를 선전하는 여러 세목이 나타나 있다. 그녀는 어려운 현실 조건에서 남편의 유음遺音조차 나약해지는 마음을 다잡고 자유와 권리를 찾아준 해방자로서, 은덕과 행복을 안겨준 지도자로서 김일성을 떠올린다. 남편의 유음은 김일성의 교시와 결합되면서 '신성한 대의'로 자리 잡는다. 남편은 자신에게 찾아온 때이른 죽음마저도 해방의 영도에 보은하지 못했다는 한스러움을 토로하며 눈을 감는다.

최영희에게 상기되는 전몰자의 유훈은 그녀가 국가주의와 맺는 단단한 결속을 보여주는 정치적 상징이다. 이러한 정치적 상징은 공화국이 개인들에게 베푼 은택과 그것에 마땅히 보은해야 한다는 국가주의이자 전근대적인 기율 하나로 작동한다고 볼 수 있다. 남편의 죽음을 회상하며 그녀는 "당신의 목숨을 더 길게 해 올리지는 못했어도 당신이 채 못한 일을 제가 하리다."(317쪽)라는, 대리자임을 자임하는 결의를 내비친다. 이 결의는 이를테면 '소명의 계승'이다. 계승된 소명의식은 사회주의적 인간상에서 최전선에 선 자들의 품성에 필요한 혈맹의 의례가 되는 담론이 된다. 이 점에서 『직맹반장』은 『빛나는 전망』과 변별되는 감화의 담론방식을 가지고 있다. 남성(남편)에게서 여성(아내)에게로 이월되는 양상은 물론 전후 북한 여성이 차지하는 경제적 사회적 역할의 제고와 연관되는 것이지만, 전몰자의 유훈은 공동체의 규약을 상상하는 담론이자 사회주의 건설의 당위적 과제로 전환시키는 선전 교화의 구조가 확인된다.

최영희가 땅을 짓밟은 자들에 대한 복수를 맹세하는 대목에는 제국주의자들에 대한 적대감이 잘 나타나 있다. 이러한 복수의 맹세는 곳곳에 산재한 전쟁의 충격을 작업 현장 복구와 생산성 제고라는 당위적 현실로 순치시켜 사회를 결속하려는 의도로 전환되고 있다. 변희근의『빛나는 전망』에서도 보았듯이, 동료 한순이의 죽음과 그녀의 유훈을 상기하며 작업장으로 복귀하도록 만드는 당위성의 전파방식은,『직맹반장』에서 주인공 최영희가 겪은 가족적 비극의 상처를 딛고 남편에게서 이월된 소명의식을 상기하며 솔선수범으로 작업장의 합의를 이끌어내는 '감화를 통한 제휴'의 구조와 상통한다.

최영희가 직장에서 전사자의 아내들과 결속하며 공감대를 형성하는 과정은 유대감을 확보하며 일구어내는 사회적 연대의 확산이라는 의미를 가지고 있다. 폭격으로 남편을 잃은 옥분과 정서를 나누며 교유하는 것도 같은 맥락이다. 영희의 이러한 노력을 부정하며 조롱하는 적대적인 인물이 통계원 준호이다. 그는 영희가 작업반원들의 출근을 독려하는 사업에 그다지 협조적이지도 않고 불리한 소문만 퍼뜨려 그녀와 작업반원들을 이간질하는 인물이다. 뿐만 아니라, 그는 본래 행상꾼이었던 달수를 꾀어 영희와 다른 여성작업반원들의 열성을 비난하게 만든다. 거기에다 생산목표에 미달한 현장에서 초조감에 시달리고 있는 직공장 학선까지도 가세한다. 직공장은 일제때 일본인 밑에서 일을 배운 인물로 일본인 십장을 미워했으나 그 미움은 사실 그의 지위를 부러워했던 내면의 퇴행적 심리로서 지금과 같이 생산미달의 현실에서 낙후된 관료적 감정으로 나타나고 있다.

최영희와 적대적인 관계에 놓인 준호, 달수, 직공장의 역학 구도는 여성의 사회적 진출과 함께 주로 사무원, 직공장과 같은 남성과의 갈등으로 설정되고 있다는 점에서 흥미롭다. 이러한 갈등구조가 설득력을 갖는 것은 여성의 사회적 진출과 함께 이를 못마땅하게 여긴 사회적 풍토의 복합성을 반영하고 있는 것이기 때문이다. 직공장 학선이 준호나 달수와는 달리 관료적 기질이라는 내적인 낙후성이고, 이것은 영희에 의해 계도될 계기가 마련될 수 있지만, 준호의 이간질과 중상모략, 달수의 근거 없는 질시는 말썽 없던 직장에 분란을 일으키는 악의적인 모략으로 그려지고 있다. 그 차이는 관료적 기질에 대한 자기비판이나 소극적인 인물에 대한 개조 가능성이 전제된 대신, 준호와 같은 인텔리의 허무주의는 여지없이 단죄받는 데서도 잘 확인된다. 그러나 영희는 열성을 가지고 총회에서 의견의 합치를 이끌어내면서 준호나 달수의 기도는 위세를 더하게 된다. 준호는 직장동료 룡식을 부추겨 영희에게 테러를 가하도록 사주한 일이 발각되면서 내무서의 신세를 지게 되고 그가 전쟁 때 국군의 첩자였으며 전 직맹반장의 횡령사건에도 연루되었다는 사실이 드러나면서 최영희에게 닥친 모든 장애는 해결된다.

『직맹반장』에서 그려진 전후경제 복구의 현장은 관료적 기질과 기회주의, 이기심, 패배주의를 극복하고 집단적 합의에 기초한 화합 분위기가 필요함을 역설하는 것이지만, 갈등구조 안에는 사회악의 척결이 선명하게 드러난다. 특히, 통계원 준호의 음험한 성격이나 행실은 사회주의로 매진하는 현실 속에서 자기갱신에 실패한 행태를 가진 존재로서 작품의 결말 부분에 이르러 범죄적인 의미가 추가되면서 학선의 관료적 기질, 달수의 질시, 룡식의 소극성과는 달리, 그의 냉소주의와 인텔리 기질을 허무적인 부르주아적 속성으로 매도하고 축출해야 할 대상으로 나타난다. 결국, 준호의 몰락은 그가 타협의 대상이 아니라 축출의 대상이라는 정치적 전언을 담고 있는 것이다.

변희근의 『빛나는 전망』, 유향림의 『직맹반장』에서 부각되는 것은 전후북한사회의 시급한 경제 복구의 시급함, 여성의 사회적 진출에 따른 근거 및 실천의 당위성이라고 정리할 수 있다. 그러나 이들 작품이 표면적으로는 자발적인 생산목표 성취에 대한 의욕을 소박하게 드러내지만 그 안에는 개인의 일상적 삶에 대한 복귀의 열망, 전쟁으로 피폐해진 삶의 그림자가 드리워져 있다. 또한, 전후경제의 복구가 가진 시급함에 따른 대중적인 영웅상의 형상화 과정에서 개인의 상처는 배경화되고 허무주의, 비효율성, 나태성과 같은 사회적 기율과 관련된 문제에 대한 비판과 의식 개조가 부각되는 것은 사회주의적 체제로의 이행과 그 이념의 내면화가 여전히 진행 중이었음을 시사해준다.

3. 농업협동화와 갈등의 서사구조

북한사회는 50년대 중반에 이르러 본격적인 사회주의 경제로 이행하는 과정에서 논란 또한 비등하게 된다. 본래 '생산수단의 사회주의적 개조작업'은 1947년부터 1958년에 이르는 시기까지이다. 그러나, 해방 직후 토지개혁과 함께 전개되어온 사회주의 경제의 개조작업은 전쟁과 전후 경제복구과정에 지체되었다가 다시 전개된다. 토지개혁에서 형성된 자영농 집단은 전쟁과 함께 농민의 40% 이상이 빈농으로 전락하는 과정을 겪는다. 그 결과 전후 북한사회는 농업생산력을 급속하게 발전시켜야 하는 새로운 방안이 모색되는데, 이것이 농업협동화 시책이었다. 이는 산업국유화 이후에도 잔존하고 있던 개인영농과 산업에서의 개인자본을 모두 계획경제와 협동체제로 이관하는 것이었다.

1955년 4월에 공포되는 「우리 혁명의 성격과 과업에 관한 테제」는 '모든 힘을 조국의 통일 독립과 공화국 북반부에서의 사회주의 건설을 위하여'라는 부제를 달고 있는데, 이 테제에서는 전후 북한사회의 경제 현실 진단을 통해 전후경제복구의 매진과 함께 당대의 사회경제를 과도기적인 것으로 결론짓고 있다. 테제에 따르면, '현계단의 공화국 북반부의 경제형태'는 국영경제와 협동경제로 구성되는 "사회주의적 경제형태", 농촌경리에서 압도적인 다수를 차지하는 개인영농과 도시수공업으로 구성되는 "소상품경제 형태", 도시의 자본주의적 개인상공업과 농촌의 부농경리로 구성되는 "자본주의적 경제형태"가 병존하고 있었다.[8] 이같은 경제형태의 병존상태를 벗어나 사회주의적 경제로의 완전한 이행은 사회주의 집단경제로의 전환을 의미하는 것이었다.

'북반부에서의 사회주의 기초 건설'이라는 대의는 체제의 결속을 통해 정치적으로는 남로당 일파에 대한 숙청(1955.12), 문화적으로는 사상의 교조주의와 형식주의 퇴치 및 주체 확립의 문제로 이어진다.[9] 남로당과 연계된 정치세력 및 문인들의 대거 숙청을 비롯해서 연안파와 소련파를 제거하는 단계로 나아간다. 이런 과정에서 북한사회는 조선의 역사와 풍속, 지리에 대한 고유한 성격과 마르크스 레닌주의의 결합이라는, 사회주의와 민족적인 것을 배합하는 독특한 이데올로기를 강조하게 된다. 대외적으로는 스탈린 체제의 종식이 가장 주된 이유이지만, 대내적으로는 중·소와의 밀월관계에서 벗어나 체제의 독립성과 문화적 고유함을 진작시키는 일련의 정책 변화를 뜻한다. 이 과정에서 1956년 8월 김일성 유일체제로의 이행에 대한 쿠데타인 소위 '종파사건'이 발생하고, 이 사건이 실패로 돌아가면서 김일성 중심의 항일빨치산 세력이 전권을 장악하는 가운데 체제의 안정을 앞당기게 된다.[10]

그러나 농업협동화 방침은 사회 전반에 적지 않은 저항과 파장을 낳는다. 8월종파사건도 이같은 혼란을 틈타 김일성 중심의 일인체제 등장을 집단정치체제로 유지하려는 반反 김일성 쿠데타였다. 반면 이러한 위기를

---

8 「모든 힘을 조국의 통일독립과 공화국북반부에서의 사회주의건설을 위하여—우리 혁명의 성격과 과업에 관한 테제」, 『원자료로 본 북한』, 동아일보사, 1989, 131쪽.

9 박헌영 일파에 대한 단죄(1955.12) 직후 김일성의 정책 방향은 <사상사업에서 교조주의와 형식주의를 퇴치하고 주체를 확립할 데 대하여—당 선전선동 일군들 앞에서 한 연설>, 1955.12.28에 잘 나타나 있다. 이에 관해서는 『원자료로 본 북한』, 145~154쪽을 참조할 것.

10 이에 관해서는 서동만, 앞의 글 참조.

극복하면서 김일성 체제는 역설적으로 더욱 강화하는 계기로 전환시킨다. 1959년 김일성의 연설에서 볼 수 있듯이,[11] 그는 지방주의, 가족주의 비판, 주체 문제를 제기한다. 이같은 주장에는 국가주의와 그 주체로서 당원들의 사상적 재무장, 곧 민족적인 것과 사회주의의 결합을 통해 스탈린 사후 일인독재 비판을 사전에 봉쇄하는, 북한식 사회주의의 행보가 포착된다. 지방주의와 가족주의에 대한 비판과 주체의 문제는 1955년 말부터 소련 추종세력(소련유학파)과 중국 추종세력(연안파)에 대한 사대주의 비판과 정치세력의 제거를 통해 일어난 새로운 방향이었던 것이다.

박효준의 「소」(1955)는 사회주의 집단영농과 개인영농의 갈등을 주조로 삼고 있는 작품이다.[12] 작품이 표면적으로는 농업협동조합에 협조적인 농민 가족을 등장시켜 농민의 '자유의식'을 제재로 삼고 있으나 농민의 토지 및 재산 소유욕과 협동농장제의 비교우위를 선전하는 의도를 담고 있다. 따라서 작품의 서사구조에는 농민계층의 본능적인 소유욕의 오류를 우회적으로 비판하고 농업 협동조합의 경제체제의 우월성이 강조되고 있다. 이것은 사회주의 집단경제로 이행되는 시기에 가로놓인 개인영농의 잔재를 극복 청산하기 위한 의도이기도 하다.

작품의 줄거리는 대략 이러하다. 농민 운보는 적의 폭격에서 구해낸 소에 대한 애착이 유달리 강한 사람이다. 그는 협동조합에 열성적인 아들 덕수와 소를 둘러싸고 갈등을 불러일으킨다. 부자간의 이러한 갈등은 조합의 집단 영농체제 속에서조차 조화될 수 없는 현실을 설정하여 농부 특유의 절실한 애착과 사회주의적 경제 이념 사이의 긴장을 보여주는 것이다. 이윽고 운보 영감은 주변의 부추김으로 조합에서 탈퇴할 것을 선언해 버린다. 그러나 운보영감의 조합탈퇴는 운보네 뒷집에 사는 예전의 부농이

---

11 김일성, 위의 연설.

12 이러한 주제를 취급한 단편으로는 강형구의 「출발」(1954), 김만선의 「태봉영감」(1956), 이근영의 「첫수확」 등이 있으며, 대표적인 장편으로는 천세봉의 『석개울의 새봄』(1955~1963)이 있다.

었던 경일의 부추김에서 비롯된 것으로 그려지고 있다(360쪽). 경일은 토지개혁 때 분여나 몰수에도 끼지 않은 계층으로서 운보에게 조합 때문에 실질적으로 소를 소유할 수 없다면 소를 팔아버리도록 회유한 것이다. 운보 역시 "한집안 한 살림같은 조합"이 "아들과 자기를 떼어놓는 것만 같"(361쪽)은 서운함을 가지고 있다.

> "우리가 무엇 때문에 천금같은 이 소를 팔아 야박한 사람의 장사 밑천에 넣겠습니까! 이 소가 없으면 조합은 오는 추수에 곤난합니다. 개인 리속만 따지지 말고 조합일에 눈을 좀 돌려야지요. 아버지! 우리가 이 소를 어떻게 사다 매게 되었습니까? 그때 일을 생각해보십시오."(377쪽)

조합 위원장이나 아들 덕수는 협동조합의 가을 수확에 소가 절대적으로 필요함을 역설하며 운보 영감을 설득한다. "그때 일"이란 해방 후 토지개혁과 함께 농토를 분여 받아 열심히 일해 수확한 이익으로 소 한 마리를 살 수 있었던 일을 가리킨다. 소를 마련하기까지의 과정을 상기시키며 항변하는 아들 덕수의 발언은 토지개혁 때의 이익을 준 공화국의 은택을 깨닫게 함으로써 잘못된 개인의 소유욕을 정정시키려는 완곡한 표현이지만, 국가와 개인의 관계를 재규정함으로써 사회주의적 경제 현실에서 버려야 할 대의를 언급하는 것이기도 하다. "하지만 지금 팔지 않는다고 이 소가 영영 내 소로 될 수 있을가?"(378쪽) 하는 운보의 갈등은 협동체제에 익숙하지 않은 개인영농의 불안한 심리를 반영하고 있다. 그러나 소 판 돈의 거간비를 가로채려는 경일의 음흉한 시도가 조합 사람들의 개입으로 실패하자 운보영감은 그제서야 자신이 경일의 무리에게 이용당했음을 알고 개심하게 된다.

작품의 구도에서 발견되는 것은 집단경제로의 이행이 가진 급진성과 농민계층의 전통적인 소유관념의 심각한 갈등이다. 중농층이 협동경제 속으로 포용되기까지의 난관은 북한 전역에 걸쳐 일어났다는 것이 역사학계의 지적이다. "57년 초부터 황해도, 개성 일대의 이른바 신해방지구에서 발생한 농업협동조합 이탈 움직임이 가중됨으로써 더욱 격렬한 양상을 띠게 된다"는 점[13]을 참조해 볼 때, 운보의 소유의지와 농업협동조합의 갈등은 현실성을 가진 갈등구조라고 말할 수 있다.[14]

작품 후반부에서 가을 수확기의 정경을 보면서 운보 영감은 "여러 사람의 합친 힘"에 대해 경탄해 마지않는다.

> "내 혼자 따로 농사를 지었더라면 이만한 수확은 생각도 못하지. 조합에서 일하기를 역시 잘 했어. 경일이 말을 듣고 소를 팔았더라면 지금 와서 조합일은 어떻게 되었으며 조합원들을 무슨 면목으로 대하랴. 경일이는 그때 톡톡히 경을 치고 그 뒤에도 여러 사람들이 늘쌍 타일러서 요새는 좀 나아졌지만 아직 멀었어. 그렇지만 그도 마침내는 훌륭한 농민이 되고야 말걸, 공화국선 그런 사람도 버려두지 않으니까"(380~381쪽)

운보는 그토록 집착했던 소를 협동조합에 맡김으로써 오히려 소 한 마리를 더 들여놓아도 내 손으로 키울 수 있음을 다행으로 여기고 있다. 이 같은 넉넉한 감정은 사회주의 집단경제가 가져다줄 낙관적인 미래상이라는 점에서 현실이라기보다는 선전에 가깝다. 더구나 운보의 개심이 개인영농의 의식에 여전히 머물러 있는 부정적인 인간상인 경일에게도 영향을 끼친다는 설정은 개인영농의 실재하는 현실을 인정하면서 의식 개조가 당면한 현안임을 은연중에 드러내는 것이다.

박효준의 『소』에서 발견되는 개인영농과 집단영농 사이의 갈등과 긴장 구도는 사회주의적 집단 경제로의 진입의 현실적인 장애를 소재로 취한

---

13 서동만, 앞의 글, 333~337쪽 참조.

14 『조선통사(하)』에는 1954년 말에 이르기까지 전체 영농호수에서 집단영농의 비율이 31.8%, 전 경지면적의 30.9%라고 적고 있다. 이는 농촌에서의 개인농 경리가 우세하여 농업협동조합 사업이 아직 공고화되지 못하고 있다는 것으로 기술되고 언급된다. 『조선통사(하)』, 1988, 482~483쪽.

것임을 보여준다. 작품의 결말에서도 잘 드러나고 있듯이 협동농장에서 얻는 이익을 비교적 소상하게 밝히고 있으나 현실의 장애는 크게 해소되지 않는 형국을 보여준다. 이것은 경일과 같은 개인영농의 존재, 운보의 개인영농과 집단농장체제 사이의 방황, 아들 덕수의 집단영농 농민의 사이의 긴장과 알력처럼, 1950년대 후반 북한사회의 농업경제 현실이 이념과 현실 사이의 간극을 가지고 있음을 말해준다.

4. 사회주의적 예술관과 생활감정

백철수의 『구월포의 노래』(1958)는 모내기 지원을 나간 청년 작곡가의 생활 현장에서 어촌마을 사람들에게서 감동을 받아 자신의 예술관이 변화된다는 내용의 작품이다. "좋은 작품을 창작하기 위해선 우리 인민의 사상감정을 깊이 알아야 한다"(443쪽)는 예술가의 실천을 드러내고 있는 작품이다. 이 작품은 1950년대 후반에 제기된 도식주의 타파의 구체적인 사례가 된다.[15]

작품은 열차 간에서 만난 청년 작곡가로부터 구월포라는 어촌으로 노력 지원을 나간 다음 변모된 자신의 예술관과, 다시 그곳으로 되돌아가는 사

---

15 이 같은 정치적 담론은 한효의 「도식주의에 반대하여」(『제2차 조선작가대회문헌집』, 문예출판사, 1956)에서 잘 살필 수 있다. 도식주의 비판의 대상은 박헌영 일파의 숙청과 그들의 문학을 극복하기 위한 정치적 취지에서 출발한다. 한효에 따르면 도식주의는 "당의 (⋯중략⋯) 간고한 투쟁과는 인연없이 그 어떤 '순결성'이 있을 수 있다."는 생각에 대한 비판적 지적에서부터 출발하여 기술상의 문제가 아닌 사상적 문제로 간주된다. 도식주의는 "구체적인 생활에 대한 작가들의 불충분한 지식에 근원을 두고 있는 바 거기서는 풍부하고 생동적인 내용이 진부한 문구들로써 표현되며 개인적 생활이라는 것을 거의 찾아볼 수 없으며 특히 가장 중요한 것인 인간 문제가 전혀 시야 밖으로 내던져지고 있다."는 것이다. 그리하여 "이 모든 것들은 사상적 허약성의 결과이며 작가가 정치적으로 충분히 성숙되지 못한 데서 오는 질병"(위의 책, 180쪽)으로 지적되고 있다. 이에 관해서는 김재용, 앞의 글 참조.

연을 전해 듣는 액자 형태로 이루어져 있다. 청년 작곡가가 바다에 대한 교향곡을 구상하던 중 "위대한 수령님의 부르심을 받들고 바다를 정복해가는 우리 청년들의 정신적 기개와 랑만을 일반화해보려는 욕심"을 가지고 "고조된 악상세계에 싸이기 위해선 강렬한 정신적 충격이 필요하다고 생각"(444쪽)하여 모내기 지원사업에 자원한다. 이러한 계기를 통해서 그는 바다와 거센 물결 속에 살아가는 어촌 사람들의 생활을 접하게 된다. 어촌에 살고 있는 여맹반장의 따뜻한 협조 속에 모내기의 풍성함을 맛보던 그는 석양 속에 문화주택으로 가득한 어촌 풍경을 감상하면서 사회주의 낙원의 이미지를 떠올린다.

그러나, 청년 작곡가는 미래의 어촌이 낙원으로 변모될 것이라는 여맹반장의 뱃노래와 함께 삶을 전해 들으면서 자신의 창작세계 전반에 대한 회의에 빠지게 된다. 여맹반장의 뱃노래는 "희열에 넘친 인간, 파도를 헤가르며 나가는 억센 의지와 랑만"(453쪽)을 담고 있었으며, 그녀의 "그러한 노래의 감정에 혼연일체가 될 수 있는 데는 어떤 남다른 생활적 련계가 있지 않을까?"(453쪽) 하는 생각에 이르게 된다. 또한 여맹반장의 고난어린 삶은 구월포로 피신하던 중에 만난 풍랑을 회고한다. 갓난 아들을 한손에 안고 다른 한손으로는 노를 젓던 남편과 함께 부르던 뱃노래는 절체절명의 위기를 헤쳐 나가려는 의지이자 함성으로 표현된다. 뱃노래를 부르며 무사히 마을에 다다를 수 있었다는 여맹반장의 회상을 들으면서 청년 작곡가는 "그렇다면 소리의 임자는 이 녀인보다 더 잘 부를 건 물론 생활 속에서 예술의 힘까지 찾을 줄 하는 사람이 아닌가!"(454쪽)라고 감탄한다. 이러한 자각은 생활감정에서 발휘되는 예술의 위력에 대한 발견과 크게 다르지 않다. 전쟁의 와중에서 국군의 손에 남편을 잃고 유격대원이 되었던 그녀의 전력이나, 전쟁이 끝난 후 "남편을 빼앗긴 곳, 숱한 사람들이 끌려간 곳, 피맺힌 원한이 스민 고장"을 "원쑤를 쳐 이길 터전을 굳건하게 닦아 놓아야 하리라는 결심"(457쪽)에는 피동적인 모습보다는 시대를 선도하는 소박함과 적극적인 의지가 발견되고 있다. 이러한 현실을 목도하면서 청년 작곡가는 자기 예술에 대한 전면적인 회의에 빠지게 된 것이다.

"락천성과 불굴의 기상을 담고 은은히 잠겨드는 우연한 가락들"(461쪽)의 뱃노래를 들으면서 청년 작곡가는 자신의 악상이 서서히 쇠퇴하는 혼돈에 빠지고 "숨쉴 틈도 주지 않는 그 '격동된 감정세계'"가 "외형적인 감격과 개인적인 기호가 낳은 과장된 격동의 세계"(462쪽)로서 참된 예술임을 자각하게 된다. 이러한, 생활과 체험에 대한 감격, 노동을 통해서 그는 뱃노래처럼 "행복과 긍지로 찬 즐거운 감정의 선율"(463쪽)에 바탕을 두고 "후렴에 맞춰 힘차게 내디디는 발걸음들, 그것은 격전에 나선 대오를 련상"시키는 "생활이 낳은 예술"(469쪽)을 꿈꾸게 되는 것이다. 그는 "나의 예술엔 바로 그런 것이 없었구나. 사람들의 감정을 촉발시키는 격동된 음들…… 한 번 울리면 격랑처럼 들끓다가 물거품처럼 부서지고 말 그런 것이 아니었던가!"(469~470쪽)라는 각성을 통해서 작업실에 머물지 않고 구월포로 가게 되었다는 것이다.

『구월포의 노래』는 '예술과 현실의 연계', '생활감정의 예술화'라는, 대중성, 혁명적 낭만성에 기초한 새로운 사회주의 미학의 테제를 형상화시킨 작품이다. 구월포의 여성이 부른 뱃노래를 통해 비판되는 것은 관념적인 예술관이다. 이러한 구도에는 관념성과 도식주의를 넘어 생활대중의 구체적인 감정과 그들의 지혜를 형상화해야 한다는 전제가 담겨 있다. 이러한 점에서 이 작품은 예술 대중화의 구체적인 화답이자 사회주의 건설에 복무하는 예술의 목적과 그 위상을 보여주는 사례가 되기에 족하다. 또한 여기에는 전후 북한문학에서 제기된 월북문인들에 의해 주도된 체제건설기의 다양한 문학적 특색을 극복하려는 구체적인 움직임을 담고 있다. 청년 작곡가의 새로운 예술관의 등장은 사회주의적 이념이 관념의 예술적인 구현이 아니라 생활감정을 연계시킨 예술의 새로운 가치를 전제로 삼는다는 구체적인 창작 지침, 더 나아가서는 전후 북한문학에서 강조되는 사회주의적 예술미학의 모색을 보여주고 있는 것이다.

5. 결어

제한적이긴 하지만 지금까지의 논의에서 전후 북한 소설은 전후 경제 복구라는 현실의 긴급한 과제 속에서 발견되는 여성의 대중적 인물상, 농업협동화에 따른 갈등, 생활감정에 기초한 새로운 사회주의 예술관이라는 세 가지 문제를 부각시키고 있다는 점을 검토해 보았다.

첫 번째, 전후 북한 소설에서는 전후 북한여성들의 사회적 진출 및 경제 참여, 일상적 가치가 유보되고 진취적인 참여가 요구되었던 현실을 반영하고 있다. 또한 이러한 현실 속에 전쟁의 여파를 극복하기 위한 소박하지만 자발적인 사회 참여의 의지도 확인해볼 수 있으며, 사회적 대의가 강조되는 일련의 과정에서 전몰자들의 유훈을 사회주의 건설이라는 대의로 전환하는 정치적 상징 조작이 발견되고 있다.

두 번째, 전후 북한 소설은 휴전 직후부터 전개된 사회주의적 집단경제로의 이행과정을 취급하면서 개인영농의 뿌리 깊은 소유관념을 집단경제에 걸맞게 경제관념을 개조하는 역할을 담당하고 있다. 박효준의 『소』는 '소'를 둘러싼 농민과 협동조합 간의 갈등을 취급하고 있다. '소'는 집단영농 방식이 농민의 애착을 어떻게 극복할 것인가라는 문제를 현실로 매개하는 제재이다. 비록 축소되긴 했으나, 작품에서는 자영농들의 조직적인 반발이 여전히 잔존하고 있음을 인정하는 점이 발견된다. 사회주의적 경제로 이행하는 과정에서 빚어진 갈등은 재산권 행사에 대한 농민들의 전통적인 소유의식을 부각시키고 있으며, 이것은 50년대 중반에 이르러서도 집단 경제 체제가 개인영농과 긴장관계에 있었음을 보여주는 과도기적 징표이다.

세 번째, 전후 북한 소설은 도식주의의 타파, 인민의 생활감정과 함께하는 대중성 강화가 중시되는 새로운 사회주의 미학의 등장을 구체적으로 보여준다. 백철수의 『구월포의 노래』는 그 예증이다. 새로운 미학의 모색에는 전쟁 이후 남로당 인사들의 제거, 8월 종파사건, 김일성 유일체제의 확립 등과 같은 정치적인 일대 변동을 배경으로 삼고 있다. 새로운 예술 미학은 혁명적 낙관성, 대중성에 바탕을 두고 즉흥적이고 감정적인 격동의 되풀이에 지나지 않는 관념적인 예술관을 배격하여 생활감정과 일치된 예술, 살아 있는 예술을 지향해야 한다는 전언을 담고 있다.

지금까지의 논의를 바탕으로 전후 북한 소설이 가진 함의를 정리해 보면 다음과 같은 결론에 이른다. 전후 북한 소설은 전쟁 이전에 수립되었던 다양성을 체제하의 주요한 선전선동의 도구로 일원화되는 시발점이 된다는 점에서 그 의의는 매우 크다는 것이다. 이는, 문학외적인 정치경제적 현실과 밀접하게 연관되는 문제이긴 하지만, 전후 북한문학의 환경이 강력한 체제 정비 속에 놓여 있었다는 점에서 정권수립기의 문학적 성과를 넘어서기 위한 구체적인 시도로서 사회주의의 이념과 제도를 일상생활 전반에 결합시킨 새로운 성과를 제출했기 때문이다. 논의가 비록 부분적이긴 했지만 전후 북한 소설이 생활 속의 감정들이 당대적 과제와 접합되어 생활, 경제, 문화 전반에 걸친 활력과 소박함, 일상적 개인의 모습과 전형적인 인물의 국가주의, 전몰자들의 유훈과 결합된 국가주의, 생활과 일치된 '북한식 사회주의 예술관'을 보여주고 있으며, 이는 1950년대 후반부터 마련된 북한문학의 기조基調가 마련되는 전환기적 의의를 가지고 있다는 사실을 발견하게 된다.

『한국문학연구』 제23집, 2000

북한 소설
『자유』연구

박태상

1. 머리말

이명박 정부가 들어선 후 총선을 앞두고 남북 간에 긴장관계가 조성되고 있다. 북한당국이 지난 3월 24일 개성공단 내 경제협력협의사무소의 남측 요원을 추방한 데 이어 서해상에서 미사일 3발을 발사하는 등 4월 중 싱가 포르에서의 '북핵 신고' 문제를 둘러싼 미—북간의 회동에 앞서 강공책을 쓰고 있다. 북측의 이러한 행동은 한미동맹강화와 북핵 문제 해결의 실천을 강조하면서 대북구상인 '비핵 · 개방 3000' 구상의 이행계획을 밝힌 이 명박 정부의 대북정책을 관망한 후에 행동을 개시한 것으로 보여 주목된다.

한편, 물러난 노무현 대통령과 북한의 김정일 국방위원장은 2007년 10월 4일 '남북관계 발전과 평화번영을 위한 선언'에 합의하고 서명하였다. 두 정상이 서명한 남북관계 발전과 평화번영을 위한 선언문은 "첫째, 남과 북은 6 · 15공동선언을 고수하고 적극 구현해 나간다." 등 총 8개항으로 되어있다. 하지만 이 회담에서 노무현 대통령은 '국군포로문제'에 있어서는 빈손으로 돌아오고 말았다. 역시 정권 말기에 전격적으로 합의사항을 도출한 한계가 드러난 것이다. '비전향장기수' 문제는 남북자 및 국군포로

문제1와 상호 연계될 수밖에 없는 정치적 문제임을 깨달아야 한다.

북한에서 '비전향장기수'를 다룬 소설은 이인모를 주인공으로 한 한웅빈의 단편소설이 최초이지만, 장편소설은 2000년 9월에 63명이 송환된 직후부터 김정일 위원장의 지시에 의해 대량 창작되기 시작한 것으로 알려져 있다. 최초의 장편은 2002년 김일성상 수상작가들인 림재성의 『최후의 한 사람』과 김진성의 『지리산의 갈범』으로 추정된다. 또 2003년에는 최장기 비전향 장기수 기록을 갖고 있는 김선명(현재 82세)의 일대기를 그린 『조국의 아들』과 『나의 추억 40년』, 『새벽하늘』, 『의리』, 『한 피줄』, 『통일연가』, 『피젖은 이끼』, 『재부』, 『하얀 모래불』 등 40여 편이 4·15 문학창작단에서 창작되었다. 또 2004년에는 권정웅의 『북으로 가는 길』, 김종석의 『봄날은 온다』, 김은옥의 『포옹』 등이 간행되었고 2005년에는 김정의 『자유』가 출판되었다.

이들 작품이 많이 창작된 배경으로는 의리와 신념에 따라 지조를 지킨 비전향장기수를 앞세워 체제의 정통성을 홍보하고 김정일의 통 큰 정치에 의해 남측으로부터 이들을 넘겨받을 수 있게 되었다고 선전선동하기에 부합하기 때문으로 보여진다. 어찌되었든지 비전향장기수를 다룬 소설들이 김일성의 빨치산 항일투쟁을 다룬 <불멸의 역사 총서> 못지않게 대량 출간된 것은 주목되며, 그런 측면에서 『자유』를 택하여 창작배경과 문제점 등을 살펴보는 것은 북한문학계의 동향을 파악하는 동시에 남북문학사의 연계측면에서도 가치가 있다고 판단하였다. 물론 북한문학을 남한문학

---

1 ≪동아일보≫, 2008년 3월 28일자 '종합면'.

동아일보는 2000년 1차 남북정상회담 이후 납북자 – 국군포로 관련 협상 대화록을 입수하여 보도하였다. 정부는 노무현 대통령 재임 시절 북한과의 국군포로 납북자 관련 협상에서 6·25전쟁 정전협정이 체결되기 직전인 1953년 6월과 7월 사이에 발생한 포로들을 우선 송환하는 문제를 북측에 제안한 것으로 확인됐다. 또 정부는 정전 이후 발생한 납북자를 데려오기 위해 '비전향장기수'와의 맞교환은 물론이고 그에 대한 상응조치로 남포항 현대화, 평양 – 개성 고속도로 보수 등 대규모 경제협력을 제안한 것으로 밝혀졌다.

의 잣대로 가치평가하기에는 한계가 있다.

북한 작가 김정(1940~)은 1969년 단편소설 「노을이 불타는 집」을 발표하면서 작가생활을 시작한 이후 단편 「일요일」, 「기다리는 마음」 등 수십 편과 중편소설 「1학년생」을 발표하였다. 사실상 김정이 북한을 대표하는 작가군에 포함된 것은 <불멸의 역사 총서> 중의 한 편인 장편 역사소설 『닻은 올랐다』(1982)[2]를 발표하였기 때문[3]으로 파악된다.

김정의 『자유』(2005)는 비전향장기수 문제[4]를 다룬 가장 최근에 나온 작품이라는 데서 의미를 찾을 수 있다. 특히 구속으로부터 자유를 쟁취하려는 인류 보편적 가치를 앞세우지만, 실상은 비전향장기수 문제를 다룬 다른 어떤 작품들보다 '반미선동'에 초점을 맞추고 있어 주목된다. 북한당국이 아직 버리지 못하고 있는 환상인 미군철수와 보안법 철폐로 남한사회를 뒤흔들고 최종적으로는 전 세계에서 들어와 있는 서구 자본들의 철수를 목표로 하고 있지 않은가 하는 우려이다.

어찌되었든 북한소설 『자유』에 나오는 표층적인 내용보다도 행간에 담겨있는 심층적인 내용에 나타나는 문제점을 중심으로 '내재 비판적인 이론'의 입장[5]에서 그 의미를 분석해보려고 한다. 다만 북한문학은 정치성을

---

2 <불멸의 력사> 총서는 1925년 10대의 소년인 김일성이 '타도제국주의동맹'이라는 단체를 조직하기까지의 과정을 그린 김정의 『닻은 올랐다』(1982년 간행)를 시작으로 천세봉의 『혁명의 려명』(1973), 『은하수』(1982)와 석윤기의 『대지는 푸르다』(1981)로 이어진다.

3 최길상, 『주체문학의 새 경지』, 평양: 문예출판사, 1991, 43~46쪽. 이 책에서 김정의 『닻은 올랐다』를 주체소설문학의 전형으로 높이 평가하고 있다.

4 지금까지 남한학계에서 비전향장기수를 다룬 북한문학을 연구한 논문으로는 필자의 「북한소설 『북으로 가는 길』 연구」(『진주산업대학교논문집』 41집, 한국방송통신대학교, 2006)와 「북한소설 『봄날은 온다』 연구」(『진주산업대학교논문집』 43집, 한국방송통신대학교, 2007)의 두 편이 있다.

5 북한학의 연구방법으로는 학계에서 세 가지가 거론되었다. 첫째, 외재적 접근법(external approach)으로 북한연구방법의 비과학성을 극복한 이론으로 안병영의 "북한연구방법론"(1977)이 있다. 둘째 내재적인 접근법(internal approach)으로 1980년대 후반 민주

강하게 띄고 있어 남한학계의 미학성의 측면에서 접근하기에 많은 어려움이 있다.

2. 한반도의 냉전구조와 '비전향장기수'의 존재

사실상 한반도에서 냉전구조가 구축된 것은 1945년 8월부터 북한에 소련군이 진주하여 그들의 감독 아래 1948년 9월 9일 북한 사회주의 정권인 '조선민주주의 인민공화국'이 수립되는 시점부터였다. 소련군은 1948년 12월에 완전히 철수할 때까지 3년 4개월 동안 직접적인 군정의 형태를 배제하면서도 공산주의 체제를 북한에 성공적으로 이식하였다. 남한에는 미군이 들어왔다.

김일성에 의해 자행된 1950년의 한국전쟁은 아이러니하게도 적화통일보다는 김일성에 대한 권력내부의 직접적인 도전이 시작되는 기점으로 작용했다. 제일 먼저 대결한 사람은 소련파 허가이였지만, 직접 조직적으로 도전해 온 무리는 박헌영을 따르던 국내파 공산주의자들이었다. 이승엽을 비롯한 12명은 한국 전쟁이 종결된 지 사흘 뒤 1953년 7월 30일에 세 가지 죄상으로 기소되어 그 중 10명은 사형[6]되었다.

화의 열기에 힘입어 제시된 북한 바로알기 운동과 때를 맞추어 나온 이론으로 재독학자인 송두율(1988), 강정구(1990), 이종석(1990) 등에 의해 제시되었다. 셋째, 절충주의적 접근법이 제시되고 있는데, 강정인이 "북한연구 방법에 대한 새로운 제언", ≪역사비평≫ 제26호(1994년 가을호)에서 밝힌 이론이다. 최근 가장 많이 활용되고 있는 이종석의 방법론을 변형시킨 '내재 비판론적' 입장도 일종의 절충주의적인 연구방법론이라고 할 수 있다. 북한의 이론서들에서 방법론을 찾되, 우리 시각에서 한계와 문제점을 파악하여 비판함으로써 중용적 시각에서 균형감을 찾아나가야 한다는 입장이다.

『자유』를 분석함에 있어 '내재 – 비판적 이론'에 근거한 관계로 생소한 북한식의 비평 이론이 자주 등장함과 북한문학계 특유의 이분법적 사고의 틀이 지닌 경직성을 불가피하게 반복, 언급함에 대해 양해를 구한다.

그 후 22년간에 걸쳐 소련파, 연안파, 빨치산 직계까지 제거한 김일성은 1967년 유일체제를 구축하고 자신의 아들 김정일을 내세워 후계자 수업을 시키면서 남북 간에 치열한 냉전구조 속의 대결양상을 펼쳐나간다.

비전향장기수는 이러한 냉혹한 한반도의 냉전구조 속에서 생성된 비극적인 정치 사상범이다. '비전향장기수'는 애초에는 작가 김하기의 『살아있는 무덤』(1989)을 통해 '미전향장기수'라는 용어로 먼저 등장하였다. '비전향장기수'란 말은 1993년 문민정부의 김영삼 대통령이 이인모를 북한으로 송환하기로 하면서 언론에 새롭게 등장한 용어이다.

앞서의 '미전향장기수'란 용어는 2000년 6월 15일 남북정상회담 공동선언문이 발표되면서 북측이 요구한 '비전향장기수'란 용어로 굳어지게 되었다. 북한에서는 2002년 10월에 나온 『조선중앙년감』 주체 91년(2002)에서 공식적으로 언급이 된다.

1. 비전향장기수들이 조국의 품에 안기는 격동적인 순간을 노래한 시초 ≪두 세월의 상봉≫, 서정시 ≪맏아들의 목소리≫ 등이 창작되어 21세기 시문단을 빛나게 장식하였다.
2. 비전향장기수들을 원형으로 한 장편소설 ≪의리≫, ≪최후의 한사람≫, ≪인생행로≫, ≪지리산의 갈범≫ 등 6편의 작품들도 당의 의도를 잘 반영한 것으로 하여 평가되었다.[7]

그러면 비전향장기수는 누구인가? 최정기에 따르면, 범죄로 규정된 행위를 중심으로 수형자를 분류하는 방법과 체제에 대한 위협 정도를 중심으로 분류하는 방법으로 구분된다고 한다. 이러한 방법을 절충하여 최정

---

6 고태우, 『북한사 100장면』, 가람기획, 1996, 126~129쪽. "김일성 그룹이 국내 공산주의 운동의 지도자였던 박헌영을 처형하기 위해 씌운 범죄혐의는 세 가지였다. 첫째는 미제국주의자들의 고용간첩이었다는 것이고, 둘째는 남한 내의 민주역량을 따랐다는 것, 셋째는 김일성 정권을 전복하려는 음모를 꾸몄다는 것이다."

7 조선중앙통신사 편, 『조선중앙년감』 주체 91(2002) 루계 55호, 조선중앙통신사, 2002. 10.30, 82쪽.

기는 가장 협의의 개념으로 비전향장기수를 "사상범 중 7년 이상의 장기
형을 선고받고 복역 중인 좌익수 또는 사상범으로 전향하지 않은 수형자
(불번의한 좌익범)를 가리킨다"[8]고 개념 정의를 내리고 있다. 사실 북한에
서 '비전향장기수'란 용어는 《조선문학》 2002년 1월호에서 한웅빈의 인
터뷰 "금년에는 비전향장기수를 형상한 작품을 소설다운 소설로 완성해
보려고 한다"고 밝힌 데서 처음 등장하였다.

  '비전향장기수非轉向長期囚'란 용어는 위에서 언급한 것처럼 2000년 6월
15일 남북정상회담 후 발표된 남북공동선언문에서 분명하게 명기됨으로
써 정치적이자 학술적인 용어로 굳어지게 되었다.

  그 동안의 비전향장기수들의 수는 얼마나 되었을까? 5·16직후 대전교
도소에 집결시킨 비전향장기수는 8백 명 정도였다고 전해지지만, 1970년
대 초반 전국 네 개 교도소에 수감된 비전향장기수는 450여 명에 이른다
는 증언과 같은 시기 대전교도소에 수감되었던 비전향장기수의 수가 168
명이라는 조사결과가 있다. 한편 1970년대 초를 넘어서면서 정부는 강력
한 강제 전향 공작을 실시한다. 이러한 전향 공작이 일단락된 1988년 이후
석방된 비전향장기수는 모두 102명이다. 1970년대 초반과 비교하면 350
명 정도 차이가 나는데 이들은 전향했거나 비전향한 채로 사망했다고 보
면 맞을 것이다. 1960년대 이후 확정된 한국의 비전향자의 총수는 2백~3
백 명 정도로 추측할 수 있다[9]고 한다.

3. 『자유』에 나타난 갈등구조와 반미선동의 양상

1) '적대적 갈등 구조'의 심화

  『자유』는 매우 독특한 성향의 작품이다. 북한소설 중에서도 특수한 시

---

8 최정기, 『비전향장기수 - 0.5평에 갇힌 한반도』, 책세상, 2002, 20쪽.
9 최정기, 위의 책, 22~23쪽.

기에 특정한 목적에 의해 대량 생산된 소설이라는 점에서 관심을 불러일으킨 작품이다. 나쁜 의미로 말하면 '목적성이 강한 경향소설'이라는 성격을 띠고 있는 작품이다. 하지만 이러한 작품에 주목하는 이유는 역사상 실제로 존재하고 있는 인물들을 소재로 하여 창작된 역사전기소설이라는 점 때문이며, 다른 의미에서 아직도 미해결상태로 있는 국군포로문제와 납치한국인문제와 연계된다는 점 때문이기도 하다. 특히 정치적인 이유로 남북을 넘나들었던 인물들을 다루고 있는 특별한 작품이라는 데에 주목하게 된다.

소설문학은 다른 장르와 달리 갈등구조를 지니고 있는 점이 매력이다. 즉 극적인 긴장을 고조시킴으로써 작가의식과 주제의식을 강하게 부각시키는 장르라는 것이 특징이다. 기본적인 소설론에 따르면, 소설장르는 플롯을 통해 스토리의 기본 얼개를 짜게 마련이다. 따라서 플롯은 예술적 효과를 낳기 위한 서술상의 기술이라고 할 수 있다.

서구문학에서의 이론과 달리 북한문학이론서들은 적대적 갈등과 비적대적 갈등이라는 독특한 갈등이론으로 서사구조상의 긴장상태를 설명하려고 시도한다.

문학예술작품에서 '적대적 갈등'이란 인물들 사이의 불상응적인 모순과 대립을 반영한 갈등이라고 개념정의를 내리고 있다. 그 전제조건으로서 착취사회에서는 착취계급과 피착취계급, 지배계급과 피지배계급 간의 계급적 모순과 적대적 대립이 사회관계의 기본으로 된다고 제시하고 있다. 착취 사회에서는 착취 계급을 반대하는 인민대중의 투쟁이 끊임없이 벌어진다는 것이다. 아울러 착취와 억압을 반대하고 자주성을 실현하기 위한 계급투쟁은 그 어떤 힘으로도 막지 못한다고 강조한다. 따라서 착취 사회에서 창조된 문학예술작품들이 '적대적 갈등'을 기본으로 하여 구성되는 것은 응당하다[10]고 주장하고 있다.

---

10 차영애 편, 『위대한 령도자 김정일 동지의 사상리론 - 문예학 4』, 사회과학출판사, 1996, 139~140쪽.

사회주의 사회는 착취계급을 계급으로서 완전히 생산한 사회이지만 전복된 착취계급의 잔여분자들이 남아있고 사회주의제도를 반대하는 내외원수들의 파괴암해책동이 있게 되면 따라서 그들을 반대하는 계급투쟁이 계속되기 때문이라고 역설하고 있다. 또한 사회주의 사회에서도 외래제국주의자들의 침략책동을 반대하는 투쟁이 계속된다는 것이다. 따라서 이러한 조건에서 사회주의 현실을 그린 문학예술작품에서도 적대적 갈등문제가 중요한 미학적 요구로 제기[11]될 수밖에 없다는 인식이다.

『자유』는 전형성의 원리와 갈등구조를 구성조직의 근간으로 삼고 있다. 여기에서 대립갈등구조는 낡은 것과 새로운 것의 대립이라는 북한의 상투적인 플롯의 틀이기도 하다. 이 작품은 비전향장기수인 오세형이 교도관의 전향공작에도 굴하지 않고 신념을 지켜 결국 31년간의 형기를 마치고 출소하여 남북정상회담의 합의에 따라 북송된다는 이야기이다. 한마디로 김정의 소설은 북한의 주체문예이론이 늘상 강조하고 있는 "심오한 철학으로 충만된 우리 시대의 문학 앞에 철학적 깊이를 보장할 것을 절박하게 요구하였다"[12]에 잘 부합되는 작품인 것이다.

『자유』에서 주인공 오세형은 자신의 '사상적 순결성'을 유지하기 위해 남한의 독재정권의 하수인인 교도소장과 교도관의 악랄한 고문과 전향공작에 용감하게 맞선다. 이러한 인물성격에 대한 묘사는 주인공을 '주체적 인간전형'으로 형상화하기 위한 장치로 보여진다. 주인공 오세형을 노력영웅으로 만들기 위해 작가는 세 가지 에피소드를 설정한다. 첫째, 남한의 친척인 천삼룡과 모친 천각순을 통한 회유공작을 시도한다. 하지만 원산 농대 교원 출신의 인테리 간첩 오세형은 "개가 되고 싶은 생각은 없습니다. 나를 이해해주십시오"[13]라고 모친의 호소를 단호하게 거부한다. 둘째, 대전의 한 요정으로 오세형을 데리고 가서 정옥숙이라는 미녀 호스티스를

---

11 차영애 편, 앞의 책, 140쪽.

12 오승련, 『주체소설문학 건설』, 문예출판사, 1994, 212쪽.

13 김정, 『자유』, 문예출판사, 2005, 85쪽. 이하 텍스트의 인용은 쪽수만 표기함.

이용한 미인계전술을 쓴다. 하지만 오세형은 오히려 그녀에게 화학강의가 아니라 통일강의를 함으로써 교도소장의 전향공작에 말려들지 않는 것으로 묘사된다. 셋째, 라진태 교도소 부소장은 교도관들에게 잔인하고 가혹한 방법인 파도식 고문을 명령한다. 이러한 에피소드의 삽입은 거의 모든 비전향장기수 문제를 다룬 소설에서 천편일률적으로 등장하고 있어 북한 작가들의 창의성을 의심케 하고 있다.

특히 북한의 문학평론가 김정웅은 적대적 갈등의 원칙으로 현실을 인민대중의 자주성을 실현하기 위한 투쟁이 끊임없이 새로운 높은 단계에로 상승 발전하는 과정으로 그리는 사회주의, 공산주의 문학예술에서는 긍정이 승리하고 부정이 멸망하는 것으로 적대적 갈등이 해결되어야 한다[14]고 주문한다. 이러한 이론은 결국 조선조의 고소설 중 영웅소설에서 많이 나타나던 <고난－시련극복－해피 엔딩>의 플롯 패턴에서 크게 달라진 것이 없는 한계성을 보여준다. 『자유』에서 주인공 오세형은 같은 교도소 수형자인 남한교수 김인준 등과 통방신호를 보내면서 투쟁을 하거나 호의적인 교도관 박지철의 도움에 힘입는 방법 등을 통해 혹독한 고통과 시련을 이겨내고 결국 출소하여 북송되는 해피엔딩으로 종결되는 것으로 묘사된다.

2) 북한의 '예술적 환상' 이론과 '자유' 이미지

소설을 분석할 때 중요한 도구로는 서사구조의 파악, 내재된 세계관에 대한 접근, 환상적 묘사와 상징적 이미지 추출, 문체상의 특징 천착 등이 있다. 『자유』에도 북한 특유의 '예술적 환상' 이론에 근거한 이미지와 상징이론이 활용되고 있다. 다만 이러한 북한이론은 남한이론과 달리 기능단위와 징조단위(상징)[15] 중 징조단위로 볼 수 있는 것들도 사실상 징조단위로서만 작용하는 것이 아니라 종국에는 주체사상이라는 세계관 또는 핵

---

14 김정웅, 『주체적 문예이론의 기본』 2, 문예출판사, 1992, 240쪽.
15 김치수 편저, 『구조주의와 문학비평』, 홍성사, 1980, 85~86쪽.
　　롤랑 바르트, 『텍스트의 즐거움』, 김희영 옮김, 동문선, 2002 참조.

심구조와 연계된다는 특징과 한계를 동시에 보여준다.

남한 문예이론에서 구조주의 이론이나 기호학적 이론으로 설명되는 보조단위들이 북한문예이론에서는 '예술적 환상'이론이나 '창조적 사색'이론16으로 꾸며져 설명된다. 예술적 환상은 "기본적인 생활표상에 기초하여 그와 련관된 수많은 생활적인 표상을 만들어내는 상상활동"17이라고 개념정의를 내리고 있다. 다만 예술적 환상은 "생활에 튼튼히 발을 붙인 환상"이라고 범주를 좁혀 설명하면서 "그것은 그 어떤 환상보다도 뚜렷한 지향을 가진 환상"18이라고 규정짓는다. 아울러 예술적 환상은 직접체험에 바탕하는 경우도 있지만 형상창조를 위해 '간접체험'을 활용하기도 한다고 강조한다. 이를테면 작가들이 북송된 비전향장기수들을 만나 그들의 간접체험을 활용하여 "있을 수 있는 것도 반드시 있어야 할 것을 그리는 것이 기본"19이라고 역설한다. 조기천의 서정시 <어머니> 중 "어머니는 흰 옷을 입으시고 동뚝에 섰나이다/ 푸른 고개 누런 신작로에/ 움직이는 하나의 모습―/ 오늘은 셋째아들이, 인민군대 지원병으로 간답니다"를 인용하면서 "독자는 '흰옷' 입은 어머니에 대한 표상을 통하여 조선의 어머니를 그려보고 '동뚝'에 대한 표상을 통하여 어느 한 벌방 농촌마을을 그려보며 '푸른 고개'를 통하여 한여름을 생각하고, '움직이는 하나의 모습'을 통하여 오래도록 아들을 바래는 어머니의 극진한 심정을 느낀다. 이처럼 예술적 환상은 작가의 머릿속에서 떠오르고 형상적인 언어로 표현되어 작품에 정착되었다가 다시금 독자의 머릿속에서 나래치면서 생활묘사의 무제한한 기능을 발휘한다"20고 예술적 환상과 언어의 기호로서의 상징성과의 연관성에 대해 설명하고 있다.

---

16 오영환,『작가의 문체』, 문예출판사, 1992 참조.

17 방영찬,『작가의 창작적 사색과 예술적 환상』, 문예출판사, 1992, 239쪽.

18 방영찬, 위의 책, 241쪽.

19 방영찬, 위의 책, 246쪽.

20 방영찬, 위의 책, 248~249쪽.

교도소 당국은 그에게 즉시 수정을 채우고 수인번호를 달아준 다음 9사 독방으로부터 ≪범털방≫이라고 부르는 3사의 혼거방으로 옮겨 놓았다. 7호실이었다. 오세형이 주홍색바탕에 ≪3017≫이라는 수인번호와 상형수표식인 프라스틱 삼각폐쪽을 가슴에 달고 감방에 들어서자 수인들 중 한 사람이 ≪재판정에서 사형언도를 받고 껄껄 웃던 오선생이로구만!≫하면서 그의 손을 턱석 잡아주었다. 발도 없는 소문이 빨리도 날아왔다. 그 소문의 덕으로 오세형은 입방후 온 사동이 다 아는 명물로 되었다.

　7호감방의 거주자들은 그에게 출입문 곁의 윗자리를 내주고 신입식이라는 거치장스러운 절차도 건너뛰게 해주었다.[21]

　『자유』의 제1장은 비전향장기수로의 삶을 시작하면서 사형언도를 받고 교도소에 구금된 주인공 오세형이 처한 환경과 그의 감정의 기복 등을 주로 묘사하고 있다. 기호론적 입장에서 볼 때 주인공이 처한 첫 번째 고통의 상징은 '신입식 놀음'이라는 교도소내의 규범으로부터 출발한다. 대개 교도소에 처음 배정받은 수형자들은 감방 선배들이 주관하는 인물심사 의식을 치르는 것이 관례이다. 물론 말이 좋아 인물심사이지 사실상 고참들이 신참에게 육체적 체벌을 가하고 정신적 린치를 가하여 주눅을 들게 함으로써 고참들이 설정한 감방 내의 질서에 강제적으로 따르게 하려는 폭력적 행위에 지나지 않는다. 주인공은 사형수이기 때문에 그러한 신입식을 면제받는 것으로 묘사되고 있다. '신입식 놀음'의 면제라는 상징적 기호는 바로 주인공에게 가해진 고통이 바로 죽음에 이르는 길이라는 실존성을 의미한다.

　다음으로 작품에 설정된 상징적 장치는 '집'이라는 공간이다. '집'의 국어사전적 의미는 "사람이나 동물이 추위, 더위, 비바람 따위를 막고 그 속에 들어 살기 위하여 지은 건물 또는 가정을 이루고 생활하는 집안"으로 설명된다. 그런데 작품에서 활용된 '집'은 자유의 이분대립항으로서의 '구속'의 의미를 지니는 공간이다. 여기에서 집은 아늑하고 포근한 휴식의 공

---

21 김정,『자유』, 3쪽.

간이란 이미지를 탈피하여 인생의 마지막 거처라는 뜻을 지니고 있다. 주인공 오세형이 처한 극한 상황을 작가는 "그것은 세계라는 무한대의 공간과 자유를 박탈당한 대가로 그가 차지하게 된 인생의 마지막 ≪집≫이었다. (…중략…) 38살, 나이로 보면 인생이라는 ≪경기≫의 전반전만을 치르고 가는 셈"이라고 묘사하고 있다.

'집'에 이어 주인공이 처한 현실은 '죽음'이라는 극단적인 용어로 옮겨진다. 이러한 부분 상황만을 살펴보면 마치 김정의 『자유』는 제2차 세계대전 이후나 50년대 한국전쟁 이후에 많이 창작되었던 실존주의 문학과 유사한 양상을 보여주고 있다. 작품에서 주인공 오세형은 지금 자기가 할 수 있는 것은 죽음을 기다리는 것뿐이라는 것임을 실감하게 된다. 그러한 상황에 맞서 주인공은 우선 다른 모든 것을 체념하고 죽음에 대해서만 상념에 젖는다. 다음으로는 얼마 남지 않은 하루하루를 꿋꿋하게 살자고 스스로에게 다짐을 한다. 누구나 죽음에 처했을 때 밟는 단계인 분노→체념→의 연합의 회복→달관, 관조의 세계로 점차적으로 나아간다. 종국에는 비굴해지지 말고 "인간으로서의 체모를 잃지 말아야 한다"[22]라고 내적 결심을 하게 된다.

김정의 『자유』에서 다음 단계는 '음식'과 '운동'이라는 상징적 기호가 등장하여 주목을 끈다. 당연히 몇 평도 채 안 되는 교도소의 작은 방에서 이루어지는 행위만을 묘사대상으로 삼아서는 스토리 자체를 끌어당기기 어렵다. 따라서 다양한 소재를 중심으로 에피소드를 연결시켜야 독자계층의 흥미를 유발할 수 있게 될 것이다. 재미있는 표현은 배식하는 규범도 사형수와 연관을 시키고 있으며, 음식의 질 문제에 대해서도 '자유'와 연계시키고 있다는 점이다. 이러한 에피소드에는 사형수와 강력범 등이 수용되어 있는 교도소의 열악한 상황을 부각시키려는 작가의 의도가 스며들어 있다고 하겠다.

---

22 김정, 『자유』, 5쪽.

교도소에서는 일 년 열두 달 한 주걱도 못 되는 '가다밥'과 '소금국'만 이 제공된다고 비판적으로 묘사된다. 또 우연히 어제 제공된 햄 한 조각을 감추어 놓았던 수형자 한 사람이 그것을 꺼내어 골고루 토막 내어 나눠먹 는 규범이 묘사되고 있다. 또 배식과 식사의 시작에도 사형수 등 흉악범과 누범이 좌상대접을 받는다는 규칙도 소개되고 있다. 특히 밥공기에 부실 하게 담긴 배식 밥의 실상을 폭로하면서 "요놈의 밥알들도 ≪자유민주주 의≫를 하자는건가"[23]라고 희화적으로 형상화하고 있다.

> 일년열두달 한 주걱도 못되는 ≪가다밥≫(형타밥)과 소금국만 퍼주는 교도 소에서는 그런 사치가 통하지 않는다.
> 수인들의 육체가 영양실조로 시들어가도 옥리들은 도적질에 여념이 없다.
> (…중략…)
> 오세형은 밥 한 저가락을 얼른 떠서 입에 넣었다. 무슨 놈의 밥인지 대저가 락에는 밥알이 대여섯개밖에 묻어올라오지 않았다. 요놈의 밥알들도 ≪자유민 주주의≫를 하자는건가.
> ≪햄을 보니 순대생각이 나는구만. 제길할, 순대 한메터만 먹었으면 교수형 을 당해도 한이 없겠어.≫[24]

교도소에서 운동시간만큼은 수형자들이 매우 좋아하는 시간이다. 하루 종일 감방에 갇혀 있다가 밖으로 나와 일광욕을 즐길 수도 있고, 교도관의 눈을 피해서 하고 싶은 말도 나눌 수 있기 때문이다. 『자유』에서 '운동'도 매우 의미 깊은 상징적 기호이다. 그것은 자유의 이분대립항인 '구속'의 의미를 지니는 동시에 의사소통의 네트워크 역할도 수행하기 때문이다. 하루 한 번 주어지는 운동시간은 교도관들이 체조를 통해 수형자들을 적 절하게 통제하기도 하고 규율을 가르치면서 제도권 안에 집어넣게 되는 시간이기도 하다. 주인공 오세형은 "자기도 모르게 두 팔을 우로 곧추 올

---

23 김정, 『자유』, 7쪽.
24 김정, 『자유』, 6~7쪽.

렸다 앞으로 내뻗치는 인민보건체조1번 동작을 반복하였다. 그러다가 문득 어떤 서글픈 충동에 이끌려 팔을 아래로 드리우고 마음속으로 뇌이었다. (오세형 그만두라, 네가 체조를 하는 건 꼴볼견이다. 그건 이 정권의 박자에 발을 맞추는 구접스러운 짓이다.)"[25]라고 통제생활에 협조하는 자신의 행태에 대해 비판적 성찰을 한다.

금식과 운동 다음으로 중요한 상징적 기호로는 고문과 폭력 등의 신체적인 가해행위가 등장한다. 북한소설 『자유』의 거의 절반 정도가 폭력성과 밀접한 연관성이 있다고 할 수 있다. 『자유』에서 주인공 오세형은 혼거방에 함께 수용되어 있는 최종호와 입씨름이 붙는다. 최종호는 북한에서 월남한 사람이라면 오세형은 월북한 사람이므로 '자유'를 화두로 두 사람은 논쟁을 펼친다. 오세형이 "<한국>이라는 건 소라껍질 같은 거야. 소라껍질 속에 자유라는 게 있을 수 있어? 있다면 암흑뿐이지."라고 소리치자, 다른 수형자들은 "그래 한국이 소라껍질이면 당신네 공화국은 뭐라고 해야겠소? … 당신네 맑스주의자들은 늘 남을 깔보고 헐뜯는 게 탈이야… 타도하자, 섬멸하자, 청산하자… 에이 그 덜돼먹은…"[26]이라고 맞받아친다. 교도소 안이 소란해지자 당번교도관이 들어와 오세형을 노려보면서 잔혹한 폭력이 시작된다. 이러한 폭력성은 전초전의 성격만을 지닌다. 남한의 군사정권은 '전향공작'이란 전략적 선택을 통해 비전향장기수 문제를 해결하려고 시도하였으므로 작품 후반부로 갈수록 고문과 린치라는 폭력성은 점차 가속화된다.

기호학적 논리에 의하면, 북한소설 『자유』의 도입부분의 구조는 다음 도표(도표1)와 같이 구분되며, 그러한 연쇄 고리는 복잡화 단계와 클라이맥스 단계까지 연결되어 이어진다. 다만 이 소설의 한계는 서두의 예술적 상징성이 점차적으로 약화되면서 작품 후반부로 갈수록 정치성에 바탕한 이데올로기가 강화된다는 점이다.

---

25 김정, 『자유』, 15쪽.
26 김정, 『자유』, 20쪽.

<도표 1>

〈자유〉	〈구속〉
	'신입식 놀음'
투철한 세계관(이데올로기)	'집'
	'죽음'
옥중 통일운동 전개(반미선동)	'음식'(배식/가다밥과 소금국)
	'운동'(단체체조)
비전향장기수 석방	'교정'(교도소 폭력)
남북정상회담에서 북송 논의	↓
북송	전향공작 매개체 1)어머니 2)동창친구 3)미인계
〈인물의 자기동일성 확인〉	〈관념과 현실의 괴리〉
자주성 / 창조성	수동성 / 억압성
주관적·미적 규약	객관적·논리적 규약

3) 노사투쟁을 통한 반미실상의 왜곡

김정의 북한소설 『자유』가 다른 비전향장기수를 다룬 작품과 구별되는 가장 큰 특징은 '반미선동'을 중요한 테마로 설정하고 있는 점이다. 주로 보조적인 인물을 통해 마치 남한사회에 반미적인 분위기가 팽배한 것처럼 묘사하는 왜곡양상이 심한 것도 한 특징이다. 그런데 중요한 것은 북한작가 김정이 사실은 남한사회를 제대로 파악하지 못해 모티프의 설정이나 인물들의 묘사에서 너무나 현실에서 벗어난 어설픈 언급으로 일관하고 있는 점이다.

작품에서 주인공 오세형이 수용되어 있는 대구교도소의 교무과장인 라진태의 딸 라영과 오세형은 아무런 인연이 없다. 그런데도 불구하고 어린 라영은 아버지를 따라 서문시장 구경을 나갔다가 미군하사관의 폭력장면을 목격하고 달걀을 그에게 던져 폭력을 멈추게 하는 용감한 행동을 하는 것으로 그려진다. 반미적인 인물로 묘사되는 라영은 교도소를 방문하여 오세형을 만나고 그의 뜯어진 옷에 남+북=SOS, 삼룡의 글씨를 써넣는 등 교류를 이어나가는 것으로 묘사된다. 우연의 연속이 지나칠 정도이다.

라영은 보조인물이지만 작품의 전체 서사구조에서 가장 중요한 인물로 그려지고 있다. 오세형의 변절하지 않는 신념을 적절하게 묘사하기 위한 인물설정이다. 즉 그의 행동과 사상에 감명 받아 남한사회에서도 동조하는 세력이 있다는 동선을 그려나가기 위한 장치인 것이다. 중요한 것은 라영의 통일관인데, 그곳에는 반미사상이 핵심적인 요소로 자리 잡고 있다. 라영은 천삼룡에게 "조국의 통일을 위해서는 남의 통일을 이루어야 하며, 남의 통일을 위해서는 반미를 해야 하고 반미를 위해서는 숭미, 공미의 독소를 청산해야 한다"[27]는 논리와 철학을 내세우고 있다.

따라서 작가는 남한 현실을 제대로 파악하지 못한 채 라영의 인물성격 묘사에서 지나친 비약과 왜곡을 일삼고 있다. 첫째, 라영을 남한사회에서 반체제인물과 반미선동의 우상으로 묘사하고 있다. 중학교 교사였던 라영은 교장의 친미적 글짓기 시범수업에 반발하여 사표를 던지고 천삼룡의 전자제품 공장에 위장취업을 한다. 또 미국에 대한 생리적 혐오감 때문에 독일유학을 떠나는 애인과 결별하고 노조 부위원장으로 투쟁의 선봉에 선다.

둘째, 라영은 노조를 대표하여 미국인 존사장과 대화를 나누지만 대화의 결렬로 인해 그를 법정에 세운다. 작품에서 존사장은 기계설비와 자재를 팔고 공장을 일부러 파산시키는 인물로 그려짐으로써 노동자를 착취하고 자신만의 경제적 이익을 추구하는 자본가로 형상화시키고 있다. 특히 임금을 체불시키고 미국으로 도망가려는 파렴치한 인물로 묘사된다. 작가는 앞서 언급하였던 적대적 갈등이론은 활용하여 존사장과의 싸움을 '미제국주의자와의 전쟁'으로까지 끌고 나가는 왜곡을 서슴없이 일삼고 있다. 아울러 남한사회에서 경제적 성장을 위한 정책추진을 성장제일, 더 빨리, 오직 전진, 서울에서 세계로 등의 구호를 만들고 선진국으로의 진입을

---

27 김정,『자유』, 322쪽.

앞세워 노동자들의 노동력을 착취하면서 국민소득이 증가하였다는 선전만 일삼고 있다고 힐난하고 있다.

셋째, 심지어 창녀 주강월이라는 보조인물을 등장시켜 6 · 25 한국전쟁 당시 서울 동부지역에서 수천 명의 시민들이 학살된 것을 인민군이 아니라 미군과 국군 때문이라고 역사적 왜곡까지 시도하고 있다. 넷째, 라영이 5년 전 상처를 하고 고향의 누이집에 아들 남주를 맡긴 천삼룡에게 재혼하자고 프로포즈를 하는 것으로 설정함으로써 그녀를 계급을 초월한 열린 인물로 묘사하려고 하는 작가의 의도를 엿볼 수 있다. 다섯째, 라영이 존사장을 억류하고 사태의 해결을 종용하는 과정에서 부친 라진태 교무과장으로부터 "거기서 손을 떼라"는 압박을 받는 것에서 머물지 않고, 국무총리로부터 "너희 집을 폭파시키겠다"는 전화를 받는 것으로 묘사함으로써 왜곡과 비약의 금도를 넘어서고 있다.

결국 라영을 반미선동의 중심인물로 성격을 설정하기 위해 작가 김정은 임금 체불업체의 존사장이 있는 침실을 향해 라영이 폭약띠를 달고 불을 붙여 달려가게 묘사할 뿐만 아니라 그의 옷섶을 두 손으로 잡고 장렬하게 자폭을 하는 것으로 그리고 있다. 사실상 이러한 살인과 방화는 1920년대 신경향파 문학과 카프문학에서나 볼 수 있는 결말처리기법으로서 남한문학에서는 찾아보기 힘든 수법이다.

한편 북소설『자유』에는 보조장치로서 대중가요와 윤동주의 시가 인용되어 관심을 끈다. 최근 북한문학에서 많이 나오는 전래설화와 민요 등 구비문화의 인용은 김정일 체제의 <강성대국론>에서 강조되고 있는 '조선민족제일주의'라는 이데올로기와 맞닿아 있다. 북한이 야담과 설화를 모아서 책으로 묶고, 민요채집에 주력하면서 신민요를 창작하여 인민들에게 보급하는 민족주의 성격의 문화행위 등이 모두 같은 종류의 문화전략이라고 할 수 있다.

『자유』에서는 리면상의 노래와 대중가요 강남달이 나온다. 교도소의 오세형은 구미전자공단 참관을 나간 다음 대구 근로여성복지관의 임순정

관장의 초청을 받아 복지관에 가서 점심식사 후에 꼬냑을 몇 잔 들이키고 여흥의 시간에 이면상 작곡의 노래를 부른다. 이에 화답하여 임순정 관장이 대중가요 강남달을 처량하게 부르자 복지관의 여직원들이 다함께 합창으로 따라 부른다. 또『자유』에는 윤동주의 시가 인용되고 소설가 박경리가 거론되고 있어 독자들의 흥미를 끈다.

4. 맺음말

비전향장기수 문제를 다룬 김정의『자유』는 독특한 소재로 인하여 주목을 받고 있다. 사실『자유』는 인간의 가장 중요한 사상 선택 문제를 거론한 작품이라는 점에서 큰 의미를 지닌다. 하지만 이러한 소재가 작가의 자의적인 판단에 따라 선택된 것이 아니라 북한의 김정일 위원장이 광폭정치라는 정치 전략에 따라 중·장편소설을 대량 창작하라는 지시에 의해 창작되었다는 점에서 그 문학사적 가치가 상당히 떨어진다고 말할 수 있다. 물론 북한문학의 가치를 남한의 잣대로만 평가할 수는 없다. 아울러 이 작품은 이분법적 대립구조를 기본 토대로 삼고 있어 경직성과 상투성에서 벗어나지 못하고 있는 문제점 또한 드러낸다.

하지만 이 소설은 몇 가지 점에서 간과할 수 없는 매력을 지니고 있다. 그것은 첫째, 이 작품이 '반미선동'을 주요한 내적 요소로 다루고 있는 점에서 북한의 변하지 않는 통일전선전술을 엿볼 수 있게 한다는 점이다. 라영이라는 보조인물을 통해 반미선동의 목표를 체계적으로 실천하고 있지만 지나친 비약과 왜곡양상을 지님에 따라 독자들에게 반감을 준다. 둘째, 『자유』에서는 북한 특유의 문예이론의 하나인 예술적 환상이론을 통해 언어가 지니는 상징적 기호로서의 의미에 대해 설명하려고 시도한다. 특히 작품 도입단계에서 0.5평(독방) 내지는 3~4평의 공간 안에서 펼쳐지는 수형자들의 행태를 묘사하되, '신입식 놀음', '집', '음식', '운동', '교정' 등의 상징적 기호를 각각의 에피소드로 장치하여 궁극적으로 '자유'와 '구속'의 이분 대립적 구조를 유도하면서 주관적 미적 규약과 객관적 논리적 규약의 차이를 드러내고 있는 것이 특징이다. 즉 언어 뉘앙스의 상징이 주는 미학성이 개재되어 있어 무거움과 어두움의 토운을 완화시키는 역할을 하고 있다.

셋째, 『자유』는 전형성의 원리와 갈등구조를 구성조직의 근간으로 삼고 있다. 여기에서 대립갈등구조는 낡은 것과 새로운 것의 대립이라는 북한의 상투적인 플롯의 틀이기도 하다. 『자유』에서 오세형을 비롯한 비전향장기수들은 그들을 억압하고 착취하는 교도관이나 독재사회의 권력자들과 대립갈등관계에 놓이게 설정되어 있다. 즉 북한작가 김정은 비전향장기수를 긍정적인 인물로 묘사하면서 교무과장, 교도소장을 비롯한 교도관들을 부정적인 인물로 묘사하여 주인공을 착취하는 세력으로 규정짓고 있다. 넷째, 『자유』에서는 이면상의 노래와 대중가요 강남달이 나온다. 이러한 현상은 다른 작품에서 전설이나 민요 등의 구비문학과 대중가요가 주요한 장치로 삽입되는 것과 같은 양상이다. 최근 북한에서 민족 수난기의 대중가요가 많이 나오는 이유는 김정일 위원장이 앞세우고 있는 '조선민족제일주의'라는 이데올로기와 밀접한 연관성이 있다.

비전향장기수 문제는 문학뿐만이 아니라 이미 여러 다른 장르에서도 다루어졌다. 그동안 김하기의 『완전한 만남』의 소설문학에서 출발하여 북한 영화 『민족과 운명』 속편 제 12~14부 이인모 편과 다큐멘터리감독 홍기선과 김동원 감독에 의해 각각 만들어진 영화 『선택』(2002)과 『송환』(2003)까지 다양한 장르가 모색되었다. 그 외에 사진작가 신동필의 사진집 『우리 다시 꼬옥 만나요』도 화제를 불러 모았다.

비전향장기수 문제가 북한에서 소설문학으로 대량 등장하게 된 요인은 김정일 위원장의 '인덕정치 구현'이라는 정치전략 때문이다. 하지만 남측 입장에서 작품에서 구체적으로 다룬 '비전향장기수' 문제 해결을 서둘러 타결한 이유는 다른 곳에 있다. 첫째, 군부독재시대의 부산물로서 국제사

면위원회의 압력 등 인권의 차원에서 상당한 정치적 부담으로 작용하였기 때문이다. 다른 한 가지는 문민정부가 들어선 이후 '체제우월성의 과시'를 하고 싶은 충동에서 비롯되었다. 그 외에도 해방 이후 지속되어온 분단 상황의 극복이라는 대승적인 판단에서 정책적인 고려를 한 것으로 생각된다. 즉 통일문제의 접근을 민족의 자주적인 입장에서 추구하기 위해 장애물의 하나인 비전향장기수 문제의 해결을 모색했을 가능성이 있다.

앞으로의 과제는 '국군포로 송환'의 해결이며, 남－남 갈등의 해소도 중요한 이슈가 될 것이다. 이러한 미해결의 문제를 해결하기 위해서는 북한 당국의 목표와 전략을 정확하게 파악하는 것이 중요하다. 그런 측면에서 미학적으로 많은 한계점을 드러내고 있지만, 김정의 『자유』는 남한독자들에게 유익한 텍스트로 다가가게 될 것이다.

『어문논집』 제57집, 2008

| 참고문헌 |

강능수, 『시대와 문학』, 문예출판사, 1991.

고태우, 『북한사 100장면』, 가람기획, 1996.

김동섭 외 편, 『조선중앙년감』 주체 91년, 조선중앙통신사, 2002.

김일권 외 편, 『조선중앙년감』 주체 92년, 조선중앙통신사, 2003.

김명철, 『김정일의 통일전략』, 윤영무 옮김, 살림터, 2000.

김정웅, 『주체적 문예리론의 기본』 2, 문예출판사, 1992.

김정, 『자유』, 문예출판사, 2005.

김치수 편저, 『구조주의와 문학비평』, 홍성사, 1980.

김한길, 『현대 조선역사』(북한 사회과학원 역사연구소), 일송정, 1988.

김홍섭, 『소설창작과 기교』, 문예출판사, 1991.

박종철 편역, 『문학과 기호학』, 대방출판사, 1983.

방영찬, 『작가의 창작적 사색과 예술적 환상』, 문예출판사, 1992.

신언갑, 『주체의 인테리리론』, 과학백과사전출판사, 1986.

오승련, 『주체 소설문학 건설』, 문예출판사, 1994.

오영환, 『작가의 문체』, 문예출판사, 1992.

윤기덕, 『수령형상문학』, 문예출판사, 1991.

이상숙, 「북한문학의 민족적 특성 연구」, 고려대 박사학위논문, 2004.

이종석, 『현대 북한의 이해』, 역사비평사, 1995.

전영선, 『북한의 문학예술 운영체계와 문예이론』, 도서출판 역락, 2002.

차영애 편, 『위대한 령도자 김정일 동지의 사상리론』, 사회과학출판사, 1996.

최길상, 『주체문학의 새 경지』, 문예출판사, 1991.

최정기, 『비전향장기수 - 0.5평에 갇힌 한반도』, 책세상, 2002.

라인홀드 니버, 『도덕적 인간과 비도덕적 사회』, 이한우 옮김, 문예출판사, 1996.

롤랑 바르트, 『텍스트의 즐거움』, 김희영 옮김, 동문선, 2002.

북한 여성
정체성의 소설적 형상화
— 2000년대 북한 소설을 중심으로

정순진

1. 서론

분단 50여 년 동안 남북한은 서로 다른 정치 · 경제 · 사회 · 문화적 배경에서 생활하면서 이질화과정을 밟아 왔다. 타의에 의한 분단이니만큼 분단 시대, 민족 최대의 과제는 통일이지만 통일로 가는 길에는 많은 장애물이 가로 놓여 있다. 그렇기는 해도 통일을 대비하는 다양한 노력을 해야 하는 것이 이 시대 우리 민족의 역사적 책무라는 사실에는 변함이 없다. 북한문학에 대한 연구 역시 이런 책무의 일환임에 틀림이 없다.

그 동안 이루어진 북한문학 연구는 주로 역사적 이해와 문학론에 치중되어 왔다.[1] 이런 연구 성과를 바탕으로 본고는 북한 소설에 나타난 여성

---

1 대표적인 연구에 다음 업적이 있다.

김재용, 『북한문학의 역사적 이해』, 문학과 지성사, 1994.

김종회 편, 『북한문학의 이해』, 청동거울, 1999; 『북한문학의 이해 2』, 청동거울, 2001.

박태상, 『북한문학의 현상』, 깊은샘, 1999; 『북한문학의 동향』, 깊은샘, 2002.

신형기, 『북한 소설의 이해』, 실천문학사, 1996.

이명재 편, 『북한문학의 이념과 실체』, 국학자료원, 1998.

의 정체성 양상을 살펴보고 그 의미를 해석해 보고자 한다. 어떤 특정한 시간과 공간 속에서 자기의 존재를 자각한다는 것은 다른 사람과도 구분되고 또한 외부 사물과도 구분되는 자신의 여러 측면을 통합하여 일관된 인격을 느끼는 것을 의미한다. 자아는 삶의 연속적인 변화 속에서 드러나는 개인적인 성격, 본능적 욕구, 타고난 능력, 사회적 역할 등 개인의 고유한 인격을 가능케 하는 여러 측면에 걸쳐 있는 개념이다. 정체성이란 이런 변화 안에 내재해 있는 동질성의 전체 패턴을 의미하며 거기에는 모든 변화 안에 침투해 있는 독특한 개성으로서의 지속적인 '나'가 있다.[2] 우리는 소속되어 있는 집단이나 조직 내에서 서로 다르게 보이는 '—로서의 자기'를 가지고 있는데 정체성이란 이 많은 '—로서의 자기'를 선택하고 때에 따라서는 질서, 서열을 정하면서 한편으로 그것들을 통합하는 개인의 동일성에 대한 의식적 감각인 것이다.

사회의 체제가 달라지면 그 사회가 요구하는 바람직한 역할이 달라지기 때문에 정체성이 달라질 수밖에 없다. 남한과 다른 체제 속에서 북한의 여성들은 어떤 역할을 요구받고 있으며 그 역학을 어떻게 받아들이는지를 2000년대 북한에서 발표된 소설을 통해 살펴보고자 하는 것이다.

북한 여성에 관해서는 매우 제한적으로 연구되어 왔다.[3] 북한 여성을 정확히 이해하고 해석하는 데 필수적인 북한 사회의 다양한 맥락을 파악할 수 있는 자료 자체가 제한적이기 때문이다. 그럼에도 이들 연구가 공통적으로 지적하고 있는 것을 요약하면[4] 북한 사회가 여성에게 요구하는 역할은 혁명 동지로서의 여성과 위대한 어머니로서의 여성이라고 할 수 있다. 위대한 어머니로서의 역할은 가부장제 사회가 여성에게 부여한 전통적 역할이지만 동지로서의 역할은 북한의 사회체제가 여성에게 새롭게 요

---

2 박아청, 『아이덴티티의 세계』, 교육과학사, 1990, 22~26쪽 참조.

3 윤미량, 『북한의 여성 정책』, 한울, 1991.

  김귀옥 외, 『북한의 여성들은 어떻게 살고 있을까』, 당대, 2000.

  여성한국사회연구소 엮음, 『통일과 여성—북한 여성의 삶』, 이화여자대학교 출판부, 2001.

4 한국여성연구원 엮음, 위의 책, 255~329쪽 참조.

구한 역할이라고 할 수 있다.

그 동안 남한 사회에서 이루어져 왔던 여성 운동은 한마디로 표현하자면 사적인 공간, 즉 가정 안에만 있어야 하는 존재에서 공적인 공간, 즉 사회 안의 존재가 되기 위한 과정이었다고 할 수 있는데 북한 사회는 사적 공간에서 어머니로서의 여성 역할을 고수하면서도 공적 공간에서 평등한 혁명 동지로서의 여성 역할을 요구해 이념적으로는 남한의 여성 운동이 목표로 하는 일을 이미 이룬 것처럼 보인다. 그렇다면 다른 분야에서 이질화과정을 밟아온 것과 달리 여성의 삶에 있어서 남·북한은 동일한 목표를 향해 노력해왔고, 북한은 보다 먼저 이 목표를 달성한 것인지 질문하지 않을 수 없게 된다.

본고가 소설을 통해 정체성 양상을 고찰하고자 하는 이유는 이념적으로 완벽해 보이더라도 그 이념을 개개인의 구체적인 생활로 형상화할 수밖에 없는 소설에서는 그 사회의 지배적인 이데올로기와 갈등하는 개인의 삶이 나타나리라는 기대 때문이다. 북한문학, 특히 당 기관지인 ≪조선문학≫은 당의 공식적인 노선을 선전하는 임무를 수행하기에 지배 이데올로기에 충실하지 않은 작품은 게재조차 될 수 없다. 그럼에도 불구하고 90년대 후반, 김정일 체제가 수립된 후 북한문학은 더디게나마 주제와 배경이 확대되고 전통적인 주체문학에서 벗어나 다양한 시각을 반영하는 변화를 보여주고 있다. 사회가 변한다하더라도 사회적 약자를 둘러싼 조건이 가장 늦게 변하는 것이 통례이니 최근 소설에 와야 지배 이데올로기와 갈등하는 여성의 목소리를 찾아볼 수 있으리라는 기대 때문에 2000년 1월부터 2002년 12월까지 당 기관지 ≪조선문학≫에 실린 소설, 그 중에서도 여성의 정체성과 관계된 소설을 대상으로 논의하고자 한다.

이 논의를 통해 이념적으로 완벽한 평등사회를 이룬 것으로 보이는 북한 사회가 소설에 재현된 인물의 삶에서도 그러한지 평가하고 만일 그렇지 못하다면 무엇이 문제인지를 진단하고자 한다. 이 진단은 양성이 평등한 사회를 지향해 나가는 남한 사회, 또 통일 이후를 대비하는 노력의 하나가 될 것이다.

2. 혁명 동지로서의 여성

북한의 문학예술 작품은 '당성', '로동계급성', '인민성'의 세 가지 원칙 아래에서 창작된다.5 당성이란 "당에 대한 끝없는 충실성"으로 "당의 로선과 결정을 관철하기 위하여 모든 것을 다 바쳐 투쟁하는 혁명 정신"을 의미하고 '로동계급성'은 "로동계급의 의향과 요구를 반영하고 로동계급의 리익을 견결히 옹호하며 로동계급의 혁명위업에 적극 이바지하는" 것이다. 그리고 인민성은 "문학 · 예술이 철저하게 인민들의 사상과 감정에 맞도록 창작하는" 것을 의미한다. 이런 이유로 북한의 문학작품은 기본적으로 객관적인 현실에 대한 충실한 묘사에 그치는 것이 아니라 북한 사회가 지향하는 공식적인 가치를 추구하고 있다는 특성을 가지고 있다. 이런 특징 위에 1992년 1월 20일 제기된 김정일의 『주체문학론』이 문학의 기본 원리로 작용하고 있다.

김정일은 "작가는 당이 내놓은 문학예술 혁명 방침을 높이 받들고 소설 분야에 남아 있는 온갖 낡은 요소와 도식적인 틀을 마스고 주체시대의 요구에 맞는 우리 식 소설을 많이 창작하여야 한다"6고 말하고 있다.

1) 결혼 전의 여성

여성이 혁명의 동지로서 혁명의 한쪽 수레바퀴를 담당하는 모습이 그려진 것은 대체로 결혼 전의 여성인물이다. 1990년대 후반기 북한문학의 조심스러운 변화 중의 하나는 남녀 간의 사랑이 나타난다는 점이다.7 이것은 사회주의 건설과정에 나타나는 인물간의 도식적인 갈등구조에서 사랑의 문제가 심화되는 변화로 읽을 수 있는데 이런 흐름을 반영하듯 청춘남녀의 사랑을 소재로 한 소설이 여러 편 있었다.

---

5 박승덕, 『사회주의문화건설리론』, 사회과학출판사, 1985, 169쪽.
6 「소설문학의 10년을 더듬어」, ≪조선문학≫, 2002.1, 12쪽.
7 신상성 외, 『북한 소설의 역사적 이해』, 두남, 2001, 232쪽.

윤경찬의 「넓어지는 땅」(2001.10)은 토지정리사업을 정해진 기일에 끝내기 어렵게 하는 난관에 부닥친 처녀작업반장 진옥이와 이 작업을 도와주러 나온 제대군인이며 불도젤 운전수인 강철호 사이의 일과 사랑을 통해 토지정리사업의 문제는 단순히 토지를 넓히는 데 있는 게 아니라 사람의 마음도 넓히는 작업이라는 의의를 해명하고 있는 소설이다.

'생활에 곁눈 팔지 않고 성실한 농사군의 자세로 살아 온 것을 자부하던' 진옥은 '거기엔 오늘을 이기려는 모지름은 있었어도 래일에 대한 랑만은 없었다. 통털어 즙이 없는 생활…이 얼마나 어이없는 청춘인가'라는 자기반성을 통해 미래에 대한 확신과 낙관을 가진 인물로 성장한다.

> 사랑, 그것은 벅차고 참된 생활의 거세찬 격류 속에서 미래를 확신하는 강의한 인간들만이 느낄 수 있는 환희의 분출이다!
> 그런데 자기는 그것을 외면하지 않았던가. 일이 바쁘다고, 지금은 그럴 때가 아니라고…그것이 결국은 발밑의 난관만 보고 래일을 락관하지 못한 나약한 자의 초조감이였단 말인가. 옳을 수도 있다. 자기가 정말로 굳센 인간이였다면 어떤 시련 앞에서도 오늘처럼 당황하지 않았을 것이다. 인생에 정말로 숙명이라는 것이 있다면 생활을 가장 열렬히 사랑하는 것이 우리 시대 인간들의 피할 길 없는 <숙명>이고 그것으로 우리 사회가 더 굳건해진다는 것을 어째서 망각했다는 말인가. 그래서 바위처럼 억세고 든든한 그의 곁에 나란히 서기만 한다면 생활의 어떤 시련도 웃어 줄만한 배심이 생기련만…(53쪽)

하지만 이 소설에서 여성인물 진옥의 성장은 절대적으로 강철호에 기대 있다. 강철호는 토지정리를 제 기일에 끝내는가 그렇지 못하는가 하는 문제가 생산기술의 문제가 아니라 일시적 난관에 부딪쳐 미래에 대한 확신과 낙관을 갖지 못하는 처녀 작업반장 진옥의 인생관 때문임을 간파하고 그것을 혁명적 군인정신으로 바로잡아 주는 것이다. 이 부분에서 누구의 도움 없이 스스로 혁명적 임무를 수행하는 과정에 자각하는 남성과 달리 여성은 남성의 절대적인 도움을 받아야 성장하는 존재라는 작가 의식

이 나타나 있음을 알 수 있다.[8]

한원희의 「고운 별」(2002.3)은 농장토지정리 작업장에서 생긴 경희와 한성룡의 사랑을 통해 혁명적 사랑을 보여준다. 유치원 교사인 경희는 허리를 다쳤는데도 토지정리를 제 기일에 마치기 위해 쉬지 않고 일하는 성룡을 위해 불도젤 운전을 배운다.

> 이런 사람을 보고도 도아 주지 않는다면 사람이 아니자. 밥을 날라 주고 빨래를 해주는 것도 도와주는 것이지만 기본은 한성룡의 불도젤을 타는 시간을 줄여주는 것이다. 그러자면 교대 운전수가 빨리 와야겠는데 언제 퇴원할지 누가 안담
>
> (…중략…)
>
> 교대 운전수가 있어야 그의 휴식시간을 얻어낼 수 있어…교대 운전수는 내가 할 테다. 내가 할 테야. 녀성비행사도 있을라니… 이렇게 마음을 굳게 다진 처녀는 유치원아이들을 잠재워 놓고 밤마다 토지 정리장으로 나갔다.(52쪽)

인용 부분은 여자가 남자를 돕는 것이 단순히 가사를 도와서 되는 것이 아님을, 함께 일해 혁명과업을 추진해 나가는 것이 그를 진정으로 돕는 것임을 깨닫고 경희가 불도젤 운전을 배우게 되는 심리의 추이를 묘사하고 있다.

토지정리사업은 농촌에 남아 있던 봉건사회의 유물을 청산하고 땅을 당의 토지, 사회주의 토지가 되게 하는 위대한 혁명이라고 보는 북한에서 여성이 토지정리사업의 기계화를 책임지는 불도젤 운전을 배우는 것은 남녀가 동등하다는 것을 증명하는 것이기도 하다. 또한 여성을 직접적으로 교화하는 남성 인물이 등장하는 「넓어지는 땅」과 달리 이 소설에서 한성룡은 묵묵히 자기 일을 하는 인물이고, 여성은 그 행동에 감화 받아 스스로 깨달아 행동한

---

8 김현숙은 항일시대 혁명의 투사가 된 여성 인물들을 형상화한 소설에서도 여성 인물의 혁명적 세계관은 자신의 의지로 형성되어 공산주의자가 되는 것이 아니라 나약했던 성격의 여성이 주변의 절대적인 남성의 도움을 받아 인간 개조가 되고 변화하는 가운데 형성됨을 보여준다고 설명하고 있다(「문학에서 여성 읽기」, 『통일과 여성』, 이화여대출판부, 2001, 157~161쪽).

다는 점에서 이 소설의 여성인물을 보다 주체적인 인물로 해석할 수 있다.

이 두 작품에 비해 최련의 「따뜻한 꿈」(2002.1)은 여성 인물과 남성 인물이 서로에게 꿈을 일깨워 주는 상보적 관계로 설정되어 있다는 점에서 남녀 관계에 관한 한 보다 진전된 의식의 방향을 보여준다. 전자유압 조종식 굴착기를 제작하기 위해 새로운 유압장치를 연구하는 연구사 윤경과 남진의 일과 사랑을 다룬 이 소설은 젊은 과학자들을 긍정적으로 내세움으로써 과학 기술의 문제를 전면에 내세우면서 동시에 신구 세대의 대립을 결합하고 있다. 이것은 1990년대 이후 현실 주제의 작품 중에서 눈에 띄게 큰 변화를 보여주는 세대 간의 갈등과 과학 기술의 문제[9]를 동시에 보여주는 것이라고 할 수 있다. 그런데 90년대 소설에서 보여준 세대간의 갈등, 그리고 그 해결 양상과는 다른 방식으로 진행된다는 점에서 새로운 변화라고 할 수 있다.

여자 연구사 윤경은 생활과 사랑을 하나의 논리로 파악하고 생활하는 데 반해 그것은 현실적인 실현 가능성이 없는 꿈일 뿐이라고 생각하며 현실논리를 주장하는 림성무는 남진의 아버지이다.

> 과학자들을 설계도면의 한 장 한 장을 대하듯이, 발명건수를 따지듯이 대해서는 안됩니다. 도면을 그리고 새로운 착상을 하는 것은 인간입니다. 피도 있고 열도 있고 감각이 있는 인간이란 말입니다. 그래서 그 인간들이 그리는 도면 한 장 한 잔에 래일에 대한 꿈이 숨쉬고 있습니다.(63쪽)

인용 부분은 애지중지 심혈을 기울여 완성한 열교환기가 파괴된 것을 보고 질책하는 아버지 림성무에게 당당하게 해명하는 남진의 대답이다. 적당히 현실과 타협하는 대신 실패를 두려워하지 않고 새롭고 대담한 착상의 과학적 담보를 얻어내는 젊은 과학자들과 실적을 앞세우는 책임자의 대립에서 작가는 신세대를 보다 긍정적인 인물로 형상화하고 있음을 볼

---

9 김재용, 「최근(1990년대) 북한 소설의 경향과 그 역사적 의미」, 앞의 책, 278~323쪽.

수 있다. 이것은 90년대 소설에서 세대 간의 갈등문제가 "오늘날 북한의 세대 즉 1세대, 2세대, 3세대, 4세대라는 구체적 층을 배경으로 주로 2세대들의 위업을 3세대와 4세대가 이어받기를 원하는 방식으로 구성되어 있"[10]던 것과는 달라진 방식이다.

설계실에서 밤을 새운 윤경에게 전해지는 남진의 편지에는 북한 사회에서 바람직하게 여겨지는 사랑이 무엇인지 직접적으로 드러난다.

> 우리의 꿈은 결코 허황한 공상이 아닙니다. 잠을 깨면 산산히 흩어져 버리는 일장춘몽은 더욱 아닙니다. 그것은 우리의 래일에 대한 깨트릴 수 없는 믿음이고 그것을 당겨오기 위해 자기를 깡그리 바치는 사랑이고 헌신입니다. 하기에 그것은 넋이 있고 피가 있으며 맥박이 있는 생명입니다. 우리의 꿈은 그 어떤 개인적인 것으로 되기 전에 조국을 위하고 사회와 인민을 위한 것으로 되어야 하지 않겠습니까 동무의 꿈도 시대의 지향과 합쳐질 때 진정으로 아름답고 고상한 것으로 될 것입니다.(64쪽)

여기에서 강조하는 '꿈'은 「넓어지는 땅」에서의 '래일에 대한 랑만'과 통용될 수 있는 말이다. 이것은 경제적으로 더욱 어려워진 2000년대, 북한 사회는 현실의 고난을 딛고 서기 위해 현실보다는 내일에 대한 낭만과 꿈을 보다 강조하기 시작한 것으로 해석할 수 있다. 진정한 청춘남녀의 사랑은 조국과 사회와 인민을 위한 것일 때 아름답다는 것을 주제로 하고 있는 이 세 편의 소설은 "련애를 위한 련애로 그려서는 안 되며 당과 혁명이 준 임무를 더 잘 수행하기 위한 투쟁과정에 사상정신적으로 공감되고 결합되는 것으로 되어야 한다"[11]는 당의 노선을 따른 결과이며 이럴 때 여성은 남성과 동등하게 혁명의 동지가 된다.

---

10 김재용, 앞의 글, 301쪽.

11 김해월, 「우리 시대 녀성들의 사랑의 세계에 대한 깊이 있는 탐구」, ≪조선문학≫, 1991.7, 65쪽.

2) 결혼한 여성

북한 사회에서의 남녀평등은 김일성의 교시 중에서 "여성은 혁명의 한쪽 수레바퀴이다"라는 구호 속에 확연히 나타나 있다. 북한에서 여성의 사회 진출을 적극 장려하는 이유는 국가가 그들의 노동력을 활용하기 위해서만이 아니라 여성들의 사회적 권리를 보장하고 그들을 혁명화, 노동계급화하기 위한 근본 방도라는 것이 당과 국가의 일관된 입장이다.

그렇지만 현실적으로 여성이 아무런 갈등 없이 남성과 혁명적 동지가 될 수 있는 것은 결혼 전에만 가능하다. 북한은 결혼 이후에도 여성이 혁명 동지가 되도록 하기 위하여 다양한 국가정책과 제도를 마련하였는데 특히 보육과 관련된 정책과 제도의 혜택에 힘입어 여성들은 아무 문제없이 자신의 창조적 능력을 마음껏 발휘하고 있다고 말한다.

다음 인용은 북한 사회가 규정하고 있는 남편과 아내의 관계를 보여 준다.

> 우리 사회에서 남편은 다른 가족 서원들보다 특별한 권력을 가진 가장 – 호주가 아니라, 가족을 대표하고 가족 집단을 부양하며 교양할 의무와 책임을 진 세대주이다. 안해 역시 봉건 시기와 같이 남편과 시집의 지배를 받으면서 고된 시집살이를 하는 종속적인 지위에 있는 것이 아니라, 모든 가족 성원들과 똑같은 권리를 가지고 있으며 주부로서 가정 살림을 조직 · 운영하고 있다. 특히 해방후 남녀 평등권 법령의 발포를 비롯한 제반 민주 개혁의 실시는 녀성들에게 법적으로 남자와 동등한 권리를 주었을 뿐 아니라 사회 정치 생활에 참가할 수 있는 넓은 길을 열어 놓았다.[12]

모든 가족 구성원이 똑같은 권리를 가지고 있다고 말하지만 위의 규정을 보면 세대주는 여전히 가족 집단을 부양하며 교양할 의무와 책임을 지고 있다.[13] 즉 여전히 남편과 안해는 부양자와 피부양자의 관계에 있음을

---

12 주택과 가족생활풍습, 『조선의 민족전통』 3, 과학백과사전종합출판사, 1994, 308쪽.
13 2002년 10월 16일 남북여성통일대회 환영만찬석에서 남과 북, 그리고 일본에서 온 여성들과 함께 이야기를 나누던 중 일본에서 온 여성이 북의 여성이 듣지 못하게 필

인정하고 있는 것이다.

이런 점에서 전문직 기혼여성이 주인공인 리라순의 「행복의 무게」(2001. 3)는 주목할 만한 작품이다. 촉매연구를 하던 기혼여성과학자인 주인공은 시대의 큰 짐과 가정을 같이 꾸리는 것이 힘들어 기술통보실로 옮겨가고 촉매연구에서 손을 뗀다. 그러자 남편은 실망스럽다는 말을 남기고 출장을 떠나고, 주인공은 혼자 있으면서 과학자로서의 삶과 주부로서의 삶 사이에서 갈등을 겪게 된다.

> 자기가 인생의 분기점을 일시적인 충동으로 너무 가볍게 뛰여넘지 않았는가하는 가책에 몸이 떨렸다. 한 가정의 의무만을 홀가분하게 지고 가는 평범한 주부…물론 오늘날 녀성들이 어려움을 이기고 가정을 지키는 것만도 용한일이다. 그럼에도 불구하고 남편은 그에게 <실망하게 된다>는 가혹한 말을 남기고 출장을 떠나었다. 자기 또한 지금껏 기대해 온 안도감 대신 노상 불안과 초조 그리고 까닭 모를 죄의식에 시달려 왔었다.… 그 원인이 무엇이었겠는가?
> 지치도록 자신을 깡그리 바쳐야 할 대상을 촉매연구로 규정한 자기 삶의 목적을 포기하는데 있지 않겠는가. 그렇다면 어머니이고 안해이기 전에 과학자인 유경이 찾아야 할 유일한 행복은 오직…오직…(34쪽)

혁명 동지로서의 삶과 헌신적인 어머니로서의 삶이 서로 모순된다는 사실을 인정하지 않는 북한 사회에서 그 사이에서 갈등하는 여성 인물을 그렸다는 사실만도 아주 드문 일이다. 힘든 알콜법을 포기하고 기술통보실로 옮겨 앉은 부인을 설득하는 남편의 다음과 같은 말은 여성을 집안의 존재로 여기지 않고 혁명의 동지로 여기는 북한 사회의 공식적 입장을 그대로 드러낸다.

> 내 당신의 마음을 모르진 않소. 나를 위해 모든 걸 바치려 했다는 것을…하지만 유경이, 난 우리가 버릴 수 없는 시대의 짐을 지고 있다고 생각하오. 촉매

자의 귀에 대고 북에서 사용하는 '세대주'란 용어에는 여전히 남성이 주인이라는 의식이 남아 있어 마음에 들지 않는다고 말해 전적으로 동의하였었다.

제 연구라는…우리 가정에서 안해인 당신이 그 짐을 벗어 놓았다고 해서 그것
이 절반으로 줄어든 건 아니오. 그렇게 해서도 안되고, 물론 당신의 몫까지 내
가 지고 갈순 있소. 그렇소만 그만큼 내 걸음이 더디여 질게고 그러면 우리 조
국의 과학적진보도 그만큼 떠질게 아니겠소.(34~35쪽)

물론 소설은 남편의 뜨거운 눈길에 힘을 얻은 부인이 남편과 함께 일로
매진하여 촉매합성에 성공하는 결말로 이어질 뿐 이 여성과학자가 '자신
을 깡그리 바쳐' 촉매연구에 매진하지 못하게 하는 것이 무엇인지에 대해
서 깊이 있게 고민하지 않는다. 소설은 그 고민을 '이상적인 가정을 꾸릴
수 없다는 좌절감'이라고만 간략하게 얼버무리고 있지만 여기서 우리는
이상적인 가정을 꾸리는 일이 전부 여성에게 맡겨져 있는 한 여성은 남성
과 동등하게 혁명의 한 쪽 수레바퀴를 감당해 나가기 어렵다는 인식이 북
한 사회 내부에 있음을 읽을 수 있게 된다.

3. 헌신적인 어머니로서의 여성

집권 초기에 북한은 가족제도를 봉건적이며 공산주의 이념에 어긋난다
고 보고 생산의 집단화와 주택의 집단화를 통하여 전통적인 가족 개념을
말소하려는 노력을 했었다.

가족주의는 자기들의 이익을 위하여 호상간의 결함에 대하여 융화묵과하며,
조직과 집단을 떠나 자기들끼리 모여 횡설수설하면서 소그룹적 행동을 하는 등
에서 나타난다. 가족주의는 조직 내의 사상 의지와 행동상 통일 단결을 약화시
키며, 수령님의 교시와 그 구현인 당 및 국가 정책의 정확한 집행을 방해하며,
당과 대중을 이탈시키고, 안일성을 조성하는 해독적 작용을 한다. 가족주의를
극복하기 위해서는 당원들과 근로자들 속에서 당의 유일한 사상 체제를 철저히
세우며, 조직 생활을 강화하여 가족주의의 사소한 표현도 묵과하지 말고 비타
협적으로 투쟁을 벌여야 한다.[14]

사회주의 건설 초기에 보여준 이런 노력과는 별개로 공식적으로 북한 사회는 어버이로서의 수령, 어머니로서의 당, 자식으로서의 인민이 사회 정치적 혈연관계에 의해 하나의 대가정을 이루고 있다. 가족주의를 비판 하면서도 북한 사회는 어버이 수령이 영도하는 대가정인 셈이다. 가족주 의에 빠질 위험을 감수하면서도 북한 사회 전체를 하나의 대가정으로 주 지시키는 것은 가족이 주는 친밀감을 그대로 사회화시키려는 정권적 차원 의 전략이다. 이때 자녀를 혁명사상으로 교양시키고 사회화하는 혁명화의 대행자는 물론 어머니이다.

1) 어머니 역할에 성공하는 여성

　북한 사회가 지향하는 대표적인 여성상은 김일성 가계의 여성인 강반 석과 김정숙이다. 북한의 여성정책을 한 마디로 요약하면 '강반석 · 김정 숙 모범 교양과 가정의 혁명화'라고 할 수 있을 정도로 이 두 사람은 북한 여성들이 추구해야 할 역할 모델이다. 이들의 귀감적 역할은 김일성의 충 직한 친위전사로서의 역할, 혁명가로서의 역할, 혁명가의 어머니로서의 역할, 전형적인 주부로서의 역할이다. 특히 1980년대부터 북한 여성의 사 상 교양에서 강조되기 시작한 김정숙을 이상적으로 형상화한 소설이 많이 쓰이는데 리영환의 「어머니들이 태어나다」(2001.12)는 북한 여성들의 모 델, 김정숙의 위대한 덕성과 고매한 업적을 소재로 한 소설이다.

　소설은 위대한 김정숙 어머니의 품속에서 새 조선의 어머니들이 태어 나게 되었다는 주제 아래 사연 많은 다양한 계층의 여성들을 모두 감화시 켜 제각기 적절한 자리를 찾게 만들고 서로의 오해를 풀어주는 김정숙의 위대한 모성에 초점이 맞추어져 있다. 25년 만에 소련 의료단 성원으로 조 국에 나온 렴채봉 의사, 어머니가 자신을 버리고 떠나자 갖은 천대와 오욕

---

14 『김일성저작전집』 제2권; 12쪽, 이상화, 「집단주의 윤리관과 여성의 삶」, 『통일과 성』, 32쪽 재인용.

속에서 살다가 절에 들어가 중이 된 렴채봉의 딸 리성녀, 정신대로 끌려가다가 죽기를 각오하고 물에 뛰어들어 구사일생으로 살아난 해녀출신의 박남희, 고아로 떠돌던 불쌍한 철이 등 짓밟힌 여성과 아이들의 친어머니가되어 모든 문제를 해결하는 김정숙의 자애롭고 현명한 모성이야말로 북한의 모든 여성이 본받아야 할 귀감인 것이다.

자기 딸을 두고 조국을 떠났던 렴채봉은 작품 말미에서 애육원의 의무부 원장이 되어 이렇게 강조한다.

> 녀자의 행복중에서도 행복은 아이들을 키우는 어머니가 되는 것입니다. 왜냐하면 어머니는 후대를 키우는 담당자들이기 때문입니다. 만약에 어머니들이 없다면, 아이들이 없다면 래일은 과연 어떻게 될까요?(23쪽)

이 말을 하는 렴채봉은 소련에서 사회적 성공을 거두었지만 어머니의 역할을 제대로 수행하지 못한 것을 후회하다가 딸을 만나 타국에서의 성공을 접고 조국의 애육원에서 딸과 함께 살아가게 되는 여성이다. 렴채봉의 말에서 알 수 있듯이 북한 사회가 모성의 사회적 가치를 강조하는 것은 앞장에서 계속 강조된 내일 혹은 꿈의 실현과 관련되어 있다.

김해성의 「제비」(2002.11)는 자식을 가족주의에 함몰되지 않도록 키워내는 어머니의 모습을 보여준다. '나'는 새로운 세기가 되어 체신의 컴퓨터화를 꿈꾸는 청년인데 홀로 계신 어머니가 걱정이 되어 중앙연구기관으로 나가지 않고 고향에 내려와 살려고 작정한다. 그러자 어머니가 자신의 처녀시절과 아버지의 병사시절을 이야기해 준다. 그 이야기를 들으며 자신의 어린 시절을 추억한 '나'는 나약한 자신을 반성하고 연구소로 떠날 결심을 한다.

"계승을 떠난 혁신은 없고 또 혁신이 없는 계승은 참다운 계승이 아니"라는 '나'의 깨달음은 새로운 세기를 이끌어나갈 정신은 전세대인 부모님 세대를 계승하는 것에서 비롯되는 것이라는 작가의식의 표출이라 할 수 있다.

아버지 어머니 같은분들이 있었기에 시련의 나날 집집마다 쌀은 떨어 졌어
도 신문과 출판물들은 사람들에게 끊임없이 정신적자양분을 공급하여 <고난
의 행군>을 승리에로 불러 일으키지 않았던가!

<그 어려운 때 아버지, 어머니는 너의 등을 떠밀어 대학에 보냈다. 네 덕을
바라서 그랬겠니? 내가 보건대 넌 부모의 마음을 다 알지 못한것같다.>

어머니의 말은 내 가슴에 파고들었다. 오늘 집사정 때문에 주저하는 이 아들
에게 <제비>의 뜻을 심어 주는 어머니의 심정이 헤아려 졌다.

내가 목표하는 체신의 콤퓨터화가 어찌 최신기술만으로 이루어 지랴. 사람
들을 위해 자기를 바칠줄 아는 정신이 없다면 미래도 없을 것이다.(66~67쪽)

이 소설에서 조국의 원대한 꿈을 실현할 인재인 주인공 '나'가 자기 어
머니만을 걱정하느라 고향으로 내려오는 것은 효도의 실현이긴 하지만 극
히 가족 이기적인 것이다. 아들의 가족 이기적인 가치를 극복하고 조국을
위한 삶을 살도록 설득하고 있는 이 부분은 북한사회가 공식적으로 지향
하는 가치가 무엇인지를 분명하게 보여준다. 부모를 위한 삶보다 조국을
위한 삶을 우위에 놓는 가치관은 개인주의적 윤리의식에서는 결여되어 있
는 부분이다. '사람들을 위해 자기를 바칠 줄 아는 정신'이 미래를 가능하
게 하는 것이라면 여성의 경우 그것은 모성의 실현을 통해 이루어진다고
보는 것이다.

2) 어머니 역할에 실패하는 여성 혹은 어머니 역할을 요구받는 남성

두 가지의 역할을 요구받는 경우 한 가지 역할은 잘 해냈더라도 다른 한
가지 역할에서는 실패할 수 있다. 두 가지 역할 중 실제로 그 사회에서 더 중
요하게 여기는 가치는 무엇인지를 알 수 있는 방법은 어떤 역할에 실패했을
때 더 많은 비난을 보내는지 살펴보는 것이다. 북한문학의 특성상 실패한 사
람이 긍정적으로 형상화된 경우는 거의 없다고 할 수 있다. 이런 점에서 결
혼은 했으나 혁명 동지로 사느라 어머니로서 최선을 다하지 못한 여성을 그
리고 있는 공천영의 「함께 사는 길」(2001.11)은 주목할 만한 소설이다.

땅을 걸굴 생각이나 새 과학을 도입할 생각보다 손쉽게 수확을 높일 안일한 생각에 화학비료에만 의존하려는 여성 분조장이 미생물 비료사업을 고집하는 여성과학자 옥심에 대해 못마땅해 하다가 그것이 어떤 희생과 노력으로 이루어진 것인지 알고, 또 미생물 비료가 땅도 살리고 수확도 늘리는 효용이 있음을 깨닫고 연구사와 합심하는 이야기이다.

여성과학자 옥심은 연구사업 때문에 남편의 임종도 지키지 못하고, 하나밖에 없는 딸이 해산할 때도 따뜻한 밥 한 끼 못해주고 외손자가 다섯 살이 될 때까지 생일날 한 번 찾아가지 못한 여성이다. 소설에서 작가는, 이제 년로보장을 받아 집에 와 '아침저녁만이라도 끼때일을 봐주고 철이를 시중해주면 직장 일에 좀 더 혁신할 것 같다'는 딸의 간곡한 편지에도 불구하고 딸집으로 가는 대신 미생물 배합거름이 필요한 다른 농장으로 떠나는 여성 인물 옥심을 긍정적으로 그려내고 있다. 작가는 여성 분조장과 여성과학자를 모두 긍정적인 시선으로 포착하면서 자매애를 그려내고 있어 혁명 동지의 역할을 어머니의 역할보다 우위에 두는 여성들의 모습을 보여준다.

그러나 평론가 박성국은 이 소설에 대해 "물론 과학연구사업이 고심어린 탐구의 길인 것은 사실이며 자기의 지혜와 열정, 노력을 다 바쳐야 성공할 수 있는 길이라는 것은 누구나 다 알고 있다. 문제는 과학자들을 형상화하면서 인간적인 모든 것을 다 바치는, 희생적인 생활에 매여 달리는 것이다. 이것은 과학자형상에서의 편향이고 도식이며 우리의 과학자 기술자들의 생활에 대한 그릇된 견해[15]"라고 신랄하게 비판하고 있다.

과학연구사업도 훌륭하게 수행해 남성들과 동등하게 혁명의 동지로 지내면서 가정에서 어머니로서도 완벽하게 생활하는 여성으로 형상화하지 않았다는 평론가의 지적은 북한 사회가 요구하는 이상적인 여성의 정체성은 혁명의 동지이면서 동시에 헌신적인 어머니임을 분명하게 보여준다.

---

15 박성국, 「종자의 탐구와 성격형성」, ≪조선문학≫, 2002.3, 75쪽.

하지만 이런 여성의 정체성은 슈퍼우먼 콤플렉스를 조장하게 될 뿐이다. 집안일과 집밖의 일을 모두 완벽하게 해내는 슈퍼우먼은 가부장제가 만들어낸 허상이다. 이 허상을 통해 남성들은 여성의 열등성을 고착시키면서 여성의 노동력을 착취하는 이중의 성과를 누리는 것이다. 이런 사회에서는 양립이 불가능한 두 가지 역할 사이에서 여성이 느끼는 곤란에 대해 침묵을 강요할 뿐이다. 평론가의 호된 비판을 받기는 했지만 이런 소설이 게재되었다는 사실만으로도 침묵을 강요당했던 여성이 목소리를 되찾고 있는 징조로 볼 수 있을 듯하다.

정해경의 「여성은 다 어머니로 되는가」(2001.5)는 자식에게 떳떳하기 위해 조림造林 사업에 열심인 아내를 보면서 아버지에게도 어머니의 역할을 요구하고 있는 소설이다. 작품은 남편의 목소리로 서술되는데 어머니가 얼마나 위대한지 웅변조로 설파하며 작가의 관념을 그대로 노정시켜 단조롭기 짝이 없다.

> 나는 뭉클해 오는 가슴을 붙안고 생각해 보았다. 바라건대 자식을 낳은 어머니들과 어머니가 될 녀성들이여, 자식 앞에 내 나라, 내 조국을 위해 자신을 어떻게 바쳤는가를 그리고 자식앞에 어머니라 불리기 위해 이 땅에 무엇을 남겼는가를 생각해 보시라. 그러면 언제나 자신을 조국의 한 부분, 조국의 모습으로 익힐 수 있도록 마음 다해 살게 되리라.
> 어찌 어머니들뿐이랴. 자식을 둔 아버지들이여, 그리고 장차 아버지가 될 청년들이여, 자식들과 그들의 미래를 위해 조국의 부강번영을 위해 바치는 삶에서 행복을 찾으시라.(72쪽)

자식 앞에 내 조국을 위해 무엇을 남겼는가를 생각하다 보면 마음을 다해 살게 될 것이라는 위 인용문은 자식을 위한 삶과 조국을 위한 삶을 등가로 놓고 있다. 「제비」가 부모를 위한 삶보다 조국을 위한 삶을 우위에 놓아야 한다고, 어머니가 아들을 설복시키는 소설이라면 이 소설은 부모가 되는 사람은 어떻게 살아야 하는지를 부모의 목소리로 이야기하고 있다. 그러나 이 소설의 특징은 그것을 이제 아버지가 되는 남성 인물의 깨달음으로 보여준다는 점이다. 즉 어머니, 여성에게만 모성을 요구하는 것이 아니라 아버지, 청년들에게까지 자식을 위한 삶이 조국을 위한 삶임을 이야기하며 아버지의 역할과 어머니의 역할이 다르지 않음을 보여주고 있다는 점에서 특기할 만하다.

북한 사회에서 요구하는 모성은 물론 가족 이기주의를 벗어나 있다. 사회 전체가 하나의 대가정이라는 의식이 중요하기에 육체적인 혈연관계를 넘어선 모성의 발현이 곧 어버이 수령님의 은덕에 보답하는 것이라고 여겨지는 것이다. 「어머니들이 태여나다」에 형상화된 김정숙 어머니가 그 대표적 모범이고 천애 고아를 데려다 기르는 리성녀도 육친의 어머니가 아니라 사회화된 모성의 발현이다. 또한 「제비」의 어머니도 아들에게 가정을 위해서보다는 조국을 위해서 살도록 설득하고 있다. 그러나 위의 소설에서 모성은 모두 여성들에게만 요구되는 역할이었다. 때문에 이 소설에서 남성들에게 어머니의 역할과 같은 아버지의 역할을 요구하는 것은 이례적인 것이라 할 수 있다.

이와 더불어 이 소설은 산에서 함께 나무를 심었지만 먼저 내려와 안해의 저녁상을 준비하는 남편의 모습을 세세하게 묘사하고 있어 흥미롭다.

> 개울물을 타고 내려오며 잡은 산천어꿰미를 들고 집으로 들어선 나는 줄에 걸어 놓았던 안해의 앞치마를 벗겨 두르고 저녁차비를 시작했다.
> 안해를 위해 잡아 온 산천어로 튀기도 만들고 농마지짐도 지지고 안해가 내 밥상에 꼭꼭 받쳐 주던 참나무 버섯을 넣은 감자곱돌장도 잊지 않았다. 다행히도 안해가 도착하기전에 밥이 다 되었다.
> 나는 밥을 펐다. 안해가 늘 내 밥을 먼저 푸듯이 나는 안해의 밥을 먼저 퍼서 저녁상을 차려 놓고 안해를 기다렸다.(71쪽)

북한에서 식사 준비, 청소, 빨래 등의 협의의 가사노동을 부인이 혼자 하는 비율이 89.6%라는 연구결과를 볼 때[16] 소설의 이런 장면은 현실의 반영이라고 보기는 어려울 듯하고 가사노동에 대한 여성들의 바람을 은밀하게 형상화한 것으로 해석할 수 있을 듯하다. 남성에게도 모성에 해당되는 아버지의 역할을 요구한다는 점, 남편의 가사노동 분담을 제시한다는 점에서 이 소설은 북한 사회의 새로운 변화의 기미를 담지하고 있다고 할 수 있다. 소설이 남성의 목소리로 서술되고는 있지만 작가의 이름으로 볼 때, 또 여성들 욕구의 변화를 섬세하게 포착한 것으로 보아 여성작가가 아닌가 싶다.

4. 결론

이상 최근의 북한 소설에 형상화된 여성 정체성을 살펴본 결과 다음과 같은 결론을 얻을 수 있었다.

첫째, 소설에 나타난 여성 인물들의 정체성 중 혁명적 동지로서의 역할은 주로 청춘남녀에게서 효과적으로 나타나고 있다. 이것은 결혼하기 전의 여성에게는 요구되는 정체성이 한 가지이기 때문에 혁명 동지로서의 역할을 비교적 무리 없이 완수할 수 있기 때문인 것으로 보인다. 이때 스스로 성숙하는 남성 인물들과 달리 여성 인물들은 남성 인물의 도움이나 감화를 받아 성숙하는 모습을 보이는 경우가 대부분인데 여성 작가의 작품에는 여성 인물이 보다 더 주체적으로 그려지거나 상보적인 남녀관계가 형상화되어 있는 것을 볼 수 있었다.

둘째, 청춘남녀가 아니라 결혼한 여성 인물을 통해 혁명적 동지로서의 역할을 그려내고자 한 소설의 경우 여성 인물은 혁명적 동지로서의 역할과 헌신적인 어머니로서의 역할 사이에서 갈등하는 모습을 보이고 있었다. 물론 갈등의 원인과 양상을 세부적으로 표현하지는 않고 결과적으로 갈등을 극복하고 혁명적 동지로서의 역할을 충실하게 수행하는 모습을 보

---

16 박현선, 「성별 사회화 및 재사회화」, 『통일과 여성』, 이화여자대학교 출판부, 2001, 271쪽.

여주고 있기는 하지만 갈등하는 여성 인물을 형상화했다는 것만도 주목할 만한 현상이다. 그것은 결혼한 여성이 헌신적인 어머니의 역할과 혁명적 동지로서의 역할을 동시에 수행하는 데에는 많은 어려움이 존재한다는 것을 인식하고 있는 여성의 목소리가 포착된 것이라 볼 수 있기 때문이다.

셋째, 헌신적인 어머니로서의 역할을 형상화한 소설은 모성의 위대함을 설파하는데 주력할 뿐 모성을 실현하는 데 따르는 현실적인 어려움이나 갈등에 대해서는 일말의 회의도 드러내지 않는 이념성을 보였다.

넷째, 혁명의 동지 역할을 수행하느라 헌신적인 어머니 역할을 수행하지 못한 여성 인물을 긍정적으로 형상화한 소설을 두고 평론가가 인물의 성격화가 편향적이고 도식적이라고 비판하고 있었다. 이 사실은 북한 사회의 이상적인 여성 정체성이 혁명의 동지이면서 동시에 헌신적인 어머니임을 극명하게 보여준다. 그러나 이런 슈퍼 우먼은 가부장제 이데올로기는 이데올로기대로 고수하면서 여성의 사회적 노동력은 노동력대로 이용하려는 남성들이 만들어낸 허상일 뿐이다. 작가는 현실적으로 슈퍼 우먼이 되는 것은 불가능하다는 여성의 구체적 현실인식을 은밀하게 포착하고 있는데 평론가는 지배 이데올로기에 의해 작품을 재단하는 경직된 태도를 보여주는 것이라 할 수 있다. 결과적으로 완벽하게 평등한 사회를 이루었다는 북한 사회의 공식적 입장과 달리 북한 사회는 공식적 입장과 다른 어떤 견해도 노출되지 않도록 통제되어온 사회라고 볼 수 있다. 이런 점에서 북한 사회의 공식입장과 다른 여성의 목소리를 은밀하게나마 형상화하는 소설이 ≪조선문학≫에 게재된다는 사실은 더디긴 하지만 북한 사회 역시 변화하고 있음을 보여주는 것이라 할 수 있다.

그러나 사실 공적 영역에서건 사적 영역에서건 완벽한 여성을 요구하는 슈퍼우먼 이데올로기는 남·북한 여성이 모두 당면해 있는 문제이기도 하다. 북한 사회가 혁명의 동지이면서 동시에 어머니로 기대되는 여성과 혁명의 동지이기만 하면 되는 남성이 어떤 관계를 맺을 때 서로 동등할 수 있는지에 대한 의문을 제기하지 않은 채 여성에게 두 가지 역할을 다

완벽하게 해낼 것을 요구해 왔다면, 남한 사회는 공적 영역에서 평등하기 위해서는 사적 영역이 공적 영역에 영향을 끼치지 않도록 개인적으로 완벽하게 해결할 것을 요구해 왔다고 할 수 있다. 남한 사회에서 모성 비용의 사회화를 요구하는 움직임이 일어나는 것처럼 북한 소설에는 남성에게도 아버지로서의 역할을 요구하고, 남성의 가사분담을 제시하고 있는 소설을 볼 수 있었는데 이런 사실은 여성에게만 요구되는 어머니 역할이나 가사노동을 남성과 공유하고 싶어 하는 북한 여성들의 욕구를 은밀하게 형상화한 것이라고 볼 수 있다.

『어문연구』 제42집, 2003

| 참고문헌 |

1. 기초자료

『문학예술사전』 상·중·하, 과학백과사전종합출판사, 1993.
『백과전서』, 과학백과사전출판사, 1983.
『조선의 민족전통』, 과학백과사전종합출판사, 1994.
≪조선문학≫, 2000.1~2002.12.

2. 논 저

강진호, 『탈분단 시대의 문학 논리』, 새미, 2001.
김귀옥 외, 『북한의 여성들은 어떻게 살고 있을까』, 당대, 2000.
김재용, 『북한문학의 역사적 이해』, 문학과 지성사, 1994.
김종회 편, 『북한문학의 이해』, 청동거울, 1999.
_____, 『북한문학의 이해 2』, 청동거울, 2002.
김현숙, 「북한문학에 표현된 여성의 주체성과 지향」, 『여성학논집』 제16집, 이화
　　　　여자대학교 한국여성연구원, 1999.
노혜숙·임순희, 「여성문학을 통해 본 남·북한 여성 문화」, 『아세아여성연구』 제
　　　　39호, 숙명여자대학교 아세아여성연구소, 2000.
박승덕, 『사회주의문화건설리론』, 평양: 사회과학출판사, 1985.
박아청, 『아이덴티티의 세계』, 교육과학사, 1990.
박태상, 『북한문학의 현상』, 깊은샘, 1999.
박태상, 『북한문학의 동향』, 깊은샘, 2002.
신상성 외, 『북한 소설의 역사적 이해』, 두남, 2001.
신형기, 『북한 소설의 이해』, 실천문학사, 1996.
_____, 『북한문학사: 항일혁명문학에서 주체문학까지』, 평민사, 2000.
_____, 여성한국사회연구소, 『북한 여성들의 삶과 꿈』, 사회문화연구소, 2001.
윤미량, 『북한의 여성 정책』, 한울, 1991.

이명재 편, 『북한문학의 이념과 실체』, 국학자료원, 1998.

이우영, 「남북한 사회의 문학예술」, 『통일연구』 제2권 제2호, 연세대학교 통일연구원, 1998.

임혜경·신희선, 「통일문화형성을 위한 남·북한 영화 속의 여성상 비교 연구」, 『아세아여성연구』 제39호, 숙명여자대학교 아세아여성연구소, 2000.

최연홍, 『문학을 통해서 본 북한의 현실』, 남북문제연구소, 1995.

박현선, 「성별 사회화 및 재사회화」, 한국여성연구원 엮음, 『통일과 여성』, 이화여자대학교출판부, 2001.

제5장

북한 비평

'고난의 행군' 시기
북한문학평론 연구
— 수령형상 창조 · 붉은기 사상 · 강성대국건설을 중심으로

오창은

1. 북한문학평론의 공식성

김정일의 「문학예술부문에서 당의 유일사상체계를 튼튼히 세울데 대하여」는 1967년 5월 30일에 발표된 문헌이다. 북한문학은 이 문건을 '주체문학론'의 이론적 출발점으로 보고 있다. 김정웅은 1997년 5월호 ≪조선문학≫ 논설에서 이 문헌 발표 30주년을 기념하면서 그 의의를 적극 강조했다.[1] 그는 이 문헌이 "지난 시기 우리 문학예술을 주체의 궤도를 따라 승리적으로 전진시키는데서 강령적 지침"이 되었다면서, "오늘도 작가, 예술인들을 주체혁명위업의 완성에 이바지하는 문학예술작품창작에로 적극 고무추동하는 혁명적 기치"라고 주장했다. 북한 문화예술 분야에서 김정일의 역할은 강력했다. 그는 1990년대 초반까지 『영화예술론』(1973), 『음악예술론』(1991), 『무용예술론』(1992), 『건축예술론』(1992), 그리고 『주체문학론』(1992)을 통해 북한 문화예술 전 분야에서 영향력을 행사했

---

1 김정웅, 「당의 유일사상교양에 이바지하는 문학예술 창조의 강령적 지침」, ≪조선문학≫ 1997년 5월호, 15~19쪽.

다. 김정웅의 글에 따르면, 김정일은 당의 문화예술분야에서 1967년경부터 활동해 1992년경에 문예정책을 이론적 수준에서도 총괄하게 되었다고 볼 수 있다.

논자는 1967년의 이 문건이 김정일의 사상이론투쟁의 출발점이었다는 사실보다 오히려 김정웅의 논설에 내비춰진 시대인식이 더 흥미로웠다. 김정웅은 「당의 유일사상교양에 이바지하는 문학예술 창조의 강령적 지침」에서 1997년에 북한이 처해 있었던 상황을 간접적으로 증언하고 있다. 그는 "혁명의 붉은기를 높이 들고 '고난의 행군'을 승리적으로 결속하기 위한 사회주의 총진군운동을 세차게 벌리고 있는 격동적인 시기"라고 1997년 5월을 규정했다.[2] 더불어 그는 '고난의 행군'은 "풀죽을 먹는 한이 있더라도 사회주의를 끝까지 고수하겠다"는 다소 과격한 표현을 사용했다. 더불어 김정웅은 "수령결사옹위정신이 맥박치고, 집단주의정신, 총폭탄정신, 자폭정신이 흘러넘치는 혁명적이고 전투적인 작품들"을 창작해야 한다고 역설했다. "풀죽", "총폭탄정신", "자폭정신" 등의 표현에서 1997년 5월 즈음에 북한이 처해 있던 절박한 상황을 감지할 수 있다.[3] 이들 어휘가 은유적 표현이라 하더라도, '고난의 행군'이 결코 수사적 담론이 아닌 북한의 실재적 고통이었음을 유추할 수 있다.

'고난의 행군'은 김일성이 조선인민 혁명군 주력부대를 이끌고 1938년 12월 상순부터 1939년 3월말까지 100여 일 동안 남패자를 떠나 압록강 연안국경지대까지 행군한 것을 지칭했다. 당시, 김일성이 이끄는 항일 빨치산(조선 인민혁명군)은 일제 조선관동군의 1938년 '동기대토벌'에 맞서다 위기를 맞았다. 이때 김일성 부대는 1938년 11월 몽강현 남패자 회의의 결정에 따라 압록강 연안 국경의 북대정자까지 행군을 감행하게 된다. 모진 추위와 식량난 속에서 행해진 이 행군은 김일성 부대가 항일무장 투쟁 당시 겪었던 가장 큰 고난 중의 하나였다고 한다. 북한의 역사는 김일성

---

2 앞의 글, 15쪽.

3 앞의 글, 19쪽.

부대가 '고난의 행군'을 극복한 후, 1939년 5월 무산지구전투를 승리로 이끌었다고 기록하고 있다.[4]

북한은 1996년 신년사에서 '고난의 행군'을 공식적으로 다시 언급했다. 1996년 1월 1일자 ≪노동신문≫에 게재된 신년 공동사설은 "당과 혁명 앞에 무거운 과업이 나서고 있는 오늘, 우리 당은 전체 당원들과 인민군 장병들, 인민들에게 백두밀림에서 창조된 고난의 행군정신으로 살며 싸워 나갈 것을 요구하고 있다"고 천명했다. 또한, 김정웅이 쓴 "풀죽을 먹는 한이 있더라고 사회주의를 고수하겠다"는 표현도 바로 공동사설에서 공식적으로 등장했다.[5] 당시 북한을 방문해 직접 평양시민 6명과 인터뷰를 한 정기열은 거의 모든 시민들이 '고난의 행군정신'[6]을 강조했다고 전했다. 남한에서는 '고난의 행군'과 관련해 아직까지 의견이 분분한 상황이다. 김갑식·오유석은 "'고난의 행군' 시기는 좁게는 김일성 사망 이후부터 김정일 체제 공식출범 이전인 1994~1997년을 말하나 넓게는 북한의 총체적 체제 위기 기간인 1980년대 후반부터 1990년대 후반까지를 의미한다."고 했다.[7] 북한의 '고난의 행군'은 1994년 7월 8일 김일성 사망과 1995년 여름의 큰물피해(홍수)에서 기인한 것이다. 하지만, '고난의 행군'이 북한에서 공식적으로 선언된 시기는 1996년 1월 1일이고, 김정일이 당 총비서로 추대된 후 노동당 창당 55주년인 1997년 10월 10일에 '고난의

---

4 문학예술사전 편집집단 편집, 『문학예술사전(상)』, 과학백과사전종합출판사, 1988, 188~189쪽.

5 「붉은 기 높이 들고 새해의 진군을 힘있게 다그쳐 나가자」, ≪로동신문≫, 1월 1일자.

6 고난의 행군 정신은 "첫째 혁명의 수뇌부를 철저히 옹호·보위하자. 둘째 자력 갱생 정신으로 난관을 뚫고 나가자. 셋째 어떠한 어려움 속에서도 혁명적 낙관주의를 잃어 버리지 말자. 넷째 온갖 어려움을 뚫고 나아갈 수 있는 불요불굴의 투쟁정신을 잊어버 리지 말자."이다(정기열, 「지금 우리는 고난의 행군 중」, ≪월간 말≫, 1996년 7월호, 85쪽.

7 김갑식·오유석, 「'고난의 행군'과 북한사회에서 나타난 의식의 단층」, 『북한연구학 회보』 제8권 제2호, 북한연구학회, 2004, 92쪽.

행군 종료 선언'이 이뤄졌다.

'고난의 행군'이라는 용어는 북한체제에서 등장한 것이기에 북한의 시기구분법을 인정할 필요가 있다. 실제로 ≪조선문학≫의 경우 1997년 11월부터는 '강행군'이라는 표현은 등장하지만, '고난의 행군'이라는 수사적 표현이 거의 등장하지 않고 있다. 그러다 1998년 말부터 '고난의 행군 정신'에 대한 강조가 아니라, '고난의 행군'을 회고하는 표현이 등장하기 시작했다.8

본 논문은 ≪조선문학≫ 1996년 1월호부터 2000년 6월호까지를 대상으로 '고난의 행군' 극복을 위해 북한문학평론이 취한 현실대응 양상을 살펴보고자 한다. '고난의 행군' 시기를 1996년 1월 1일부터 1997년 10월 10일로 규정했음에도 불구하고, 2000년 6월까지 논의 대상을 확대한 데는 다음과 같은 몇 가지 이유 때문이다. 우선, 2000년의 '6 · 15 공동선언'이 한반도에 미친 영향을 고려했다. '6 · 15 공동선언'은 '낮은 단계로의 통일 방안에 대한 합의'를 통해 '남북의 교류와 협력'을 합의해 한반도 긴장완화에 기여했다. 그런 의미에서 '6 · 15 공동선언'은 남과 북을 아우르는 사건으로서 의미가 있다. 다음으로 '고난의 행군' 이후 북한 사회 및 북한문학 평론의 변화에 주목했다. '고난의 서사'는 체제의 결속을 강화하려는 의도로 재구성되는 경향이 있다. 북한문학평론이 '고난의 행군'을 전유하는 방식은 북한 사회문화의 작동 메커니즘을 이해하는 데 도움이 될 것으로 보인다. 마지막으로 20세기를 보내고 새로운 세기를 맞이하는 북한문학의 태도를 살펴보기 위해 2000년 6월까지를 연구의 대상으로 삼았다.

북한문학은 평론과 관련해 "노동계급의 혁명적 문학예술에 대한 선도

---

8 김의준은 1998년의 시를 논하면서 리명옥의 「시내가에서」라는 시를 인용한다. "그 병사들이 구월산의 절벽에 글발을 새겼대/미래를 위하여! 고난의 마지막해 1997이라고…" 북한문학에서 1998년 말 즈음부터 '고난의 행군'은 현재를 다그치는 회고의 대상으로 등장하기 시작한다(김의준, 「군민일치사상을 참신하게 형상한 감동 깊은 시초」, ≪조선문학≫, 1998년 12월호, 50쪽).

적 역할은 당과 수령의 령도 밑에 수행된다"라고 규정한다. 당과 수령이 "문학예술 창조와 건설의 지도적 지침인 문예사상을 창시하고 혁명적 발전의 매 단계에서 문예 로선과 정책을 작성하여 문학예술발전 방향과 방도를 제시"하면, 평론은 이를 '선전하고 해석'하는 역할을 담당한다.9 "당과 수령의 령도"에 따라야 하는 평론가의 역할은 '문학예술에 대한 자율적인 입장을 갖고 자신의 입론을 밝히는 것'과는 변별된다. 바로 이 지점에서 '고난의 행군' 시기 북한문학평론은 문제적 텍스트가 된다. 『주체문학론』의 규정에 따르면 북한문학평론은 '당과 수령의 지도적 지침에 따라야 하는 공식성'을 띨 수밖에 없다. 더구나 ≪조선문학≫이 '조선작가동맹 중앙위원회'의 기관지라는 점을 고려할 때, '고난의 행군' 시기에 북한 사회 문화계의 큰 흐름을 북한문학평론을 통해서 확인할 수 있으리라고 본다. 강한 공식성을 표방하는 담론체계일수록 더 많은 '배제'를 내포할 수밖에 없다. 본 논문은 북한문학평론의 이러한 공식성에 주목한다.

논자는 본 논문에서 텍스트의 이면 읽기를 시도하려 한다. '고난의 행군'이라는 위기의 시대에 북한문학은 과연 어떤 방식으로 현실에 대응했을까? 비록, 북한문학평론이 '당과 수령의 령도' 아래에 있다고 할지라도, 이면 읽기를 시도할 경우 텍스트의 맥락을 재해석할 수 있으리라고 기대한다. 그것은 '징후적 독해'의 방법일 수도 있고, 논자의 해석적 개입일 수도 있다.10 이러한 '텍스트이 이면 읽기'를 통해 논자는 북한사회의 위기극복 메커니즘을 이해하고, 그 과정에서 북한문학의 기능을 재해석해내고자 한다. 더불어, 북한의 '고난의 행군'에 비추어 남한 사회를 성찰할 수 있는 계기도 마련하고자 한다.

---

9 김정일, 『주체문학론』, 조선로동당출판사, 1992, 269쪽.

10 피에르 마슈레(Pierre Macherey)는 텍스트의 다양한 해석 가능성을 언급하면서 "텍스트 속에 이면과 표면"이 "공존"할 수 있음을 지적한 바 있다(피에르 마슈레, 이영달 옮김, 『문학생산이론을 위하여』, 백의, 1994, 36쪽).

2. 1990년대 후반 북한문학평론의 쟁점

1996년 1월호부터 2000년 6월호까지의 ≪조선문학≫에 발표된 평론, 논설(머리글), 단평, 정론은 총 148편이다.[11]

논설(정론·머리글)은 총 55편이 실렸는데, 그 내용은 주로 주체문학론과 김정일 문헌에 관한 해설, 수령형상 창조와 창작방법에 관한 것들이었다. 북한의 작품 평론은 작품 창작이론부터 작품해설, 작품비평까지 포괄한다. 이 시기에 실린 작품 평론은 총 66편이다. 거칠게 평론의 내용적 분류를 시도해 보자면 김일성·김정일·김정숙 등 수령형상문학에 관한 것들, 시·소설 등 작품의 내용에 대한 지도비평과 관련된 것들, 노동계급의 성격 형상화와 창작방법에 관한 것들, 그 외 박노해·윤동주·채만식 등 남한문학 및 문학사와 관련된 것들 등이다. 다음으로, 짤막한 글 형식의 단평은 12편이 실려 있는데 이 글들은 원고지 20~30매 분량으로 독후감 형식과 작품에 대한 소개 형식을 취하고 있다. 이러한 분류는 1990년대 후반 북한문학평론을 범주화하기 위한 필자 나름의 형식적 분류일 뿐이다.

이제, 내용상의 범주화를 통해 북한 평단의 모습을 쟁점과 문제의식 중심으로 살펴보고자 한다.

1) 유훈통치와 '수령형상 창조'

1994년 7월 8일, 50여 년간 '어버이 수령'으로 추앙받던 김일성이 사망했다. 김정일은 권력을 즉각적으로 승계하지 않고 '유훈통치'를 선언했다. 유훈통치는 김일성 사망 이후 김정일이 공식직책을 승계하지 않고 김일성의 생전 교시를 받들어 북한을 운영하는 것을 의미한다. 즉, 김정일은 자

---

11 1990년부터 1997년 9월까지의 문학평론에 관해서는 이미 임영봉이 정리한 바 있다. 임영봉의 정리에 의하면 1990년 1월호에서 1997년 9월호까지의 ≪조선문학≫에 발표된 논설과 평론은 총 147편이다. 이 중에서 논설은 48편, 평론은 99편을 각각 차지하고 있다고 한다(임영봉,『한국현대문학 비평사론』, 역락, 2000, 302쪽).

신의 정통성을 사후의 김일성에게서 빌려오는 정치 전략을 선택한 것이다. 유훈통치 기간은 1994년부터 1997년 10월까지였다. 이 기간에는 북한의 정통성이 여전히 '죽은 김일성'에게 있었다. 이종석의 분석에 의하면, 김정일의 유훈통치 선언은 단순히 '김일성에 대한 존경과 예의 차원'이 아니라 경제난과 긴밀히 연관되어 있다고 한다. 1995년 수재水災를 포함한 북한의 최악의 경제상황이 극복된 후에 권력을 승계하고자 했던 김정일의 의도적 선택이었다는 것이다. 이종석은 김정일이 공식적인 권력승계를 유보하고, '유훈통치'를 함으로써 권력승계의 시기를 가늠했다고 본다.12

북한사회는 "위대한 수령 김일성 동지의 유훈교시를 철저히 관리하자" 라는 구호를 전면화하면서, 김일성의 혁명적 업적을 기리는 작업을 이전보다 강화했다.13 '고난의 행군' 시기의 북한문학평론에서도 김일성의 형상 창조를 중요한 과제로 제기했다. 특히, '고난의 행군' 시기에 유독 <불멸의 력사> 총서에 관한 글들이 많이 눈에 뛴다. 이러한 경향은 1990년대 말

---

12 "북한은 1987년부터 1993년 사이에 제3차 7개년 계획을 추진했으나 결과는 목표 달성에 훨씬 못 미치는 부진으로 나타났다. 그 결과 북한 지도부는 1994년부터 3년간을 조정기간으로 설정하였다. 북한은 이 조정기간 중에 최고지도자를 뽑는 대규모 행사를 치르는데 커다란 부담을 가졌을 것이다. 더욱이 95년 여름에 발생한 막대한 수재는 김정일의 추대를 지연시키는데 큰 영향을 미쳤을 것으로 보인다. 김정일로서는 조정기간을 마무리하고 경제적 난관의 타개가 어느 정도 가시화되는 시점에서 공식권력을 승계하고 싶었을 것이다."(이종석, 「한반도 안보환경 재진단 북한 '유훈통치체제'의 현황과 전망」, 『군사논단』 제6권, 한국군사학회, 1996, 145쪽)

13 이항동은 1987년부터 1996년까지의 ≪로동신문≫ 사설을 분석한 논문에서 흥미로운 사실을 제시했다. 그에 따르면 1994년의 경우 "<김일성의 우상화> 관련 사설이 총 18편이 게재되었으며, 이 가운데 김일성 사망일인 1994년 7월 8일 이전에 게재된 것은 1편에 불과"했다고 한다. 1996년의 경우에도 "<김일성 우상화> 관련 사설이 총 15편이 게재된 반면, <김정일 우상화> 관련 사설은 3편에 불과"했다. 이는 김일성 사후에 김정일에게 권력이 집중되는 것보다는 김일성의 업적을 기림으로써 통치의 정당성을 확보하는 방식이 취해졌음을 증명한다(이항동, 「노동신문 사설 분석에 의한 북한정책의 변화: 1987~1996」, 『한국정치학회보』 제31권 제4호, 한국정치학회, 1997, 137쪽).

로 갈수록 강화되는 경향을 보이고 있어 이채롭다. <불멸의 력사>에 대한 이와 같은 강조는 북한에서 혁명 역사 교육이 강화되었음을 보여준다. 더불어 이러한 경향은 주체적 인간형에 대한 강조로도 읽을 수 있다.14

은종섭은 주체사실주의문학과 사회주의적 사실주의 문학의 차이를 논하면서 수령형상창조에 관해 언급한다. 그는 "수령, 당, 대중의 통일로 이루어지는 사회정치적 생명체를 형상원천으로 하고 그 공고발전에 적극 이바지하기 위한 데 주체사상적 지향을 두게 된다. 수령과 그 위업에 대한 무한한 충실성, 수령이 개척한 혁명위업을 견결히 옹호고수하고 끝까지 완성해나가려는 철석같은 신념과 의지를 투철하게 구현하는 것은 주체문학의 본질적인 사상적 특징을 이룬다. 바로 여기에 다 같은 로동계급의 혁명문학이면서도 주체사실주의문학이 선행한 사회주의적 사실주의문학과 근본적으로 구별되는 본질적 내용이 있다"고 했다.15 그는 사회주의적 사실주의를 주체사실주의 이전의 단계로 설정하면서 주체문학의 우수성을 강조했다. 또 주체사실주의문학은 수령, 당, 대중의 통일체로 그 핵심에는 '수령형상 창조'가 있다고 했다. 이러한 입론은 주체사실주의문학이 '수령

---

14 1990년대 후반의 문학평론들을 살펴보면『불멸의 력사』에 관한 언급이 1990년대 말로 갈수록 강화되는 것을 알 수 있다. 1996년 1월 이후의 ≪조선문학≫을 살펴보면 총 8편의 <불멸의 력사>에 관한 문학평론이 실려있다. 이는 북한문학평론 중 대단히 큰 비중을 차지한다. 명일식, 「수령에 대한 충실성을 핵으로 한 충신의 성격창조」, ≪조선문학≫ 1996년 4월호; 최언경, 「수령영생기원의 숭엄한 서사시적 화폭」, ≪조선문학≫, 1998년 1월호; 장형준, 「경애하는 장군님의 위대성 형상에서 거둔 혁신과 성과」, ≪조선문학≫, 1998년 3월호; 김해월, 「력사의 새벽길을 개척한 위대한 선구자의 빛나는 형상」, ≪조선문학≫, 1998년 3월호; 김해월, 「수령형상창조와 감정조직문제」, ≪조선문학≫, 1999년 2월호; 김성우, 「전설은 계속된다ㅡ 총서 '불멸의 력사' 중 장편소설 '대지의 전설'에 대하여」, ≪조선문학≫, 1994년 4월호; 리환식, 「총서 '불멸의 력사(해방후편) 중 장편소설 '조선의 봄'의 언어 형상」, ≪조선문학≫, 1999년 10월호; 김성복, 「다양한 시점에서 풍만하게 그려진 위인의 숭고한 인간세계」, ≪조선문학≫, 1999년 11월호.

15 은종섭, 「주체사실주의 문학 창조의 불멸의 본보기」, ≪조선문학≫, 1992년 2월호, 21쪽.

형상문학'으로 수렴되고 있음을 보여준다.

수령형상의 창조 문제는 '고난의 행군' 시기 북한문학평론의 핵심적 과제였다. '유훈통치'는 '김일성의 권위에 기반한 통치'이므로, 김일성의 수령형상 창조가 중요할 수밖에 없었다. 수령형상 창조의 결산은 김일성 사망 다섯 돌을 추모하는 '평론 묶음'이 기획된 ≪조선문학≫ 1999년 7월호에서 이뤄졌다. 조선 작가동맹 중앙위원회 평론분과 위원회의 이 특집에서는 『뜨거운 심장』(변희근 작, 1984), 『철의 신념』(김리돈 작, 1986), 『평양시간』(최학수 작, 1976), 『녀당원』(김보행 작, 1982)을 김일성 추천작으로 집중 분석하고 있다. 이 글들은 수령의 형상성과 연관을 맺으면서 김일성에 대한 충성과 효성을 바친 주인공들의 순결성과 의리를 강조했다. 또 김일성이 혁명적 소설들을 금보다 훨씬 값있어 하고 애정을 기울여 읽었음을 되새기려 한다. 이렇듯 1990년대 후반의 평론과 논설은 대부분이 수령형상 창조와 연관을 맺고 있다. 최언경이 논하고 있는 『뜨거운 심장』의 경우 논의의 정당성을 김일성의 논평으로부터 끌어오고 있다. 최언경은 『뜨거운 심장』이 김일성에 의해 "계급성도 있고 당일군들의 형상도 잘된 소설로서 당원들과 간부들이 많이 읽도록 해야 합니다"라고 평가 했다는데 근거해 논의를 시작한다.16 이렇듯 북한문학평론은 그 권위를 김일성의 교시를 통해 확보하고 있다.

수령형상문학과 관련한 구체적 작품으로 리희남의 「상봉」17을 꼽을 수 있다. 「상봉」은 김정일의 교시처럼 현지 지도라는 방식으로 "언제나 인민 속에서 활동하는 수령의 풍모"를 그리고 있으며, 더불어 "내면세계를 펼쳐보이는 데"18노력한 작품이라고 한다. 그래서 작품의 배경은 김일성이 "여러해만에 무산땅"을 현지 방문한 것으로 설정하여, 현장 속에서 수령 ·

---

16 최언경, 「장편소설 "뜨거운 심장"에 깃든 어버이수령님의 높은 뜻을 되새기며」, ≪조선문학≫, 1996년 7월호, 38쪽.

17 리희남, 「상봉」, ≪조선문학≫, 1996년 7월호.

18 김정일, 앞의 책, 133, 135쪽.

당·인민의 삼위를 구현해내려 했다. 뿐만 아니라, 김일성의 내면세계에 대한 기술을 통해 항일무장투쟁시기의 투사였던 조윤호에 대한 추억과 대형자동차 운전노동자인 리종구에 대한 안타까운 회고를 보여준 점도 북한 문학평론이 이 작품을 높게 평가하는 근거이다.

이렇듯, 「상봉」은 『주체문학론』에서 수령형상에서 강화되어야 할 부분으로 제기한 "내면세계 형상화"를 통한 "인간적 풍모"를 형상화해야 한다는 원칙에 충실했다. 하지만 논자가 시도한 이면 읽기 방법을 통해 이 작품을 읽을 경우에는 상이한 분석에 도달하게 된다. 작가의 내면에 자리 잡고 있는 '안타까움'의 정서가 「상봉」 곳곳에 드러나기 때문이다. 무산지역은 김일성이 "두만강을 넘나드시던 옛 시절의 피어린 자취가 찍혀진 고장"이다. 게다가 작품에서 김일성이 회고하거나 만나는 사람은 모두 과거의 인물, 이미 세상을 떠난 인물들로 설정되어 있다. 이러한 분위기는 마치 이미 죽은 김일성이 회한을 풀고자 작가의 상상 속에서 현지를 방문하는 것처럼 읽힌다. 그래서 결론 또한 "력사는 이렇듯 인민적인 수령을 영원히 기억할 것이다"라는 문장으로 끝나고 있다. 김일성 사후의 수령형상문학은 어떤 식으로든 '현재가 아닌 과거에 대한 추념'의 형식을 띨 수밖에 없다. 따라서 김일성 사후에 창작되는 수령형상문학은 '기억의 가공'으로 귀착되는 모순에 처하고 만다. 좀 더 사실적이고자 하는 작가의 노력이 '안타까움이나 추모의 정념'에 기인한다면, 그것은 과거지향적 성격에 붙박인 퇴행적 경향을 보일 수밖에 없다. 그것은 '망각에 저항'하는 것일 뿐, '새로운 창조'가 아니다. 따라서 북한문학에서 수령형상문학은 스스로의 한계에 자각하는 순간, 급격히 '김정일 수령형상문학'으로 전환될 수밖에 없다.

이런 한계 상황 속에서도 1994년 김일성 사후에 북한문학평론과 소설이 수령형상문학을 중시하는 이유는 무엇이었을까. 유춘희의 논의를 통해 그 단초를 마련할 수 있다. 유춘희는 "우리 문학예술에 있어서 수령의 형상을 창조하는 것은 지상의 과업이다. 수령형상창조를 첫째가는 과업으로 틀어쥐고 나가야 우리 문학예술은 온 사회를 주체사상의 요구대로 개조하는 성스러운 위업에 적극 이바지할 수 있다"고 주장한다. 그 구체적 방법으로는 김일성의 "고매한 공산주의적 풍모와 영광찬란한 혁명력사, 수령님께서 이룩하신 불멸의 혁명업적을 형상"하기 위해 "사색의 세계를 심오하게 그려내는 것이 중요"하다고 주장했다. 또 "인간학의 본성적 요구에 맞게 위대한 수령을 잘 형상하려면 형상을 격식화하거나 기정사실화하지 말아야" 한다고 충고한다.[19] 유춘희의 논의에서 살필 수 있는 것은 1990년대 북한문학과 '수령형상문학'의 관계이다. 1990년대 후반의 문학 평론에서 나타나는 '수령형상 창조'의 강조는 유훈통치가 끝난 이후 북한의 정치사상적 이데올로기 강화를 위한 한 방편이었다. 김정일은『주체문학론』에서 이와 관련한 중요한 언급을 했다. 김정일은 "문학에서 후계자의 형상을 창조할 때에는 수령형상창조의 기본원칙을 그대로 구현하여야 한다"면서, 후계자는 수령과의 관계에서 후계자일 뿐 인민과의 관계에서는 "수령의 지위와 역할"을 한다고 강조한 바 있다.[20] 이는 '유훈통치' 기간을 거쳐 더 이상 후계자가 아닌 "수령의 지위와 역할"을 수행하는 상황에서는 김정일이 '유일한 수령'으로 거듭남을 의미한다.

결국, 수령형상문학과 관련된 문학비평의 논의는 김정일과 김일성을 한 몸으로 만드는 것으로 나아갈 수밖에 없음을 보여준다. 따라서, '고난의 행군' 시기 김정일이 우선적으로 고려했던 것은 '과정과 절차를 통한 통치구조의 재편'이었고, 이러한 방식이 문학비평을 통해서도 관철되고 있음을 확인할 수 있다.

2) 균열의 징후로써의 '붉은기 사상'

1996년과 1997년의 북한문학평론은 서두에서 "혁명의 붉은기를 높이

---

19 유춘희, 「항일혁명투쟁의 승리를 안아오신 경애하는 수령님의 불멸의 업적을 더 빛나게 형상하기 위하여 나서는 몇가지 문제」, ≪조선문학≫, 1997년 6월호, 4~7쪽.
20 김정일, 앞의 책, 139쪽.

들고 '고난의 행군'을 승리적으로 결속하기 위한 사회주의 총진군운동"을 언급하는 경우가 많다.[21] 이에 대해 리창유는 "우리 당이 요구하는 붉은기 정신과 '고난의 행군' 정신에는 혁명의 령도자에 대한 숭배심과 수령결사 옹위정신, 우리식 사회주의를 끝까지 지키려는 높은 사상 정신적 각오가 담겨져 있고 수령, 당, 대중의 일심단결의 신념과 자력갱생, 백절불굴의 혁명적 의지가 담겨져 있다"고 강조했다.[22]

1990년대 문학평론에서 주목을 요하는 담론이 '붉은기 사상'이다.[23] 김정일이 창시한 사상이라 일컬어지는 '붉은기 사상'은 "적들이 바라는 것은 우리의 사상이 희어지는 것이나, 우리는 붉다"라는 말에 요약적으로 제시돼 있다. 사회주의의 순결성을 상징하는 붉은기는 북한의 체제 위기 극복을 위한 김정일식 혁명철학이다. 이 말은 김일성 사후에 김정일이 1994년 11월 1일자 ≪로동신문≫을 통해 "나의 사상이 붉다는 것을 선포"한 데서 처음 등장했다. 본격적인 담론체계로 의미화된 것은 1995년 8월 28일 '공산주의 청년동맹 결성일'을 기념해 ≪로동신문≫이 「붉은기를 높이 들자」라는 정론을 발표하면서였다. 배성인의 논문에 따르면, 이 정론은 붉은기를 "굴종을 모르는 인간의 높은 존엄과 불타는 정열이 진한 피로 물들여져 있는 붉은기는 공산주의자들의 가장 아름다운 리상과 희망의 표대이며, 그 실현을 위하여 청춘도 생명도 서슴없이 바쳐 싸우는 굳은 신념의 상징이다"라고 정의했다고 한다.[24] 주의할 부분은 '붉은기 사상'에서 '사상'이

21 이는 김정웅의 글(「당의 유일사상교양에 이바지하는 문학예술 창조의 강령적 지침」, ≪조선문학≫, 1997년 5월호, 문학예술종합출판사, 15쪽)을 비롯해 최길상·은종섭·최언경·리창유·유춘희 등 대부분의 글에서 언급되는 표현이다.

22 리창유, 「시대와 인민이 요구하는 명작창작의 길을 휘황히 밝혀주는 강령적 문헌」, ≪조선문학≫, 1997년 4월호, 68쪽.

23 「붉은기는 조선혁명의 백전백승기치이다」, ≪로동신문≫, 1995년 1월 9일자; 「붉은기를 높이 들자」, ≪로동신문≫, 1995년 8월 28일자; 「우리의 붉은기는 애국의 기치이다」, ≪로동신문≫, 1996년 12월 2일자.

24 배성인, 「김정일체제의 지배담론: 붉은기 사상과 강성대국론 중심으로」, 『북한연구

라는 표현을 쓰고 있다는 점이다. 여기서 연상할 수 있는 것이 '주체사상'
이다. 김정일이 '붉은기 사상'의 발의자라면, 주체사상을 의식하여 철학적
의미까지를 고려해 '사상'이라는 용어를 사용했을 것이다.

북한문학평론도 붉은기 정신에 관한 논의들을 구체화시키고 있다. 김
성우는 붉은기 정신이 구현된 소설 작품으로 「상봉」(리희남), 「기다리는
계절」(한웅빈), 「녀전사의 길」(조빈), 「한녀교원의 사랑」(석남진), 「바다사람
들」(김은옥)을 주목했다. 그는 붉은기 정신에 대해 "'고난의 행군'시기 력
사에 류례없는 준엄한 시련과 난관을 이겨나가며 래일을 위한 오늘에 사
는 백절불굴의 투지와 혁명적 락관주의, 고귀한 자기희생과 헌신의 정신"
이라고 밝히면서 "오늘을 위한 오늘에 살지 말고 래일을 위한 오늘에 살자
는 경애하는 장군님의 주체의 인생관을 구현한 작품이 수많이 창작"되었
다고 주장했다.[25] 김의준도 송찬웅의 시집 『내 삶의 푸른 언덕』에 주목하
면서 "투철한 혁명적 수령관과 서정의 진실한 구현, 다양한 시형태의 적극
적인 활용이 이룩한 사상예술적 성과"라고 높이 평가했다. 무엇보다도 시
집이 "사회주의 승리자의 대축전으로 빛내기 위한 투쟁을 벌려나가는 우
리 인민들에게 필승의 신념과 완강한 투쟁정신, 혁명적 락관을 안겨 주는
사상적 무기"가 되고 있다는 점에서 사회주의의 순결성을 지키고자 하는
붉은기 정신이 잘 구현돼 있다는 것이다.[26] '붉은기 사상'의 표면적 의미는
'우리식 사회주의'와 '조선민족제일주의'를 재확인하는 김정일식 수사라
고 할 수 있다. 하지만, 그 이면에는 '고난의 행군'이라는 북한사회의 뼈아
픈 상처가 도사리고 있다.

단호하고도 강한 확신의 이면에는 '회의와 불신'이 존재한다. 어떤 사
회체제가 그 어느 때보다 내부적 결속을 강조하고 있다면, 그 사회는 외부

학회보』 제5권 제1호, 북한연구학회, 2001, 41쪽.
25 김성우, 「붉은기정신이 구현된 우리 소설문학」, 《조선문학》, 1997년 10월호, 69~75쪽.
26 김의준, 「삶의 푸른 언덕에서 부르는 심장의 노래」, 《조선문학》, 1998년 2월호,
　　65~68쪽.

로부터 도전을 받고 있을 뿐만 아니라 내부적 균열에 직면해 있음을 간접적으로 드러낸다. 유훈통치 중에 있던 김정일이 '붉은기 사상'으로 인민을 결속하고자 했던 이면에는 '동요하는 사회체제에 대한 지배계층의 불안감'이 자리하고 있었다. 1980년대 후반부터 가속화된 동구 사회주의권의 붕괴와 소련 연방의 해체 등 외부적 압박과 수해 등으로 인한 내부적 곤란이 체제 수호의 모토인 '붉은기 사상'을 강조하게 한 것이다. '붉은기 사상'은 주체사상의 혁명철학과 북한식 사회주의에 대한 신념의 표현이었다. 1995년 이후 '붉은기 사상'은 체제 수호를 위해 주체사상의 철학적 기초를 강조하고 수령형상과 연관된 혁명전통을 확고히 하자는 의도에서 북한문학계에서 강조되었다.[27]

체제의 내부에서 문학적으로 표현된 불안감은 한웅빈의 「기다리는 계절」[28]을 통해 징후적으로 읽어낼 수 있다. 한웅빈은 북한의 체홉으로 일컬어지는 작가다. 그의 단편소설은 세부적 진실을 곳곳에 담고 있어 리얼리즘적이다.

「기다리는 계절」에는 1933년생인 박령감이라는 개성적인 인물이 등장한다. 박령감은 1993년에 환갑을 맞아 은퇴하는 대신 '물관리원'으로 다시 일을 하게 된다. 박령감은 물관리를 위해 논두렁에 아무도 들어오지 못하도록 할 정도로 철저한 면모를 보인다. 그는 "어버이수령님께서 꼭 오시리라"는 기대를 안고, "이 논두렁을 걸으실 때가 꼭 있으리라"는 믿음으로 철저하게 물관리·논두렁 관리를 해왔다. 하지만 어린 손자가 오히려 박령감보다 냉철하다. 손자는 "대원수님께선 이젠 못 오시지 않나?"라고 말하면서, 논두렁 관리에 집착하는 박령감을 안쓰러워한다. 박령감에게 수령은 "언제 한번 인민들과의 약속을 어기신 적"이 없는 존재였다. 그래서 수령이 "열백번에 풍년이 들면 꼭 다시 오시겠다고 약속"한 것을 굳게 믿는다. 하지만, 박령감이 죽은 수령이 다시 오리라고 진짜 믿는 것은 아

---

27 이종석, 『현대북한의 이해』, 역사비평사, 2000, 551~552쪽.
28 한웅빈, 「기다리는 계절」, ≪조선문학≫, 1996년 7월호.

니다. 수령이 부재한 북한의 현실에 대한 안타까움이 논두렁에 대한 집착과 풍년에 대한 열망으로 표현된 것일 뿐이다. 박령감도 스스로 "난 믿네. 눈물로는 수령님을 다시 오시게 못해두 풍년낟알로는 꼭 다시 오시게 하리라고…믿네"라는 말을 한다.

「기다리는 계절」은 1996년의 북한 사회가 수령의 부활을 꿈꾼 것이 아니라, '풍년낟알'이라는 풍요가 깃들기를 꿈꾸었음을 보여준다. 소설 속화자인 성우도 결말부분에서 박령감처럼 "풍년가을이 멀지 않았다고 알리는 쑥쑥새의 다정한 소리가 혹여나 들여오니 않나 하고" 귀 기울이게된다. 결국, 박령감과 성우가 기다리는 것은 외면상으로는 '수령님'인 듯하지만, 실제로는 '풍년가을'이었던 것이다. 이 버무려진 서사의 진실은 1996년에 북한 사회가 처한 고난의 현실을 간접적으로 증언하고 있으며, '붉은기 사상'은 결국 '고난의 행군'의 다른 이름이었음을 알려준다.

선언적인 차원에서 고난의 행군은 1997년 10월 10일 '노동당 창당 55주년'을 기해 끝난 것으로 선포됐다. 북한문학평론에서도 1997년 10월 이후부터는 '강성대국건설'이 중요한 용어로 등장했다. '고난의 행군' 대신 '강행군'이라는 용어가 사용됨으로써 북한 내부의 극한적 어려움이 상대적인 어려움으로 대체되었음을 간접적으로 표현했다. 위에서 논한 한웅빈의 「기다리는 계절」은 수령영생기원[29]의 외피를 두른 채 '고난의 행군'을 형상화한 작품이라고 할 수 있다. 류만도 「조선의 세월」(최영화), 「영생의 비결」(계훈), 「불멸의 생애」(김영근) 등의 시를 분석하면서 "유훈관철에 떨쳐나선 우리 인민의 높은 사상정신세계를 '최후승리를 위한 강행군 앞으로!'의 구호를 높이 들고 붉은기 정신으로 신심 드높이 나아가는 인민들의 생활과 투쟁을 통하여 더욱 격조 높이 노래"해야 한다고 주장했다.[30]

---

29 여기서 영생기원은 신체적 영생을 의미하지 않는다. 김일성의 혁명적 전통과 주체사상이 북한 주민들에게 영원히 기억돼 북한 체제의 견고성을 강화할 수 있어야 한다는 의미에서 영생기원이라는 용어를 사용하고 있다.

30 류만, 「영생의 노래」, ≪조선문학≫, 1998년 4월호, 22~26쪽.

'강행군'이라는 구호가 사용되는 시기는 '고난의 행군'이 끝났다고 일컬어지는 1997년 10월 이후이다. 결국, 무엇을 위한 강행군인가가 제기 될 수 있는데, 김정일은 바로 그 지점에서 '강성대국 건설'을 제기했다.

3) 강성대국 건설과 혁명적 낭만주의

1997년 10월 8일, 김정일이 조선로동당 총비서로 추대됨으로써 '김정일 체제'가 시작되었다. 새로운 지도자의 탄생은 대중들에게 '새로운 비전'에 대한 기대심을 불러일으킨다. 김일성 유일사상체제의 강고한 토양 속에서 뿌리를 내린 '김정일 체제'는 그 비전을 '강성대국건설'로 선언했다. 강성대국건설이 공식적으로 제기된 것은 1998년 8월 22일자 ≪로동신문≫ 정론 「강성대국」을 통해서였다. 이 정론은 "주체의 강성대국 건설, 이것은 위대한 장군께서 선대 국가수반 앞에, 조국과 민족 앞에 다지신 애국충정맹약이며, 조선을 이끌어 21세기를 찬란히 빛내이시려는 담대한 설계도이다"라고 했다.[31] 정우곤은 '강성대국 건설'이 제기된 배경에 대해 "국정의 난맥상을 해소하고 체제의 안정적 운영 및 경제난을 해소하기 위한 정책"[32]이라고 봤다.

그렇다면, 문학 영역에서 '강성대국 건설'이 어떤 의미가 있었을까? '강성대국 건설'이 테제화된 직후 발표된 최언경의 평론은 '강성대국 건설에 관한 문학의 논의가 김정일의 혁명적 면모 형상화'와 관련이 있음을 보여준다. 최언경은 이를 다음과 같이 언급한다.

> 오늘 경애하는 장군님께서는 위대한 수령님의 거룩한 한생이 어려있는 우리 조국땅우에 주체의 강성대국을 일떠세울 확고부동한 결심을 지니고 전당,

---

31 「강성대국」, ≪로동신문≫, 1998년 8월 22일자; 정우곤, 「주체사상의 변용 담론과 그 원인: '우리 식' 사회주의, '붉은기 철학', '강성대국'을 중심으로」, 『북한연구학회보』, 제5권 제1호, 북한연구학회, 2001, 21쪽 재인용.

32 앞의 책, 21쪽.

전군, 전민을 일대 부흥번영의 길로 이끌고 계신다. (…중략…)

　강성대국, 여기에는 진정 우리 인민에게 이 위대한 조국을 안겨주기 위하여 80여성상을 하루와 같이 바쳐오신 어버이 수령님의 생전의 뜻을 이땅우에 활짝 꽃피우시려는 경애하는 장군님의 철의 신념과 의지가 가슴벅차게 차넘치는 것인가.³³

　최언경의 언술은 김정일이 조선노동당 총비서로 취임한 이후의 변화된 정치국면을 반영한다. 정신적 유훈 통치는 '주체사상'이라는 이름으로 계속된다 하더라도 실제적인 통치권은 김정일에게로 이양될 수밖에 없다. 이제, 수령형상의 과제도 '형상화의 전이轉移'를 통해 '김정일 수령형상 창조'로 나아갈 수밖에 없다. 북한문학평론은 '수령형상 창조'를 중시하면서도 점차 김정일의 수령 형상화를 핵심 과제로 받아 안을 수밖에 없다. 1999년 2월 박춘택이 「21세기의 태양 김정일장군을 칭송한 세계 혁명적 송가문학」을 발표한 것도 이러한 맥락과 관련해 읽을 수 있다.³⁴ 김일성 사후에는 김정일을 전면에 부각시킨 문학평론을 자제하는 듯했다. 그러나 1998년과 1999년에 이르러 새로운 세대에 관한 작품 해설이 많아지고 김정일 형상화에 관한 논의도 수면 위로 부상했다. 장형준의 「령도자의 탄생을 진실하고 철학적으로 심오하게 노래한 감명 깊은 명작」은 바로 이러한 맥락에서 읽을 수 있다.³⁵ 장형준은 김철의 서정서사시 「해돋이」를 평

---

33 최언경, 「강성대국건설에 헌신분투하는 주인공들의 형상에서 나서는 몇가지 문제」, ≪조선문학≫, 1998년 9월호, 69쪽.

34 사실 김일성 사망 이전에는 김정일에 대한 송가와 수령 형상화가 거침없이 이뤄졌다. 그러나 유훈통치 기간에는 자제되는 측면이 있었던 것으로 보인다. 1999년 2월에 발표된 박춘택의 다음 논의는 사뭇 직접적인 측면이 있다. "21세기를 향도하실 위대한 태양으로 경애하는 장군님을 칭송하면서 그이에 대한 다함없는 존경과 흠모의 마음을 담아 주옥같이 시어를 골라 지은 송가문학은 그것이 체현하고 있는 고상한 내용과 숭고한 사상감정 그리고 그 창작과 보급의 전례없는 대중적 성격으로 하여 사회의의위업, 인류의 자주위업을 촉진하며 인류문학의 보물고를 풍부히 하는데서 커다란 의의가 있다."(박춘택, 「21세기의 태양 김정일장군을 칭송한 세계혁명적송가문학」, ≪조선문학≫, 1999년 2월호, 10쪽).

하고 있는데 특이한 점은 이 작품이 이미 ≪조선문학≫ 1992년 3월호에 발표되었다는 사실이다. 근 7년여가 지난 지금에야 다시 이 시를 평하는 이유에 대해 장형준은 "김정일 동지의 탄생 50돐에 즈음하여 창작된 작품"으로써, "김정일 동지의 탄생과 그 민족사적 의의를 력사적으로 진실하고 철학적으로 심오하게 노래"했기 때문이라고 밝혔다.36 장형준의 평론은 상징적 의미를 지닌다. 문학예술 분야에서 김정일의 수령형상 창조가 핵심적인 쟁점으로 부상하고 있음을 보여주고 있기 때문이다. 따라서 '강성대국 건설'이 제기되었던 1998년 8월경부터 '수령형상 창조의 대상은 김정일'이 되고 있음을 알 수 있다.

'강성대국 건설'이 제기되던 즈음에 북한문학평론에서 '혁명적 낭만주의'에 대한 강조가 두드러진다는 사실도 흥미롭다. 주체사실주의 문학에서 혁명적 낭만주의는 새로운 세대의 부상을 옹호하고, 그들의 활동을 정당화 한다는 의미를 내포했다. 처음 혁명적 낭만주의는 '고난의 시대'에 '낭만적 희망'을 전파하려는 의도성에서 제기되었다. 1997년에 발표된 글에서 손일훈은 "어떤 시련과 난관이 겹쌓인다 해도 사회주의 위업에 대한 필승의 신념과 의지를 안고 역경을 순경으로, 화를 복으로 전환시키며 굴함없이 투쟁해나가는 우리 당의 무비의 담력과 랑만은 오늘 우리 시대와 인민의 혁명적 랑만으로 되고 있다"고 했다. 그는 단편소설 「불멸의 영상」과 「상봉」이 이러한 낭만성을 잘 구현하고 있으며, 이들 작품은 당의 의도와 숨결대로만 투쟁하면 반드시 승리와 영광이 있음을 보여주었다고 주장했다.37 김철민도 김정일을 형상화한 서정서사 「최고사령관과 근위병사

35 1999년 3월에 장형준은 「령도자의 탄생을 진실하고 철학적으로 심오하게 노래한 감명깊은 명작」(≪조선문학≫, 1999.3)이라는 글을 발표했다. 이 글 또한 김정일 송가와 연관을 맺고 있다.

36 앞의 책, 11쪽.

37 손일훈, 「수령형상단편소설에서 혁명적랑만성의 구현」, ≪조선문학≫, 1997년 9월호, 44~47쪽.

들」에 관해 논하면서 '사랑의 철학과 랑만적인 생활'을 강조했다. 이 서정 서사시의 낭만성은 김정일의 위대한 풍모를 격조 있게 했다는 것이 김철 민의 주장이다.[38] '고난의 행군' 시기에 강조된 혁명적 낭만주의는 현실에 대한 긍정적 인식을 통해 '미래에 대한 기약'을 지속하려는 태도와 연결되 어 있다.

'강성대국 건설'을 표방하던 시기의 '혁명적 낭만주의'가 갖고 있던 태 도는 명일식의 글에서 확인할 수 있다. 명일식은 단편소설 「5중대 방위목 표」[39]의 핵심인물인 김윤호를 적극 옹호하면서 혁명적 낭만주의를 제기 했다. 구세대의 나무랄 데 없는 혁명일꾼인 김석하 부국장의 오류를 지적 하고 시정할 수 있었던 김윤호의 적극성은 "당의 의도대로 혁명위업의 정 당성과 자기 힘에 대한 확신을 가지고 사는 참인간"이라는 것이다.[40] 그는 김정일이 기획하고 있는 '강성대국 건설'의 핵심적 주체에 관해서도 언급 했다. 명일식은 이 시대의 주체는 "가장 힘든 곳에 자기 한 몸을 서슴없이 내대는 것도 이를 악물고 참기 어려운 시련과 고난을 웃으며 이겨내는 것 도 오늘은 어려워도 활기있고 명랑하고 락천적으로 아름다운 꿈을 안고서 희망에 넘쳐 사는 우리시대의 주인공들"이라고 보았다.

논자는 「5중대 방위 목표」를 검토하면서 명일식과는 상이한 결론에 도 달했다. 김석하 부국장이라는 인물에 주목하는 순간, 이 소설은 북한 관료 주의에 대해 비판하는 소설이 될 개연성이 있다. 김석하 부국장은 "전쟁 시기 화선에서 소환되여 전력설계사업소에 배치"되었고, 이후 "피타는 탐 구와 열정으로 수백 건의 혁신적인 발명과 창의고안을 내놓아 나라의 전 력생산에 적지 않게 이바지"한 인물이다. 그는 '해부학적 일꾼'으로 '지성 의 메스'를 가해 일을 처리하는 뛰어난 일꾼으로 정평이 나 있다. 그런 그

---

38 김철민, 「사랑의 철학과 랑만적인 생활」, ≪조선문학≫, 1997년 12월호, 10~12쪽.
39 전인광, 「5중대 방위목표」, ≪조선문학≫, 1998년 1월호.
40 명일식, 「혁명적랑만이 차넘치는 주인공들의 모습을 참신하게 보여준 생동한 형상」, ≪조선문학≫, 1999년 3월호, 66쪽.

가 'ㅅ'수력발전소의 발전능력을 30% 끌어올리는 문제에서 큰 오류를 범하고 만다. 엄동설한에 공사를 한다는 것은 불가능하다고 판단해, 봄으로 작업을 미룬 것이 화근이었다. 김석하 부국장의 판단은 합리적인 것이었다. 하지만, 북한이 처한 '고난의 행군' 시기에는 합리성 이상의 문제해결 능력이 필요했다. 이를 더 밀고 나가면 '고난의 행군'을 초래한 것은 구세대의 현실 추수적 태도(합리성)라는데 이를 수도 있다. 그들의 관료주의적 태도가 전체인민을 고난 속에 빠뜨렸다는 것이 「5중대 방위목표」에 무의식적으로 드러난다.

그렇다면, '고난의 행군' 시기에 탁월한 문제해결 능력을 지닌 주체적 인간상으로 제기된 김윤호는 어떤 인물인가? 논자는 김윤호에게서 '혁명적 낭만주의'가 창조해낸 가상의 영웅을 도출해 낼 수 있다고 본다. 김윤호는 전쟁 시기에 혁명적 지도력을 발휘해 '5중대 방위목표'라는 별명을 얻었던 인물이다. 김석하 부국장뿐만 아니라 생존해 있는 5중대원 모두는 김윤호가 이미 사망한 것으로 알고 있었다. 그런데, 김윤호가 '고난의 행군'의 시기에 전력생산을 30% 끌어올리는 목표달성을 위해 갑자기 등장한 것이다. 전쟁영웅으로 행방이 묘연했던 김윤호가 갑자기 등장해 '현실적인 문제를 모두 해결한다'는 발상은 얼마나 환상적인가? 이러한 낭만성이 아이러니하게도 북한사회가 처해 있던 곤란을 증언한다. 「5중대 방위목표」에 비추어 볼 때, 북한의 관료주의 체제와 구시대 혁명 일꾼은 북한사회가 처해 있는 위기상황의 원인이었다. 그래서 이 소설은 항일무장투쟁시기나 전쟁시기의 영웅(혹은 영웅정신)들을 소환해 낭만적으로 '강성대국 건설'의 초석을 구축하려 했다.

이렇듯, 북한의 혁명적 낭만주의는 과거를 절대적 가치로 환기시키는 태도와 연결되어 있다. 따라서 '현실에 대한 왜곡'과 '과거의 이상적 인물'에 기대려는 경향을 보였다. 북한문학평론에서 '김정일 수령형상 창조'와 '새로운 영웅의 탄생'에 대한 서사는 혁명적 낭만주의의 한 경향으로 자리 잡고 있다. '강성대국 건설' 또한 북한 사회가 세계를 파악하는 폐쇄적이면서도 주관주의적 태도를 보여준다. 현실에 대한 냉철한 성찰에 기반해 변증법적인 미래의 가능성을 탐색하기보다는, 구호차원에서 술어를 제공하고 인민들에게 '희망'을 강요하는 것은 결코 현실주의적이지 못하다. 비록 북한 사회가 '혁명적 낭만주의'라는 언술을 취하고 있지만, 그 이면에는 부정적 현실을 은폐하려는 정치적 의도를 간직하고 있다. 이러한 역사적 퇴행을 동반한 주관주의적 세계관은 '주체사상'에 내재해 있는 '인간중심의 철학'과 깊은 관련이 있다.

3. 맺음말

1996년 신년부터 1997년 10월 10일까지의 '고난의 행군' 시기에 북한 문학평론은 '당과 수령의 공식 담론'을 문학적으로 구현하는데 노력했다. 북한문학평론은 '고난의 행군'이라는 큰 사건의 소용돌이 속에서도 '정치와 함께 하는 문학'으로서의 역할을 충실히 수행했다. 이 시기 북한문학평론은 유훈통치의 문학적 구현인 '수령형상 창조', 김정일식 사상체계의 한 실험인 '붉은기 사상', 그리고 혁명적 낭만주의와 연결되어 있는 '강성대국 건설' 담론을 충실히 해설해냈다.

북한문학평론은 '수령 형상 창조'를 통해 수령 · 당 · 인민의 일체성을 구현해내고, 유훈통치를 확고히 하려 했다. 하지만, 실제 텍스트에서는 '김일성에 대한 수령형상 창조'가 난관에 봉착하는 양상을 보였다. 이미 죽은 김일성에 대한 수령형상 창조는 '과거에 대한 기억'에 머무는 경향성을 띠게 됨으로써 퇴행적 양상을 드러냈다. 이러한 문제는 예견된 수순을 따라 '수령형상의 중심에 김정일'이 들어서게 됨으로써 해결되었다. 또 주체사상과 주체문학론의 중요한 축이 '수령'에 있다고 했을 때, 향후에도 북한문학은 지속적으로 김정일의 중심에 둔 수령형상 창조에 집중할 것으로 보인다.

'붉은기 사상'은 주체사상의 순결성을 통해 북한식 사회주의를 고수하려는 사상체계였다. 유훈통치 기간에 김정일에 의한 제기된 '붉은기 사상'은 '강성대국건설'에 이르는 과정에서 부분적 역할을 수행한 것으로 보인다. 북한문학에서 '붉은기 사상'이 강조된 이면에는 '고난의 행군'의 그림자가 짙게 드리워져 있었다. '붉은기 사상'에 표현된 사상적 견결성은 오히려 북한사회가 '고난의 행군'을 힘겹게 감내하고 있었음을 보여준다. 북한의 소설과 비평에서는 오히려 '붉은기 사상'보다는 '고난의 행군'이 의도하지 않게 강조되는 양상을 보여준다. 이는 북한사회가 '고난의 행군' 시기에 얼마나 힘들었는가를 역설적으로 드러낸다.

　'강성대국건설'은 김정일 체제가 확립된 이후 제기된 낭만주의적 성격을 갖고 있는 북한사회의 구호다. 1998년에 공식적으로 제기된 '강성대국건설'은 '혁명적 낭만주의의 태도'가 녹아 있는 담론체계이다. 북한문학평론의 경우도, '김정일 수령형상 창조'와 '과거로부터 혁명적 영웅을 소환'하는 방식을 통해 '미래에 대한 낙관적 전망'을 창조하려 한다. 이러한 역사적 퇴행을 동반한 주관주의적 경향은 '주체사상'에 내재해 있는 철학적 태도에 기인한다. 현실적 정세와는 무관하게 '인간의 의지를 강조하는 낭만적 경향'은 '강성대국 건설' 담론과 함께 당분간은 북한사회를 지배할 것으로 보인다. '강성대국 건설'에 입각한 북한사회의 '세계인식'은 단지 북한 사회만의 불행으로 끝나는 것이 아니다. '6·15 시대'로 일컬어지는 현실에서 '낮은 단계부터의 통일'을 꿈꾸는 남한사회가 여전히 남북통합을 구상하는데 있어 고려해야 북한 체제의 인식틀이기도 하다.

　본 논문은 북한의 공식담론의 이면에 존재하는 사회적 맥락 읽기를 통해 '고난의 행군 시기의 북한문학평론'을 해설하려 했다. 특히, 김정일 체제가 이미 극복했다고 제기한 '고난의 행군'이 북한사회에 어떤 깊은 상처를 남겼나를 살펴보았다. '고난의 행군'이 남긴 상처에 대한 파악은 남한 사회의 성찰에도 유용할 수 있다는 것이 논자의 문제의식이다. 이 시기에 북한사회는 정신적 좌절(김일성 주석의 사망)과 연이은 자연재해로 육체적 수난('고난의 행군')을 동시에 겪었다. 그 근간에는 미국의 경제봉쇄와 자연재해, 그리고 세계체제로부터의 고립이 자리하고 있었다. 북한이 '고난의 행군'을 겪던 시기에 남한 사회에서의 김정일체제에 대한 신랄한 이데올로기 공세를 가했다. 한편에서는 '우리민족서로돕기 운동본부'에서 '북한동포돕기 운동'을 전개하는가 하면, 다른 한편에서는 연변에 출몰한다는 '꽃제비'에 관한 르뽀 기사가 선정적으로 보도되기도 했다. 남한사회에서는 북한 민중에 대한 연민이 '인민을 굶겨 죽이는 정권'에 대한 분노로 이어지기도 했고, '흡수통일'에 대한 기대와 공포가 공존하기도 했다.

아이러니하게도 북한 사회가 '고난의 행군'에서 벗어났다고 선언하자마자, 남한사회는 'IMF 구제금융'에 들어섰다. 1998년에 정리해고 된 가장들은 '나이든 꽃제비'가 되어 서울역·부산역 등 도심지역을 배회했고, 출구 없는 빈곤의 나락에 빠져든 일부 가족들은 '동반자살'이라는 극한적 선택을 하기도 했다. 북한의 '붉은기 사상'을 중심으로 한 결집 못지않은 '금 모으기 운동'이 남한 사회에서 자발적으로 전개되기도 했다. 남한 사회는 '경제에 대한 과도한 집착'이라는 정신적 내상을 안고 겨우 'IMF 구제금융'에서 벗어날 수 있었다.

북한의 '고난의 행군'과 남한의 'IMF 구제금융'은 무관한 듯 보이지만, 실제로는 두 체제가 안고 있는 내재적 모순의 표출이었다. 그런 의미에서 북한 사회가 어떤 방식으로 '고난의 행군'에 대처했고, '혁명적 낭만주의'가 향후 북한사회 체제에 어떤 영향을 미칠 것인가를 살펴보는 것은 의미가 있다. 두 체제가 미래에 만날 때, 이러한 역사적 상처에 대한 이해는 '사회문화적 통합'에 공통감각으로 작용할 수 있기 때문이다.

『한국근대문학연구』 제15호, 2007

| 참고문헌 |

≪로동신문≫, ≪조선문학≫

김갑식·오유석, 「'고난의 행군'과 북한사회에서 나타난 의식의 단층」, 『북한연
　　　구학회보』 제8권 제2호, 북한연구학회, 2004.

김정일, 『주체문학론』, 조선로동당출판사, 1992.

문학예술사전편집집단 편집, 『문학예술사전(상)』, 과학백과사전종합출판사, 1988.

배성인, 「김정일체제의 지배담론: 붉은기 사상과 강성대국론 중심으로」, 『북한연
　　　구학회보』 제5권 제1호, 북한연구학회, 2001.

이종석, 「한반도 안보환경 재진단: 북한 '유훈통치체제'의 현황과 전망」, 『군사논
　　　단』 제6권, 한국군사학회, 1996.

이종석, 『현대북한의 이해』, 역사비평사, 2000.

이항동, 「노동신문 사설 분석에 의한 북한정책의 변화: 1987~1996」, 『한국정치
　　　학회보』 제31권 제4호, 한국정치학회, 1997.

임영봉, 『한국현대문학 비평사론』, 역락, 2000.

정기열, 「지금 우리는 고난의 행군 중」, ≪월간 말≫, 1996년 7월호.

정우곤, 「주체사상의 변용 담론과 그 원인: '우리 식' 사회주의, '붉은기 철학', '강
　　　성대국'을 중심으로」, 『북한연구학회보』 제5권 제1호, 북한연구학회, 2001.

피에르 마슈레, 이영달 옮김, 『문학생산이론을 위하여』, 백의, 1994.

해방 직후
북한의 문학비평
— 민족문학론과 리얼리즘론을 중심으로

신두원

1. 머리말

이 글은 1945년 해방 직후부터 1950년 한국전쟁 사이의 북한문학비평의 양상을 살피는 것을 목적으로 한다. 지난 80년대 후반부터 북한에 대한 관심이 대중적으로 확산되기 시작함에 따라 북한의 문학에 대해서도 여러 가지 소개와 연구가 전개된 바 있다. 그러나 아직도 소개된 자료의 양이 그다지 풍부하지 않아 그 전반적인 변모가 알려지지는 않고 있다. 그래도 북한의 문학작품에 대해서는 작품집도 더러 출간되었고 학문적인 연구도 어느 정도 진행되었지만, 문학비평에 관해서는 별다른 진척이 보이지 않았다.

그러던 차에 최근 북한문학비평에 대한 자료집이 몇 명의 연구자의 노력에 의해 우리 앞에 선을 보이게 되었다. 이선영·김병민·김재용 편 『현대문학비평자료집 이북편』(태학사, 1993~4, 총 8권 중 1권이 45~50년의 자료를 싣고 있다. 이하 '자료집'이라 약칭함)이 그것이다. 중국과 소련, 일본 등 인근 국가를 찾아다니며 귀중한 자료를 입수하여 책을 펴냄으로써,

비로소 북한의 문학비평의 전반적인 면모에 어느 정도 접할 수 있게 되었으니, 편자들의 노고에 일단 경의를 표하지 않을 수 없다. 이 글이 쓰여질 수 있는 것도 이 자료집의 덕택이다.

물론 이 자료집도 일정 한계내의 것이다. 1945~1950년의 문학비평으로 묶인 것이 모두 35편이니, 당시에 실제로 발표되었던 총량과 비교하면 한참 부족한 것일 수도 있다. 그러나 안함광, 안막, 윤세평, 한효 등 당시 북한의 문학비평을 주도하던 비평가들의 주요한 글들이 수록되어 있으므로 그 대략적인 윤곽은 파악할 수 있을 것이다. 좀 더 완벽한 연구는 더 많은 자료가 소개될 때를 기다리기로 하고, 여기서는 주로 이 자료집에 수록된 자료를 중심으로 하여 북한문학비평의 전개양상을 개략적으로 윤곽짓는 데 그치기로 한다.

2. 문학이념론 : 민족문학론

북한의 문학비평도 당시 남한에서와 마찬가지로 문학이념으로서의 민족문학론을 정립하는 데서부터 출발하고 있다. 남한의 해방 직후 문학 비평이 주로 과거 카프 출신 비평가들에 의한, 문학이념을 둘러싼 논쟁에서부터 출발했음은 잘 알려져 있다. 임화를 비롯한 일부 카프 출신 문학인들이 일부 비카프 출신 문학인(이른바 중간파)들까지 규합하여 조직한 조선문학건설본부측은 과거의 계급문학론에 대한 비판 위에서 인민문학/민족문학론을 제출했음에 반해, 이에 맞서 카프의 계승을 주장한 프롤레타리아예술동맹(이하 '프로예맹'이라 약칭함)측은 프롤레타리아 문학론을 내세워 대립하였는 바, 새로운 국가 건설의 시점에서 향후 건설될 문학예술의 방향을 둘러싼 이념논쟁을 낳았던 것이다. 이들의 논쟁은 그러나 양 단체의 통합이 요청되면서 오래 지속되지 못하였고, 양 단체의 통합으로 조선문학가동맹(이하 '문학가동맹'이라 약칭함)이 결성되면서 민족문학을 정식 문학이념으로 채택하게 된다. 당대 혁명의 단계가 사회주의혁명이 아니라 부르주아민주주의 혁명이며, 주어진 과제가 반제 반봉건인 만큼 프로문학이 아니라 민족문학이 이념적 과제가 되어야 한다는 것이 그 근거였다.[1]

이처럼 남한의 진보적 문학비명이 민족문학이념을 정립시켜 가는 과정을 밟아나간 데 비해 북한에서는 민족문학을 당대 문학이념으로 곧바로 규정한 위에서 출발한다. 이후 북로당과 남로당 간의 헤게모니 쟁탈이 치열하게 이루어져 남로당의 대대적 숙청으로 귀결되었을지라도 초기 북로당(그 전신인 조선노동당 북조선분국)이 남로당(그 전신인 조선노동당/박헌영)의 혁명노선(8월테제)을 수용했던 것과 마찬가지로, 북한의 문학이념도 남한의 문학가동맹에서 정립시킨 민족문학론을 일단 인정하였던 것이다.

1) 서울중심주의 비판

부르주아민주주의 혁명 단계에 상응하는 민주주의민족문학의 수립을 문학이념으로 수용하면서도, 북한의 문학비평은 서울의 문학가동맹 및 그들의 민족문학론과의 차별화를 시도한다. 그 첫 터닦이로 이루어지는 것이 '서울중심주의'에 대한 비판 및 북한중심주의의 선포인데, 이는 초기 북한의 문학예술운동을 주도했던 한설야에 의해 이루어진다.

> 우리는 지난 3월 북조선예술총연맹 결성 당시 「예술운동의 일반적 정세 보고」에 있어서 북조선 예술운동은 곧 조선예술운동의 중심이요 근간이요 모체가 되어야 한다는 것을 언명하였다. 이것은 즉 북조선예술운동이 지방적 운동이 아니라 전체운동의 주동이요 핵심이어야 한다는 의미다.[2]

---

1 이 논쟁 및 민족문학론의 수립과정에 대해서는, 박용규, 「조선문학가동맹의 민족문학론 연구」, 서울대 석사논문, 1989; 이양숙, 「해방 직후 문학이념과 정책 논쟁」, 김윤식 편, 『해방공간의 민족문학 연구』, 열음사, 1989; 하정일, 「해방기 민족문학론연구」, 연세대 박사논문, 1992 등 참조.

2 한설야, 「예술운동의 본질적 발전과 방향에 대하여 ─ 해방 1년간의 성과와 전망」,

이러한 전제 위에서 한설야는 남한의 예술운동을 비판한다. "남조선에서의 예술운동은…… 그 주체적 발전의 길을 스스로 쟁취하려는 진지한 태도를 결하고 있"는 바, 광범한 대중운동으로 조직하지 않고 악질분자까지 포함한 작가 중심적 조직을 결성하여 조합주의적 직업주의적 도제주의적 국한성과 편파성을 벗어나지 못하고 있다는 것이다. 나아가, 그것은 일개 지방조직으로서도 당연히 갖추어야 할 성격과 조직을 갖지 못하고 있고, 그러면서도 "상금 예술조직의 중앙체인 것처럼 자인하는 것은 너무도 자기인식이 부족한 것을 자백하는 것일 뿐 아니라 이것은 확실히 조선예술운동의 통일과 그 방향을 저해하는 것"이라고 호되게 비판한다. 그런 만큼 여전히 문화의 중심을 막연히 서울에 두는 '문화에 있어서의 서울회향주의'는 가장 무서운 반동적 사상에 속하며, 원칙에 입각한 광범한 대중조직으로 생성 발전하고 있는 북조선 예술운동이 단독의 발전을 꾀하지 말고 전체적 통일적인 민족예술문화건설의 중심이 되어야 한다는 것이 한설야의 결론이다.

당시 북조선예술총연맹의 위원장 한설야의 발언인 만큼 이런 사고는 북한 문예운동의 기본 방침이 되었다고 추측된다. 그 결성 과정이야 어찌 되었건, 100여 명으로 출발한 북조선예술총연맹(46년 3월에 결성되었으며 같은 해 10월에 북조선문학예술총동맹으로 개칭함. 이하 '북문예총'이라 약칭함)이 불과 1년 만에, 문학 연극 음악 미술 영화 사진 무용 등의 분야에 1만 5천명의 회원을 동원하고 대부분의 시·도에 지부를 두었으며 수천 개의 써클을 가진 조직으로 발전했다고 보고되고 있으니,[3] 이러한 군중노선을 실현하고 있던 북한의 문학운동이 남쪽의 문학가동맹에 대한 헤

───

『자료집』 1권, 21쪽(『해방기념평론집』, 1946.8).

3 임화, 「북조선의 민주건설과 문화예술의 위대한 발전」, ≪문학평론≫ 3호, 1947.4, 42쪽. 이 보고를 두고 김윤식 교수는 "임화는 이러한 보고문을 흡사 풍문을 전하는 투로 적어놓고 있는데, 그가 평양 쪽과 얼마나 먼 거리에 서 있었음을 이보다 더 잘 말해놓은 것은 달리 구할 수 없다."고 적고 있다. 김윤식, 「해방후 남북한의 문화운동」, 김윤식 편, 『해방공간의 민족문학 연구』, 열음사, 1989, 40쪽.

게모니 확립을 위해서 조직운동의 성과를 내세운 것은 당연한 일이라고 볼 수 있겠다. 그러나 한설야의 서울 비판은 문학운동의 구체적인 성과 곧 작품이나 비평적 성과에 근거한 것이 아니기에 다분히 '정치적인' 발언으로 들린다. 조직운동의 위세로써 북한문학운동의 독자성 및 헤게모니를 확립 장악하기 위한 힘의 논리인 것이다.

아울러 이러한 북한중심주의가, 북한이 남한을 비롯한 전조선의 해방 및 민주변혁의 근거지가 되어야 한다는 이른바 민주기지론을 배경으로 하고 있는 점도 간과할 수 없다. 안막은 이를 좀 더 구체적으로 언급하고 있다.

> ……북조선의 문학예술가들은 북조선의 민주주의 문학예술 역량이 민주주의 조선독립국가 건설을 위한 주동적 문학예술 부대임을 깊이 인식하고 …… 북조선의 민주주의 문학예술전선을 더욱 확대강화하여 민주주의 민족문학예술 건설사업을 더욱 전진시킴으로써 우리들의 역량이 그야말로 위대한 북풍이 되어오는 날 새로운 제국주의의 침략의 위기하에서 영웅적으로 투쟁하고 있는 남조선의 문학예술가들을 원조하며 격려하여 그들과 더불어 전조선적인 통일적 민주주의 문학예술전선을 수립하고……4

어쨌든 이러한 힘의 우위 혹은 그에 대한 자신감을 바탕으로 해서 이론적인 면에서도 조선문학가동맹에 대한 비판이 이루어지게 되는데, 그것이 잘 알려진 민족문학 논쟁이다.

2) 문학가동맹의 민족문학론 비판

문학가동맹의 민족문학론에 대한 비판은 안막, 윤세평, 안함광 등에 의해 이루어진다. 이들은 공통적으로 민족문학론에서의 좌편향과 우편향을 비판하는 가운데, 문학가동맹의 이론을 우편향이라고 간주하고 있다. 그런데 이들이 지적하고 있는 민족문학론의 좌편향이란 민족형식을 과소평

---

4 안막, 「신정세와 민주주의 문학예술전선 강화의 임무」, 『자료집』 1권, 137쪽(≪문화전선≫, 46.11).

가하고 민족문화를 부정당하다고 간주하는 태도로서, 문학가동맹으로의 통합 이전의 프로예맹의 프로문학론이 이에 해당하지만, 북에서의 비판이 이루어지는 46년 중반 경에는 이미 그 실체가 사라진 뒤이며, 나아가 이때 에는 그처럼 민족문학론을 부정하는 견해도 거의 보이지 않는다. 그런 만 큼 민족문학론의 좌편향에 대한 북한 비평가들의 비판도 실체에 대한 것 이 아니라, 문학가동맹의 민족문학론에 대한 비판에 일종의 들러리로 내 세운 것이 아닐까 추정된다.

이들의 '민족문학론'은 사실 문학가동맹(및 그 배후에 있는 남로당)에 대한 비판에 그 촛점이 놓여 있다. 46년 7월에 창간된 북문예총의 기관지 《문화전선》 창간호에 발표된 안막의 「조선문학과 예술의 기본임무」는 그 첫 포성이며, 이어서 윤세평, 안함광 등이 가세했고, 나아가 그 비판의 내용은 해방 후 5년간 북한 평론의 가장 기본적인 기조를 이루게 된다.

> 오늘날 문화예술 건설의 극우적(『자료집』에는 '극좌적'이라 되어 있으나 오 식이다 - 인용자) 기회주의자들은 첫째로 현단계 조선혁명의 새로운 민주주의 적 성질을 왜곡하고 민주주의 민족통일전선이란 것이 무산계급이 영도하는 '각 민주계급 연합전선'임을 이해치 못하고 비원칙적 투항주의적 통일전선을 환상 하고 있으며 둘째로 이들 사이비 맑스레닌주의자들은 '민족 문화'라는 개념에 '민족'이란 것을 그 근거에서 분리시키여 다시 말하면 민족을 구성하는 구체적 계급관계에서 분리시키며 추상적인 민족의 개념을 날조하고 주장하고 있다.[5]

> ……가장 대표적이라고 할 수 있는 지도이론을 볼지라도 덮어놓고 "우리 혁명계단은 프롤레타리아 계단이 아니므로 건설될 신문화는 프롤레타리아적 인 문화가 아니다", "민족문화는 계급문화가 되어서는 아니된다". "내용에 있 어서 민주주의적이고 형식에 있어서 민족적인 신문화를 건설한다"는 상식적이 며 용속한 관념적 언사로써 현실을 재단하고 있다. 현실에서 유리된 이같은 관 념적 현실은 실천과정에 한 걸음만 말을 내딛게 되면 곧 그의 모순성을 발로하 게 될 것이니……[6]

5 안막, 「조선문학과 예술의 기본임무」, 『자료집』 1권, 65쪽(《문화전선》 창간호, 46.7).

분명하게 그 실체가 지적되고 있지는 않지만, 문학가동맹의 민족문학론이 그 대상임은 어렵지 않게 짐작된다. 프로예맹측과의 논쟁을 거쳐 문학가동맹을 결성하면서 이들은 당시의 문학이념이 계급문학이 아니라 민족문학임을 뚜렷이 내세운 바 있다. 조선공산당(남쪽의) 중앙위원회에서도 「조선민족문화건설의 노선(잠정안)」(이하 「잠정안」이라 약칭함)을 발표하여 '민족문화는 계급적 문화가 되어서는 안 된다'는 점을 명시하였다.[7] '가장 대표적이라고 할 수 있는 지도이론'이란 이 「잠정안」을 가리킨다.

「잠정안」의 표현은 분명하게 문화의 계급성의 논리를 부정하고 있는 것으로 보인다. 아울러 "사회주의를 내용으로 하고 형식에 있어 민족적인 민족문화는 사회주의적 정치경제를 반영한 문화형태이므로 우리에게는 아직 이러한 정치경제의 토대가 서 있지 않기 때문에 이러한 사회주의적 민족문화는 아직 있을 수 없다"[8]는 표현에서 알 수 있듯이, 문화의 성격을 그 사회적 토대와 기계적으로 연결시키는 속류 사회학주의적 사고를 보여주고 있다. 그러나 임화 등에 의해 정초된 문학가동맹의 민족문학론은 이러한 속류적 사고를 크게 벗어나고 있다. 곧 계급문학이 당대의 문학이념으로서 부적절하다는 논리이지 문학의 계급성 자체를 부인하지는 않았으며, 나아가 민족문학의 건설에 있어 노동자계급이 중심적 역할을 담당해야 함도 분명히 지적하고 있다.[9] 문화의 계급성을 부정하는 입장에서라면

---

6 윤세평, 「신민족문화 수립을 위하여」, 『자료집』 1권, 127쪽(≪문화전선≫, 46.11). 이 밖에도 안막의 「조선 민족문화 건설과 민주주의 노선」, ≪문화전선≫, 46.11; 안함광의 「민족문학재론」, 『민족과 문학』, 1947; 윤세평의 「신조선 민족 문화 소론」(1947) 등이 유사한 논리로 '무계급적' 민족문학론에 대한 집중포화에 나섰다.

7 조선공산당 중앙위원회, 「조선민족문화건설의 노선」, 신형기 편, 『해방3년의 비평문학』, 세계사, 1988, 90쪽.

8 위의 글, 90쪽.

9 "이 문화혁명의 담당자도 문화혁명에 있어서 가장 혁명적 계급인 노동자계급을 위시한 농민과 중간층의 진보적 시민으로 형성된 통일전선에 속하게 된다."(임화, 「현하의 정세와 문화운동의 당연 임무」, 신형기 엮음, 위의 책, 33쪽) 또한 역시 문학가동맹 민족문학론의 이론가인 이원조는 민족문화의 성격이 '이미 선진국가의 퇴폐기를 經了한

이처럼 문화혁명의 주체인 통일전선의 계급적 기초를 밝힐 수 없기 때문이다.[10]

이처럼 북한 이론가들의 비판은 문학가동맹의 민족문학론에 대한 충실한 이해에 기반하고 있지는 못하며, 문제가 될 만한 구절을 독립화시켜 그것이 마치 전체인 양 간주하는 태도를 보이고 있다. 그리고 이들의 비판론은 사실 그들이 좌편향으로 비판하는 프로예맹 논리를 변형시킨 것이기도 하다. 다만 문학이념이 프로문학에서 '노동자계급문화가 영도하는' 민족문학으로 바뀌고 있을 따름인 것이다. 그러나 그런 가운데서도 민족문학론이 계급성을 희석시키게 될 위험을 경계한 점은 일정한 의의를 지닌다. 문학가동맹측의 민족문학론에서는 과거의 프로문학을 문학이념으로 내세운 프로예맹의 논리에 대해 적절한 논리적 비판을 가하지 않는 가운데, 문학의 계급성 연관에 대해서는 그다지 천착하지 않는 경향이 있었던 것이다.

무계급적 이론이라는 비판과 더불어 또 하나 문학가동맹 민족문학론 비판의 촛점이 되는 것은 '근대적 의미의 민족문학'론이다.

> 그러기 때문에 '민족문화는 계급문화가 되어서는 아니된다'는 류의 견해라든가 또는 우리가 수립해야 할 민족문학은 '근대적인 의미의 민족문학'이어야 한다는 류의 견해 등은 모주리 단죄되어지지 않아서는 아니된다. 지금 우리 인민에게 부여된 최고의 임무가 결코 우리 조선을 근대적인 의미의 민주주의사회로 만드는 데 있는 것이 아니라 진보적 민주주의 국가사회를 건립하려는 데 있는 거와 同樣으로 우리가 지금 수립하려는 민족문학도 '근대적인 의미의 민족문학'인 것이 아니라 진보적 민주주의의 민족문화인 것이다.[11]

시민문화를 수립하는 것이 아니라 세계적으로 대두하는 무산계급문화의 영향, 영도하에서의 민족문화일 것"으로 언명하고 있기도 하다. 이원조, 「민족문화 발전의 개관」, ≪民鼓≫, 1946.5, 19쪽.

10 하정일 역시 "문맹이 당대의 문학이념으로 민족문학을 상정하여 계급문학을 부정한 것이 곧 문학의 계급성에 대한 부정을 의미하지는 않는다"고 지적하고 있다. 하정일, 앞의 글, 145쪽.

임화, 김남천과 더불어 30년대의 대표적인 카프 출신 비평가라 할 수 있는 안함광은 해방 직후 북한의 비평가들 가운데 가장 논리적인 논객이었으며, 그런 만큼 문학가동맹을 대표하는 임화에 대비되어 북문예총의 대표적인 비평가로 평가받고 있다.[12] 안막과 윤세평은 대부분 「잠정안」에 등장하는 구절을 문제 삼고 있는 데 비해, 안함광은 바로 임화를 겨냥하고 있다. '근대적인 의미의 민족문학'이란 규정은 다른 누구보다도 임화의 것이다.[13]

임화에 의하면 당시의 우리 문학은 자주적인 근대화를 이루지 못함으로써 아직 완전한 의미의 근대문학의 수립에도 이르지 못하고 있었다. 원래 근대문학의 완성은 시민문학이 담당해야 할 과제인데, 우리의 경우 식민지 시대의 시민계급의 허약성으로 인해 그 과제가 시민문학에 의해 해결되지 못한 채 노동자계급의 문학으로 이월되었다. 하지만 당대의 프로문학 역시 "수입된 사조의 모방으로 기인되는 공식주의적 약점으로 인해"[14] 그 과제를 제대로 수행하지 못한 채 해방에 이르고 말았고, 그리하여 바로 당시의 과제인 민주주의 민족문학의 수립이 반제 반봉건을 내용으로 한다는 점에서 근대문학의 완성이란 과제와 합치된다는 것이 임화의 논리이다. 임화의 민족문학론은 이처럼 우리 신문학사에 대한 나름의 이

11 안함광, 「민족문학재론」, 『민족과 문학』, 문화전선사, 1947, 42쪽.

12 김재용, 「8·15 직후의 민족문학론」(≪문학과 논리≫ 2호, 1992) 및 하정일, 앞의 글 등이 임화와 안함광을 각각 문학가동맹과 북문예총의 대표적인 이론가로 꼽고 그들의 민족문화론을 당대 최고의 수준으로 평가하고 있다.

13 조선문학자대회의 기조연설인 임화의 「조선 민족문학 건설의 기본과제에 대한 일반보고」(『건설기의 조선문학』, 백양당, 1946)와 「현하의 정세와 문화운동의 당연임무」(≪문화전선≫ 창간호, 1945.12) 등 당시 임화의 대표적인 평문에서 이런 구절이 등장한다. 아울러 이 구절은 또한 30년대 후반 이래 임화가 모색한 독자적인 문학사관으로부터 연유하며, 그런 만큼 풍부한 이론적 함축을 담고 있기도 하다. 졸고, 「이식과 창조의 변증법」, ≪창작과비평≫, 1991년 가을호 참조.

14 임화, 「조선 민족문학 건설의 기본과제에 대한 일반보고」, 『건설기의 조선문학』, 백양당, 1946, 36쪽.

해에 바탕하고 있었다.

　근대적 의미의 민족문학 수립론에 대한 안함광의 비판에는 그 근거를 이루는 이러한 문학사적 시각에 대한 언급은 없다. 그러나 문학가동맹의 민족문학론을 비판하는 당시 북한의 비평에는, 임화와 뚜렷이 구별되는 문학사적 시각이 있다. 이들의 차이는 무엇보다도 일제시대 프로문학을 어떻게 역사적으로 자리매김하느냐는 점에서 드러난다. 임화가 일제시대 프로문학의 역사적 한계에 주목하는 데 반해, 이들 북한 비평가들은 그 역사적 의의를 부각시키는 데 주력한다. 물론 그들 또한 일제시대 프로문학에 대한 비판을 생략하지는 않는다. 그러나 그것은 내용편중주의, 과도한 정치적 편향으로 인한 예술의 특수성의 무시 등에 그칠 뿐, 진정한 역사적 한계에 대한 지적으로까지는 발전되지 않는다. 그런 한계를 지니고 있었음에도 불구하고, 당시의 카프는 문학예술운동을 추동시키는 대본영이었고 전문단을 압도했으며, 우리 문학사에서 새로운 단계를 연 것으로 높게 자리매김 된다. 곧 3·1운동을 계기로 하여 우리 문화운동의 단계는 부르주아문학이 주도한 舊부르주아민주주의 문화운동으로부터 노동자계급이 주도하는 新부르주아민주주의 문화운동의 단계로 진전했다는 것이다.15 이는 분명 당시의 프로문학에 대한 지나친 고평이 아닐 수 없다. 일제시대의 프로문학운동은 진정한 프롤레타리아의 문화적 역량에 기반한 것이라기보다는 소시민계층 출신 지식인들의 관념적 지향성 위에 기반한 것이었고, 그런 만큼 민족문학의 수립을 향한 진정한 전위부대가 되기에는 역부족이었다. 어쨌든 근대적 민족문학론을 부정하는 안함광의 논리는 이처럼 프로문학운동을 중심에 놓는 문학사 파악에 의해 뒷받침되고 있기는 하지만, 그 문학사 구도는 역사적 실상을 의식적으로 과장한 혐의를 벗어나지는 못한다.

　하지만, 이러한 북문예총의 비판은 문학가동맹 이론의 약한 고리를 건

---

15 윤세평, 「선조선 민족문화 소론」, 『자료집』 1권, 204~206쪽.

드리고 있기도 하다. 부르주아민주주의혁명론이 지니는 2단계 혁명론으로서의 한계와 상응하게, 문학가동맹의 이론은, 근대적인 민족문학의 수립을 거쳐서야 더 높은 단계의 문학으로 나아갈 수 있다는 2단계 문학발전의 이념을 내세우고 있는 것이다. 그럴 경우 민족문학은 궁극적인 문학이념으로서 일정한 제한이 가해지게 된다. 이점을 파악한 임화는 새로이 근대적 의미의 민족문학론을 철회하고 "현대의 민족문학은 분명히 노동자계급의 이념에 기초"하고 있다고 규정하면서, 그렇게 하여 건설될 문학은 서구의 근대문학과 판이하게 다른 '진정한 의미의 민족적 문학'이 되리라고 못 박게 된다.16

3) '무산계급(문화) 영도하의 민족문학'론

문학가동맹의 민족문학론에 대한 북문예총의 비판은 단지 비판을 위한 비판에 그치는 것은 아니었다. 앞항에서 제시된 인용문에서도 추측되듯이, 그 비판은 새로운 민족문학론에 의해 안 받침 되어 있는 것이다. 기존의 문학가동맹의 민족문학론을 새롭게 변화시킨 그들의 논리는 한 마디로 무산계급 및 그 문화가 영도하는 민족문화론으로 모아진다.

그것은 당대 혁명론의 변화와도 보조를 같이하고 있다. 곧 박헌영의 「8월 테제」에 기초한 기존의 남로당 혁명론은 단순한 부르주아민주주의 혁명론이었지만, 북한에서는 모택동의 신민주주의론에 근거하여 부르주아민주주의혁명을 다시 두 종류로 구분, 현 단계 혁명이 舊부르주아민주주의혁명이 아니라 新부르주아민주주의혁명이라고 규정하고 그 차별화를 시도한 듯싶다. 북한에서는 1945년 직후에는 민주개혁이니 민주주의 국가건설이니 하는 용어를 사용하다가, 이후 권력이 강화되면서 '반제 반봉건 민주주의혁명'으로 바꾸어 쓰고, 다시 뒤에는 '인민민주주의혁명'으로 용어를 바꾸어 나갔다.17 모택동의 신민주주의론은 그 내용상 부르주아민주

---

16 임화, 「민족문학의 이념과 문학운동의 사상적 통일을 위하여」, 《문학》 3호, 1947.4.

주의 혁명론과 크게 다를 바 없지만, 일국사회주의론이 영구혁명론과 결합되고 있어 식민지사회에서의 전통적이고 단순한 2단계 혁명론을 크게 수정하고 있고, 그럼으로써 부르주아민주주의가 아니라 1단계 혁명론인 인민민주주의혁명론의 한 형태로 규정된다. 아울러 사회주의혁명의 노선을 半식민지 半봉건의 상태에 있던 중국의 현실에 걸맞게 변형시킨 것으로도 잘 알려져 있다. 북한에서도 개혁이 구체화되면서 조선의 실정에 부합하는 노선의 수립이 요청되었고, 그 과정에서 일단 모택동의 신민주주의론이 하나의 모델이 되었다. 다음과 같은 김일성의 발언은 그 계기가 되었던 것으로 보인다.

> 오늘의 조선에는 미국이나 영국식 민주주의가 맞지 않습니다. 서구라파의 민주주의는 이미 뒤떨어졌을 뿐만 아니라 만일 우리가 그것을 채용한다면 나라의 독립을 달성하려는 우리의 목적을 실현하지 못하고 다시 외래 제국주의의 식민지로 떨어지고 말 것입니다. 그러므로 조선에는 조선 실정에 부합되는 새로운 진보적인 민주주의제도를 세워야 합니다.[18]

북한의 민족문학론은 이러한 변혁론의 변화를 반영한 것이다. 3·1운동을 계기로 하여 조선 혁명의 단계가 민족자산계급에 의해 주도되는 舊的 민주주의혁명단계에서 무산계급에 의해 주도되는 새로운 민주주의 혁명단계로 진전했다는 안막의 주장이나,[19] 현혁명계단이 무산계급이 영도하는 자산계급성 민주주의혁명단계이며,[20] "1919년 3·1운동까지의 소자산계급 내지 자산계급이 주동적 역할을 놀게 된 민주주의운동과 3·1운동 이후 무산계급이 선봉적 영도 역할을 담당하게 된 민주주의 운동 사이에는 역사적으로 그 성격을 달리하고 있다"는 윤세평의 주장이 그 예이

---

17 여현덕, 「8·15 직후의 민주주의 논쟁」, 『해방전후사의 인식 3』, 한길사, 1987, 47쪽.
18 양호민 외, 『북한사회의 재인식 1』, 한울, 1987, 102쪽으로부터 재인용.
19 안막, 「조선문학과 예술의 기본임무」, 『자료집』 1권, 61~2쪽.
20 윤세평, 「신민족문화 수립을 위하여」, 『자료집』 1권, 129쪽.

다. 무산계급 및 그 문화가 영도하는 민족문화의 논리는 바로 이러한 변혁론을 문학이념으로 곧바로 대입한 것이다.

> 그러므로 현 역사적 단계에 있어서 조선민족의 신정치는 새로운 민주주의 정치이고 조선민족의 신경제는 새로운 민주주의 경제이며 이여야 할 것과 매한 가지로 새로 건설될 조선민족의 신문화·예술도 새로운 민주주의문화·예술이어야 한다. 이러한 새로운 민주주의 문화는 무산계급과 그 문화 사상이 영도하는 인민대중의 반제 반봉건 반팟쇼적 문화며, 일체의 자본주의 문화를 반대하는 문화는 아니다.[21]

> 이른바 내용에 있어서 단순한 민주주의적인 것이 아니라 '무산계급이 영도하는 인민대중의 반제 반봉건의 문화'인 신민주주의문화……그러므로 우리가 수립하는 신민족문화는 결코 비계급적 문화가 아니며 도리어 무산 계급이 영도하는 신민주주의 문화이다.[22]

현실 개혁의 과제로부터 문학이념을 추출한다는 점에서 이들의 민족문학론은 문학가동맹의 그것과 동질적이라 할 수 있다. 다만 후자의 경우 부르주아적 개혁의 미비로 인해 노동자계급의 역량 역시 민족문화를 영도할 만큼 성숙하지 못했다는 판단을 담고 있음에 반해,[23] 전자에서는 노동자계급의 영도가 충분히 가능하다는 자신감에 의해 뒷받침되어 있음이 다른 것이다. 이와 같은 차이를 낳은 것은 무엇보다 남북한의 현실적 차이일 것이다. 북한은 소련군의 지원 아래 반봉건 개혁의 속도를 가속화시키고 있었다. 토지개혁의 실시나 노동법령의 개정 등은 그 대표적인 예다.

그러나 문제는 북한의 개혁이 얼마나 자생적인 토대에 바탕을 둔 것이

---

21 안막, 앞의 글, 63쪽.

22 윤세평, 앞의 글, 131쪽.

23 노동자계급의 이념을 새롭게 전면에 내세우게 된 임화의 「민족문학의 이념과 문학운동의 사상적 통일을 위하여」에서도 노동자계급의 영도성이 강조되기보다는, 노동자계급의 이념이란 인민의 이념, 민족의 이념의 매개자임이 강조될 뿐이다.

었는지, 그리고 그 토대가 과연 실질적인 노동자계급의 영도하에서 민주주의적 개혁을 곧바로 인민민주주의혁명으로 진전시켜 나갈 수 있을 만한 성숙된 것이었는지에 있다. 그 판단은 북한에 대한 연구가 본격화되지 못하고 있는 지금으로서는 정확히 내려지기 어렵다. 다만 일제하에서의 불구적인 자본주의적 발전 그것만으로는 자생적인 인민민주주의혁명을 수행하기가 불가능하지 않았겠느냐는 것, 소련의 원조에 의해 뒷받침이 되었지만 그러한 '수출된 혁명' 내지 '프롤레타리아의 국제주의적 원조'가 얼마나 자생적인 혁명역량의 성숙에 기여했겠느냐는 의문 등을 제기할 수 있을 따름이다.

사실 최근의 현존 사회주의 국가들의 몰락은 가장 선진적이었다는 소련조차도 세계자본주의의 포위 속에서 사회주의혁명을 완수할 만한 내실을 갖추지 못했음을 증명한다. 북한의 경우는 더 말할 나위도 없을 것이다. 뿐 아니라 해방 직후의 그 미약한 경제적 토대로 보아 노동자 계급의 역량이 충분히 성숙되지 못했음은 쉽사리 짐작될 수 있다. 그렇다면 북한의 민족문학론에서 이야기하는 '노동자계급의 영도성'이란 일종의 수입된 이념에 의존하는 '담론'에 지나지 않을 수도 있다.

북한의 개혁이 '위로부터의 혁명'이었다면, 북한의 민족문학론은 그에 수반된 일종의 도구로서의 담론이라는 성격을 지니는 것이다. 그 도구로서의 성격은 문학에 대해서도 일종의 도구적 성격을 강하게 요구하는데, 북한의 문학이론은 차츰 문학을 도구시하는 수준으로 나아가기 시작한다 (그것을 확인할 수 있는 것이 창작방법론으로 제기된 '고상한 리얼리즘'론이다). 사실 미약한 토대 위에서의 혁명일수록 더욱더 의식적 노력이 요구되기 마련이다. 그리하여 인민들을 혁명사업에 최대한으로 동원할 필요가 대두하며 그를 위해서 일종의 의식혁명이라 할 수 있는 문화 혁명의 필요가 제기된다. 그 문화혁명을 위해서 모든 문화수단을 동원하는 것, 북한의 문학 및 문학비평도 그로부터 벗어나지 못한 것으로 보인다. 노동자계급 영도하의 민족문학론 역시 마찬가지이다. 노동자계급이 현실적으로 미약한 대신 노동자계급의 전위를 '자처하는' 당과 그 지원세력이 막강한 상황에서, 노동자계급 영도하의 민족문학론은 우리 문학의 실상에 부합하는 문학이념으로서가 아니라 일종의 이데올로기적·정치적 기능으로서 대두된 것이 아니겠는가.

그런 만큼 이 이념은 이념 자체로는 대단히 허술하다. 무엇보다 노동자계급문학을 별도의 실체로 상정하고 있는 데서 그 문제점은 여실히 드러난다. 문학가동맹의 민족문학론에 대한 비판이 제기되었을 때 이원조(청량산인)가 재비판을 가했듯이, '문화의 계급성', '계급문화', '무산 계급(문화)의 영도성'을 뒤죽박죽으로 혼동하고 있음도[24] 사실이며, 마치 여러 계급이 하나의 통일전선을 이룩하는 것과 같이 민족문화내에서도 여러 계급의 독자적 문화가 연합을 하되 그중 노동자계급문화가 전체 문화를 영도하는 것으로 사고하고 있고, 이를 원칙적인 '문화에서의 계급성' 논리와 혼동하고 있는 것이 분명하다. 그러나 여러 계급의 독자적 문화의 연합으로서의 민족문화론이야말로 그들이 문학가동맹을 비판하면서 사용하는 '소박한 정치이론을 그대로 문화에 직역하는' 것에 다름 아니며, 당대 현실의 객관 과제로부터 문화이념을 도출하는 변증법적 자세와도 거리가 멀다.[25] 그럴 경우 독자적 실체로서의 이념(노동자 계급문학)과 통일전선문학으로서의 이념(민족문학) 간의 괴리 문제가 발생하기 때문이다.

그럼에도 불구하고 1947년 중반 이후 북한 비평에서 민족문학론은 더이상 발전하지 않은 것으로 보인다. 남로당의 부르주아민주주의혁명론 및 그에 입각한 문학가동맹의 민족문학론에 대한 비판 작업이 일정하게 수행되었기 때문일 것이다. 그 이후로 논의의 초점에 떠오르는 것이 고상한 리

---

24 청량산인, 「민족문학론」, ≪문학≫ 7호, 1948.4, 100쪽.

25 김재용은 안함광의 경우는 이러한 한계를 벗어나서 민족문학과 무산계급문학의 차이점을 정확히 인식하고 있다고 보는데(김재용, 「8·15 직후의 민족문학론」, ≪문학과 논리≫ 2호, 1992, 67쪽 및 81~2쪽), 그 역시 '무산계급 독재정치의 실현을 당면적 방향과 목적'(안함광, 「민족문학재론」, 『민족과 문학』, 46쪽)으로 삼는 계급문학을 하나의 실체로 인정하고 있다는 점에서 위의 비판을 면할 길 없다.

얼리즘론이다.

3. 창작방법론 : 고상한 리얼리즘론

리얼리즘론은 민족문학론과 함께 초기 북한의 문학비평의 가장 중요한 주제의 하나였다. 카프 시대의 문학비평이 계급문학론과 리얼리즘론을 중심으로 이루어졌다면, 그 연장선 위에 서 있는 해방 직후의 문학 비평이 창작방법론으로서 리얼리즘론을 복원시킨 것은 당연한 일이었다. 남한문학가동맹의 문학비평에서도 민족문학론과 함께 리얼리즘론이 중요한 비중을 차지하거니와, 북한에서도 사정은 동일했다. 단 남한에서는 진보적 민주주의를 과제로 하는 현실에 조응하는 '진보적 리얼리즘'을 내세웠는데,[26] 북한에서는 이에 대한 비판이나 수용 여부는 논하지 않고 대신 '고상한 리얼리즘'이라는 개념을 제출하고 있다.

도덕주의적 취향을 강하게 드러내는 '고상한 리얼리즘'론은 1947년 이후에나 제기되며, 그 용어의 발원은 김일성에 있는 듯싶다. 고상한 리얼리즘을 논하고 있는 한효의 글에는, 1947년 벽두에 행했다는 다음과 같은 김일성의 발언이 인용되어 있다.

> 문학예술인들은 민주개혁의 성과를 정확하게 반영하여 앞으로 추진시키는
> 사상적 정치적 예술적으로 고상한 작품을 생산할 것이다.[27]

그 이후 북한의 문학비평은 모두 이 '고상한' 문학/리얼리즘을 중요한 척도로 삼고 전개된다. 특히 이 시기 북한의 리얼리즘론은 이 무렵부터 본격화되며(그 전인 1946년까지는 주로 민족문학론 및 문학과 정치의 연관

---

26 남한의 진보적 리얼리즘론의 전개 양상에 대해서는 이양숙, 「해방 직후의 진보적 리얼리즘론에 대하여」, ≪실천문학≫, 1993년 겨울호 참조.
27 한효, 「민족문학에 대하여」, 『자료집』 1권, 422쪽(문화전선사, 1949).

문제 등에 관심을 기울이고 있다), '고상한 리얼리즘'을 둘러싼 논의로 집중된다.

1) 안함광의 능동적 사실주의론

그러나 1947년 이전에도 본격적인 리얼리즘론은 아니지만, 문학의 본질에 대한 뜻깊은 논의가 없는 것은 아니다. 특히 안함광은, 앞 절에서 살핀 민족문학론을 내적으로 심화시키는 데 일조하는 원론적인 글을 몇 편 발표하고 있는데, 이를 통해 리얼리즘론과도 통하는 논의를 심도 있게 펼치고 있다. 「예술과 정치」, 「의식의 논리와 문예창조의 본질적인 제문제」가 그것인데,[28] 전자에서는 예술과 정치의 불가분리한 관계를 논하면서도 정치적 논리가 예술을 도구시해서는 안 되며 예술의 정치성은 외적으로 부여되는 것이 아님을 분명히 내세우고 있고, 후자에서는 문학에서의 의식의 역할을 깊이 있게 추적하면서 능동적 사실주의론을 개진하고 있는 것이다.

특히 전자의 논문에서 안함광은 개성의 중요성을 강조하고 있다. 창조의 주체인 작가가 계급에 의존해 있는 것은 물론이지만, 계급에 대한 주체의 의존관계를 단순히 수동적으로만 생각해서는 작가의 개성적 의의를 무시하는 오류를 범하게 된다고 하면서, 안함광은 "한편 사회적 제약이라는 이름 밑에 작가의 개성적 의의를 무시 억압하려는 경향에 대해서도 이를 반대 억압해나가지 않아서는 아니될 일이다"라고 못박고 있다.[29] 예술과

---

28 이밖에도 안함광은 원론적 측면에서 문학이론에 대한 많은 글을 쓴 것으로 보인다. 해방 직후 5년간에 안함광은 『민족과 문학』, 『문예론』, 『문학과 현실』 등 세 권의 저서를 낸 것으로 되어 있다(윤세평, 「8·15 해방 이후의 문학평론」, 『자료집』 2권, 105쪽). 이중 문화이념과 정책론이 주로 수록되어 있는 『민족과 문학』은 우리에게 공개되어 있지만, 문학원론과 창작방법론을 주로 다룬 것으로 보이는 나머지 두 권은 구하기 어렵다. 이들이 공개될 때 이 시기 안함광의 문예이론은 더 구체적으로 고찰될 수 있을 것이다. 따라서 이 글에서 시도하는 그의 이론에 대한 평가는 잠정적인 것임을 밝혀 둔다.

정치의 연관에 대해서도 유사한 논리가 적용된다.

> 예술의 정치성이라고 하는 것은 그러나 외부로부터 부여되어진 것이 아니라 생활을 기초로 하는 데서 스스로 발로되어진 것이 아니어서는 아니될 것이다. …… 접목적(부가되어지는) 사상이 작가의 척도나 처방전으로서 지배하는 곳에서는 진정한 의미의 예술의 정치성이란 것이 살아(생) 나올 수는 없는 일이다. 예술과 정치를 아울러 지배하고 있는 가장 기본적인 생활 및 사상을 실천적으로 탐구 파악할 것만이 필요하다. 그 경우의 여하를 막론하고 가장 유효한 인식은 현실의 수동적인 관조에서가 아니라 사회적 생활의 구체적 실천에서만 가능한 것이다.[30]

여기서 주목되는 것은 다음 두 가지이다. 하나는 부가된 사상이 작가에게 척도로 강요되어서는 안 된다는 사상인데, 이는 카프의 정치주의적 편향에 대한 반성에 입각해 있는 정당한 사유이지만, 그러나 이후 북한의 문학 및 비평에서 제대로 계승되지 못한다. 이후의 논의과정에서도 드러나겠지만, 북한의 비평은 다시 '외부로부터 부여되는' 정치성의 영향 하에서 정치주의적 편향으로 기울어지게 된다. 또 하나는 이처럼 정치주의를 경계하면서도 문학의 정치성 자체를 부정하지 않고, 작품의 내적 정치성에 주목하면서 그것의 가능성이 작가의 구체적 생활실천으로부터 주어진다고 본 점이다. 이는 30년대 후반의 리얼리즘론이 리얼리즘의 성취에서 중요한 요소로 예술실천에 주의를 기울였던 점과 대비된다. 곧 작가의 생활실천이 곧바로 작품의 리얼리즘적 성취를 보장하는 것이 아니라, 그것이 작가의 예술실천의 매개를 통해서 이루어진다는 사고에 도달한 바 있는데,[31] 여기서 안함광은 예술실천의 매개를 내세우지 않고 곧바로 작가의

---

29 안함광, 「예술과 정치」, 『자료집』 1권, 55쪽(≪문화전선≫, 1946.7).

30 안함광, 위의 글, 57쪽.

31 임화의 리얼리즘론이 이를 대표한다. 졸고, 「임화의 현실주의론 연구」, 서울대 석사논문, 1991 참조.

생활실천을 강조하고 있는 것이다. 이는 안함광이 문학의 독자성에 대해 다른 비평가들보다도 더 많은 주의를 기울이고 있으면서도, 문학예술의 독자성을 강조하기보다는 정치연관성에 더 기울어져 있다는 증거가 된다.

「의식의 논리와 문예창조의 본질적인 제문제」는 앞서 제기한 개성론을 창조적 개인의 의식이라는 측면에서 더욱 발전시킨 글이다. 여기서 안함광은 개인의 의식이 언제나 사회계급의 의식에 의해 규정됨을 전제하면서도 "그렇다고 해서 역사적 행정에 있어서의 인간의 개성적 역할을 전연 무시해 버리는 기계론적 오류를 범해서도 아니 될 일"이라고 강조한다. 나아가 문학예술이라는 창조적 세계에서도, 구체적인 현실성을 가질 것, 구체적인 인간의 창조 없이는 자기 세계를 완성할 수 없다는 것, 창조물이 개인적인 특유미를 가져야 한다는 것 등을 지적하고 있다.[32] 이런 강조는 속류 사회학주의적 반영론과 날카롭게 구별되는 것 이면서도, 다른 한편으로는 반영에서의 의식의 능동성을 강조해 온 일제시대 자신의 이론의 연장선에 서는 것으로, 리얼리즘 이해의 주관주의 혹은 혁명적 낭만주의론으로 경사할 위험으로부터 전혀 자유로운 것은 아니다.

그러나 이런 위험은 이 글이 인간 '의식의 본질에 관한 내재론적 탐구'로 나아가면서 적절히 제어되고 있다. 여기서 안함광은 인간의식의 형성 및 작용을 둘러싼 다음 사항들을 지적하고 있다. 첫째, 의식의 작용은 논리의 법칙 즉 조직된 사고의 법칙으로 체현된다; 둘째 의식의 공간적 상호영향성이 의식 조직의 동기가 될 수 있다; 셋째 의식의 작용에 있어 전통의 역할을 무시해서는 안 된다; 넷째 의식의 자체적 특징으로서 객관적 진리에 대한 원칙적 신념을 들지 않을 수 없다; 다섯째 충전한 사회적 기능을 다하는 의식이란 보편성을 자기의 생명으로 한다는 등.[33]

이들이 그 골격만 제시되고 있는 것은 결코 아니다. 관련 사항들에 대한

---

32 안함광, 「의식의 논리와 문예창조의 본질적인 제문제」, 『자료집』 1권, 164~8쪽(≪문화전선≫, 1947.4).

33 안함광, 위의 글, 169~80쪽.

풍부한 해석을 곁들여 서술되고 있으며, 특히 문학에서의 문제로 구체화되고 있기도 하다. 우선 첫째 문제와 관련해서는 우리 작가들의 논리성 학대 경향이 비판되고 나아가 작가들의 지성의 빈곤이 문제점으로 지적된다. 둘째 문제와 관련해서는 동일한 의식이 다른 현실의 미숙한 사회경제적 토대 위에서 수요 되는 경우가 가능함을 밝히면서 선진제국(특히 소련) 문화의 수용의 필요성을 강조하는데, 그러면서도 구체적인 개성적 면에서의 섭취가 이루어져야 함을 빠뜨리지 않는다. 셋째 전통과 관련해서는 창조적 활동이 발 디디고 있는 구체적 현실 조건(곧 전통)의 중요성이 강조되고 있으며, 나아가 그 전통이란 것이 자립화되어 있는 것이 아니라 "과거가 현재를 살린 힘 또 현재를 고차의 미래에로 현실화시킬 수 있는 힘"으로서 존재함을 구명하고 있다. 넷째 문제에서는 레닌의 이론을 인용하면서 객관적 진리가 인간의 실천적 입장으로부터 유리해서 획득되는 것이 아님을 지적하고, 나아가 문학에서의 자유주의적 태도나 관조주의적 태도가 객관적 진리와 거리가 멂을 구명한다. 다섯째 문제에서는 개성과 보편성의 통일, 곧 개성을 통한 보편성의 창조가 바로 문학의 창조적 실천의 요체임이 해명된다.

이러한 폭넓은 사유를 거침으로써 일단 안함광의 논리는 주관주의적/낭만주의적 편향을 벗어나고 있다. 개성의 중요성을 강조하면서도 여기서는 그 개성이 발현될 수 있는 객관적 조건의 중요성이 세밀하게 탐구되고 있고, 그것이 궁극적으로 객관적 진리 혹은 보편성의 창조로 정향되어야 진정한 창조를 낳을 수 있다고 보고 있기 때문이다. 따라서 이 글에서 "우리의 민주주의적 민족문학은…… 가공적 낭만주의 또는 관조적 객관주의가 아니라 능동적 사실주의를 자기 세계로" 한다고 규정한 점에서 우리는 안함광이 자연주의적 사실주의와도 구별되며 혁명적 낭만주의로도 기울지 않은 온당한 리얼리즘론에 도달하고 있음을 인정할 수 있다. 물론 이 글이 본격적인 리얼리즘론도 아니며, 문학의 범위를 넘어서는 의식 일반의 문제가 탐구됨으로써 리얼리즘을 둘러싼 여러 문제들의 '연관'이 깊이 있게 구명되지는 못하고 있기는 하지만, 의식의 능동성을 강조하면서 주관주의적 편향으로 기울었던 자신의 30년대적 한계를[34] 넘어서서 온당한 리얼리즘론을 발전시킬 수 있는 싹을 마련한 것으로 볼 수 있는 것이다. 그러나 아쉽게도 이후 안함광의 이론적 모색은 독자성을 상실한 채 '고상한 리얼리즘'론의 영향 하에서 새로운 굴절을 겪게 되며, 리얼리즘론의 발전을 보여 주지는 못한 것으로 보인다.

2) 고상한 리얼리즘론

고상한 리얼리즘은 앞서 언급했듯 김일성의 1947년도 벽두의 발언에서 유래하는 듯하며, 1947년 1월의 북문예총 제1차 확대상임위원회의 결정에서 "북조선 문학가 예술가들은…… 참으로 조국과 인민에게 복무하는 문학예술의 중요한 역할을 원만히 조성하기 위하여 고상한 사상과 고상한 예술성으로 충실된 창작을 허다히 내놓음으로써 조선 인민의 문화적 욕구를 충족시키기 위하여 꾸준히 노력할 것이다"[35]라고 천명한 뒤, 한국전쟁 무렵까지 북한문학의 창작방법으로 공식화된 것으로 보인다. 이후 여러 논자들이 고상한 리얼리즘에 대한 논의를 펼치는데, 대부분 그 내용으로 인민들에 대한 교화 가능, 긍정적 주인공 및 긍정적 전형론, 적극적 주제의 형상화론 등을 언급하고 있으며, 혁명적 낭만주의와의 관계에 대해서는 일각에서 논쟁적 논의가 있었다. 일관된 체계를 갖춘 이론으로서 전개되기보다 일단 슬로건으로 제시된 뒤 내용을 채워 나가는 식으로 발전해 간 것으로 보이므로, 여기서는 여러 곳에서 단편적으로 언급되는 내용을 통해 그 이론구조를 간략히 재구해 보기로 한다.

우선, '고상한'이란 형용사가 단지 리얼리즘의 성격을 한정짓는 데에 국한되어 사용된 것은 아니며, 문학예술 일반이 지향해야 할 성격 내지 기

---

34 30년대 안함광의 리얼리즘론에 대해서는, 구재진, 「1930년대 안함광 문학론연구」, 서울대 대학원, 1992 참조.

35 안함광, 『조선문학사』, 연변교육출판사, 1956, 372쪽.

능을 의미한 것으로 보인다. 물론 북한의 공식적인 문학론이 하나같이 리얼리즘을 지향했으므로 문학예술 일반에 대한 이론이 그대로 리얼리즘론의 성격을 지니기도 하지만, 애초에는 리얼리즘론으로 제기되기보다는 문학예술이 지향해야 할 일반적 성격으로 제시되고 나서 그것을 리얼리즘론과 접합시킨 듯싶다. 그 성격/기능이란 일단 인민들에 대한 인식교양적 기능으로 모아진다.

> 우리 조선 인민들 특히 우리 청년들로 하여금 조국과 인민을 진실로 사랑하는 헌신적 애국자가 되게 하며 조국과 인민의 이익을 무엇보다 고상히 여기며…… 세계평화와 인류의 행복을 위하여 공헌할 줄 아는 그러한 고상한 민족적 품성을 가진 '새로운 조선사람'으로 형성하는 데 있어서 예술과 문학은 다른 민주주의적 문화수단들과 더불어 그 역할은 거대하고도 고귀한 것이다.[36]

온갖 도덕적 품성을 갖춘 고상한 인민들을 양성하는 것, 그것이 다른 문화수단들과 더불어 문학예술의 최고의 역할이 되며, 이 역할을 수행하기 위해서 문학예술인은 "사상적으로나 기술적으로나 완전히 무장하며 그 양자의 고상한 통일 제고 위에서"[37] 창작에 임할 것이 요구되었다. 교화적·계몽적 기능이 우선시되는 만큼, 사상성이 예술성에 비해 중시되는 것은 물론이다.

문학이나 예술이 사상성을 담고서 인민을 교양하는 수단이 되어야 한다는 요구 자체에 문제가 있는 것은 결코 아니다. 물론 문학이 단지 사상을 전달하는 수단으로만 간주되어서는 문학의 본령을 제대로 살릴 수도 없겠고 나아가 그러한 인민의 교화라는 기능 자체도 제대로 발휘될 수 없겠지만, 인식교양적 기능이 문학의 하나의 중요한 기능인 것은 부정되기 어렵다. 그러나 고상한 문학론은 다분히 문학의 특수성을 제대로 감안하

---

36 안막, 「민족문학과 민족예술 건설의 고상한 수준을 위하여」, 『자료집』 1권, 241쪽 (≪문화전선≫, 1947.8).

37 한식, 「조선문학의 발전을 위하여 – 창작방법에 대한 제문제」, ≪문학예술≫, 1948.4, 29쪽.

지 않은 가운데 인민 교화적 기능만을 앞세우고 있다는 혐의에서 자유롭지 못하다. 이는 우선 문학에서의 사상성과 예술성을 이원적으로 사고하면서 예술성을 사상성에 종속시키고 있는 점에서도 나타난다. 예술성이 부정되는 것은 결코 아니다. 고상한 리얼리즘을 비평의 기준으로 삼고 있는 실제비평들에서도 예술성의 부족이 비판되고 있기는 하다. 그러나 예술성은 단지 수단(형상화)의 차원으로 떨어지고 있다. 작가들에게 '사상적 기술적 무장'을 요구한 앞선 인용절(주 37)에서도 드러나거니와, '사상적 무장의 부족, 예술적 수단의 빈곤'[38]이 비판되기도 한다. 인민대중에 대한 교화가 우선 목적인만큼 일차적으로 중요한 것은 사상이며, 따라서 작가에게도 맑스레닌주의 나아가 애국주의 사상의 습득이 강요되니, 20년대 말 30년대 초의 카프의 정치주의적 편향으로 되돌아간 것이 아닐까 싶다.[39]

이처럼 예술성을 일종의 수단으로 간주하는 것은 고상한 리얼리즘론으로 발전하고 나서도 변함이 없다. 고상한 리얼리즘론이 예술적 반영에 대해 어떻게 생각하고 있는지를 보자. 30년대까지 우리 리얼리즘론은 기계적인 반영론을 넘어서서 예술적 반영의 특수성 및 그 반영 과정에서 일어나는 주체와 객체의 변증법에 대한 사고에까지 이르렀다.[40] 그러나 고상한 리얼리즘론에서는 객관적 현실이 압도적인 비중을 차지하게 되며, 그에 대한 작가 주체의 창조적 재해석은 문제되지 않는다. 그 자리를 대신 차지하는 것이 현실을 발전하는 것으로 보고, "새로운 것과 필연적인 것을 낡은 것과 우연적인 것에서 구별하면서…… 사실을 취사선택"[41]하라는

---

38 안막, 「민족문학과 민족예술 건설의 고상한 주순을 위하여」, 『자료집』 1권, 243쪽.

39 이 무렵 일어난 이른바 '응향' 사건(47년 1월)도 이 점에 대해 시사적인 측면이 있다. 현실에 대해 회의적이고 절망적인 내용을 담고 있다고 해서, 이 시집을 '부패한 무사상성과 정치적 무관심', '조선 예술문학에 적합치 않은 낡은 예술문학'(안막, 위의 글, 245쪽)으로 비판한 것은 문학인들을 더욱 정치적으로 동원하는 계기가 되지 않았을까 한다.

40 졸고, 「임화의 현실주의론 연구」, 서울대 대학원, 1991, 3장 참조.

41 안함광, 「1·4 분기의 작단에 나타난 문학적 성과」, 『자료집』 1권, 295쪽(《문학예술》,

요구다. 곧 반영과정에서 차지하는 작가 주체의 능동성 문제가 주어진 현실 속에서의 선택과 취재의 문제로 치환되어 버린 것이다. 이럴 경우 반영론은 현실에 대한 창조적인 재해석과 변형을 통한 것이 아니라 주어진 현실의 모사에 그치게 되며, 이러한 모사를 반영이라 사고할 경우 반영론은 진정한 창조의 이론이 되지 못한다.

문제가 더 심각해지는 것은 고상한 리얼리즘론이 주제의 적극성과 긍정적 주인공(전형)을 그 핵심 내용으로 채택하고 있는 점에서다. 고상한 리얼리즘론은 새로운 긍정적 전형을 요구한다.

> 오늘날 새로운 조선문학에 있어 요구되는 새로운 긍정적 전형은 국가와 인민을 진심으로 사랑하는, 민주주의 조국건설을 위하여 헌신적으로 투쟁하는, 모든 낡은 구습과 침체성에서 벗어난, 높은 민족적 자신과 민족적 자각을 가진, 고상한 목표를 향하여 만난을 극복할 줄 아는, 모든 문제를 해결하는 데 있어서 높은 창의와 재능을 발양하는, 고독치 않고 배타적이 아닌, 다른 사람들을 이끌고 용감하게 나아가는, 그야말로 김일성장군께서 말씀하신 생기발랄한 민족적 품성을 가진 그러한 조선사람의 형상을 말하는 것이다.[42]

아직 우리 작품에는 "무기력하고 수동적이며 연약하며 주저와 연민을 말하는 낡은 사회의 인간들이 너무 많"은데,[43] 이러한 조야한 작품은 지양되어야 하고, 위 인용문에서 제시된 것과 같은 고상한 긍정적 인간, 그리고 그들의 현실을 그려야 한다는 것이 고상한 리얼리즘의 구체적인 창작방법이다. 아울러 부정적인 인물이 주인공으로 선택되어서는 안 된다는 점도 부가된다.

49.6). 한식 역시 고상한 리얼리즘의 창작방법의 하나로 "우연적인 모든 모멘트의 현실을 필연적인 본질의 진실로써 파악"할 것을 들고 있다. 한식, 앞의 글, 259쪽.

42 안막, 「민족문학과 민족예술 건설의 고상한 수준을 위하여」, 『자료집』 1권, 243쪽.

43 안막, 위의 글, 244쪽.

우리는 원칙적으로 무지하고 비문화적이고 소시민적인 심리와 풍습이 현실 중에 무수히 있다 하더라도 그 중 전형적 인물이 결코 이와 같은 면모를 띤 부정적인 인물이 되어서는 안될 것이다.[44]

부정적인 인물을 그릴 때에는, "부정들이 새로운 긍정적 정세와 성격의 감화와 영향과 훈련 아래에서 그 긍정들의(원문은 '긍정들이'로 되어 있으나 바로잡음 —인용자) 실천 아래에서 자각하는 과정을 조직되어 가는 과정을 발견할 것"[45]이 또한 요구된다. 이처럼 긍정적 주인공을 그릴 것을 요구하는 것은, 이미 현실 중의 온갖 우연적인 것 중에서 필연적인 것이 무엇인지를 선택해 주는 것과 다름없다. 곧 현실의 필연적인 발전경향을 발견하는 것이 작가들의 창작과정의 몫으로 돌려지는 것이 아니라 이미 외부로부터 주어지고 있는 것이다. 작품의 제재까지도 제시했던 볼셰비키화 단계의 카프를 연상하지 않을 수 없다.

이럴 경우 반영이란, 객관 현실의 반영이 아니라 있어야 할 현실의 반영이 되어 버린다. 물론 현실의 본질을 반영한다는 것이 다만 주어진 현실의 기계적인 모사가 아닌 한, 존재하는 현실 속에서 있어야 할 현실의 모습을 담아내야만 진정한 진리의 반영에 이를 수 있다. 그러나 온갖 덕성을 구현한 '긍정적' 인물을 주인공으로 요구한다는 것은, 있어야 할 현실, 이상적인 현실의 모습을 우선시하고 그것에 비추어 존재하는 현실을 그려 내는 이상화의 방법을 요구하는 것에 다름 아니다. 다음의 구절들은 고상한 리얼리즘이 이상화의 방법을 채용하고 있음을 잘 보여 준다.

현재와 미래에 대한 이와 같은 굳은 신념은 우리로 하여금 인간활동과 조국 창건에 대한 창조적인 의욕을 더욱 불타게 하는 것이며 승리에 대한 명랑한 낙관적 전망과 세기적 승리를 더욱 공고히 하며 전민족적으로 이 승리를 향유하기 위한 투쟁에 대한 열의와 희생적 애국의 열정들은 우리 문학창조에 있어

---

44 한식, 앞의 글, 35쪽.
45 한식, 위의 글, 37쪽.

서 커다란 동력으로 되는 로만티즘의 정신을 내포하는 것이니……46

　　오늘날에 와서는 과거의 사실주의에서 보는 것 같은 자연생장적인 '이렇습
니다'하는 결과의 보고가 아니고 그것은 '이렇다', '그러니까 이와 같이 하고
있다' 또 '**하여야 하겠다**'라는 가장 **목적의식적인 방향**으로 지향하여야 할 것이
다.(강조는 인용자)47

　　물론 이들 이론은 이처럼 고상한 덕성을 구현한 인물들의 헌신적인 애
국의 열정이 질료적인 현실로 존재하고 있음을 전제하고 있다. 그런 만큼
문학창조의 실정이 현실 속의 인민들의 발전에 미치지 못한다고 판단하고
작가들을 독려해 마지않는다. 민병균의 「북조선 시단의 회고와 전망」에
서는 당시의 창작상의 문제점으로, 북한의 민주개혁의 위대한 성과는 우
리 시인들에게 무진장의 소재를 제공하고 있는데 우리 작품은 주제의 빈
곤성에 허덕이고 있고 취재의 비적극성을 보이고 있다는 것,48 작품을 통
하여 나타나는 사상이 모호함을 면치 못하고 있다는 것 등을 들고 있다.
그러면서도 다른 한편으로는 현재의 인민들이 누리고 있는 행복을 노래하
는 데 그칠 것이 아니라, 더한층 "개개 인민이 자기의 행복한 생활을 통하
여 앞으로 그것을 더욱 튼튼히 고착시키며 향상시키려는 강렬한 투쟁적
건설적 의욕을 북돋도록 격려하며 절규하는 것이래야 할 것"이 강조되기
도 한다.49
　　문학예술의 교화 · 계몽 기능이 무엇보다 강조되고 있다는 사실은, 고
상한 덕성을 구현한 인물들의 애국적 열정이 어디에나(무진장) 현실적으
로 존재하고 있다는 전제에 대한 반증이 아니겠는가. 그 전제가 사실이라

---

46 한식, 위의 글, 41쪽.
47 한식, 위의 글, 46쪽.
48 이처럼 현실의 발전에 문학의 발전이 따라가지 못한다는 비판은, 카프 시대 이래 새
　로이 정론적 지도성을 회복한 북한문학비평이 구사하는 단골 무기가 되고 있다.
49 민병균, 「북조선 시단의 회고와 전망」, ≪문학예술≫ 창간호, 1948.4, 51~53쪽.

면 문학의 교화·계몽 기능이 그처럼 강조될 까닭이 없을 것이다. 그런 만큼 고상한 리얼리즘론의 긍정적 전형론, 주제의 적극성론은 결국 진정한 리얼리즘론으로부터 멀어지고, 더욱 '강렬한 투쟁적 건설적 의욕', 곧 혁명사업으로의 인민들의 동원을 배가시키는 것을 목적으로 하는 일종의 낭만주의적 도구문학론으로 미끄러지고 있음을 보여 준다. 그 낭만주의를 고상한 리얼리즘론은 주지하듯 혁명적 낭만주의라 규정 했다.

3) 혁명적 낭만주의론

혁명적 낭만주의는 소련에서 사회주의 리얼리즘이 처음 제기될 때 고리끼의 주도에 의해 사회주의 리얼리즘의 한 계기로 규정되었으며, 식민지 시대 카프의 문학비평에서도 수용된 바 있다. 그러나 창작 주체의 주관적 열정을 중심 원리로 하는 낭만주의는 그것에 '혁명적'이라는 관형사가 붙는다 하더라도, 객관 현실과의 실천적 연관을 중심에 두는 리얼리즘과 거리가 멀어지게 되며, 그것을 사회주의 리얼리즘의 한 계기로 규정하는 것은 리얼리즘의 고유한 원리를 현실의 수동적 반영으로 국한시키는 오류로 나아가게 된다. 이미 30년대 리얼리즘론에서도 낭만주의론의 이러한 한계가 분명히 자각되었고, 문학에 있어서의 주관성의 계기가 리얼리즘의 고유한 것이며 주체와 객관이 변증법적으로 상호작용하는 가운데 진정한 리얼리즘이 성취된다는 사고에 도달하기도 했다.[50]

그런데 해방 후에 전개된 리얼리즘론은 이 혁명적 낭만주의를 부활시키고 있다. 문학가동맹에서 채택한 진보적 리얼리즘도 역시 혁명적 낭만주의를 그것의 한 계기로 설정하고 있으며, 앞서 살핀 북한의 고상한 리얼리즘 역시 동일하다. 민주주의적 개혁과 새로운 국가건설을 눈앞에 두고서 "현실에 만족치 않고 명일과 미래에로의 부단한 전진"을 위해 싸우는 민족의 영웅적인 정신을 그리기 위해서는[51] 혁명적 낭만주의가 필요하다

---

50 졸고, 「임화의 현실주의론 연구」, 서울대 대학원, 1991, 3장 1, 2절 참조.

고 보았던 것이다. 하지만 진보적 리얼리즘의 경우에는 논의가 전개될수록 혁명적 낭만주의의 비중이 낮아진 데 비해 고상한 리얼리즘은 줄곧 혁명적 낭만주의를 지배적인 예술원리로 보고 있다.[52]

북한에서도 혁명적 낭만주의를 리얼리즘과 어떻게 연관시키느냐는 문제에 대해서는 이견이 존재했다. 혁명적 낭만주의의 문제는 고상한 리얼리즘이 제기되기 전부터 제기되고 있다. 프로예맹의 이론가였다가 문학가동맹으로의 통합 이후에는 진보적 리얼리즘론을 이론화하는 데 힘쓰던 한효가, 월북 후 곧바로 발표한 「창작방법론의 전제」는 아마도 창작방법 문제의 탐구 필요성을 북한에서는 최초로 제기한 글인 듯하다. 창작방법 문제를 비평적 과제로 삼아야 한다는 평범한 글이지만, 거기서 한효는 독특하게 혁명적 낭만주의 문제에 언급한다. 혁명적 로맨티시즘을 새로운 창작방법 가운데 받아들이는 데는 이의가 없지만 리얼리즘과 로맨티시즘의 관계에 대한 정확한 이해가 필요하다고 하면서, 한효는 부르주아문학에서는 리얼리스틱한 경향과 로맨틱한 경향이 서로 분리되어 있지만, 새로운 리얼리즘에서는 그것과 로맨티시즘이 대립 혹은 병립하지 않고 양자가 하나의 과제라고 주장한다.[53] 제시되는 근거는 박약하지만,[54] 리얼리즘과 혁명적 낭만주의가 두 개의 다른 창작방법이 되어서는 안 된다는 문제의식은 일정한 의의를 지닌다. 곧 혁명적 낭만주의가 리얼리즘 내에서 하나의 독자적인 지위를 차지하는 것이 아니라, 리얼리즘으로써 구현되어야 한다는 사고인바, 혁명적 낭만주의가 리얼리즘을 현실에 대한 수동적 반영으로 한정하게 되는 문제점을 의식한 것이 아닌가 싶다.

---

51 김남천, 「새로운 창작방법에 관하여」, 문학가동맹 편, 『건설기의 조선문학』, 백양당, 1946, 169쪽.

52 하정일, 앞의 논문, 153쪽.

53 한효, 「창작방법론의 전제─문학비평의 상태와 과제」, 『자료집』 1권, 104~105쪽(≪문화전선≫, 46.11).

54 부르주아문학에서는 이상과 현실이 모순하지만, 인민에게 있어서는 양자가 추상적인 대립이 아니라 변증법적 통일을 이루고 있기 때문이라는 것이 그 근거로 제시된다.

그러나 이러한 사고가 명확하게 정식화되지는 못한 듯싶다. 48년에 발표한 한 평론에서 한효는 이렇게 쓴 것으로 되어 있다.

> 주지하는 바와 같이 우리의 새로운 리얼리즘은 혁명적 낭만주의를 한 과제로 그 자체 내에 포함한다. 혁명적 낭만주의가 없이는 우리의 리얼리즘은 현실을 그 발전에 있어서 그 투쟁에 있어서 그럴 수 없으며 위대한 명일을 계시할 수 없다.[55]

여기서도 물론 양자가 하나의 과제라는 주장에는 변함이 없으나, 혁명적 낭만주의가 오히려 중심적인 지위를 갖는 것으로 읽히며, 그것 없이는 리얼리즘이 현실을 발전의 과정으로 그리지 못하는 것으로 된다. 하지만 이 글에서 한효는 사실주의와 낭만주의의 변증법적 통일을 주장한 안함광과 박종식을 비판하면서 양자는 대립물이 아니기 때문에 통일될 수 없다는 논리를 폈다고 되어 있는데, 이는 역시 「창작방법론의 전제」에서 나타난 문제의식을 유지한 것이 아닐 수 없다.

한효가 비판한 안함광과 박종식의 견해는 구체적으로 알 수가 없다. 다만 한효에 대해 재비판을 가한 이정구의 논리를 살필 수 있는데, 그의 비판은 그러나 진전된 논의를 보여 주지는 못한다. 그의 비판의 요지는 간단하다. 곧 한효가 사실주의 일반과 낭만주의 일반을 추상적으로 취급했다는 것이다. 부르주아 리얼리즘과 사회주의 리얼리즘, 그리고 '우리 문학'의 리얼리즘이 각각 다르고, 혁명적 낭만주의도 "사회주의 사실주의와 함께 그의 구성부분으로 발생한 새로운 낭만주의이며 과거의 어떠한 사실주의와도 관계지울 수 없는 낭만주의"라는 것이 이정구의 견해다. 그런 만큼 과거에는 낭만주의와 사실주의가 통일될 수 없었지만, 양자가 모순된 방법인 것은 문학사가 증명하는 분명한 사실이며, 양자의 통일이 새로운 리얼리즘에서 실현된다고 본다.[56]

---

55 한효, 「리얼리즘과 혁명적 로맨티시즘과의 상호관계에 대하여」, 《노동신문》, 1948.11. 이정구, 「창작방법에 대한 변증법적 이해를 위하여」, 『자료집』 1권, 367쪽에서 재인용.
56 이정구, 「창작방법에 대한 변증법적 이해를 위하여」, 『자료집』 1권, 365~374쪽

이는 시대의 변화에 따라 창작방법이 계속 변화한다는 속류 반영론의 논리이며, 또한 과거의 사실주의와 새로운 사실주의 사이를 만리장성으로 갈라놓는 논리다. 실제로 이정구는 발자크의 사실주의와 조기천의 그것이 상이함을 논증한다. 두 작가의 창작방법이 근본적으로 다르다고 하는데, 첫째 작가가 처해 있는 사회적 환경이 상이하다는 것, 둘째 발자크의 인물은 부정적 인물인 데 반해 조기천의 인물은 긍정적 영웅들이라는 것, 셋째 발자크에게는 미래에 대한 전망이 없는 데 비해 조기천의 영웅들은 자기 행동과 생활 속에 닥쳐오는 미래를 확신하고 있다는 것이 그 근거로 제시된다.57 첫째 근거는, 사회가 변했으므로 창작 방법도 변했다고 보는 속류적 견해에 불과하지만, 둘째, 셋째 근거는 타당성이 없지 않다. 그러나 그것은 과거의 리얼리즘과 새로운 리얼리즘의 차이가 아니라 실로 리얼리즘과 낭만주의의 차이가 아닐 수 없다.58 이정구의 새로운 리얼리즘론은 낭만주의론으로 경사하고 있는 것이다.

한효는 이를 수긍하지 않는다. 그 역시 고상한 리얼리즘이 프롤레타리아문학이 도달한 높이에서 한층 더 높은 단계로 올라선 방법이며 "새로운 인민민주주의 제도와 그에 따르는 모든 사실의 반영으로서만 나타날 수" 있다는 견해를 보이면서 과거의 리얼리즘과의 차별화에 주의를 기울이지만,59 리얼리즘과 낭만주의 두 개의 원칙의 결합으로 고상한 리얼리즘이 형성된 것은 결코 아니라는 자신의 입장을 철회하지 않는다.

> 리얼리즘과 로만티시즘을 두 개의 원칙으로 보는 사람들은 흔히 리얼리즘
> 을 단순한 부인으로 보고 이에 대하여 따로히 로만티시즘이 요구된다고 생각하

(≪문학예술≫, 1949.9).

57 이정구, 위의 글, 369~370쪽.

58 물론 발자크에 대한 평가는 수긍할 수 없으며, 또 부정적 인물, 전망의 부재가 리얼리즘을 규정하는 것도 결코 아니다. 다만 이정구 식의 사고에 따를 때, 긍정적 영웅의 부재 및 낭만적 이상화의 거부가 오히려 진정한 리얼리즘의 지표가 되는 것이다.

59 한효, 「민족문학에 대하여」, 『자료집』 1권, 414쪽.

고 있으며 따라서 그들은 우리 고상한 리얼리즘은 이 요구에 의하여 그 원칙을 종합한 것으로 보고 있다. 그러기 때문에 그들은 혁명적 로만티시즘이란 고상한 리얼리즘을 다만 측면에서 도웁는 그 어떤 동등한 원칙으로 생각하지 않을 수 없게 되는 것이다.[60]

혁명적 낭만주의론이 리얼리즘의 가능성을 편협하게 만드는 오류에 대한 날카로운 비판이 아닐 수 없는데, 그 비판을 혁명적 낭만주의에 대한 부정으로까지 이끌고 가지는 못한다. 대신 그가 도달하는 것은 새로운 현실 자체가 낭만주의적이며 시적이므로, "이 낭만적이고 시적인 현실을 반영하며 형상화하는 고상한 리얼리즘이 혁명적 로만티시즘과 별개의 것일 수 없다"는 절충이다.[61] 현실이 낭만적이므로 그 현실을 리얼리즘적으로 반영하면 혁명적 낭만주의가 된다는 사고는, 앞서 인용한 비판이 지니는 온당한 리얼리즘론의 싹을 더 이상 발전시키지 못한다. 그런 사고 역시 일단 현실을 미화한 다음 리얼리즘은 그것의 기계적 모사로 국한시키는 고상한 리얼리즘의 오류를 그대로 반복하게 되기 때문이다.[62]

이 논쟁이 얼마나 지속되었는지는 지금으로서는 확인할 길이 없다. 그러나 고상한 리얼리즘과 사회주의 리얼리즘과 거의 동일시하고(다만 양자의 차이는 당대 북한의 현실이 아직 사회주의적 현실이 아니라는 점에서만 찾을 수 있다) 그 내용은 앞서 언급했듯 이상화된 현실의 반영 및 그를 통한 인민동원의 기능으로 채워 나가는 경향이 한동안 지속되고 강화되어 나

---

60 한효, 위의 글, 419쪽.

61 한효, 위의 글, 420쪽.

62 이 논쟁의 성과는 따라서 1930년대 임화의 '낭만적 정신론' 및 그에 대한 자기비판으로서의 리얼리즘론으로의 선회에도 훨씬 못 미치는 것으로 판단된다. 한효는 리얼리즘과 낭만주의를 구분하지 못하고 있으며, 이정구는 양자의 기계적 결합을 주장하고 있는데 머무르기 때문이다. 임화의 경우 낭만주의론에 내포된 리얼리즘론적인 계기로서 창작과정에서 발현되는 주관적 계기의 능동성을 포착 하고, 그것을 탁월한 리얼리즘론으로 전화시켜 낸 바 있다. 졸고, 「임화의 현실주의론 연구」 2장 2절 및 3장 1절 참조.

가므로(1950년 무렵부터 두드러지게 되는 애국주의사상 및 당성의 강조가 그것을 증명한다), 더 이상의 이론적 진전이 있었을 것 같지는 않다.

4. 마무리

이상에서 간략히 해방 직후 북한의 문학비평을 민족문학론과 리얼리즘론을 중심으로 살펴보았다. 전개양상을 살피는 것이 이 글의 목적인데, 충실한 자료에 바탕 할 수 없다 보니 엉성하기 그지없으며, 그러다 보니 글의 내적인 체계조차도 제대로 갖추지 못한 듯싶다. 현재로서는 불가불 엉성한 골격을 통해 그 징후 정도를 읽어내는 데 머무를 수밖에 없다.

이 글을 통해서 파악한 그 징후는 다음과 같다. 먼저 문학이념론으로서 민족문학론이 쓰이는데, 이를 통해 남한의 문학가동맹에 대해 헤게모니를 확립해 나가려 했다는 것, 그것은 북한의 개혁 및 혁명론의 변화와 맞물려 있으며 근본변혁으로의 전망을 담아냄으로써 문학가동맹의 민족문학론이 지닌 불철저성을 비판하기도 했지만, 그것이 현실적인 토대 위에 입각한 것이 아니라 관념적인 선취에 불과했고, 그런 만큼 내적인 체계와 과학성, 풍부함을 갖추는 데까지 나아가지 못했다는 것 등이다. 덧붙일 것은, 북한문학비평 최초의 주제라 할 수 있는 민족문학론에서부터 이미 논의의 관변성官邊性과 파당성派黨性이 드러나기 시작한다는 점이다.

다음으로 고상한 리얼리즘론에서는 외부로부터 주어지는 이상화된 현실(및 사상)의 반영과 인민 교화의 기능이 강조되고, 그것이 자연히 혁명적 낭만주의론으로 이어짐을 살펴보았다. 물론 그처럼 낭만주의적 도구주의적 경향을 벗어나려는 노력이 없었던 것은 아니지만, 그것이 충분히 발전되어 가는 양상은 보이지 않는다. 낭만주의론을 둘러싼 논쟁적 논의가 없었던 것은 아니지만, 대부분의 논의가 일률화되고 카프 시대의 정치주의적 편향이 복원되는 것을 확인했다. 일제 말기 그 엄혹했던 시절에 이룩했던 이론적 성취들이 계승되지 못하고 오히려 후퇴한 듯싶다.

부정적인 면을 주로 읽어낸 것 같은데, 그것이 필자의 의도는 아니다. 북한 연구는 사실 이제까지 금단의 영역으로 남아 있었던 분야를 다루는 데다가 향후 민족의 통일을 준비하는 작업이기도 하는 만큼 무엇보다도 엄정한 독해가 요구된다. 실상이 부정적이라면 그 부정적 면모를 엄정히 파악하는 것이 가장 먼저 선행되어야 한다는 것이 필자의 생각이다.

물론 이 글의 성과가 만족스러운 것은 결코 아니다. 이 글에서 살핀 민족문학론과 리얼리즘론 외에도 문학유산의 계승 문제, 국제주의/애국주의 문제, 작품비평의 양상 등 몇몇 중요한 주제들이 있는데 다루지 못했고, 나아가 깊이 있는 이론적 분석도 결여되어 있다. 여러 연구자들의 지적인 협력이 이 부족함을 메워 나갈 것이다.

『한국학보』 20권 1호, 1994

사실주의
문예비평의 전개와 ≪문학신문≫
— 1950~1960년대 북한문학의 동향

김성수

1. 머리말

이 글은 1950~1960년대 북한문학의 동향을 알 수 있는 중요한 자료인 ≪문학신문≫을 소개하고, 그것을 중심으로 전개된 사실주의 문예비평의 대체적인 흐름을 간단하게 정리하려는 의도를 가지고 쓰여진다. 단순한 자료 소개 차원을 넘어서서 구체적인 원전 근거를 가지고 우리 학계에 피상적으로 알려져 있는 북한문학의 실상을 조금이라도 밝혀보고자 한다.

이 글에서는 주체사상 이전의 북한문학 및 학계 동향에 보다 큰 관심을 두고자 한다. 『피바다』, 『꽃파는 처녀』, <불멸의 력사> 총서시리즈, 『북한의 문예이론』(원제:『주체사상에 기초한 문예리론』, 사회과학출판사, 1975) 등, 최근 우리에게 널리 알려진 북한문학은 대개 주체사상에 입각한 김일성 유일체제 하의 문학인데 반해 그 이전 문학은 잘 알려져 있지 않다. 그런데 주체사상이 유일사상체제로 공식화된 1967년 이전의 50~60년대 문학은 통일된 민족문학사의 관점에서 볼 때 오히려 문학적 가치가 크리라 기대되어 새로운 학문적 관심의 초점이 되고 있다. 이러한 판단의 주요한 근거 중 하나가 바로 여기서 소개하는 ≪문학신문≫과 그 내용 분석을 통해 확인되는 당시 문예계 동향이다.

여기서는 이러한 문제의식을 가지고 ≪문학신문≫자료를 소개함으로써 1950~1960년대 북한문학의 흐름을 사실주의 문예비평사의 전개라는 틀 속에서 정리할 생각이다.

2. ≪문학신문≫ 해제

≪문학신문≫은 1956년 12월 6일 창간된 북한의 문예 관련 주간신문이다. 창간 당시에는 조선 작가동맹 중앙위원회 기관지로 출발하였으나 1961년 3월 작가동맹이 여타 예술가동맹들과 합쳐 조선문학예술총동맹으로 확대 개편된 이후에는 문예총 중앙위 기관지가 되었다.

원래 해방직후 북한에는 작가 예술가의 조직으로 북조선문학예술총동맹이 있었는데, 1951년 한국전쟁 당시 남북 작가예술가 연합대회가 소집되어 조직이 확대되었다. 북조선문학예술총동맹은 발전적으로 해소되고 남한의 문화단체총연맹과 통합하여 단일한 조직체인 조선문학예술총동맹이 결성되었던 것이다. 그런데 이 조직은 전쟁 중에 남북 단체가 급작스럽게 합쳐진 방만한 조직이었는데다가, 김일성에 반대하는 박헌영의 남로당 계열 문인－임화, 김남천, 이태준 등－이 주도하고 있었기 때문에 전쟁이 끝나자 전면적인 개편이 불가피하게 되었다. 이에 작가들은 1953년 9월 제1차 전국 작가예술가대회를 열고, 이른바 '부르조아미학의 잔재'에 물들어있는 기존의 조선문학예술총동맹을 해체하고 별도로 조선작가동맹을 발족시켰던 것이다. 그리고 종합문예 월간지 ≪조선문학≫을 창간(1953.10)하여 작가동맹 중앙위원회 기관지로 삼아 그를 중심으로 전후문학을 전개해나갔다.

그러나 북한의 전후문학은 교조주의에 근거한 도식주의 기록주의적 경향에 빠져 안팎으로 많은 비판을 받았다. 이와 함께 스탈린 사후 1954년 말에 열린 소련 제2차 작가대회의 영향을 받아 1956년 10월 '도식주의 비판과 극복'을 슬로건으로 내건 제2차 조선작가대회가 열리게 되었다. 이 대회에서 작가동맹 중앙위원회 위원장 한설야는 「전후 조선문학의 현 상태와 전망」 보고를 통해 이 시기 북한문학이 도식주의 편향에 빠졌다고 비판하고 이의 극복을 위한 조직 개편안을 제시하였다. 남조선문학분과 고전문학분과의 신설이 결성되었고, 기존의 분과 중심 사전 심의제에서 편집위 중심의 원고 심의제로 출판체제가 바뀌었으며 이 모든 사항이 새로운 동맹 규약으로 집약되었다.1 또한 제1차 작가대회 이후 작가동맹 중앙위원회 기관지로 ≪조선문학≫을 간행했던 것과 같이 제2차 작가대회 직후에 ≪문학신문≫을 창간하게 되었던 것이다. 그러다가 1961년 3월 작가동맹이 영화인, 연극인, 무용가, 음악가, 미술가, 사진가 등 여타 예술가동맹들과 합쳐 조선문학예술총동맹으로 확대 개편된 이후에는 그 중앙위 기관지가 되어 폭을 넓히게 되었다.

≪문학신문≫은 초기에 주 1회 발행되다가 1959년 이후부터 60년대에는 주 2회 발행되었고, 80년대 말 복간된 이후에는 다시 주 1회 나오고 있다. 1968년 이후의 간행 여부는 국내에서 어떠한 자료로도 확인하지 못했으나, 일정기간 동안 간행되지 않았다가 최근에 들어와서야 1991년 치부터 다시 볼 수 있게 되었다. 필자가 직접 확인한 자료는, 누계 57호(1958.1.2)부터 1035호(1991.4.5)까지 10년 치와 누계 1335호(1991.4.5)부터 이후 계속 간행되고 있는 것이다. 필자가 보지 못한 300호 분량의 산문은 1968년 이후 1, 2년간과 1991년 이전 2, 3년간에 간행된 것으로 짐작되므로 1980년대 후반 이후 주간으로 복간되었음을 추정할 수 있다. 이러한 간행 사정을 감안해볼 때 비슷한 시기에 창간, 휴간, 복간이 이루어진 연구논문집

---

1 이상 논의에 대한 자세한 전말과 그 미학적 의미에 대해서는 졸고, 「1950년대 北韓 文藝批評의 展開過程」, 『韓國戰後文學硏究』, 성균관대 출판부, 1993; 「전후문학의 도식주의 논쟁」, ≪문학과 논리≫ 3호, 태학사, 1993를 참조할 수 있다.

≪조선어문≫과 성격이 견주어지기도 한다. ≪조선어문≫은 과학원(지금의 사회과학원) 언어문학연구소 기관지로서 1956년에는 격월간으로 출발하여 국어국문학 관련 논문과 무게 있는 학술적 비평이 게재되었다. 그러다가 1961년 문예총 재결성에 발맞추어 과학원 언어문학연구소와 문예총 산하 작가동맹 중앙위 공동기관지 ≪문학연구≫로 개제되었다가, 다시 1966년부터 사회과학원 언어학연구소와 문학연구소의 공동기관지인 계간 ≪문학연구≫로 연결되었다. 주체사상 확립 이후 오랫동안 휴간되었다가 80년대 후반에 ≪조선어문≫이 복간되어 계속 간행되고 있는 점은 ≪문학신문≫과 같다. ≪조선문학≫, ≪청년문학≫ 등 월간지가 1960년대 후반 '유일사상 체계화 시기'부터 주체사상이 '김일성주의화'하는 70년대와 '전면적 승리기'라는 80년대[2]에도 휴간 없이 지속되었는 데 반해, ≪문학신문≫, ≪조선어문≫은 중단되었다는 사실은 두 종류 매체의 차이를 느끼게 한다.

≪문학신문≫은 여러 가지 상황변화에 기동성 있게 대처할 수 있는 주간신문으로서의 특성과 함께, 도식주의 극복이라는 창간 당시의 문예 정세와 맞물려 ≪조선문학≫ 등 다른 문예 관련 매체와는 비교가 되지 않을 정도로 다양한 성격의 논쟁적 기사를 다룰 수 있었다. 이러한 특성 때문에 북한 문예계의 제대로 드러나지 않는 내면적 동향을 분석하는 데 이 신문 자료가 매우 유익하다는 판단을 할 수 있게 되는 것이다. 이 신문은 대개 일반적인 신문지 크기로 4면 발행이 원칙이었으나 당 차원의 중요한 대회나 행사가 있을 때는 6~8면도 발행되었다. 신문의 면별 내용을 보면 대개 일정한 틀이 있었다. 즉, 1면에 사설 등 문예정책과 동맹 산하 조직과 관련된 기사, 2면에 시, 소설 등 문학 관련 기사와 평론 · 작품, 3면에 고전문학

---

2 김영명 교수는 주체사상과 관련시켜 북한 정치사를 자주노선 정립기(1955~1966), 유일사상 체계화기(1967~1970년대 초), 김일성주의화 시기(1970년대), 주체사상의 전면적 승리기(1980년 이후) 등으로 시기구분하고 있다. 「주체사상의 생성과 변천: 정치 변동과의 관련에서」, 『아시아문화』 제7호, 한림대 아시아문화연구소, 1991.

과 연극·영화·음악·미술·무용 등의 예술 관련 기사, 4면에 외국의 문학과 문예이론 그리고 남한의 문예 동향 기사가 있다. 이러한 편집원칙은 이후 거의 변화 없이 지속되었다. 흥미로운 사실은 4면 외국문학 동향란의 경우 60년대 초까지는 소련 중국 중심이었는데 이후에는 동구권이나 제3세계 사회주의권으로 관심이 넓어진 것을 들 수 있다. 문학관의 변모가 세계관의 변모를 반영한다고 할 때 이러한 외국문학 동향의 관심 변모는 북한의 '자주노선'이 형성되는 것과 밀접한 관련이 있는 것 같다. 1966, 7년경에는 소련, 중국 관련 기사가 상당량 줄고 월남, 쿠바, 알바니아 등의 관련기사가 상대적으로 늘어나 북한과 비슷한 외교노선을 견지했던 나라들에 대한 친근성을 은연중 드러내기도 하였다.

《문학신문》은 기존 문예지 《조선문학》, 《조선예술》, 《조선어문》 등과 함께 문학예술에 관한 다양한 기사와 작품 및 평론을 실었다.3 신문이기 때문에 깊이 있는 논문은 없었으나 다른 매체들이 하지 못하는 다양한 비평적 논쟁과 독자(수용자)대중과의 직접적인 연결을 통해 이론의 다양화와 문예 대중화를 동시에 이룩할 수 있었던 점도 특기할 만하다.

3. 1950~1960년대 북한 문예계의 동향

북한에서 이루어진 사실주의 문예비평의 동향을 감지하기 위해서는 무엇보다도 먼저 '문학이란 무엇인가' 하는 문제에 대한 인식의 변모를 파악하는 것이 중요할 것이다. 즉 북한에서 문예의 본질적 성격과 기능에 대한 변모가 급격하게 이루어진 사실을 밝혀내야 한다는 것이다. 원래 주체사상 이전의 북한 문예학자·비평가들은 자신들의 문학을 마르크스레닌주

---

3 당시 문예 관련지에 대한 정보는 졸고, 「북한학계의 우리문학사 연구 개관」, 민족문화연구소 공저, 『북한의 우리문학사 인식』, 창작과 비평사, 1991, 411~412쪽에 상세하게 설명해 놓았다.

의의 미학이론에 입각한 사회주의적 사실주의 문학이라 일컬어왔다.

≪문학신문≫을 보면 50~60년대 북한 학계에서는 마르크스레닌주의 문예이론 일반론을 북한의 구체적인 문예 현실에 적용하려는 데 노력했음을 볼 수 있다. 아직 주체사상에 의한 유일사상체계가 확립되지 않은 상태라서 사회주의적 사실주의의 이론적 심화가 다방면에 걸쳐 이루어진 점이 이 시기 비평사의 가장 중요한 성과라고 할 수 있다. 예를 들어, 우리나라 문학에 있어서 사실주의 · 비판적 사실주의 · 사회주의적 사실주의 발생 · 발전 논쟁, 민족적 특성 논쟁, 전형 논쟁, 대작 장편 논쟁 등이 있다.

'사실주의 발생 · 발전' 논쟁을 보면 북한문학의 현재적 위상을 역사적 근거에서 마련하기 위해 다양한 노력을 기울이고 있음을 알 수 있다. 즉, 9세기 최치원, 12~14세기 이규보 · 이제현, 18~19세기 박지원 · 정약용 등의 진보적 문학을 사실주의라는 창작방법의 개념으로 묶어 통시적으로 고찰함으로써 문학사를 합법칙적으로 설명하려 한 것이다. 그러한 고전문학사의 합법칙적인 전개에 의하여 20세기 초 애국계몽문학의 비판적 사실주의문학과 1920년대 후반 프로문학의 사회주의적 사실주의문학이 발생 · 발전하였고 해방 이후 북한문학에 그 정통적 흐름이 이어졌다는 결론에 이르렀다. 논쟁과정에서 우리 문학을 지나치게 마르크스레닌주의 미학이론의 원전(이 경우 엥겔스의 「발자크론」에서 정식화된 "디테일의 진실성 외에, 전형적 환경 하에 전형적 성격의 진실한 재현"이라는 사실주의 규정)에 꿰어 맞추려한 도식성을 보이기는 했지만, 사실주의 문예비평의 이론적 심화와 우리 문학에의 구체적 적용을 꾀한 점은 나름대로 평가할 수 있을 것이다.

'민족적 특성' 논쟁은 사회주의적 사실주의를 '사회주의적 내용에 민족적 형식'이란 말로 명제화 시킨 스탈린의 입론을 북한 학자들이 자신들의 문학에 구체화시켜 적용하려 한 논의에서 나왔다. 처음에는 민족적 형식을 문예의 형식으로 파악하는 잘못을 보이기도 했지만 결국 논쟁과정에서 '사회주의적 보편성을 각 민족문학에서 구체화하는 민족적 특성의 문제'

라는 결론에 도달할 수 있게 되었다. 예를 들어 공산주의자의 인물성격을 그리는 것은 보편적 문제이지만 그것이 우리 문학에 구체화될 때는 식민지시대 카프(KAPF)문학에 등장하는 농민운동가나 노조 지도자로 현현된다는 것이다.

이러한 문제는 곧바로 전형문제로 연결되는데, 어떤 인물을 북한문학의 대표적인 주인공으로 내세우며 그를 어떻게 형상화할 것인가 하는 문제가 중요한 관심이 되기도 하였다. 사실주의 문학의 전개에 있어서 매 시기마다 구체적인 인간형을 창조해야 하는데 '천리마운동의 기수'를 잘 그려야 한다는 등 대개는 그때그때 당 문예정책의 요구와 일치시켜 문제를 해결하려 하였다. 이러한 특징은 우리의 정서와는 잘 맞지 않는 것으로 보이지만 기본적으로 문학을 당 정책의 도구로 보는 레닌적 당문학 원칙을 교조적으로 견지한 북한문예계로서는 당연한 일이었다.

이러한 점에서 사실주의 문예비평의 중요한 한 특징으로 문학 및 문학연구의 '현대성' 원칙을 들 수 있다. 현대성이란, "시대에 대한 문학예술의 민감한 반응이며 시대의 절실한 과제와 리념, 시대적 정서를 민감하게 포착반영하는 문학예술의 사상─미학적 본성이다."라고 대학용 『문학개론』(교육도서출판사, 1970, 114쪽)에 정의되어 있듯이, 문학이 그때그때의 당면한 정치적 과제에 부응하고 사회역사적 역할을 다해야 한다는 의미를 띠고 있다.

원래 우리에게는 논의의 객관적 요구와 사회적 실천의 의의를 강조하는 의미의 현대성 또는 현재성 원칙이 북한에서는 조금 달리 쓰인 것이다. '왜'가 아니라 '어떻게'의 문제로 문예의 관심이 바뀌었다는 뜻이다. 즉 이 원칙에 의해 사실주의문학은 일반론적인 의미의 '사회적 기능' 정도가 아니라 구체적이고 실제적으로 '천리마운동'이나 '유일사상의 체계'에 기여해야 한다는 것으로 현대성원칙이 규범화되고 말았다.

그러면 사실주의 문예비평의 기반인 당 문예정책의 역사적 전개와 각 시기에 내세워진 전형적 인물 즉 새로운 인간형을 살펴보기로 한다.

첫째, 해방 직후 '평화적 건설시기'(1945~1950) 민족문화 건설에 관한 방침에 따르면, 일제시대의 낡은 반봉건 잔재를 극복하고 '민주건설'의 주요과제인 토지개혁에 적극 나서는 농민 등을 그려야 한다고 하였다. 둘째, 한국전쟁시기(1950~1953) 문예 지도방침에 따르면, 당 최고 지도부의 슬로건 "우리의 예술은 전쟁 승리를 앞당기는데 이바지하여야 한다"(50.12.24)는 것에 맞춰 작가 예술인들이 총력으로 전쟁영웅을 그려야 한다고 하였다. 셋째, 전쟁후의 '전후복구건설 및 사회주의 기초 건설시기'(1953~1960) 문예 지도방침에는 "모든 것을 전후 인민경제 복구발전을 위하여"(53.8.5)라는 슬로건이 내세워졌다. 이에 맞추어 복구 건설에 앞장서는 노동영웅을 그리되 단순히 일만 잘하는 것이 아니라 공산주의적 인격도 형성해나가는 인간형을 형상화할 것이 요구되었다. 그러한 인간형을 '공산주의적 인간형상, 혁명적 공산주의자, 새로운 노동계급의 전형' 등이라 하여, 그 실체를 모색하는 데 다른 어떤 문예논쟁과도 비교할 수 없을 정도의 활발한 논의를 진행하였다. 넷째, '사회주의 전면 건설기'(1961~1966) 문예 지도방침에 따르면 문예작품의 주인공은 단순히 건설 노동영웅뿐만 아니라 인간적으로 고뇌하면서 발전하는 사회주의 건설자가 되어야 하였다. "천리마시대에 맞는 문학예술을 창조하자"(60.11.27)는 슬로건에 맞추어 이러한 새 인간형을 '천리마 기수 형상'이라 하여 그 본질을 규명하고 작품으로 구체화하는데 이 시기 문예역량이 집중되었다. 60년대 중반에 비평계를 휩쓴 전형론을 바로 이러한 천리마 기수 형상, 혁명투사 형상, 투사—인간 형상으로 구체화되어 논쟁적으로 전개되었다.

60년대 중반의 '대작 장편 창작방법론'은 이상과 같은 비평논쟁의 성과를 가지고 대표적인 장편소설을 창작하는 밑거름이 된 논쟁이었다. '대작 장편'은 어떤 특정한 시기의 공산주의적 인간이 과거 어떤 역사적 흐름 속에서 성장해왔는가 하는 문제를 서사시적으로 다룬 작품을 일컫는데, 이를 어떻게 구체화할 것인가를 두고 다양한 논의가 벌어졌다. 그 결과 보통사람이 풍부한 갈등을 헤치고 역사의 움직임 속에서 한 사람의 공산주의자로 완성되어가는 과정을 그려야 한다는 데 의견을 모으고 다양한 삶이 묘사되었다. 이러한 대작 장편 창작방법에 따라 제작된 대표적인 장편소설이 천세봉의 『석개울의 새봄』·『고난의 력사』·『대하는 흐른다』, 석윤기의 『시대의 탄생』, 황건의 『아들딸』, 박태원의 『계명산천은 밝았느냐』, 윤시철의 『거센 흐름』 등이다. 우리에게 소개된 『불멸의 력사』 총서 시리즈가 1970~1980년대의 대표적인 장편소설로서 김일성 우상화 작업의 일환으로 이루어져 예술적 완성도가 뒤떨어지는 데 반해, 60년대 장편은 민족문화적 입장에 서서 볼 때에도 일정한 평가를 받을 수 있는 작품으로 평가된다.

이상과 같은 북한 문예비평계의 1950~1960년대 대표적인 문예비평 논쟁을 통하여 마르크스레닌주의 문예이론과 사회주의적 사실주의 미학이 우리 민족문학론으로 구체화되는 데 일정한 성과를 올렸다고 할 수 있다.[4]

그런데 주체사상 확립 이후의 1970~1980년대에는 같은 사회주의적 사실주의 문학을 일컬으면서도 그 이념적 기반을 주체사상이라 하고 미학적 기초도 주체미학이라 하는 등 변별점을 보이고 있다. 스스로 이전 마르크스레닌주의 일반론을 '선행하는 로동계급의 사상, 미학'으로 규정함으로써 그것과는 다른 '주체사상, 주체미학'을 문예학 최고의 유일사상체계로 삼고 있는 것이다.[5]

이 시기를 규정하는 '사회주의 완전 승리를 위한 투쟁시기'(1967~현재) 문예 지도방침에 따르면 유일사상체계에 맞추어 작가 예술가들이 '주체형

---

4 이상에서 정리한 사실주의 문예비평 관련 논쟁에 대한 소개로는 다음과 같은 글이 있다. 김성수, 「우리 문학에서 사회주의적 사실주의의 발생」, ≪창작과 비평≫, 1990년 봄호; 김동훈, 「북한 학계 리얼리즘논쟁의 검토」, ≪실천문학≫, 1990년 가을호; 권순긍, 「우리 문학의 민족적 특성」, 정우택 공편, 『우리 문학의 민족형식과 민족적 특성』, 연구사, 1990; 김재용, 「북한문학계의 반종파투쟁과 카프 및 항일혁명문학」, ≪역사비평≫, 1992년 봄호; 김재용, 「유일사상체계의 확립과 북한문학의 변모 – 천세봉, 『안개 흐르는 새언덕』론」, ≪한길문학≫, 1991년 겨울호; 김동훈, 「장편소설론의 이상과 '혁명적 대작 장편' 창작방법논쟁」, ≪한길문학≫, 1992년 여름호.

5 주체미학의 체계화된 설명은 김정본, 『미학개론』(사회과학출판사, 1991)에서 볼 수 있다.

공산주의자' 인간형상을 그려내고 작품을 생산하는 과정 자체가 중시되지 '왜' 해야 하는가 하는 문제는 별로 제기되지 않았다.

이렇게 된 데는 주체사상의 확립을 앞뒤로 해서 '문학' 일반 중심의 마르크스레닌주의 문예론이 '사회주의문학예술' 중심의 주체문예이론으로 바뀐 사실이 전제되어야 한다. '문학'에서 '문학예술'로, 문학 '일반'에서 '사회주의'문학으로 대상이 바뀐 만큼 역사적 변모를 밝히려면 보다 커다란 인식틀이 필요하다. 즉 동일한 범주의 문학이론이나 예술원론을 포괄할 수 있는 문예학의 지평이 확보되어야 비로소 문학사 서술의 미학적 기초가 변모한 의미를 제대로 파악할 수 있는 것이다.

이를테면 이론의 대상을 보면, 1967년 이전의 문학이론에는 부르조아 문학에 대한 대타개념으로서 진보적 문학이 주된 반면, 1967년 이후의 주체문예이론에는 대타개념이 거의 전제되지 않은 채 주체시대의 유일한 '사회주의 문예'만이 대상이 되고 있다. 중간의 과도기적 구실을 하는 1970년대판『문학개론』에는 문학 일반이라기보다는 '노동계급의 문학'을 주대상으로 하고 있어 변모의 방향을 추측할 수 있게 한다.

주체문예이론은 '주체적인 사회주의문학예술'을 대상으로 하고 있어 대상 자체가 배타적으로 한정되어 있다. 이를 평가하면, 사회주의 이전의 모든 문학과 단절된 점에서는 문예학적 인식의 지평이나 대상이 공시적 통시적으로 축소된 반면, 문학만이 아니라 연극 영화 등 예술 일반으로 대상을 넓히고 그 본성과 기능을 '공산주의적 인간학'이라는 윤리적 범주로 확대한 점에서는 새로운 인식틀로의 변모가 인정된다고 할 수 있다.

북한에서는 문학연구 동향을 거시적으로 보면, 마르크스레닌주의 문예이론 일반론에서 주체사상에 기초한 문예이론으로 특수화 개별화되었다는 결론을 잠정적으로 내릴 수 있다. 보편과 특수의 관계라는 원론적 입장에서 본다면 주체문예이론은 특수한 대상만을 일반화시켜 다른 모든 대상까지 포괄하려고 하는 점에서, 객관적 타당성을 가진 원론이라기보다는 한정된 대상에만 자기 완결적 자족성을 가진 폐쇄적인 신념의 소산으로 생각된다. 주체사상 전체 체계도 그렇다고 할 수 있지만 특히 주문론은 특수와 보편의 문제가 환원론적으로 오류를 보이고 있지 않나 생각된다.

4. 마무리

지금까지 5, 6년간 소장학자 및 비평가에 의해 폭발적으로 이루어진 북한문학에 대한 소개는, 오랫동안 묻혀졌던 관심영역을 일반인들에게 알려 분단 극복의 통일문학이 필요하다는 인식을 공고히 하는 데는 나름대로 기여했다고 할 수 있다. 그러나 학문적인 작업이 제대로 이루어지기도 전에 소개자의 이념적 입장에 따라 찬반이 분명히 갈라지는 한계를 보이고 말았다. 즉, 반공 · 반북 이데올로기를 극복하고 대상을 '과학적으로' 보겠다는 공감대를 가진 연구자들조차, 마르크스레닌주의 일반론에 입각한 선입견적 비판과 주체사상 내지 민족해방론의 입장에 선 선험적 지지 등 양 편향을 보였던 것이다. 물론 합리적인 비판을 이루고자 하는 성실한 연구도 적지 않았으나, 북한문학의 역사적 실상을 객관적으로 파악하기도 전에 연구자의 열기가 급격하게 식어버린 것도 사실이다. 학계 · 비평계가 공유하는 문제의식 속에서 학술적인 작업을 거치지도 못하고 관심영역에서 사라져버렸기 때문에 그에 대한 올바른 평가는 더욱 요원해지고 말았다.

이제부터라도 북한문학에 대하여 성실한 자료작업에 근거한 올바른 소개와 평가가 이루어져야 하겠다. 여기서 올바른 평가란 결국 통일된 민족문학사의 관점에 선다는 것을 의미하게 되는데, 그 구체적인 원칙으로 민족문학의 이념, 리얼리즘의 방법, 역사주의적 원칙을 들 수 있다.[6] 이 말은 우리 눈에 보이는 모든 북한문학을 무비판적으로 받아들이거나 폄하하는 것이 아니라 통일된 민족문학사 서술에 보탬이 되는 북한문학을 선별하는

---

6 김동훈, 「북한 문예학 · 문학사 연구의 올바른 이해를 위하여」, ≪노둣돌≫, 1992년 겨울호 참조.

원리를 찾자는 것이다. 이러한 원리를 찾기 위해서라도 문예정책과 관련된 주요 문헌을 정리하고, 비평사적·미학적 근거를 학술적으로 확보하는 작업이 지속적으로 요구된다. 이때 정치적 성격 아닌 학술적 대상으로서의 객관적 접근이 절대 필요한 것은 물론이다.[7]

『아시아문화』 8호, 1992

---

7 이를 위하여 조만간 아시아문화연구소에서 ≪문학신문≫ 목차집 등 기초자료를 소개할 예정이다.

북한문학 자료에 대한 전반적인 정보는 통일원에서 펴낸 『북한자료목록』이 소장처까지 표시되어 있어 참고하기 좋다. 다만 북한 문예학의 동향을 알 수 있는 ≪조선문학≫, ≪청년문학≫ 목차는 『통일원 소장 마이크로필름 목차집』(임헌영 외 편, 『남북한문학사연표』(한길사, 1990)의 북한 부분은 이를 중심으로 목록정리한 것인데 오류가 적지 않다)을 이용할 수 있으나, ≪조선어문≫, ≪문학연구≫, ≪어문연구≫는 공개된 목차가 없다. ≪문학신문≫의 경우는 목차만으로도 1950~1960년대 북한문학계의 동향을 짐작할 수 있어 앞으로의 북한문학 연구에 일조를 하리라 기대한다.

| 참고문헌 |

남한의 대표적인 북한문학 연구 목록

국어국문학회 편,『북한의 국어국문학』, 지식산업사, 1990.
권순긍,『우리 문학의 민족적 특성』, 연구사, 1990.
김동훈, 「장편소설론의 이상과 '혁명적 대작 장편' 창작방법논쟁」, ≪한길문학≫
    1992년 여름호.
김동훈, 「북한 학계 리얼리즘논쟁의 검토」, ≪실천문학≫, 1990년 가을호.
김성수, 「북한문예학・문학사연구의 올바른 이해를 위하여」, ≪노둣돌≫, 1992년
    겨울호.
김윤식,『한국 현대 현실주의소설 연구』, 문학과 지성사, 1990.
김재용, 「북한문예학의 전개과정과 과학적 문예학의 과제」, ≪실천문학≫, 1992년
    봄호.
김재용, 「북한문학계의 반종파투쟁과 카프 및 항일혁명문학」, ≪역사비평≫, 19
    92년 봄호.
김재용, 「유일사상체계의 확립과 북한문학의 변모 - 천세봉,『안개 흐르는 새언
    덕』론」, ≪한길문학≫, 1991년 겨울호.
민족문학사연구소,『북한의 우리문학사 인식』, 창작과 비평사, 1991.
심선옥, 「1960년대 북한의 서정시론(1)」,『반교어문연구』3집, 1991.12.
임진영, 「해방직후 민주건설기의 북한문학」,『해방전후사의 인식』5, 한길사, 19
    89.
오오무라 마스오, 「북한의 문학선집 출판현황」, ≪한길문학≫, 1990년 6월호.
최웅권, 「80년대 북한의 문학사연구와 문예이론」, ≪한길문학≫, 1992년 봄호.

제6장

북한 공연예술

북한 연극의
실태와 원리에 관한 고찰

서연호

1

  한국인에게 통일은 지상 과제다. 현실적으로는 이산가족들이 한 가족이
되어야 하고, 역사적으로는 민족문화의 동질성을 계승·발전시키기 위함
이다. 통일과제를 배제한다고 해도 북한연구는 동북아연구의 일환으로 필
요하다. 연극학 및 공연예술학에서도 이 논리는 예외일 수 없다.

  북한연극은 남한연극을 전제로 한 개념이다. 이것은 또한 분단시대를
한국역사의 한 단계로 보는 데서 비롯된 과도기적인 명칭이다. 가령, 역사
극·정치극·음악극·대중극 등과 같은 개념을 전제로 한다면, 『남북한
통합統合연극사』를 기술하는 것이 현실적으로는 불가능하지는 않다. 그러
나 양식(형식)의 유사성에도 불구하고 의미(내용)의 이질성이 워낙 심해
서, 현 단계로서는 일단 북한연극을 별도로 고찰하고, 필요한 경우에 남한
연극과 비교해서 살펴보는 것이 효율적인 서술방법으로 여겨진다.

  고대로부터 일제시대까지 우리민족은 현실 체험과 연극 체험을 공유해
왔다. 광복 이후 남북한 정부가 수립될 때까지 3년 간, 우리에게는 현실체
험을 공유하면서도 연극체험을 달리하는 경우가 공존共存했다. 자본주의

와 사회주의를 기본이념으로 하는 국가체제를 놓고 좌우익이 대립하는 것이다. 이른바 좌익극과 우익극이라는 정치극이 연극계를 양분하고 있었다. 일제시대의 경향극(프롤레타리아극)은 작품 내에서 비판의 대상인 자본가가 일제 혹은 일제의 비호를 받거나 일제와 동일시되는 친일파였다는 점에서 이상과 같은 해방기의 체험과는 구분된다.

남북한이 분단된 이후에 남한연극과 북한연극은 병존並存해 왔다. 이미 53년의 세월이 흘렀고, 앞으로 얼마나 더 이런 갈등정국이 지속될 지 불투명하기 이를 데 없다. 냉전시대는 지났다고 하지만, 우리의 통일은 아직 요원한 것으로 감지된다. 분단초기의 남한의 반공극과 북한의 사회주의극, 남한의 대본검열(1988년 이전까지)과 북한의 체제찬양극은 비록 입장은 서로 달랐지만, 공히 연극의 체제유지를 위한 수단으로, 정치극의 일종으로 통제하고 이용했다는 점에서 일면의 유사성이 잔존했다. 그러나 연극계 전반적인 현상으로 볼 때, 남한의 창작자유에 기조를 둔 공연활동에 대하여, 북한은 당의 통제에 기조를 둔 공연활동을 해왔기에 남북한은 상호 유사성보다는 이질성이 심화되는 문화풍토를 빚어내고 말았다.

인류사에 유례가 없는 이질성으로 말미암아, 남한연극의 입장에서 혹은 자유주의자의 관점에서 북한연극을 말한다면, "예술이란 작가의 자유분방함 속에서 창조적인 상상력이라는 프리즘을 통해 우주의 질서를 찾고, 인간을 탐구하는 과정에서 나타나는 미의 산물이다. 이렇게 볼 때, 북한에는 진정한 연극이 없다"[1]라는 극단적인 결론에 이르게 될 것이다. 나아가서 '진정한 연극'이 아니니만큼 그에 관한 연구 자체도 별반 가치 없는 헛수고에 지나지 않게 될 것이다.

그러나 앞서의 논지로 되돌아가서 통일과제와 문화연구라는 두 관점에서 본다면, 북한연극의 연구는 당연한 학문분야가 아닐 수 없다. 이념 차이와 미적인 다원성을 인정하고, 병존에서 통합으로, 통합에서 다시 통일

---

1 유민영, 『한국연극운동사』, 태학사, 2001, 335쪽.

로 나아가는 미래지향적인 방법을 전문적으로 차원 높게 모색·수립해야할 것이다. "북한문학계 내부에서 정전正傳이 계속하여 바뀌고, 또한 그 정전을 수립하는 주체들 사이에서도 일정한 차이가 존재하는 상황이라는 것은 남한의 문학자들이 주체의 자기동일성의 함정을 최대한 피해가면서 문학적 통합을 통한 민족문학의 수립이란 과제를 나름대로 행하는 것이 그렇게 근거 없는 일이 아님을 말한다"2라는 논리에 상응하여, 북한연구자들은 각자의 분야에 적합한 구체적인 대안을 마련해야 할 것이다.

다른 분야도 그러하지만, 북한연극의 서술에서도 저들이 사용하는 개념과 용어, 정감情感과 어휘 등을 불가피하게 그대로 수용·사용해야 하는 경우가 허다하다. 이런 문제는 그동안 남한에서 숱한 오해와 갈등을 빚은 것이 사실이다. 발화자發話者의 관점과 의미내용을 분명히 파악하고 사용한다면 별 문제가 없을 것이다. 반세기 이상 다른 체제와 문화 속에서 남한과는 다른 정감과 개념이 성숙·고착화된 것이고, 미적인 다원성을 인정해야 하는 것이 학문인 이상, 저들의 현실을 그대로 이해하기 위해서는 북한식 용어를 여기서도 그대로 인용하기로 한다.

북한연극연구에서 가장 큰 난점은 공연을 보지 않은 상태에서 희곡이나 VTR, 기타 자료를 통해 연구해야 하는 일이다. 심지어는 저들이 우수작으로 선정한 희곡을 구독해 보는 일도 어려운 실정이다. 이런 점에서는 외국연극을 연구하는 경우와 동일하다고 할 것이다. 직접성을 중시하는 연극에서 간접적인 자료만을 토대로 연구하는 것은 분명 왜곡과 오판의 여지가 많다. 이런 위험을 가능한 극복하면서 연구할 수밖에 없는 것이 우리의 현실 여건이다.

---

2 김재용, 「북한문학의 수용과 문학적 통합의 길」, 『통일문학전집 어떻게 만들 것인가』, 한국문화예술진흥원, 1999, 32쪽.

2

　북한연극의 양상은 유일사상체계의 확립시기(1967년경)를 기점으로
해서 전후前後가 확연하게 구별된다. 전기(1948~1966)는 사회주의적 사
실주의를 기초로 한 이른바 정극正劇이 김일성의 교시와 당의 방침에 따라
그때그때 제작되었다. 그러므로 이 시기는 연극적인 표현력보다는 주체의
변화, 즉 선전의 내용에 주력했다. 반면에 후기(1967~현재)는 주체문예이
론을 기초로 한 이른바 혁명극革命劇이 김정일의 지도에 따라 집체적으로
제작되었다. 이 시기에는 주제의 변화보다는 김일성 · 김정일의 우상화를
위한 소위 '민족적 극양식'의 구현과 집단제작에 주력했다.3

　북한문학사에서는 작품평가기준과 대표작을 다음과 같이 설정했다. 우
선 그대로 인용해 보기로 한다. 평화적 민주건설시기(1945.8~1959.6)라
는 개념 하에 다섯 가지 주제로 서술했다. 항일혁명투쟁의 진실한 반영,
투쟁 속에서 자라나는 투사의 형상을 창조했다는 작품으로는 김사량의 「뢰
성」(1946), 김영근의 「조선빨치산」(1946), 박보령의 「장백산맥」(1947)과
「태양을 기다리는 사람들」(1948), 한태천의 「백두산」(1948) 등을 지적했
다. 새 조국 건설에 힘 있게 떨쳐나선 로동계급의 형상을 창조한 작품으로
는 한태천의 「새날의 설계」(1947)와 류기홍의 「원동력」(1948)을 지적했다.
토지개혁의 력사적사변을 맞이한 농민들의 생활과 투쟁에 대한 극적 형상
화로는 남궁만의 「복사꽃 필 때」(1946), 한태천의 「바우」(1946), 박영호의
「비룡리 농민들」(1947), 탁진의 「꽉쇠」(1947), 백문환의 「성장」(1948), 한
민의 「장가가는 날」(1948) 등을 지적했다. 남조선혁명과 조국통일을 위한 인
민의 애국투쟁에 대한 극적 형상화로는 남궁만의 「하의도」(1949), 송영의
「금산군수」(1949), 류기홍의 「은파산」(1950) 등을 들었다. 반침략 · 반봉건
애국투쟁의 극적 형상화로는 남궁만의 「홍경래」(1946), 김태진의 「리순신

<hr>

3 이상우, 「극양식을 중심으로 본 북한희곡의 양상」, 『통일문학전집 기초연구과제보고
　서』, 한국문화예술진흥원, 2000, 167쪽 참조.

장군」(1948), 김사량의 「더벙이와 배뱅이」(1948) 등을 들었다.[4]

조국해방전쟁시기(1950.6~1953.7)라는 개념하에 네 가지 주제로 서술했다. 불후의 고전적 명작 혁명연극으로는 김일성의 「패전장국의 말로」(1953)를 들었다. 인민군전사들의 대중적 영웅주의에 대한 진실한 극적 반영으로는 리지용의 「고지의 별들」(1951), 한태천의 「명령은 하나밖에 받지 않았다」(1952), 박태영의 「우리나라 청년들」(1952), 박영호의 「푸른 신호」(1952), 한성의 「바다가 보인다」(1953) 등을 들었다. 전쟁승리를 위한 후방인민들의 영웅적 투쟁에 대한 생동한 형상으로는 한봉식의 「탄광 사람들」(1951), 남궁만의 「싸우는 로동자들」(1951), 한태천의 「고향사람들」(1952), 권준원의 「가을전선」(1952), 박훈의 「산의 개가」(1952) 등을 들었다. 미제의 침략적 본성과 멸망의 불가피성에 대한 예리한 폭로로는 허춘의 「수원회담」(1950)과 송영의 「강화도」(1953)를 들었다.[5]

전후복구건설과 사회주의 기초건설을 위한 투쟁시기(1953.7~1960)라는 개념 하에 여섯 가지 주제로 서술했다. 김일성을 우상화한 첫 작품으로 리종순의 「조국산천에 안개 개인다」(1960)를 들었다. 전후복구건설을 위한 노동계급의 장엄한 투쟁과 그들의 위업을 형상화한 것으로는 탁진의 「새날의 설계가들」(1953), 류기홍의 「그립던 곳에서」(1954), 리동춘의 「위대한 힘」(1958) 등을 들었다. 농촌의 사회주의적 개조와 그 과정에서 발현된 농민들의 창조적 열의와 사상의식의 발전과정을 형상화한 것으로는 리동춘의 「새길」(1953)과 조령출의 「열두삼천리 벌」(1954)을 들었다. 항일 혁명투쟁을 반영한 작품으로 송영의 「불사조」(1959), 조국통일을 다룬 작품으로 리종순의 「다시는 그렇게 살 수 없다」(1954), 전쟁 중 인민군의 투쟁을 반영한 작품으로 한성의 「우리를 기다리라」(1954)와 김재호의 「생명을 위하여」(1954)를 들었다.[6]

---

4 오정애·리용서, 『조선문학사 10』, 사회과학출판사, 1994, 178~231쪽 참조.

5 오정애·리용서, 『조선문학사 11』, 205~232쪽 참조.

6 서연호, 「북한연극의 개괄」, 『북한의 공연예술 1』, 고려원, 1989, 37~40쪽 참조.

사회주의의 전면적 건설과 사회주의의 완전승리를 앞당기기 위한 투쟁시기(1961~1966)라는 개념 하에 네 가지 주제로 서술했다. 항일투쟁을 그린 것으로 박령보의 「해바라기」(1960)와 속편인 「태양의 딸」(1961), 천리마시대를 맞이한 새로운 사상적 풍모를 형상화한 조백령의 「붉은 선동원」(1961), 남조선혁명과 조국통일을 다룬 것으로 송영의 「분노의 화산은 터졌다」(1960)와 지재룡의 「푸른 잔디」(1964), 진보와 보수의 투쟁을 그린 경희극經喜劇으로 리동춘의 「산울림」(1961)과 지재룡의 「청춘의 활무대」(1963) 등을 들었다. 이 밖에도 역사극으로 송영의 「연암 박지원」(1962)과 리동춘의 「서희장군」(1963), 창극 「춘향전」(1964), 가극 「독로강반에 핀 꽃」(1964) 등이 발표되었다.[7]

　　당의 유일사상체계를 튼튼히 하기 위한 투쟁시기(1967~현재)에는 김일성의 혁명사를 여러 측면에서 형상화한 집체작이 이루어졌다. 5대 혁명가극 「피바다」(1971), 「꽃 파는 처녀」(1972), 「당의 참된 딸」(1971), 「밀림아 이야기하라」(1972), 「금강산의 노래」(1973) 및 5대 혁명연극 「성황당」(1978), 「혈분만국회」(1984), 「딸에게서 온 편지」(1987), 「3인 1당」(1987), 「경축대회」(1988) 등은 이 시기에 제작되었다. 혁명가극으로 「한 자위당원의 운명」(1975), 「은혜로운 햇빛 아래」, 「두만강반에서의 한해 여름」(1975), 「승리의 기치따라」(1968), 「혁명의 새아침」(1971), 「위대한 전환」(1973) 등도 발표되었다. 이러한 연극을 기반으로 하여 소위 '피바다식 혁명가극'과 '성황당식 혁명연극'이라는 개념도 생겼다.[8]

　　이상에서, 문학사의 시기설정과 작품선정기준, 서술내용 등을 살펴보면, 김일성교시와 당의 방침에 따라, 다시 말하면 연극창조의 미적 기준이 아니라 정책기준에 의해 그때그때 획일적으로 변화해 온 것을 알 수 있다. 북한연극사는 인류사에서 유래가 없는 연극사이다. 사회주의라고 해도 소

---

7 서연호, 앞의 글, 41~43쪽 참조.
8 서연호, 위의 글, 43~60쪽 참조.

련·중국·서구제국과는 달리, 연극이 정치수단으로서만 인정되고, 존재하는 특별한 연극이다.

3

여기서는 북한연극의 실상을 파악하기 위해 우선 몇 편의 희곡을 분석해 보기로 한다. 월북작가 한태천韓泰泉의 「바우」(1947)는 좌익극의 형태를 잘 보여준다. 일제를 배경으로 한 친일지주의 전횡을 비판했다는 점에서는 경향극(프로극)과 성격을 같이 하나, 북조선인민위원회의 토지개혁을 저지시키기 위해 파견된 청년을 인민재판에 회부하고, 김구와 이승만을 매국노로 규정한 점에서는 좌익극으로 볼 수 있다. 머슴살이하는 바우라는 순진한 청년을 주인공으로 했으므로 '진실한 행위'로 인식하기 쉬우나 실은 이것 자체가 좌익극의 효과를 높이기 위한 계산된 의도임이 분명하다.

극적 개연성을 높이기 위해 일제시대부터 해방 이후까지 바우의 삶을 주변 환경과 함께 그렸다. 그는 징용을 피하려고 일시적으로 지주의 사주에 넘어간다. 지주의 뒤에는 일본순사가 등장한다. 일자리를 빼앗기고 연인마저 빼앗긴 그는 일본 구주탄광으로 징용된다. 여기서 그는 사회주의 사상가를 만나 세상 이치를 깨닫게 된다는 것이다. 해방되어 귀향한 그는 지주를 내몰고 우익테러 청년을 붙잡아 비판하면서 이른바 '새 조선건설'에 헌신적으로 뛰어든다. 이처럼 이 작품은 북한연극이 성립되는 과정에서 하나의 초기적 전형이 된 작품이다.9

허춘의 「수원회담」(1막)은 1950년 6월 29일에 리승만과 맥아더가 피난 중 수원에서 한 가상회담假想會談을 극화한 것으로, 인민군들을 독전하려는 목적이 노골적으로 보인다. 한국과 미국의 최고지도자들을 매우 우스꽝스럽고 몰주체한 인물로 묘사함으로써 희극적인 즐거움과 함께 승전의

---

9 한태천, 「바우」, ≪문화전선≫ 3호, 1947, 170~212쪽 참조.

자신감을 불어넣으려는 저의가 작품 전체에서 드러난다. 리승만은 맥아더에게 '미국의 요구라면 조선을 미국의 한 주로라도 만들겠다'고 한다. 마지막 장면에서는 수원으로 진격한 인민군의 공격을 피해 이들이 다시 황급하게 도주하는 모습을 보여준다.

두 인물 이외에도 신성모(국방장관)·백성욱(내무장관)·미군사고문·애리쓰(이승만의 비서)·김치갑(이승만이 평양시장으로 立稻先賣했다는 인물) 등이 등장한다. 리승만을 비롯한 한국지도자들은 한결같이 정보에 어둡고 우유부단하고 의타심이 강한 인물로 등장하고 있으며, 맥아더를 비롯한 미국지도자들은 한국을 식민지 정도로 인식하는 태도를 드러낸다. 양자는 서로 국군과 미군이 먼저 도주했다고 다툰다. 백성욱은 대통령이 서둘러 한강다리를 폭파케 함으로써 많은 희생과 손실을 자초했다고 비판한다. 그러나 맥아더는 다리폭파는 지지하며, 인민군들이 더 이상 남하하지 못할 것이라 한다. 또한 미국 7함대와 미국공군은 포격을 가하여 인민군을 전멸시킬 것을 명령했다고 말한다.

백성욱은 팬티바람으로 나타나서 자신이 한강을 헤엄쳐 건너온 것은 신성모 때문이라고 성토한다. 국방장관인 신성모는 맨 먼저 도망쳤을 뿐만 아니라, 첩을 둘씩이나 데리고 월남했다고 비판한다. 두 인물 사이에 격렬한 싸움이 벌어지기도 한다. 리승만을 찾아온 김치갑은 뇌물로 준 6천만 원을 돌려달라고 하고, 리승만은 그에게 목포군수라도 하겠느냐고 설득한다. 이들이 하는 말 가운데는, 인민군들에게는 신출귀몰하는 축지법이 있다, 미국 정규병도 인민군의 용감성을 당할 수는 없다는 등의 역설적인 찬양발언이 군데군데 삽입되어 있음을 주목하지 않을 수 없다. 이처럼 인민군의 독전을 위해 저들이 치밀하게 계산된 허구로 연극을 활용했음을 알 수 있다.[10]

김승구의 「새벽에 온 사람들」(1막) 역시 인민군의 독전을 목적으로 쓴 허구적인 사실극이다. 북침을 저지한다는 명분으로 전쟁을 일으킨 인민군

---

10 허춘, 「수원회담」, 『전선문고: 영예의 깃발 밑에서』 제5집, 조선문학예술총동맹출판사, 1950, 37~57쪽 참조.

이 서울에 입성하는 날, 마침 피난을 가려던 소상인의 집에 국군과 인민군이 들어와서 벌이는 한판의 갈등이다. 인민군들은 사람들의 코를 베고 눈을 빼어 죽인다는 소문과는 달리, 가족에게 매우 예절 있고 경우에 바르고 친절한 인간상으로 부각되어, 시민들의 환영만세소리가 지당한 것으로 인식시킨다. 이에 대하여 국군은 잔인하고 비겁하고 미군에 의지하는 몰주체적인 무뢰한으로 설정하여 시민들에게 증오심을 불러일으키게 묘사되었다. 인민군이 주먹밥을 받고 한사코 대금을 지불한다든지, 소상인과 전쟁기념을 위해 시계를 교환하여 착용한다든지 하는 방식으로 우수한 군인관과 전쟁의 정당성을 강조한 것이다.[11] 돌아온 사람들은 농촌의 복구와 더불어 '함께 참여하고 · 함께 일하고 · 합리적으로 분배하는' 이상적인 협동조합을 경리經理하고자 한다.

이 운동을 주도하는 인물은 제대군인인 김철수이고, 반대하는 사람들은 해방 전의 지주였던 최근성을 중심으로 한 마을 사람들이다. 최근성은 지주근성을 청산하지 못한 채, 자작지를 소유하고 자작농으로 남기를 고집한다. 마을에 가뭄이 들자 노동력이 있는 조합원들은 논에 물을 댈 수 있었지만, 가족뿐인 최근성은 어려움에 봉착한다. 이때 철수가 주도해서 근성의 논에 아무 대가없이 물을 공급해 주었고, 조합원들의 진심을 알게 된 그가 조합에 가담하게 된다는 이야기다.[12]

류기홍의 「그립던 곳에서」(5막 6장)는 전후의 제강소복구를 취급한 사실주의 작품이다. 1953년 9월, 휴전회담이 끝나고 북한에는 전후복구가 한창이다. 이 작품의 현장인 제강소에서도 숱한 노동자들이 당과 수령의 지도 밑에서 생산 목표 달성에 여념이 없다. 주인공인 박갑철은 전쟁에 참전한 젊은이로서 자신이 과거에 근무하던 제강소로 돌아와 기쁜 마음으로 기술자로 근무하고 있다.

11 김승구, 「새벽에 온 사람들」, 『전선문고 : 영예의 깃발 아래서』 제5집, 1950, 7~33쪽 참조.
12 리동춘, 『새길 : 희곡집』, 조선문학예술총동맹출판사, 1964.

극적인 갈등은 성급하게 실적을 올려서 승진하고자 하는 기사장技士長과 기계원리에 충실하게 작업하는 박갑철의 대립을 주축으로 해서 전개된다. 기사장은 그에게 고장 난 기계를 우선 사용할 수 있도록 수리하고, 생산목표를 올려 잡아 하루속히 목표량을 달성할 수 있도록 지시한다. 박갑철은 이러한 기사장의 지시를 묵묵히 여기고, 그에게 호된 비판을 받으면서도, 원리대로 부품을 만들어 교환하고, 강철을 순조롭게 다량으로 생산하는 데 성공한다. 마지막에 당위원장은 기사장을 꾸짖고 박갑철의 창발력을 높이 평가한다.[13]

「새길」과 「그립던 곳에서」는 노동의 현장과 노동자들의 일상생활을 본격적으로 다룬 점에서 의의를 지녔으나, 다수의 등장인물이 벌이는 행위에 집약성이 부족할뿐만 아니라, 전체 구성이 산만하고 진행이 완만해서 극적인 긴장감이 뒤떨어진다. 선전·선동에 치우친 지리한 토론이 내용의 대부분을 차지한다. 두 작품에서, 북한연극이 지닌 상투적인 내용과 평범한 전개에서 벗어나지 못한 취약성이 보인다.

「리순신장군」(9장)은 1954년에 공연된 김태진金兌鎭의 「리순신장군」에 기초하여 조령출이 책임 집필하였다. 월북한 배우 황철과 리갑기가 집필에 협조했다. 이 공연을 보고 김일성은 몇 가지 교시를 주었고, 조령출은 이 교시를 참조하였다. 전자와 후자를 대조할 수 없는 사정이므로, 여기서는 후자만을 분석하기로 한다.

전체적으로 이순신의 영웅적인 측면을 그렸고, 때때로 웅변조의 대사들이 나타나기는 하지만, 영웅주의 찬양에 함몰되지 않은 작품이라는 점에서 역사극으로 평가할 만하다. 마지막에 장군의 순사를 취급하지 않은 것은 그의 꺼지지 않는 정신을 상징한 것으로 보인다. 이순신을 김일성에 은유한 것이 아니냐는 의문도 가능하지만, 굳이 그렇게 보지 않아도 될 만큼 순수한 열정에 넘친다.

---

13 류기홍, 「그립던 곳에서」, 『은하수 : 희곡집』, 조선작가동맹출판사, 1960.

장군과 민중의 입장을 동일시하고 아울러 민중의 고난과 단합된 행위를 비교적 구체적으로 묘사한 것은 사회주의적 시각을 느끼게 한다. 민중을 대표하는 인물이 김룡길이다. 그는 왜군과 싸웠으나 고향을 빼앗기고 연인과 함께 장군의 군영으로 찾아든다. 그는 온갖 전투에 참전하여 싸우는 한편 일본군 첩자인 요시라要時羅를 살해함으로써 적진을 교란시킨다. 장군이 한양의 옥중에서 풀려나고, 백의종군해서 마지막 대전을 준비하는 제8장은 장군과 민중이 한 마음이 되어 결의를 다지는 감동적인 장면이다.

아군측의 원균장군과 적군인 소서행장少西行長장군의 태도를 선명하게 그린 것은 극의 사실성을 높이는 데 기여한다. 특히 소서가 요시라를 이용해서 조정의 양반들을 이간시키고, 이순신장군을 투옥시켜 일본군의 전세를 유리하게 만드는 음모는 긴장감을 조성하는 요인이 된다. 이순신장군을 비롯하여 이러한 상대적인 인물들의 성격을 부각시킨 것이 생동미生動美의 기반이 되었다. 중요한 장면이 시작될 때마다 랑송자朗誦者가 읊는 서사시구절은 서사극에서의 해설자와는 또 다른 감동을 제공한다.

임진왜란이라는 거대한 사건을 극화하는 데는 사건의 중량이 어느 작가에게나 문제될 수 있다. 배경이 없이는 행위의 사실성이 보증될 수 없는 까닭이다. 조령출 역시 이런 난관에 봉착했을 것이다. 그러나 이런 난관을 창조적으로 극복하는 것이 또한 극작가의 능력이다. 이 작품에서 설명적인 대사가 지나치게 넘치는 것은 본질적인 결함이다. 복잡하고 지리한 설명으로 인하여 극의 분위기가 침체하고 성격이 애매해지는 경우가 종종 수반되는 것은 이 작품이 지닌 일면의 취약성이라 하겠다.[14]

박령보의 「아침노을」(6장)은 마을에서 토끼를 길러 소득을 높이려는 축산반원들의 활동을 토대로 주인공 김정임의 필사적인 지도력을 극화한 작품이다. 정임은 김일성의 항일투쟁기록을 읽고 천리마운동에 앞장선 여성으로서 토끼 사육법을 연구하여 반원들을 교육시키고 사육을 확대시킨

---

14 조령출, 「리순신장군」, 『조령출희곡집』, 1961.

다. 어느 초봄 날, 어린 반원들은 토끼를 다른 지역에 보급시키려고 깨진 얼음장을 타고 강을 건너고자 한다. 그러나 얼음장이 뒤집혀 일곱명이 깊은 물에 빠진다. 이 광경을 멀리서 본 정임은 물에 뛰어들어 그들을 모두 구해냄으로써 축산운동의 사기를 더욱 높인다. 이 사건은 1962년 4월 20일에 일어난 실화로서, 김일성이 이 기사를 보고 격려서신까지 보내주었다는 것이다. 1964년에 공연되었다.[15]

이상과 같은 작품들을 사회주의적 사실주의에 기초하여 창작했다는 것이 북한 측의 주장이다. 1934년 8월에 작성된 「소련작가협회장정」은 이 창작원칙이 "노동자계급과 일치된 보조로 전진하면서 당의 지도하에서 창출된 것"이라고 하면서, "예술가에게 현실의 혁명적 발전 속에서 진실하고 역사적 구체성을 느낄 수 있도록 현실을 묘사하기를 요구한다. 동시에 예술적으로 묘사된 진실성과 역사적 구체성은 반드시 사회주의적 정신으로 사상을 개조하고 노동인민을 교육시킨다는 임무와 결합되어야 한다"고 했다.[16]

같은 시기의 「제1차 전소작가대표회의의 강연」에서 즈다노프는 "인류 영혼의 기술자가 되려면, 두 다리를 현실생활의 기초에 굳건히 붙이고 있어야 합니다. 또한 낡은 낭만주의와도 관계를 단절하여야 합니다. (…중략…) 그러나 우리의 문학은 결코 낭만주의와 완전히 인연을 끊어서는 안 됩니다. 여기서 말하는 낭만주의는 새로운 형식의 낭만주의, 다시 말해서 혁명적 낭만주의입니다. (…중략…) 우리 당의 전체생활과 노동자계급의 모든 생활 및 그 투쟁성은 가장 엄숙하고 냉정한 실제적 사업 속에서라야만 가장 위대한 영웅적 기개와 웅대한 원경에 결합될 수 있습니다. 우리 당이 언제나 강력한 힘을 가질 수 있었던 것은 과거에서 현재까지 언제나 엄정한 실사구시적 정신과 실제성을 견지하고, 광활한 원경을 향해 부단

---

15 박령보, 「아침노을」, 《조선예술》, 96~115쪽 참조.
16 북경대학 편, 강경구 외 옮김, 「사회주의적 현실주의」, 『문학이론 학습자료』, 도서출판 친구, 1989, 214~15쪽 참조.

히 전진하고자 하는 의지, 그리고 공산주의 건설을 위한 투쟁과 결합할 수 있었기 때문입니다."라고 천명했다.[17]

북한에서 출판한 『문학예술사전』에는 사회주의문예란 혁명적인 내용을 민족적 형식에 담아 형상적으로 구현한 것이라 했다. 혁명적 내용은 "낡은 것을 없애고 새것을 창조하는 것, 착취계급과 착취사회를 반대하는 것, 근로인민들의 리익을 옹호하며 모든 사람을 잘 살게 하는 것" 등이라 했다. 또한 민족적 형식이란 "자기나라 사람이 좋아하고, 자기나라 사람의 감정과 구미에 맞는 문학예술형식"이라고 했다. 아울러 당성·로동계급성·인민성을 가장 본질적인 속성으로 한다고 했다.[18]

요컨대, 사회주의적 사실주의의 창작에서는 첫째로 혁명적 발전 속에서 진실하고 역사적 구체성을 느낄 수 있도록 현실을 묘사하고, 둘째로 혁명적 낭만주의를 조화시키며, 셋째로 공산주의 건설을 위한 투쟁과 결합해야 한다는 것이다. 그리고 이런 창작원칙에 의해 앞서 살펴본 작품들을 대비하면, 전반적으로 세 가지 원칙에 공히 취약한 실상을 확인할 수 있다. 특히 첫 번째 원칙에서 구조적인 결함이 극심한 것을 발견할 수 있다. 진실성과 역사적 구체성을 느낄 수 있는 현실묘사의 취약성이야말로 북한연극의 치명적 결함이라고 할 수 있다.

4

북한연극의 실상을 파악하기 위해 1970년대 이후의 희곡을 몇 편 더 분석해 보기로 한다. 집체작 「보통강의 서사시」는 장막시극으로서 1971년 평양영화연극대학에서 공연되었다. 구성을 보면, 서장(락원의 보통강)·제1막(민주건설의 첫삽, 제1장 토성랑, 제2장 홍수, 제3장 백두산의 별빛,

---

17 북경대학 편, 강경구 외 옮김, 앞의 글, 1989, 214쪽 참조.
18 북한편, 『문학예술사전』, 과학백과사전종합출판사, 1991, 195쪽 참조.

제4장 민주건설의 첫삽) · 제2막(락원의 강반, 제5장 전쟁의 불길 속에서, 제6장 두 번째 건설, 제7장 상봉, 제8장 수령님께서 부르셨다, 제9장 조국 통일의 그 날은 오리라, 제10장 3백집 새집들이) · 종장(공산주의 미래가 보인다) 등으로 이루어졌다. 막장의 내용에 보이는 대로, 항일투쟁의 영웅 인 김일성이 전후의 피해를 극복하고 공산주의 낙원 국가를 건설하여 인민 들이 살기 좋고 행복한 사회가 되었다는 우상화 선전이다.

여기서 주목되는 것은 집체작의 형식이다. 장막시극이라고 했지만 혁 명가극에 가까운 노래극이다. 서사시를 낭송朗誦하는 남자와 여자 주창자 主唱者가 등장한다. 주창자의 내용을 반복해서 강조하고자 할 때 합창合唱 이 슬로건이나 표어를 부르짖는다. 여기서 합창은 일반적인 경우처럼 노 래를 부르는 집단이 아니라 구호를 외치는 집단이다. 노래는 방창傍唱이 한다. 주창자나 합창이 낭송할 때는 배경음악이 흐르고, 직접 노래를 삽입 시킬 때는 방창이 부른다. 다수의 배우들이 등장한다. 이들은 정극처럼 대 사극을 공연한다. 이런 점을 고려하면, 장막시극이란 전통적인 대사극에 스프레히콜sprechchor과 코러스형식을 결합시킨 것임을 알 수 있다. 그러므 로 서양에서 보편화된 시극형식을 지칭하고 있는 것이 아니라, '노래극'을 '시극'이라고 이름한 것이다.19

리성준의 「첫 땅크병들」(8장)은 6 · 25 때 한강다리가 폭파되자 한강철 교로 탱크를 몰고 남침을 계속했다는 북한병사들의 일대기를 극화한 것이 다. 탱크 운전수인 주인공 한일준은 일제시대 머슴살이를 하면서 달구지 를 몰아본 경험밖에 없는 청년이다. 이 청년은 조국통일을 위해 기초부터 운전기술을 배워서 유능하고 용감한 탱크병이 되고, 전쟁에서 앞장을 섬 으로써 한강도하를 이루어낸다는 내용이다. 한편 그는 항일유격대원의 자 식으로 아기 시절에 일본군 때문에 모친을 잃고, 부친과도 헤어져 양모슬 하에서 성장하게 되었는데, 탱크부대에 입대하여 훈련 받으며 그 부대장이 바로 부친임이 밝혀진다.

---

19 집체작, 「보통강의 서사시」, ≪조선예술 1≫, 1971, 33~52쪽 참조.

정극형식의 이 작품은 이른바 평화적 건설시기를 배경으로 했음에도 불구하고, 김일성의 주체사상을 요소요소에 삽입하여 강조하는 한편, '수령을 위해 복무한다'는 우상화 선전에 적극적인 언사를 구사한 것이 특징이다. 등장인물들의 성장과정 자체가 지난시대 김일성의 투쟁과 깊이 상관되어 있을 뿐만 아니라, 군대교육과 전쟁참여의 장면은 주체사상의 교육장이라 할 만큼 빈번하게 인용된다.[20]

한태천의 「연풍호」(7장)는 일제시대말기부터 1957년까지 북한사회의 변화를 배경으로 수리시설사업을 그린 작품이다. 수리댐을 완공하여 풍작을 이루게 한 것은 김일성의 위대한 지도력 덕분이었다는 내용이다. 일제의 수탈과 가난으로 인한 인민들의 비참한 과거가 묘사되었고, 해방 이후 건설한 댐이 미군의 폭격으로 파괴되어 다시 흉년을 맞게 된 내력을 소개했다. 이 작품은 6·25 이후 김일성의 지도로 청년들이 대규모의 댐을 복구하는 과정을 중심으로 무대화했다.

여기서 김일성은 국토관리에 매우 전문적이고 인민을 사랑하는 자상한 어버이 같은 상징으로 형상화되었다. 댐 축조문제를 놓고 마을 사람들은 그들대로, 당원들은 또한 그들대로 대결한다. 무엇보다도 입지조건이 열악한 것이 요인이다. 주인공인 청년 노동자와 기사는 갈등 속에서 방황하고 좌절하고 투쟁한다. 김일성은 청년들에게 솜옷을 보내주고, 직접 전화를 걸어서 격려와 지혜를 준다. 멀리 있는 무서운 존재가 아니라 인민들의 마음속에 있는 따뜻한 지도자의 모습으로 우상화되었다.[21]

신영근의 「인민의 행복」(1막)은 1980년대 초기에 전개된 양식어업사업, 수산물시장사업의 성과를 찬양하기 위한 목적극이다. 평양시의 한 고층아파트에 사는 노동자가족 3대가 벌이는 하룻밤의 사건을 소개로 했다. 주인공 성호는 몇 년에 중병이 들었지만, 아내가 사다주는 활어를 먹으면서 기력을 되찾고 있다. 이 아파트에 성호의 부모가 고향으로부터 활어를

---

20 리성준, 「첫 땅크병들」, ≪조선예술 6≫, 1971, 89~111쪽 참조.
21 한태천·홍광억, 「연풍호」, ≪조선예술 12≫, 1983, 71~77쪽 참조.

준비해 가지고 찾아든다. 그러나 물고기가 도중에 죽은 것을 알게 된다. 노인들은 활어를 구하기 위해 밖으로 나선다. 이 사실도 모르고 성호부부는 활어를 사들고 퇴근한다. 부부는 부모가 생선을 갖다 놓은 것을 발견하고, 부모는 지쳐서 돌아온다. 뒤이어 손자의 애인이자 수산물직매점판매원인 처녀가 노인들이 찾던 활어를 구해 들고 온다. 처녀가 손자의 애인 것이 밝혀지자 모두 기뻐한다.

주인공은 수도의 한 복판에서 펄펄 뛰는 생선을 먹을 수 있게 된 것이 김일성의 지도 덕분이라고 하고, 그에게 충성으로 보답해야 한다고 말한다. '인민들이 원하는 것이라면, 산도 강도 바다도 떠 옮겨 주시는 각별한 사랑'을 지닌 것이 김일성이라 했고, 그로 인하여 인민들은 행복을 누리고 있다고 했다. 그의 중병도 생선요리를 통해서 완치되었다는 것이다. 우상화의 한 사례다.[22]

혁명가극 <피바다>는 일제치하에서 중국 지주와 왜경에게 혹독한 착취와 억압을 받으면서 민족적 계급적 모순을 해결하기 위해 항일 투쟁하는 농민과 유격대원들의 행동을 통해 혁명이념을 고취시키고자 한 가극이다. 여기서 피바다란 일제의 토벌에 의해 마을이 온통 혈해血海를 이룬 데서 제명된 것이다. 아버지가 독립군으로 출가한 지 오래인 농가에서 장자는 다시 유격대원이 되어 떠나고, 어머니는 딸과 차자를 데리고 어렵게 살아간다. 어느 날 정찰 나온 유격대원을 숨겨준 까닭에 어린 차자는 어머니 앞에서 사살 당한다. 어머니와 딸은 장자가 소대장이 되어 있는 산 속의 유격대를 찾아들어, 각기 재봉대원과 선전대원이 되어 활약한다. 이 작품에서는 어머니와 딸이 혁명사상에 눈뜨게 되고 그 실천에 투신하는 과정이 매우 중요하게 그려졌다.[23]

혁명연극 「성황당」(9장)은 1928년 카륜의 자쟈툰에서 김일성(1912년 4월생)이 창작·공연했고, 1978년의 공연은 재공연에 해당된다는 것이

---

22 신영근, 「인민의 행복」, ≪조선예술 12≫, 1983, 71~77쪽 참조.
23 한국비평문학회 편, 『북한 가극·연극 40년』, 신원문화사, 1990, 64~75쪽 참조.

다. 종교와 미신의 기만성을 주체의 관점에서 예리하게 폭로하고 인민대중의 힘을 형상화시킨 고전적 명작이라는 평가를 받았다. 1920년대 말 북부조선의 산간마을, 일찍 남편을 잃은 박씨는 외동딸과 더불어 비참하게 살아간다. 딸의 혼사를 앞두고 그녀는 자신의 처지를 비관하며 믿을 것은 성황당밖에 없다고 생각한다. 한편, 슬기로운 청년 돌쇠는 박씨와 갈등하며, 성황당에 놓은 강냉이떡을 먹어치움으로써 신이 없다는 것을 실증해 보인다. 마을의 유지들은 전도사부인, 중, 무당 등을 내세워 각각 성황당 터를 차지하려는 음모를 드러낸다. 돌쇠는 마을 사람들과 합세하여 유지들을 혼내주고, 박씨로 하여금 미신의 허위성을 깨닫게 해준다. 마지막 장면에서 박씨는 즐겁게 춤을 춘다.24

북한에서는 혁명가극과 혁명연극의 필요성에 대하여 다음과 같이 지적했다. 종래의 연극이 비록 진보적이었다 하더라도 계급사회 내에서 직업주의 울타리를 벗어나지 못해 계급적 맥락이 올바르지 않았다. 신화 전설적이며 봉건세태적인 저속한 내용으로 일관되어 보통 사람들의 생활과 거리가 멀었다. 노래도 말도 아닌 까다롭고 어색한 대화창對話唱을 기본으로 하였음으로 이해하기 어렵고, 자주적이지 아니하였다고 비판한다. 그러므로 이같은 낡은 양식을 인민성 · 통속성 · 민족적 특성 · 혁명적 세계관에 의거해서 새롭게 바꾸고, 아울러 공연예술의 모든 형상수단이 주체사상의 내용과 형식에 함께 이바지할 수 있도록 하기 위해서 혁명극이 필요하게 되었다고 한다.

5

이상에서 소개한 작품들과 사회주의적 사실주의의 상관성을 좀 더 구체적으로 검토해 보기로 한다. "혁명적 발전 속에서 진실하고 역사적 구체

---

24 한국비평문학회 편, 위의 책, 251~85쪽 참조.

성을 느낄 수 있도록 현실을 묘사해야 한다"는 원칙에 작가들 자신이 충실했는가. 이 원칙은 "혁명적 낭만주의를 조화시킨다"는 두 번째 원칙, "공산주의 건설을 위한 투쟁과 결합해야 한다"는 세 번째 원칙과도 조화되지 않았고, 아울러 이러한 원칙을 실현하는 데 북한사회는 애초부터 모순과 한계를 지녔음을 상기하지 않을 수 없다. 정확하게 지적한다면, 북한사회의 모순과 한계이기보다는 김일성과 김정일을 정점으로 한 북한공산당의 통치철학과 실천방법상의 그것이었다고 해야 할 것이다.

새삼스럽게 이념과 체제논쟁을 시작하자는 것이 아니다. 역사적으로 세상에 어떤 이념이나 체제도 인간이 만든 것이었고, 그것은 완전하지도 완전할 수도 없었다. 남한사회에도 모순과 한계는 엄존하다. 어느 편을 비판하기에 앞서 본질이 문제라는 것이다. 앞에서 소개한 한태천의 「바우」(1947)로부터 김일성이 16세에 창작했다는 「성황당」(1978)에 이르기까지, 모든 작품들은 김일성의 항일투쟁이나 사회주의 건설, 독재화 및 우상화를 전제로 해서 창작되었다. 그를 주인공으로 직접 묘사한 것은 아니라고 해도 그를 전제前提로 혹은 그의 지시指示를 전제로 창작했다. 분명 획일주의의 산물이다.

지난 시대에 이루어진 북한사회의 '혁명적 발전'을 일면 인정한다고 해도, 이런 획일주의 가운데서는 애초부터 '진실하고 역사적 구체성을 느낄수 있는 현실묘사'가 불가능했다. 작가들 개개인에게 그럴 여지가 조금도 없었다는 말이다. 이런 원칙이야말로 작가들이 자발적으로 창작하고, 자유롭게 소재를 선택하고, 재능에 따라서 표현할 수 있는 환경과 여건이 가능할 때 준수될 수 있다. 창발력創發力이라는 용어가 자주 보이는데, 그것은 엄격히 제한된 범주 내에서의 창작이다. 현실 묘사는 수사적 언사일 뿐이고, 현실은 있지만 묘사는 작가 마음대로 할 수 없었다. 이른바 사회주의적 사실주의 · 당성 · 계급성 · 인민성 · 현대성 같은 문예원칙을 아무리 화려하게 나열한다고 해도, 김일성을 전제로 해서만(이것이 북한에서 말하는 당성이기도 하다) 묘사를 함으로써, 오히려 현실성을 창조할 수 없었다. 다시 말하자면, 사회주의적 사실주의가 발전할 수 있는 통로는 출발부터 막혀 있었다.

다시 혁명적 낭만주의에 대해서 검토해 보기로 한다. "꿈을 가진 사람이 자신의 꿈을 믿을 수 있게만 한다면, 그가 일생을 주의 깊게 관찰하여 자신의 관찰결과와 꿈속의 성취를 비교할 수 있게만 한다면, 좀 더 일반적으로 말해, 자신의 꿈을 성취시키려고 노력하게만 한다면, 꿈과 현실 사이의 괴리는 결코 해롭지 않다. 꿈과 현실 사이에 얼마간의 연결이 있기만 하다면, 꿈은 결코 나쁜 것이 아니다." 이것은 『어떻게 할 것인가』에서 레닌이 한 말이다.25

고리끼는 이렇게 논술했다. "인간과 그 생활환경에 대해 진실하고 꾸밈 없는 묘사를 해내는 것을 우리는 현실주의라고 부른다. (…중략…) 낭만주의는 극단적으로 다른 두 개의 유파를 포함하고 있다. 그중 하나가 소극적 낭만주의로서, 그것은 현실을 꾸며 사람들로 하여금 현실과 타협하도록 기도한다. 나아가 소극적 낭만주의는 현실도피를 조장하여, 사람들로 하여금 자기의 내면세계의 심연으로 빠져들게 만들거나, 사랑이나 죽음과 같은 '풀기 어려운 인생의 수수께끼' 속으로 몰고 들어간다. 그러나 사실은 이러한 인생의 수수께끼야말로 '사변'이나 '직관'을 통해 풀어지는 것이 아니라, 과학에 의해서만 해결될 수 있는 것이 아닐까? 이에 비해 적극적인 낭만주의는 인간의 생활의지를 강화시켜 그의 마음속에 현실과 현실의 모든 억압에 대한 반항을 환기시켜 준다."26 고리끼는 발자크·뚜르게네프·똘스또이·고골리·체홉 같은 고전작가들이 현실주의 작가인지, 낭만주의 작가인지 정확히 규정하기 어렵다고 했다. 위대한 예술가에게는 현실주의와 낭만주의가 영원히 결합되어 있는 것으로 보았다.

레닌이 말한 '꿈과 현실의 연결', 고리끼가 논한 '현실주의와 낭만주의의 결합'을 혁명적 낭만주의의 원칙으로 본다면, 북한연극은 이 원칙에서

25 북경대학 편, 강경구 외 옮김, 앞의 글, 170쪽.
26 북경대학 편, 강경구 외 옮김, 앞의 글, 189쪽.

벗어나 개인 우상화를 위한 감상주의적 과장, 과잉에 다름 아니라고 할 수 있다. 김 부자를 벗어난, 의미 그대로 현실주의는 북한에 존립할 수 없는 까닭에, 그것은 작가들에게 현실주의가 아니라 숙청을 면하기 위한 기회주의일 뿐이다. 또한 김 부자를 벗어나서, 사회주의에 대한 자유로운 상상력과 현실개혁을 위한 다각적인 대안을 펼치는 것이 금기禁忌인 이상, 그것은 낭만주의가 아니라 환각적인 감상주의라 하겠다. 북한사람들이 비합리적인 것인 줄 알면서도 김 부자와 타협하고, 비합리에 대한 비판보다는 순응·순종 혹은 열정적 찬양을 통해 현실을 기피하고 도피하는 행위야말로 바로 앞서 고리끼가 지적한 소극적 낭만주의의 한 성향이라고 할 수 있다.

  "그들의 연극은 일제의 잔재인 신파극과 악극의 틀을 근본적으로 벗어나지 못하고 있다. 그들은 비평가들조차 연극을 이야기할 때 '눈물 없이 볼 수 없는 훌륭한 작품'이라는 말로 시작한다. 이는 식민지시대의 저급한 대중극인 신파극을 구경한 관객들의 탄성과 그대로 통하는 말이다. 감상주의와 눈물은 신파극의 요체라 할 수 있다. 그들은 실컷 울려놓고서 그 공허한 자리에 김일성을 불쑥 내밀어 놓는다. 매우 교활한 수법이다." 이것은 유민영의 언급이다.27 북한연극과 신파극을 동일시한 것은 다소 무리가 있다. 신파극이 아니라 신파조新派調라는 개념이 적절할 것이다. 북한의 지도층은 이른바 혁명적 낭만주의를 말하고 있지만, 실제로는 선동을 위한 신파조의 전략적 차용에 불과한 것으로 볼 수 있다. 이상에서 분석한 수편의 희곡에는 이러한 성질이 잘 드러나 있다.

  세 번째로, 공산주의 건설을 위한 투쟁과 결합해야 한다는 원칙도 공허한 장식어로 들린다. 과연 북한체제가 사회주의 체제인지, 공산주의 체제인지 되물어야 할 것이다. 그들이 공산주의사회를 건설한다고 한 지가 반세기가 경과했는데도, 북한사회는 아직도 인민을 위한 기본적인 의식주마저 해결하지 못했다. 계급타파를 부르짖으면서도 당 간부의 생활은 귀족에

---

27 유민영,『한국연극운동사』, 334쪽.

가깝다. 특히 수령은 신성불가침의 절대 권력을 유례없이 독점하고 있다. 북한연극이 대외적으로는 공산주의 건설을 외치면서 실제로는 수령우상화의 도구로 사용되어 온 것은 앞서의 작품들에 극명하게 나타나 있다.

북한체제를 유일체제라고 한다. 그것은 절대 권력자인 수령을 중심으로 전체사회가 일원적으로 일사분란하게 조직되어 있기 때문이다. 수령은 프롤레타리아에 대한 유일적이고 총체적인 지도를 행하며, 당은 수령의 영도를 정책화하고 이를 현실적으로 지도하는 집행자의 역할을 담당한다. 여기서 개인은 인민대중이라는 전체의 부분으로서만 의미를 가진다. 인민대중은 당을 매개로 하여 수령의 유일적 영도와 결부될 때라야 비로소 정치사회적으로 생명이 부여되고, 인민대중이 혁명의 자주적 주체로 된다는 것이다. 결국 수령의 유일적 영도는 당의 유일적 영도를 통하여 실현되며, 이점에서 당은 수령의 개인당으로 전락하고 말았음을 알 수 있다.[28]

6

끝으로, 북한연극에서 '민족극양식'이라고 하는 방법론에 대하여 고찰해 보기로 한다. 이 양식은 '집체작', '피바다식가극', '성황당식연극'이라 지칭되기도 한다. 이런 창작방법 혹은 이런 연극유형을 상징한 개념이다. 이 양식에 대한 평가를 둘러싸고 서로 상반된 견해도 공존한다.

남한에서 민족극에 대한 개념은 변해 왔고, 현재까지도 정립된 개념이 아니다. 그러나 대다수의 사람들은 '서양식에 대한 동양식, 동양식에 대한 한국양식'이 민족극이고, 그런 연극을 창출해 내야 한다는, 일련의 예술적 모색 · 지향으로서의 민족극을 말하고 있다. 남한에서 전통양식을 국가적으로 보존 · 계승하는 중요한 이유의 하나는 바로 민족양식(대외적으로는

---

28 오일환, 「김정일시대의 북한체제 현황」, 『현대북한체제론』, 을유문화사, 2000, 29~31쪽 참조.

한국양식)의 새로운 창조를 위한 기반을 상실하지 않기 위함이다.

북한에서 민족극은 전통양식을 일면 계승하고 있는 점에서 남한과 유사하지만, 그런 계승의 사업도 모두 '유일 우상화극'을 만들기 위한 목적의 일환이라는 측면에서 미학美學상의 차이가 현격하다. 그들은 이것을 '주제극'이라고도 한다. "혁명과 건설에서 나서는 모든 문제를 자기 인민의 리익과 나라의 실정에 맞게 자체의 힘으로 풀어나갈 데 대한 주체사상의 요구를 구현하여, 자기나라 인민과 자기 나라의 혁명을 위하여 복무하는 인민적이며 혁명적인 연극"을 주체극 혹은 민족극이라고 한다. 이것은 두말 할 필요도 없이, "당의 유일한 지도사상인 수령의 혁명사상과 그 구현인 당의 로선과 정책이 정확히 반영되도록 할 것"을 요구하고 있다. 아울러 주체극은 "인류역사상 처음으로 진짜 생활을 보는 것과 같은 배우예술이 무대에서 태어나게 한 결정적 담보"였다고 주장한다.29

이상과 같은 주체문예이론과 더불어 그들은 종자론種子論(작품의 핵이 되는 사상), 속도전이론(최단기간내에 량적으로 최상의 성과를 내는 것), 통속예술론(인민이 쉽게 이해할 수 있도록 평이하고 대중적으로 만드는 것), 군중예술론(창조주체는 개인이 아니라 군중 혹은 집단), 공산주의 인간학(주체형의 공산주의자를 묘사하는 것), 반추상주의(추상을 언어유희·기형화·불구화·염세주의·신비주의·색정주의로 단정하여 배격) 등을 절충하여 정책과제로 삼고 있다.

북한에서는 60년대 이전까지 가극에 대한 조선식 가극을 창극으로 분류하였다. 그러나 60년대부터는 창극 대신 민족가극이란 명칭을 도입하여 일반가극과 상대적인 개념으로 쓰다가 70년대부터는 '피바다식 혁명가극'을 민족가극으로 부르게 되었다. 민족가극이란 조선의 민요에 토대를 두고 새롭게 발전시킨 통속극을 지칭한다. 통속성이라는 용어도 소극적(비판적, 부정적)인 의미가 아니라 적극적인 개념으로 사용하였다. 그것

---

29 한국비평문학회 편, 『북한 가극·연극 40년』, 19~20쪽 참조.

은 가사를 하나 써도 누구나 다 알아볼 수 있는 가사를 쓰며, 노래를 하나 지어도 누구나 다 부를 수 있는 노래를 짓도록 한다는 것이다. 인민대중의 생활에서 제기되는 절실한 문제, 그들의 이해와 직접 관련되는 생활내용을 담으며, 그것을 일반 대중의 요구와 지향에 맞게 알기 쉽도록 민족적 형식에 담아 반영한다는 것이다.

종래의 가극은 대사와 대화창을 위주로 해 온 데 비하여, 이 대화창을 소위 절가로 만들어 부르고 있다. 절가는 시어가 평이하고 운율이 순탄한 정형시형태의 가사에 곡을 붙인 것으로서, 혁명가극의 모든 노래와 음악은 이러한 절가로 이루어져 있다. 즉 대사에서 분리된 일련의 노래들로서, 각각의 노래들은 정형시형태의 가사에 똑같은 가락에 맞추어 반복된다. 1절 2절 심지어는 8절까지도 반복된다. 절가는 주인공의 노래뿐만 아니라 방창에도 적용된다. 절가는 일정한 음악적 의도와 사유를 나타내는 동기와 악구樂句, 악단樂段과 같은 작은 요소, 부분들이 마치 질의 응답 형식으로 맞물려지고, 기승전결의 합법칙적 과정에 따라 점차 악절樂節로 확대발전하면서 완성된다. 전렴에 비하여 후렴이 정서적으로 폭이 더 넓고 앙양된 합창적인 성격을 띤다.[30]

저들은 이 절가를 간결한 구조 속에 모든 크고 작은 내용이 완결된 사상을 자유롭게 담을 수 있는 세련되고 위력 있는 형식으로 내세우고 있다. 절가의 장점은 악곡형식의 통일감과 작품의 감상 영역에서 의미 발생이 빠르게 나타날 수 있다는 점이다. 단점으로 나타나는 단순 반복성을 해결하기 위하여 독창·중창·합창·관현악 수법들을 활용하고 있다.

방창은 가극을 비롯하여 영화 연극 무용 등 무대 공연예술 용어로 널리 쓰인다. 주인공의 정신세계나 극적 상황, 극 진행을 무대 밖에서 설명하고 보충하는 절가형의 성악연주형이다. 서사적인 묘사를 할 수 있을 뿐만 아니라 극적인 묘사나 서정적인 묘사도 할 수 있는 음악수단이다. 방창은 독

---

30 북한 편, 『문학예술사전』, 450쪽 참조.

창 · 2~3중창 · 대중창 · 소방창 · 대방창 · 무가사방창, 여성방창 · 남성방창 · 혼성방창 등 여러 가지 형식의 노래로 이루어진다. 주인공의 정황을 성악형식으로만 처리하는 것이 아니라, 관현악과도 결합되고 하나의 장면이나 장과 장을 연결하려 작품의 형상성을 높이는 구실을 한다. 일반적으로 가극에서는 배우가 연기를 하면서 노래를 불러야 하기에 부담이 크다. 이러한 장애를 극복하는데 방창은 효율적인 방법으로 지목된다.

노래의 중심은 민요풍이다. 조선의 음악은 반드시 조선적인 것이 바탕이 되어야 하고, 조선 인민의 감정에 맞아야 하며, 그것은 민요를 바탕으로 민족적 선율을 발전시켜야 한다는 이론에 바탕 한 것이다. 아울러 서양악기와 서양음악은 이러한 민족음악에 재통합되어야 함은 물론 민족음악으로 주체를 확립해야 한다는 것이다. 가극의 관현악편성도 이러한 이론에 따라, 고음단소 · 단소 · 고음저대 · 중음저대 · 저대 · 장새납 · 대피리 · 저피리 · 소해금 · 중해금 · 대해금 · 저해금 등 새로이 개량한 민족악기가 주체가 되고, 거기에 서양악기를 배합하는 방법을 취하고 있다.[31]

이러한 일련의 음악형식에 관한 것은 물론 전문가들의 평가를 필요로 한다. 그러나 앞서 누차 논의한 대로, 음악형식이나 무대장치가 설사 우수하다고 해도, 유일 우상화극을 민족극과 동일시하고 있는 점에서 국내외적인 한계는 분명하게 드러난다. 북한에서는 연극을 과학적으로, 객관성 있게 만들어야 한다고 강조한다. 말 그대로, 어느 하나의 연기, 혹은 어느 한 장면은 그렇게 만들고, 그런 느낌을 줄 수 있을 것이다. 문제는 본질이고, 미학의 객관적 진실이며, 보편적 진실과 예술적 표현의 구조적인 조화일 것이다. 단 한 사람의 권력과 통치를 위한 도구로서 전락된 연극을 인류사의 보편적 예술과 같은 범주에 넣기는 어려울 것이다.

『한국음악사학보』 제28집, 2002

---

31 북한 편,『문학예술사전』, 49쪽 참조.

북한 민족가극 <춘향전>의
공연사적 위치와 특징

이영미

1. 머리말

한국 근대예술사의 작품 중 가장 꾸준하고 많은 연구와 가장 많은 재창조가 이루어진 작품은 단연 춘향전일 것이다. 특히 판소리라는 극적인 노래이야기 형태로 정립되고 수많은 이본을 낳으면서 발전하였기 때문에, 창극, 오페라 혹은 가극,[1] 뮤지컬 등 여러 종류의 음악극으로도 활발히 재창작되었다. 분단 이후 남한 작품으로 꼽는다면, 최초의 창작오페라로 기록된 현제명 작곡의 <춘향전>을 비롯하여 장일남, 박준상, 김동진 등의

---

[1] 가극은 일제시대까지 오페라와 오페레타 등 서양음악을 바탕으로 한 음악극을 통칭하는 말이었다. 분단 이후 남한에서는 오페라와 오페레타, 뮤지컬 등의 용어를 구분해서 사용하는 것에 비해, 북한에서는 여전히 가극이라는 명칭을 사용하고 있다. 서양 작품의 번역 공연을 하지 않고, 예술의 대중성을 매우 중시하여 대중예술과 본격예술의 구분을 하지 않는 북한의 예술 상황을 생각해 볼 때, 남한에서처럼 오페라와 오페레타, 뮤지컬의 구분이 북한에서는 의미 있는 일이 아니다. 1980년대 말 19세기 그랜드오페라에만 지나치게 경도되어 있는 한국 오페라계를 반성하며 출발한 한국음악극연구소(소장 문호근)가 자신의 작품을 오페라 · 오페레타 · 뮤지컬 등으로 구분하지 않은 채 '음악극'이라는 명칭을 썼고, 이후 가극단 금강을 창단하면서 '가극'이라는 이전의 명칭을 복원한 바 있다.

오페라와 예그린에서 공연한 김희조 작곡의 뮤지컬 <성춘향> 등이, 판소리를 바탕으로 한 창극을 제외한, 새로 작곡된 음악극 춘향전들이라 할 수 있다.

음악극 춘향전에 대한 노력은 북한도 예외가 아니어서, 해방 직후 시기 창극으로부터 이 글에서 다루고자 하는 1988년 민족가극 <춘향전>에 이르기까지 꽤 여러 편의 음악극 춘향전이 있다. 이 글은 아직까지도 레퍼토리로 살아 있는 북한의 민족가극 <춘향전>을 대상으로 양식적·내용적 특징을 공연사적 위치와 함께 살펴보고자 하는 글이다. 북한에서 민족가극이라는 용어는 대개 몇 가지 의미로 쓰이는 듯하다. 하나는 일반적인 의미로 각 민족들이 자신의 문화적 특성을 지니고 있는 그 민족의 가극을 의미한다.『문학예술사전』에는 '소여민족에게 고유한 가극형식, 넓은 의미에서는 모든 민족국가단위로 창작 보급되고 있는 가극들은 례외없이 민족가극이라고 말할 수 있다'고 써있다. 유럽에서는 이탈리아의 가극이 전 유럽의 가극 형식으로 정착했기 때문에 그 외의 민족들이 지니고 있는 토착적 전통을 계승한 가극을 민족가극이라고 하게 된다는 것이다. 둘째는 좁은 의미로 북한의 민족가극을 의미하는데, '흔히 판소리음조로 된 창극 또는 말도 아니고 노래도 아닌 레시타티브라는 음악적요소를 음악형상수단의 하나로 리용하던 종래의 가극과 구별되는 서도민요적 바탕의 가극'을 의미한다. 즉 창극도 아니고 서양식 오페라도 아닌, 북한 사람들에게 친근한 노래를 바탕으로 한 대중적인 형태의 북한 음악극이라고 할 수 있는데, 북한의 맥락 잡기에서는 1950년대 말부터 시작된 새로운 경향의 가극으로부터 1988년 <춘향전>에 이르기까지 같은 맥으로 서술하고 있다.[2] 그러나 실제로는 그 중간에 1970년대 이른바 '가극 혁명'을 수반한 혁명가극의 시대를 거치면서 가극 전체가 현격한 변화를 이루었으므로, 민족가극은 혁명가극 이전의 민족가극과, 혁명가극 이후의 민족가극으로 나누어지는 셈이다. 이에 대해서는 뒤에서 상술하겠거니와, 이 글에서 다루

2 『문학예술사전(상)』, 과학백과사전종합출판사, 1988, 805~806쪽 참조.

는 민족가극 <춘향전>은 혁명가극 이후의 민족가극 <춘향전>이며(가극 혁명 이전인 1964년에 창작된 <춘향전>도 민족가극 <춘향전>으로 불리나, 1988년 작품과는 다른 작품이다), 민족가극의 새로운 시작을 알리는 의미 있는 작품이다. 즉 1980년대 말의 새로운 민족가극은 음악이나 형식 등에서 혁명가극의 성과를 적극적으로 이어받고 있다는 점에서 1960년대의 민족가극과 구별되면서, 그 내용에서는 혁명기의 이야기가 아닌 <춘향전>, <심청전>(1993), <박씨부인전>(1995) 등 민족 고전을 저본으로 한 작품이라는 점에서 혁명가극과 구별된다.

이렇게 간단히 맥락을 짚어보기만 해도 민족가극 <춘향전>의 공연사적 의미가 지대하다는 것은 쉽게 짐작할 수 있다. 특히 북한은 1960년대부터 현재에 이르기까지 단일한 주체에 의해 예술문화의 발전이 주도되어 왔으며 중요한 성과라고 평가받는 것들은 전사회적으로 학습·공유되어 적극적으로 계승하는 경향이 있다. 따라서 예술사에 있어서 계승 관계가 확실하고 변화과정이 매우 논리적이고 일관된 경향을 보인다. 민족가극 <춘향전> 역시 1970년대까지 이루어낸 북한의 가극·연극의 발전성과를 매우 충실히 계승하고 있으며, 이 작품의 형식과 내용의 핵심적인 특징들에 북한의 가극·연극의 중요 쟁점과 성과가 요약적으로 담겨 있다.

2. 민족가극 <춘향전>의 양식적 특징과 <피바다>식 혁명가극

민족가극 <춘향전>의 양식적 특징들은 거의 <피바다>식 혁명가극의 그것과 일치한다. 1964년에 공연된 또 다른 민족가극 <춘향전>이 어떤 형태로 이루어졌는지 작품을 구할 수 없어 확인하지 못하는 것이 대단히 아쉽지만, 남한의 다른 음악극들을 고려하면서 1988년 민족가극 <춘향전>의 양식적 특징을 정리하면 다음과 같다.

1) 모든 노래의 절가화

민족가극 <춘향전> 안의 노래들은 모두 유절有節형식의 대중적인 노래로 만들어져 있다. 이는 음악극으로서는 매우 독특한 양상이다.

유절형식이란 동일한 악곡이 반복되면서 각기 다른 가사가 결합되어 노래 전체가 여러 절로 나뉘는 형식을 의미하는데, 북한에서는 절가라고 한다. 여러 절로 나뉘기 때문에 한 절은 비교적 짧고 단순한 형태를 띠고 있다. 민요의 대부분이 이러한 절가이며, 찬송가, 교가 등 대중적으로 많이 불리는 노래들도 대부분 절가이다. 우리나라 대중가요도 1980년대 초까지 절가가 우세하나, 1980년대 후반을 계기로 변화하기 시작하여 최근 대중가요에서는 후렴 이전 부분의 악곡이 다른 가사에 붙어 두 번 정도 반복되고 후렴 부분이 두어 번 반복되는 변형된 유절형식이 일반적으로 쓰이며 하나의 절로만 이루어진 노래도 늘어나고 있다. 일반적으로 전문인이 아닌 일반 대중이 부르는 노래는 절가의 형태를 띤 것이 많은 이유는 노래를 외고 부르기 쉽기 때문이다. 대신 다른 가사에 같은 악곡이 결합되는 형태이므로, 가사 역시 반복적 패턴을 가져야 한다는 제약이 있다. 예컨대 후렴이 있거나, 메기는 소리와 받는 소리가 나뉘어져 있는 것이 그 대표적인 예이다. 따라서 가사 표현의 폭이 일정한 악곡의 고정 패턴을 지키기에 힘들 정도로 넓어지게 되면 절가는 가능하지 않게 된다. 운율 등에서 고정된 패턴을 지키지 않는 근대 이후의 시를 가사로 써서, 그 시의 흐름을 손상시키지 않고 작곡하는 데에 성공했다고 평가받는 김동진·채동선의 가곡(<수선화>, <고향> 등)을 비롯한 이른바 예술가곡들이 유절형식보다는 통절統節형식으로 된 노래가 많은 것은 그런 이유이다(물론 예술 가곡이라고 모두 통절형식이라는 것은 아니다. 예술가곡이냐 교양가곡이냐를 구분하는 것은, 유절과 통절의 구분이 아닌, 반주음악이 단지 노래 선율을 따라가는 데에 그치지 않고 시 해석을 음악화한 독자적인 표현을 하고 있는가 여부이기 때문이다). 이러한 통절형식의 노래는 가사의 표현을 위해 음악을 복잡하고 변화무쌍하게 만들었기 때문에 일반 향유자가 함께 부르고 즐기기 힘들며, 따라서 전문인들이 부르는 감상용 노래가 대부분이다.

음악극 역시 시종일관 절가만으로 노래를 만들기에는 표현의 제약이 크다. 음악극의 노래란 인물의 대사인 셈인데, 이러한 대사는 단순하고 일정한 패턴을 반복해서는 표현하기 힘든 산문적인 자유분방함이나, 반복적이지 않은 흐름을 갖고 있게 마련이다. 따라서 음악극의 노래들은 상당 부분 통절형식의 노래가 차지하고 있다. 절가는 매우 대중적인 노래 몇 개로 한정되어 있거나, 그나마도 매우 변형된 형태로 있는 경우가 보통이다. 판소리는 통절형식의 노래의 대표적인 경우라 할 수 있는데(민요와 서사무가는 절가인 것에 비해) 판소리의 더늠들을 그대로 사용하고 있는 창극의 노래들은 대부분(삽입민요인 <농부가> 같은 경우를 제외하고는) 통절형식이다. 또 오페라의 노래는 서정적인 감정 고양이 강한 아리아와, 말과 노래의 중간 형태로 산문성이 강한 대화창(레시타티브) 중, 아리아에서만 그나마 절가가 가능할 터인데, 이 역시 자유로운 표현을 위해 대부분 통절형식의 노래가 차지하게 된다. 대중적인 음악극인 뮤지컬은 비대중적인 레시타티브를 없애고 그냥 말로 된 대사를 사용하면서 노래를 넘버화 하고 있다(노래로만 이어지지 않기 때문에 번호를 붙일 수 있으므로, 뮤지컬 속의 아리아들은 '뮤지컬 넘버'라고 부른다). 오페라에 비해 상대적으로 절가화의 가능성이 높고 실제로 절가의 비중도 상대적으로 높으나 이 역시 연극성을 높이기 위해 통절형식을 취하거나 혼합형식을 취하는 넘버가 많다.

이렇게 보자면 북한 민족가극처럼 아리아가 모조리 절가화되어 있는 것은 매우 독특한 양상이라고 할 수 있다. 북한의 음악극도 처음부터 이러하지는 않았을 것으로 추측되는데 특히 1950년대의 창극의 노래들은 전혀 절가화 되지 않았음을 악보를 통해 알 수 있다.[3]

---

3 1963년에 발간된『가극창극선곡집』(조선문학예술총동맹출판사)에는 <춘향전>(1960)
  의 <사랑가>나 <강 건너 마을에서 새 노래 들려온다>(1960) 중에 나오는 <한 자리

북한 음악극은 1959년 <황해의 노래>(박팔양 작, 정남희·조상선 작곡) 이후 고전적 소재와 판소리 창극 중심의 경향을 넘어서서 현실적 소재와 서도민요적 음악으로 변모하게 된다.4 한정된 자료나마 노래를 살펴보면, <황해의 노래> 이전인 1958년 <배뱅이>와 <장화홍련전>(1959), <홍루몽> 등에서 시작하여 이후의 창극 작업에는 김진명 등 서도민요 명창과 이면상·윤영환·신영철 등 서양 음악 작곡자가 함께 작업하면서 개입하면서 판소리조를 제거한 민요조의 노래(북한 문헌에서는 서도민요라고 하나 몇 곡을 악보로 보기에는 꼭 서도민요적 특성이 강한 것은 아니다)와 서양음악적인 경향의 강화 현상이 뚜렷한데, 이 시기를 지나 1970년대 혁명가극으로 넘어가면서 음악은 거의 서양음악적인 음악으로 바뀌게 되고 노래는 모두 절가로 바뀐다.

모든 노래의 절가화는 <피바다>식 혁명가극이 정립되는 이른바 '가극 혁명'의 핵심적인 변화 중의 하나이다.5 노래가 절가화됨으로써 음악 자체가 연극성을 강하게 담지하는 수준은 떨어지지만, 가극 속의 노래들이 독립적으로 불려질 수 있고 일반적인 대중적인 노래 형태와 동일해져 쉽게 듣고 즐길 수 있어 대중성은 강화된다고 할 수 있다.

2) 대중적인 조성음악과 배합관현악

앞서 간단히 이야기했듯이, 민족가극 <춘향전>의 노래들은, 남한의 기준으로 볼 때에는 대부분 별로 국악적이지 않다. 서양 근대의 조성음악의 어법을 사용하며, 그나마 노래 선율은 매우 쉽고 단순하여 우리나라 1960년대 대중가요와 흡사한 경향이라 할 수 있다.6 특히 트로트 가요에

에 모여앉아 일하기도 신명난다> 같은, 1950년대의 주요한 창극과 가극의 중요 노래 악보가 실려 있는데, 여기에 실린 창극의 노래들은 완연한 통절형식의 노래들이다.

4 엄국천, 「북한 음악극 춘향전 연구」, 한국극예술학회 심포지엄, 『북한연극과 희곡문학의 구조와 특성』 자료집, 44~45쪽.

5 김경희·림상호, 『<피바다>식 혁명가극』, 문예출판사, 1991, 79~120쪽.

서나 발견되는 리듬 패턴을 쓰고, <사랑가>에서도 '레미파시라 파미레미' 같은 트로트의 영향을 받은 한국 대중음악적 선율을 쓰고 있다는 점은 북한의 예술이 통속성을 지향하고 있다는 점을 고스란히 보여주는 흥미로운 예이다. 그러나 관현악 반주나 합창 편곡, 그리고 창법 등에서 대중음악적 성향이 강하게 드러나는 것은 결코 아니다. 음악 전문인이 아닌 필자로서 전문적인 분석을 하기는 어려우나, 적어도 민족가극 <춘향전>의 음악이 드럼의 리듬이 강화된 대중음악 밴드의 음악과는 매우 다르다.

특히 반주음악이 개량된 국악기와 서양악기가 함께 섞인 이른바 '배합관현악'이라는 점은 독특하다. 총보 『춘향전』(문예출판사, 1991)에 의해 연주에 사용된 악기를 북한식 표기로 나열해보면, 단소 I · II, 고음저대, 저음저대, 저대, 훌류트, 클라리네트, 장새납, 새납, 대피리, 저피리, 호른, 트롬페트, 트롬본, 튜바, 팀파니, 피아티, 꽹과리, 바라, 징, 장고, 소고, 방고, 대고, 목탁, 방울, 세모종, 철금, 대형목금, 전기종합악기, 옥류금, 양금, 가야금, 소해금, 바이올린, 중해금, 비올라, 대해금, 첼로, 저해금, 콘트라바쓰의 총 41종이다. 개량 국악기를 살펴보면, 전통적인 젓대(대금, 중금, 소금)를 개량한 악기를 음역별로 세 종류로 나뉘어져 있고, 새납(호적, 날라리)과 피리를 각각 두 가지 음역으로 개량해 배치했고, 서양의 바이올린, 첼로, 콘트라바스에 비견될 수 있도록 해금을 네 종류로 개량하였다. 또한 새로 창안된 악기로 옥류금이 들어 있다. 이러한 국악기를 서양 악기들과 함께 연주하는 방식이다.

남한에서 국악기와 서양악기를 함께 쓰는 것은 최근에야 가능해졌는데 그 경우에도 대개 두 가지 중 한 가지의 주도 속에서 나머지 악기가 배치된 방식이다. 예컨대 국악기가 중심이 되면서, 신디사이저나 피아노, 드럼

---

6 우리나라 1960년대의 대중가요 중 트로트 계열이 아닌, 미8군 밤무대 출신이 주도한 팝 양식의 노래들이 비교적 단순한 장단조 7음계의 노래들인데, 지금 남한 사람에게도 가장 익숙하고 편안한 형태의 이러한 노래 경향이 북한 노래들의 주도적 경향과 가장 흡사하다.

둥이 가미되거나, 서양악기가 중심이 되면서 대금, 아쟁, 장구, 꽹과리 등이 가미되는 식이다. 그런데 북한은 이와는 달리, 서양 관현악의 체계를 고려하여 이들과 합주할 수 있도록 아예 국악기를 개량하여 음 체계와 연주 방법, 음색 등을 바꾼 것이며, 따라서 이 작품의 배합관현악은 이 작품만의 특성이라기보다는 북한 음악의 일반적인 특성 중의 하나라고 할 수 있다. 또한 북한 음악극 발전의 계기가 되는 혁명가극 역시, 배합관현악의 사용이 중요한 특징이자 성과로 거론된다.

3) 방창의 적극적 활용

방창이란 무대에 등장하지 않은 채 서술자로서 극에 개입하는 노래를 의미한다. 민족가극 <춘향전>에서는 이 방창의 활용이 매우 활발한데, 이 역시 혁명가극에서 정립된 양식의 관행이다. 방창의 기능으로는, 등장인물의 내면세계를 개방하고 부각하며, 극 정황을 제시하며 설명하며, 작품의 이야기를 전개시키고 극을 발전시키며, 음악과 극을 조화롭게 결합시키며 연기의 진실성을 보장하며, 무대생활을 지속적으로 자연스럽게 보여주며, 관객들의 심리를 대변하면서 그들을 극의 세계로 끌어들이는 기능 등이 있다고, 북한의 연구서는 밝히고 있다.7 몇 가지 방창을 살펴보자.

(가) 혼성방창 : 아— 펼쳐보자 / 아름다운 그 이야기 / 절개 높은 그 사랑 / 변치
      않는 그 사랑 / 춘향의 노래

(나) 남성방창 : 그늘진 마음 안고 도련님 돌아온 길 / 그 무슨 사연 안고 방자는
      찾아오나 / 부용당을 바라보며 재촉하는 그 성화에 / 짚신이 닳도록 짚신이
      닳도록 / 이 길을 오고가네 또 오네

(가)는 서장에 배치된 것이며, (나) 남성방창은 몽룡이 부용당을 찾아갔

---

7 김준규, 『<피바다>식 가극의 방창에 관한 연구』, 사회과학출판사, 1984.

으나 월매에게 거절당하고 돌아온 후 장면이 바뀌면서 배치된 노래인데, 둘 다 극의 정황을 보여주며 이야기를 전개시키는 역할을 한다.

(다) 남성방창 : 꽃피는 봄이 와도 그 봄을 알았던가 / 담장높은 책방에서 글만 읽던 도련님 / 인생의 봄을 찾아 여기에 나왔구나 / 책에선 못본 세상 오늘에 보는구나

광한루 장면에 배치된 이 노래는 그간 책방에서만 살았던 이몽룡이 광한루 구경을 나왔음을 알리는 설명적 기능과 함께, 이몽룡이 광한루 구경을 하러 대사 없이 거니는 짧은 시간의 틈을 메워준다. 방창은 이처럼 대사 없이 행동만 이루어질 때에 배치되어 극의 흐름을 느슨히 하는 청각적 틈을 없애준다.

(라) 방자 : 봄날의 꽃향기라 이름이 춘향이요 / 활짝핀 이쁜 얼굴 어느 꽃에 비기리까 / 그 마음 도도하고 그 행실 아름다워 / 첫눈에 취한다고 탐내지 아예마소 / 망신만 당하리다
남성방창 : 춘향으로 말한다면 글이 또한 뛰여나고 / 바느질에 베 짜기도 어느 누가 당하리까
방자 : 벼슬 높은 량반님네 넘겨다도 보았으나 / 옥같은 춘향이의 대같은 그 마음을 / 꺾지는 못하였소
남성방창 : 권세있는 량반들도 첫눈에 탐을냈다 / 망신만 당하였네

(마) 녀성방창 : 봄저녁 꽃은 피여 그 누구를 그리는가 / 달비낀 가야금은 그 누구를 부르는가 / 금아 금아 가야금아 은실금실 울려다오 / 나도 모를 이 마음 나도 모를 이 마음 / 둥기당당 담아서
춘향 : 봄날의 오작교는 그 무슨 인연인가 / 달빛은 고여한데 이 가슴은 설레이네 / 이슬 젖은 해당화야 꽃잎 속에 숨겨다오 / 나도 모를 이 마음 나도 모를 이 마음 / 네 고이 담아서

(바) 춘향 : 그리워 달려가는 이 마음 끝없건만 / 도련님 그 진정을 받을수 왜 없

는가 / 량반이란 무엇이고 천민이란 무엇이기에 / 가슴속에 깃든 사랑 꽃피
우지 못하는가
녀성방창 : 사랑을 받으면서 사랑을 줄수 없는 / 저 가슴의 괴로움을 그 무
엇이 풀어주랴

(라), (마), (바)는 인물이 말할 내용을 방창이 나누어 하는 경우이다. 인
물의 대사를 나누어하는 것은 (라)나 (마)의 경우처럼 혼자서 음악이 반복
적인 노래를(절가이므로) 계속 부르는 데에서 오는 지루함을 없애주며, 관
객으로 하여금 인물의 생각과 태도에 동조·공감하는 것을 도와준다. 물
론 이런 방창은 관객이 동의를 표할 만큼 부정적이지 않은 인물일 경우에
나타나는데, 부정적인 인물의 행동이나 태도에 대해서는 방창이 비판적
태도를 보여준다.

(사) 변학도 : 썩 내몰아라!
  (사령들이 농군들을 왁살스럽게 내몬다.)
  남성방창 : 어진정사 어데 가고 악착한 정사냐 / 법을 세울 관가에 법이 없구나

이런 방창은 변학도의 행동에 대한 부정적 평가를 내리면서 한탄과 분
노의 정서를 표현한다. 이 경우 방창은 사건과 인물의 행동에 대해 적극적
인 평가와 감정적 표현을 함으로써 관객이 사건과 인물에 대해 가지게 되
는 감정과 평가를 유도한다.
  이러한 기능을 종합해 본다면, 방창은 기존의 여러 연극들에서 나타난
기능들을 함께 지닌 것임을 알 수 있다. 판소리의 도창, 그리스극의 코러
스와 가장 흡사하지만, 현재 창극의 도창에 비해 그 개입이 잦고 적극적이
며, 그리스극의 코러스에 비해서는 노래의 한 도막이 짤막짤막하다. 서사
극에서 볼 수 있는 해설자나 오페라의 합창단 등과도 비교해 볼 수 있으
나, 이들 모두와도 다른 측면을 지닌다. 가장 큰 차이점은 방창이 모두 노
래로 되어 있으면서, 그 노래가 인물이 부르는 노래의 선율과 가사 구조와

동일한 것이라는 점이다. 따라서 극중 인물과 방창의 서술자의 거리는 매우 좁아지고, 각기 다른 시선인 둘의 관점은 같은 선율을 매개로 겹쳐져, 작가 의도를 그대로 드러내는 서술자, 긍정적 주인공, 관중을 모두 같은 서정성 안으로 합일되게 한다. 위에서 이야기한 어떤 종류보다도 이러한 여러 시점의 서정적 합일이 강하다. 그런 점에서 북한 가극의 방창은 일제시대 무성영화에서 볼 수 있었던 변사의 역할을 노래로 하는 것과 가장 흡사해 보인다. 극 안팎을 수시로 자유롭게 들락거리면서 인물의 대사와 전지적 시점의 해설과 평가를 같은 목소리와 억양으로 해내는 것, 이를 통한 정서적 증폭의 효과 등에서 공통점이 많다.

　다소 기능적으로 볼 때에 방창은 극이 늘어지는 것을 막는 데에 매우 효과적이다. 대사 없는 행동 연기의 틈이나 장면 전환의 중간 등을 메꾸어 줌으로써 극이 늘어질 틈을 막는 역할을 하는 것이다. 작품 전체는 방창에서 인물의 노래로, 인물이 대사 없이 움직일 때에는 방창이 개입되어, 끊이지 않고 노래가 나오도록 짜여져 있다. 또한 인물들의 노래를 짤막짤막하게 분절할 수 있도록 하여, 한 사람의 노래 하나가 지루하게 지속되지 못하도록 한다. 쉽게 들리는 짧은 노래 형식이 대중적이라고 판단하며 이를 선호하는 북한의 관행과 조응하면서, 짧은 노래의 잦은 배치로 공연이 늘어질 새 없이 흘러가도록 만들고, 또 이렇게 같은 선율의 절가를 반복하면서 관객으로 하여금 일관된 정서적 이미지와 시선을 갖도록 하는 것이다.

4) 흐름식 입체무대를 통한 잦은 장면 전환

　민족가극 <춘향전>은 서장과 종장을 제외하고 총 7장으로 되어 있으며, 2장이 4개의 경, 6장과 7장이 각각 2개의 경으로 되어 있으므로, 모두 14번의 무대 전환이 있는 작품이다. 사실주의의 관행이 무너진 요즘 연극의 관행, 특히 뮤지컬의 관행을 생각하면 무대 전환이 그리 많지 않아 보일 수도 있으나, 서양 근대의 극 원리에 입각한 19세기 오페라 등을 생각하면 매우 잦은 무대 전환이 이루어지는 작품이다.

주목할 만한 것은, 이러한 무대 전환이 암전 없이 이루어진다는 점이다. 이를 북한에서는 '흐름식 입체무대'라고 한다. 재현주의적인 무대장치를 마치 영화의 장면전환처럼 빠르고 분절 없이 전환하는 방법을 말한다. 녹화영상만으로는 모든 기법들을 다 알기는 힘드나, 무대장치가 옆으로 흘러가게 하여 교체하거나, 겹겹의 무대장치를 만들어놓고 앞의 것을 위로 올리거나 혹은 앞으로 새로운 무대를 내리는 방법, 반투명막 등을 사용하여 특정 화면을 영사하는 방법 등을 쓴다. 예컨대 광한루 장면에서는, 방자가 몽룡의 분부로 그네 터에 있는 춘향을 데리러 갈 때에는 무대 오른편에 있던 광한루 누각이 거의 무대 바깥으로 밀려 나가면서 왼편으로는 춘향이 서 있는 그네 터의 작은 다리가 밀려 들어와 장소의 이동을 보여준다. 이별 장면에서도 몽룡이 떠난 후, 울부짖는 춘향을 실은 채 부용당이 왼편으로 밀려 나가면서 오른쪽으로는 오리정이 들어온다. 이 역시 혁명가극으로부터 시작된 무대미술의 방법인데, 혁명가극에서는 <춘향전>에서보다 훨씬 더 자주 이러한 방법을 쓰고 영상적 기법의 사용도 매우 적극적으로 나타난다(<춘향전>에서는 비교적 부분 조명이나 짧은 암전을 이용하여 바꾸는 경우도 많은 데에 비해, 혁명가극에서는 완전히 무대 전체를 밝히는 조명 아래에서 장치가 완전히 바뀌는 것을 스펙터클하게 보여주는 경우도 적지 않다).

암전 없이 무대를 전환하는 것은 남한의 대극장 공연에서도 보편화되어 있다. 반투명막을 사용한다든가, 회전무대, 아래위 혹은 전후좌우로 움직이는 무대, 이중삼중의 무대장치를 무대 위의 대형 바(bar)에 매달아 올리고 내리는 방법 등 암전 없는 무대 전환은 매우 보편적이다. 물론 남한에서 이러한 방법이 보편화된 것은 1980년대 중반을 넘어서면서이다. 남한에서는 1960년대까지 이런 극장 시설이 거의 없었음을 생각하면, 북한에서 1970년대 초에 이런 방법을 쓴 것은 획기적이라고 자랑할 만하다. 그러나 이제는 매우 보편적이고 익숙한 기법이다.

이러한 방법을 쓰면 장면 전환에 암전을 하여 현격한 시간적 분절을 감수해야 하는 부담이 사라지므로, 극영화에서처럼 잦은 장면 전환이 가능해진다.

5) 독자적 영역을 차지하는 삽입무용

무용의 비중이 높은 음악극은 일반적으로 매우 대중적인 음악극이다. 예컨대 오페라에는 무용의 비중이 낮거나 없으나, 뮤지컬 특히 미국식 뮤지컬에는 무용의 비중이 매우 높다. 음악극은 기본적으로는 음악과 극의 유기적 결합이 우선적인 요건이어서, 무용은 이로부터 약간 유리된 경우가 적지 않다. 작품에 따라서는 무용극적인 장면 혹은 노래와 춤과 극이 완벽하게 결합된 작품도 많으나(특히 미국식 뮤지컬이 그러하다), 상당수의 작품에서는 무용이 장식적 요소로 배치되거나 아예 독자적 장면을 할애 받아 음악극의 내용을 강화해주는 식으로 음악과 극과는 다른 위상을 지니고 있다.

민족가극 <춘향전>에서 무용은 후자에 속한다. 이 작품의 인물 형상화에서 무용이 차지하는 역할은 매우 낮다. 주인공들은 대사를 노래로 표현하지만 행동을 춤으로 표현하지는 않는다(약간의 춤적인 연기를 하기는 하지만). 따라서 춤은 광한루 장면이 열리자마자 펼쳐지는, 여성방창에 맞추어진 춤이나, 마지막 장면에 피날레를 장식하는 춤, 그리고 줄거리 전개상 춤이 필요한 사또 생일잔치 자리의 기생들의 춤처럼 다소 장식적이거나 스펙터클을 강화하는 역할을 담당한다.

그러나 이렇게 무용이 음악과 연극처럼 유기적인 결합을 하고 있지는 않아도, 그것이 확보해내는 시각적 화려함의 대중성은 매우 중요하게 취급되고 있는 듯하다. 만약 그렇지 않으면 내용성을 강하게 지니는 춤을 독자적으로 배치하기는 힘들 것이다. 단지 장식적인 부분에만 춤을 배치하지 않고 춤에 내용성을 담아내는 것이다. 그러한 부분은 극과 유기적으로 결합되지는 않으므로 아예 독자적으로 한 부분을 주도적으로 차지한다. 후반부 농부가 장면 직후에 양반 풍자의 내용을 지닌 탈춤을 넣어 내용적 측면을 강화한 것은 남한의 작품들에서는 거의 찾아보기 힘든 장면이다. 또한 사랑가 장면을 몽룡과 춘향의 이중창의 비중을 줄이고 남성방창으로 처리하면서 여성무용수들의 춤을 넣어 주인공 남녀의 사랑의 정조를 표현하는 것도, 남한 작품에서는 매우 드물게 발견되는 발상이다.

무용이 이러한 위상을 차지하는 것 역시 혁명가극에서 고스란히 드러나는 특징이다. 혁명가극의 이론에서는 무용을 필수적이고 중요한 형상수단의 하나로 독자적으로 혹은 가무형식으로 사용해야 한다고 이야기하는데, 실제 혁명가극 작품을 보자면 무용이 음악과 대등한 위치에 놓여지는 방식으로 중요하게 취급되는 것이 아니라, 무용을 적극적으로 활용하되 가무공연에서처럼 한 부분을 차지하여 돋보이도록 하는 방식을 선택하고 있는 것이 확연히 드러난다. 음악과 극의 유기적 결합으로 작품이 진행되면서도 무용을 적극적으로 활용하여 작품의 시각적 화려함을 유지하는 민족가극의 무용 활용 방법은 혁명가극에서도 똑같이 나타나고 있다.

여태까지 열거한 민족가극 <춘향전>의 중요한 특징은 모두 <피바다>식 혁명가극의 주요한 특징이다. 가극혁명을 동해 이루어낸 혁명가극의 중요한 특징은, 내용의 혁명성, 절가, 방창, 관현악, 무용, 무대미술 등으로 요약하여 설명하는데, 이중 내용이 아닌 형상화 방법과 관련된 항목이 모두 민족가극 <춘향전>의 특징으로 이어졌기 때문이다. 즉 1980년대 말 민족가극은 1970년대의 이른바 가극혁명에서 이루어낸 성과를 고스란히 잇고 있는 셈이다.

특히 이러한 혁명가극의 주요한 특징이 춘향전으로 귀결된 것은 매우 자연스럽고도 타당한 것으로 보인다. 우선, 춘향전의 저본은 소설과 판소리라는 서사적 예술인데, 혁명가극의 형상화 특징 중 방창, 흐름식 무대 등은 연극에서의 서사성을 유연하게 처리하는 방법들이기 때문이다. 서사와 극이 지니는 본질적 차이는 춘향전처럼 고소설·판소리를 저본으로 한 연극의 성공적 형상화에서 반드시 해결하고 넘어가야 하는 난제이다.

극의 사건은 인과적으로 연결된 통일된 행동을 바탕으로 하고 있으며 서사는 그에 비해 서술자의 매개에 의해 다양한 행동들이 모아져 연결된 특성을 지닌다. 따라서 서사적 예술은 각각의 인물 행동이 삽화적으로 나열되어 있다. 서사적 예술을 극으로 각색하는 경우, 흔히 잦은 장면 전환과 인과성이 적은 행동의 삽화적 나열로 극의 집약성이 떨어지며 서술자의 매개가 사라짐으로써 구성의 구심력을 상실하여 실패하는 경우가 많은 것은 그 이유이다. 그런데 방창과 흐름식 무대는 이러한 삽화적 도막들을 매끄럽게 연결해주는 방법이며, 이중 방창은 서사적 예술의 서술자처럼 주제를 향한 구성의 구심력을 만드는 역할까지 하고 있다. 흥미로운 것은 혁명가극이 분명 연극임에도 불구하고, 그 행동들의 엮임이 삽화적이라는 점이다. 말하자면 혁명가극 작품의 대부분은 그 사건과 행동의 특성만으로 보자면, 연극보다는 소설이나 영화(영화는 넓게 보아 극예술에 속한다고도 볼 수 있으나 카메라가 서술자의 역할을 하여 여러 다양한 행동과 풍경을 하나의 흐름으로 연결하므로, 무대에서 이루어지는 연극에 비해 서사적인 성격을 지니고 있다)에 적합한 작품이다. 그런데 사실주의 양식에 대한 도그마적 집착으로 시공간의 사실성과 합리성을 중시하는 재현주의적 무대장치를 포기하지 않으면서 삽화적인 행동을 나열하기 위해서는 서술자의 매개와 영화·소설에서와 같은 빠른 장면전환이 필수적인 요건이 되는 것이다.[8] 특히 서구 근대극에서처럼 일정한 시공간 안에서 인과적으로 일관되게 발전하는 갈등의 행동을 조직해내는 것보다는, 좀 더 서사적으로 사건을 펼쳐나가는 것에 능한 우리나라 사람들(남북한에 공통된)의 사고방식과 관행에 비추어 볼 때, 가극의 서사성은 어느 정도 불가피했을 것으로 보이고, 이러한 요구를 좀 더 적극적으로 해결하기 위하여 이러한 방법들을 고안했을 것이라고 짐작된다.[9]

---

8 이영미, 「<피바다>식 혁명가극의 특성과 서사적 성격」, 한국극예술학회 2001년 전국 학술발표대회 자료집, 『북한연극과 희곡문학의 구조와 특성』 자료집, 2001.2.20 참조.
9 앞의 글 참조.

이렇게 혁명연극의 서사적 측면을 극 안에서 매끄럽게 해결하기 위하여 고안된 방법들이, 서사적 예술이었던 판소리·소설을 저본으로 한 민족가극 <춘향전>과 만나면서는 제대로 빛을 발하게 되었다. 아마 앞으로도 민족가극이 고소설·판소리를 저본으로 하고자 한다면, 혁명가극의 이러한 형상화 방법은 더더욱 유용할 것으로 보인다. 춘향전은 비교적 연극화에 용이한 사건들로 채워져 있는 것에 비해, 그 외의 판소리 작품은 훨씬 더 삽화적이기 때문이다.

또한 배합관현악 역시 <춘향전>에 이르러서 더욱 빛을 발한다. 배합관현악과 대중적인 조성음악의 선율들은 혁명가극에서도 여러 노래들에 토착적 느낌을 부여하면서도 통일적인 음악적 색깔을 만드는 데에 기여하였다. 그런데 춘향전을 가극으로 만들려고 했을 때에 작곡가들이 부딪히는 어려움은 흔히 음악극 문화에서 오랫동안 축적해온 서양음악적 성과를 바탕으로 하면서도 춘향전이기 때문에 국악 특히 판소리라는 음악적 재료를 완전히 무시할 수 없다는 데에 있다. 말하자면 이질적인 음악적 재료를 어떻게 배합하는가를 해결하는 어려운 문제에 봉착하는 것이다. 그런데 북한은 이미 1940년대 말부터 1960년대에 이르기까지, 가극과 창극이 함께 만나 둘을 배합하는 노력을 오랫동안 해왔으며, 그 결과 국악의 여러 분야들을 서양음악과 협연이 가능하도록 조정해 놓았다. 이를 통해 <피바다>식 혁명가극이 만들어질 수 있었는데, 바로 이러한 성과는 <춘향전>에서 국악을 포용하면서도 음악적 일관성을 잃지 않는 균형감을 쉽게 지니도록 한 것이다.

3. 민족가극 <춘향전>의 인물 해석과 <성황당>식 연극

민족가극 <춘향전>의 내용적 측면에서 창작자가 강조하는 것은 월매와 방자 등의 인물 해석의 문제이다. 고소설, 판소리, 창극은 물론이거니와 근대 이후의 여러 춘향전에서 월매와 방자는 대표적인 희극적인 인물이다. 그들은 악한 인물은 아니지만 희극성을 발생시키는 결함을 지니고 있다. 그에 비해 민족가극 <춘향전>의 월매와 방자는 전혀 희극적이지 않다. 특히 인자하고 품격 있는 월매는 남한의 여러 춘향전에서는 거의 찾아볼 수 없는 성격이다. 창작자들은 민족가극 <춘향전>의 창작과정에서 월매의 성격 창조는 매우 중요한 대목이었다고 밝히고 있다.

친애하는 지도자 김정일동지께서는 다음으로 민족가극 <춘향전>창조사업을 지도하시면서 민족고전문학작품을 각색하거나 재창조하는 경우 등장인물들의 성격을 작품의 종자와 시대적미감에 맞게 혁신적으로 새롭게 창조하여야 한다는데 대하여서도 명백히 밝혀 주시였다.

이러한 요구를 인식하지 못하고 창조했던 민족가극 <춘향전>의 초시기 작품에서는 비천한 인물인 월매의 성격이 괴벽하고 드살이 센 여성으로, 방자는 어리광대 비슷하고 술이나 마시기를 즐기는 방탕한 인물로, 향단이는 한갖 '몸종'으로만 형상화함으로써 종래의 인물형상을 그대로 답습하는 결함을 내포하고 있었다.

친애하는 지도자동지께서는 창작집단이 인물형상에서 범하고 있는 잘못을 천리혜안으로 통찰하시고 그 해결방도를 명철하게 밝혀 주시였다.

그 중에서도 특히 관심하신 것은 월매의 성격이었다.

월매로 말하면 봉건적 신분제도의 쓴맛을 누구보다도 가슴 아프게 체험한 인물로서 과거 계급사회를 증오하는 즉 주체사상적 내용을 더욱 부각시키고 종자해결에 적극 복무하는 인물로 그려져야 하였으나 이 가극에서도 역시 기생퇴물로 괴벽하고 쩍하면 자기 신세나 한탄하는 인물로 형상하였던 것이다.

(중략)

친애하는 지도자동지께서는 월매의 형상을 혁명가극 <꽃파는 처녀>와 <피바다>의 어머니들처럼 보통 어머니로 형상하고 유순한 노래를 부르게 하면 사회적으로 버림을 받고 사람축에 들지 못하던 그의 원통한 처지를 얼마든지 이야기할 수 있을 것이라고 하시면서 그렇게 되면 월매가 자연히 관중의 동정을 받게 될 것이라고 명철하게 밝혀 주시였다.

이 명안은 수백 년 동안 내려오면서 굳어졌던 괴벽하고 드살이 센 월매가 이

나라의 평범한 녀성으로, 수수한 어머니로 새롭게 태여나게 한 위대한 발견이
였으며 주체적인 문예사에 길이 남을 특기할 사변으로 되었다.

　(중략)

　친애하는 지도자동지께서는 월매의 성격뿐 아니라 방자와 향단의 성격도
새롭게 형상하도록 현명하게 이끌어 주시였다.

　민족고전작품인 <춘향전> 원작이 나온 때로부터 수백 년이 흘러오면서 방
자라면 술 잘 마시고 놀기 좋아하며 익살과 해학의 대명사로 어리광대처럼 형
상되여왔다.

　(중략)

　하여 방자와 향단은 다같이 계급사회에서 천대 받는 인물로서, 춘향과 몽룡
사이에 이루어져야 할 사랑이 빈부귀천문제로 맺어지지 못하는 문제를 두고 가
슴아파하며 봉건사회를 저주하는 진실한 인간으로 형상될 수 있었다.[10]

　이렇게 월매가 지닌 퇴기다운 드센 성격이나 방자의 어릿광대 같은 성
격을 모두 제거했기 때문에, 몽룡이 처음 부용당을 찾아오는 장면, 몽룡이
거지꼴을 하고 춘향의 집을 찾아와 월매를 만나는 장면부터 춘향과 몽룡
의 옥방 상봉 장면 등에서도 월매는 심술이나 주책스러움, 과장된 푸념과
이죽거리는 말투 등을 보여주지 않는, 전혀 희극적이지 않은 인물이고, 방
자 역시 춘향에 몸 달아 하는 몽룡을 골탕 먹이고 놀려주는 희극적 역할을
거의 보여주지 않는다. 대신 이들은 매우 진지한 인물로 형상화된다.

　이렇게 월매, 방자, 향단의 인물을 바꾸어놓은 것은, 춘향전의 주제를
빈부귀천의 문제로 보고 있기 때문이라고 창작자들은 밝히고 있다.[11] 춘
향전의 주제를 이렇게 파악하는 것은 북한 국문학계에서는 정설이다. 춘
향전에서 이별 장면의 '독하도다 독하도다 서울양반 독하도다 원수로다
원수로다 존비귀천 원수로다' 같은 구절이나 변학도의 수청을 거절하는
춘향의 논리가 충효열녀에 양반상놈이 따로 있느냐는 것임에 주목한다.

---

10 편집부, 「민족가극 <춘향전> 종합총보를 출판하면서」, 『민족가극 춘향전 종합총보』,
　문예출판사, 1991, 2~3쪽.

11 같은 글, 1쪽.

또한 변학도의 학정이나 어사가 되어 변학도의 잔치자리에서 암행하는 이 몽룡의 칠언절구의 내용에도 크게 주목하여, 춘향전이 '신분이 서로 다른 청춘남녀의 사랑에 대한 이야기를 통하여 당시 인민들의 반봉건적지향을 생동하게 반영'한 작품으로 보고 있다.[12] 민족가극 <춘향전>에서도 춘향의 신분은 '기생의 딸'이라는 것보다는 '천민', '양반이 아닌 신분'이라는 것이 더 강하게 부각된다. 따라서 춘향이 기생이었는지, 아니면 양반과 기생 사이에서 태어나 여염집 규수로 자라난 여자인지는 별로 중요하지 않다. 중요한 것은 어쨌든 춘향은 천민이라는 점이다. 이 작품의 춘향은 기생이 아니라 여염집 처녀이나 그렇다고 양반의 서녀 분위기를 풍기지도 않는다. 천민·상민이라는 점에서 춘향은 월매나 방자, 향단과 다를 바 없고, 몽룡이나 변학도와는 다른 계급의 인물이다. 남한의 어떤 춘향전에서도 찾아볼 수 없는, 행주치마를 두른 채 향단과 함께 물을 긷는 춘향의 모습은, 이 작품에서 춘향을 노동하여 살아가는 천민·상민임을 명확히 하고자 했음을 잘 보여준다.[13] 대사에서도 민족가극 <춘향전>은 여러 대사에서 양반과 천민이라는 신분상의 차이를 극명히 부각시킨다. 따라서 몽룡과 춘향의 갈등의 초점도 기생의 딸과 바람난 양반 자제 사이의 문제가 아니라 양반과 천민·상민이라는 봉건제의 보편적인 신분제의 문제로 명확하게 정리되어 있다.

월매와 방자, 향단 인물을 진지한 인물로 바꾸어 놓은 것은, 이들이 춘향과 마찬가지로 천민·상민일 뿐 아니라 반동적이지 않은 긍정적인 편의 인물이며, 따라서 그들을 매우 긍정적으로 묘사해야 한다는 생각에 지배받았기 때문일 것이다. 희극성을 지니려면 희극적 결함이 과장되어야

---

12 정홍교·박종원, 『조선문학개관 I』, 인동, 1988, 245~248쪽.

13 기생의 모습과는 전혀 다른, 노동하는 춘향과 월매의 모습은 가극보다는 좀 더 구체적인 행동을 많이 보여줄 수 있는 극영화에서는 더 뚜렷하게 드러난다. 1979년에 제작된 예술영화 <춘향전>에서 춘향과 월매는 무명 질감의 소박한 옷차림에 바느질과 부엌일을 하는 모습으로 등장한다.

하는데, 역사발전의 주체인 긍정적인 하층계급의 인물을 형상화함에 있어 결함을 과장하는 것을 꺼리고 있기 때문일 것이다. 물론 북한의 연극이론에서는 긍정적인 인물과 부정적인 인물을 선악의 도식으로 그려내는 것은 경계하고 있다. '인물관계를 립체적으로 보여주지 않고 그저 긍정인물과 부정인물로 갈라놓고 그들의 관계를 외곬으로 단순하게 보여주면 극은 복잡한 인간생활과 사회관계를 진실하게 보여줄 수 없게 되며 따라서 상식적이고 빤드름한 것으로 되어 볼멋이 없게' 된다고 지적한다.14 그럼에도 불구하고 이러한 인간생활의 진실의 입체적 형상화는 사상교양의 테두리 안에 갇혀 있기 때문에, 인물의 갈등을 설정할 때에도 '사회관계의 성격에 따라' '적대적 사회관계를 반영하는 작품에서는 긍정인물과 부정인물의 관계를' '처음부터 대립과 투쟁의 관계로 적대적 성격을 띠고 극단적으로 첨예하게 조성되고 결렬되는' 것으로 그리며, '동지적 단결과 협조가 사회관계의 기본을 이루고 있는' 경우에는 '비록 그들 사이에 의견 차이와 충돌이 있다 하여도 리해 관계의 근본적인 대립으로부터 오는 것이 아니라 공동의 목적과 리상을 실현해나가는 과정에서 생기는 것'이므로 '극단적으로 조성되거나 결렬되는 것으로 그려서는 안'15 된다는 식의 기준을 세워놓고 있다. 이러한 발상으로 미루어볼 때에 월매 · 방자 · 향단은 개성을 가진 살아있는 인물로 그리기는 하되, 역사발전의 주체인 하층계급의 긍정적 품성을 충분히 지니고 있는 인물로 그려야 마땅하다는 생각이 싹틀 가능성은 충분히 있다.

또한 월매와 방자의 희극적 형상화에는, 계급사회에서 지니고 있었던 하층민에 대한 무시가 배어있다고 생각했을 수도 있다. 실제로 월매와 방자는 춘향과는 달리 흔히 하층민적인 풍모라고 생각하는 것을 강하게 드러내고 있으며 그들의 하층민적 특성이 바로 희극성을 발생시키는 결함과 상당한 연관을 지니고 있는 것도 사실이다. 예로부터 월매와 방자를 우스

---

14 김정일, 「연극예술에 대하여」, 『김정일선집 9』, 조선로동당출판사, 1997, 199~200쪽.
15 앞의 글, 200쪽.

꽝스럽게 그려온 것에는, 하층민은 점잖지 못하고 진지하지도 못하며 경망스럽다는 계급차별적인 인식이 깃들어 있고, 이를 극복해야 한다고 생각하고 있는 것일 수도 있다는 것이다. 그럼으로써 이른바 방자형 인물이 만들어내는 양반에 대한 풍자 효과를 크게 반감시키기는 하지만, 방자나 말뚝이 같은 종을 어릿광대 삼아 양반·주인을 풍자하는 이러한 형상화 방법은 그 사회에서는 상대적으로 진보적이었으나 계급사회의 한계가 명확히 드러나 있으며, 이제 계급이 사라진 사회주의사회에서는 이러한 형상화 방법을 극복해야 한다고 생각할 수도 있는 것이다.

희극의 인물의 긍정적 성격을 강화하는 예는 북한연극의 전범을 일컬어지고 있는 <성황당>에서 잘 나타난다. 항일무장투쟁기 때 공연된 작품을 바탕으로 1978년에 국립연극단이 다시 만들어 공연한 혁명연극 <성황당>은, 가극에서 <피바다>의 위상처럼 북한연극의 전범의 구실을 하고 있다. <성황당>은 가극혁명 이후에 만들어진 작품이기 때문에, 내용의 혁명성·주체성이나 형식·기법에서의 방창과 흐름식 무대, 이를 통해 가능해지는 다 장면 구성방식 등 <피바다>식 혁명가극의 성과를 적극적으로 계승하고 있다. <피바다>식 혁명가극과 구별되는 <성황당>만의 독특한 성과는(북한의 이론에 의하면) 인물 설정이다.

> 혁명연극 <성황당>은 풍자극이지만 지난날의 풍자극과는 달리 부정인물과 함께 긍정인물을 등장시켜 그들사이의 투쟁속에서 긍정인물이 낡은 사상의 구속으로부터 벗어나 세상에서 가장 힘있고 존엄있는 존재로, 자기 운명의 주인은 자기자신이며 자기 운명을 개척하는 힘도 자기자신에게 있다는 진리를 체득한 자주적인 인간으로 성장발전하는 모습을 보여주는데 초점을 두었습니다.[16]
> 혁명연극 <성황당>은 종래의 풍자희극의 밝은 틀에서 완전히 벗어난 새형의 혁명연극으로서 일련의 혁신적 특성을 가진다. 그것은 무엇보다도 먼저 돌쇠를 비롯한 긍정인물들을 극의 중심에 내세우고 력사의 주인으로서의 근로인민대중의 역할을 올바로 보여준 것이다. 이것은 이때까지 풍자희극의 중심에

---

16 김정일, 앞의 글, 168쪽.

낡고 부패한 인간쓰레기들과 부정인물들을 내세워 웃음속에서 신랄하게 폭로 규탄하던 것과는 근본적으로 다른 것이다. 작품에서 풍자적 대상의 희극적 성격과 그들의 죄악상은 부정인물자신의 자체모순속에서 조성되는 극적 계기에서가 아니라 긍정적 주인공에 의하여 지어지는 희극적 계기들에 의하여 주어지고 있다.[17]

풍자 대상의 모순을 적극적으로 폭로하는 긍정적 인물을 설정한 것을 '낡은 틀에서 완전히 벗어난' 것이라는 말은 과장된 것이지만(손쉬운 예로 <베니스의 상인>도 포샤라는 긍정적 인물의 적극적 행동으로 풍자 대상이 몰락한다), 이들 이론이 이야기하는 요지가 무엇인지는 충분히 짐작할 수 있다. <성황당>은 부정적인 지배계급의 인물들(지주, 구장, 큰무당, 중, 전도부인 등)의 모순이 그들의 하인의 행동을 통해서 폭로된다는 설정의 연극이다. 모든 작품이 그러하지는 않지만 대개 어리석고 악한 주인을 풍자의 대상으로 삼을 때에 풍자의 계기를 만들어주는 하인은 겉으로 보기에는 역시 어리석거나 필요 이상으로 눈치 없이 고지식한 경우가 많다. 이런 작품에서 그 하인은 주인을 잘 섬기려는 의도와 다르게 주인의 모순을 폭로하는 역할을 맡는다. 그렇지 않은 경우에는(이때에는 대개 하인이 아니라 <검찰관>이나 <어느 무정부주의자의 사고사>에서처럼 낯선 곳에서 온 타인인 경우가 많지만) 딴 속셈을 차리며 남을 골탕 먹이기 좋아하는 악동이거나 약간 머리가 이상한 미친놈인 경우도 있다. 어떤 경우이든 모순을 폭로하는 계기를 만드는 인물은 아주 바람직한 인물이 아닌 경우가 많다는 것은 사실이다. 풍자의 계기를 만드는 인물은 작가의 의도를 에둘러 관철하기 위해 설정된 인물이며, 그렇기 때문에 겉으로는 바보나 미친놈으로 설정되어 있으나 개연성으로는 거의 납득할 수 없는 매우 현명하고 핵심적인 말을 던져 풍자 대상을 곤경에 빠뜨리기 일쑤이다. 이렇게 작가의 의도를 가장 잘 관철하는 인물을 현명하고 모범적인 인물로 잘 설정하

---

17 『문학예술사전(중)』, 과학백과사전종합출판사, 1991, 263~264쪽.

지 않는 이유는, 현명하고 선한 인물이 악하고 어리석은 인물을 비판한다는 단순한 선악 이분법 때문에 지나치게 진지해져서 희극의 유희적 발랄함을 상실할 수 있기 때문이라고 보인다. 또한 악한 주인과 멍청한 하인이라는 설정에는, 오랫동안 강하고 악한 자를 직설적으로 공격할 수 없었던 계급사회의 힘 관계가 반영되어 있다고도 볼 수 있다. 말하자면 사회적 약자가 강자를 비판하고 공격하기 위해서, 스스로 바보인 체하여 강자의 어리석음을 폭로하는 방법, 즉 스스로 망가짐을 감수하면서 상대편을 망가뜨리는 네거티브한 방법을 오랫동안 쓸 수밖에 없었던 것이다.

북한의 이론은 이 점에 문제제기를 하는 듯 보인다. 계급이 철폐된 사회주의 사회가 됨으로써 이제 이들은 더 이상 악한 자를 공격하기 위해 스스로를 망가뜨리는 네거티브한 방법을 쓸 필요가 없다는 것이다. 이 작품의 풍자를 이끌어가는 주인공인 돌쇠는 상전인 황지주와 구장 앞에서 굽실거리는 모습을 보이지만 다른 근로인민대중 앞에서는 현명하고 똑똑하다. 그는 장난기를 자주 발동시켜 사람들을 웃기지만, 그 장난기가 희극적 결함이라고 하기에는 너무 긍정적 측면으로 기울어 있어 해학이 잘 발생하지 않는다. 네거티브한 방법을 쓰는 희극에서 풍자 주체는 극 안에 드러나지 않은 채 어릿광대 같은 인물 뒤에 작가의 그림자처럼 숨어 있지만, 이렇게 긍정적 인물이 풍자를 주도하는 작품에서는 풍자 주체가 완전히 극 안에 노출되게 된다. 풍자 주체인 돌쇠는 적극적이고 의도적으로 지배층을 공격하고 이들을 몰락시키는, 상승하는 근로인민대중이다. <성황당>은 이렇게 완벽하게 긍정적인 인물을 통해 풍자를 해내는데, 그 긍정적인 풍자 주체가 바로 근로인민이다. 근로인민의 계급성에 대한 믿음은 이들을 현실보다 이상화된 모습으로 형상화하여, 매우 바람직하고 완벽한 인물이거나 혹은 실수를 저지르더라도 이를 극복하는 모습으로 만드는데, 이렇게 당위가 현실을 압도하는 것은 예술이 지녀야 하는 대중에 대한 사상교양의 임무라고 생각하는 예술관 때문이라고 보인다.

<춘향전>으로 돌아와 보면, 월매와 방자와 향단의 형상화는 이러한

희극적인 근로인민대중 인물 형상화의 관행의 연장선상에 있다. 희극과 웃음은 비현설적인 과도한 경직됨에서 발생하는데, 희극의 대상이 되어 웃음거리가 되는 경직됨 속에는 진지함이나 선함에 대한 집착, 당위나 이상에 대한 고집처럼 긍정적 가치를 지닌 것들조차 포함된다. 즉 아무리 선하고 긍정적인 것일지라도 현실적이지 않게 과도하다면 그것은 비웃음의 대상이 되는 것이다. 이렇게 희극과 웃음이 비현실성을 돌파하는 힘은 꼭 특정한 지향성과 방향성 안에서 통제되지 않는 것이 특징이다. 북한에서는 바로 이러한 희극의 냉엄하리만치 무지향적인 현실성을 포용하기 힘들 수 있다. 긍정적 인물의 희극성의 약화는 근본적으로는 이러한 경향의 소산으로 보인다.

그런데 문제는 <성황당>에서와 달리 민족가극 <춘향전>에서는 이러한 희극적 인물의 희극성 약화가 작품을 매우 단조롭고 밋밋하게 만들고 주제 역시 약화시켜 버렸다는 점이다. <성황당>은 그 기본 성격이 희극이며, 긍정적 풍자 주체를 세웠다 하더라도 풍자 대상의 모순을 폭로하는 잘 짜여진 과정을 통해 통쾌한 웃음이 수반된다. 오히려 그 안의 진지한 정극적 요소가 작품의 다채로움을 만들어준다. 그에 비해 <춘향전>에서는 주동인물 두 사람과 반동인물 한 사람이 기본적으로 진지하며 극적 행동도 애끓는 이별, 협박과 고문, 투옥에 이르는 진지한 것들이다. 그렇기 때문에 월매와 방자가 희극적 인물로 설정되는 것이 지나치게 무거운 분위기를 간간이 풀어주면서 극을 다채롭고 활력 있게 만들어준다. 그런데 민족가극 <춘향전>은 이 부분의 희극성을 없앰으로써 극을 단조롭게 만들었다.

또한 주제의 면에서도 그러하다. 애초의 작품의 설정에서, 하층민인 월매와 방자가 양반인 몽룡과 변학도를 직접적으로 비판하거나 공격할 수 없게 되어 있다. 하인인 돌쇠와 만춘이 자신들의 상전을 골탕 먹여 파멸에 이르도록 설정되어 있는 <성황당>과는 다른 것이다. 학정을 일삼는 변학도가 어사의 손으로 징벌된다는 전근대적 발상을 완전히 바꾸지 않는

한, 월매와 방자가 긍정적인 인물로 양반을 공격할 수는 없는 것이다. 그럴 때 이 두 인물의 길은 두 가지뿐이다. 춘향 옆에서 분노와 슬픔을 함께 보여주거나, 아니면 스스로 희극적 결함을 드러내면서 양반인 몽룡을 풍자하거나, 둘 중의 하나를 선택해야 한다. 저본 춘향전의 선택은 후자이고 민족가극 <춘향전>의 선택은 전자이다. 그런데 전자는 춘향의 슬픔과 분노를 질적으로 심화하는 데에 이르지 못한다면(그러나 춘향전의 틀을 따르면서 이렇게 하기는 매우 어려운 일이다) 후자가 전자보다 훨씬 다양하고 심화된 주제 표현의 길이라고 보인다. 악하지 않은 몽룡을 풍자 대상으로 삼는다는 것은, 단순한 인격 그 너머에 있는 양반이라는 신분제도에서 생기는 명분과 겉치레 등을 공격할 수 있기 때문이다. 물론 이들 희극적 인물이 만들어내는 것은 그것에 국한되는 것은 아니다. 인간들 누구나 지니는 속물적 속성, 비겁함과 질투심, 심술, 어리석음 등 인간의 다양한 측면을 이러한 인물들을 통해서 적나라하게 보여주게 되는데, 민족가극 <춘향전>에서는 이를 제거함으로써 바로 이러한 풍부함이 사라져 버렸고, 작품은 훨씬 단순해져 버렸다.

한편 민족가극 <춘향전>에서 이렇게 희극성을 제거하는 대신 작품의 비극성은 매우 강화되어 있다. 말하자면 창작자는 이 작품을 시종 비극적으로 이끌다가 마지막에 그 고통이 해결되는 작품으로 만들고자 한 것으로 보인다. 그렇게 보자면 춘향의 절개, 온갖 핍박과 고난을 극복하고 결국 사랑을 얻어내고야 마는 이 작품의 줄거리 얼개는 혁명가극의 그것과 매우 흡사하다. 혁명가극에서이건 <춘향전>에서이건, 이러한 흐름은 어떤 농담이나 웃음도 개입될 여지가 없이 매우 일관되고 감정의 흐름도 잘 정돈되어 있다. 저본 춘향전들이 대개 지니는 행동의 개연성 결여의 문제들도 비교적 깨끗하게 해결되어 있다(물론 가극이므로 영화 <춘향전>에 비해서는 조금 성글기는 하지만). 이렇게 이 작품은 판소리가 지니는 다면성이 해소되고 근대적인 개연성과 일관성으로 재조정된 것이고, 그러한 재조정 과정에서 비극적 이야기 사이사이에 끼어드는 희극성 역시 깨끗하게 제거된 셈이다. 이렇게 비극적 흐름을 중심으로 재조정하였기 때문에 비극이 절정에 이르는 두 장면(이별 장면과 옥중 상봉 장면)은 매우 절절하게 형상화되어 있다. 특히 이별 장면 중, 몽룡이 문을 나서는 장면은 매우 탁월하게 형상화되어 있으며, 이때 불려지는 <이별가>를 해피엔딩이 이루어지는 마지막 장면에 다시 한 번 들려줌으로써 고난의 드라마로서의 이 작품의 이미지를 확실하게 주조해 낸다.

4. 민족가극 <춘향전>의 공연예술사적 의의

여태까지 살펴본 바대로 민족가극 <춘향전>은 북한 연극사에서 가장 중요한 두 가지 성과인 <피바다>식 혁명가극과 <성황당>식 혁명연극의 성과를 고스란히 계승한 작품이다. <피바다>에서는 가극의 형식과 기법적 측면을 고스란히 계승했고, <성황당>에서는 희극성을 처리하는 방법을 계승했다. 그런 점에서 <춘향전>은 1980년대 북한 연극사를 대표하는 가장 중요한 작품이라고 할 만하다.

특히 이 작품은 우리식 사회주의를 표방하는 북한 작품의 장단점이 고스란히 드러난다는 점에서도 매우 흥미롭다. 앞서 이야기했듯이 가극에서 서사성이 강화된 것은 서구 근대극의 집약된 구성보다 좀 더 친근하고 편안한 구조를 찾았기 때문이라고 보이는데, 방창이나 흐름식 무대 같은 기법은 집약된 구성을 하기 위해 인과성을 높이는 데에 힘을 쏟기보다는 자신들에게 편안한 구성방법으로 극을 잘 만들어갈 수 있는 형식과 기법을 고안하는 길을 선택한 것이라고 할 수 있다. 또한 전통예술에 대한 진지한 해석을 바탕으로 재창조 작업을 해내고 있다는 것 역시 장점이다. 남한의 음악극 춘향전들에 비해 매우 대중적이면서도 뚜렷하고 일관된 주제의식을 정리해내고 있고, 통합적인 사회의 장점을 잘 살려 국문학계의 성과를 고스란히 재창조 작품으로 연결시켜 내고 있다는 점도 주목할 만하다. 국악과 서양음악을 조화시켜내는 배합관현악으로 민족적인 색깔을 완전히 잃지 않으면서도 음악의 일관성을 확보해낸 것도 그러한 특성으로 볼 수 있다.

그런 반면 사회주의 이념이 지닌 근대적 사유방식과 계몽적 예술관은 판소리의 다면성과 복합적이고 다양한 인간관 등을 제대로 살려내지 못하고, 개연성, 일관성, 합리성의 강화하는 방향으로 매끈하게 정리해 냈다. 여기에 경직된 사회주의 사회에서 드러나는 풍자·해학의 경색 현상까지 나타나, 춘향전은 슬프고도 흥겨운 다양한 인물의 잔치가 되지 못하고 봉건적 신분제로 인한 고난을 극복하는 춘향의 비장한 영웅적 이야기로만 단순화되어 버렸다고 할 수 있다.

남북한 음악극 춘향전을 통틀어 놓고 볼 때 북한 민족가극 <춘향전>이 보여주고 있는 이러한 성과와 한계는 남한의 우리에게도 많은 생각을 하게 한다. 사회주의적 이념의 문제는 접어둔다고 하더라도, 근대적 합리성과 판소리의 다면성, 극적 집약성과 저본의 서사적 구조와 이에 익숙한 우리 관객의 특성, 고전 소재를 현대적으로 해석해낼 때 부딪히는 양악과 국악의 조화 문제 등의 문제는 남북한 음악극 춘향전들도 모두 부딪히는 공통의 문제이기 때문이다. 민족가극 <춘향전>은 이러한 문제들에 대한, 북한이 최선을 다해 답하고 온갖 기술과 노력을 기울여 다듬어낸 주목할 만한 결과물임에는 틀림이 없다.

『공연문화연구』 6호, 2003

북한 공연예술문화의
전개에 대한 사적 고찰

이춘길

1. 머리말

북한의 최고지도자 김정일은 현재 정치, 경제, 군사, 문화 등 북한 사회의 모든 부분에서 막강한 영향력을 발휘하고 있다. 특히 예술문화 부문은 60년대 북한식 사회주의의 건설도정에서 일찍부터 김정일이 제일 먼저 주도적 영향력을 발휘했던 부분이라고 할 수 있다. 60년대 중반 대학을 졸업하고 당중앙위원회에서 본격적인 정치활동을 개시한 김정일은 당사상사업의 전환의 주요한 고리가 문학예술[1]에 있다고 보고 소위 '문학예술혁명'을 기획하고 추진하였다.

60년대 후반과 70년대에 걸친 '문학예술혁명'을 직접 이끌면서 김정일은 『영화예술론』 등의 문예이론 저술들과 작가, 예술가들에 대한 창작 실천적 지도를 통하여 예술문화 부문 및 사상 분야에서 자신의 주도적 지위와 역할을 확립하게 시작하였으며 당내에서의 후계자적 지위도 확고히 할

---

[1] 북한에서 의미하는 '문학예술' 개념은 언어를 기본수단으로 하여 생활을 형상적으로 반영하는 문학만이 아니라 음악, 무용, 연극, 영화, 미술 등 다른 예술형태들도 포괄하는 넓은 개념이다.

수 있었다. 오늘날의 북한 공연문화의 모습은 바로 김정일에 의해 이 시기부터 본격적으로 형성되기 시작하였다고 해도 과언이 아니다. 따라서 북한의 다른 예술부문과 마찬가지로 공연문화 부문에서도 이 시기의 김정일의 지도적 활동과 이론적 작업과 무관하게 그 역사적 전개에 대해 논의하는 것은 거의 불가능하다.

그 당시 김정일은 공연예술부문의 당면과제로 민족적 형식에 사회주의적 내용을 담은 주체적 민족예술 건설노선을 강조하면서 북한 공연문화의 대표적 성과작으로 얘기되는 <피바다>(1971년), <꽃파는 처녀>(1972년), <당의 참된 딸>(1972년) 등의 혁명가극과 주요한 창작을 직접 지도하였다.

이처럼 김정일이 1960년대에서 1970년대 걸쳐 종래의 공연문화를 근본적으로 변혁하는 소위 '문학예술혁명'을 기획하고 몸소 그 실천에 전념한 것은 바로 그 당시 당 내부의 도전에 직면했던 김정일과 당의 유일지도체계 및 유일사상체계를 확고히 하고 당과 대중의 단결을 강화하는데 기여하는 새로운 사상문화의 형성이라는 당시 혼란에 직면했던 북한사회주의 체계의 당면한 정치적 타계책의 일환이었다.

본 연구는 김정일의 주요 공연문화관련 저술들과 그의 공연예술부문 활동을 중심으로, 오늘날의 북한공연예술문화의 모습을 결정적으로 규정했던 중요한 시기인 60~70년대 문학예술혁명의 전개와 그 속에서의 북한 공연예술의 확립과정을 고찰해보고자 한다.

2. 문학예술혁명이 배경과 전개

1964년 4월 김일성종합대학을 졸업한 김정일은 당조직지도부 지도원을 거쳐 1966년 2월부터 당선전선동부에서 지도원으로 예술문화부문 사업을 지도하기 시작하였다. 그의 지위와 영향력은 같은 해 10월에 소집된 당대표자회의와 그 이듬해인 1967년 5월 비밀리에 개최된 당중앙위원회 제4기 제15차 전원회의를 계기로 급격히 상승하였다. 전원회의 이후 그는 곧 문화예술부 부부장에 임명되어 당 선전선동사업의 주요수단인 문학예술부문과 출판보도부문에 대해서 직접적인 지도력을 행사하기 시작하였다.

1967년 제4기 제15차 전원회의는 김정일에 의한 문학예술 혁명의 본격적인 추진에 있어서 중요한 계기를 이루는 사건이다. 이 회의에서 김정일은 당 내부의 소위 부르조아분자, 수정주의분자들의 죄상을 폭로하고 당의 통일단결을 고수하기 위한 투쟁을 전개하여 이들을 숙청하는데 앞장섰다고 한다. 숙청은 주로 당의 사상문화 분야에 집중되었는데 대상자들은 사상문화 분야를 담당하고 있었던 김도만(사상담당비서), 고혁(문화예술부장을 거쳐 당시 부수상), 허석선(당교육과학부장) 등과 박금철, 이효순 등 소위 갑산파 당간부들, 안함광, 박팔양 등의 문예이론가들이었다.

이들에게 부과된 죄명은 '당원들에게 부과된 당정책교양과 혁명정책교양을 방해하였으며 당 안의 부르조아사상, 수정주의사상, 봉건유교사상, 교조주의, 사대주의, 종파주의, 지방주의, 가족주의와 같은 온갖 반혁명적 사상을 퍼뜨려 당과 인민을 무장해제 시키려고 책동했다'는 것이었다.

김정일은 그 뒤 이들의 사상여독을 정리하고 당의 유일사상체계를 수립하기 위한 사업에 주력하였으며, 특히 해독이 심한 예술문화분야 및 출판보도분야를 직접 장악하여 지도하였다고 한다. 이러한 60년대 후반 북한사회주의 체제에서의 사상문화투쟁의 배경과 그리고 거기서의 김정일의 역할에 대해서는 나중의 북한의 문헌은 이렇게 전하고 있다.

"친애하는 지도자동지께서 문학예술부문사업을 친히 맡아나서신 1960년대 초의 우리 혁명은 문학예술부문에서 당적 영도를 더욱 강화하여 문학예술의 전투적 기능과 역할을 더욱 높일 것을 요구하였다. 1960년대에 들어와서 미제를 우두머리로 하는 제국주의자들은 세계도처에서 침략과 전쟁정책을 더욱 노골화하면서 다른 나라에 대한 문화적 침투를 그 어느때보다 강화하였다. 한편 제국주의자들의 압력에 굴복한 시회주의자들은 문학예술의 자유를 부르짖으면서 당적 영도를 전면적으로 거부하고 온갖 반동적 부르조아 문예조류를 되살리는 길로 나갔다. 이 시기 우리 문학예술 형편도 매우 복잡하였다. 우리 당 안에 숨어있는 반혁명주의자들이 부르조아사상, 봉건유교사상, 교조주의, 사대주의를 비롯한 온갖 반당혁명적인 사상을 퍼뜨리면서 문학예술에 대한 당적 영도를 약화시키려고 책동하였다. 일부 창작가, 예술인들 속에서는 남의 것을 쳐다보며 그것을 덮어놓고 받아들이는 사대주의, 교조주의와 옛날 것을 그대로 되살리며 찬미하는 복고주의적 경향이 나타나 우리 문학예술발전을 저해하였다. 문학예술의 이러한 실태는 문화예술에 대한 당적 영도를 그 어느 때보다 강화할 것을 요구하였다. 친애하는 지도자 동지께서는 우리 혁명과 문학예술 자체발전에 합법칙적 요구 그리고 우리 문학예술의 실태를 깊이 헤아리신데 기초하시여 주체의 문학예술건설위업을 빛나게 계승발전시킬 큰 뜻을 품으시고 문학예술사업을 친히 맡아 나서시였다."[2]

김정일은 전원회의 직후인 1967년 5월 30일 문학예술부문 담당자들 앞에서 한 연설 <문학예술부문에서의 당의 유일사상체계를 튼튼히 세울데 대하여>에서 지금까지 소위 반혁명분자들이 문학예술부문에 부식한 여독을 청산하고 당의 유일사상체계를 확립하기 위한 과제와 방도를 제시하고 있다. 김정일은 여기서 문학예술부문에서 당의 유일사상체계를 세우기 위해서는 당의 유일사상을 철저히 구현하여야 하며 여기서 중요한 것은 항일혁명투쟁시기에 이룩된 소위 혁명적 문학예술전통을 계승 발전시키는 것이라고 주장하였다. 이리하여 항일혁명 문학예술은 북한의 문학예술 유산에서 유일한 혁명적 전통으로 간주되게 된다.

가령 문학을 중심으로 고찰해보면 북한문학계에서 항일 혁명 문학이 공식적으로 등장하게 되는 것은 1954년을 전후한 무렵이다. 1945년 이후부터 1954년 이전까지 쓰여진 문학사론과 그와 비슷한 내용을 담고 있는 글에서 항일혁명 문학은 등장하지 않는다. 6·25전쟁이 끝날 무렵부터 시작된 항일혁명 문학 연구에 힘입어 1954년 무렵부터 항일혁명 문학이 논의되기 시작한다.

---

2 「문학예술혁명과 빛나는 영도(1)」, ≪조선예술≫, 1984년 2월호, 12쪽.

그 이전에는 카프를 중심으로 한 초기 사회주의적 사실주의 문학이 북한문학의 중심적인 전통으로 평가되고 있었으며 1954년부터 1967년 이전까지는 카프를 중심으로 한 문학과 항일혁명문학이 나란히 북한의 혁명적 문학전통으로 평가받았다. 그러다가 1967년 제4기 제15차 전원회의를 계기로 유일사상의 체계가 확립된 후 북한문학계는 카프를 평가절하는 동시에 카프에 몸담고 활동하던 작가들에 대한 비판이 되기도 하였다. 이 무렵 카프의 전통을 고집하던 구카프 문학인들은 비판을 받고 그 이후 문학활동을 할 수 없게 되었다.3

김정일이 주도한 1967년의 사상투쟁은 문학예술의 모든 부문에서 항일혁명시기 문학예술 부문의 전통들을 절대화하여 이것이 유일한 혁명적 문학예술전통으로 자리 잡게 하였고 나아가 기존의 예술사의 체계적 서술을 근본적으로 전환시켰다.

3. 문학예술혁명의 과제와 내용

김정일이 이 당시 문학예술혁명의 주요과제로 내걸었던 것은 '민족적 형식에 사회주의적 내용을 담는다'라는 사회주의사실주의 문예이론의 핵심명제였다. 김정일은 특히 예술문화에서 주체를 세울 것을 주장하면서 내용은 혁명적이고 인민적이며 사회주의적이지만 그것을 표현하는 모든 양식과 형식에 있어서는 민족적인 자기 그릇에 담을 것을 작가와 예술가들에게 강력하게 요구하였다.

해방 이후부터 전개된 북한의 사회주의 예술문화는 60년대에 들어와서도 카프와 같은 종래의 진보적 문학예술경향이 지니는 서구적 분위기와 지식인적 냄새를 완전히 불식하지 못하였다고 한다. 이 당시의 북한 예술문화계의 사정에 대해 80년대 나온 북한의 한 문헌은 다음과 같이 묘사하고 있다.

---

3 김재용,『북한문학의 역사적 이해』, 문학과 지성사, 1994, 215~231쪽.

"당중앙위원회 제4기 제15차 전원회의에서 낱낱이 폭로 분쇄된 바와 같이 당시 당과 문학예술 부문 안에 잠입해 있던 반당반혁명분자들은 우리 당의 문예노선과 정책을 왜곡하고 위대한 수령님께서 창시하신 항일혁명문학예술이 영광스러운 전통을 헐뜯으며 문학예술부문 안에 부르조아사상, 봉건유교사상, 사대주의사상과 같은 온갖 반동적인 사상을 퍼뜨리려고 책동하였다. 이자들은 또한 우리 문학예술을 우경의 길로 끌고 가기 위하여 창작자, 예술인들 속에서 부르조아적 생활양식을 퍼뜨리면서 당의 주체적 문학예술 건설방침을 의식적으로 왜곡 집행하였다. 그리하여 전원회의 이후 우리 문학예술 앞에는 반당반혁명분자들이 당사상사업과 문학예술 분야에 끼친 사상여독을 청산하는 것과 함께 문학예술에 당의 유일사상을 철저히 구현하기 위한 투쟁을 힘있게 벌려야 할 과정이 절실하게 나섰다."[4]

그리하여 이 당시 북한의 문학예술혁명은 예술 분야에서 과거의 식민지반봉건사회가 남겨놓은 낡은 사상과 고루한 틀을 청산하는 것과 동시에 내부적으로 소련이나 중국 등 다른 나라의 혁명전통과 문화유산을 은근히 선망하는 사대주의와 교조주의를 척결하고 새로운 주체적 예술문화를 창조하기 위한 투쟁으로 규정되었다. 김정일은 문학예술혁명의 이론적 지침이라고 할 수 있는 『영화예술론』의 머리말에서 문학화예술혁명을 다음과 같이 정의하고 있다.

"문학예술혁명은 내용과 형식, 창조체계와 창조혁명의 모든 영역에서 낡은 것을 뒤집어 엎고 새로운 주체의 문학예술을 건설하기 위한 사상문화분야에서 심각한 계급투쟁이다."[5]

이러한 문학예술혁명을 통해 종래 예술의 내용과 형식의 변혁은 물론 창조체계와 창조방법에 이르기까지 예술문화 전반에 걸치는 개조와 함께

---

4 「문학예술혁명과 빛나는 영도(5)」, ≪조선예술≫, 1984년 6월호, 12쪽.
5 김정일, 『영화예술론』, 1973(『주체혁명위업의 완성을 위하여』 제2권, 조선노동당출판사), 101쪽.

수행되었다. 예술의 중심내용으로는 온갖 사회적 구속에서 벗어나기 위하여 투쟁하는 소위 자주시대의 인간전형과 인민대중을 설정하는 것, 형식적 측면에서는 내용에 걸맞게 인민들이 좋아하고 알기 쉬운 대중적이고 통속적인 예술 형식을 개척하는 것 등이 문학예술혁명의 주요과제로 제시되었다. 즉 예술은 자기나라 인민들의 사상 감정에 맞게 창조되어 발전되어야 한다는 것이다.

이 당시 북한문학예술혁명의 요체가 되는 것은 예술문화를 소위 '우리 식'으로 발전시키자는 요구였다. 즉 조선인민의 이익과 조선인민의 사상과 감정에 맞고 조선혁명에 철저히 복무하는 새로운 예술문화를 발전시키자는 것이었다. 김정일은 복잡하고 어려운 문학예술혁명을 성과적으로 수행하기 위해서는 창작에서 주체의 원칙을 지키고 당성, 노동계급성, 인민성을 구현하며, 앞에서 지적된 항일혁명투쟁시기에 이룩된 혁명적 예술문화전통을 계승하고 발전시켜야 한다고 강조하였다.

김정일에 의해 본격적으로 추진된 문학예술혁명은 먼저 예술의 담당자인 작가, 예술인들을 주체사상으로 무장시켜 소위 당에 충실한 혁명적 예술가로 준비시키는 한편, 현대적 종합예술인 영화를 제일 먼저 변혁하여 거기서의 성과와 경험을 바탕으로 다른 예술 부문들을 개조시킨다는 전략으로 진행되었다. 그러면 이 당시 영화예술부문부터 시작된 문학예술혁명에 의한 북한 공연문화부문의 구체적인 전개과정과 성과, 거기서의 김정일의 역할 등에 대해서 음악예술 및 가극을 포함한 전반적 공연문화에서의 변혁의 내용을 중심으로 살펴보겠다.

4. 음악예술부문에서의 문학예술혁명

당시 북한의 음악문화 부문에서도 사대주의, 교조주의, 복고주의를 비롯한 소위 '혁명적 음악예술'의 발전을 저해하는 부정적인 경향들이 적지 않았다고 한다.6 김정일은 무엇보다 먼저 음악예술발전에서 주체적 입장을 확고히 견지하고 다른 나라의 음악에 대한 숭배사상과 복고주의적 경향을 철저히 극복하도록 하였다. 다른 모든 예술 부문과 같이 음악부문도 철저히 주체적 입장에 서서 발전해야 한다고 주장하면서 "음악을 현대화한다고 하여 다른 나라의 것을 기계적으로 받아들이지 말아야 하며 민족적 형식을 살린다고 하여 옛날 것을 그대로 되살리려 하여서는 절대로 안 됩니다."라고 기본적 발전방향을 제시하고 있다.7

음악예술을 주체적 입장에서 발전시키는 것은 사회주의적 민족음악건설에서 북한의 당문예정책이 오늘날까지 일관되게 내세우고 있는 중요한 방침이다. 음악예술을 주체적 입장에 서서 발전시켜야 혁명의 요구와 우리 인민의 비위와 정서에 맞는 혁명적이며 민족적인 음악예술을 훌륭히 창조할 수 있으며 사회주의 민족음악건설에서 자주성을 확고히 구현할 수 있다는 것이다. 김정일은 특히 다른 나라 음악에 대한 숭배사상을 철저히 극복할 것에 대하여 강조하였다. 다른 나라 음악에 대한 숭배주의를 없애는 것은 당시 북한 음악문화의 주체적 발전에서 매우 절실한 요구로 제기되었다. 당시 음악예술부문의 일부 창작가, 예술인들은 다른 나라 음악을 잘 알아야 현대음악예술에 정통한 것처럼 생각하면서 음악 감상도 주로 서양곡만을 하였으며 연주기량을 늘이기 위한 연습도 그런 방향에서 진행하였다는 것이다.

그 당시 이러한 서양 음악문화에 편향된 관점은 전문음악예술단체들의 창작가, 예술인들뿐 아니라 음악교육기관들의 일부 교육자와 학생들 속에서도 심하게 나타났다고 한다. 이 시기 방송에서도 일반 대중이 좋아하는 노래들을 다양하게 편성하지 않고 새로운 음악, 새로운 현실이라고 하면서 다른 나라의 기악곡을 많이 내보내고 있었다.

김정일은 음악부문과 방송위원화 사업을 지도하면서 이러한 경향을 파

---

6 앞의 글, 6쪽.

7 「문학예술혁명과 빛나는 영도(4)」, ≪조선예술≫, 1984년 5월호, 6쪽.

악하고 음악예술부문에서 다른 나라 음악에 대한 숭배사상을 철저히 뿌리 뽑아야 한다고 지속적으로 요구하였다. 또한 서구에서 유행하는 대중음악 사조의 유입에 대해서도 철저히 경계할 것을 요구하였다.

> "음악예술부문에서 복고주의와 함께 온갖 퇴폐적인 부르조아예술의 침습도 배격하여야 합니다. 특히 '쟈즈'와 '맘보' 같은 것이 들어오지 못하도록 철저히 울타리를 쳐야 합니다."[8]

서양음악 숭배에 대한 비판과 서양 유행음악 유입에 대한 경계는 60년대 이루 북한의 음악문화를 규정짓는 주요한 양상이 되었다. 이러한 양상은 그 당시 사회주의 음악문화를 건설 중이던 중국의 문예정책과도 일정한 공통점과 차이점을 보이고 있다. '문화대혁명'이라는 거대한 격변의 와중에 있던 당시의 중국은 서양의 제시전음악에 대해 비판적인 태도를 보였을 뿐만 아니라 나아가 서양악기 자체에 대해서도 배타적 태도를 보였다. 서양의 고전음악이나 서양악기 모두 과거의 착취계급인 봉건적 지배층이나 부르조아의 취향을 반영한 음악이고 악기라는 이유에서였다. 그러나 그 당시 북한의 최고 지도자였던 김일성은 서양악기문제에 대해 중국의 입장과는 상이한 입장을 보이면서 북한의 고유한 '주체적' 음악정책을 전개하였다.

> "서양악기에 대해서도 올바른 태도를 가지며 그것을 옳게 이용하도록 하여야 합니다. 물론 우리나라에서는 마땅히 민족악기가 위주로 되어야 합니다. 그렇다고 하여 서양악기를 반대한 일은 없으며 그것을 없애라고 지시한 적도 없습니다. 반대로 우리당은 해방직후부터 관현악단을 조직하고 관현악을 장려하여 왔습니다. (…중략…) 문제는 서양악기를 가지고 어떤 곡을 연주하는가 하는데 있습니다. 서양악기로 조선사람의 감정에 맞는 조선음악을 연주하지 않고 조선사람이 좋아하지 않는 서양노래를 연주한다면 서양악기는 군중성을 잃어

---

8 김정일, 「혁명적인 문학예술 작품 창작에 모든 힘을 집중하자」, 1964(『김정일 문예관 연구 - 문헌자료집』, 문화체육부, 1996), 30쪽.

버리게 될 것이며 인민들로부터 버림을 받게 될 것입니다. 우리가 몇해 전에 음악대학을 나갔을 때 그곳 일꾼들이 피아노는 차이코프스키의 곡이 아니면 칠 수 없는 것처럼 말해 비판한 일이 있습니다. 우리 생각에는 피아노로 서양곡을 치지 않고 조선사람들이 감정에 맞는 조선곡을 친다면 피아노를 나쁘다고 할 사람이 없으리라고 봅니다. 우리는 서양악기의 특성을 살리면서 그것을 조선음악 발전에 옳게 이용해야 합니다."[9]

김정일은 북한의 음악문화를 주체적 입장에서 발전시키기 위하여는 서양숭배주의와 더불어 복고주의적 경향도 철저히 극복해야 한다고 주장하였다. 복고주의는 시대의 요구와 노동계급적 원칙을 떠나서 지난날의 음악예술유산을 덮어놓고 되살리며 찬미하는 반동적인 사상경향이라고 규정되었다. 이 당시 복고주의적 경향은 음악문화부문에서 매우 심하게 나타났다고 한다. 당시 음악부문의 일부 전문가들과 예술인들은 특히 판소리를 내세우며 그 특유의 소리를 내는 것을 민족전통적인 발성법이라고 고수하였다. 즉 이것을 우리 민중의 정서에 맞는 발성이라고 주장하면서 60년대까지 창극 <춘향전>을 판소리적 창법으로 공연하였다고 한다. 그러나 북한에서 쌕소리로 표현되는 이러한 발성법을 김정일은 봉건시대의 양반사대부들이 술먹고 갓쓰고 당나귀타고 다니면서 흥얼거리던 소리라고 비판하면서 이러한 판소리, 쌕소리를 철저히 극복하고 우리인민의 비위에 맞는 발성법을 발전시켜야 한다고 주장하였다. 발성도 인민의 비위에 맞게 하여야 한다고 하면서 인민들은 쌕소리를 좋아하지 않으며 그런 소리로 노래를 부르지 않는다는 것이다.

"그런데 최근 문학예술 부문의 일부 일군들 속에서는 아직도 문학예술창작 원칙에 맞지 않는 낡은 것을 고집하는 옳지 못한 현상이 나타나고 있습니다. 특히 음악예술부문 일군들이 더욱 그렇습니다. 어떤 음악가들은 민족적인 것을

---

9 김일성, 「민족문화유산계승에서 나서는 몇가지 문제에 대하여」, 1970(『김일성 저작선집』, 조선노동당출판사), 471~473쪽.

살린다고 하면서 옛날 양반들이 술이나 마시면서 부르던 판소리를 내세우고 있습니다. 판소리는 지난날 봉건통치배들의 감정과 취미에 맞는 음악이며 인간의 자연스러운 발성법과 모순되는 듣기 싫은 쐑소리입니다. 이런 곡조는 우리 시대 청년들의 감정에 맞을 수 없으며 그들을 혁명투쟁으로 불러 일으킬 수 없습니다. 그러나 일부 음악가들은 쐑소리를 우리의 민족적인 선율로, 민족음악의 기본으로 삼아야 한다고 하면서 전통적인 발성법이요 뭐요 하면서 떠들고 있습니다. 이것은 변명할 여지가 없는 복고주의적인 현상입니다. 시대가 변하면 인민들의 정서도 변합니다. 우리의 음악은 천리마를 타고 사회주의를 건설하고 있는 우리 시대 인간들의 혁명적 사상감정에 맞게 발전되어야 합니다. 우리의 음악은 조선적인 것을 바탕으로 하면서도 시대의 미감이 맞아야 합니다. 그러자면 민족음악에서 민요를 바탕으로 삼고 거기에 혁명적이며 현대적인 내용을 담아야 합니다."10

판소리를 봉건지배층의 음악유산으로 인식하면서 거기에 대한 비판적인 태도를 견지하는 것은 이 시기 북한 음악문화정책에서 핵심적인 부분이었고 오늘날에 와서도 크게 변하지 않는 부분이다. 앞서 인용한 1970년 과학교육 및 문학예술부문일꾼협의회에서 한 연설인 「민족문화유산계승에서 나서는 몇가지 문제에 대하여」에서 김일성은 북한의 문화예술을 발전시키기 위해서는 형식도 옛날 것을 그대로 살리고 내용도 옛날 것을 그대로 살려야 한다는 복고주의자들을 비판하면서 시조와 판소리의 계승문제에 대해서 다음과 같이 언급하고 있다.

"그들은 시조와 판소리를 제일 좋다고 하였는데 시조나 판소리 같은 것은 옛날 양반들의 구미에나 맞지 오늘 우리 시대의 미간에는 맞지 않습니다. 시조는 긴장한 맛이 없고 들으면서 낮잠이나 자기 좋은 느리고 한가로운 음조로 되어 있습니다. 이런 것은 사람들이 비행기를 타고 하늘을 날고 뜨락또르로 밭을 갈며 모두다 긴장하고 활기있게 생활하는 오늘의 현실에는 맞지 않습니다. 이러한 형식에는 설사 사회주의적 내용을 담는다고 하여도 격에 맞을 수 없습니

10 김정일, 「혁명적인 문학예술 작품 창작에 모든 힘을 집중하자」, 1964(『김정일 문예관 연구 - 문헌자료집』, 문화체육부, 1996), 229~330쪽.

다. 우리는 민족적 노래 형식이라고 하여 판소리 같은 것을 그대로 살릴 것이 아니라 우리 인민들이 부르기 헐하고 알아듣기 쉽게, 현 시대의 미감에 맞게 발전시켜야 합니다. 민족적 형식은 고정불변한 것이 아닙니다. 문학예술의 민족적 형식도 시대적 요구와 계급적 요구에 맞게 계승발전되어야 합니다."[11]

김일성을 북한에서의 민족문화유산 계승문제에서 지침적 역할을 한 이 중요한 연설문에서 음악문화를 포함한 노동계급의 새로운 문화, 즉 사회주의적 민족문화는 결코 빈터 위에서 생겨날 수 없으며 과거의 문화 가운데서 진보적이며 인민적인 것을 계승하여 새 생활의 요구에 맞게 발전시키는 기초 위에서만 성과적으로 건설될 수 있다고 주장하였다. 사회주의적 민족문화건설에서 일관된 방침은 "우리나라 문화의 고유한 민족적 형식을 살리면서 거기에 사회주의적 내용을 옳게 결합시키는 것"[12]이었다.

여기서 문화예술을 창조하는데 있어서 민족적 형식과 사회주의적 내용을 결합시킨다는 것은 조선 사람이 좋아하고 조선 사람의 감정과 구미에 맞는 문화예술형식에 혁명적인 내용, 즉 낡은 것을 없애고 새것을 창조하는 투쟁, 착취계급과 착취사회를 반대하는 투쟁, 근로인민의 이익을 옹호하며 모든 사람이 잘살도록 하는 투쟁 등의 내용을 담는다는 것을 의미하였다. 김일성은 구체적으로 우리 예술형식의 고유한 민족적 특성에 대해서 "조선사람들은 노래와 춤은 우아하고 점잖은 것을 좋아하며 말투는 부드럽고 겸손한 것을 좋아"[13]한다라고 주장하면서 문화예술을 창조하는 데 있어서 우리민족의 고유한 심리적 특성과 민족적 감정, 민중의 우수한 재능이 잘 반영되어 있는 이러한 민족적 형식을 잘 살려 써야 한다고 강조한다. 왜냐하면 문화예술의 민족적 형식이란 그 나라 사람들이 모두 좋아하고 그 나라 사람들의 구미에 맞는 형식이기 때문이다. 이것은 오랜 문화생

---

11 김일성, 「민족문화유산계승에서 나서는 몇가지 문제에 대하여」, 1970(『김일성저작선집』, 조선노동당출판사), 467~468쪽.
12 김일성, 앞의 글, 464쪽.
13 김일성, 앞의 글, 465쪽.

활 과정에서 이루어지며 거기에는 민족의 심리적 특성, 민족적 전통과 관습, 민족적인 취미와 기호가 반영되고 응결되어 있다. 그렇기 때문에 민족적 형식은 그 나라 인민의 감정과 구미에 맞고 그 나라 인민이 가장 사랑하는 문화적 형식으로 된다는 것이다.

이러한 민족적 형식, 민족적인 것을 바탕으로 하여 사회주의 민족문화를 발전시켜 나가는 데서 민족문화유산을 비판적으로 계승 발전시키는 것이 매우 중요하다고 인식한다. 민족문화유산에는 오랜 역사적 기간에 걸쳐 문화를 발전시켜온 그 나라 인민의 재능과 슬기가 담겨져 있으며 그 나라 인민의 문화전통이 깃들어 있다. 특히 민족문화유산은 그 나라 인민의 사상 감정을 표현하는 데 가장 적합하고 그들의 취미와 기호에 맞는 민족적 형식을 주는 풍부한 원천으로 된다.

북한의 예술정책에서의 민족문화유산의 계승발전의 기본원칙은 앞서 언급했듯이 과거의 문화유산 가운데서 진보적이고 인민적인 것과 낡고 반동적인 것을 갈라내어 낡고 반동적인 것은 버리고 진보적이고 인민적인 것은 살려야 한다는 것이다.

> "우리는 우리 인민들이 창조한 민족문화유산 가운데서 진보적이고 인민적인 것과 낡고 반동적인 것을 정확히 갈라내어 낡고 반동적인 것은 버려야 하며 진보적이고 인민적인 것은 오늘의 현실과 노동계급의 혁명적 요구에 맞게 비판적으로 계승발전시켜야 합니다."14

김정일도 마찬가지로 당대에는 진보적이고 인민적인 문화유산이라 하여도 해당 시대와 사회역사적 및 계급적 제한성을 가지고 있는 것만큼 '현시대의 미감과 혁명적 요구'에 맞게 비판적으로 계승 발전시키는 것이 중요하다고 주장한다.15

---

14 김일성, 앞의 글, 469~470쪽.

15 김정일, 「민족문화유산을 옳은 관점과 입장을 가지고 평가 처리할 데 대하여」, 1970

이 당시 북한의 음악문화의 전개에 중요한 문제로 부각되었던 것은 복고주의적 경향 외에도 허무주의적 경향이 있었다. 하무주의란 과거의 예술작품들이 봉건적이며 자본주의적 요소가 있기 때문에 그것들을 다 폐기해야 한다는 입장이었다. 실제 북한 문화성의 일부 관리들은 <사당춤> 같은 예로부터의 춤가락을 옛날 절간에서 추던 춤이라 하여 못추게 하였다. 또한 학교들에서는 봉건유교사상을 반대한다고 하면서 학생들에게 우리 고전예술과 고전문학을 가르치지 않았으며 그것에 관한 책도 출판하지 않았다. 김정일은 이와 같은 음악계를 포함한 문화예술계의 심각한 허무주의적 현상에 대해 다음과 같이 비판하고 있다.

> "그런데 최근에 와서 일부 편협한 사람들에 의하여 민족문화유산을 다루는데서 일련의 편향이 나타나고 있습니다. 문화예술 부문의 일부 일군들은 봉건유교사상을 반대한다고 하면서 유구한 역사를 통하여 우리 인민이 창조한 민족문화유산을 덮어놓고 나쁜 것으로 보고 있으며 오랜 옛날부터 전해 내려오면서 인민들이 즐기던 춤도 추지 못하게 하고 노래도 부르지 못하게 하고 있습니다. 이것은 우리 일군들이 민족문화유산에 대한 옳은 인식을 가지고 있지 못한데서 나온 하나의 편향입니다."[16]

앞에서 언급한 민족문화유산의 비판적 계승발전이라는 이 시기 북한문화예술정책의 기본노선은 복고주의적 경향 뿐 아니라 이상과 같은 허무주의적 현상에 대한 대응적 성격도 지니고 있었다. 그리하여 <사당춤>에 대해서도 김일성은 보기에도 좋고 인민들의 감정에도 맞는 춤이라고 높이 평가하면서 "비록 옛날에 궁중에서나 절간에서 추던 춤이라 하더라도 조선 사람의 감정과 비위에 맞는 것이면 없애지 말아야 하며 그 형식을 계승하여야"[17]한다고 지적하고 있다.

(『김정일 문예관 연구 - 문헌자료집』, 문화체육부, 1996), 34쪽.
16 김정일, 앞의 글, 31쪽.
17 김일성,「민족문화유산계승에서 나서는 몇가지 문제에 대하여」, 1970(『김일성 저작

과거의 음악문화유산을 발굴 정리하고 재현하는 사업은 북한의 음악계에서 이제 매우 중시되게 되었다. 특히 '민족음악에서 민요를 바탕으로 삼고 거기에 혁명적이고 현대적인 내용을 담아야 한다'는 앞서의 김정일의 지시에 따라 민요를 발굴정리하고 재창작하는 사업은 북한의 음악발전에서 관건적인 사업으로 규정되었다. 즉 민요를 알지 못하고는 조선의 노래와 음악을 만들 수 없으며 지난날의 민요를 알지 못하고는 인민들의 감정에 맞는 노래를 훌륭히 만들어낼 수 없다는 것이었다.

김정일은 그러나 음악가동맹이 이렇게 중요한 민요수집사업과 연구사업을 잘하지 않고 있다고 비판하였다.[18] 김정일은 예술창조사업의 부진을 작곡가들이 민족문화유산에 대한 적극적인 태도를 지니지 못한 것과도 관련된다고 지적한다.

> "원래 우리 인민은 유순한 노래를 좋아합니다. 우아하며 소박하고 아름답고 굴곡이 심하지 않은 것이 우리의 민족음악의 고유한 특색입니다. 작곡가들은 응당 조선사람이 좋아하는 이러한 선율들을 새롭게 찾아내고 그것을 바탕으로 하여 노래를 지어야 합니다. (…중략…) 우리나라 영토는 크지 않고 우리 인민

선집』, 조선노동당출판사), 464쪽. 김정일도 <사당춤> 문제와 관련하여 유사한 견해를 제시하고 있다. "'사당춤'은 일정한 형식을 갖춘 작품인 것이 아니라 즉흥적이면서도 재치있는 동작으로 엮어진 소박하면서도 아름다운 춤가락과 민족적 흥취가 풍만한 춤입니다. 옛날 춤동작이라 하여 무턱대고 버려서는 안 됩니다. 춤동작 하나를 얻기 쉬운 것이 아닙니다. 비록 옛날에 궁중이나 절간에서 추던 춤이라 하여도 그것은 수백수천년의 기나긴 세월이 흐르는 과정에 다듬어지고 완성된 귀중한 유산입니다. 하나의 춤동작에도 우리 인민의 지혜와 재능이 깃들어 있으며 인민들의 생활감정이 반영되어 있습니다. 그렇기 때문에 그것은 그 무엇과도 바꿀 수 없는 우리 민족의 귀중한 재산이라는 것을 잊지 말아야 합니다. 우리 선조들이 이룩해놓은 민족문화유산을 그저 허무주의적으로 대할 것이 아니라 귀중히 여김을 알아야 합니다." 김정일, 「민족문화유산을 옳은 관점과 입장을 가지고 평가 처리할 데 대하여」, 1970(『김정일 문예관 연구 - 문헌자료집』, 문화체육부, 1996), 33쪽.

18 김정일, 「문학예술작품창작에서 혁명적인 전환을 일으킬 데 대하여」, 1972(『김정일 문예관 연구 - 문헌자료집』, 문화체육부, 1996), 398쪽.

은 단일민족이지만 서해안, 동해안, 남해안을 비롯하여 지방마다 특색있는 노래와 춤이 적지 않습니다. 우리의 예술을 더욱 발전시키자면 이런 민족예술작품들도 적극 발굴하여 옳게 계승 발전시켜야 합니다."[19]

김정일은 민요발굴사업을 개선하기 위하여 연구기관을 강화하고 민요수집연구를 위한 전문기관을 내오는 조치를 취하고 민요발굴에 필요한 물질적 지원을 보장하였다. 한편 성악에서 민족성악을 분리하여 음악교육기관에서 민요가수들을 많이 양성하도록 하였으며, 예술단체들의 공연에서도 민요음악종목을 많이 넣어 여러 가지 연주 형식으로 형상하고 보급하도록 조치하였다.

김정일은 민요를 발굴정리하고 연구함에 있어서나 과거의 음악작품을 재현하고 보급함에 있어서 복고주의적 편향을 경계하고 현대성의 원칙에서 오늘날 인민의 정서에 맞게 가공할 것을 재차 강조하였다. <양산도>, <황금산의 백도라지>, <뱃노래>, <물레타령> 등이 이 시기에 원형을 그대로 살리면서도 현대적 미감에 맞게 형상수법과 연주 형식을 새롭게 하거나 부분적으로 개작되면서 재창조된 대표적인 민요들이다.

『춘향전』이나 『심청전』 등의 민족고전작품의 가극화문제와 관련해서도 복고주의적 편향의 경계와 현대적 미감이 강조되었다.

"지난날의 문학예술작품을 재현하는 경우에 그대로 옮겨서는 안됩니다. '춘향전'을 가극무대에 옮긴다면 지난날 판소리로 하였다고 하여 오늘도 판소리로 하려고 해서는 안됩니다. 판소리는 옛날 양반들이 술이나 마시면서 흥청거리던 쐑소리입니다. 판소리는 남녀성부가 갈라져 있지 않고 쐑소리를 내기 때문에 우리 시대 인민들의 사상감정과 비위에 맞지 않습니다. 그러므로 민족고전가극들은 아름답고도 유순하고 민족적 정서가 풍기는 맑은 목소리로 형상하여야 합니다."[20]

---

19 김정일, 「우리의 주체예술을 더욱 발전시키기 위하여」, 1975(『김정일 문예관 연구 – 문한자료집』, 문화체육부, 1996), 119쪽.

이 당시 북한의 음악창작들과 가수들은 인민의 비위와 감정에 맞는 자연스럽고 부드럽고 유순한 소리를 내는 발성법을 발전시키기 위한 노력에 착수하였다. 앞에서 이미 서술했듯이 쩍소리는 남도창법의 바탕이 되는 소리로서 우리 민족의 보편적 성음이 아니라고 규정되었다. 쩍소리는 판소리가 나오면서 판소리의 창법적 기초가 되었는데 판소리에서는 한 명의 가수가 남녀노소의 역을 다 맡아 노래 부르게 되어있으며 가수들은 이러한 무리한 연주를 하는 과정에서 성대를 파괴당하고 본의 아니게 쩍소리를 가지게 되었다는 것이다.[21] 다른 한편 일부 성악가들은 현대식이라고 하면서 '통소리'를 내는 서양발성법을 고집하였는데 서양발성법은 서양사람들의 체질과 노래에 맞는 발성법으로 민족적 창법의 기초로 될 수 없다고 비판되었다.

김정일은 민요 뿐 아니라 모든 음악을 현대적 미감에 맞게 보다 발전시켜야 한다고 강조하면서 민족음악과 그 형식을 새롭게 발전시킬 것을 음악예술인들에게 요구하였다. 특히 여기서 혁명가극 '피바다'식 노래와 그 형식을 널리 일반화하는 것을 중요한 고리로 파악하였다('피바다'식 노래와 그 형식에 대해서는 다음 장에서 구체적으로 논의하게 된다).

민족음악과 그 형식을 새롭게 발전시키기 위해서는 또한 음악 창작에서 음악의 종류와 양상을 다양하게 하고 음악연주형식도 다양하게 하여야 하였다. 이 과정에서 민요의 다양한 성악적 형상수법들이 연구되었다. 민요 <바다의 노래> 재창작에서는 민족적 발성법인 민성독창과 서양식 발성법인 양성합창을 배합한 새로운 합창형식이 창조되었다. 이것은 독창에서 민요의 섬세한 굴림과 세부적 음을 살리고 합창에서 화성을 소화하는 형태로, 현대적인 화성합창의 바탕에서 민요독창을 더욱 두드러지게 살리는 새로운 형식이다.

---

20 김정일, 「민족문화유산을 옳은 관점과 입장을 가지고 바로 평가 처리할 데 대하여」, 1970(『김정일 문예관 연구 - 문헌자료집』, 문화체육부, 1996), 35쪽.
21 남영일, 『민족음악의 계승발전』, 문예출판사, 1991, 90쪽.

또한 종래에는 민요라고 하면 독창이나 제창으로 부르는 것이 기본이었는데 민요도 중창, 3중창, 4중창 등의 형상으로 편곡되어 불려지게 되었다. 음색과 음량이 통일된 구성원이 부르는 중창형식으로 민요들을 형상하는 방식으로 민요의 섬세한 굴림과 세부 음들까지 일치시키면서 화성적 조화를 보장하였다. 민요 <회양닐리리>나 신민요 <노들강변> 등 다양한 민요들이 여성2중창, 남성3중창, 남성4중창, 혼성5중창 등의 형상으로 불려지게 되었다.

이 시기의 새로운 음악형상형식에서의 또 하나의 성과는 '가야금독병창'이다. 이것은 종래의 가야금병창형식을 보존하면서 새롭게 독창과 민족악기 및 서양악기 배합편성의 기악반주를 결합한 형식이다. 70년대까지 북한에서 계승되어 왔던 일반적인 가야금병창 양식에서는 독창 부분을 병창자들 가운데 한 사람이 담당하여 형상에서 단조롭고 노래와 기악적 기교에서 제한을 받는 취약점이 있었다. 새로운 가야금독병창 양식은 독창자를 독립시켜 독창의 기능과 기교를 다 발휘하면서 병창과의 다양한 앙상블을 실현할 수 있게 하였다. 또한 반주에서도 종래의 가야금병창에서는 가야금 반주 외에 기껏해야 장고반주가 있을 뿐인데 가야금독병창에서는 배합편성의 기악반주를 동반함으로써 풍부한 울림과 다양한 표현이 가능하게 되어 민족적 색채와 함께 현대적 미감이 구현되게 되었다. 이 시기의 대표적인 가야금독병창곡으로는 1979년에 나온 <내 나라는 낙원의 금수강산> 등이 있다.

민요는 성악적 형식으로 뿐만이 아니라 기악음악형식으로도 다양하게 편곡되고 형상되었다. 김정일은 1976년 관현악작품 <아리랑>이 창작을 지도하면서 관현악을 인민들 속에서 널리 알려진 명곡들과 민요들을 통속적으로 편곡하여 만드는 것을 사대주의와 교조주의를 청산한 새로운 관현악 창작의 방향으로 제시하였다.[22] 민요의 제목을 그대로 기악음

---

22 「문학예술혁명과 빛나는 영도 (23)」, ≪조선예술≫, 1986년 2월호, 41쪽.

악의 표제로 하고 민요의 선율을 토막 내지 않고 그대로 기악음악의 주제로 하는 식으로 재창작된 민요적 기악음악은 <아리랑> 외에도 <도라지>, <옹해야>, <조선팔정가>, <노들강변> 등이 있다. 이 시기의 대표적 관현악곡인 '청산벌에 풍년이 왔네'(김영규 작, 1970년)는 강서지방의 농악가락을 바탕으로 한 원곡인 관현악과 합창 <청산벌에 풍년이 왔네>(김상오 작사, 김옥성 작곡, 1960년)를 교향악적 특성에 맞게 형상한 작품이다.[23]

김정일은 이미 60년대 중반에 일반 음악의 기악곡 편곡을 주체적인 입장에서 우리 실정에 맞게 해야 한다고 하면서 몇 가지 방향을 제시한 바 있다.[24] 1964년 중앙방송위원회에서 김정일은 기악중주 <평양은 마음의 고향>을 녹음으로 듣고 그 문제점을 지적하였다: 편곡의 원칙은 기본선율을 더 잘 살리는데 있는데 기악중주 <평양은 마음의 고향>처럼 중간 부분을 노래의 기본선율과 관련 없이 동떨어지게 하여 제멋대로 발전시킨다면 작품의 논리성을 명백히 할 수 없고 통일성도 보장할 수 없게 된다. 그렇게 되면 예술성이 약화되고 인민들도 쉽게 이해하지 못하게 된다. 기악중주곡에서 중간 부분을 기본선율과 어떻게 맞물려나가는가 하는 것은 편곡의 예술성과 인민성을 보장하는 데서 매우 중요한 의의를 가진다는 것이다.

북한에서의 종래의 기악곡 편곡은 노래의 중간 부분을 기본 선율과는 관계없는 대위선율로 복잡하게 전개하고 제멋대로 발전시켜나감으로써 구성의 논리성과 통일성을 파괴하였을 뿐만 아니라 청중들로 하여금 기악곡의 사상과 주제적 내용을 올바르게 이해할 수 없게 하였다고 한다. 이것은 순수 전문가들만을 위한 서양식 기악편곡 원칙을 그대로 흉내 낸 것으로서 기악곡을 인민들이 이해하기 쉽게 편곡할 것에 대한 요구와는 거리가 먼 것이었다. 김정일은 작곡가들 속에서 먼저 이러한 교조주의적 창작

---

23 『문학예술사전』 하, 과학백과사전출판사, 1993, 72쪽.

24 「문학예술혁명과 빛나는 영도(4)」, ≪조선예술≫, 1984년 5월호, 8쪽.

태도를 철저히 극복할 것에 대하여 강조하였으며 기성이론에는 구애됨이 없이 기악곡 편곡에서 중간 부분을 노래의 기본선율에서 파생된 선율적 흐름으로 발전시킬 것을 방향으로 제시하였다. 이것은 이후 기악곡을 인민의 정서에 맞게 주체적으로 발전시키기 위한 지도적 지침으로 되었다.

이 시기의 북한 음악문화의 전개에서 중요한 부분을 차지하고 있는 것은 또한 전통 민족악기의 개량 문제이다. 음악의 발전은 악기의 발전과 유기적인 관계에 있다. 북한에서 민족악기 개량사업은 1961년부터 본격적으로 전개되었으며 70년대까지 지속적으로 추진되었다.[25] 전통민족악기들은 독특한 음색을 자랑하지만 부분적으로 음색이 넓지 못하고 음량이 약한 문제, 원활한 전조의 가능성이 약하고 모양과 구조에서 낡은 티가 나는 취약점 등이 있었다. 김정일은 현대성의 원칙에서 민족악기들을 개량 발전시키되 중요한 점은 악기의 민족적 특성을 잃어버리지 않게 하여 우리 곡도 서양 곡도 다 잘 연주할 수 있게 개량해야 한다는 방향을 제시하였다. 김일성도 역시 앞에서 인용한 연설인 <민족문화유산계승에서 나서는 몇가지 문제에 대하여>에서 이 문제에 대하여 언급하고 있다.

"서양악기를 이용하라고 한다고 하여 잘못하면 민족악기를 서양악기의 본을 따서 개조할 수 있는데 그렇게 하여서는 절대로 안됩니다. 민족악기를 그 모양이나 소리가 서양악기와 별로 다름없는 것으로 만들어 놓는다면 그것은 이름만 민족악기이지 사실은 민족악기가 아닙니다. 우리의 민족악기는 조선사람들이 좋아하는 우아한 소리를 내는 것이 특징인데 쟁쟁한 서양악기 소리를 내게 되면 민족악기로서의 특색이 없어지고 말것입니다. 우리는 민족악기의 고유한 특색을 살리면서 그것을 더욱 발전시켜나가야 하며 서양악기도 적당히 배합하여 이용하도록 하여야 합니다."[26]

---

25 『조선중앙년감 1962』, 조선중앙통신사, 1962, 275쪽.
26 김일성, 「민족문화유산계승에서 나서는 몇가지 문제에 대하여」, 『김일성 저작 선집』, 조선노동당출판사, 1970, 472쪽.

민족악기 개량사업의 중간보고서 성격의 글에 따르면 악기개량과정에서 "악기의 음량을 풍부화하여 소리에서 탁성을 제거하는데 성과가 컸으며 가야금과 양금, 단소를 비롯한 다양한 민족악기들이 형태에서 세련되고 구조에서도 한결 발전하였다"[27]라고 평가되고 있다. 또한 70년대 중반에는 '옥류금'과 같은 새로운 민족악기도 창안되었다.

한편 이 당시 노래 가사 창작에서 만연했던 산문화경향도 비판의 대상이 되었다. "좋은 노래가 나오자면 먼저 가사가 잘 되어야 합니다. 가사는 하나의 시가 되어야 합니다. 그러나 지금 적지 않은 가사들은 한 줄로 연결해놓으면 산문과 같이 되고 맙니다. 가사가 이렇게 되니 거기에서 좋은 곡이 나올 수 없습니다."[28] 현실을 미화하고 과장하는 일부 경향도 자연주의적 경향으로 비판되었다. 가사에서 생활을 보다 깊이 파고들어 시적 형상과 철학성을 더욱 높이며 음악의 정서적 색깔, 서정성을 다양하고 풍부하게 발전시킬 것이 요구되었다. 인민군협주단이 1974년에 창작한 <병사는 벼이삭 설레이는 소리를 듣네>, 김정일이 노래 가사와 곡을 손수 가필했다고 하는 예술영화 <열네번째 겨울>의 주제가 <봄을 먼저 알리는 꽃이 되리라>(1980) 등이 이시기 서정가요의 대표적 성과작이라고 평가된다.

5. 70년대의 가극혁명

김정일은 앞에서 언급한 것처럼 제4기 제15차 전원회의 직후 혼돈스러운 문학예술 부문을 정비하고 문화예술의 주체적 발전노선과 당의 유일사상체계를 세우기 위해서는 항일혁명투쟁기에 이룩된 소위 혁명적 문학예

---

27 『조선중앙년감 1962』, 조선중앙통신사, 1962년, 261쪽.

28 김정일, 「우리의 주체예술을 더욱 발전시키기 위하여」, 1975(『김정일 문예관 연구 ─ 문헌자료집』, 문화체육부, 1996), 118쪽.

술전통을 계승 발전시켜야 한다고 주장하였다. 이러한 항일혁명문학예술의 전통을 계승하는데서 핵심적인 것은 김일성이 30년대에 몸소 창작한 <피바다>, <꽃파는 처녀>, <한 자위단원의 운명> 등 소위 고전적 명작들을 발굴하여 영화와 가극, 소설 등 여러 가지 문학예술형식으로 옮기는 것이라고 주장하면서[29] 김정일은 그것을 관철하기 위하여 북한의 대표적 음악가, 연출가, 작가, 배우 등을 동원하였다. 이들 고전적 작품들은 김일성이 항일혁명시기에 대중들을 교양하고 혁명화하여 항일전선에 동원하기 위해 직접 창작하여 여러 마을에서 공연한 것들이라고 한다. 이들 작품들을 영화화하고 가극화하는 것은 소위 혁명적 문학예술의 전통을 고수하고 주체적 문학예술을 창조하기 위한 투쟁으로 규정되었다.

김정일은 1968년 4월 이러한 고전적 작품들 중에서 제일 먼저 <피바다>를 영화로 만들 것을 결정하면서, 원작에 무조건 충실한 것과 더불어 영화예술의 형태상 특성을 잘 살리는 방향에서 예술적 허구를 적용할 것을 주문하였다. <피바다>의 영화화 사업은 1967년에 조직된 전문적인 영화제작집단인 '백두산창작단'이 수행하였다. 이 당시 김정일은 백두산창작단과 예술영화촬영소의 촬영기와 조명기재, 녹음설비 등 기자재들을 현대적인 것으로 교체해주었고 영화필름복사공장을 새로 건설하고 예술영화촬영소에 3관편성 관현악단을 마련해주는 등 영화예술계에 최대한의 지원을 아끼지 않았다.

김정일은 영화 <피바다>의 촬영을 현장에서 지켜보면서 180여 장면을 지도하였으며 영화음악형상과 관련해서도 구체적인 지도를 하였다고 한다. 즉 영화 <피바다>에 넣을 노래들은 모두 유순하면서도 통속적이어야 하며 명곡이어야 한다. 특히 영화음악에서 중추를 이루는 주제가를 잘 써야 한다. 주제가는 작품의 기본사상을 정서적으로 부각시키며 전반적인 영화형상과 양상을 통일시킴에 있어서 매우 중요한 역할을 한다. 그

---

29 김정일, 「작가, 예술인들 속에서 당의 유일사상체계를 철저히 세울데 대하여」, 1967 (『김정일 문예관 연구 – 문헌자료집』, 문화체육부, 1996), 357쪽.

러므로 주제가가 좋아야 작품의 기본사상이 더 살아날 수 있으며 영화의 전반적인 내용을 통일적으로 안겨오게 할 수 있다. 영화에 넣을 노래들을 명곡으로 만들기 위해서는 항일혁명투쟁시기에 창작된 혁명가요들을 깊이 연구해야 하며 그에 기초하여 노래의 상을 찾아내고 동시에 영화에 혁명가요들을 많이 편곡해 넣어야 한다는 방침 등을 제시하였다.

영화 <피바다>는 1969년 말에 완성되었다. 이어서 김정일은 1971년에 <피바다>를 가극으로도 옮길 것을 지시하였다. 가극이란 가사와 음악적 형상수단을 기본으로 하고 무용, 미술 등 여러 가지 형상수단을 통하여 인간생활을 반영하는 종합적 무대예술의 한 형태이다. 즉 가극은 대본에 담겨진 사상주제적 내용을 음악, 연기, 대화, 무용 그리고 장치, 의상과 같은 여러 가지 표현수단을 이용하여 형상화한다.

당시 북한에서는 두 가지 형태의 가극예술이 존재하였다. 하나는 창극이고 하나는 서양가극인 오페라였다.[30] 창극이란 판소리를 극장화한 것으로서 한 사람의 소리꾼이 여러 배역은 물론 해설가 노릇까지도 하는 일인극을 여러 배우가 역할을 나누고 창을 주고받으며 음악적으로 전체 창을 끌고 가는 예술양식이다. 그러나 이 양식은 일제의 민족문화말살정책의 결과로 근대적인 발전을 거치지 못한 채 그대로 해방 후에까지 이어지게 되었으며, 따라서 현대인의 미감과 사회주의 현실에 부적합한 양식으로서 침체의 늪에 빠지게 되었으며 극복의 대상으로 간주되었다.[31]

---

30 「문학예술혁명과 빛나는 영도(9)」, ≪조선예술≫, 1984년 10월호, 13쪽.
31 북한에서는 이미 50년대부터 창극분야를 혁신하기 위하여 여러 가지 노력을 하였다. 1960년대에 국립민족예술극장 민요단이 무대에 올린 창극 <강건너 마을에서 새노래 들려온다>(신고송 대본, 김진명/윤영환 곡)는 사회주의농업협동화라는 현실주제를 다루고 있으며, 판소리음악조를 없애고 맑고 유순한 서도민요조를 바탕으로 하는 등 새로운 시도를 하였다. 1964년에 새로 창작된 창극 <춘향전>(조영출 대본, 이면상/신영철 작곡)도 종래의 판소리창극에서 탈피하여 한시조의 가사들을 현대화하고 음악을 민요 혹은 신민요의 민중적인 음조로 일관시킨 사실주의적 창극으로 일정한 성과를 거두었다. 이것들은 낡은 창극의 틀을 해체하는 혁신적 성과였으나 전반적으

한편 오페라(가극)는 서양에서 수백 년간 발전되어 온 음악양식으로서
관현악곡이 난해하고 전문적이며 등장인물들이 주고받는 대화에 억지로
곡을 맞춘 대화창을 우리 느낌과 감정에 맞지 않고, 또한 주인공의 체험세
계를 연극에서의 독백식으로 독창곡으로 표현하는 아리아도 전문가본위
의 성악적 기교와 과장된 수법으로 전개되고 있어 일반 대중이 부르기에
는 너무 까다롭고 힘든 것으로 비판의 대상이 되었다.[32]

김정일은 1971년 초 <피바다>를 가극으로 옮기는 과정에서 종래의
가극예술 형태들을 지양하는 가극혁명을 일으키자는 방침을 제시하였다.
그는 종래 가극의 온갖 낡은 틀을 허물어버리고 새로운 혁명가극을 건설
하는 데 있어서 기본원칙은 인민성, 민족적 특성, 통속성을 구현하는 것이
라고 주장하였다. 인민성, 민족적 특성, 통속성을 구현하여야 가극예술이
인민대중의 사랑을 받을 수 있으며 사람들을 혁명사상으로 교양하고 투쟁
으로 불러 일으키는 데 이바지하는 인민적이며 혁명적인 예술이 될 수 있
다는 것이다.[33]

김정일은 계속해서 이러한 인민성, 민족적 특성, 통속성 등의 기본원칙
을 가극예술에서 구현하기 위한 구체적인 방도를 제시하고 있다. 여기에
따르면 우선 가극의 노래를 절가화하여야 한다. 가극의 노래를 절가화한
다는 것은 가극의 모든 노래들을 절가로 만든다는 것이며 가극의 기본적

로 창극은 60년대까지 고티를 벗어나지 못한 채 답보적 상태에 머물러 있었다.

32 북한에서 가극은 해방 후 40년대 후반에 이미 이면상, 이원균 등의 주도 하에 국립예
   술극장 내의 국립가극단에서 <온달>, <지리산>, <인민유격대>, <꽃신> 등의
   창작가극과 <카르멘> 등의 서양가극이 활발하게 공연되었다. 그러나 가극분야에
   서는 서양식 틀이 60년대까지 그대로 답습되어 주체적 – 민족적 가극발전이 요구를
   충족시키지 못하였다. 1966년 평안북도 가무단이 창조한 민족가극 <무궁화 꽃수
   건>은 30년대의 항일무장투쟁을 다루면서 창극의 민족적 특성과 서양가극의 극작
   술을 창조적으로 결합하여 새로운 진전을 보였다. 그러나 여기서도 아리아와 대화창
   (레시타 티브)을 기본으로 하는 서양가극의 틀을 벗어나지 못하였다고 한다.

33 김정일, 「혁명가극 ‘피바다’는 우리식의 새로운 가극」, 1971(『김정일 문예관 연구 –
   문헌자료집』, 문화체육부, 1996), 435~438쪽.

형상수단인 성악형식을 현 시대의 대중의 정서와 미적 기호에 맞게 인민
적이며 통속적인 것으로 만든다는 것을 의미한다.

절가는 여러 개의 절로 나누어져 있는 정형시 형태의 가사를 같은 곡조
에 맞추어 반복하여 부르게 되어 있다. 절가는 원래 민중들의 노동생활과
집단생활에서 발생하여 전승되어 오면서 다듬어지고 완성된 세련된 민중
적인 가요형식이다. 예를 들면 우리나라 각 지방에서 내려오는 아리랑 같
은 민요에서도 우리는 절가와 후렴구로 개인과 군중이 잇고 받으며 부르
는 노래의 전통을 엿볼 수 있다는 것이다.

이러한 민요형식의 절가는 민중이 자기의 감정정서를 다양하게 표현할
수 있는 민중 음악양식의 정수라 할 수 있으며 당대 민중의 정서와 현대적
미감에 맞게 변화되어야 하는 것이다. 가극노래의 절가화를 통해서 종래
가극의 낡은 성악형식들이 극복되고 인민적이고 민족적인 새로운 유형의
가극음악의 기초가 확립되었다고 주장된다.[34]

김정일은 인민성, 민족적 특성, 통속성 등을 새로운 가극건설에서 구현
하기 위한 두 번째 방도로서 가극에 방창을 적극 도입할 것을 주장하였다.
가극에 방창을 이용한다는 것은 등장인물이 아닌 무대 밖의 성악수단을 무
대형상에 받아들인다는 것을 의미하여 이것을 통해 가극예술의 표현적—
형상적 제한성을 극복하는 것을 목적으로 한다. 종래의 가극에서는 등장
인물들만 노래를 부른다. 이들의 노래는 주로 생활의 논리, 성격의 논리에
따라 주어지는 주정적인 서술형식의 노래로서 극에 반영되는 사회적—역
사적 환경과 끊임없이 변하는 극적 정황 등을 여러 가지 형식과 방법으로
밝힐 수 없는 서술적 제한성을 가진다.

그러므로 가극예술에서 형상의 폭을 넓히고 작품의 사상을 깊이 있게
밝혀내기 위해서는 무대 밖의 성악수단인 방창을 적극 도입하는 것이 중
요하다는 주장이다. 여기에 따르면 방창은 등장인물들의 주정적 서술형식
의 노래와는 달리 객관적 서술로서 주인공, 인물들의 사상 감정과 정서를

---

34 김경희 · 임상호, 『'피바다'식 혁명가극 1』, 문예출판사, 1991, 79쪽.

대변하거나 그것을 제3자적 입장에서 서술하고 동정하는 등 다양한 형상적 기능을 수행한다. 또한 방창을 통해 등장인물들의 생활을 다각적으로 진실하고 생동하게 묘사할 수 있게 된다는 것이다.

가극에 방창을 도입하는 방침을 종래의 가극에는 볼 수 없었던 전혀 새로운 성악수단을 도입함으로써 민중적인 절가형식의 위력을 더욱 높이고 가극을 보다 통속화될 수 있게 되었다고 주장된다.[35]

가극에 무용을 필수적인 것으로 받아들이는 것도 새로운 가극건설에서 인민성, 민족적 특성, 통속성을 구현하기 위한 방도로 제시된다. 무용을 가극의 필수적인 형상수단으로 삼는다는 것은 종래의 가극에서처럼 무용을 넣을 수도 있고 넣지 않을 수도 있는 부차적인 것으로서가 아니라 어떤 가극에서나 반드시 들어가야 하는 필수적인 구성요소로 삼는다는 것을 의미한다. 이것이 의미하는 것은 또한 무용을 작품의 주제사상해명과 아무런 연관이 없는 막간의 유흥거리로서가 아니라, 자기의 독자적인 형상과제를 지니고 극의 주제사상의 해명에 적극 이바지하는 극작술의 중요한 요소로 인식한다는 것이다.

원래 무용은 음악과 노래에 기초하여 창조되면서 음악과 노래로서는 모두 표현할 수 없는 사람들의 생활과 감정을 독특한 형상수단인 아름다운 율동과 조화로운 무용구도에 담아 생동하게 펼치는 형상적 힘을 지니고 있다. 그러므로 가극창조에서 무용을 받아들이면 그 형상적 기능을 더욱 강화할 수 있다는 것이다. 무용은 특히 주인공의 내면세계를 풍부하게 보여주는 수단이며 또한 극적 사건을 추동시키는 역할도 담당할 수 있다는 것이다.

김정일은 가극에 무용을 배합하는 새로운 방법이, 노래도 있고 춤도 있는 형식을 좋아하는 우리 인민의 취미와 기호에 맞게 가극의 종합적인 무대를 보다 풍부하게 하고 가극의 형상을 심화시키는 창조적인 방도라고 적극적으로 평가하였다.

---

35 한중모·정성무, 『주체의 문예이론 연구』, 사회과학출판사, 1983, 455쪽.

마지막으로 무대미술을 더욱 발전시키는 것도 가극건설에서 인민성, 민족적 특성, 통속성을 구현시키는 중요한 방도로서 제시되었다. 여기서 중요한 것은 무대미술을 입체화하는 것으로 파악되었다. 이것은 무대장치, 무대의상, 무대공예, 무대조명, 환등 등에 의하여 이루어지는 무대공간의 조형적−시각적 형상들을 현실에서와 같이 입체감이 나게 형상화함으로써 관객들이 현실을 보는 것과 같은 느낌을 지니고 가극을 보게 한다는 것을 의미한다.

무대미술의 입체화가 무대미술의 생명인 무대미술형상의 진실성을 확고하게 보장함으로써 극형상의 진실성과 생동성을 달성하는 데 있어서 중요한 작용을 하는 것으로 파악되었다. 한편 무대미술을 더욱 발전시키는 데 있어서 중요한 것이 조선화를 바탕으로 하여 민족적 감정에 맞는 무대미술을 화폭을 창조하고 새로운 형식을 탐구하는 것이라고 주장되었다.

이상의 네 가지가 가극혁명 수행에서 김정일이 제시하였던 새로운 방도들이다. 1971년 3월 혁명가극 <피바다>의 창작이 시작되었다. 김정일은 <피바다>의 창작사업을 전체 문학예술부문의 사업으로 전환시켜 북한의 모든 우수한 창작가와 예술가들을 망라시켰다. 그리하여 만수대예술단과 국립가무단, 영화음악단 등 중앙의 예술단들의 유능한 작곡가들이 모두 동원되었으며 배역을 위한 배우들과 연주가들도 광범위하게 동원되었다.

김정일의 직접적인 지도 아래에서 완성된 가극 <피바다>는 1971년 7월 17일 초연되었다. 북한의 문헌들은 혁명가극 <피바다>가 종래 가극의 온갖 낡은 형식을 완전히 허물고, 절가와 방창에 기초한 민족적이며 인민적인 음악형식에 무용을 배합하고 무대미술을 입체화한 전혀 새로운 현대적인 가극형식의 창조라고 평가하고 있다. 혁명가극 <피바다>에서 시작된 소위 가극혁명은 1971년 12월 혁명가극 <당의 참된 딸>, 1972년 4월 혁명가극 <밀림아 이야기하라>, 1972년 11월 혁명가극 <꽃 파는 처녀> 등의 공연으로 이어졌다.

김정일은 1973년 「혁명가극 건설에서 이룩한 성과를 공고발전시킬데 대하여」라는 글에서 당원들과 근로자들 속에서 당의 유일사상체계를 철저히 세우며 온 사회를 혁명화, 노동계급화하는데 적극 이바지하는 혁명가극을 더 많이 창작할 것을 지시하고 있다.36 이후 70년대에 걸쳐 북한에서는 위에 언급된 대표적 혁명가극들 외에도 혁명가극 <금강산의 노래> 그리고 지방예술단체들에서 <한 자위단원의 운명>, <은혜로운 해빛아래>, <연풍호>, <남강마을 여성들>, <청춘과원> 등을 비롯한 많은 가극들이 창조되었다. 70년대에는 북한에서 가극예술의 전성기로 불리우며, 가극이라는 양식은 대중들의 사랑을 한몸에 받으면서 이 시기 북한의 음악계 나아가 예술계에서 중심적인 지위를 차지하게 된다.

6. 『영화예술론』에서의 공연음악론

1973년 김정일은 『영화예술론』이라는 저서를 발표한다. 이 저서는 북한의 소위 '주체의 문예이론'의 발전에 있어서 중요한 자리를 차지하고 있다. 『영화예술론』은 1960년대 후반부터 전개된 '문학예술혁명'의 이론적 결산이라고 할 수 있다.

『영화예술론』은 모두 8장에 47절로 구성된 방대한 분량이다. 각 장의 제목은 다음과 같다: '생활과 문학', '영화와 연출', '성격과 배우', '영상과 촬영', '화면과 미술', '장면과 음악', '예술과 창작', '창작과 지도'.

각 장의 제목들에서 알 수 있는 것처럼 『영화예술론』은 단순한 영화예술과 영화제작에 관한 구체적인 이론이나 실무적 지침서가 아니라 영화, 문학, 음악, 미술 등 문학예술 전반과 그 지도체계에 관한 이론적―실천적 논의를 집대성하고 체계화한 저작이라고 할 수 있다.

---

36 김정일, 「혁명가극 건설에서 이룩한 성과를 공고발전시킬데 대하여」, 1973(『문학예술혁명과 빛나는 영도(10)』, ≪조선예술≫, 1984년 11월호, 13쪽에서 재인용).

여기서는 음악과 직접 관련된 여섯 번째 장 '장면과 음악'만을 살펴보겠다. 『영화예술론』의 여섯 번째 장 '장면과 음악'은 음악 일반과 영화음악창작에서 제기되는 이론적─실천적 문제들을 다루고 있다. 음악과 노래가 없는 영화는 영화가 아니라고 주장하면서 김정일은 음악을 영화의 필수적인 요소로서 강조하고 있다. 여기서 김정일은 나중에 자신의 90년대 음악이론서인 『음악예술론』(1991)[37]에서 체계적으로 정리하고 보다 구체화하게 되는 음악일반에 관한 기본적인 정의와 관점을 피력하고 있다.

> "본래 음악은 자연을 변혁하고 사회를 개조하기 위한 사람들의 노동과정에서 나와 생활 속에서 발전하여온 인민에게 가장 친근한 예술이다. 모든 예술이 다 생활 속에서 나왔지만 특히 음악은 무용과 함께 직접 노동과정에서 나오고 또 노동과정에서 불리어 온 것으로 하여 그 어느 예술보다도 생활과의 연계가 깊다. 생활이 있는 곳에는 음악과 노래가 있기 마련이다. (…중략…) 음악은 인간의 내면세계와 체험을 깊이 있게 펼쳐 보여주며 인간생활에 뜨거운 열정과 풍부한 정서와 약동하는 생기를 안겨주는 고상한 예술이다."[38]

한편 영화에서 음악은 생활을 정서적으로 더욱 생동하게 돋구어줌으로써 작품의 사상예술성을 높여주는 데 이바지한다. 사람들은 화면을 통해서도 영화의 사상적 내용을 이해할 수 있지만 거기에 음악이 울리면 생활 감정이 더 풍부해지고 예술적 감흥도 더 커져 그만큼 깊은 감명과 정서를 지니고 작품의 사상적 내용을 받아들이게 된다는 것이다.

영화에 음악과 노래가 없으면 생활이 메마르고 딱딱하여 볼 재미도 없게 된다. 영화에 훌륭한 음악이 들어갈 때 작품에는 뜨거운 열정과 정서가 흘러넘치게 되고 그 사상적 내용도 더욱 생동하게 살아나게 된다는 것이다. 영화에서 음악은 또한 시대와 사회제도의 본질, 민족적 특성을 나타내는 데 있어서도 큰 역할을 수행한다고 규정되었다.

---

37 김정일, 『음악예술론』, 조선노동당출판사, 1992.
38 김정일, 『영화예술론』, 357~358쪽.

『영화예술론』에 따르면 참다운 영화음악은 시대의 요구와 인민의 지향에 맞으며, 사람들에게 생활의 참다운 진리를 깨우쳐주고 그들을 새로운 생활의 창조로 힘차게 불러일으키는 전투적이며 혁명적인 음악, 아름답고 고상한 인민적인 음악이다. 인민의 아름다운 지향과 생활감정을 깊이 있고 풍부하게 담고 있으며 누구나 다 쉽게 이해하고 즐겨 부를 수 있는 노래가 울려나올 때 영화에 참다운 음악이 있다고 말할 수 있다는 것이다.

영화의 노래는 또한 인민대중의 심금을 울리는 훌륭한 노래로 되어야 사람들 속에서 널리 불려 질 수 있으며 영화와 대중을 잘 연결시켜 줄 수 있다고 주장된다. 훌륭한 노래 때문에 영화형상은 사람들의 마음속에 더 오래오래 살아남게 된다는 것이다. 여기사 김정일은 명곡, 즉 훌륭한 음악과 노래에 대해 다음과 같이 정의한다.

> "들을수록 좋고 인상깊은 것이 명곡이다. 훌륭한 음악과 노래는 높은 사상
> 이 뜨거운 열정과 융합되어 울리는 것이 특징이다 (…중략…) 음악과 노래는
> 사상이 깊고 감정이 강렬해야 사람들의 마음을 틀어잡을 수 있고 그들에게 지
> 칠 줄 모르는 힘과 용기를 안겨줄 수 있다."[39]

들어도 무슨 소리인지 알 수 없고 까다로워 부르기 힘든 노래는 대중들의 사랑을 받을 수 없고 따라서 오래 전해질 수도 없기 때문에, 노래는 선율이 유순하고 아름답게 되어야 하며 그래야 노래가 사람들에게 친근감을 주며 듣기 좋고 부르기 쉽게 된다는 주장이다. 훌륭한 민요들은 거의 다 짧고 간결하며 알기 쉽고 부르기 편하다는 것이다.

김정일은 여기서 음악발전의 견지에서 볼 때 현 시대는 절가의 시대이고 따라서 영화음악을 진실로 사람들의 심금을 울리는 명곡으로 되게 하려면 인민적 절가의 우수한 형식에 의거해야 한다고 주장한다. 즉 절가는 오랜 세기를 거쳐 인민들의 생활감정과 염원을 소박하고 세련된 형식 속

---

39 김정일, 『영화예술론』, 361쪽.

에 담아온 가장 인민적인 노래이며, 이런 절가형식을 살리면서 영화음악을 지어야 아름답고 고상한 사상 감정과 인민적인 형식이 조화롭게 결합한 음악, 즉 명곡을 쓸 수 있다는 주장이다.[40]

음악에서는 또한 내용과 형식이 통일되고 사상성과 예술성이 잘 결합되어야 한다. 노래에서는 가사와 곡이 예술적으로 잘 조화되고 통일되어야 한다. 영화음악에서 특히 중요한 것은 그것이 장면에 맞아야 하며 또한 편곡을 잘 해야 하는 것이라고 지적 되었다.

이상과 같이 김정일의 『영화예술론』은 그가 직접 주도한 1960년대 후반부터 1970년대까지의 북한의 문학예술혁명의 경험과 성과를 총괄하여 이론적으로 정리하고 체계화하고 있다. 이 저작에서 김정일은 문학예술의 전 분야에 걸친 자신의 견해와 입장을 제시하면서 이 속에서 인간학으로서의 문학, 종자론, 속도전, 음악론, 미술론, 당의 유일적 지도체계, 집체적 심의체계 등 자신의 독특한 문예이론적— 실천적 개념과 방법론을 전개하고 있다.

김정일은 『영화예술론』에서 주체사상에 기초한 소위 주체의 음악사상과 이론을 최초로 정식화하였다고 할 수 있다. 이제 『영화예술론』은 그의 가극예술에 관한 논의와 더불어 90년대 초 『음악예술론』이라는 김정일의 본격적인 음악론 관련 저작이 나올 때까지 북한 음악문화 전반의 강력한 지침으로 작용하게 되었다.

7. 맺음말

지금까지 60~70년대의 북한의 공연예술문화의 전개를 '문화예술혁명'과 거기서의 김정일의 주도적 역할을 중심으로 공연예술 주요부문별로 살펴보았다. 또한 북한문학예술혁명의 사상적—이론적 토대라고 할 수 있

---

40 김정일, 『영화예술론』, 363쪽.

는 『영화예술론』을 음악론 부분을 중심으로 고찰하였다. 특히 이 시기의 북한 공연문화의 전개를 당중앙위원회 제4기 제15차 전원회의를 전후한 사회정치적 갈등의 배경 속에서 총체적으로 해명하고자 하였다.

지금까지의 60~70년대 북한 공연예술문화에 대한 역사적 고찰과 이론적 분석 그리고 북한 음악예술에 대한 김정일의 지침을 바탕으로 하면서 80년대 이후의 북한 공연문화의 동향을 간단히 정리하고 비평해 보는 것으로 맺음말을 대신하겠다. 80년대 이후 시기에 대한 본격적인 고찰은 후속 과제로 남기고자 한다.

김정일은 1992년 문학예술부문 관계자 및 창작가, 예술인들에게 한 연설문 「다부작 예술영화 '민족과 운명'의 창작성과에 토대하여 문학예술 건설에서 새로운 전환을 일으키자」에서 80~90년대 초의 북한 예술계의 답보적 상태를 인정하면서 70년대의 문학예술혁명을 90년대에서도 계속해서 전개할 것을 강력하게 요구하고 있다:

> "문학예술혁명은 문학예술의 모든 부분이 주체사상의 요구에 맞게 완전히 개조될 때까지 중단없이 계속 수행하여야 합니다. 문학예술혁명은 어제만이 아니라 오늘도 하고 있으며 내일도 계속됩니다. 일부 창작가, 예술인들 속에서 문학예술혁명이 이미 1970년대에 끝난 것처럼 생각하고 있기 때문에 지금 문학예술부분에서 새로운 창작적 앙양이 일어나지 못하고 제자리걸음을 하고 있습니다."[41]

공연예술부분, 특히 가극부문의 현황에 대해서도 김정일은 부정적인 평가를 내리고 있다. 70년대 초 <피바다>, <꽃 파는 처녀> 등 소위 5대 혁명가극을 창조한 이후부터 거의 20년의 세월이 흘렀지만 새로운 가극을 한편도 내놓지 못하고 있다는 것이다. 김정일은 여기서 1990년대 적어도 5개 이상의 새로운 가극을 만들 것을 목표로 제시하였다. 즉 가극 부분

---

41 김정일, 「다부작 예술영화 '민족과 운명'의 창작성과에 토대하여 문학예술 건설에서 새로운 전환을 일으키자」, ≪영화예술≫, 1992년 10월호, 22~23쪽.

에서 새로운 5대 가극을 창조하여야 한다는 것이다. 북한에서는 90년대 가극혁명을 위한 최초의 시도로서 "천리마 운동"의 선구자인 진응원이라는 실재인물을 주인공으로 하는 혁명가극을 만들었다.

한편 북한에서는 새로운 유형의 가극인 '민족가극'이 민족문화유산의 현대적 계승발전 사업의 일환으로 80년대 후반부터 창작되기 시작하였다. 1989년 민족가극 '춘향전'의 창작으로 시작된 민족가극은 <심청전>, <박씨부인전> 등의 작품으로 이어지고 있다. 이들 민족가극들도 노래의 절가화와 방창의 도입 등의 요소를 지니고 있으며 피바다식 가극의 범주에 포함된다고 할 수 있다.

음악일반 부문에서도 새로운 변혁이 일어나야 한다고 지적되었다. 90년대 초 현재 '보천보전자악단'과 '왕재산경음악단'의 노래들을 제외하면 요즘 나오는 노래들은 새롭지 못하고 곡조가 비슷비슷하다고 비판되었다. 김정일은 작곡가들이 곡을 되는대로 쓰기 때문에 텔레비죤이나 라디오에서 나오는 노래들이 이곡이 저곡 같고 저곡이 이곡 같아 잘 구분할 수 없는 형편이라고 지적하면서 적은 양일지라도 특색 있는 명곡을 창작할 것을 독려하였다.

반면에 보천보전자악단의 음악은 소위 '우리식'의 요구를 구현하여 전자악기를 가지고 인민의 취미와 정서에 맞는 조선식 음악을 훌륭히 창조한 빛나는 모범으로 높이 평가하였다. "보천보전자악단의 음악을 인민이 좋아하는 것은 전자악기를 가지고 우리 음악을 우리 식으로 훌륭히 연주하기 때문이다."[42] 오늘날 북한의 음악예술 부문은 보천보전자악단이나 왕재산경음악단 등과 같이 세계적인 추세에 따라 전자악기와 현대적 악기를 위주로 현대적 미감에 맞는 통속적인 음악을 하는 악단이 대중들의 인기를 끌면서 주도적으로 활동하고 있다.

김정일은 이미 60년대부터 70년대에 걸쳐 당을 공간으로 하여 북한의 사회주의적 문화예술건설에 대한 실질적인 지도적 역할을 수행하였다. 김

---

42 김정일,『음악예술론』, 조선노동당출판사, 1992, 29쪽.

일성의 유일적 후계자로 공식화된 80~90년대에는 일련의 사회주의적 문예이론 관련 저작을 발표하면서 공개적으로 북한 문화예술정책을 주도해 왔다. 공연예술부문화부분도 예외는 아니다. 그의 문예관련 저작과 활동은 앞으로도 공연예술을 포함한 예술문화 전부문의 유일적 지침으로서의 위력을 발휘하면서 김정일시대의 제2의 문학예술혁명의 방향과 내용을 규정하게 될 것이다.

『사회과학연구』 13호, 2007

| 참고문헌 |

권영민 외, 『북한 문화예술 연구의 방향』, 문화발전연구소, 1990.

김경희 · 림상호, 『'피바다'식 혁명가극 1』, 문예출판사, 1991.

김득청, 『주체적 음악연주』, 문예출판사, 1992.

김문환, 『분단조국과 통일문화』, 서울대학교출판부, 1994.

김일성, 『저작선집』, 조선노동당출판사.

김재용, 『북한문학의 역사적 이해』, 문학과 지성사, 1994.

김정본, 『미학개론』, 사회과학출판사, 1991.

김정일, 『주체혁명위업의 완성을 위하여』, 조선노동당출판사, 1973.

김정일, 『무용예술론』, 조선노동당출판사, 1992.

김정일, 『미술론』, 조선노동당출판사, 1992.

김정일, 『음악예술론』, 조선노동당출판사, 1992.

김정일, 『주체문학론』, 조선노동당출판사, 1992.

김정일, 『주요 논문집』, 통일원, 1993.

김준규, 『'피바다'식 가극의 방창에 관한 연구』, 사회과학출판사, 1984.

김최원, 『'피바다'식 혁명가극 2』, 1991.

_____, 『북한의 문화예술 총람』, 문화체육부, 1993.

_____, 『김정일 문예관 연구』, 문화체육부, 1995.

박승덕, 『사회주의문화건설이론, 사회과학출판사 편, 조국, 1989.

_____, 『사회과학원 문학연구소, 문학예술사전, 과학백과사전출판사, 1975.

_____, 『사회과학원 주체문학연구소 외, 문학예술사전 상 중 하, 과학백과사전
종합출판사, 1983~1993.

_____, 『주체사상에 기초한 문예이론』, 사회과학원 문학연구소, 사회과학출판
사, 1975.

_____, 『항일혁명문학예술』, 갈무지, 사회과학출판사 편, 1989.

이춘길, 「북한문화정책의 이념과 전개에 관한 연구」, 『북한문화연구 1집』, 문화
발전연구소, 1993.

_____, 『조선중앙연간』, 조선중앙통신사, 1949~1990.

한중모 · 정성무, 『주체의 문예이론 연구』, 사회과학출판사, 1983.

_____, ≪잡지 조선영화≫, 문예출판사.

_____, ≪잡지 조선예술≫, 문예출판사.

제7장

북한 문화

남북문화교류를
통한 문화공동체 형성 방안

1. 서론

통일이란 단지 정치적, 영토적 통합이나 경제적 통합이 아니라 남북 간의 불신과 적대감을 해소하고 남북지역 주민들 간의 문화적 정서적 교감에 토대를 둔 민족적 공동체의 창출일 것이다. 따라서 통일에 접근할 때는 이념과 체제에 의한 법적 제도적 통합뿐만 아니라 민족 문제를 바탕으로 한 사회적 문화적 통합을 통하여 평화적 민족적 동일성 회복을 고려해야 한다. 여기서 문화교류는 다른 영역에 비해 상대적으로 비이데올로기적인 영역으로 자연스럽게 인간 간의 상호이해와 마음의 통합을 진전시킬 수 있는 계기를 마련할 수 있기 때문에 통일과정에서 남북 사이에 이질화된 감성의 격차를 줄일 수 있는 적절한 매개가 될 수 있다.

통일문화의 개념은 통일이 가지는 의미를 최대한 발휘할 수 있는 문화의 창출을 뜻한다. 통일문화는 개념적으로 통일한국의 사회구성원이 다같이 지향하는 신념, 가치, 행동 양식의 체계로서 분단으로 인한 사회문화 구조에서 파생된 이질성과 갈등을 해소하는 문화를 의미하는 것이다. 문화는 고정불변한 것이 아니라 항상 변화하고 생성 소멸하는 역동적인 운동과정

제7장 | 북한 문화 515

으로서, 문화는 전수되어 습득되는 수동적 측면만을 지니는 것이 아니라 사회적 대립과 갈등을 지양하여 새로운 조화와 화해로 이끌 수 있는 가치형성과 의미생성의 주요영역이며 삶을 고양하는 주요요소인 것이다.

이에 통일과정에서 새로운 문화환경에 부응하는 문화교류정책은 문화에 대한 새로운 이해에서부터 출발하여야 할 것이다. 즉 기존의 정태적이고 특정범주적인 문화에 대한 고립된 시각이 아니라 문화가 경제, 정치, 사회복지, 교육, 과학 등의 영역들과 연관된 복합적인 영역이라는 전제로 문화교류의 정책이 수립되어야 한다. 21세기 통일시대를 맞이하여 남한 지역과 북한 지역 간의 지속적인 문화적 소통과정을 통해 남북 전체 민족을 아우르는 새로운 공동체 문화형성을 위한 '통일문화'의 발전적 전략은 통일정책의 기본적 방침이 되어야 할 것이다.

그러므로 합리적 남북문화 교류의 기본방향은 문화에 대한 종래의 이분법적 시각에서 탈피하여 상대방의 문화를 흡수하는 통합이 아니라 다양하고 풍부한 남북 문화예술을 상생의 문화이념이라는 시각에서 개발, 교류하는 프로그램을 적극 개발하는 일일 것이다. 이것을 위해서는 남북의 풍요로운 문화를 생산적 기반으로 전환시켜 통일과정과 통일 이후에 있어 예상되는 문화의 갈등요인들을 최소화하고 더 나아가 대중이 이해할 수 있는 통일문화 공동체 형성에 주안점을 두어야 할 것이다.

그러나 남북한 간 문화예술교류에 대한 부문별 연구는 그 동안 비교적 활성화되고 있는 남북한 경제교류에 관한 연구에 비해 상대적으로 빈곤한 실정이다. 따라서 본 연구는 남북한 문화공동체 실현을 위한 남북 문화교류정책의 합리적 방향에 대해 고찰하고자 한다.

2. 북한 문화의 특성

남과 북의 문화의 개념은 상당한 차이가 있다. 남한에서 문화 개념은 학술적으로는 사람들의 생활방식과 관련된 인류학적 문화개념을 주로 사용하지만 반면에 북한에서는 문화의 범주에 ‘교육’, ‘학술’, ‘언어’, ‘체육’, ‘의료’를 포괄하고 있으며, 특히 교육의 문제를 대단히 중시하는 북한의 풍토에서는 일종의 사회복지 영역을 문화의 범주에 포괄하고 있다. 따라서 남한에서 사용되고 있는 문화에 대한 개념은 북한의 경우에는 ‘문학예술’의 영역에 속한다고 할 수 있다. 북한 문화의 일반적 특성과 문화정책의 전개방향에 대해 살펴보고자 한다.

1) 북한 문화의 일반적 특성

북한에서 문화는 독자적인 목적과 의미를 갖는 것이 아니라, 주체사상과 3대혁명에 입각한 공산주의적 정치사회화의 수단적 의미를 갖고 있다. 문화혁명은 사상·기술혁명과 함께 3대혁명의 구성성분인 것이다. 김정일은 “사상·기술문화의 3대혁명을 수행하는 것은 사회주의 건설의 총로선”이라 강조한 바 있는데 이 3대혁명은 사회주의의 완전한 승리를 이룩할 때까지 과도기단계에서 수행할 당면한 전략적 과업으로 강조하고 있다. 따라서 문화정책 역시 단순히 학술, 예술, 민속, 체육, 언론, 교육 등 어떤 특정 문화영역에만 국한된 정책이 아니라, 모든 것이 하나의 이념문화에 예속되며 이밖에 가족에 관한 정책, 언어 및 국어교육 정책, 나아가 법의식에 관한 문제에서부터 정치활동에 이르기까지를 포괄하는 정책으로 되는 것이다.

문화혁명의 대상에는 근로자들의 문화기술 수준을 높이고, 생산문화와 생활문화를 확립하는 것까지 포함된다. 문화기술 혹은 생산문화란 근로자들이 필요한 기술적 지식으로서 화학비료의 시비, 트랙터 이용과 관리 방법 등을 말한다. 생활문화는 일상생활에 있어 환경위생정화와 질서 확립 등을 내용으로 하고 있으며, 사회주의 생활양식과 같은 뜻으로 사용된다. 그리고 문화혁명의 기치 아래 소위 ‘군중문화사업’이 보다 강조되고 있는데, 군중문화는 서구사회의 개인주의 및 대중문화와 달리 집단적 문화사업이다.

북한문화의 구조적 특징은 ① 정치적 목적과 결부된 전체주의적 집단주의 성격, ② 폐쇄된 성격, ③ 단선적이고 획일적인 성격, ④ 타율적인 성격을 갖고 있다는 점이다. 또한 북한문화의 기능적 특징은 ① 사회주의적 사상체계를 현실생활에 확립시켜 주는 '보장수단', ② 사회주의적 사상체계를 개인적 차원에서 집단적 차원으로 이동시켜 주는 '전환수단', ③ 사회주의적 사상체계를 생산수단에 적용시켜 생산능력을 고양시켜 주는 '촉매수단', ④ 주민들을 사회주의 사상을 중심으로 단결시켜 주는 '단결수단', ⑤ 지배세력의 영속성을 보장해 주는 '보전수단' 등으로 요약될 수 있다.

북한의 문화가 이러한 특징과 기능을 갖고 있다는 것은 공식적으로 표방되며 정책에도 나타나 있다. 그러나 다른 사회영역과는 달리 문화영역은 쉽게 변하지 않는 속성을 갖기 때문에 이것이 반드시 모든 주민의 의식구조와 행동양식을 통일적으로 지배하고 있다고 보기는 어렵다. 북한이 '가족주의, 지방주의, 종파주의를 비롯한 당의 통일 단결을 좀먹고 저해하는 사소한 요소도 허용하지 말고 제때에 극복하여야 하며, 당 안에 언제나 단결의 정신, 단결의 기풍이 차 넘치도록 하여야 한다'는 주장은 역설적으로 북한문화정책의 한계를 극명하게 보여주는 사례라 하겠다.

북한에서 비록 공산주의 도덕교양을 강조하지만 50대 이상의 세대에는 아직도 예의범절을 중시하고 조상을 숭배하는 풍조와 상부상조의식이 남아 있다. 또한 전통문화는 완전히 단절되는 것이 아니기 때문에 북한에서도 일반주민 사이에서 은밀히 점을 치거나, 사주팔자를 따지거나 관상이나 손금을 보는 행위 등 아직도 과거의 습속이 남아 있다. 그러나 신세대의 경우는 전통적인 조상을 숭배하는 마음보다는 김일성부자를 따르는 충성심이 더 강한 상태이다.

북한에서 1960년대 주체사상을 형성한 후 1980년대 말부터 우리식 사회주의를 강조하면서 다른 나라의 사회주의와의 차별성을 강조해 오고 있는데, 그러한 흐름의 내부에는 전통문화를 체계적 목표를 구현하는데 효과적인 수단으로 활용해 나가고 있음을 엿볼 수 있다. 북한에서 예술인의 지위는 상대적으로 남한보다 높다고 할 수 있다. 이는 사회주의 국가에서의 문화는 집단주의에 기초하고 있는 체계적 속성상 대단히 중요한 역할을 담당하고 있기 때문이다.

북한의 문학예술 업무를 실질적으로 조직 운영하며 노동당 정책과 유일사상에 충실하도록 하는 직업 예술인 단체는 조선문학예술총동맹(문예총)인데 이 조직 산하에 영화, 문학, 음악, 미술, 무용 등 분야별 예술가 동맹이 속해 있다. 문예총은 정무원 문화예술부의 행정적 관리체계 하에 있으면서도 실제로는 당 중앙위원회 선전선동부와 사회문화부의 지도 통제를 받는다.

문예총에 소속된 각 장르별 예술가들은 문학예술 창조의 주인공으로서 그들이 지니고 있는 공훈과 역량에 따라 여러 등급으로 구분된다. 이 중에서 인민예술가와 공훈예술가는 국가영웅으로 추대되고 있으며, 최고 명예인 국기훈장의 급수가 인정되어 인민예술가는 국기훈장1급, 공훈예술가는 국기훈장2급에 해당된다. 또한 공장, 기업소, 협동단체 등에는 '예술소조'가 조직되어 있어 근로인민대중들의 예술 활동은 이러한 소조를 통해 이루어진다. 예술소조는 문예총과 별개의 군중문화단체로 활동하지만, 소조원들의 창작품은 각 동맹의 기관지에 발표되기도 한다. 이들 중 상당수는 '후보 맹원'으로 발탁되어 수습기간을 거쳐 '정맹원'이 됨으로써 직업적 작가나 예술가의 길로 들어서기도 하는데 그 외에 작품의 현상모집에 참여하여 발굴되는 경우도 있다.

2) 북한 문화 정책의 전개

북한에서 문학예술은 당의 유일사상체계를 전파하는 매체로서 작품의 형상화 과정을 통해 근로대중을 교양하는 기능을 매우 중시하고 있다. 특히 문학은 수령의 혁명사상 및 당 노선과 정책을 정확히 반영시키는 강한 수단이 된다. 이에 혁명사상을 구현하는 것이 참다운 공산주의 문학예술의 근본조건이 되는데 특히 김일성의 교시는 곧 창작의 기초이고, 창작 전과정의 지침이며, 창작총화의 기준으로 되는 것이다.

북한문학예술은 기본적으로 사회주의적 사실주의에 토대를 두고 있다. 북한에서는 사회주의적 사실주의를 '현대의 유일하게 옳은 창작방법'이라고 소개하고 있으며 '사람들을 공산주의적 혁명정신으로 튼튼히 무장시켜 참된 공산주의자로 교양하는데 이바지할 수 있다'는 점을 강조한다.

북한의 문화정책은 사회주의 체제 구축기, 사회주의 체제 확립기, 김정일집권기 등 3단계로 나누어 볼 수 있다. 1단계 체제 구축기는 해방 이후부터 주체사상이 등장하는 1950년대 말까지로 마르크스―레닌주의에 입각하여 사회를 재구성하는 시기이며, 2단계 체제 확립기는 주체사상이 등장하고 체계화되면서 온 사회의 주체사상화를 완성하는 시기이다. 마지막으로 3단계는 세계적으로 사회주의 체제가 붕괴하고 김일성 사망 이후 김정일이 집권한 후 현재까지의 기간으로 볼 수가 있다.

(1) 사회주의 체제 구축기(해방 이후~1950년대 말)

북한은 해방 이후 제국주의적인 봉건문화를 제거한다는 측면에서 새로운 사회주의 문화 정책을 추진하게 되는데 주로 민족적 형식에 사회주의적 내용을 담는 것에 중점을 두었다. 그리고 이 시기에는 문학예술의 선전 기능과 아울러 식민지적 잔재를 청산하고 새로운 민족 문화에 대한 지향을 통해 정치와 문화의 관계에 대한 인식과 중심―주변의 문화적 관계를 역전시키는 일종의 탈식민담론을 보여준다. 이의 일환으로서 1946년부터 점차 역사박물관들과 민족해방투쟁박물관들을 설치하고 국립중앙도서관과 지방도서관들을 개설하여 산재된 문헌들과 고문 서류의 수집 정리사업을 시작하였으며, 1947년 설치된 '조선력사편찬위원회'를 통해 '조선통사'의 편찬을 위한 준비사업에 착수하였다.

또한 북한의 문학예술의 특성은 유일사상 체계의 완성을 위해 문학예술의 창작에 당성을 요구한다는 점이다. 북한에서 당성은 '당과 수령을 정치 사상적으로 옹호 보위하며 당의 로선과 정책을 관철하기 위하여서는 목숨도 서슴없이 바쳐 싸우는 백절불굴의 혁명 정신이며 당에 대한 끝없는 충실성'으로 정의된다.

(2) 사회주의 체제 확립기 (1960년대~1980년대 말)

1960년대 이후 북한은 온 사회의 주체사상화를 최우선의 과제로 설정하면서 극단적인 개인우상화를 진행시켰다. 주체적 사상은 1961년 이후 마르크스레닌주의와 함께 당의 지도이념으로 강조되었으며 1970년 이후에 정치문화 일반사회와 문화영역에 스며들기 시작하였다. 주체사상은 인간중심의 이념으로서 사람이 자기 운명을 개척하기 위해 오직 김일성의 영도를 따라야 한다는 김일성 유일체계를 근간으로 한다.

1970년대 북한은 주체사상에 근거 사회를 전면적으로 개조하고자 시도한다. 주체사상이 북한의 절대적인 지도이념이 되면서 문화와 학술 영역에서도 김일성의 교시가 유일한 기준이 되며 민족과 전통을 강조하는 민족논리를 대체하게 된다. 그러나 1980년대부터는 유일사상의 틀 내에서 민족문화와 민족전통에 대해 긍정적으로 문화정책이 변화되기 시작하며 이러한 변화는 사회주의 체제가 위기에 직면하는 1980년대 후반에 이르러 더욱 심화 된다.

(3) 1990년대 이후

1990년대 들어서 북한은 문화정책에 있어 민족적 내용을 좀 더 강조하는 경향을 보여주었는데 이는 주체사상의 정당성을 민족문화와 민족논리에서 찾으려한 것이다. 이에 따라 북한은 '단군릉' 복구와 민족의 명절에 대해 인정을 하고 있다.

하지만 탈북자들의 진술을 종합해 보면 북한의 문화향수 실태는 계층, 지역, 세대와 같은 변수에 따라 상이하다. 예를 들어 평양과 그 여타 지역 사이에는 문화생활에 현격한 차이가 존재하며, 세대 간의 갈등 또한 상당 수준 증가된 것으로 알려져 있다. 이러한 조짐은 1980년대 후반 이후에 두드러지는데, 특히 평양축전은 북한주민들이 외부세계에 눈을 뜨는 계기가 되었던 것이다. 북한 당국도 1990년대부터 주민들에게 '현대적 미감'을 강조하고 있다.

3. 남북문화 교류의 현황

1) 일반적 현황

남북 문화예술교류는 '7 · 7 특별선언'과 그 후속 조치인 '남북교류협력에 관한 기본지침'이 마련되고, 1990년에는 '남북문화교류 5원칙'이 발표, '남북교류협력에 관한 법률'과 '남북협력기금법'이 제정됨으로써 획기적 전기가 마련되었다.

남북 사회문화 교류가 본격적으로 시작된 것은 1992년 '남북한 간 교류협력에 관한 합의서'가 발표되고 이행실천기구인 '경제협력공동위원회와 사회문화교류 · 협력공동위원회'가 구성된 이후이다. 특히 1994년 11월 8일 정부의 '남북경제협력 활성화 조치'가 발표됨에 따라 남북 간의 교류협력은 새로운 전기를 맞게 되었다.

남북한 문화예술교류가 본격적으로 활성화되기 시작한 것은 1998년 이른바 국민의 정부가 출범하면서부터라고 할 수 있다. 정부는 1998년 3월 민간 차원의 대북 지원 활성화 조치를 발표하였다. 민간단체의 대북 지원 참여를 확대하고, 자선 음악회나 바자회 등을 통한 모금 행사 및 언론사나 기업체의 모금 행사 협찬을 허용하며, 협력 사업 방식의 대북 지원도 허용한다는 내용이었다. 또한 남북 주민 사이의 접촉을 증대한다는 차원에서 대북지원을 협의하거나 확인하기 위한 방북을 허용하기로 하였던 것이다.

이에 따라 남북 사이에 주민 접촉 및 왕래가 잦아지고, 교역 및 협력 사업이 활발해지고 있는 가운데, 1998년 10월 현대 그룹이 북한 당국과 금강산 관광 및 개발 사업을 포함한 대규모 경제 협력 사업을 추진하기로 합의하여, 1998년 10월 현대 그룹이 북한 당국과 금강산 관광 및 개발 사업을 포함한 대규모 경제 협력 사업을 추진하기로 합의하여, 1998년 11월부터 금강산 관광 뱃길을 열어 놓은 것은 획기적이라고 할 만하다.

그 후 남북 음악인들은 명승고적 등을 영상 프로그램으로 만들었고, 경향신문 한민족 문화네트워크연구소는 대북 문화 정보화 사업을 벌이고 있으며, 한민족복지재단이 라진-선봉지역에 제약 공장 및 병원을 건립하고 운영하겠다는 사업 등을 추진하고 있다. 또한 민간 교류가 적극적으로 추진되고 북한도 실리 획득을 목적으로 적극적으로 호응해오고 있기 때문에 사회 문화 분야의 남북 협력 사업은 비교적 활발히 진행되고 있다.

남북문화장관회담 이후 다소 소강상태에 있던 문화교류는 2001년 3월 10일~3월 14일까지 평양에서 제1차 남북문화장관회담이 개최를 계기로 하여 다시 활성화될 조짐을 보이고 있다. 이 회담을 통해 6 · 15공동선언 제45조에서 '남과 북은 경제협력을 통해 민족경제를 발전시키고, 사회 문화 체육 등 제반 분야의 협력과 교류를 활성화하여 서로의 신뢰를 다져 나가기'로 합의하였다. 또 이 회담에서 남북 양측은 '문화 관광 체육교류와 협력이 반세기 이상 분단된 민족의 동질성을 확인하고, 상호신뢰를 높이는데 가장 효과적인 분야일 뿐만 아니라 남북 정상이 합의 발표한 <6 · 15 공동선언>의 정신과 내용을 실천하는데 핵심적인 역할을 할 수 있으며, 또한 반드시 시행해야 할 분야이다'라는 데 인식을 같이하고 향후 이 분야 교류 협력사업을 긴밀히 추진키로 합의하였다. 그리고 남북문화예술단체와 문화예술인 간의 상호 방문과 공연 전시의 교환 및 계기별로 남과 북이 공동행사를 개최하는 방안을 적극 검토 추진하기로 하였던 것이다.

그 동안 이루어진 남북사회문화분야의 교류현황을 요약하면 다음과 같다. <표 1 참조>

<표 1> 사회문화 분야 협력 사업자 승인 현황

기업	사업대상자	사업내용(지역)	금액	사업자승인일 (사업승인일)
대한탁구협회	북한탁구협회	제41회 세계선수권대회('91. 4.24~5.6) 남북단일팀 구성·참가 (일본)	7억 9천만 원 (남북협력기금)	'91.3.21 ('91.3.21)
대한올림픽위원회	북한올림픽위원회	제6회 세계청소년축구선수권대회 ('91.5.27~6.4)남북단일팀 구성·참가 (포르투갈)	1억6천만 원 (남북협력기금)	'91.5.1 ('91.5.1)
통일문화연구소	조선아시아태평 양평화위원회· 조선 중앙역사박 물관	북한문화유적 답사·조사(북한지역 역 사유적지)	6만 불	'97.12.10 ('97.12.10)
문화방송	금강산국제관광 총회사	북한의 자연경관 및 명승고적 TV 프로 그램 촬영 (평양, 백두산, 금강산, 묘향산 등)	60만 불	'98. 3.13
스포츠아트	조선아시아태평 양평화위원회	북한의 역사유물 및 풍물기행 관련 방 송영상물 제작 (평양, 백두산, 개성, 금강산 등)	60만 불	'98.4.29 ('98.4.29)
한국사진학회	조선사진가동맹 중앙위원회	남북사진작품전(서울, 평양) 및 사진집 출판(2,000부)	1억8천만 원	'98.4.29 ('98.4.29)
한민족문화네트 워크연구소(합영)	금강산국제그룹 (회장:박경윤)	남북문화정보화사업	3억5천만 원	'98.5.11 ('98.6.20)
우인방커뮤니케 이션	조선해외동포원 호위원회	북한 명산 역사적 명승지 탐방관련 다 큐멘터리 및 방송광고 제작	미정	'98.8.6
우인방커뮤니케 이션/한국자동차 경주협회	조선아시아태평 양평화위원회	통일염원 금강산 국제랠리	100만 불	'99.2.9 ('99.11.11)
㈜CNA코리아	조선아시아태평 양위원회	'99 평화를 위한 국제음악회 평양 서울 공연	100만 불	'99.3.25 ('99.4.16)
MBC 프로덕션	조선아세아태평 양평화위원회	CD 남북공동 제작, 뮤직비디오 제작 등	68만 불	'99.5.12
국립공원관리공단	산림과학원(국토 환경보호성 산하)	남북 간 국립공원 교류협력사업 증진사 업	미정	'99.7.21
SN 21 엔터프라 이즈	조선아세아태평 양평화위원회	민족통일음악회 방북공연	60만 불	'99.8.5 ('99.8.5)

출처: 통일부

2) 부문별 현황

① 공연분야

남북 간의 분단이래 최초의 본격적인 공연예술교류는 1985년의 예술공연단 교환방문을 통해 이루어졌다. 공연예술 교류는 1985년 남북 이산가족 고향방문 및 예술공연단 교환방문, 1990년 평양에서 열린 제1회 범민족통일음악회와 그에 대한 회답으로 서울에서 이루어진 <90송년통일전통음악회> 그리고 1991년 이후 제3국에서 열린 남북협동공연 등이다. 그러나 대부분의 공연은 양측이 모두 경쟁적 태도를 벗지 못했으며 남북은 서로 상대방의 예술적 관행과 역사를 인정하지 못하고 극단적으로 비난함으로써 교류로서의 긍정적 성과는 매우 적었다고 할 수 있다. 반면 1990년 송년통일전통음악회는 전통예술이라는 초점을 가지고 만남으로써 서로의 계승 태도와 특성을 비교하는 계기가 되었다. 이 중에서 특히 1998년 5월 순수 민간 차원에서 이루어졌던 리틀엔젤스 예술단의 평양 공연 및 한겨레 통일 문화 재단이 주최한 윤이상 통일 음악회는 주목할 만하다.

1999년 12월에는 한국가수가 참여하는 <2000년 평화친선음악회> 및 <민족통일음악회>가 평양에서 개최되었다. 그리고 평양교예단 공연 1999년, 2000년에 걸쳐 서울에서 개최되었으며 2000년에는 평양학생소년예술단과 조선국립교향악단의 서울 공연이 개최되었다. 2001년에는 남원시의 춘향문화선양회의 <춘향전>이 평양에서 공연되었고, 2001년 4월 가수 김연자의 북한 공연이 있었다.

② 전통문화

현재 어느 분야보다 그런 대로 남북교류협력이 이루어진 분야가 있다면 민족문화를 토대로 한 사회문화분야일 것이다. '한민족문화네트워크'를 통한 문화유산사업을 위한 방북, 리틀엔젤스의 전통문화예술공연, 중앙일보의 북한유산답사 사업 등이 지속적으로 성사되었다.

1997년 12월에는 중앙일보사가 북한의 문화 유적 답사 및 조사 목적으로 협력 사업 승인을 받음으로써 이 분야의 협력 사업이 재개되었으며 그리고 천주교 민족화해위원회의 북쪽 천주교 유적지 조사가 성사되었다.

③ 체육분야

1990년에 평양, 서울에서 남북통일 축구대회가 치러진 이후 1991년 3월 일본에서 열린 세계 탁구 선수권 대회 및 1991년 5월 포르투갈에서 열린 세계 청소년 축구 선수권 대회에서는 남북 단일팀이 구성되었다.

사회 문화 분야에서 1999년에 이루어진 가장 획기적인 협력 사업으로는 8월에 평양에서 열린 남북 노동자 축구 대회일 것이다. 한편 제46회 세계탁구대회에서는 단일팀을 구성할 계획이었으나 북측 사정으로 실현되지 않았다. 그러나 2000년 9월에는 시드니올림픽 개회식에 남북이 공동 입장하여 한민족의 화합된 모습을 전 세계에 과시하기도 하였다.

1999년 8월에는 민주노총축구단이 평양에서 남북노동자축구대회에 참가하였고, 그 해 12월에는 아 태평화위 농구 대표단이 서울에 방문하였으며, 2000년에는 삼성탁구단이 평양에서 통일탁구대회에 참가하였다.

④ 디자인분야

2001년 6월 한복디자이너인 '이영희'가 북한에서 최초로 '패션쇼'를 개최하였는데 북한에서의 디자인 분야는 아직 낙후되어 있어 그 동안 공식적인 남북상호교류가 거의 없는 실정이다.

⑤ 기타

남북한 간의 사회문화 교류는 1998년부터 활기를 띄기 시작하였는데 2000년 9월에는 '백두산에서 한라까지' 남북공동생방송이 KBS에서 방영되었으며 언론 분야에서는 2000년 8월에는 국내주요 언론사 사장단이 방북, 언론 교류에 관한 합의서를 채택하였다.

학술 교류의 경우에는 2000년 5월 남쪽의 성균관대학교와 북쪽의 고려

성균관 사이에 자매결연이 이루어졌고, 9월에는 경남대학교와 강원대학교의 총장 일행이 각각 북쪽의 대학들과 학술 교류를 협의하기 위해 북한을 방문한 바 있다.

4. 남북문화 공동체 실현을 위한 교류방향

1985년의 예술공연단 교환 방문의 경우에는 양측의 경쟁적 태도를 비롯하여 상대방의 예술적 관행과 역사성을 인정하지 못하고 극단적으로 비난함에 따라 진정한 문화교류로서의 긍정적 성과가 매우 적었다. 그리고 범민족통일음악회나 통일축구 대회와 같이 그 동안 이루어진 남북문화교류는 전문인을 중심으로 한 이벤트성 교류이거나 혹은 일반 대중의 흥미가 적은 전통문화에만 치우친 경향이 있다. 아직도 명실상부한 남북주민이 주체가 되는 생활문화부문의 교류는 거의 이루어지지 못하고 있는 실정이다. 향후 이와 같은 문제점을 해소하고 남북문화 공동체의 실현에 기여할 수 있는 남북문화교류 추진 방향을 살펴보면 다음과 같다.

■ 민족브랜드 개발을 통한 접근
남북한은 5천년 동안 내려온 한민족만의 특유한 전통문화가 있기 때문에 그 밑바탕에서 문화적 동질성을 유지하고 있다. 따라서 미래에는 이와 같은 동질성과 그 동안 이룩하였던 남북문화의 장점을 살려 세계적으로 진출할 수 있는 방향으로 문화교류가 이루어져야 할 것이다.
북한의 공연예술은 대중적이며 집단적이기 때문에 다른 예술에 비해 상대적으로 양적 질적으로 발전되어 있다. 북한의 공연예술은 가극, 연극, 무용, 교예 등 기본 종목 외에 음악무용 서사시, 음악무용 서사시극, 음악이야기, 무용 이야기뿐만 아니라 전통예술과 서양의 근대 예술을 결합한 새로 개발된 공연양식에 이르기까지 매우 다양하다. 그 규모 또한 종합화,

대형화되어 있으며 기술 수준도 매우 높다. 이에 북한 공연예술은 남한의 공연예술과는 달리 전통예술, 서양식 고급예술, 대중예술이 명확하게 구분되지 않는 특성을 지니고 있다. 이와 같은 종합적인 특성을 가진 북한의 대표적인 공연예술로는 세계적으로 유명한 교예 예술을 들 수가 있다. 따라서 민족적 주제를 중심으로 경쟁력이 있는 북한의 교예와 우리의 엔터테인먼트 기획력이 결합되는 경우에는 경쟁력이 있는 문화상품으로서 세계적인 브랜드로 개발이 가능하게 될 것이다.

■ 상호공존적 문화 형성을 통한 접근

통일과정에서 남북한의 상이한 문화요소들 간의 대립과 상호모순인 측면들의 충돌은 자칫 문화적 대혼란과 남북주민들 간의 첨예한 갈등을 야기할 수도 있다. 또한 남북한 내부에서의 전통문화와 현대문화, 순수문화와 대중문화, 고유문화와 외래문화, 지배문화와 피지배문화 간의 마찰도 통일과정에서의 주요한 문화적 갈등요소들이 될 수 있을 것이다. 이것을 위해서는 문화에 대한 종래의 이분법적 사고를 지양하고 다양한 가치들이 상호 공존하는 조화와 상생의 문화이념이 추구되어야 할 것이다. 먼저 중요한 것은 남북 모두 분단에 의한 이질화를 현실로서 상호 승인하고 이를 점진적으로 해소하는 동시에 민족적 동질성을 회복할 구체적 방안을 마련해야 하는 점이다. 따라서 남북 문화교류는 문화의 상호이해와 조화를 지향하고 민족문화적 공감대와 보편성을 살려나가는 방향으로 추진되어야 할 것이다.

■ 정치와 문화의 분리를 통한 접근

그동안 남북의 민족문화정책은 남북 간의 정통성 경쟁과 사회통제라는 두 측면에서 이루어졌으며 이에 남북문화교류도 정부주도에 의해 상호 체제 경쟁적인 측면에서 이루어져 활성화에 걸림돌이 되어 왔다. 이에 남북 문화교류의 주체는 정부와 민간이 공동 주체가 되어야 하되 이 경우 정부는 문화의 통제나 제한의 권한을 행사하는 것이 아니라, 민간의 문화 활동의 자발성을 최대한 보장하는 방향으로 이루어져야 한다. 여기서 정부는 문화교류의 시기, 순서, 방법 등에 대한 조정권을 가지고, 정부와 민간이 공동의 결정권을 가지는 것이 합리적일 것이다. 또한 민족의 동질성 회복이라는 차원에서 문화교류정책은 정치적 통일정책의 일환으로 추진하기보다는 비정치적 교류로부터 시작하는 것이 좋다.

특히 생활문화 부문의 교류는 실제로 통일의 길에서 민족공동체 구성원의 왕성한 참여와 민족내부의 이질성을 극복하게 해줄 가능성을 갖고 있다. 일반문화교류가 다분히 전문가나 실무자 중심의 교류가 되기 쉬우나 생활문화교류는 일반대중이 중심이 되기 때문에 통일의 과정에서 남북 주민에게 보다 넓은 영향력을 발휘할 수 있다. 따라서 민간차원의 생활문화교류는 대중을 중심으로 하기 때문에 진정한 남북문화교류 활성화에 기여하게 될 것이다.

■ 장기적 통일정책과의 조화를 통한 접근

통일을 단시일 안에 도달할 수 있는 목표라기보다는 장기간에 걸쳐 이루어야 하는 단계적, 체계적, 그리고 통합적 과정으로 인식해야 한다. 사회적 문화적 통합은 남쪽의 민중과 북한의 인민이 서로 교류하며 화해하고 이질감을 해소하지 않고서는 이룰 수 없을 것이다. 즉 분단된 정치체제나 국토가 통일되는 것은 어느 한 시점에서 분명하게 이루어질 수도 있지만, 정신문화의 통일은 하루아침에 이루어질 수 없는 것이다.

단계적 통일론의 내용은 첫째, 상호간에 서로의 신뢰체제를 인정하여 공존의 기틀을 만든 후 둘째, 교류와 협력을 통해서 신뢰와 호혜관계를 수립하고 셋째, 가치 및 제도를 통합하는 단계들을 점진적으로 거쳐야 한다는 것이다. 통일의 최종 목표는 영토적 통합뿐 아니라 정치적 민주주의, 경제적 번영, 문화적 성숙화 및 사회적 통합을 완전히 이룩하는 데 있기 때문이다.

특히 북한사회가 새로운 문화에 대한 적응력을 갖고 있다고 보기는 어려우며, 그러한 사회주의적 문화 속에서 형성된 감성은 남한의 개인주의적이고 상업적인 문화논리가 갈등을 제공할 가능성이 크다. 이와 같이 정신문화의 이질적 요소를 극복하고 동질성을 회복하게 위해서는 물질적 통일 이전에 충분한 연구와 다차원적인 협조 체계를 통한 준비 작업이 필요하다. 통일 이후에도 오랫동안 지속적인 동질화를 위한 시도와 관심이 뒤따라야 하기 때문에 남북통일 후까지를 내다보는 종합적인 시각에서의 장기적인 정책이 추진되고 시행되어야 한다.

■ 교류의 부가가치화를 위한 문화경제적 접근

기본적으로 남북한의 교류는 경제와 문화 분야 등 상호체제 유지에 부담이 없으며 서로 생산적이고 실익을 거둘 수 있는 분야부터 시작하는 것이 합리적이다. 하지만 현재 진행되고 있는 경제 교류 및 협력은 북한의 싼 노동력을 확보하기 위한 목적으로 북쪽에 투자하고 있기 때문에 남북 경제교류에 따른 실익이 크지가 않다. 따라서 앞으로는 북한의 저임금을 이용한 저부가 가치의 임가공형태의 교류에서 벗어나 21세기의 문화시대에 부합될 수 있는 고부가 가치의 교류의 형태로 전환해야 할 것이다.

일례로 21세기는 영상의 시대라고 할 만큼 활자매체 중심의 패러다임이 영상매체 중심의 패러다임으로 변혁되고 있으며 대중은 읽는 문화에서 보는 문화로 이전하고 있다는 것은 주지의 사실이다. 이러한 맥락에서 우선 앞으로 예견되는 남북한 문화산업교류에서 주목의 대상이 되는 것은 남북한의 영화, 애니메이션, 방송, 게임, 비디오 등 영상산업부문의 공동 육성을 위한 교류사업의 방향이라고 할 수 있다.

또 이미 인정받고 있는 북한의 공연예술을 남북기획단이 함께 남한에서 상업적 성공을 거둘 가능성이 있는 작품들을 선정, 함께 기획하여 남한, 혹은 더 나아가 세계적인 순회공연을 할 수 있다. 여기서 사람이 대량으로 오가는 교류라는 점에서 교류의 성과는 적지 않을 것으로 보이며, 특히 남북의 본격적 교류가 채 이루어지지 않은 상태에서 남한에서는 북한의 유명 작품들에 대한 궁금증이 아직 남아있기 때문에 이러한 기회의 최적기라고 볼 수 있다.

한편 저렴한 임가공 상품에 디자인 감각을 부여할 경우 최고의 부가가치를 올릴 수 있어 국제적 수준의 상품을 개발할 수 있다. 이를 위해 특히 북한에 많이 진출하고 있는 섬유산업체의 미래의 방향은 현재 상당히 인정받고 있는 북한의 기술 인력에 디자인적 감성을 불러일으킬 수 있는 구체적 방안을 강구해야 할 것이다.

5. 결론

세계적으로 이념도 국경도 뛰어넘는 무한경쟁 시대를 맞이하는 새로운 조건 속에서 통일국가의 성취는 우리 민족의 생존 전략이라는 차원에서 검토되어야 한다. 또한 통일은 잃어버린 땅을 찾기 위한 목표가 아니라 갈라진 민족이 더불어 잘 살기 위한 수단으로 삼아야 한다.

남북통일을 거론하는데 있어서 정치체제의 통일이나 제도 통일만을 통일이라고 보는 인식은 이제 진부해졌다. 문화야말로 인간의 마음의 표상이라 볼 때 분단 50여 년의 벽을 무너뜨리고 민족의 동질성을 회복하는데 문화 교류가 우선되어야 함은 두말할 나위가 없는 것이다. 문화적 통합노력이 선행되지 않을 때 통일은 사회적 · 심리적 갈등요인이 될 가능성이 크기 때문이다.

정서의 교감을 주된 기능으로 하는 문화예술은 조화와 상생의 이념에 기초하여 우리들의 마음속에 내재되어 있는 서로에 대한 불신과 거리감을 풀어주고, 공동체 구성원으로서의 역할과 책임감을 심어주며 민족적 긍지와 자부심을 고양시켜 줄 수 있다. 바로 이것이 통일과정에서 문화예술교류가 지니게 될 주된 역할이며 사회적 의의이다. 따라서 상대의 문화에 대한 이해를 넓히는 것은 통일과정과 통일 이후에 있어 시민사회적 합의를 이끌어낼 수 있는 중요한 위치를 차지한다.

결론적으로 남북문화 교류는 남북의 주체들이 통일을 향한 미래의 시작이며 새로운 차원의 통일문화를 창조해나가는 과정의 일환이다. 결국 우리가 궁극적으로 얻고자 하는 것은 남북상이에 전쟁의 위협을 없애고 서로가 삶의 질을 높이는 것이기 때문이다.

그 동안 정부의 대북한 관련 햇볕정책 시행 등 남북한 간 긴장 완화를 계기로 기존의 정치·경제적 교류뿐 아니라 의식주 및 대중문화와 관련된 보다 사회문화적인 접근이 필요하다는 문제의식이 조금씩 생겨나고 있다는 것은 반가운 일이다. 이제 남북공동체 형성을 위한 문화교류는 그 동안 추진되어온 교류의 특성인 일회성, 이벤트성인 일차원적인 성격에서 벗어나 민족 동질적 문화를 발굴하여 세계로 진출할 수 있는 민족브랜드를 형성하는 것이며, 남북 교류가 명실공히 21세기 문화세기에 부응하여 부가가치를 올릴 수 있는 문화경제적 차원으로 끌어올려야 할 것이다.

다양한 문제점과 상황들 속에서 우리가 보다 주체적으로 이 문제에 대처하기 위한 문제의 출발점은 개방 및 교류의 원칙을 확립하는 것이다. 본 논문을 토대로 이러한 원칙 위에서 북한의 대중문화를 소화시킬 수 있는 능력을 키우고, 문자 그대로 성숙되고 생산적인 양문화의 교류차원으로 끌어올릴 수 있는 구체적 방식이 지속적으로 모색되어야 할 것이다. 문화의 통일이 없이는 국토의 통일이 의미가 상실될 수도 있다는 문제의 심각성을 인식하고 남북 간의 문화교류의 활성화를 위한 노력을 경주하여야 한다.

『중앙대학교 민족발전연구』 제6호, 2001

| 참고문헌 |

문화관광부,『문화정책백서』, 2001.

사회과학원,『주체사상에 기초한 3대 혁명이론』, 사회과학출판사, 1995.

이상만,『통일경제론』, 형설출판사, 1995.

이우영,『남북한 문화정책비교연구』, 민족통일연구원, 1994.

이헌경,『남북한문화예술 정책 및 교류현황분석』, 민족통일연구원, 1994.

통일부,『월간 남북교류 협력 및 인도적 사업 동향』, 각 호.

한국문화정책 개발원,『우리나라의 북한문화 접촉 창구 실태조사』, 한국문화정
책개발원, 2000.

남북 교류 · 협력의
실상과 의미

최영표

1. 서론

한반도에 봄의 기운이 충만하다. 가끔씩 봄을 시새움하는 꽃샘추위가
몰아쳐 가냘픈 꽃봉오리를 움츠려들게 하고 있지만 다시금 엄동설한의 질
곡 속으로 돌아갈 수는 없다. 분단 반세기만에 우여곡절을 거쳐 남북정상
이 만나 뜨거운 악수를 나누고 7,000만 겨레의 가슴에 쌓인 한을 풀어주려
하고 있기 때문이다.

금년 들어 남북당국 간 회담이 돌연 중지되고 불협화음이 제기되는 등
순탄하지는 않은 상황이어서 걱정 어린 논쟁들이 일어나고 있지만 남북관
계 및 주변 여건을 생각해 볼 때 단숨에 쌓인 앙금이 해소되기는 어려운
상황이라고 여겨진다. 국민의 정부가 그간의 붕괴론적 시각에서 벗어나
햇볕정책으로 선회하고 대북 화해 · 협력정책을 추진함에 따라 남북관계
가 개선되어가고 있으며, 남북 교류 · 협력도 대폭 늘어나고 있고 평화통
일의 기반을 구축하여 나가고 있다고 하지만 잔뜩 움츠려든 북한이 체제
유지의 부담 때문에 북한 사회를 개방하고 개혁의 길로 나아가고 있지 못
하기 때문이다.

오늘의 남북사회는 분단 반세기간 이질성이 심화되어 있어서 급진적인 통합은 갈등과 부작용을 초래할 가능성이 많은 것으로 인정되고 있다. 따라서 민족 동질성을 회복하여 단계적으로 통일의 길로 나아가기 위해서는 남북 간에 보다 많은 대화와 접촉 및 교류가 이루어져야 할 시점이다. 남북 간 화해 협력은 상호이익과 민족의 복리를 도모할 수 있음은 물론 남북 간 호혜적 의존관계를 형성함으로써 북한의 무력도발 위협을 근원적으로 해소시킨다는 점에서 안보에도 도움이 될 수 있다. 이처럼 남북 간 교류협력을 증진하고 확대하는 것은 신뢰를 회복할 수 있는 가장 주요한 수단임과 동시에 민족공동체를 형성하는 데 있어서도 불가피한 단계로서 작용한다.

이와 같은 남북 교류 · 협력의 절대적 필요성을 인식하여 본고는 먼저 남북교류 · 협력의 기반조성 및 추진상황을 살펴보고 이어서 남북 교류협력의 구체적인 실상을 논의하고자 한다. 마지막으로 이와 같은 남북 간의 교류 · 협력이 주는 의미를 논의하는 것으로 이 글을 마치고자 한다.

2. 남북 교류 · 협력의 기반조성 및 추진

1) 남북 교류 · 협력의 기반 조성 및 추진

정부는 1988년 7월 7일 <민족자존과 통일번영을 위한 특별선언(7 · 7선언)>을 통해 "남과 북은 분단의 벽을 헐고 모든 부문에 걸쳐 교류를 실현할 것"을 선언하였다. 이는 과거 냉전시대에서의 남북한 대결구도를 청산하고 화해와 협력을 통한 남북교류협력시대의 개막을 예고한 것이었다.

7 · 7선언의 정신에 따라 그 해 10월에는 '남북경제개방조치'를 통해 남북한 간 교역을 인정하였으며, 이듬해 6월에는 <남북교류협력에 관한 지침>을 제정하여 제3국을 통한 북한과의 교역을 추진하고 북한주민과의 접촉도 일부 성사될 수 있도록 하였다.

이러한 남북교류협력관계를 더욱 체계적으로 정착 · 제도화시키기 위해 1990년 8월에는 <남북교류협력에 관한 법률>을 비롯한 관련 법령을 마련함으로써, 남북교류협력이 우리 법의 테두리 내에서 안정적으로 이루어질 수 있도록 하는 기반을 마련하였다.

이와 같이 7·7선언과 그 후속조치들로 이어진 남북교류협력추진 기반 조성 노력은 1993년 3월 북한의 핵확산금지조약(NPT)탈퇴 선언으로 인해 위기를 맞기도 하였으나, 다음해 10월 '제네바 합의'로 핵문제 해결의 실마리가 풀림에 따라 정부는 동년 11월에 '남북경제협력 활성화 조치'를 비롯한 실천적인 경제협력 추진기반을 조성하게 되었다.

이어서 1995년 4월에는 그동안 남북교역에 참여해 온 업체들의 건의사항을 반영하여, 원산지 증명서의 인증범위를 완화하고 통관절차를 간소화하는 내용을 주요 골자로 하는 <남북교역품목 통관관리지침>을 제정·시행했으며, 지방상공인의 남북교역 참여 지원을 위해 1995년 4월 부산 등 지방 소재 한국무역협회 지부 10개소에 남북교역 상담창구를 개설했다.

또한 <대외무역법> 개정 및 남북한 교역여건의 변화에 따라 1997년 4월 남북한 교역대상물품의 품목구분을 '포괄승인 품목'과 '승인을 요하는 품목'으로 변경하고, 기존의 자동승인 품목(포괄승인 품목)에 대해 외국환은행의 장이 해오던 반출입 승인 제도의 폐지 및 전략물자 반출입 절차의 신설 등을 포함한 <남북한교역대상물품 및 반출·반입승인절차에 관한 고시>를 개정하였다.

1998년 2월 출범한 국민의 정부는 정경분리원칙으로 남북경제협력을 적극 추진한다는 방침을 국정과제의 하나로 채택하였으며, 1998년 4월에는 IMF구제금융 이후 침체되어 있는 남북경제교류 협력을 증진시키기 위해 '남북경협 활성화 조치'를 발표하였다.

또한 <남북교류협력에 관한 법률시행령> 등 관련 법령을 개정하여 북한으로 반출되는 재화, 용역 등에 대한 면세혜택을 확대하였으며 교류협력 관련 규제를 대폭 완화하였다.

또한 정부는 1999년 10월에 <남북교류협력에 관한 법률시행령> 등 관련 법령을 개정하여 북한으로 반출되는 재화 · 용역 등에 대한 면세 혜택을 확대하였으며 교류협력 관련 규제를 대폭 완화하였으며 2001년 10월에는 동시행령을 다시 개정하여 남북한 방문증명서의 유효기한을 1년 6개월 이내에서 3년 이내로 연장하고, 수시방북증명서 반납에 있어서의 편의를 제고하는 등의 미비점을 보완하였다.

2) 남북 교류 · 협력의 제도 수립 및 추진

(1) 남북교류협력의 법적 근거

남북교류협력에 관한 기본법은 <남북교류협력에 관한 법률>이다. 이 법률은 입법단계에서 헌법 위반문제와 국가보안법과의 모순 문제가 제기되었다. 헌법 제3조에서는 '대한민국의 영토는 한반도와 그 부속도서로 한다'고 규정하고 있는데, 이 법은 우리의 통치권이 북한지역에 적용되지 못하고 있다는 것을 전제로 하고 있기 때문에 위헌의 소지가 있지 않느냐 하는 형식논리상으로 문제가 있다는 것이었다. 그러나 곧이어 나오는 제4조의 규정[43]으로 보아 제3조와 제4조는 상호 보완관계에 있다고 해석하는 입장을 취하고 있다. 즉, 헌법 제3조는 남북한이 하나의 국가이어야 한다는 당위규범이며 제4조는 현실을 인정하면서 이러한 당위를 추구하되 평화적 방법에 의하여야 한다는 원칙을 천명한 것으로 볼 수 있다. 따라서 이 법률은 남북교류협력의 기본법으로서 기능하고 있다.

(2) 남북교류협력 절차

남북한 주민이 서로 교류협력을 하려면 정부의 승인 등 법적 절차를 거쳐야 한다. 남북교류협력 관련 법령에서 규정하고 있는 주민 왕래와 접촉, 교역 및 기타 협력사업 관련 절차를 살펴보면 다음과 같다.

---

43 헌법 제4조는 '대한민국은 통일을 지향하며 자유민주적 기본질서에 입각한 평화통일정책을 수립하고 이를 추진한다'라고 규정하고 있다.

① 주민왕래

남북한 주민이 상대지역을 왕래하려면 통일부장관이 발급하는 '방문증명서'를 소지하여야 한다(남북교류협력에 관한 법률 제9조 1항). 방문증명서의 발급절차로서 남한 주민이 북한을 방문하고자 할 때에는 방문증명서 발급신청서, 신원진술서, 사진 및 신변안전과 무사귀환을 보증할 수 있는 서류 또는 자료를 제출하여야 한다(동법 시행령 제10조 1항). 여기에서 유의할 것은 '북한을 방문하는 동안의 신변안전과 무사귀환을 보증할 수 있는 서류 또는 자료'의 제출이다. 현재 정부는 북한당국 또는 권한 있는 기관이 작성한 초청장 등이 있는 경우에는 신변안전과 무사귀환을 보증할 수 있는 것으로 보고 있다.

또한 북한 주민이 남한을 방문하고자 할 때에도 방문증명서 발급신청서를 제출하도록 하고 있다(동법 시행령 제10조 2항). 다만 북한 주민의 발급신청서 제출이 현실적으로 곤란할 것으로 보아 남한 주민이 대신하여 신청할 수 있도록 하였다(제11조 2항). 그리고 우리 국민 중 외국에서 영주권을 얻었거나 장기체류 허가를 받은 사람은 재외공관장에게 신고만으로 북한을 방문할 수 있도록 하였으며(동법 제9조 2항, 동법 시행령 1·2항), 외국에 거주하고 있는 북한국적을 보유한 해외거주 동포도 여행증명서만 소지하면 우리나라에 쉽게 들어올 수 있도록 하였다(동법 제10조).

남북한 왕래시 방문기간은 1년 6개월 이내이나 필요한 경우에는 최초의 방문기간을 넘지 않는 범위 내에서 횟수에 관계없이 연장할 수 있으며, 귀환할 때 출입 장소에서 방문증명서를 반납해야 한다(동법 시행령 제16·17조). 경제협력사업 시행 관계자나 국내기업 또는 경제단체의 북한지역 사무소 주재원 등 북한지역에 장기체류할 필요가 있는 자는 3년의 범위 안에서 수시 방북을 허가하는 북한방문 증명서를 발급받을 수 있다.

또한 남북 간 왕래철차에 관해서 남북한 당국 간에 별도의 합의가 있거나 남북교류 협력을 촉진하기 위하여 필요한 경우에는 남북교류협력 추진협의회의 의결을 거쳐 특례를 정할 수 있도록 하고 있다(동법 시행령 제20조).

② 주민접촉

남한과 북한의 주민이 서로 접촉하고자 할 때에는 통일부장관의 승인을 얻어야 한다(동법 제9조 3항). 여기서 접촉이란 남한과 북한의 주민이 회합 또는 통신(전화 · 전신 · 편지 · Fax · Telex 등)을 통하여 상호 의사를 교환하는 것을 말한다.

접촉 승인은 사전승인을 받는 것이 원칙이다. 다만 국제행사에 참가한 남한 주민이동 행사에서 북한 주민과 접촉하는 경우, 외국에서 우발적으로 북한 주민과 접촉하는 경우, 외국에서 가족인 북한 주민과 접촉하는 경우, 교역을 위하여 긴급히 북한주민과 접촉하는 경우, 기타 부득이한 사유로 사전승인 없이 북한 주민과 접촉하는 경우에는 일단 접촉한 후 사후신고 하도록 하였다(동법 시행령 제19조 34항).

③ 교역

남북한 간의 물자 교류는 경제공동체 형성의 기반을 다지는 중요한 남북교류의 한 형태이다. 남북한 간 교역을 실시하기 위하여 교역당사자가 물품을 반입 또는 반출하려 할 때에는 대상물품 · 거래형태 · 대금결제 방법에 관해서 통일부장관의 승인을 받아야 한다(동법 제13조). 여기서 반출입이라 함은 매매 · 교환 · 임대차 · 사용대차 · 증여 등을 원인으로 하는 남북한 간의 물품의 이동(단순히 제3국을 경유하는 경우 포함)을 의미한다.

특히 남북한 간의 교역이 민족 내부거래라는 특수성에 입각하여 남북한 간에 교역을 촉진한다는 차원에서 북한으로부터 반입되는 물품에 대해서는 관세 및 기타 수입 물품에 부과하는 부과금을 면제하는 무관세 원칙을 채택하고 있다(동법 제26조 2항 단서, 동법 시행령 제50조 3항의 1). 이와 같은 무관세 원칙의 취지는 북한 측에서도 받아들여져 관련 남북 부속합의서 타결과정에서 남북한 간에 합의가 이루어졌다(남북교류협력 부속합의서 제1조 10항). 아울러 북한으로 반출 되는 물품에 대해서도 남북한 간의 교역을 활성화시킨다는 입장에서 수출에 준하는 각종 지원제도를 그대로 준용하고 있다(동법 제26조). 앞으로 남북한 간의 교역이 활성화되고 또 교역에 관한 세부절차가 마련되면 청산결제방식淸算決濟方式에 의한 교역도 가능하게 될 것이다(동법 제19조 동법 시행령 제40조·41조).

④ 협력사업

남북한 간 협력사업은 남북한 주민들이 공동으로 행하는 문화·학술·체육·경제 등에 관한 활동을 의미한다.

협력사업을 하기 위해서는 먼저 협력사업자 승인을 받은 후, 승인받은 협력사업자가 구체적인 협력사업의 승인을 받아서 추진하도록 하고 있다. 따라서 협력사업자로 승인을 얻으려면 남북교류협력의 추진에 기여할 수 있어야 하며, 또 협력사업을 하고자 하는 분야에서 최근 3년 이내에 사업실적이 있거나 동사업을 추진할 만한 자본·기술을 갖추고 있다고 인정되어야 한다(동법 시행령 제30조).

협력사업자로 승인을 받은 자가 구체적인 사업을 추진하고자 할 때에는 사업계획서, 협력사업 상대자에게 대한 소개서, 상대자와의 협의서 및 북한 당국의 확인서 등을 첨부하여 승인을 신청하여야 한다(동법 제17조, 동법 시행령 제34조).

남북한 간의 협력사업은 남북관계의 특수한 성격을 전제로 하며 추진되는 만큼 어디까지나 남북관계의 개선에 기여하는 방향에서 질서 있게 추진되는 것이 필요하다. 따라서 협력사업자도 사업 시행 중 법률이 정한 절차를 위반하거나 국가의 안전보장·공공질서·공공복리를 저해할 우려가 있고 최근 3년간 사업실적이 없는 경우 등에는 사업자 승인을 취소할 수 있도록 하고 있다(동법 시행령 제32조·제33조).

⑤ 절차 위반시의 조치

<남북교류협력에 관한 법률>은 남북한 주민이 왕래, 접촉, 교역 및 협력사업 등 남북교류협력 행위를 할 경우 사전에 정부의 승인을 받도록 하

는 한편, 부정한 방법으로 승인을 얻거나 받지 않은 행위에 대해 규정하고 있다(동법 제27조).

(3) 남북협력기금

남북교류협력을 확대 발전시켜 나가기 위한 재정적인 지원체계를 갖추어 나가야 할 필요성이 제기됨에 따라 정부는 「남북협력기금법」을 제정하고 이에 근거하여 남북협력기금을 설치하여 운용하고 있다. 남북협력기금은 통일부장관이 운용 · 관리를 관장하며 이에 관한 사무는 한국수출입은행에 위탁하고 있다. 그리고 기금의 운용관리에 관한 기본정책 등 중요사항에 대해서는 남북교류협력추진협의회의 심의를 받도록 하고 있다.

① 기금의 조성

남북한 간의 교류협력사업을 재정 지원을 통해 촉진하고 활성화하기 위하여 설치된 남북협력기금은 교류협력의 본격화에 대비하여 기금 확충의 필요성이 증대되고 있다. 이러한 요청에 부응하여 남북협력기금을 조성하기 위해서 다양한 방법을 강구하고 있다.

첫째, 정부예산에 의한 출연금을 재원으로 기금을 조성하는 방법으로서 아직까지는 대부분 출연금에 의존하고 있는 실정이다. 그러나 모든 기관 및 단체는 물론 재외동포, 외국인 · 개인 등도 누구나 기금에 출연할 수 있도록 개방하고 있다(동법 제4조 1항).

둘째, 필요할 경우에는 기금의 부담으로 재정투융자특별회계나 다른 기금 또는 금융기관 등으로부터 자금을 장기 차입할 수 있도록 하고 있다(동법 제4조 2항, 제5조).

셋째, 국채관리기금에서 들여 온 예수금으로 기금을 조성할 수 있도록 하고 있다(동법 제4조 3항). 이와 같은 기금재원 조성방법 이외에 기금의 재원으로 되는 것은 기금이 운용수익금이나 또는 기금의 관리과정에서 징수되는 수익금도 있다(동법 제4조 45항).

남북협력기금은 1991년에 정부출연으로 250억 원을 조성한 이래 2001년 9월까지 정부출연금 1조 130억 원, 민간출연금 20억 원, 운용수익금 1,936억 원, 국가관리기금 예수금 6,672억 원 등 총 1조 8,931억 원을 조성하였다. 이와 같이 조성한 기금은 경상지원으로 5,482억 원, 운용비용으로 677억 원을 지출하여 순 조성액은 1조 2,772억 원이다. 경상지원 항목은 크게 교류협력지원, 인도지원, 경수로지원 등으로 구분되는데 교류협력지원에 있어서는 대북쌀지원('95), 비료지원('99), 경의선 철도연결지원(2000, 2001) 등의 사업에 총 6,307억 9,900만원을 집행하였다.

② 기금의 지원

남북협력기금의 지원은 대체로 남북한 주민의 인적 왕래비용에 대한 지원과 같은 비상환성 지원방법이 있고, 경제교류협력에 대한 자금 융자와 같은 상환성 지원방법이 있다. 기금의 효율적인 관리면에서는 상환성 지원이 바람직하나, 남북한 교류협력의 촉진을 위해서는 비상환성 지원도 불가피한 실정이다.

가. 무상지원

남북협력기금으로부터 무상지원을 받을 수 있는 경우로는 우선 남북한 주민으로서 자비에 의한 남북한 왕래가 곤란한 경우와 남북한 당국 간 합의로 왕래비용을 당국이 부담하기로 한 경우, 또는 남북한 교류활성화에 기여된다고 인정되는 경우 등이 있다. 한편 문화 · 학술 · 체육 분야 등의 협력사업을 시행하는데 소요자금이 부족한 경우에는 협력사업의 계획 · 준비 · 실시 및 사후처리에 소요되는 범위 내에서 지원을 받을 수 있도록 하고 있다.

나. 손실보조

남북교역이나 경제협력사업을 시행하는 남한 주민이 사업시행과정에서 반출한 물품대금의 회수불능이나 회수지연, 대용물품의 반입불능 또는 반입지연, 투자자본의 원금과 이자의 회수불능이나 회수지연 등으로 인하여 사업시행자의 귀책사유 없이 손실이 발생한 경우에 그 손실액을 기금으로부터 보조 받을 수 있도록 하고 있다.

다. 자금대출

남북교역이나 경제협력사업을 시행하는 남한 주민으로서 교역이나 협력사업을 시행하는데 필요한 자금을 기금으로부터 대출받을 수 있다. 1999년 10월 21일 <남북경제교류협력에 대한 남북협력기금 지원지침>(통일부 고시 제99-4호)을 제정하여 경제협력자금 대출의 대상 · 대출기준 · 절차 등에 대해 구체적으로 규정하고 있다.

남북협력기금은 중소기업의 시범적 · 전략적 사업이나 경협여건 개선 등 지원효과가 광범위하게 미치는 사업에 우선 지원된다.

라. 채무보증

남북교역이나 경제협력사업 시행과 관련하여 금융기관으로부터 자금을 대출받은 남한 주민은 기금으로부터 채무보증을 받을 수 있다. 기금으로부터 채무보증을 받고자 할 경우에는 채무보증 신청서를 정부에 제출하여야 한다.

마. 금융기관 지원

금융기관이 남북한 주민의 왕래 · 교역 · 경제협력사업 등과 관련하여 북한 화폐에 대한환전업무를 취급하는 과정에서 손실이 발생할 경우 기금에서 보전을 해 줄 수 있다. 또한, 교역 및 경제협책 사업자에게 융자를 해 준 금융기관에 대하여 융자액 범위 내에서 자금지원을 해 줄 수 있도록 하고 있다.

바. 민족공동체 회복 지원

남북교류협력이 민족이 신뢰와 민족공동체 회복에 기여할 수 있다고
인정될 경우 사업에 따라 소요자금 융자, 손실보조, 채무보증, 금융기관
지원, 보조금의 지급, 기타 적절한 방법으로 지원할 수 있도록 하고 있다.

3. 남쪽 교류 · 협력의 실상

1) 인적교류

인적교류는 남북한의 주민이 상대측 지역을 방문하는 왕래와 남북한
및 제3국 등에서 직 · 간접적인 방법으로 만나거나 교신하는 접촉으로 구
분된다.

현재 남북한 주민의 왕래 경로는 판문점을 통한 왕래와 제3국을 통한
왕래가 있는데 이제까지 판문점을 통한 왕래는 주로 당국 간 회담시에 또
는 당국의 주선에 의한 민간인들이 활용하였으며, 민간인들은 대부분 제3
국을 통해서 왕래하였다. 특히 정주영 현대그룹 명예회장이 1998년 6월과
10월에 걸쳐 소떼 1,001마리를 이송한 것이 지금까지 판문점을 통과한 최
초의 민간인 왕래라고 하겠다. 그 동안 남북한 간 인적교류는 당국 간 합
의에 의한 단체교류가 대부분으로 민간인의 개별적 교류는 기대에 미치지
못했다. 그러나 1998년 현대그룹의 금강산 관광사업 성사로 남한주민의
북한방문이 대규모로 이루어지고 있는데 이는 인적교류의 새로운 전기가
마련된 것으로 평가되고 있다.

남북 간 왕래는 1989년 6월 12일 <남북교류협력에 관한 지침> 시행이
후 2001년 7월 31일까지 남한주민의 북한방문은 신청 2,992건(27,210명),
승인 2,885건(25,908명), 성사 2,657(24,166명)인데 연도별 방북 인원의
변화 추이를 살펴보면 아래의 <그림 1>과 같다.

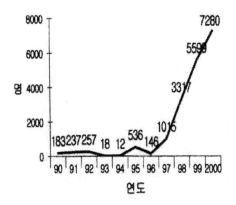

〈그림 1〉 방북 인원 변화 추이

별도로 1998년 국민의 정부출범 이후 금년 7월까지의 방북인원은 21,761명으로 지금까지의 총 방북인원의 90%를 차지하고 있어 최근에 북한 방문이 급격히 늘어난 것을 알 수 있다.

이외에도 1998년 11월 18일 금강산 관광선이 첫 출항한 이래 2001년 7월까지 총884회 412,500명이 금강산을 관광하였다. 그러나 최근 이 사업의 적자가 누적됨에 따라 현대가 관광선을 줄임에 따라 관광객 수가 급감하고 있는데 7월중에는 7회 1,667명으로 전월의 3,911명에 비해 57.4%가 감소하였으며, 작년 동월의 15,556명에 비해서는 89.3%가 감소하였다.

북한주민의 남한방문은 작년 11월의 제2차 이산가족 등 136명의 방문을 포함해 신청 29건(1,520명), 승인 28건(1,510명), 성사 26건(1,488명)으로 집계되고 있다. 남한 방문인원의 연도별 변화추이를 살펴보면 <그림 2>에서 보는 바와 같이 최근 급격히 늘어난 것을 알 수 있다.

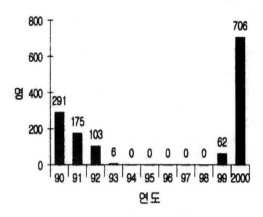

〈그림 2〉 남한 방문 인원 변화 추이

한편 남북한 주민 간의 접촉은 주로 남한주민의 북한주민 접촉 형태로 이루어지고 있는데 신청 23,187건(40,797명), 승인 22,739건(39,130명), 성사 6,997건(14,817명)으로 집계되고 있어 승인된 자 중 성사된 비율은 37.9% 수준이다.

남북한 주민의 분야별 접촉 현황을 보면 먼저 접촉 인원수를 기준으로 할 때 가장 많은 접촉을 한 부문이 이산가족으로 약 29%(4,291명)를 차지하고 있으며, 그 다음이 경제계(23.1%), 학술계(14.1%), 종교계(7.2%), 문화예술계, 언론 · 출판계, 과학 환경계, 대북지원계, 교통계 인사 순이다. 다음 접촉건수를 기준으로 보면, 이산가족들의 접촉건수가 가장 많았고 경제계, 학술계, 문화계, 종교계, 언론 · 출판계, 체육계, 대북지원계, 과학 환경계, 교통계 인사 순이다. 최근에는 남북한 인적교류가 농구 · 축구 등 공동체육경기, 합동음악회 등 남북공동행사 형태로 성사되는 경우도 늘어나고 있다.

2) 경제 교류 · 협력

1998년 10월부터 시작된 남북한강 교역은 정부의 노력과 민간업계의 적극적인 참여 및 북한의 경제난 타개를 위한 실리적 목적 때문에 비록 제 3국을 통한 간접교역 형태이기는 하지만 인적교류에 대해서는 상대적으로 활발한 편이다.

남북교역의 연도별 추세를 보면, 1988년 교역이 시작된 이래 1990년까지 3년간은 그 실적이 저조하다가 남북교류협력 관계법령이 제정·시행된 1991년에는 전년에 비해 8배 이상 급신장하였다. 그리고 1988년 IMF 관리체제 하에서 남북교역은 상당히 감소하였으나 1999년에는 다시 3억 4천만 달러로 신장되었고, 2000년에는 4억 2,515만 달러의 기록을 세웠다. 금년에는 7월말까지 2억 2,230만 달러의 규모를 보이고 있다. 이와 같은 연도별 교역규모를 살펴보면 <그림 3>과 같다.

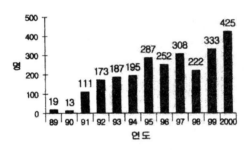

〈그림 3〉 남북 교역액 변화 추이

남북한 간에 교역이 시작된 이후 2001년 7월까지의 교역실적은 27억 4,852만 달러에 이르고 있다. 이 중에서 북한으로부터 반입액은 16억 9,401만 달러인데 비해 반출액은 10억 5,450만 달러에 불과하여 반입액이 반출액의 1.6배가 되는 등 지금까지 남북교역은 반입위주로 이루어져 왔다. 즉 남북한 간 교역에서 북한은 약 6억 4,000만 달러의 흑자를 보고 있다. 이와 같이 남북한 교역이 불균형을 나타내는 이유는 북한의 외화부족과 우리 제품이 북한으로 반입될 때 이것이 사회개방의 유발요인으로 작용할 것을 북한 당국이 두려워하기 때문으로 보인다.

남북교역은 대부분 간접교역 형태로 진행되고 있다. 간접교역의 문제점 등을 고려하여 우리는 남북한 간 직교역을 추진하고자 했으나 북한의 반대로 실현되지 못하고 있다. 그러나 우리 기업의 해외현지법인이나 해외지사를 통해서 점진적으로 직교역 형태로 이루어지기도 하고 있으며 사실상 우리 기업과 북한 업체 간의 직교역이지만 서류상으로 간접교역의 형태를 취하기도 한다.

　이와 함께 최근 남북한 간에는 위탁가공형태의 교역이 매년 급증하는 추세에 있다. 위탁가공교역이란 생산공정의 일부를 북한의 업체에게 위탁하는 형태의 교역을 말하는데 이 중에서도 초보적인 형태가 임가공교역이다. 1992년부터 시작된 위탁가공교역은 1994년의 2,600만 달러에서 2000년에는 1억 2,900만 달러로 증가하였으며, 교역품목도 초창기의 섬유, 신발 등 단순가공 품목에서 컬러TV, 자동차 배선, 기계류 설비, 컴퓨터 조립 등으로 그 품목이 점차 확대되고 있다.

　2001년 7월말 현대 위탁가공무역 총액은 5억 8,914만 달러에 이르고 있는데 연도별 교역 추이를 살펴보면 <그림 4>와 같다.

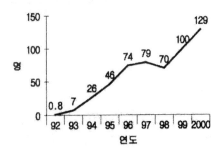

<그림 4> 위탁 가공 교역 추이

　현재 추진되고 있는 남북교역이 각기 남북한 경제에서 차지하는 비중은 크게 다르다. 우리의 전체 무역량에 비해서 남북한 간 교역량이 차지하는 비중은 미미하지만, 북한의 총 무역 규모로 보아 남북한 간 교역량이 차

지하는 비중은 전체무역규모의 25% 이상을 차지하며 매우 크다는 것을 알 수 있다. 또한 남한은 중국에 이어 북한의 두 번째 무역상대국이다.

남북교역에 참여하는 우리 업체는 초창기에 대기업 중심을 추진되어 오다가 1990년부터 차츰 중소기업의 참여가 활발해지기 시작하였다. 이처럼 남북교역이 추진되어 오는 과정에서 남북한의 경제체제의 차이에서 오는 구조적인 문제점, 북한의 외화 및 교역 대상물품의 부족, 분쟁해결장치 등 제도상의 미비점 등이 드러나고 있다. 따라서 북한이 개방정책으로 과감하게 전환하고 남북교역에 관한 세부부속합의서 등 제도적 장치가 마련되면 남북교역이 직교역으로 전환되고 남북한 중앙은행 간에 청산결제계정이 체결됨으로써 남북교역이 활성화될 수 있을 것이다.

남북한 간의 교역이 추진되어 성과를 보임에 따라 우리 기업들은 북한지역 투자에 관심을 보이기 시작했다.

이에 따라 정부는 1994년 11월 '남북경협 활성화 조치'를 발표하고 이를 뒷받침하기 위해 다음달 '남북경제협력 사업처리에 관한 규정과 국내기업 및 경제단체의 북한지역 사무소 설치에 관한 지침'을, 1995년 6월 28일에는 '대북투자 등에 관한 외국환 관리지침'을 마련하였다. 1998년에는 정경분리 정책과 경협활성화 조치, 2000년 투자보장, 이중과세 방지 등의 협정이 이루어졌다.

이와 같은 남북경협 활성화 조치에 따라 경제교류와 협력이 꾸준히 증진되어 금년 7월말 현재 총 43개 기업이 남북경제 협력사업자로 활동 중이다. 이 중 협력사업 승인을 받은 기업은 금강산 관광사업과 개성지역에 공단조성사업을 추진하는 (주)현대아산을 비롯해 (주)태창, (주)녹십자, (주)한국전력, (주)한국통신, 외환은행 등 20개 기업이며, 나머지 23개 기업은 현재 북한 측과 구체적인 사업추진에 대한 협의를 진행 중이다. 주요한 경제협력 사업으로는 금강산 개발사업, 조선컴퓨터와의 소프트웨어 개발사업, 대북경수로 사업, 신품종 옥수수 개발사업, 담배 위탁가공사업 등이 있다. 현재까지는 주로 투자 위주가 아닌 교역 위주 경협이 이루어지고 있어 한계가 있지만 현재 추진 중인 개성공단 조성사업(2000년 8월 합의)이 성공적으로 이루어질 경우 경협 수준이 한 단계 높아질 것으로 전망된다.

3) 사회문화 교류 · 협력

사회문화 협력사업은 91년 3월 대한탁구협회가 승인을 받은 이후 금년 7월까지 총 30개 사업자가 활동 중인데 협력사업까지 승인받은 사업자는 23개이다. 특히 금년에는 6 · 15공동선언 1주년이 되는 해이어서 남북관계가 어려운 상황임에도 다양한 행사가 열렸다.

교육 · 학술부문은 사회문화 분야에서 가장 활발하게 움직이고 있으나 북한의 소극적 자세로 신청에 비해 실제 접촉회수는 저조한 실정이며, 남북직접 교류 보다는 주로 중국 등 제3국을 통한 교류가 대부분을 차지하고 있다. 직접 왕래는 '98년까지 모두 4건에 불과하였으며 금년에는 6월에 평양정보과학 기술대학의 설립을 협력사업으로 승인받았다. 1992년 6월 파리에서 '한글의 로마자 적기를 기계로 하자는 남북한 모임' 5차 회의에서 한글의 로마자표기 국제표준화에 합의한 것도 하나의 성과라고 할 수 있다. 이것은 남북한이 한글의 로마자 표기단일화에 대한 국제사회의 요구에 공동 대응한 것이라는 점에서 의미가 있다고 하겠다. 또한 제6차 유엔 지명표준화회의(1992.8.26~9.3)에서 '동해명칭 개칭안'을 공동제안함으로써 유엔 산하 국제기구에서 처음으로 공동보조를 취한 바 있다.

문화예술 부문은 초기에는 남북왕래 행사가 활발하였으나 '93년 이후 제3국에서의 공동개최나 개별적 북한방문 교류로 추진되었다. 음악분야에서는 서울전통음악연주단의 범민족통일음악회, 평양민속음악단의 송년통일전통음악회, 리틀에인절스 예술단의 평양공연, 윤이상 통일음악회 등이 성사되었다. 2000년에는 2월에 창극단 춘향전의 평양공연, 4월에 김연자의 공연, 6월에 평양교예단의 서울공연, 남북공동사진전, 민족 옷 전시회 그리고 8월에는 KBS교향악단과 조선국립교향악단으로 조직한 남북

교향악단의 합동연주회가 서울에서 열렸다.

종교부문은 '80년대 말 이후 남북 종교인 간의 접촉이 늘어났고 제3국에서의 공동모임도 활발하다. 북한 교회실태 파악 및 예배·미사 접전을 위한 개신교 및 천주교계의 북한방문 등 총 18건이 성사되었다. 2000년 부활절 연합예배, 남쪽 불교도 8·15동시 법회, 2001년 '부처님 오신 날' 남북동시 법회 등 다양한 행사가 개최되었다.

체육부문은 '90년의 남북통일축구대회, 서울－평양교환경기, '91년의 41회 세계탁구 선수권대회 및 제6회 세계청소년축구선수권대회의 남북단일팀 구성·파견 등으로 활발히 추진되었으나 이 해에 북한 유도선수 이창수의 망명문제가 제기되면서 이후 체육회담은 열리지 못하였다. 그러나 '99년에 이르러 8월에 평양 양각도경기장에서의 남북한노동자축구대회의 개최, 호주 시드니올림픽 동시 입장, 평양탁구경기대회, 금강산 성화채화 등으로 전기가 마련되었으며, 금년에는 김운용 대한체육회장의 북한을 방문하여 남북체육교류건을 협의한 바 있다.

언론 방송 부문은 2000년 8월에 언론사 사장단의 방북을 통해「남북언론 교류에 관한 합의서」채택, 중앙일보사의 통일문화연구소의 문화유적 답사가 이루어졌고 이어서 9월 KBS의 백두산 생방송, 10월 SBS의 평양생방송이 이루어졌으며, 2001년에는 KBS가 6·15기념방송물을 5건 제작 방영하였고 한겨레신문, MBC의 방북취재가 일부 제한된 범위에서 이루어졌다.

4. 남북 교류·협력의 의미

1) 남북 교류협력의 개관

남북 간의 교류협력은 앞서 살펴본 바와 같이 인적, 물적 부문에 있어 모두 최근 들어 급격한 증가세를 보이고 있다. 특히 국민의 정부 출범 이후 그 증가 추세가 뚜렷한 특성을 보여주고 있다.

먼저 인적 교류를 보면, 남한 주민의 북한 방문이 북한주민의 남한 방문에 비해 월등히 많다. 1989년 6월 이후 금년 9월까지의 통계를 보면 전자가 24,166명인데 비해 후자는 겨우 1,488명 수준이어서 1/16에 지나지 않고 있다 이는 북한체제의 폐쇄성에서 기인하고 있다.

한편, 남북한 주민 간의 접촉에 있어서는 남한주민의 북한주민 접촉형태로 이루어지고 있는데 성사 비율이 높지 못하다. 접촉을 승인받은 자 중 성사된 비율이 37.9%에 머무르고 있는 것이 이를 말해주고 있다. 접촉자 부문별로 보면 이산가족이 전체의 29%, 경제계가 23.1%, 학술계가 14.1%로 이들 세 부문의 접촉이 전체의 2/3를 차지하고 있다.

경제교류협력에 있어서는 최근 들어 교역규모가 급신장하고 있으며 북한에서의 반입액이 반출액보다 약 1.6배가 되어 북한이 약 6억 4,000만 달러의 흑자를 보고 있는 설정이다. 이와 같은 불균형 상황은 북한의 외화부족과 남한 제품의 반입에 따른 후유증 고려 때문에 나타난 것으로 보인다. 그리고 교역 방법에 있어서는 북한체제의 한계성 때문에 직교역을 하지 못하고 간접교역의 방식으로 이루어지고 있다.

한편, 위탁가공형태의 교역도 급증하는 추세에 있다. 초창기인 1992년 800만 달러 수준에서 2000년에는 1억 2,900만 달러로 늘어난 것이 이를 말해주고 있으며 교역품목도 단순가공품에서 조립품목으로 한 단계 높아졌다.

위탁가공교역은 북한의 입장에서는 생산의 전 과정이 북한의 통제 하에 있어 남한의 정보유입을 효과적으로 차단할 수 있는데다가 유휴설비와 노동력을 손쉽게 이용할 수 있는 이점을 가지고 있다. 또한 식량 및 에너지 구입을 위한 외화획득, 對서방국가와의 교역경험 축적, 기술습득, 자본주의에 대한 이해 증대 등의 효과를 기대할 수 있다.

남한의 입장에서 위탁가공교역은 진출업체들이 협력사협의 전 단계로 북한 경제의 실상 파악과 대규모 투자의 가능성 모색에서 남북경협방법을 축적하는 길이 되고 있다. 기술자의 직접 지도방식이 점점 늘어나고 있기 때문에 북한의 기술력을 향상시킬 수 있고 남한에는 임금상승 등으로 가격경쟁력이 취약한 노동집약적 산업의 국제경쟁력과 유휴설비의 활용을 제고할 수 있다.

그러나 전반적으로 볼 때 대부분의 교역들이 큰 이익을 실현하지 못한 것으로 파악되고 있다. 섬유류 분야에서 약간 손익분기점을 상회하는 정도이며, 전자·전기 분야에서는 공정관리와 기술 지도를 통한 생산성 제고로 약간의 이익이 발생하는 것으로 평가되고 있다.

위탁가공사업이 지속적으로 확대되기 위해서는 품질관리와 기술 지도를 위한 기술자의 방북문제, 과도한 물류비용문제, 수출시장 확보 등이 미해결 과제로 남아 있다.

남북경제협력사업은 최근 들어 꾸준히 늘어나고 있으며 금강산 관광사업, 경수로 사업, 종자 개발사업, 담배위탁 가공사업, 금강산 샘물 가공사업 등에 있어서는 가시적인 성과가 나오고 있지만, 여타 부문에 있어서는 속도가 더딘 상황이다. 특히 나진, 선봉지역에 진출한 양식사업, 버섯생산 수출사업 등은 어려움을 겪고 있다. 앞으로 경의선 연결사업, 개성공단 개발사업 등이 본궤도에 오르면 투자위주로 전환할 수 있는 획기적인 계기가 마련될 것으로 전망된다.

남북사회문화 교류협력은 국민의 정부 출범 이후 대북포용정책으로 선회함에 따라 남북정상회담의 열기와 함께 최근 들어 급신장하였으나 남북의 본질적인 한계 때문에 의미 있는 수준까지는 진전되지 못한 상황이라고 할 수 있다. 남북관계가 호전될 때는 확대되었으며 정부 주도 하에 이루어지는 경향을 보였으나 남북 간에 이상기류가 흐를 때는 안정적으로 추진되지 못하고 흐름이 단절되는 상황에 처하곤 하였다. 또한 직접적인 왕래 교류보다는 제3국에서의 접촉이 주류를 이루었으며, 대부분의 교류가 협력사업으로 연결되지 못하고 접촉에 그치는 한계가 있었다.

2) 남북 교류협력에 대한 쟁점 논의

남북 교류협력은 단절된 남과 북의 허리를 연결시켜주는 역할을 수행하고 있는데 이 사업을 내용별로 보면, 인도적 지원을 목적으로 한 이산가족 교류, 경제공동체 형성과 관련되는 경제교류협력, 그리고 민족문화와 민족정체성 형성을 위한 사회문화 교류 등을 포괄하고 있다. 이러한 사업들은 앞서 논의한 바와 같이 최근 들어 양적, 질적으로 괄목할만한 성과를 거두고 있으며, 냉전시대 적대시해왔던 남과 북이 이제는 한결 가까워지고 있으며 질적인 변화단계로 접어들고 있는 것이 사실이다. 하지만 이와 같은 남북교류협력의 성과에 대한 시각에 있어서는 서로 간에 합의가 이루어지고 있지 못하여 향후 교류협력이 활성화에 있어 많은 장애요인으로 작용하고 있는 것이 사실이다.

이와 같은 서로 다른 견해 차이는 크게 볼 때, 남북교류협력을 남북통합기반 조성으로 보는 진보적인 견해, 북한체제 경쟁능력 향상으로 보는 보수적인 견해, 그리고 흡수통일의 연장선상에서 보는 회의적인 견해의 세 가지로 구분할 수 있다.

첫째, 남북교류협력의 활성화가 남북사회 통합기반 조성에 기여하고 있다는 견해는 남한의 통일정책과 포용정책의 논리적 근거에 기반하고 있다. 남북교류협력이 활성화됨에 따라 남북 간에 불신풍조가 해소되고 신뢰회복의 전기로 작용하고 있으며 남북한의 긴장도 완화시켜주는 역할도 하고 있어 전쟁의 가능성을 해소해주고 있다는 것이다. 현재 급진적인 통일이 이루어지기 어려운 상황이며 바람직하지도 않은 상황임을 감안해 볼 때 경제 교류협력을 통해 북한경제를 어느 정도 회복시켜주고 북한 개방을 유도하는 것은 통일비용 절감 차원에서도 필요하다는 진보적인 입장에 서있다. 또한 현재 남북체제의 다름으로 인해 이질성이 심화되어 있으며 가족상봉도 어려운 비극적인 상황이므로 교류협력을 통해 가족상봉도 이뤄지도록 하고 서로를 이해하는 한편 이질성도 점진적으로 해소해 나감으로써 민족공동체를 이룩하여 나갈 수 있다고 보고 있다. 따라서 꽃샘추위가 닥친다고 낙담하지 말고 꾸준히 남북교류협력을 추진하여 나가는 것이 바람직하다는 입장을 견지하고 있다.

둘째, 남북교류협력이 종국적으로는 북한체제 경쟁능력을 향상시켜주며 실제로 통일에 역행하는 요인으로 작용하고 있다는 보수적인 견해도 있다. 이 견해는 과거의 냉전체제에 기반하고 있어 남북교류협력을 부정적으로 보고 있다. 북한이 남북교류협력에 응해오고 있는 것은 실제로 통일기반 조성에 동의해서가 아니라 단지 전술적인 차원에서 작금의 경제난, 식량난, 에너지난을 해소하기 위한 기만적인 술책이라는 것이다. 남북교류협력의 내용으로 볼 때 본질적으로 교류협력사업을 북한위기 극복에 역이용하고 있으며 이를 통한 공동체 형성의 의지도 읽기 어렵고 또한 북한체제역량 강화 차원에서만 접근하고 있어 종국적으로는 남북교류협력이 북한에 이용만 당하게 되는 결과를 초래하게 될 것으로 우려하고 있다.

셋째, 남북교류협력 또한 흡수통일의 연장선상으로 보는 회의적인 견해는 포용정책을 북한체제를 서서히 와해시키는 전략의 하나로 간주하는 시각과 상통하고 있다. 즉, 교류협력이 추진되면 경쟁력이 뒤지는 북한체제가 붕괴되거나 또는 남한사회에 예속될 수 있다는 것인데, 이 견해는 수세에 몰려있는 북한 보수집단의 시각으로 알려져 있다. 현재 남북 간 교류협력이 적극적으로 추진되고 있지 못한 것은 이러한 견해를 지닌 자들의 저항이 완강하기 때문이라는 분석도 많다. 북한이 남한이 제안한 남북경제공동체안에 대해 북한경제를 남한경제에 예속시키기 위한 정책이라고 주장하는 것을 이 견해의 대표적인 예로 들 수 있다. 따라서 이와 같은 불안이나 회의적인 시각을 불식시켜줄 수 있는 실적들을 지속적으로 쌓아감으로써 북한이 교류협력에 적극 협력할 수 있는 기반과 풍토를 조성하여 나가는 것도 주요 과제가 되고 있다.

이처럼 남북교류협력에 대한 견해에 있어 서로 다른 입장을 취하고 있어 당장에 획기적인 전기를 마련하기는 힘들 것으로 여겨지고 있다. 특히 북한체제의 한계성 그리고 경제난 및 인프라 열악 등의 상황과 결부지어 볼 때 획기적인 전변의 계기가 마련되지 못하고서는 교류협력이 추진된다고 하여도 더딜 수밖에 없다고 판단된다.

이와 같은 기본입장의 차이를 접어두고라도 최근 남북교류 협력사항들에 대해 소위 '퍼주고 있다', '끌려만 가고 있다'[44]는 등의 걱정 어린 문제제기도 짚고 넘어가야 할 것이다. 이러한 문제를 제기하는 자들이 남북교류협력을 꼭 부정적으로 보고 있는 것은 아니라고 본다. 오히려 기본적으로 남북교류협력을 긍정적으로 보고 있으면서도 북한의 대응자세가 너무 미진하다 보니 원칙적으로는 찬성하면서도 방법상으로 지금까지의 남한의 대응이 너무 미흡했지 않느냐 하는 우려에서 제기되고 있는 것이 대부분이라고 여겨진다.

따라서 이러한 갈등을 해소시켜줄 수 있도록 남북 간 교류협력의 기반과 환경을 지속적으로 보완하여 나가야 할 것이며 한편으로는 남북교류협력의 방법상에 있어서도 인적교류, 경제교류, 사회문화교류 등의 각 부문이 각각 성격을 달리하고 있는 점을 감안하여 확실한 방침을 천명하고 상호주의 입장을 견지하면서 신축적으로 대응하여 나가는 것이 바람직할 것이다.

『단국대학교 정책과학연구』11호, 2001.

---

44 동아일보 금년 10월 13일자 사설에서는 '이러니 퍼주고 뺨맞기 아닌가'라는 주제 하에 상식이 통하지 않는 북측에 대해 아직도 우리 정부가 일방적으로 매달리는 듯한 모습을 보이는 것은 안타까운 일이라고 하면서 당장 식량지원 문제에서부터 이산가족 문제 등에서 확실한 대가를 보장받는 쪽으로 일을 추진해야 한다고 주장하고 있다.

| 참고문헌 |

민주평통사무처, 『햇볕정책 대처 자료』, 2001.9.

박홍순, 「남북교류협력의 새 패턴」, 『2000년대 남북한의 지역간 교류협력』, 1999.

양종기, 「남북한 경제교류협력의 변화와 과제」, 『통일연구』 제5권, 2000.12.

정세현, 「남북관계와 대북정책 재조명」, 『민주평통』 제317호, 2001.9.

조한범, 「남북사회문화 교류·협력의 평가와 발전방향」, 『통일연구원 연구총서』.

채경석, '남북한 교류와 지방의 대응', 「2000년대 남북한의 지역 간 교류협력」, 1999.

통일교육원, 『통일문제 이해』, 2001.

통일부, 『남북교류협력 실무안내』, 2000.

_____, 『남북교류협력 및 인도적 사업동향』(매월).

www.unikorea.go.kr.

북한의 대중문화와
민속문예학연구의 조명

김동훈

    본론에 들어가기 전에 대중문화와 민속문예학의 개념에 대해 먼저 간단히 정리하고 지나가야 할 것 같다. 광의적인 대중문화란 민중의 문화생활을 통틀어 일컫는 말로서 학술적 용어로 정리하기에는 많은 어려움이 따르고 있다. 북한의 「농업협동조합에 관한 현지 민속자료 수집 요강」(조선사회과학원 민속학자료실 작성)에 의하면 "대중문화"는 대체로 그들이 말하는 "문화생활"의 내용과 비슷하다. 이 "문화생활"의 범위에는 명절놀이(전통명절과 광복후의 새 명절), 군중문화(구락부, 도서실, 휴양소, 진료소, 공원, 유원지, 편의시설, 오락, 유희, 써클, 군중체육보급) 등 활동내용이 망라된다.

    다음은 민속문예학의 개념문제이다. 중국민속학의 거목이신 종경문 선생님이 정립한 민속학술어의 하나로서 신화, 전설, 민담, 민요, 민간서사시, 민간극, 속담, 수수께끼 등을 두루 연구하는 학과를 일괄하여 민속문예학이라고 한다. 민속학일반에 대해 논한다는 것은 너무나 아름찬 일이므로 이 글에서는 일단 그 연구대상을 북한의 대중문화와 민속문예에 국한시켰음을 스스로 고백하는 바이다.

    지금까지 북한민속학에 관한 남한 학자들의 연구 성과로는 주강현의

『북한민속학사』,[1] 최인학의 「북한민속학 연구의 조명」,[2] 『남북한 기층문화전승실태비교』,[3] 임동권의 『남북한 문화전통의 보존현상 분석』[4]을 포함한 10편의 논저가 있을 뿐이다. 이런 논저들의 연구방향은 대부분이 물질민속과 사회민속 쪽으로 기울어져 있어 민속문예류의 정신민속에 대한 계통적인 분석 정리는 아직 이루어지지 않았다. 이런 실태를 감안하여 필자는 명절놀이, 군중문화생활, 민속문화, 민족음악, 민속무용, 민속극, 민속공예 등 순으로 북한의 민속문화일반을 좀 더 구체적으로 분석, 조명해 보고자 한다.

1. 명절놀이

필자는 1994년과 1999년 두 차례에 걸쳐 평양, 개성, 금강산과 묘향산, 나진, 선봉지역을 방문한 적이 있으나 두 번 다 말 타고 꽃구경하는 식이라 진정으로 북한의 대중문화와 접촉할 기회는 갖지 못하였다. 다년간 연변대학의 민속학관계 유학생들이 평양에 다녀오면서 그들을 통해 북한의 명절놀이 상황을 다소 요해할 수 있었다.

북한의 명절에는 신정, 구정, 보름, 한식, 단오, 추석, 동지 등이 있는데 그 중에서도 신정, 구정, 단오, 추석이 사대명절로 취급되어 왔다. 해방 후 양력을 기준으로 하면서 구정이 한 때는 좀 홀시되었으나 수 천년 동안 음력을 기준으로 해온 농경민족의 전통적인 문화감정을 존중하여 지금은 음력설을 큰 명절로 취급하여 하루는 꼭 쉰다. 신정에는 하루 쉬고 평양의 인민문화궁전 같은 데서 공연을 한다. 2001년 신정에도 어린 아이들의 대형공연이 있었다. 아이들의 공연에는 노동당과 수령을 노래한 내용들이

1 도서출판 이론과 실천, 1991.

2 인하대학교 인문과학연구소, 『논문집』 제15집, 1989.

3 국토통일원, 1977.

4 국토통일원, 1977.

주종을 이루고 있으나 <개미와 매미> 같은 순수한 아동문예종목들도 가끔 나타난다. 단오날에는 마을을 단위로 그네, 널뛰기, 씨름 등 민속체육 활동을 벌이며 아리랑, 도라지, 노들강변 등 민요들을 부르면서 하루를 즐긴다. 추석날도 하루를 쉬는데 이날이면 가정을 단위로 부모의 산소를 찾는다. 사망자에 대해서 북한에서는 거의 토장을 하고 화장을 하는 경우는 없다. 지금까지 추석날의 성묘는 집집마다 가장 명심하여 집행하는 중요한 행사로 되어 있다. 성묘가 끝나면 야외에서 술판을 벌리고 전통적인 북과 장고에 맞추어 조선 춤을 추거나 아코데온, 하모니카에 맞추어 노래를 부르면서 명절을 즐긴다. 이날 도시들에서는 모든 유희장을 개방하여 오락처를 제공한다.

광복 후 새로 창제된 명절로는 4·15 김일성 생일, 2·8 건국절, 2·16 김정일 생일, 5·1 국제로동절, 6·1 국제아동절, 8·15 해방기념일, 9·9 공화국창립기념일, 10·10 노동당창건기념일, 12·27 헌법제정일 등이 있는데 그 중에서도 4·15 김일성생일과 2·16 김정일생일, 10·10 노동당창립기념일과 5·1 국제로동절은 크게 쉰다.

김일성주석이 사망된 후 그의 생일인 4·15를 '태양절'로 정하고 가장 크게 쉰다. 태양절에는 각 지역의 인민들이 자기 지역에 있는 김일성동상을 찾아 90도 경례를 올리고 꽃을 진상한다. 이 날 평양시민들은 김일성주석의 유물이 안치되어 있는 금수산기념궁전을 참배한다. 태양절에는 정부 주최로 의례 4·15 국제 친선문화축제를 열어 김일성주석을 노래하는 문예공연을 여러 극장 또는 문화궁전에서 진행한다. 여기에는 러시아, 중국을 비롯한 북한과 우호적인 관계를 갖고 있는 나라들에서 공연대표단을 파견하여 참가한다. 문예공연과 더불어 광복거리의 교예장에서는 정채로운 교예종목이 공연된다. 저녁이 되면 김일성광장에서 불꽃놀이와 청년학생들의 집단 춤 공연이 있다. <옹헤야>, <노들강변> 같은 전통적인 춤가락에 맞추어 남녀가 쌍으로 마주서서 손에 손잡고 30~40명이 한 팀을 이루어 집단 원무를 춘다. 춤판이 마지막 고조에 이르면 청년학생들이 주석대에 있는 외국 사람들을 비롯한 관객들을 자기네들의 집단원무에 초청하여 함께 대단원을 이룬다.

2·16 김정일 생일은 북한에서 두 번째의 큰 명절로 취급되어 전국적으로 하루 휴식한다. 그러나 4·15 태양절처럼 큰 규모의 공연은 하지 않는다. 이날에는 김정일 국방위원장이 전체 인민들에게 생일선물을 내린다 하여 집집마다 기대하는 마음도 또한 크다.

북한에서의 세 번째 큰 명절은 10·10 노동당창건기념일을 꼽을 수 있다. 노동당창건기념일은 매년마다 경축하는 외에 50주년, 혹은 55년 등 10년, 5년을 주기로 크게 쉬는 것이 관례로 되어 있다. 노동당창건 55년이 되는 2000년 10월 10일에는 집집마다 명태, 두부를 나누어주고 아이들에게는 사탕과자, 어른들에게는 전기담요를 선물로 내렸으며 전국적으로 성대하게 이 명절을 기념했다. 이날 김일성광장에서 조선인민군 및 예비군의 검열 그리고 평양시민들의 경축시위가 있었다. 그리고 저녁에는 불꽃놀이 및 청년학생들의 횃불행진이 있었고 5·1 경기장에서는 10만 명으로 이루어진 대형집단체조공연이 진행되었다.

5·1절은 국제노동절로서 전국적으로 하루를 쉰다. 대개 가족단위로 들놀이를 하는데 야외에서 술판을 벌리며 노래와 춤으로 휴식의 한때를 즐긴다. 평양시내를 가로질러 흘러가는 대동강녘과 모란봉공원에서 이런 정경을 쉽사리 찾아볼 수 있다.

전통적인 민속명절, 새로 창제된 국가적 명절 외에 가정에서는 출생, 결혼, 환갑 등 통과의례에 따른 가족명절이 따로 있다. 나라에 특수한 기여가 있다고 인정되는 사람에 대해서는 생일을 굉장히 쉬지만 보통 백성들은 크게 소문을 내지 않고 집안에서 간소한 음식상을 차리고 조용히 기념한다. 관례나 제례 같은 성인식은 따로 차리지 않는다. 결혼날과 환갑날에는 가족을 단위로 의례 실내오락이 벌어진다.

2. 대중문화생활

북한의 주요한 문화시설들은 평양을 비롯한 큰 도시에 집중되어 있다. 인민대학습당, 인민문화궁, 학생소년궁, 만수대예술극장, 모란봉극장, 교예단, 력사박물관, 미술박물관, 5·1 체육장, 창광원, 옥류관, 청류관, 평양산원, 중앙동물원, 식물원, 유희장 등 대중형 시설물들이 거의 다 평양에 자리 잡고 있다. 그러나 정부는 지방의 대중문화시설에도 역시 많은 관심을 돌리고 있다.

각 지역마다 도서실과 문화 활동실이 준비되어있다. 일단 책이 출판되면 서점에 보내서 팔기보다는 먼저 이런 도서실에 여러 권 보내 배치해두고 여러 사람이 돌려보도록 한다. 문화 활동실에서는 주로 생활총화, 비판회의, 사상교육회 같은 회의를 열거나 김일성, 김정일의 저작을 학습하는 것이 일과로 되어있다.

북한에서 가장 즐기는 대중체육활동은 축구와 농구다. 명절날에는 흔히 각 지역별로 축구시합을 한다. 그리고 키를 크게 하기 위해 농구를 많이 하라는 김정일 국방위원장의 말씀에 좇아 농구운동을 굉장히 많이 한다고 한다. 김정일국방위원장이 군부대에 농구공을 선물로 갖다 준 일이 미담으로 전해지면서 인민군부대에서는 농구 붐이 일어났다고 한다. 이외에 탁구운동도 대중 속에 널리 보급되었다고 한다. 김정일의 김일성종합대학입학 40주년을 기념하는 특별행사에서도 전국대학생농구시합과 김일성종합대학전교학생탁구시합이 진행되었던 사실 하나만으로 북한 대중체육의 선호방향을 대체로 가늠해볼 수 있는 것이다.

북한의 전통적인 민속놀이로는 탈춤이나 농악무를 꼽을 수 있다. 전문적인 공연을 위한 가면극이나 인형극 같은 것은 찾아보기 어렵고 대형문예종목 가운데 일부분으로 삽입되어 있는 정형들을 가끔 만나보게 된다. 노동당 창건 55주년 기념행사에 10만 명이 참가한 대형집단체조공연이 있었는데 그 가운데 탈놀이와 탈춤이 삽입되어 있었다고 한다. 감자농사

풍년을 노래하는 대목에 이르러 애들은 둥글둥글한 감자탈을 쓰고 어른들은 안노인탈, 바깥노인탈을 쓰고 입이 째지도록 크게 웃어대는 모습이 매우 인상적이었다고 한다. 북한TV에서는 사람을 웃기기 위한 코미디를 자주 보게 된다. 보통 처녀와 총각 두 사람이 출연하거나 부동한 개성의 세 사람이 무대에 등장하여 재담형식으로 여러 사회적 모순이나 갈등을 극적으로 제시하고 풀어나가는 내용을 담고 있다. 예하면 <이런 사람 봤나요>라고 하는 소품에서 두 처녀주인공이 등장하는데 그 중의 한 처녀는 직장에서 부지런히 일 잘하는 혁신의 선진인물로 뭇사람의 존경을 받고 있지만 그와 반면에 다른 한 처녀는 고운 인물에 잘난 남자 만나 총명한 애 낳고 호강부리며 잘 살 꿈만 밤낮 꿔오다가 나중에는 크게 낭패하고 마는 두 인물의 대조적인 결과를 풍부한 해학과 유모아 속에서 극적으로 표현하였다고 한다.

북한의 일반 시민이나 농민들에게 있어서 라디오, 텔레비는 귀중한 가정용전기제품들이다. 특히 텔레비는 가정의 큰 재산목록에 오른다. 텔레비 한 대를 사려면 약 300~400달러가 있어야 하는데 공직자들의 노임으로는 여러 해 동안 저금해야 살 수 있다. 정부에서 노동영웅, 선진인물에 한해 특별히 선물로 내려주는 경우도 있고 일본 혹은 중국의 친지들을 통해 구입하는 경우도 있다. 컴퓨터도 바야흐로 학교에 보급되어 있다. 북한의 교수 노임은 300원(조선화폐) 정도이고 나진, 선봉 등 특별개발구의 고신高薪 계층의 노임은 2,000원을 넘는다고 한다. 노임의 증장과 더불어 북한의 가정문화시설도 늘어가고 있다. 평양시민들은 일요일이면 가족단위로 김밥을 싸 가지고 모란봉이나 중앙식물원에 가 휴식의 한때를 즐긴다고 한다.

북한대중들은 영화구경을 매우 즐긴다. 정부에서 매년 생산하는 예술영화는 양적으로 많고 제작하는 속도도 매우 빠르다. 도시나 농촌의 영화관은 늘 만원이라고 한다. 영화는 표 값이 싸고 또 전통적인 애정소재가 많아서 그만큼 관중이 많은 예술분야이다. 영화예술에 대한 김정일국방위원장의 특별한 기호, 관심과도 연계시켜볼 수 있는 문제이다.

가정이나 사회적으로 진행되는 일반놀이로는 씨름, 그네, 널뛰기 등 전통적인 경기항목 외에도 윷, 장기, 바둑, 고누, 시패 등 겨루기놀이, 삼삼이(함경도 홍원지방), 길쌈놀이(평안도 성천지방), 박놀이(강서지방), 채북춤(남포지방), 면경대(강원도 일대), 닭춤(자강도 초산일대), 일원고(평원지방) 등 다양한 가무놀이, 연 띄우기, 팽이치기, 썰매타기, 줄넘기, 바람개비놀이, 숨박꼭질, 공기놀이, 씰뜨기놀이, 풀싸움, 꽃싸움 등 지능발달과 신체건강에 유익한 어린이놀이들이 있다.

일반놀이 가운에서 보통 서책에 기록되어 있지 않고 있는 오락으로는 주패놀이가 있다. 남한 말로는 트럼프라고 한다. 주패는 놀이딱지의 하나로서 모양과 색상에 따라 13매씩 네 벌로 나누고 이밖에 대왕, 소왕까지 합쳐 도합 54장으로 되어 있다. 북한에서는 노동자, 농민, 학생은 물론 군부대에서도 공휴일이나 과외시간에는 주패놀이가 보급되어 있다. 주로 두 가지 방식으로 노는데 하나는 사사끼라 하여 중국 사람들이 노는 "홍스紅十"라는 카드놀이가 직수입된 것으로서 붉은 십자딱지를 가진 두 사람이 나머지 두 사람 혹은 세 사람과 적수가 되어 암투를 벌이는 것이다. 다른 하나는 네 명이 두 편을 짜서 점수 따기를 하는 "승급昇級"이라는 카드놀이로서 역시 중국인들의 놀이방법을 직수입한 것으로 볼 수 있다. 주패라는 이 놀음도구는 지난날에는 친척방문, 무역, 유학 등 도경을 통해 중국에서 많이 구입해왔었는데 지금은 자체로 생산하여 하나의 대중화한 오락종목으로 이용되고 있다. 어떤 오락이든지 그것을 이용하여 도박을 노는 것은 일률적으로 엄금되어 있다. 화투놀이처럼 해방 전에 일본으로부터 입수된 도박놀이는 북한에서 찾아볼 수 없다.

3. 민속문학

분단 이후 반세기 동안 북한에서는 민속문학에 대한 연구가 활발히 전개되었으며 구전문학일반에 대한 통시적연구, 설화 · 민요 · 속담 · 수수께끼의 발굴 정리, 장르별 전문분야의 이론연구 등 면에서 다양한 모습을 드러내고 있다.

1) 민속문학일반의 통시적 연구

민속문학 일반에 대한 통시적 연구는 월북학자 고정욱에 의하여 시작되었으며 80년대 이후에는 김일성대학의 교수 이동원에 의하여 재정립되었다.

① 『조선구전문학연구』, 고정욱 지음

1962년 1월 과학원출판사의 이름으로 처음 발행되었다. 저자는 구전문학 연구의 맑스주의계급론의 원칙을 강조하면서 구전문학의 인민성, 집체성, 가변성, 구두성의 기본성격을 구명하고 그의 교양적, 인식적, 미학적 기능을 제시하였으며 구전문학의 발굴정리와 연구를 민족문화유산을 계승 발전시키는 중대한 문예학적 과업으로 내세웠다. 본론에서 19세기 이전에 창작된 조선구전문학유산을 설화, 민요, 민간극, 판소리, 속담, 수수께끼 등 여섯 개 장르로 나누어 사적 고찰과 그 사상예술적특성에 대한 치밀한 분석을 시도하였다. 고리끼의 『문학론』과 치체로부의 『문학과 구전인민창작』에서 제출한 소련의 맑스주의론을 구전문학연구일반에 체계적으로 도입한 첫 번째의 저서이다.

② 『조선구전문학』, 이동원 지음

전2권으로 된 김일성종합대학 조선문학과 교재로서 1982년 9월과 12월에 김일성종합대학출판사의 이름으로 두 번에 걸쳐 발행되었다. 이 저서는 "주체적인 사회주의문학예술건설에서 민족적 특성을 옳게 살리며 진보적이며 인민적인 문학유산을 바로 평가하고 정확히 다루어나가는 방법론을 체득시키기" 위해 새롭게 쓰여진 것임을 머리글에서 밝힌 다음 크게 5편으로 나누어 구전문학발전의 형태와 경향을 취급하였다. 제1편에서는 구전문학을 연구계승한 데 대한 주체적 문예사상과 리론을 주고 구전문학의 문예학적 특성과 발전과정 및 문예학적 과업을 제시하였고 제2편에서는 원시 및 고대 구전문학의 발전정형과 형태발전을 해설하였으며 제3편에서는 중세구전문학의 형태양식에 따른 발전역사와 사상예술적 특성을 분석하였다. 제4편에서는 "부르조아민족운동"과 초기 "공산주의운동"을 반영한 구전문학의 발전경향과 형태발전에 대해 분석하였고 제5편에서는 항일혁명투쟁시기 "혁명적 구전문학"과 그 영향 밑에 발전한 "인민창작"을 논하면서 수령에 대한 전설과 송가들의 출현을 구전문학발전에서의 "혁명적 전환"이 마련된 것이라고 주장하였다.

③『구전문학개요』(항일혁명 편), 이동원 지음

앞의 저서의 계속으로서 1994년 6월 사회과학출판사의 이름으로 출간되었다. 이 저서에서는 "혁명적 구전문학"이라는 범주 안에 "혁명적 인민가요", "혁명설화"라는 새로운 개념을 설정하고 "항일혁명투쟁시기의 인민가요"와 "김일성장군전설", "백두산광명성전설", "항일유격대전설"을 연구 해설하는 것을 주요한 과업으로 내세웠다. <조선팔경가>, <노들강변>, <울산타령>, <녕변가>, <도라지타령>, <뻐꾹새타령> 등 향토서정민요를 1920년대 말~1930년대 초에 보급된 신민요의 대표작으로 평가한 것도 주목할 만한 대목이다.

④『14세기 이전 조선문예발전사연구』, 현종호 저, 1985년

이는 박사학위논문이다. 이보다 앞서 현종호의 석사학위논문『19세기 이전 우리나라 민족문화의 발생발전에 대한 연구』가 발표되었다. 이밖에 전문적인 민속학 문헌가운데 대중문화와 민속문예를 중요한 내용으로 취급한 서지로는 다음과 같은 것들이 있다.

(1) 『조선의 민속』(김내창 선회창 집필, 사회과학출판사, 1986년 6월) 제7장 민속놀이.

(2) 『조선풍속사』 제2권(선회창 집필, 김일성종합대학출판사, 1987년 12월) 제2편 제5장 제12절 삼국시기의 민속놀이, 제2편 제2장 제2절 후신라시기의 민속놀이, 제3편 제5장 제2절 고대시기의 민속놀이.

(3) 『조선풍속사』 제3권 김일성종합대학출판사, 1992년, 제7장 민속놀이.

(4) 『조선의 민속전통』 제5권(선회창 리재선 집필, 과학백사전종합출판사, 1995년) 민속명절과 놀이.

(5) 『조선의 민속전통』 제7권(장권표, 조대일, 이봉녀 집필, 과학백과사전종합출판사 구전문학과 민속문예)[5].

이상 전서들을 총괄적으로 검토해보면 구전문학일반에 대한 북한의 연구는 역사과학으로서, 인민을 위한 과학으로서, 사회주의적 민족문화의 유산으로서 논의되어 왔고 연구방법론에 있어서는 50년대부터 60년대 중반까지 소련의 맑스주의 민속문예학 이론을 전면적으로 수용하였으나 1960년대 중반 이후에는 민속학의 대상과 목적, 범위를 새롭게 확정하면서 주체의 민속학으로 방향으로 돌려잡은 것으로 정리가 이루어진다.

2) 설화의 수집정리와 연구

설화의 신화, 전설, 민담(민화)이 망라된다. 분단 후 북한에서 출판된 설화집과 설화관계 연구논저들은 다음과 같은 것들이 있다.

(1) 『전설집』, 고정욱 저, 국립출판사, 1956년.

(2) 『향토전설집』, 진래현 편저, 국립출판사, 1957년.

(3) 『평양의 전설』, 계정희, 유창현 편저, 국립문학예술서적출판사, 1958년.

---

5 북한의 민속학저서에서 나오는 "민속놀이"는 민속극에 해당되는 경우가 많다.

(4)『조선고대설화연구』, 한룡옥 저,『학위논문집·사회과학편』제3집, 과학원출판사, 1958년. 이 저작은『삼국사기』,『삼국유사』의 설화를 주요자료로 하고 역사설화와 세태설화를 중심으로 삼국시대설화의 사상예술특성을 "인민창작학의 립장"6에서 처음으로 체계화하였으나 지나치게 사상성에 치중하였고 미학적 분석이나 현전실화와의 전승관계 등에 대해서는 관심이 희박하였다.

(5)『조선의 설화에 관하여~패설문학의 성격 및 소설의 발생문제를 중심으로』, 고정욱 저, ≪조선어문≫, 1958년 1호. 이 논문은 설화에 관한 연구논문으로서 그의 1962년 학술저서『조선구전문학연구』의 집필을 위한 중요한 계단적 성과이다.

(6)『패설작품선집』1집, 국립문학예술서적출판사, 1958년.

(7)『패설작품선집』2집, 국립문학예술서적풀판사, 1960년.

(8)『조선신화연구』, 홍기문 저, 사회과학원출판사, 1964년. 이 책은 "건국신화", "단군신화", "조선신화를 연구하기 위한 보조자료" 등 세 편으로 구성되었으며 조선사료고증을 중심으로 "구두로 전승되는 무당의 소리"와 주변국가들의 신화를 곁들여 소개하면서 실감 있는 신화연구를 도모하였다. 그런데『역사과학』, 1965년 제4호에 발표된 염종상의 서평에서는 이 "무당의 소리"는 "신화연구의 보조자료로 보기 어렵다"는 반론을 제기했다.

(9)『고대전기설화집』, 한룡옥 편주, 조선문학예술총동맹출판사, 1964년, 역대패설집들에서 선택한 전기와 설화들을 묶은 문헌자료집으로서 매편마다 해제를 달아줌으로써 민족설화의 발전정형을 연구하는 데서의 귀중한 자료로 되었다.

(10)『구전문학자료집』(설화편), 사회과학원출판사, 1964년.

(11)『옛말』1집, 2집, 조선문학예술총동맹출판사, 1964년~1965년.

(12)『구전문학선문집』, 조선문학예술총동맹출판사, 1966년.

---

6 고정욱,『조선구전문학연구』, 과학원출판사, 1962년, 72쪽 참조.

(13)『옛말주머니』, 조선문학예술총동맹출판사, 1978년.

(14)『조선사화전설집』전10권, 조선문학예술총동맹출판사, 1980년. 전래설화들을 재창조, 재형상화하면서 한 민족사에서 한 시기 가장 강대한 왕국으로 등장하였던 고구려 전설들을 대서특필하였다.

(15)『백두산전설』, 평양출판사, 1982년.

(16)『묘향산의 역사와 문화』, 과학백과사전출판사, 1983년.

(17)『금강산의 역사와 문화』, 과학백과사전출판사, 1984년.

(18)『달속의 옥토끼』, 1985년.

(19)『고주몽』, 1986년.

(20)『콩쥐팥쥐』, 1986년.

(21)『흥부와 놀부』, 1988년.

(22)『해와 달』, 1988년.

(23)『우리나라 재미있는 이야기』1・2・3.

(24)『평양전설』, 사회과학출판사, 1990년.

(25)『전기설화집』, 문예출판사, 1990년.

(26)『조선설화집』, 과학기술출판사, 1991년.

(27)『봉이 김선달이야기』, 1992년.

(28)『구전문학자료』, 사회과학원 주체문학연구소 편.

(39)『단군전설』, 금성청년출판사, 1995년.

(30)『금상산전설집』, 평양출판사, 1998년.

(31)『명소에 깃든 전설』, (칠보산), 문성렵, 김경호 집필, 과학백과사전종합출판사, 1998년.

(32)『백두산광명서 전설 – 하늘이 낸 날』, 김우경 수집정리, 금성청년출판사, 1998년.

(33)『백두산광명성 전설집 – 무지개대문』, 김우경 발표정리, 문학예술종합출판사, 1990년.

(34)『금수산기념궁 전설집』, 김우경, 동기춘, 김종석 발표정리, 문학예

술종합출판사, 1999년.

(35) 『칠보산전설』, 박현균 편집, 문학예술종합출판사, 2000년.

(36) 『조선 중세 풍자해학집』, 주병도 등 역, 사회과학출판사, 2000년.

(37) 『현세기 한울림－자주국의 수호신』, 평양출판사, 2000년. 이 책은
신화집이 아니지만 북한에 영주한 천도교인 오익재가 쓴 글로서
당대의 북한의 영도자를 "한울림", "수호신"으로 호칭하였다는 점
에서 남다른 특색이 있다.

(38) 설화관계 석사학위논문으로는

「항일혁명투쟁시기 창조된 혁명설화연구」(장문필, 1980년)

「우리나라 전설연구」(장권표, 1981년)

「패설문학의 발생발전과 그 특성」(이준옥, 1982년)

「혁명적 동화문학의 발전에 대한 연구」(조상엽, 1984년)

「16세기 우화소설 연구」(강정구, 1987년)

「고대중세 설화문학연구」(박상암, 1988년)

「조선민화연구」(황승일, 1996년)

「18~19세기 패설집들에 실린 풍자신문유산연구」(차일남, 1998년)

「봉건말기 악부시집에 반영된 설화유산 연구」(김윤성, 1998년)

「해방전 단군관계 문학작품들에 대한 연구」(김명섭, 1999년)

등이 있다.

(39) 이미 출판된 설화집들을 검토하고 그를 비판적으로 볼 수 있도록
해체를 단 참고서가 1970~1980년대에 걸쳐 2차 출판되었다. 그중
의 하나는 1978년 문예출판사에서 출간한 『고대중세·해방전 조
선문학 작품해석』이고 다른 하나는 과학백과사전출판사에서 1986년
에 출간한 『조선고대 중세문학작품해석』(1, 2권)이다. 이러한 해
설집들의 출간취지는 설화유산에 대한 "복고주의"와 "허무주의"를
비판하기 위한 것이었다.

북한에서는 민담을 흔히 민화라고 부른다. 민화에는 덕담, 풍자담, 지혜담, 우화 외에도 육담이 포함된다. 육담을 북한의 속어에서는 "쌍소리"라고 한다. 근래 북한에 가서 1년 동안 체류하고 돌아온 몇몇 중국유학생들의 소개에 의하면 평소에 북한사람들은 대개 말수가 적어보이다 못해 근엄해 보이기까지 하지만 일단 육담이 시작되기만 하면 북한사람들도 쉽게 흥분하고 공감하는 것 같다. 관방인사들도 육담에 대해서만은 무람없이 허용하는 것 같다. 하기에 육담이 거리낌 없이 무성하게 자라는 것이다. 유학생들에게 혹은 일반 외국인들에게 특별봉사를 하는 창광원 사우나에 가면 외국인, 외국인래야 중국사람이 절대다수를 차지하는 외국인과 나란히 앉은 북한사람들, 수건으로 앞의 것을 슬쩍 가리고 땀을 뻘뻘 흘리며 나 한마디 너 한마디 존귀비천을 가리지 않고 서로 모르는 낯선 사람끼리 주고 받아넘기는 그네들의 육담에는 무한한 재치가 흘러넘친다. 모두들 배꼽이 뒤번져지도록 웃어댄다. 유학생들에게 차를 몰아주는 함경도 기사 아저씨는 운전을 하면서도 차안에서 곧잘 육담을 이어댔다. 기사아저씨와 조선어를 배워준다는 빌미로 항상 정색을 하고 소리를 죽여 가며 은근한 말투로 남녀 간의 정사와 관계되는 진한 육담을 내쏟아 온통 웃음판을 벌린다. 외사지도원도 특별히 제지시키거나 나무라는 기색이 없다. 육담에 대한 일종 관용이라 할까. 자기도 좋아라 같이 따라 웃는 것이다. 북한사람과 술상에 같이 앉았을 때도 육담은 둘도 없는 훌륭한 안주가 된다. 정치에 관한 이야기는 서로 조심하다 보니 할 말이 거의 없다. 많은 이질감을 느끼게 되고 제 주장만 고집하다가는 서로 얼굴을 붉히기가 삽하다. 그러니 자연 쌍소리로 얘기가 뻗는 것이 무난하고 재미나는 것이다. 북한에서 육담은 여성들도 걸작이란다. 중국인 유학생을 상대로 한 아줌마들이 코 큰 중국학생을 보고 아래 것도 자연히 클 것이라고 하면서 야단법석을 피운다. 젊은 처녀들도 아줌마 못지않게 육담을 받아넘긴다. 외국인식탁을 써빙하는 한 아가씨가 남자는 왜 여자보다 빨리 뛰지요 하는 유학생의 물음에 서슴없이 대답하기를 남자는 다리가 셋이기 때문, 여자는 왜 남자

보다 말을 더 잘하지요 하는 물음에는 입이 하나 더 있기 때문이라고 주저 없이 대답하였단다. 남녀노소가 다 육담 잘 받는다고 한다. 육담도 일종 삶의 방편이고 지혜라고 할 수 있다. 남한에서나 중국에서도 마찬가지다. 한국의 저명한 민속학자 임석재옹이 채집한 만여 편의 『한국구전설화』 중에도 5분의 1 이상이 육담이었다는 사실을 상기하면 이 현상이 이상하게만 생각될 필요는 없을 것이다.

3) 속담의 수집과 연구

속담은 민중의 슬기와 지혜로 엮어진 언어의 정수이다. 광복 후 북한에서는 『조선말대사전』과 함께 전문적인 다양한 속담집들을 출간하였다.

(1) 1954년 고정욱 편저, 국립출판사 출판으로 이루어진 『조선속담집』은 3,300개의 속담을 수록하였고 49개 항목의 주제로 분류되었다. 저자는 인민창작의 관점에서 매개의 속담을 해석하려고 노력하였으므로 부분적으로는 사상에 대한 일방적 파악의 결과로 나타나기도 하였다.
(2) 1984년 과학백과사전출판사의 이름으로 출간된 『속담집』에는 9,000여 개의 속담이 자모순으로 배열되어있다.
(3) 1986년 과학백과사전출판사의 이름으로 출간된 『속담집』은 3,000여 개의 속담을 100개의 항목의 주제로 분류했다.
(4) 1992년 사회과학출판사의 이름으로 출간된 『조선말대사전』에는 12,000여 개의 속담성구가 올림말로 수록되었다.

북한에서는 일반적으로 속담을 식의주와 살림살이, 도덕륜리생활, 민족성격과 심리, 노동생활, 정치생활, 일상생활에서의 좌우명 등으로 나누어 해석한다. 그리고 북한에서는 "인민의 생활을 바탕으로 새로운 속담들이 창조된다"고 주장한다. 실례로 "외세의존은 망국의 길이다", "교원은 학생의 거울이다", "거부기 오래 산다고 역사에 남을가", "아첨하는 사람은 얻기는 쉬워도 버리기는 힘들다", "시작된 일은 끝을 보라", "휘발유통을 지고 불 속으로 들어가는 격" 등을 비롯하여 많은 격언 같은 것을 "새로운 속담으로 취급하고 있다.

속담에 관한 연구는 비록 설화나 민요처럼 그렇게 활발하지는 못하였으나 역시 과소평가 할 수는 없다. 속담관계 석사논문으로는

「인민구두창작의 특수한 한 부분으로서의 조선속담」(고정옥, 1956년)
「구전문학의 한 형태로서의 속담에 대한 연구」(박영숙, 1993년)
「문화언어학적 각도에서 본 조선어 인명, 성구, 속담」(영휘염, 2001년)
「우리 말 속담에 대한 연구」(유옥근)

등이 있다.

4) 수수께끼의 수집과 연구

수수께끼는 사물현상을 비유적으로 표현하여 그것을 알아맞히게 하는 구전문학의 한 형태로서 북한에서는 주로 어린이들을 교양하기 위한 수단으로 되어왔다. 북한에서 수수께끼를 집성한 전문자료는 필자가 아직 입수하지 못하였으나 고정옥의 『조선구전설화연구』(1962년) 제6장, 『조선의 민속전통』(1995년) 제7권 제3장 등 종합연구서들을 통해 그 대체적인 면모를 보아낼 수 있었다. 북한에서는 전통적 수수께끼를 사람과 관련된 것, 식의주생활과 관련된 것, 자연과 관련된 것 등으로 분류하고 있다. 북한에서는 전통적 수수께끼 외에도 현대적 수수께끼에 큰 관심을 갖고 있다. 수학적 지혜나 물리화학공식 및 실험에 의하여 풀이되는 수수께끼도 학교의 일상생활에 많이 도입하고 있다. 이밖에 사회정치현실에서 그 소재를 선택하는 것도 있다. 예하면

"깨지면 하나인데 깨지지 않으면 둘인 것이 무엇이냐?"(답은 "군사분계선")
"어머니는 하나인데 저마다 자기의 어머니라고 하는 것이 무엇이냐"

(답은 "당")

   "세상에서 제일 큰 사랑이 무엇이냐?"(답은 "어버이사랑")
등이다.

   수수께끼에 관한 연구논저는 매우 보기 힘들다. 고정욱이 1960년 ≪조
선어문≫ 1 · 2호에 「조선의 수수께끼에 대하여」란 논문을 발표한 이래
아직까지 수수께끼에 관한 석박사 논문이나 저서는 출간된 것 같지 않다.

4. 민속음악

1) 민요의 발굴정리와 연구

   분단 후 북한에서의 민요의 채집활동과 정리, 출간된 민요집, 민요연구
저서로는 다음과 같은 것들이 있다.

(1) 1947년 조선고전악연구소의 창립과 더불어 <아리랑>, <양산도>,
    <도라지> 등 민요 등이 무대에 오르게 되었다.
(2) 『조선구전민요선집』, 조운 편, 조선작가동맹출판사, 1954년. 서정
    민요를 중심으로 근 200편의 민요를 수록, 광복 전에 나온 작품집들
    에서 자료를 취한 것으로서 정리방법, 내용분류에서 아직 불합리한
    점들이 있었고 가창자, 채집자, 채집장소, 채집일시에 대해서는 무
    관심했다.
(3) 『구전민요집』 제1 · 2집. 국립문학예술출판사, 1958년. 각각 100여
    편의 민요를 수록. 전부 새로 채집된 자료로써 엮어진 것이 특징적
    이다. 상기 『조선구전민요선집』에서 나타난 불합리한 점들을 현저
    히 극복하고 구전수집사업의 필요성을 일반대중에게 인식시켜 주
    었다는 의미에서 일정히 의의도 갖고 있으나 편집자의 준비부족으
    로 수록된 민요의 양이 적고 어떤 노래문구들은 해명되지 못한 채

그대로 대중 앞에 내어놓게 되었다.

(4) 1970년대에 북한에서는 조선음악가동맹에 민요실을 내오고 각 도 예술단체들에 2~5명으로 구성된 민요발굴조들을 조직하여 전국의 각 도, 시, 군들에 내려가 민요발굴사업을 진행하였다. 결과 짧은 기간 내에 북한 전역에서 수천 편의 민요들을 채보정리하였다. 그것을 지방별, 종류별로 분류하여 9권집 『민요연구자료집』을 출간하여 민요계승발전의 풍부한 자료적 토대를 마련했다. 이 자료집의 출간으로 하여 북한에서 민요발굴사업은 "기본적으로 완료"되었다고 인정되고 있다.[7] 필자는 아직 이 자료집을 입수하지 못하였기에 이에 대한 구체적인 평가는 이후로 미룰 수밖에 없다.

(5) 1970년대 말부터 북한에서는 전통민요 가운데서의 어려운 한문투와 고티나는 표현들을 "알기 쉬운 우리말로 풀어주기도 하고 새로운 표현으로 바꾸기도 하면서 시대적 미감에 맞게 재창조, 재형상하여 부르도록 하여야 한다."[8]는 김정일의 지시에 따라 민요를 개작하여 재형상하는 사업이 활발히 전개되었다. 지난날 일부 민요의 가사 가운데서 반영된 봉건복고사상, 사대주의사상, 미신사상, 염세적 향락주의적인 내용을 제거하고 일부 민요의 따분하고 단조로운 선율도 더 유순하고 다채로운 방향으로 수정했다.

(6) 1991년 차승진, 윤수동이 펴낸 『조선민요선곡집』(문예출판사 출판)은 곧 김정일의 지시에 따라 북한 각 지방의 대표적인 민요들과 새롭게 창작된 민요들을 선택하여 편집한 것이다. 이 책에는 112수의 민요가 수록되어 있는데 그 중의 일부는 수정 개작한 것이며 일부 민요제목도 고쳐서 편집했다. 민요집의 뒷부분에 「민요해설」이라는 장을 설치하여 매편 민요의 가창자, 어원, 의미, 내용, 선율 등에 대해 간결한 설명을 했다. 이 책의 출간의의에 대해 언급할 때 북한

---

7 『조선의 미속전통』 제6권, 과학백과사전종합출판사, 1995, 226쪽 참조.
8 김정일, 『음악예술론』, 27쪽.

의 대형 민속학 종합서지『조선의 민속전통』은 "민요의 재형상"이라는 표제를 달고 선곡집에 수록된 <양산도>, <범성포 배노래>, <돈돌라리>, <맑은 아침의 나라>, <풍년을 노래하세>, <좋다리우리>, <대동강 실버들>, <바다의 노래>, <모란봉> 등 9수를 들어 70~80년대 민요개작을 통한 민속음악의 계승발전의 성과를 집중하려 했다.9

(7) 1992년 북한의 공훈예술가 엄하진이 쓴『조선민요의 유래』(1)가 평양 예술교육출판사를 통해 출간되었다. 이 책에는 노동가요 7편, 서정가요 17편, 률무가요 4편을 비롯하여 39편의 민요들에 대한 유래를 역사적 자료에 기초하여 분석 수록하였다. <아리랑>의 유래에 대해서는 남녀상사 이별의 슬픔을 노해했다는 "성부와 리랑"설, 경복궁 수건시 백성들의 원납을 대변했다는 "아이롱"설 등 두 가지가 대표적으로 소개되고 있을 뿐 구체적인 고증은 없다.

(8) 1995년 평양출판사에 출간한 최창호의『민요따라 삼천리』는 여러 모로 특색이 있는 연구자료이다.

ㄱ. 저자는 "조국의 통일에 다소나마 이바지하려는 생각에서" 이런 책명을 달았고 또 "분단된 삼천리를 민요로 이어 나가는" 첫 시발을 "북과 남이 다같이 즐겨부르는 <아리랑>으로부터 시작하려고" 첫 장을 남북겨레의 애창곡인 <아리랑>으로부터 시작하였다고 쓰고 있다.

ㄴ. 저자는 함경북도로부터 제주도에 이르기까지 조선팔도의 민요를 <관북지방의 옛 노래>, <관서지방의 옛 노래와 새노래>, <황해도의 옛 가락을 더듬어>, <강원땅의 옛 노래와 새노래>, <경기도 민요>, <충청도 민요>, <호남 민요>, <영남지방의 뿌리깊은 민요>, <제주도의 옛노래를 더듬어> 등 여러 개의 장을 설치하고 그 지역의 대표적인 민요들을 역사적으로 고증하면서 그 유래, 변화와 발전과정 등을 일일이 서술하였다. 전설에 깃든 강원도 <정선아리랑>(<되돌이

9『조선의 민속전통』제6권, 226~236쪽 참조.

아리랑>) 같은 이야기는 참으로 홍겨롭고 인정미 흘러넘친다.

ㄷ. 저자는 사진과 결부하여 노의각, 김진명 등 민요가창자와 작고한 명창들의 애창곡 <콜럼비아>, <빅타>, <오케> 등 레코드회사의 음판에 남긴 민요가락과 기악곡들을 정리 발표함으로써 독특한 사료적 가치를 보유하였다.

ㄹ. 저자는 신민요의 개념과 첫 작품 및 대표작에 대해 독특한 견해를 내놓았다. "신민요란 민족음악에 바탕을 두고 현대적 미감이 나게 새롭게 창작한 민요"라는 것이 그의 주장이다. 그는 이 어휘가 1930년대초에 생긴 것이며 첫 작품은 <꽃을 잡고>가 아니라 <노들강변>(문호월)이며, 대표작으로 <울산타령>, <꽃을 잡고>, <뻐꾹새>(이면상), <조선팔경가>(형석기), <봄이 왔네>(김준영), <꼴망태목동>(김룡환), <삼천리강산 에라 좋구나>(전수린) 등을 꼽았다.

(9) 위의 책 출간에 이어 최창호는 평양출판사를 통해 19954년에 또 하나의 민요연구저서 『민족수난기의 신민요와 대중가요를 더듬어』를 펴냈고 그로부터 2년 후인 1997년에 또 이 책에 새 내용의 자료들을 보충하여 두께 680페이지에 달하는 연구저서 『민족수난기의 가요들을 더듬어』를 펴냈다. 이 책에서 저자는 1910년대 이후부터 일제의 탄압을 받으며 수난에 찬 창작의 길을 헤쳐온 조선의 예술가요, 신민요, 대중가요의 행적을 더듬어보았다. 예술가요 <봉선화>(홍란파), 신민요 <뻐꾹새>, <울산 큰아기>, <신닐리리>, 재중가요 <황성옛터>, <타향살이>, <홍도야 울지말아>, <눈물젖은 두만강> 등 대표적인 작품들의 창작경위와 보급과정에 대한 사료를 개괄적으로 정리하여 독자들에게 소개했다는 점이 돋보인다. 이 책에서 특히 주목해야 할 부분은 제14장 '치욕의 죄록들을 바로 기입하면서'이다. 이 장에서 저자는 "지금 남조선에서는 가요집들을 출판하면서 입북한 작가들의 이름과 필명들을 모두 다른 이름으로 출판하는 도명盜名행위를 자행하고 있다."고 지적하고 나서 후대들에게 올바

른 유산을 넘겨주기 위해 "필명이 잘못 기입된 작명들과 그 주인들을 여기에 조견무빈적인 표시로 간략화하여 다시 한 번 밝히려고 한다"는 간단한 설명을 덧붙이고 이른바 도명盜名된 작품들과 왜곡된 이름을 일일이 열거했다. 원문을 그대로 옮겨놓으면 다음과 같다.

― 입북작가들의 이름이 잘못 기입되고 도명된 것은 주로 조령출과 박영호의 가사작품들인데 그 시기 조령출의 필명은 조명암趙鳴岩, 리가실李嘉實, 김운탄金雲灘이었다.

여기에 밝히는 조령출의 필명은 본명으로 밝힌다.

― 남조선에서 날조하여 출판한 왜곡된 이름은 ( ) 속에 X자로 표기한다.

· <노들강변>… 신불출 작사(X김다인)
· <락화류수>… 조령출 작사(X김근)
· <울며 헤진 부산항>… 조령출 작사(X추미림)
· <서귀포 칠십리>… 조령출 작사(X추미림)
· <진주라 천리길>… 조령출 작사(X리부풍)
· <집없는 천사>… 조령출 작사(X리부풍)
· <알뜰한 당신>… 조령출 작사(X리부풍)
· <남매>… 조령출 작사(X박남포)
· <고향설>… 조령출 작사(X박남포)
· <코스모스탄식>… 조령출 작사(X박남포)
· <진달래시첩>… 조령출 작사(X추미림)
· <한양은 천리원정>… 조령출 작사(X리부풍)
· <잘 있거라 단발령>… 조령출 작사(X추미림)
· <경기 나그네>… 조령출 작사(X추미림)
· <꼴망태목동>… 조령출 작사(X추미림)
· <님전 화풀이>… 조령출 작사(X추미림)
· <눈물의 신호등>… 조령출 작사(X추미림)

- <사랑도 싫소 돈도 싫소>… 조령출 작사(X추미림)
- <꿈꾸는 백마강>… 조령출 작사(X김용호)
- <선창>… 조령출 작사(X고명기)
- <총각 진정서>… 조령출 작사(X반야월)
- <꼬집힌 풋사랑>… 조령출 작사(X추미림)
- <항구의 무명초>… 조령출 작사(X추미림)
- <목포는 항구이다>… 조령출 작사(X박남포)
- <화류춘몽>… 조령출 작사(X추미림)
- <목단강 편지>… 조령출 작사(X추미림)
- <산팔자 물팔자>… 박영호(처녀림) 작사(X추미림)
- <마도로스 수기>… 박영호 작사(X추미림)
- <아주까리선창>… 박영호(처녀림) 작사(X추미림)
- <막간 아가씨>… 박영호 작사(X추미림)
- <직녀성>… 박영호(처녀림) 작사(X불로초)
- <망향초사랑>… 박영호(처녀림) 작사(X추미림)
- <짝사랑>… 박영호 작사(X김릉인)
- <류랑극단>… 박영호 작사(X김릉인)
- <항구의 선술집>… 박영호 작사(X추미림)
- <련락선은 떠난다>… 박영호 작사(X박남포)
- <타향술집>… 조령출 작사(X추미림)
- <락화삼천>… 조령출 작사(X추미림)
- <외로운 가로등>… 조령출 작사(X리부풍)
- <가려거든 오지나 말지>… 박영호 작사(X추미림)
- <뒤져 본 사진첩>… 조령출 작사(X강사랑)
- <총각 진정서>… 조령출 작사(X박남포)
- <어머님 안심하소서>… 조령출 작사(X추미림)
- <울어라 문풍지>… 조령출 작사(X추미림)

- <어머님전상서>… 조령출 작사(X추미림)
- <고향만리 사랑만리>… 박영호 작사(X추미림)
- <번지없는 주막>… 박영호 작사(X추미림)
- <도성의 봄>… 박영호 작사(X추미림)

△ 작곡
- <런락선은 떠난다>… 김해송(김송규) 작곡(X리봉룡)
- <다방의 푸른 꿈>… 김해송 작곡(X리봉룡)
- <고향설>… 김해송 작곡(X리봉룡, ※후에 리봉룡은 일부 선율을 다듬었기 때문에 합작으로 되어 있음.)
- <어머님 안심하소서>… 김해송 작곡(X리봉룡, ※후에 리봉룡은 일부 선율을 다듬었기 때문에 합작으로 되어 있음.)
- <락화삼천>… 김해송 작곡(X리봉룡)
- <화류춘몽>… 김해송 작곡(X리봉룡)
  (이외에도 많음)[10]

저자는 "입북작가"라고 하여 그들이 창작한 작품의 저자이름을 위조하는 것은 "범죄행위"라고 질책하면서 "남조선당국자들이 이제라도 도명된 입북작가들의 작품에 필자의 이름을 옳게 밝혀놓아야 하리라고 본다"는 강력한 주장을 펼쳤다.

(10) 역시 최창호의 편저로 1998년 평양출판사에서 『우리나라 중세기의 노래들을 더듬어』란 민족음악연구서를 출간했다. 이 책은 고조선 이후 삼국사기부터 18세기까지의 향가, 고려가요, 기악곡의 발전, 가곡가사의 발생, 민요의 발전 등 풍부하고 다양한 중세기의 노래들을 념두에 두고 중세기의 가요 중 가곡들에 속하는 작품들을

---

10 최창호, 『민족수난기의 가요들을 더듬어』, 평양출판사, 1997, 193~196참조.

중심으로 혼돈을 가져오기 쉽거나 잘못 이해할 수 있는 작품들에 한하여 알기 쉽게 해석을 해주는 것을 연구목적으로 설정하였다. 책의 뒷부분에 <사진특집>이라는 장이 처리되어 『조선민족음악전집』(전34권) 주필 박형섭교수, 『조선음악사』의 저자 이차윤 박사, 서도명창 김진명 인민배우 등의 사진과 약력이 소개되었다.

(11) 최근의 새로운 민요집성으로는 2000년 5월 문학예술 종합출판사에서 출판한 『조선민요 1000곡집』(연구자료)이 있다. 윤수동 편찬으로 출판된 이 책은 부피가 큰 방대한 연구자료로서 크게 전통민요편, 신민요편, 광복 후 민요편 세 부분으로 구성되었다. 전통민요편은 편의상 노동민요, 세태민요, 민속놀이민요, 반침략 반봉건투쟁민요로 구분하고 매 편의 첫머리에 해당민요에 대한 간단한 해설을 주고 전승지를 밝혔다. 신민요편에는 광복전 근 반세기 동안에 창작된 민요들 가운에서 일부 민요를 선곡하여 주제별로 구분하고 해당작품의 창작가들을 밝혀주었다. 광복 후 민요편에는 광복 후 재창조, 재형상한 민요들 중에서 민족적 색채가 진한 것들을 선곡하여 편집하고 해당 악보에 따르는 화음기호도 함께 주었다. 이 책의 뒷부분에 전체 민요 가운데 나오는 알기 어려운 한문투, 성구, 지명, 민속용어나 지방사투리 517개를 선정하여 내용을 쉽게 알 수 있도록 주해를 달아 주었다. 책의 마지막 페이지에 1955년부터 1985년까지 민요발굴, 민요채보, 민요가사정리에 참가한 60명의 전문가들의 이름을 열거하여 이 집성이 30여 년이란 오랜 시간을 거쳐 민요연구집단에 의해 이루어진 것임을 고시하였다.

(12) 민요에 관한 일반논문과 석사학위논문으로는
「북청지방 민요들의 특성」(문하연, 1957년)
「사당패 형성에 관한 력사적 고찰」(박은용, 『고고민속』 3호, 1964년)
「사당패들의 활동정형」(박은용, 『고고민속』 4호, 1964년)
「1910년대~1930년대에 나온 진보적인 가요문학에 대한 연구」(이

숙영, 1990년)

「우리민족의 생활세태를 반영한 민요에 대한 연구」(김병찬, 1991년)

「참요에 대한 연구」(임창덕, 1992년)

「우리나라 유희동요에 대한 연구」(박길운, 1994년)

「해방후 유희동요의 사상예술적 특성 연구」(김성희, 1995년)

「봉건말기 악부시문학 연구」(김관수, 1996년)

「해방전 신민요 가사문학유산에 대한 연구」(전문원, 1997년)

「중세 우리나라 한자풍자시에 대한 연구」(신장섭, 1999년)

「우리나라 노동민요연구」(김수찬)

등이 있다.

2) 민족악기의 개량

60년대 이후 북한에서는 재래의 민족악기를 시대의 미각에 맞게 현대적으로 개량하였다. 개량된 대표적인 민족악기로서는 단소(고음단소, 단소), 저대(고음저대, 중음저대, 저대), 새납피리속악기(장새납, 대피리, 저피리), 해금속악기(소해금, 대해금, 저해금), 가야금, 양금, 옥류금 등을 들수 있다. 민족악기의 개량을 위한 구체적인 대책들로는

ㄱ. 피리, 단소, 저대와 같은 목관악기들의 기본재료를 참대 대신 박달나무나 자단과 같은 굳은 나무를 사용하였다는 것.

ㄴ. 목관악기들을 12반음계 체계에 맞게 음공의 크기와 위치를 과학적으로 설정하였다는 것.

ㄷ. 현악기의 줄과 활, 공면통을 정밀하게 만들었다는 것.

ㄹ. 재래의 5음계 12음률반음체계를 평균률 12반음계체계로 개량함으로써 민족음악연주는 물론 현대음악도 잘 연주할 수 있었다는 것.

ㅁ. 개량된 악기의 형태와 규격은 예술단체들에서 저마다 제정하는 것이 아니라 철저히 국가적 표준규격에 준하여 고착시켰다는 것.

등이 있다.

개량악기의 성공적인 실례로 옥류금을 들 수 있다. 옥류금은 1970년대에 와공후를 개량하여 제작한 민족지탄악기이다. 옥류금은 울림통자 변음장치 두 부분으로 되어있는 동체와 다리로 이루어져 있으며 7개의 변음발누르개에 의해 변주를 실행한다. 줄은 모두 33줄인데 저음선은 철선이고 나머지는 모두 나이론, 텍스선이다. 울림판우에 두 개의 괘판이 있는데 하나는 앞판우에 놓여 있고 다른 하나는 뒤판에 세운 8개의 기둥우에 있다. 옥류금은 C조악기로서 그 음역은 C2부터 G4까지이다. 페달은 7개인데 왼쪽으로부터 C, D, E, H, A, G, F로 되어 있다. 옥류금은 악기이름처럼 음색이 우아하며 아름답다. 그 소리 색이 다양하여 얼핏 들으면 하프, 피아노소리 같기도 하고 가야금, 기타 소리 같기도 한데 그것이 다 조화되어 울려 구슬 같은 소리가 흘러나온다.

민족악기와 민족악기의 개량에 관한 연구자료는『조선의 민속전통』제6권(과학백과사전출판사, 1995년) 제4장 제8장 제2절에 요약되어 있다.

5. 민속무용

1) 민속무용의 발굴정리

1946년 평양에 무용위원회와 무용연구소가 건립되고 중앙과 지방에는 여러 가지 형태의 무용예술단체들이 조직되었다. 같은 해 10월에 봉산탈춤 보존터가 무너져 이에 대한 발굴연구사업이 진행되었다. 뿐만 아니라 당시까지 각 지방에서 춰온 민속무용들과 다양한 민족무용유산들이 대대적으로 발굴 정리되어 <농악무>, <칼춤>, <북춤>, <부채춤>, <승무> 등 수많은 민속무용작품들이 재형상되었다.

1970년대 초에 이르러 민요발굴사업과 함께 민속무용발굴사업을 빠른 시일 내에 끝낼 수 있도록 국가적인 대책이 세워지고 그 결과 중앙과 각도 예술단체들에서는 민속무용발굴사업이 본격적으로 진행되어 적지 않은 작품들이 무대에 재현될 수 있었다.

2) 민속무용의 재형상

해방 후 북한에서 무대예술작품으로 재형상된 대표적인 민속무용으로는 노동생활을 반영한 <농악무>, <두레놀이춤>, 전투생활을 반영한 <무사춤>, <칼춤>, 세태생활, 민속놀이와 관련된 <북춤>, <3인무>, <쟁강춤>, <부채춤>, <장고춤>, <돈돌라리> 등을 들 수 있다.

(1) 농악무는 혼성군무장면, 여성군무장면, 휘모리장단에 맞추어 추는 빠른 춤장면 등 세부분으로 구성되었다. 상모를 돌리는 장면은 농악무의 절정으로 되어 있다. 현재는 상모춤을 독립적인 춤으로 발전시켜 그 기교동작을 더욱 부각시키고 있다. 협동농장들의 결산분배 때에 군중무용으로 형상되고 있다.

(2) 두레놀이북춤은 여성무용으로서 덩덕궁장단, 안영장단, 휘모리장단에 맞추어 든가짐, 맨가짐 등 현대화된 모양새를 많이 적용함으로써 <협동벌의 풍년맞이>라는 민속무용의 하나로 완성되었다.

(3) 무사춤은 고구려무사들의 억센기상을 보여주는 군사무용이다.

(4) 칼춤은 검들을 연마하는 여성들의 슬기와 용맹을 보여주는 춤이다.

(5) 북춤은 북을 메고 추던 오랜 연원을 가진 여성무용을 재형상한 작품이다.

(6) 3인무는 지난날 민간가무집단인 사당패들 속에서 추어진 <사랑춤>을 현대미감에 맞게 재형상한 민속무용이다. 북한에서는 지난날 "천민"출신의 남녀광대들로 구성되었던 민간 사당패의 예술활동과 민족예술발전에 준 그들의 기여를 상당히 긍정적인 시각으로 평가하고 있다.

(7) 쟁강춤은 손목에 쟁강쟁강 소리를 내는 쇠팔찌를 걸고 흥겨운 리듬을 울리면서 추는 민속춤이다. 10여 명의 여성무용수들이 굴신주기,

부채쓰기, 활개치기 등 다양한 동작과 특징적인 춤가락으로 민중의 정서를 재형상하였다.

(8) 부채춤은 다양한 부채놀림기법과 팔놀림기법을 배합하여 여성들의 아름다운 정신세계를 재형상한 우수한 민속무용의 하나이다.

(9) 장고춤은 흐느러진 굿거리장단과 안영장단에 맞추어 재치 있는 장고 치기와 부드럽고 우아한 율동으로 행복한 감정을 표현하는 여성무용이다.

(10) 돈돌라리는 함경도 지방에서 많이 추던 민속무용을 재형상한 지방 색채가 짙은 무대예술작품이다. 이 춤은 4인무의 민속무용으로서 돈돌라리 음악에 맞추어 양푼에 엎어놓은 바가지를 두드리며 추던 본래의 춤가락을 잘 살려냈다.

3) 해방 후 북한에서는 민속무용을 발굴하고 재형상하는 사업과 함께 민속무용풍의 새로운 춤들을 다수 창작하였다. 예하면 농촌농민들의 생활을 형상한 <만풍년>, <풍년의 노래>, <남무군총각과 처녀들>, <샘물터에서>, 민간풍속과 민속놀이를 반영한 <날맞이>, <방울춤>, <손북춤>, <흥겨운 새납소리>, <꽃북놀이>, 민요와 전설을 바탕으로 하여 만든 <노들강변>, <도라지>, <용강기나리>, <금강처녀>, <명경대> 등이 있다.

4) 민속무용에 관한 석사논문으로는 한룡길의 「조선민족무용 춤동작연구」(2001년) 등이 있다.

6. 민속극

광복 후 북한에서는 민속극에 대한 관심과 연구가 집중되었다. 그것은 한국의 재래의 연극전통이 민속극에서 출발하였으며 북녘땅에 민속극유산들이 풍부히 남아있었던 사실에서 기인된 것이라고도 생각할 수 있다. 필자는 민속극이라는 이 범주 안에 전통적인 탈놀이(가면극)와 꼭두각시극, 민속극음악으로서의 판소리와 창극 등을 포함시켰다.

1) 탈놀이(가면극)와 꼭두각시극

(1) 북한의 물질문화유물보존회는 1954년 국립출판사를 통해 그들이 채집한 『조선의 민간오락』을 출간하였다. 이 책 속에는 황해도 봉산지방에서 전승되어온 가면무극 <봉산탈춤>과 장연지방의 인형극 『꼭두각시』의 대본을 채집수록하였다.

(2) 신영돈 저, 1957년 국립출판사의 출간으로 된 소책자 『우리나라의 탈춤놀이』는 대중을 상대로 한 해설서였으나 처용희, 산대극, 황해도 탈놀이의 발전형태에 대한 일부 해석가운데서는 독단 내지 견강부회에 속하는 오류도 포함되어 있다.

(3) 김일출 저, 1958년 과학원출판사의 출간으로 이루어진 학술저서 『조선 민속탈놀이 연구』는 북한에 남아있는 민간극유산에 대한 저자의 장기간의 조사와 세밀한 문헌종중에 의해 완성된 것이다. 저자는 이 책에서 탈놀이가 봉건사회의 산물이며 봉건사회의 증언과 함께 다음 사회에로 계승되기는 곤란한 것으로 간주한데서 그의 계승과 혁신에 대한 구체적 대답을 주지 못한 결함을 안고 있다. 같은 시기에 김일출은 「황해도 탈놀이와 그 인민성」(1957년), 「봉산탈춤놀이의 옛모습을 찾아서」(1957년), 「산대잡극의 형성에 대하여」(1957년) 등 여러 편의 민속극연구논문을 발표하였다.

(4) 민간극에 관해서는 60여 년 전후에 나타난 잡지 ≪조선예술≫, ≪조선어문≫, ≪문화유산≫에 적지않은 연구논문이 발표되었다고 전하고 있다. 그중에서 권위적 논문은 ≪조선어문≫, 1957년 3호에 게재된 고정옥의 「조선민간극 연구서설」을 들 수 있다.

(5) 대형민속학총서『조선의 민속전통』(과학백과사전종합출판사, 1995년) 제6권의 제15장 "민간탈춤"에서 저자는 서해안지방의 봉산탈놀이, 해주탈놀이, 강령탈놀이, 서흥탈놀이, 은률탈놀이, 중부지방의 양주산대놀이, 송도산대놀이, 동해안지방의 북청사자놀이, 통천탈놀이와 남해안지방의 통영오광대, 고성오광대, 가산오광대, 수영들놀음, 동래들놀음 등을 체계적으로 정리 소개하였다.

2) 판소리와 창극

(1) 고정옥은 1957년에 발표한 논문「판소리에 관하여」(『과학원창립 5주년 기념논문집』과학원출판사)에서 판소리의 유래, 내용, 형식 및 예술적가치에 대해 체계적으로 논술하였으며 1962년의 발표한 그의 저서『조선구전문학연구』의 제4장 "판소리"에서 판소리 예술의 서사시적, 극적 성격을 규명하고 그것이 고도의 예술적 세련을 요하는 특유한 예술이라는 점을 긍정적으로 평가하였다.

(2) 김정일국방위원장은 판소리의 음조와 발성법에 대해 일부 비판적 견해를 갖고 있다.『김정일전집』제2권 59페이지에는 김정일의 다음과 같은 말씀이 기록되어 있다. "판소리는 남녀성부가 갈라져있고 쐑소리를 내기 때문에 우리 시대 인민들의 사상감정과 비위에 맞지 않습니다." 그리하여 60년대 이후의 북한의 민속극음악에 관한 종합저술에서는 판소리를 흔히 "민족성악발전에 부정적인 영향을 주었다"[11]고 평가하고 있는 것이다.

(3) 판소리에 토대하여 창조된 창극은 19세기 50~60년대에 북한에서 광범위하게 무대예술화했던 음악극이다. 1955년 국립출판사의 이름으로 출간된『조선창극집』에는 박태원 각색 <춘향전>, 박태원 각색 <흥부전>, 김아우 각색 <심청전> 등 세부의 창극대본이 수록되어 있다.

11『조선의 민속전통』제6권, 과학백과사전 종합출판사, 1995, 202쪽 참조.

(4) 민속극에 관한 석사논문으로는 「남조선 민중극문학 연구 — 마당극을 중심으로」(조희도, 1993년)가 있다.

7. 민속공예

북한에서는 민속공예의 계승발전에 큰 중시를 돌리고 있다. 민속공예에는 제작에 쓰이는 재료의 차이에 따라 도자기공예, 나무공예, 금속공예, 자개박이옻칠공예, 수예, 참대공예, 화각공예, 돌공예, 초물공예, 종이공예 등 다양한 내용들이 망라되어 있다. 전통적인 민속공예를 계승하여 창조한 해방후의 현대공예품들은 그 형태가 다양다종하고 아름답다. 해방후 공예의 여러 분야에서 제작된 꽃병, 주전자, 고뿌, 과일반, 접시, 잔, 항아리, 단지, 보시기, 사발, 대접, 술병, 물병, 찬함, 신선로, 필통, 붓꽂이, 재떨이, 화분, 벼루, 부채, 은장도, 단추, 가락지, 바구니, 동고리, 채반, 광주리, 방석, 모자, 발, 병풍, 자리, 장식장, 소반, 경대, 함, 베개모, 의자 등은 다각이한 용도와 개개의 독특한 형태를 갖고 있다.

도자기의 색깔은 은은하면서도 부드러운 것을 좋아하고 수예품의 색은 선명하고 부드러운 것을 숭상한다. 돌, 금속, 참대, 나무로 만든 민속공예품은 재료자체가 갖고 있고 천연적인 색깔을 기본으로 하면서도 역시 밝고 선명하고 화려한 것을 추구한다. 장식무늬에서 수예품 <선녀>, <사슴>, <흰꿩>, <호랑이>, 목공예품 <모란봉의 아침>, <부지런한 곰>, 닭털공예품 <비온 뒤의 금강산>, 금속공예품 <봉황새 장식탁상등> 등이 명품으로 알려지고 있다.

8. 맺는말

지금까지 필자가 찾아볼 수 있는 자료의 범위 안에서 북한 민속문예학

연구의 실태를 검토해보았다. 우선 광복 후 북한의 민속문예학연구는 상당한 성과를 거두었다고 보아야할 것이다. 국내외적인 어려운 경제 환경 속에서도 50년대부터 80년대에 이르기까지 북한에서는 수차의 민속문예 현지조사를 진행하여 전설집, 민화집, 민요집, 속담집, 창극집, 신화연구, 설화연구, 민요연구, 판소리연구, 민속극연구 등 수십 권에 달하는 학술저서와 수십 편의 학위논문들을 발표하였으며 이 사업 외 일환으로 대형총서『조선의 민속전통』(전7권)의 출간이 1995년 완성되었다. 민속문예 발굴, 정리와 더불어 이 화원을 아름답게 가꾸어온 고정옥, 한룡옥, 홍기문, 이동원, 김일출, 현종호, 김용준, 문하연, 박은용, 차승진, 윤수동, 최창호, 김진명 등 민속학자, 예술가들이 분단 이후 북한 민속문예연구분야의 중견인물들로 부상되었다. 해방 후 북한의 민속문예학은 세 개의 발전단계를 거쳐 왔다. 첫 단계는 준비기로서 우선 일제가 남겨놓은 식민지민속학을 청산하고 "역사과학", "인민을 위한 과학"으로서의 민속학체계를 정립하였다. 두 번째 단계는 발전기로서 소련민속학에 담겨있는 맑스-레닌주의적 입장을 수용하면서도 북한의 현실에 여하히 창조적으로 적용할 것인가 하는 문제에 관심을 돌리고 있었다. 세 번째 단계는 주체사상의 전일적인 지도하에 민속문예연구의 모든 분야에서 보다 주체적인 방향으로 진전되어 나갔다. 이 과정에서 인민성과 계급성의 이념을 강조하고 주체사상적 충성주의를 선양하고 전통작품들의 개작과 재창조를 선호함으로써 남한의 민속문예학과의 이질화가 갈수록 더 심각해졌다.

남북 민속학연구의 동질성을 회복하기 위한 방안 모색으로 필자는 다음과 같은 기대를 가져본다.

1) 남과 북 민속학자들 사이의 민간적 차원에서의 학술교류를 가급적으로 추진하여 이념, 가치관의 차이를 초월한 중도주의 정신으로 서로 만나서 자기의 견해를 나누고 또 서로 존중하고 배우는 겸손한 마음으로 상대방을 이해하고 널리 포섭해야 한다.

2) 바야흐로 흥기되고 있는 북한 관광업 발전의 유리한 형세를 이용하여 관광명소와 관광선로에 있는 북한지역의 민속문학, 민속음악, 민속놀이, 민속공예를 관광자원으로 개발하도록 협력해야 한다.

3) 적당한 시기에 가서 남북 민속학자들의 현지 공동조사사업을 추진하며 서로 분산되어있는 민속자료들의 교류와 출판을 활성화하여 전통과 혁신의 상호보완적인 발전을 약속해야 할 것이다.

『한국의 민속과 문화』 제5집, 2002

북한문학 연구자료총서 I

북한문학의 심층적 이해
남한에서의 연구

초판 1쇄 인쇄일	| 2012년 6월 14일
초판 1쇄 발행일	| 2012년 6월 15일

엮은이	| 김종회
펴낸이	| 정구형
출판이사	| 김성달
편집이사	| 박지연
책임편집	| 정유진
본문편집	| 이하나 이원숙
디자인	| 유정현 장정옥 조수연
마케팅	| 정찬용
영업관리	| 김정훈 권준기 정용현 천수정
인쇄처	| 월드문화사
펴낸곳	| **국학자료원**

등록일 2006 11 02 제2007-12호
서울시 강동구 성내동 447-11 현영빌딩 2층
Tel 442-4623 Fax 442-4625
www.kookhak.co.kr
kookhak2001@hanmail.net

ISBN	| 978-89-279-0169-3 *94800
가격	| 47,000원